梁晓声文集·长篇小说 2

雪城（下）

青岛出版社

第十八章

夜乃梦之谷。梦乃欲之壑。

城市死寂一片如公墓。做梦的人迷乱于城市的梦中。城市的梦浸在子夜中。近百万台电视机早已关上了,城市仿佛处于封闭状态,只有电信局和火车站还保持着与外界的联系。一幢幢高楼大厦被酱油色的子夜和清冽的水银灯光囫囵地腌制着。在它们背后,平民阶层的大杂院如同一只只蜷伏的狗。形影相吊的交通岗亭好像街头女郎,似有所待又若有所失。红绿灯是"她们"毫无倦意而徒劳心思眨动着的"媚眼"。

松花江慵懒地淌着。它白天掀翻了一条由太阳岛驶回的游船,吞掉一船人只吐还半数。两艘救生艇仍拖拽着巨网进行打捞。一百二十多个男女老少不知被它藏到哪儿去了。他们的许多家眷亲属仍坐在江堤的台阶上,不哭了,默默地像一尊尊石雕。江水在它的最深层继续恶作剧地摆弄死难者的尸体,好比小孩子缩在被窝里摆弄新到手的玩具。

江堤,这生硬的城市线条的南端,一座立交桥宛若倾斜的十字架。一群"精灵"在桥洞下猛烈地舞蹈,他们是些居住附近的青年,是这座城市缺乏自信的民间霹雳舞星。那儿是他们的"夜总会"。桥上,一名巡警忠于职守地来回走动,不时站定,向桥洞下俯身一会儿。他是他们唯一的欣赏者,却并不鼓掌捧场。

一只大猫头鹰栖息在一条小街的独一无二的圆木电线杆顶端,绿眼咄咄,冷漠地俯瞰着毗连的院落和参差的屋脊,随时欲镞扑而下,从城市和人的梦中一爪子攫走什么。这凶猛的枭禽入侵城市的现象近年极少发生。

它诧异城市对它的宽容,似乎觉得不被注意是受到了轻蔑。它怪叫一声,阴怖的叫声有几分恼羞成怒,有几分无聊。

夜深沉。

城市死寂如公墓。

它又怪叫一声,企图以它那阴怖的叫声惊扰城市的梦,令人听了悚栗,也愈加显出它的恼羞成怒和它的无聊。

深沉的夜依然深沉。

死寂的城市依然死寂。

一辆小汽车从马路上飞驶而过,像一只耗子在公墓间倏蹿。

枭禽阴怖的怪叫,收敛在子夜的深沉和城市的死寂中。

它那紧紧抓住电线杆顶端的双爪抬起了一只,从容不迫地舒舒爪钩,缓缓地放下。又抬起了另一只,也从容不迫地舒舒爪钩,缓缓地放下。头随之左右转动。

它在犹豫,要不要离开这根电线杆飞往别处?它确是在这根电线杆的顶端栖息得太久了,它既没有注意到什么也没有被什么所注意。这夜的凶残的“杀手”因无所事事而闲在得腻烦了。

忽然它的头停止了转动。它那双咄咄的绿色环眼盯住地面的一个目标。更准确地说,是一座院子里的一个活物……

一只鸡?

一只黄鼬?

都不是。

它居高临下看得十分真切,是一只鸽子,一只被人叫做“瓦灰”的极肥的家鸽。

一阵激动顿时遍布它的全身,它的双爪痒了,锐利的爪钩下意识地抓入电线杆的朽木。它的锋喙仿佛噬到了鲜美的鸽肉,温润的鸽血仿佛在通过它的喉流入它的胃。它的胃已经几天没进行消化活动了,鲜美的鸽肉温润的鸽血是能中和它胃分泌液的上好东西。它那强有力的双翼更紧地并拢了,夹着它的身体。它的每一根羽毛都作着猝袭的准备。捕杀的冲动和饕餮的欲望使这凶猛枭禽的神经中枢产生了亢奋的紧张的快感。

家鸽的眼睛可不像猫头鹰的眼睛那么习惯于黑夜,迷茫地咕咕叫着,怯怯地踽踽踱步,全不知极大的险恶正觊觎着自己。

猫头鹰骤地扑了下来。

家鸽尚未及反应,便被它一翅扇倒了。它那双锐利的爪钩仅仅一秒钟内就将一个毫无抵抗能力的生命撕裂了……

在同一刹那,一张网罩住了它。不待它挣扎,它便被塞入麻袋。麻袋迅速卷起,使它动也无法动一下……

子夜深沉。

城市死寂如公墓。

梦非梦……

第二天上午,一个小青年拎着铁丝鸽笼出现在动物园管理办公室。鸽笼内不是温顺的鸽子,而是凶猛的猫头鹰。

小青年不慌不忙地将鸽笼放在办公桌上,彬彬有礼地问:“我从晚报看到条消息,你们逃走了一只猫头鹰。是不是这只?”

一男一女两位管理员围着笼子辨认了片刻,男的说:“是,是!没错儿!”

女的说:“瞧它那只爪子,爪钩不是断了一截么?有家电影制片厂拍电影需要它,因为它是从小在动物园里养大的,不太疏远人。我们已答应借给电影制片厂了,不然它逃了也不会登报寻找的!”

男的又说:“可不么,真应该感谢您啊。我们刚才还谈这事儿,以为它根本不会被重新捉住了呢!吸烟,请吸一支。自己卷的大白杆儿,别见笑。烟丝还可以,烟厂职工内销的!”

青年接过烟,男管理员赶紧划火柴替他点着,热情地客气着:“坐,请坐。”

青年坐下,深吸了一口,缓缓吐出,用闲聊的口吻问:“电影制片厂得给你们一笔钱吧?”

“当然,当然。如今讲究经济观念嘛!要过去,就白借给他们了!别说一只猫头鹰,狮子老虎让他们拍些镜头又怎么样?时代不同了,处处都按经济观念办事儿。我们不要,倒显着迂了。是不是?”

“电影厂给你们多少钱呢?”

“不多,不多,六百。”

青年微微笑了一下,往烟灰缸里弹弹烟灰,慢条斯理地说:“你们不是还在报上登得明白,捉住送还者,有酬谢费么?”

“对,对,对!光顾说话,把这茬儿忘了!小刘,你快付给人家这位同志酬谢费!”

于是那女管理员立刻拉开抽屉,找出二十元钱和一张纸放在青年面前:“你得给我们写下个收据,我们好报账。”

青年朝那二十元钱和那张白纸瞥了一眼,没动。转脸瞅着男管理员依然慢条斯理地问:“您说,电影厂给你们六百,我没听错吧?”

男管理员不禁一怔,这才省悟到对方刚才并非跟他闲聊。很是后悔。但底牌已向对方摊出,想改口情知来不及了,尴尬地点点头。

“若不是我逮住了这只猫头鹰,给你们送来,你们六百元还能得到么?”青年始终微笑,又吸一口烟。

男管理员和女管理员对视一眼。之后,目光一齐瞅向鸽笼内的猫头鹰,瞅了足够半分钟。之后,目光一齐瞅向青年。

青年微笑。吸烟。叠着“二郎腿”。表情默默的,显出很友善很虔诚的样子。他吐尽了一口烟雾,又道:“这烟蛮不错啊!事情明摆着,我等于给你们送来了丢失的六百元钱。对不?这叫什么精神?这叫拾金不昧。你们都巴望着分这笔钱呢,对不?干哪行吃哪行嘛!这没什么不好意思的,这很正常,这叫时代潮流,这潮流好。所以我不跟你们绕弯子,咱们开诚布公!你们得六百,我只得二十,三十分之一,这太不合适了吧?将人心比己心,你们若是我,你们又该怎么想呢?”

青年坦率之至地、慢条斯理地说出的这一番话,使那两个男女一时哑口无言,定睛瞅着他直发愣。

猫头鹰在鸽笼子里怪叫一声,要扇扇翅膀。无奈笼子太小,扇不开,发狠地用嘴拧铁丝。

青年便拿烟头烫猫头鹰的嘴。更加惹得它环眼欲裂,充满仇恨,激怒异常。

女管理员赔笑道:“是少了点,二十元是少了点。您不说,我们自己也觉得怪拿不出手的。可这是我们领导一句话定的数,不是我俩做的主。您看这样行不,我俩先掏自己的钱,再凑给您三十,一共给您五十。更多,我们可就也不敢垫了!”说罢,从兜里摸出钱包,将钱尽数取出放在桌上,还对青年亮了亮空钱包,使他相信钱包里确实一无所有了。她迅速点点那些钱,对男管理员说:“缺十三元八毛二。老李,你快看你那够不够哇!”

男管理员不情愿地从兜里摸出了钱包,一脸愠色,忍而不发。

“慢!”

青年挽袖子。

他们以为青年要动武,都吃惊地后退了一步。

“你们别怕。”青年又微笑,说,“我不过想让你们瞧瞧,我为你们付出了多么惨重的代价!”

一只袖子挽起来了,小臂包扎着层层纱布。

“五十元就想打发我？你们把我当小孩儿哄么？我这胳膊是被猫头鹰挠的！皮肉之苦，你们说该论个什么价吧！还搭上我一只心爱的鸽子作诱饵。光我那只鸽子在鸽市起码卖五十元！”

青年不微笑了。大概他认为在策略上已经微笑得足够了。他将烟屁股扔进铁笼，猫头鹰一喙叼起，烫得像人似的怪叫一声。

两个男女又对视一眼。他们终于明白：来者不善，不那么好打发。

那女的赔了个笑脸，以近乎诉苦的语调说：“同志啊，您就多多体谅吧！啊？您刚才也说了，干哪行吃哪行。干哪行的如今都有点肥水。可干我们这行，您说叫我们吃什么呐？拍电影的需要我们一只猫头鹰，这对我们是百年不遇的事儿！六百元，上上下下四十来人，您算算我们每个人能分多少呢？给您五十，固然不多。可与我们相比，您是挺多的啦！托这只猫头鹰的福，我们每人能买两只鸡三斤鱼的，乐呵乐呵。您成全了我们，我们感谢您。您就别跟我们斤斤计较了。啊？另外我们再往您单位写封感谢信，怎么样呢？啊？”她对他“您您”的满怀敬意，如同坐在她面前的是一位伟大的动物学家。

“感谢信？……”青年乜斜了她一眼，嘴角一撇，不屑地说，“我不稀罕！”

那男的忍不住生气地正告：“你也别太过分了！我们动物园不止这一只猫头鹰！”弦外之音是——我们完全可以用另外一只猫头鹰顶替。

青年又现出了那种虔诚的微笑。语气却冷冷的：“别忘了，你刚才亲口讲的，这只猫头鹰是从小在动物园里养大的，不疏远人，所以拍电影的才物色中了它。所以你们才登报寻找它。就算你们养着一百只猫头鹰，用另外一只顶替，那帮拍电影的干么？肯照价给你们六百元？”话一说完，脸上的微笑收敛干净。

青年深通微笑秘诀，该笑则笑，不笑时那张小白脸儿的模样如同是坐催立等讨债的。

“你……”那男的脖子上的青筋凸了起来——千不该万不该，他妈的不该向这个小王八蛋泄露了底牌！还敬了这小王八蛋一支烟！

那女的这时倒显得挺沉着，眯起双眼盯着青年那张“长白糕”似的脸瞅了一阵，低声问：“您挑明了吧，您到底想要多少？”

青年向她伸出两根指头，剪动几下。

“二……百？……”

“二一添作五，三百。我反过来感谢你们，甚至可以给你们写封感谢信留下。”

“敲竹杠！你这是敲竹杠！”

那男的怒吼。

“敲竹杠？要不是我机智勇敢地捉住这只猫头鹰，三百元你们哪儿讨去？你们占我个大便宜，反诬蔑我敲竹杠……”

青年振振有词。不动声色，也不发火。他性情怪好的。

“你小子坐这儿别走！我给派出所打电话！派出所会好好表扬你小子的！……”

那男的说着抓起电话，气急败坏地拨号码。

那女的在一旁直劲儿打圆场：“老李你别这样，别这样。这位青年同志兴许是开玩笑呢！再耐心谈谈，耐心谈谈……”嘴上虽如此说，却并不真心阻拦。

青年见势头不妙，趁那一男一女未提防，倏地站起身，拎了鸽笼往外便走。边走边说：“什么玩意儿，不识好歹！老子放生了！你们有能耐自己再捉回来吧！拜拜啦！”话扔在屋里，人已在屋外。

一男一女追出时，青年跑远了，铁丝笼子在他手下荡秋千。

他们呆望着，无可奈何。

青年跑到公园外，回头瞧瞧，见无人穷追不舍，放慢了脚步，愤愤咒骂：“狗男女，他妈的不通情理！”

他放下笼子，从手臂上扯下伪装的纱布，塞入垃圾箱……

隔日，这青年出现在自由市场。双手捧着一段经过细心雕琢的鹿角似的树杈，树杈固定在经过车磨加工的赤铜底座。一只猫头鹰雄赳赳威凛凛地栖息在树杈上。不过已不是活的，而是制作得相当不错的标本了。

八十年代的某些青年大抵都没有放生的慈悲，也大抵都不想积点什么德。他们普遍不再迷信什么，甚至可以说普遍不再相信什么。如禅门弟子似的，精诚所至，感化神明，茅塞大开，忽而顿悟，一切皆空，唯有钱才是实实在在的东西。像跑狗场上的狗，戴着各种主义各种思想的脖套，又兜回到老祖宗的一条古训，叫做“人为财死，鸟为食亡”。从这个陈腐得吹口气便飞灰满天的训条为“崭新”起点，开始追求，或曰“创世纪”。

猫头鹰底座悬挂着纸牌儿，上写“丰富家庭艺术情趣，引导生活新潮流——廉价出售，五十元整”。

与标本的做工相比，歪歪扭扭的毛笔字实在拙劣。

同样的钱数，宁愿赔上做工赔上时间到自由市场来卖死的，不肯当成是名正言顺的酬谢费外加一封感谢信体体面面地接受，这种心理怎么解释？挺难解释，也挺好解释。时髦的注脚是“逆反”。

一九八六年，许多青年们，尤其城市青年们，尤其二十多岁的城市小青年们，普遍传染上了“逆反病”。西方的病理学家们因为“艾滋病”而忧心忡忡的同时，中国的社会心理学家们则在因为“逆反病”的无药可医而摇首叹息。城市的小青年却觉得患上了这种病如同骑上了一辆摩托兜风，完全没有任何不适的病症感觉。既然患上了这种病是这样的神气，连中学生们也受到大大的诱惑。中学老师教导不用功的学生——“少壮不努力，老大徒伤悲啊！”学生立刻回答——“我是老二”。

那几天A城的晚报内容挺活。有人慷慨陈词痛切吁请对小青年加强思想教育，有人坚决反对往小青年的头脑中灌输传统观念；而在电视台为小青年们举办的恳谈会上，他们都说苦闷啊不被社会关怀啊不被重视啊不被理解啊寻找真诚啊真诚在哪里啊，仿佛早已被压抑得死不了活不成似的……

那几天A城的公检法机构正在准备开庭公审几桩要案大案。一九八六年，大骗子和改革者八仙过海，各显其能，同登社会舞台，在时代的紧锣密鼓中充分表演，文丑并茂。红脸的白脸的红白脸的白红脸的唱西皮唱散板唱二黄流水，轮番亮相。好戏继场，高潮不穷，情节跌宕。正剧、悲剧、喜剧、悲喜剧、闹剧、荒诞剧推陈出新，“中外结合”，洋洋大观，叹为观止。假改革者真经济犯有人包庇有人辩护有人拍胸顿足证明两袖清风查无实据；真改革者受诬蒙耻有人调查有人写匿名信上告有人揭发贪污受贿乱搞男女关系。黑的白的黑黑白白不黑不白之事有风有影无风无影捕风捉影捕不着风而能捉得着影。

一九八六年，时代的风标忽东忽西忽南忽北忽偏西南忽偏东北不停止地飞转。然而绝大多数的中国老百姓却并不感到晕头转向，因为他们早已不去关注它了。

城市在改革中体验着思考着忧患着亢奋着焦躁着踌躇着蹀躞着喜悦着烦恼着痛苦着忍耐着失败着鼓舞着夭折着诞生着……

一九八六年，城市扯不断理还乱地较着股劲。

一九八六年，似乎连中国人也搞不大清楚中国在向何处去究竟应该向何处去？中国式的社会主义到底将是个什么样子？农民们终于又明白了还是“民以食为天”的。城市的老百姓们终于也明白了钱比任何主义都好。就都将主义方面的种种操心事儿一甩手丢给政治家们去争论了。有钱能使鬼推磨。没钱，只有去当推磨的小鬼了！

那个以五十元的价格兜售猫头鹰标本的小青年将自己归到在这座城市里推磨的小鬼儿一类，他是太需要钱了。如同潜水员需要氧气一样，他期望着发大财的幸运，他不放过任何一次占小便宜的机会。

他是一个工厂的二级工。还他妈的是一个亏损的工厂！二级工的工资加上奖金还不够他一个人下三顿馆子的。“马无夜草不肥”他信。这是马的座右铭，如今也是一些人的座右铭。他想买一辆进口摩托，没钱；他想买高级组合音响，没钱；他想买配备变焦镜头长焦镜头的尼康照相机，没钱；他想买起码“四五〇”的录像机，没钱；他想一个星期至少携带漂亮的女伴到全市第一流的舞厅跳一次舞而后出入一次大饭店，没钱；他想找一位影视演员或者戏剧演员或者舞蹈演员(倘舞蹈演员最理想是跳芭蕾的)顶次也应是一位报幕员当老婆,没钱；有了这样的老婆他还想有两个至三个情妇,情妇更需要有钱宠养着；有了这一切他还想有那么八九十来万存款,可他那取了存存了取已弄旧了弄脏了的存折上目前才只有三位数,打头的是个“3”……光一个“他妈的”概括得了这些么?!

他痛恨这世道太不公平。

他是怀着这种痛恨将那只猫头鹰宰了的。

他是怀着这种痛恨来到自由市场这每天无数人花钱有数人赚钱的地方的。

他怀着痛恨也怀着屈辱。

物以稀为贵。卖死猫头鹰的就他一个。自从这地方成为自由市场，他可谓“史无前例”。卖鸟的倒是大有人在。买鸟的人也不算少,就是没谁搭理他。看他的人挺多,看的不是他,看的是猫头鹰。他并没什么值得使人看上一眼的,那猫头鹰比他好看。但看的人也光是看看而已,边看就边从他身旁走过去了。这怪他缺少经验。如果没标价牌,兴许会有人站下问问价。有人问价他便可以讨价还价,一讨价一还价买卖便可能成交。

五十元?!……

许多人一看见那标价牌,心里就开始算账了：五十元能买二十多斤一等猪肉。能买五只烧鸡。能买七八条肥鲤鱼。能买两套便宜的衣服。能买三双皮革凉鞋……

买那么个东西往哪儿摆?

老人嫌不吉祥,小孩子准害怕；摆在厨房不像话,摆在卧室,闭了灯两口子在床上那点事儿都让它看在眼里了！瞧它那双眼！瞪得恶狠狠的！摆在客厅？……大多数普通中国人之家没客厅。

“嗨！谁买谁买？猫头鹰标本，昨天还是活的，今天死而如生！丰富家庭艺术情趣，倡导生活新潮流啦！廉价出售，五十元整！独特的艺术品，胜过维纳斯！制作精细，具有长久审美价值！……”

他高声招徕着往前走。

毕竟八十年代了，他不知从哪儿学会了用“审美价值”四个字造句，运用得十分准确。

仿佛与这青年有意呼应，传来了一个女人河南农村语调特别浓厚的经过扩音器的话：“这只狗，不是一般的狗，是按照苏联伟大的动物学家巴甫洛夫教授的条件反射学说严格训练的狗。它有个可爱的名字叫妮妮。因为它是女的。瞧，妮妮小姐向大家致意……”

在自由市场的尽头，在街心公园，一个来自河南某农村的跑江湖的家庭杂耍班子的一条黄毛老狗正笨拙表演。替狗解说和进行宣传的，是班主的长女，一位二十二三岁的河南姑娘。虽然不够多么有姿色，脸蛋却也端正，五官却也匀称。眉描得细长黑，唇抹得俏艳倩，绿裤红衣瘦秀透，“三点四围”风流皆现。连日来一些孟浪子弟热情捧场，大喝其彩。自然是醉翁之意不在狗。他们赠了她个绰号，或者该说是艺号——“十三大妹子”。妹子而大，则就可以调戏无忌了。相帮着竖竿扯索之刻，免不了动手动脚，拈香扪玉。那“十三大妹子”虽比“十三妹”“大”，却无“十三妹”的高强武功。连几招花拳绣腿也没练过。除了走绳蹬伞钻圈儿顶碗指使那条黄毛老狗，可能再不会别的什么本领了。她便只有忍气吞声，只有苦装笑颜，只有千恩万谢。连“十三大妹子”的老爹，也只有躬身抱拳说些“仰仗仰仗，关照关照”的话。开罪了那帮孟浪子弟，他们在这座城市就没个立脚的地盘了。近几年，从南到北，从东到西，流浪艺人杂耍班子，卷着乡土的陋野风格，和娇滴滴甜腻腻莺声燕语的港台歌星的录音带一块儿打入大城小镇。那条脱了毛的显然活了一大把年纪的老黄狗，是否当真受过伟大的巴甫洛夫教授的条件反射学说的严格训练，不得而知。也许就是条普通的看守农家院户吃小孩屁屁的狗被主人教会了倚老卖老罢了。而那“十三大妹子”竟知道苏联有个死了好几十年的巴甫洛夫,可见学识“渊博”,并非一般乡里妹子。兜售死猫头鹰的那位愤世不嫉俗的小青年高喊什么“审美价值”,则更不足为怪了。

“喂,卖猫头鹰的,你站一下!”

小青年猛听有人唤他站下,立即站下。

唤他的人,是位个体活动服装店的店主。三十五六岁年纪,见棱见角的长方脸刮得干干净净,腮帮子泛青。着笔挺西装,衬衫领子雪白,还系条紫红色带黑点儿的领带。那样子全不像“倒爷”,却像一位绅士。俨然当今中国之“白领阶级”一员似的。

再看他那活动服装店,竟是一间全塑组合的天蓝色的大房子,巧妙地载在一辆卡车上。这就使它比所有的摊床都至少高出两米,在整个自由市场上,大有高屋建瓴、鹤立鸡群之势。一块大匾,悬挂在滑轮拉门之上,五个魏碑体雕刻大字写的是——“新潮服装店”。是店而非摊床,更令人肃然起敬,觉得店主不仅是位“爷”,简直就是这个地方的“太爷”了!他的店使人联想到印度电影《大篷车》中那辆大篷车,只不过没那般花哨。天蓝色的大房子里,连衣裙、百褶裙、旗袍裙、西服裙、蝙蝠衫、T恤衫、意大利式衬衫应有尽有,标新立异,多为黄色。浅黄、深黄、鹅黄、杏黄、金黄……贴有圆形号码牌1、2、3、4、5……直至一百七十八。店内居然铺着地毯,一段铝梯落地。自门望去,但见店内顾客盈塞。那店主舒适地坐在店前一张沙发里,守着当做柜台的办公桌。桌上放着一摞《服装》杂志,杂志下压住一张大红纸的边缘。大红纸上写的是:买一件服装,赠《服装》杂志一期。本期刊有国内服装专家之预见性文章——一九八六年夏季流行色为黄色!!!

桌上还摆着暖瓶、保温杯、打火机、“盾”牌美国香烟。

“你过来。”“新潮服装店”店主对兜售“长久审美价值”的小青年轻轻扬了下手,仿佛大亨招叫跑堂的。

小青年岂会怠慢?双手捧着猫头鹰标本,如同捧着全世界剩下的最后一顶王冠，立即颠颠地走将过去。

“什么价？”

“写着呐……”

“五十？不贵。放下我仔细看看。”

小青年心内暗喜，遵命将标本放稳在桌上。

“这么多人，没个识货的！您若肯买，咱们还可以还还价……”

“还什么价？”“新潮服装店”店主瞪了他一眼，“我不是说了不贵么？”

“那您就买了呗！往书架顶上一摆，家里来了客人，显得您多有审美情趣，多……”

“少跟我耍嘴皮子！”“新潮服装店”店主又瞧不大起地瞪了他一眼。

小青年很识相地缄口不言了。

那“白领——倒爷”双手托起标本，看上看下，看左看右，如同经验丰富的珠宝商辨别真伪。

“您看吧，一根羽毛也不缺！您能看出膛口在哪儿吗？看不出来吧？这底座可是赤铜的呀！不是铅的锡的铁的刷层铜粉骗人。那双眼睛也不是玻璃球的……”

小青年忍不住又说起牛二卖刀、秦琼当锏的话来。

“嗯。做得是不错。我买啦！”

“新潮服装店”店主爽快地从衣兜里掏出黑皮大钱包，拉开带环饰的拉链儿，指头尖儿上有特异功能似的，只一夹，便不多不少整整儿夹出五张“大团结”，毫不犹豫地递给小青年。

这时围了些好奇的人。

“五十元买这，真是有钱没处花啦！”一个倒提一只肥鹅的胖女人小声嘟哝着离去了。

“‘倒爷’们一个个腰缠万贯，才不在乎几十元钱呢！”一个腋下夹着把新扫帚的精瘦高挑的男人自言自语地附和着，也相跟那胖女人离去了，大概是两口子。

“这年头,卖什么的都有,买什么的都有!”

“是啊,是啊,有卖的就有买的嘛!”

好奇围观的人中,有两位发表着似乎对这年头不满又似乎对这年头挺称意的暧昧言论。

小青年接了钱,转身刚欲走开,猛听一声断喝:“慢着!”

与“新潮服装店”正对面,是一个卖衣服的摊床。打那摊床后边,绕出一位四十多岁的圆头圆脸的汉子。那摊床不幸,地盘儿占在“新潮服装店”对面,恰应着了那句话——“不是冤家不对头”,相比之下,冷冷清清,无人光顾,倒像是个卖破烂儿的,怪可怜见。那汉子却是位地道的汉子,五短身材结结实实。他横着膀子就跨了过来,在那小青年肩上重重拍了一巴掌,憋着股无名火气冲冲地说:“别卖给他!卖给我!”

小青年有几分惧怕亦有几分为难地说:“那哪儿成啊,我已经收了他的钱啦!”

那汉子道:“收了退还他么!他五十元买你的,我六十元买你的!”

“开玩笑?”

“屁话!不认不识的跟你开什么玩笑?”汉子说着,也爽快地从兜里掏出了一沓儿钱,全是“大团结”。不足一千,也够八百。像扑克油子发牌似的,眼睛一眨不眨地盯视着小青年,手中飞快地将六张崭新得嘎巴脆响的“大团结”抛甩在“新潮服装店”店主那当做柜台的桌面儿上。

小青年一见,急切地对“新潮服装店”店主说:“哥们儿别见怪,我不卖给你,卖给他了!能多卖拾元我不干,那我不成傻瓜蛋了么!”就将已揣入衣兜的五十元掏出来放在桌上,随后将那汉子抛甩到桌上的六十元一总抓起,另手指着标本,对汉子说:“归你啦!”

那汉子瞅着“新潮服装店”店主得意洋洋地无声一笑,伸出十指粗而短的双手就去捧标本。他的双手还没有触摸到标本,被“新潮服装店”店主一胳膊挡住了。“新潮服装店”店主盯了汉子一阵,转而又盯了那小青年一阵,微微笑道:“他比我多给你十元,你就不卖给我,又卖给他了?

那好,我再比他多给你二十元,你到底愿意卖给谁吧?”

小青年一怔,大为怀疑地问:“您说话算话?”

他对“新潮服装店”店主称“您”,对那汉子称“你”,足见在这种地方,他心里也是有着“等级观念”的。

“新潮服装店”店主不回答,重新掏出黑皮大钱包,从容不迫地拉开带环饰的拉链儿,两根手指又像刚才那般灵巧地只一夹,夹出一小沓钱来,也如同发扑克牌似的,刷刷刷迅速将钱抛甩桌面儿上。那钱一张斜压着一张,在桌面儿上形成了扇状,不多不少八张。

“也对不起您了啊?”

小青年将刚刚攥在手中的六张“大团结”塞入那汉子的上衣兜,急忙伸手去抓“扇”。

汉子也一胳膊挡住了他的手:“我比他多加十元!”说罢,将九十元一掌拍在桌上,只等他一点头,捧起标本就走。

他瞅瞅标本,又瞅瞅“新潮服装店”店主,贪婪而激动,一时不知所措。他觉得今天这桩买卖本身很来劲儿,可自己在众目睽睽之下未免显得太没劲了!

连盈塞在店中的那些姑娘们,也纷纷踏下铝梯围观。

“新潮服装店”店主脸上却没有什么不高兴的样子,仍保持着那种绅士风度十足的涵养极大的微笑,鼓励道:“别为难么,我若是你,谁出价高我卖给谁……”

“那我卖给他!……”

“我的话没说完呢,我还加二十!”

“那我卖给你!”

“我还加十元!”又一掌拍在桌上一张“大团结”。

“何必使那么大劲儿呢,我再加二十。”笑容可掬。

“再加十元!”

“再加二十。”

“再加十元！”

“再加二十。”

围观者没谁议论，静静地默默地看着。

“新潮服装店”店主和那汉子干脆都不说话了，眼睛互相眈眈地盯着，手中飞快地往桌面儿上抛甩钞票，他们还在较量着冷静。小青年这才发现，“新潮服装店”店主的左手，齐根儿上没了小指头。然而他并不因比那汉子少了一根指头抛甩钞票的动作就慢些，相反，更迅速。

尤其冷静的是那只猫头鹰。这被活活开膛破肚掏尽了五脏六腑的猛禽，并不因为自己成了“永久的艺术”而且身价递增感到荣耀。它两眼射出咄咄的仇恨注视这场买卖的结局。

终于，“新潮服装店”店主手中的一沓儿钱抛甩光了。

那汉子最后往钱堆上又拍了十元，对小青年用胜利了的语调说：“收钱吧！”第二次欲捧标本。

“别急嘛！”“新潮服装店”店主拉开抽屉，冷笑着取出一捆钱，扯断捆钱的白纸条，对汉子恭敬地一笑，淡淡地说：“接着来呀！”

汉子手中仅剩一张“大团结”了，他的脸色变得十分难看起来。他愣怔片刻，鼻孔喷出威胁人的一哼，恨恨地说：“爷儿们没兴致陪你玩儿了！”胡乱抓起那堆属于他自己的“大团结”，用力塞到衣兜里，一扭身分开众人便走，走回去便收摊床。

“新潮服装店”店主对众人抱拳道：“散了吧散了吧，我们不过是解解闷儿，有什么热闹好看的？诸位别影响了我的生意！”

围观者不散，一个个定睛瞧着桌面上那堆“大团结”眼神儿发直。小青年也定睛瞧着桌面上那堆“大团结”眼神儿发直。猫头鹰似乎也在瞧着桌面上那堆“大团结”。它活着身价六百，死了居然还值钱一堆，也算“死得其所”。

“新潮服装店”店主对小青年说：“你愣着干吗？那堆钱归你了！拿走！快拿走！”

小青年如梦初醒，似饿虎扑羊，饥狐逮兔，唯恐被抢掠了一般，往前一冲，身子倾压在钱堆上。

“新潮服装店”店主笑了。

围观者中，某些人的眼睛闪耀着嫉妒的光。

猫头鹰似乎要怪叫一声，从树杈上扑下来。

小青年一把一把从身下掏出钱来，一张一张在手中摆弄齐了，一沓儿一沓儿往内衣兜里揣。终于，他的手从身下掏取不到什么了，才离开了桌子，双手护在胸前，拔脚便去。

“站下！”

“新潮服装店”店主喝了一声，声音相当严厉，具有一种真正的威胁力量，使他想跑掉却又不敢不乖乖站下。他忐忑不安地回首望着那位绅士“倒爷”——或者说“倒爷”绅士更恰当。

“就这么走了？我使你这标本卖了比原价起码多二十倍的钱，连个谢字也不说？”

他赶紧转过身，虔诚地说：“哥们儿，给您鞠躬了！”深弯其腰，连鞠三次九十度大躬。

钱是比上帝更能够使人虔诚起来的好东西。

“这还差不多。请便吧！”

小青年匆匆离去。

围观者们也就渐渐散了。

“新潮服装店”店前一时清静了。

猫头鹰仇恨地凶恶地瞪着店主。

他痴呆呆地瞧着它，似有所思，不知心内究竟作何想法。仿佛在欣赏，仿佛在研究，仿佛在挑剔什么缺陷，仿佛在怨恼它、诅咒它。他的目光中流露出迷惑、茫然、空虚，难以解释的某种怀疑。

“贱卖啦！贱卖啦！长白山木耳——不惜血本大牺牲，十八元二斤，二斤十八元啰！”

“新鲜蘑菇！新鲜蘑菇！”

“甲鱼！甲鱼！最后两只，补阴助阳，强壮身体，胜过人参蜂王浆！”

……

叫卖声招徕声此起彼伏，一声高过一声。一阵高过一阵。都想压倒别人的声音，使自己的声音覆盖整个市场。

“妮妮小姐，不是一般的狗，是根据苏联巴甫洛夫教授……”

街心公园里，“十三大妹子”还在忍心折磨那条黄毛老狗……

那汉子已收摊了，快快地悻悻地正推着车离开自由市场……

他有几分解恨有几分内疚有几分自责有几分沮丧地望着那汉子的背影。

他觉得经受着一种巨大的无聊的压迫，尽管他赌赢了一口气。

丧失了生命价值却获得了审美价值的猫头鹰雄赳赳气昂昂地仇恨地瞪着他，好像要趁他不防，猝地叼出他的眼睛……

他是严晓东。

他完全没有心思继续经营了。他将“柜台”和沙发一一举起，放入店内。自己也跃到里边，扯动绳索，收拢铝梯，关严了门，一屁股又坐在沙发上。

透过塑料壁，绿色的阳光恩爱地照耀着他。他却感到自己是个活得怪没意思怪没情趣的人。尽管除了这“大篷车”服装店他还是一个回民饭馆的“老板”。

他从兜里掏出进口的袖珍收录机。

“……至今天早晨五点钟，又寻找到了十二具尸体。七具女尸，五具男尸。死者之一是学龄前儿童。据悉，可能至少有两家人全体溺死。打捞仍在进行之中……”

他立刻关上了收录机。

许多人就那么悲惨地淹死了，可我严晓东还活着。活得这么没意思这么没情趣。怎么活着才会使自己觉得有点意思有点情趣呢？他认认真真地想过多少次了,想不明白。他认为自己是命中注定了,只能像现在这么个活法,不能再换另一种活法了!每天大把大把地赚钱,每天大把大把地花钱,天长日久谁不腻歪呢?……

第十九章

严晓东家已经不在住了三十余年的那个大杂院内了。搬到了全市每一户人家都十分向往的地处文明中心的南岗区。在中山路一百七十五号那幢外观相当漂亮的乳白色的大楼内，他和老父亲老母亲拥有三室一厅。而据说够资格居住在这幢楼内的大多数是局级干部。他用三万元买到了这种资格。

搬家前，父亲说这张桌子是正宗八仙桌，那个箱子是樟木的，一些破东烂西是过日子用得着绝不能缺少的。母亲跟父亲的主张一致，反反复复跟他叨咕——破家值万贯。

搬家那一天，他买了两张戏票，安排老父亲老母亲坐出租小汽车去看《窦娥冤》。散场后，老父亲搀着哭红了双眼的老母亲走出剧院，他早已坐在另一辆出租小汽车里等待着了。

老父亲车一开动就打起呼噜来。

老母亲问："儿啊，这是往哪儿去？"

他说："甭问，到地方你就知道是哪儿了。"

司机抿嘴暗笑。司机是他哥们儿。

小汽车开到那幢乳白色的大楼前停稳，他们下了车，司机对他扬了扬手,将车开走了。

母亲奇怪地问:“司机怎么把咱们丢在这儿不管啦?”

他说:“这儿是咱们家门口啊!”

父亲转向地四面望望,狐疑地问:“家门口?才一场戏工夫你就把个家搬了过来?”

他更正道:“半场戏的工夫。我去接你们的时候,窦娥她爸还没出场呢!”说罢,率先而入。

上了三楼,他从兜里掏出钥匙,一副心不在焉的样子打开房门。

老父亲老母亲站在门外,见到橘黄色的布纹塑料贴墙纸将满室映衬得富丽堂皇,拼木地面图案美观,组合家具漆光闪亮。百宝架上,一尊唐三彩马神姿伟俊。一尊陶瓷雄鹰双翅飞展……还能见到一角厚厚的地毯……他们不敢贸然而入。

母亲说:“儿啊,不兴这么逗弄爸妈玩!这……这到底是谁家?……”

他倚着门框,两根手指捏着钥匙链,两眼得意地瞧着母亲,悠荡着钥匙,一字一顿清清楚楚地说:“这、是、咱、家!”

“这怎么是咱家?咱家怎么能是这样的?你,你小子搞的什么名堂!……”老父亲仿佛感到在被儿子耍弄,涨红了脸,脖子也粗了。

“这就是咱家。咱家怎么就不能是这样的?你们住不惯这样的家是不是?你们不想住这样的家是不是?”他的语调中流露出了儿子对老子的怜悯的挖苦。父亲的话使他听了极不顺耳。

老母亲瞧了他一阵子,又朝室内瞧了一阵子,好像偷窥别人的家似的,责备道:“搬家也不跟爸妈打声招呼!”

“跟你们打招呼?跟你们打招呼这新家就不定是什么样子啦!”他说着走入室内。

老母亲终于也跟了进来。

老父亲又向室内望了望,追问道:“咱家那些东西呢?嗯?怎么一件也没搬过来?嗯?!……”仿佛那些破东烂西没搬过来,他便绝不承认这儿是家,绝不入门。

"淘汰了!"

他已开了录音机,伴着迪斯科不灵活地扭动着僵硬而粗壮的腰身。尚未中年,他却过早地发胖了。

"什么?……"老父亲不懂"淘汰"这个词儿。

"淘汰了!"他大声重复,继续进行减肥。

"胡说!又不是些活物往哪儿逃?!"

"都不要了!该扔的扔了!能送人的送人了!"

"你、你、你!好你个败家的小子呀!我和你妈守着那些东西过了一辈子,你就扔了!你就送人了!你如今趁了几个钱,你烧包到什么地步哇!"

老父亲终于也闯入了房间,左瞧瞧,右看看,没发现一件旧东西,因而似乎对这新居内的一切一切都瞧着不顺眼,看着来气。

当儿子的自以为扭得潇洒,一边更加来劲儿地晃肩摆胯,一边轻描淡写地纠正父亲的话:"不是趁了几个钱,是趁十四万还多!不是烧包,是实现家庭现代化!"

老父亲张了张嘴,干瞪眼吐不出一个字。

老母亲双手抚摸着塑料贴墙纸,也埋怨道:"都扔啦?都送人啦?那口大箱子不是挺好的么?那可是樟木的呢!"

他烦了。停止了怪模怪样的扭动,关了录音机。从冰箱内取出一筒啤酒,啪地开了封,一饮而光,用手背抹抹嘴,打了个响亮的嗝,抢白道:"您那口宝贝箱子,只有盖儿上一块窄板是樟木的,四帮都朽了,三个角都被耗子嗑穿了!"

老父亲望望老母亲,老母亲望望老父亲,这才无话可说,默默参观新居。大概他们连做梦都不曾梦到会在如此这般的新居度过晚年了却残生。他们的脸上虽然没明显地表露出什么,他们混沌干涸的老眼却渐渐闪烁出了年轻人那种熠熠的光芒。他们身临其境,面对现实,似乎还怀疑自己可能在梦幻里,有没有这等福分。他们通情达理地意识到了。再斥责什么埋怨什么絮叨什么未免太矫情太扫儿子的兴也太辜负今天这个好日子了！是好日子啊,乔迁之喜么！乔迁之喜是如今诸喜中的头等大喜啊！胜过嫁娶之喜,胜过得子之喜。倘无房间,则该娶的娶不进,该嫁的嫁不出；儿子孙子也就难以喜气洋洋地出世,出世了也从小受委屈。老父亲老母亲甚至觉着刚才那些斥责的话、埋怨的话不但大扫了儿子的兴,也必大伤了儿子的心。他们严姓这个一向穷困的家靠谁改天换地辞旧迎新的？还不是靠晓东这么个儿子！儿子为什么把他们老两口接到这令人羡慕的富贵荣华的新居来一块儿住着？还不是想尽一片孝子之心？儿子是个好儿子啊！儿子是个能人啊！几年前还待业呢！想买盒烟还得避开父亲暗地里红脸低眉吞吞吐吐朝妈讨零钱呢！这一晃才几年呀！儿子已成全市除了市长好像他数第二的人物！积攒了十几万元不说,还买下了如此这般一个在他们看来非但富丽堂皇简直太腐化太奢侈的家！儿子的名字还上过报,被宣称为“经营有方的个体户典型”。这样的荣耀并不比十几年前的“毛著标兵”逊色啊！……

老母亲抽巴干瘪的嘴角终于浮现出了一抹笑意,皱纹道道的脸上却已挂着串串泪珠。

那口大箱子失去了也就失去了吧！儿子没说错,的确只有箱盖上的一块窄板是樟木的。的确四帮都朽了。的确三个角被耗子嗑穿了。不过它陪伴了她与老伴多年,是他们成亲时她娘家的陪嫁,她对它有了种特殊的恋恋不舍的古怪感情而已。她自己也明白说它是口樟木箱子实在抬举它了,不过是自欺欺人地高兴那么认为罢了。

老父亲脸上的神态却格外庄重。俨然一位接收单位的全权代表极端认真负责地视察质量标准。倒剪双手在儿子的引导之下从这个房间踱入那个房间,又从那个房间踱入这个房间。儿子的皮鞋在地毯上横行竖过,直来直去,他的双脚却谨慎地绕着地毯边儿走。走过后还禁不住扭回头瞧瞧是否踩下了肮脏的脚印。幸亏他的鞋底儿很干净,否则他也许会无从下脚。

老母亲的鞋底儿也很干净。但她早已脱掉了两只鞋，穿着袜子在地毯上蹑蹑踯躅。

“爸，这大房间你和妈住，那小房间我住。当中那间作会客室，吃饭在方厅。垃圾什么的从门外那个铁板遮着的口倒，下边是垃圾箱，每天有专人清理……”

儿子好像一位陪同参观的介绍员，指东讲东，指西道西，上三下四，左五右六，一明二白地交代着，不厌其烦有问必答，耐心可嘉。

老母亲穿着袜子踱往镶玻璃的阳台。那里光线更充足，几十盆花有的吊在空中有的摆在水磨石案上有的放在地下。君子兰蟹爪兰金橘石榴假桃花茶花红的紫的白的深绿浅绿墨绿，赏心悦目，馥香扑鼻。老母亲爱花。原先那个家阴暗潮湿没地方搁盆花也根本养不活一盆花。这新居有着一个理想的花廊，遂了她生活中的一大愿望。她欢喜得眉开眼笑乐得合不拢嘴，闻闻这朵嗅嗅那株；端详这边欣赏那面，不愿离开。

“那东西，给我从客厅搬出去！”老父亲指着“维纳斯”厉声道。“那东西”三尺多高。

“她就是该摆在客厅的嘛！”儿子的胳膊往“那东西”肩上一搭，手正放在“那东西”最突出的部位。

老父亲看在眼里，气在心里——儿子的举动太下流啊！

“老子不许！”

老父亲吼了起来。他认为“那东西”是个淫物。尽管石膏的，残废；但对男人们肯定具有非常之厉害的诱惑性；尤其对儿子这类三十五六了还打光棍的男人。

他吼过之后，研究地审视着儿子的脸。不无几分痛心地想，好端端一个儿子大概早已被诱惑坏了吧？

儿子的脸刮得青溜溜的，看不出什么很明显的灵魂堕落的迹象，绝顶的自信中透露着未必真实的狡黠和精明。

他知道他的家族的血统是太缺少狡黠和精明了。

他摇了摇头，还叹了口气。一时不能得出结论：这种血统的改变可喜抑或可忧？

“你瞧不顺眼，摆我屋。”儿子说着，从墙角抱起“维纳斯”，走向自己屋。一双手不抱别处，专抱在胸部，捂住了两只雪白的乳房！小手指还在奶窝抚摸着。

“王八蛋！”他恨恨地骂了一句。

“晓东怎么啦？”老伴儿在阳台上懵懵懂懂地问。

他并非只骂儿子，还骂生产“那东西”的工厂。如此淫物也可以成批成批的生产出来卖钱么？将有多少好端端的男人心思会大大地坏了呢？偌大国家就没个人考虑到这一层么？对我们的共和国怀有深切责任感的老公民联想到了那场叫做“清除精神污染”的运动。退了休的他被街道委员会封为“清污”组长，挨家挨户查的就是有没有“维纳斯”之类。几辈子居住在小胡同低矮屋顶下的老百姓家里，肮脏的墙上也赶时兴地挂着电影美人儿挂历，却没见谁家摆着三尺多高的“维纳斯”。那条胡同的老百姓还都没条件“资产阶级”起来。不失为共和国的一些好老百姓。报纸、广播、电视大造了一气儿声势，似乎要彻底“清除”一通儿。却没“清除”得怎样，虎头蛇尾不了了之。唉唉，共产党啊，共产党啊，“说得到做得到”的气魄哪儿去了呢？“文化大革命”固然不好，可毛主席他老人家那等气魄谁个能比？共产党内就再出不了一个有毛主席那等气魄的人物了么？连一场小小的运动都虎头蛇尾不了了之，往后老百姓还听你们的号召？听个鬼！老公民联想甚多，不仅忧国，而且深切地忧党了。

他一抬头，目光又被陈列架上方的一幅镶在大框子里的油画勾住了——一个赤条精光的女人横卧在红毯上。红白相衬，连块遮羞布也不覆盖。一手持柄孔雀翎的羽扇，从高处媚眼盈盈地瞥着他浪笑。其实他一进屋就发现了这幅油画。不过眼花，一片阳光照耀在画上，使他没看出画上究竟是什么。

“维纳斯”胯以下毕竟还围着布！尽管眼瞅着就要滑落似的。这荡妇比“维纳斯”更其不要脸啊！并且“维纳斯”低着头，也不笑。这赤条精光的荡妇媚眼盈盈地瞥着人浪笑！……

而最不要脸的是儿子！将这一类荡妇们不知从何处买回家来，摆着，挂着。就差没燃香秉烛供着她们！

“你小子过来！”

他又大吼一声，只觉一团怒火在胸中腾蹿，冲上脑门。太阳穴突突跳，周身血管都发胀。

儿子闻声踱过来，瞪着他不说话。意思是：又怎么啦？爸？

他抬臂一指油画：“那是啥？！”

儿子用天真纯洁得像三五岁小男孩般的语调回答：“波琪儿！”在他听来，那种语调是故装的，隐含着嘲弄他的意味。

“啥？你敢再说一遍！”

“波琪儿。”

簸箕！居然当面回答他那赤条精光的女人是簸箕！

“你！你……”共和国的老公民，退了休的老工人，八十年代的社会主义的自由市场领域内的“服装大王”或曰走运小贩的老父亲，瞪着儿子跺了下脚说不出话来。

“你们爷儿俩干什么？”老伴离开花房般的阳台予以干涉了。

“你的好儿子！”当父亲的又抬起手臂，指着油画愤愤然道，“他说那上面画的是簸箕！我眼还没瞎！你看那是不是簸箕！”

当母亲的这时才发现那幅油画。她认为自己理所当然地应该站在老伴的立场，语气便不是调解的而是教诲的：“儿啊，从前咱家穷，可是个正经家庭。如今咱家依赖着你，富了。富了更得是个正经家庭。挂那么个女人画，家里来个客，坐沙发上，客瞅着她，她瞅着客，情形好么？算怎么一档子事儿？你还欺你爸年老眼花……”

“簸箕！你咋不说那是把笤帚？……”当父亲的痛心疾首。忧国忧党之情，转化为忧子之虑了。儿子从哪时起变得这等不正经了呢？钱，钱！是一个钱字将儿子引导坏了啊！唉唉！谁能说不是呢？

“是叫波琪儿嘛！伟大的女奴波琪儿！画上这么写的……”当儿子的悻悻地嘟哝。

“女奴不就是丫环么？丫环还有伟大的？杨排风一根烧火棍闯天门阵，说书的也不过说她比男人勇猛，戏文里也没敢唱她半句伟大呀。我看那画的是个外国女子。只有外国男人才把丫环宠到这地步，还夸个丫环伟大！你如今要是专喜欢看……美人画什么的，挂幅演电影的，再不挂崔莺莺，挂林黛玉，都行。不强似挂这么一幅下流脏眼的画？……”当母亲的论古道今，循循善诱。

当儿子的火了，顶撞母亲：“妈你懂什么？瞎喳喳！这是世界名画！”

世界名画——母亲确是不懂。缄口无言了。

父亲又忍不住梗着脖子吼起来：“有我和你妈活着，家里就不许挂世界名画！簸箕笤帚都不许挂！”

“八百元高价买的，就是为的挂在墙上看！”

“八百元?！……八……百……元?！……”父亲两手颤抖，身体左右旋转，目光四处睃巡，看样子想摔什么砸什么发泄。

新居没件破旧东西可供一摔或一砸，连茶几上的烟灰缸都那么美观。卧头牛，牛背上盘腿坐着个吹笛子的牧童，玉石的，晶晶莹莹。父亲跨将过去，抓在手中，高高举起，看出价钱也便宜不了，轻轻地又放下。

父亲一把抓住母亲的手：“这地方是他花钱买的，是他的家。在他家，咱俩说话能算话么？跟我走。看来还得回去住！……”

母亲被父亲扯着，身不由己，脚下移动，目光哀求地望他。

他呆呆地站立着，紧闭着嘴，不肯说一句妥协的话。他许多方面都变了，却仍是倔强的。

父母离去了，撇下他孤零零地在新居。他从这间屋转到那间屋，在席梦思床上四仰八叉地躺一会儿,在阳台上朝下面的街道望了一会儿,打开电视机看了几分钟,从冰箱里拿出瓶汽水喝了两口,听了一盘录音带。邓丽君在国内早已落红了。李谷一销声匿迹了。苏小明和朱明瑛据说是都到国外深造去了。眼下在这座城市最流行的是薛什么和张什么。这两位是何许人?他不知道。也听腻了他们唱的“请到我身边”和“告诉我”,听第三遍的时候就腻歪透了。他不想到他们身边,他们也根本不会高兴他出现在他们身边。如果他们高兴,那他得拎着一个皮包,皮包内装满了钞票,并且一开口就声明诚心诚意地将皮包奉送给他们。他这么想。他更没什么可告诉他们的。尽管他们哼哼叽叽地没完没了地唱告诉我告诉我告诉我……仿佛没人告诉他们点什么他们就不能活了似的。然而他得买他们的录音带。为自己,更主要的是为那些熟悉他或想与他结交的人。他已然成为这些人经常的谈资。他得保证他们谈论起他的时候都觉得挺自豪,他明白自己不过就是一个走运的“倒爷”。他不在乎别人实事求是地看待他,但那些人在乎。很在乎。他们需要他的钱,更需要他是个值得他们结交值得他们称兄道弟值得他们经常谈论的“人物”,而非一般的一个走运的“倒爷”。他们因需要他的钱而更需要他是一个“人物”。花一个“人物”的钱和花一个“倒爷”的钱对他们是大不相同。

比如他请他们吃饭(他得经常想到这一点),他们会对他们的朋友说:“今天严晓东请了我!”

“哪个严晓东?”

“怎么,你不认识?就是晚报上介绍过的那个‘服装大王’啊!……”

“噢……”

这一声“噢”中,得流露出敬意。

他们要的就是听到这一声“噢”时那种引以为荣的感觉。

归根到底,他是为了自己真正成为一个“人物”而非一个走运的“倒爷”做着种种的努力。或曰“拼搏”。这对于他太不容易了,太吃力了……

他又在海绵沙发上架着二郎腿坐了一会儿,望着“波琪儿”出神。

他并不觉得维纳斯有多么多么美。“波琪儿”算不算世界名画他根本不清楚。伟大的女奴——他和母亲一样百思不得其解。这幅油画,也并非出自名家之手。作这幅画的,不过是话剧团的一位四十来岁的美工。他要求人家给他画一幅世界名画,人家就给他画了这幅“波琪儿”。既然人家画了,他就没理由怀疑“波琪儿”不是世界名画。人家要五百,他多给了三百。即使不是世界名画,冲八百元这个价儿,也算世界名画了。客厅挂一幅八百元的油画,在这座艺术传统并不久长的城市,不是个“人物”,也算个“人物”了。人家见他大方,后来又主动给他画了两幅“抽象派”的。一幅是——白画布正中有一个黑点。他看不出所以然,“欣赏”了半天,还是看不出所以然,只好发问:“画的什么?”

“象征上帝的独一无二和上帝爱心的始终如一。”

“那幅呢?”

那幅白画布正中有两个半重叠的黑点。

“是结合的象征。是最初被逐到尘世中来的亚当和夏娃。是创世纪的赤裸男人和女人。”

“想多少钱卖给我?”

“一回生,二回熟。上帝要你二百五,亚当和夏娃要你两个二百五。”

多一个黑点,多一个二百五。尽管都是神圣的点,尽管人家视他为财神爷,那也索价太高了啊!

可是据说对方被认为是很有天才的人。他当时忽然明白了一个道理——某时候某些人之被捧为天才,就正如某种虫子被称为百足一样,并非因为这种虫子果真有一百只脚,而是因为大多数人只能用眼睛数到十几。

他毫不考虑地回答:“算了吧,我讨厌黑点,喜欢红点!”

三十六岁的他,只有初一文化的他,至今并未能对艺术培养起怎样雅的趣味,没那份儿闲情逸致。有空儿他爱看金庸和梁羽生的武侠小说。

他从武侠小说里感受英雄主义——当然不是所谓革命的。《倚天屠龙记》《书剑恩仇录》《射雕英雄传》《雪山飞狐》……见到就买。可是他得将书架上摆满一列列托尔斯泰、雨果、巴尔扎克、罗曼·罗兰、司汤达等等文学大师的小说,有的还是精装本。也是见到就买。他更得将什么《第三次浪潮》《爱与死的痛苦》《论存在主义》、弗洛伊德的系列作品摆放在书架上最显眼的位置。以便某一天某一报社的某一记者又来采访他时,可以有根据地介绍他目前在看哪些书。而金庸和梁羽生是要被压在褥子底下的。几位热心的哥们儿正在促成报社对他进行一次“全方位的”“开放式的”采访,他不能辜负了他们。他们的热心是为他,归根到底还是为他们自己。

他差不多有三年没进过电影院门,却常常在晚上八九点以后去光顾某些半公开的一时说非法被查封一时又说合法被允许的放映录像的场所。为的是寻求到一点儿消遣,一点儿刺激。那些场所尽是些肮脏的地方。有些在潮湿的地下室。光顾那些地方的多半是小贩、青工、开口闭口互称“哥们儿”和“姐们儿”的社会的一群。他们的欣赏趣味超脱不了三个字:黄、惊、打。他们是一个松散的联盟,一个层次,一个社会圈子。

社会圈子形形色色。分高档的、中档的、低档的。仔细考察,许多人都是生活在不同的社会圈子里。脱离了形形色色的圈子,许多人便没法儿存在。他也是属于不依赖于一个圈子便没法儿存在的人。一个人的“独立自主”在今天,在中国,得有资格,得有条件。他还没那资格,也没那条件。钱并不能使一个人在今天在中国“独立自主”。何况他不是百万富翁,肯定这辈子也不会是;肯定这辈子也没条件没资格“独立自主”;肯定这辈子到死都得依赖于某一个圈子。想到这一点他便觉得悲哀。

高档圈子他向往。也钻进去过。高档圈子里他无论如何也获得不到丝毫敬意。钱帮不上他的忙。他豪爽地挥霍钞票,仍感到自己比别人卑下,仍被别人视为丑角。不用谁暗示他,他自动退缩出来了。他明白了,他从骨头里就不可能属于这种圈子。这种圈子是极度文明的,连不要脸都是文明的。

低档的圈子里又有着太暴露的无耻、荒唐、堕落、疯狂。在这种圈子里他只要慷慨,倒是能颇受尊重。但他自己又无论如何也不习惯不适应这种圈子的乌烟瘴气。在这种圈子里,贪婪就是贪婪,丑恶就是丑恶,凶狠就是凶狠,不要脸就是不要脸。开诚布公地不要脸,襟怀坦白地不要脸,直截了当直言不讳地不要脸,不给文明留半点面子。

"大哥哎,你也该考虑考虑个人问题啦,三十五六啦!"

酒后,那个绰号叫"秦川次郎"的小子,打了一串响亮的饱嗝,一本正经地对他说。

是在谁家?他已记不得了。好像就是"秦川次郎"家,又好像不是。"秦川次郎"是结了婚的人,那一天他并没见到"弟妹",而且"秦川次郎"家也不会住在郊区。

他喝醉了。没醉到瘫软如泥的地步也差不多了。"秦川次郎"好酒量。能陪他喝到这份儿上的人他服。

录音机开着。"秦川次郎"的"外甥女",一个二十来岁的俊模俊样的姑娘,在迪斯科音乐中扭着丰满的腰肢,扭得好看。那一天聚在一起的没外人,就他们三个。"秦川次郎"将那姑娘介绍给他时说:"我外甥女。你叫她小婉吧!"

他当然不相信她是"秦川次郎"的"外甥女"。

"小舅,你别问人家不该问的!严大哥还用得着你操这份儿心么?说不定有多少女人排队候选呢!……"

小婉醉眼乜斜地瞧着他。一张嫩脸白中透粉,粉中透红,嘴角挂着天真无邪的笑意。

他说:"我喝多了……"想将目光从她身上移开,却不能够。仿佛她那款款扭动的身体对他的眼睛产生巨大的磁力。

"没事儿,在这儿随便,你想怎么就怎么。到床上躺会儿吧!"

“秦川次郎” 说着,将他从沙发上扶起,架到了床边。

小婉停止扭动,爬上床帮着 “小舅”,安置他平躺在床。

“小舅” 吩咐 “外甥女” :“你去煮咖啡。”

她便像只猫似的蹦下床,进入厨房煮咖啡去了。

“大哥,你觉得我这外甥女怎么样? ……” “秦川次郎” 坐在床边,盯着他的眼睛。

“好……” 他感到头沉重得像石头。

“秦川次郎” 笑了。秦川是那冒牌日侨的姓名。这个炎黄子孙巴不得自己真是日本种。

后来 “秦川次郎” 就离开了房间。

后来小婉就走入了房间,一手端着带把的瓷茶杯,一手捏着钢精勺,轻轻坐在她“小舅”坐过的地方,缓缓搅动着咖啡,那双涂过眼圈的眼睛,一眨不眨地瞅着他。

后来她就用钢精勺一勺一勺喂他喝光了那杯咖啡。

后来她就开始脱衣服,眼睛仍一眨不眨地瞅着他。

“你小舅……”

“他才不是我小舅呢,王八蛋走了!”

“门……”

“插了!”

那一天之前,间接的这方面很局限的生活经验告诉他,一个二十来岁的姑娘在一个四十来岁的男人面前一件件脱光自己的衣服,倘不是非常之圣洁的事情,必然是非常之屈辱的事情。

小婉纠正了他的错误。

他从她脸上既未看出丝毫圣洁的表情,也未看出丝毫屈辱的表情,甚至连半点放荡的表情也没有。如果她的举动她的神色是放荡的,他内心里也不会感到那么强烈的震惊。

她像在澡堂子里似的。使他猜测她当着各种年龄的男人的面脱光衣服的次数，绝不可能比洗澡的次数少。

而她那张俊模俊样的脸又是那么天真那么纯洁！

她瞅着他的那种目光，如同瞅着一个未满月的男婴。她那种目光倒令他觉得无比羞愧。

她那赤裸裸的身体是那么优美，白皙的肌肤光润似蜡。

“那王八蛋说你还没跟一个女人搞过，我不信。哪个男人会白有你那么多钱？……”

“……”

“他怂恿我迷住你，嫁给你……”

“……”

“我可不是那些眼浅的小妞。我看出来了，你这种男人不会娶我这种女人的。咱俩不是一路人，没缘分……”

“……”

“我不在乎你娶不娶我，给我钱就行。别人一次给二十三十，也有给十五块的，那得看面子了。你得比别人多给，因为你趁钱……”

“……”

“再说咱俩今天刚认识，谈不上什么面子不面子的。往后有了交情，你会知道我不敲男人竹杠……”

“……”

这些话，她说得推心置腹。诚挚得令人感动，坦率得使任何一个男人听了都将认为自己是一个伪君子。

她一边说着，一边替他解衣扣，解裤带，脱鞋，脱袜子……

她从容不迫地摆好枕头，展开被子，盖在她和他身上，依偎着他躺下了……

“小指头怎么掉的？”

“钱咬的。”

“钱咬人？”

“有时还吃人。”

他们总共就说了这么四句话。说完这么四句话就干那件事。那件某些男人谈起来津津乐道，眉飞色舞，心猿意马想入非非的事，那件如同美轮美奂的工艺品一样陈列于他观念的最高层次上的事，在他头脑中留下的却不过是一堆又破碎又连贯的粗野的急躁的笨拙的忙乱的不顾羞耻的丑态迭出的滑稽可笑的记忆。那情形像小猫第一次捉到一只大耗子。于他是这样，于她则不同。她显然要比他老练得多，经验丰富得多。从始至终，她极不严肃。而不知为什么，他认为这是件应该相当严肃地进行的事。尽管他的动作是很有损风雅有失体统的，但他的态度无论如何也不能说不严肃。可能正因为他的态度过于严肃，她哧哧笑个不停。她的笑带有对他的毫不掩饰的嘲谑意味，使他惭愧至极亦恼火透顶。不错，她好比一只大耗子，一只大白耗子。镇定地从容地根本不当回事儿地随随便便地招架着他。从经验这方面讲，按理她有不容推卸的义务指导他，言传身带，主动配合。可她不。她似乎从他粗野的急躁的笨拙的忙乱的不顾羞耻的丑态迭出的滑稽可笑的复加很严肃的攻击中获得某种远远大于做爱体验的开心。结果仅仅如此倒还则罢了，留下小猫和大耗子的印象毕竟可算为一种幽默的童话般的印象。然而结果，不，后果要令人沮丧得多，动摇了他对女人的信仰。那信仰原本是挺虔诚的。“不知女人何味”——所有了解他或自以为了解他的哥们儿、朋友，都曾用这句包含着怜悯的话揶揄过他调侃过他。他将那些破碎而又连贯的记忆重新排列组合颠三倒四地剪辑起来。形成了对女人的新的思维简单的认识。

“他妈的……女人！究竟能给男人什么快慰呢？呸！……”甚至连结婚的念头也灰暗了。

“秦川次郎”还不肯轻易放过他。义愤填膺地指责他：“你玩了小婉没有？”

“玩了。”敢作敢当。对于这一个事实他在任何情况下都不会否认。

"那你到底打不打算和她结婚？"

"不。"在任何情况之下他的回答将永远都是这一个字。

"你是人吗？……"冒牌日侨后裔拉开要和他动武的架势，但那握起的拳头举在半空中却又没胆量落在他身上。毕竟不是真日本种儿，缺乏大大的"武士道"精神。

"她是我外甥女！……"

"是你妈也活该。"

"你你你……你赔偿一千元损失费算私了！……"

"一分钱也休想从我这儿得到！我的损失谁赔偿？"

他真是觉得自己损失相当惨重，一种心理和伦理的损失。这是钱所赔偿不了的。

"等着看！我要告倒你！……"

"请便！"

他内心里总归有些忐忑不安，他天生不是那类认为名誉不重要的人。他其实很害怕收到法庭的传票。玩弄女性，还怎么抬头见人啊！

他苦闷了许多天。

只有一个绝对信得过并且绝不会鄙视他的朋友可以商量商量应付的谋略——姚守义。

几经犹豫，他去找姚守义。

守义听他讲完，沉默良久才问："那个……那个……她叫什么？……"

"小婉。"

"小婉……名字怪好听的。被她攥着什么证据没有？"

"没有。"

"肯定没有？"

"肯定没有。"

"那个……那个什么次郎呢？"

"也没有。"

“他们都没攥着什么证据，那你怕什么！”

“我……”他尴尬地笑了。

“没有证据，他们要是真告了，你可以反控他们诬告嘛！”

守义三言两语，大大解除了他的不安。

“那，我预先托人探探法院方面的路子，上下打点打点，是不是就更放心了？”

“别，千万别。傻瓜蛋！那么一来，你就恰恰留把柄啦！你做买卖脑瓜转得挺快的，这种事儿怎么愚蠢到家呢？”

“我不是没经历过嘛。”

“我经历过啦？这就叫社会！他人是地狱！买个小本儿记上，一天背三遍，免得今后再被坑蒙诈骗！”

“他人是地狱？谁说的？”

“你管谁说的干什么，反正有道理！尤其对你阁下应该当做警句！……”

生活是很厉害的，生活真他妈的厉害！

返城之后，一晃七年了。他严晓东同生活进行了多少次严峻的较量啊！他希望自己仍是从前那个严晓东。他曾像一个顽强的战士固守堡垒一样固守过自己的人格和道德原则，结果他遍体鳞伤最终还是对生活让步了。有时他也觉得自己是一个胜利者，毕竟他手中有了十四万元，算得上返城知青中的一个人物了。哥们儿比他两条腿上的汗毛还多。工农商学兵，东西南北中，大经理小“老开”真港客假港仔机关人员领导干部剧团的团长串戏的票友电视台的“二把刀”导演专善于拉“赞助”的野班子的制片“分红”第一不知艺术第几的演员三教九流鸡鸣狗盗狡兔刁狐老马猾驴红男绿女舍命汉子玩世泼妇三十六行七十二业。比他年小的叫他“大哥”，比他年长的叫他“小弟”。没结婚的姑娘见了他“严兄”长“严兄”短，比祝英台对梁山伯叫得还亲。已婚的新妻小媳妇见了他“晓东”寒“晓东”暖，讨好他远胜过讨好自己丈夫。他不知他究竟联络着多少人或者反过来多少人在联络着他，攀附着他，巴结着他。不知这些人中哪些是真哥们儿，哪些是假朋友，哪些是正人君子，哪些属势利之徒。不知是自己处处事事离不开他们，需要利用他们或者是他们事事处处离不开自己，需要利用自己。这些人中的哪一个他想不再来往都办不到。他想从他的社交圈子、他的生活内容里摆脱他们，摈除他们也不可能。他有几册名片夹和一本厚厚的通讯录。好几次他将一批人的名片抽掉了撕碎了，将一批人的姓名住址电话号码从通讯录上划去了，心里宣布与他们彻底决裂。可他们仍拎着东西来探望他拜见他，虔虔诚诚地敬请他光临婚礼赴“得子”庆宴。关切地询问他为什么烦恼，何以闷闷不乐，遇到了哪种纠纷哪类棘手的麻烦，请他只管开门见山地说，他们愿效鞍前马后之劳，替他排忧解难。好像他们半点也看不出他多么烦他们。倒使他自己非常过意不去，怀疑自己误会了他们，错看了他们，将真哥们儿绝情地视为假朋友；于是内疚，于是惭愧，于是感动，于是来往如初。

他觉得自己像一只蜘蛛王，每时每刻在拉丝结网。经纬交织，重重相叠，组成八卦，排为六爻。许多人分明是心甘情愿地奋不顾身地前仆后继地憨皮赖脸地朝他的网上扑朝他的网上撞朝他的网上粘，扯住拽住揪住吊住一根网丝悠悠荡荡打秋千，并非是他施展什么伎俩诱使他们自投其网。他也清楚究竟为什么许许多多的人朝他的网上扑朝他的网上撞朝他的网上粘。他这张网是他的钱结成的，他们粘在他这张网上并无任何危险。他不“吃”他们，他们倒是能获得不少利益。这种利益从别人那里他们靠欺骗靠乞求也难以获得。

“大哥，这阵子我手头紧了。”

“要多少？”

“二百三百就行，手头一宽松就还你。”

“拿去！不会催你还！”

他不会催人家还，人家自然也便不会主动还。天长日久，人家似乎忘了,他也矢口不提。二百三百的,哥们儿之间,好意思提么?

“老弟,我想买台日本进口的彩电,听说以后不再进口了!百货公司的朋友给我留着一台呢,钱凑不足,不能取货。再拖,人家就卖了!”

“还缺多少?”

“缺半数呢,五百吧!”

“今晚到我家取!”

半夜三更,电话铃响了。

“严兄啊,我是小娜呀!我的车里多坐了一位客,让交通警扣住啦!他认识你。我说是你朋友他不信。你电话里替我讲讲情吧!嘱咐他千万别没收我执照哇!”

急切切娇滴滴的女性的声音。小娜?小娜是谁?一时竟想不起来。

“喂,你谁?小张啊!这么晚了还值勤?够辛苦的!对,那是我干妹子!哪里哪里,一回生二回熟嘛!以后用车找她就是了!没问题,收你的钱像话么!听说你二哥升交警大队长啦?往后我那些开车的哥们儿全得仰仗他多多关照呀!哈哈,你二哥就是我二哥嘛!……”

清晨睡得正香,电话铃又响了。懒得接,响个不停,不得不接。

“是我。您是白科长?商业局又要整顿市场?跟税务局联合行动?您放心,我严晓东又没干过偷税漏税的勾当!那倒也是,行,行,一切听您安排!在哪请?佳宾楼?好,好。五六百元够不够上下打点的?您的话对,花点钱,免得被找出什么差错!上午我就给您送钱去!一切拜托您啦!真谢谢您替我考虑得周周到到的!……”

这类时刻,他的网又使他感到骄傲感到自豪。许许多多的人毕竟是众星捧月似的活跃在他周围呀!

他也常觉得自己不但像蜘蛛更像一条蚕。日日月月年年吐丝吐丝吐丝赚钱赚钱赚钱。像蜘蛛也罢像蚕也罢丝是从肛门拉出的也罢从口中吐出的也罢反正丝就是钱钱就是丝他一旦没钱了便既不像蜘蛛了也不像蚕了既没有一张韧性的网了也没有保护性的茧衣了。那当然会成为一个普普通通的人了。一个普普通通没他现在这么多钱的严晓东,过的将会是一种怎样的生活呢?他不愿朝这方面想,他不愿再变成这么一个严晓东。尽管那也许会在另一方面使他生活得比现在轻松些,尽管他已感到快被自己吐出的丝整个儿地一层层地严密地包缠起来了呼吸憋闷了胸膛窒息了。但他还是不愿做一个普普通通没他现在这么多钱的严晓东。或者说是没有足够的勇气与现在的自己令他厌恶了的自己分手。富足是一种负荷,穷困同样是一种负荷。前种负荷似乎使人丧失了许多生活的清心寡欲的乐趣,却又似乎使人获得许多奢侈的随心所欲的快感;后种负荷他曾亲身体验过,更会压死人的!

但更多的时候他暗暗承认自己是一个生活中的失败者。因为他的正直他的坦率他的光明磊落他的不卑不亢的品德和性格,一点一滴地从他身上被生活挤出去,仿佛挤压器挤压一只橙子。

"可是你何苦要去沾染那种女孩子的腥味儿呢?"守义像训斥自己没出息的弟弟似的训斥他:"你不是找不到老婆的男人嘛!你这家伙不正正经经地谈恋爱,偏偏拈花惹草!往后这种恶心人的事儿别找我来商议!……"

"我,那天我喝醉了……"他只有用这句话替自己辩解。

听来是很有力的辩解。酒后无行,纵然法律也会宽恕些的。能骗得过好朋友,却骗不过自己。他那一天的确醉了。却没醉到不能阻止小婉当着他的面一件件脱光了衣服上床和他躺在一个被窝里的地步。如果他不乐意,一个二十来岁的姑娘是强奸不了他这个七尺汉子的。他内心里深深地悲哀自己已开始变得虚伪了。从什么时候开始变得虚伪了呢?那是他自己也无法知晓的。和他比起来,倒是小婉显得多么的真实!自己是怎么样的她便让他明白她是怎么样的。有言在先,直来直去,她不替自己的行为进行任何辩解,她是言行一致的。起码给他留下了这么个印象。谁又能说这么个印象不是个良好的印象呢?

"秦川次郎"没敢告他。非但没敢告,反而托人过了个话儿给他,要与他重结哥们儿情义。要请他去“佳宾楼”大“撮”一顿。

“他人是地狱”——牢记了姚守义这深刻的教导,他不赴宴。

冒牌的日侨后裔又亲自给他打了几次电话。他每次一听出是那小子,便将电话挂了。

他又去找姚守义,问该不该去。

“去！干吗不去？”守义不假思索就鼓励他去。

“要是……要是他设的圈套呢？”

“你是说,他会不会召集了一帮人,狠狠揍你一顿吧？他没那胆量！他若有那胆量,早打上你家门啦！”

“要是……要是小婉也去了呢？”

“她是孙二娘？你怕她？”

“我……我怎么好意思再见到她？”

“她若好意思,你有什么不好意思的？这样吧,我陪你去,给你保驾！再回一个条件,桌面儿上只字不许提那件事！瞧你垂头丧气的样儿！当年组织二十余万返城知青大游行的气魄哪去了？”

“好汉不提当年勇……”

掺杂着证明自己仍是好汉的意识,连守义的保驾也不需要了,他西装革履,租一辆“皇冠”小汽车“单刀赴会”。

“秦川次郎”并未请别人,还是小婉作陪。自然未提那件事儿。“秦川次郎”还是张口闭口“大哥”“大哥”叫得亲亲热热,小婉还是左一杯又一杯劝得殷殷勤勤。

酒肉穿肠过,“情义”心中留。他暗暗告诫着自己,也还是喝了个颠倒乾坤。

他要结账。“秦川次郎”岂肯？一向扮演吃客角色的“秦川次郎”,破例豪爽地甩出了八张“大团结”。

小婉从二楼像搀着自己的老父亲似的,一直将他搀到楼外,搀进了小汽车……

这一次比上一次喝得更多,他不知道自己是怎么从小汽车里出来的……

酒醒之后,他发现自己赤裸裸地躺在被窝里,身旁依偎着和他一样赤裸裸的一个柔软的身体——小婉!

他这一惊非同小可!赤裸裸地蹦下了床,恐惧地望着那张床,仿佛床上有一具面目可怖的女尸。

小婉睁开惺忪睡眼,翻了个身,从被窝里抽出一条修长白皙的手臂,弯成“V”字形轻轻压住身上的被子,凝眸睇视着他嫣然一笑:“做噩梦了?”

但愿是梦。妈的不是梦!

还是上次那间屋,还是上次那张床,还是上次那对绣花枕头。“冷面影星”高仓健还是贴在墙上原先的地方,板着苦难者式的脸阴郁郁地瞪着他。

他说不出话来,费劲儿地咽了口唾沫。

“快钻被窝吧,别冷着!”

小婉掀起被角,仍嫣然地笑着。

他这才意识到自己赤裸着身子,想寻觅个角落躲避她的目光。哪躲?没处躲!他本能地蹲了下去。

“我的衣服呐?”

“这儿。”她拍拍他枕过的枕头。

“扔给我!”他大吼。

“吼什么呀?给你!”她从枕下抽出他的衬衣衬裤之类,扔给了他。

他背转身,匆匆惶惶穿上,恢复了一点儿自尊。

他斜肩膀靠着衣柜,身子隐在衣柜一侧,冷冷地问:“我的外衣呢?”

“床底下……”

“床底下?!”

“洗衣盆里。”

他不信。跨到床前，撩起床单，果然看见一只大洗衣盆。拖将出来，不由七窍生烟——他那套西装泡在半盆水中，褐色领带扭曲着，像条蛇。

没有了外衣如何离开？

他顿时猜想：又落入了“秦川次郎”的陷阱！说不定那小子已在可恶的小婉的配合之下拍了不少低级不堪的照片吧？

这么一想，他开始诅咒她，用自己最愤怒的时候也骂不出口的脏话破口大骂她。

她火了。猛地掀开被子，一下坐起来，柳眉倒竖，涂了眼圈的眼睛咄咄逼人：“你是个什么东西！你在小汽车里躺我怀中，人事不省。我又不认识你家，不把你送到这儿难道把你丢马路上？你吐得衣服裤子一团脏，我好心好意替你泡上，想替你洗。你不谢我，反倒骂我！你滚，立即给我滚！……”

“衣服老子不要了，留给你送别的男人穿吧！……”他往外就走。

推开了门，他没迈出去。正半夜，外面哗哗下着倾盆大雨，地点又在市郊。四野漆黑，灯光全无。

他默默关上了门。

“走啊！……”她幸灾乐祸地说，重新躺下。将被子往上扯到下巴，用类乎大耗子瞧着小猫咪的目光，静静地无所谓地瞧着他。

他默默退到沙发前，一屁股跌坐了下去。同时咬牙切齿地骂：“秦川，老子饶不了你！……”

“你恨秦川干吗？人家没用枪逼着你今天去‘佳宾楼’呀！”

她曼声曼调地说完，随手拉灭了灯。灯一灭，屋里黑得几乎伸手不见五指。

在这种黑暗中，他呆呆地坐在沙发上，觉得自己他妈的真是如同陷入他人的地狱了。

细想想，她的话也很公正。今天的事儿可是恨不着秦川那小子呀！

恨谁？恨自己？恨自己恨不大起来，而且他更觉得自己眼下的处境怪可怜的。想恨姚守义。因为是姚守义鼓励他怂恿他赴宴的,但姚守义是一片朋友之心啊！连唯一值得信赖的好朋友都恨,那他妈的这世界上还有谁不该恨呢？想来想去,顶可恨的是躺在床上这个俊模俊样的外表看起来又单纯又天真又可爱的姑娘。不要脸到了惊世骇俗无与伦比的境界！若有把刀,他真想宰了她！

突然他跳起来,怀着一股猛烈的仇恨,像头獒犬似的扑到床上揍她！仿佛要扼死她撕碎她用拳头擂扁她。她则缩进被窝,在被子底下机灵地躲避他的打击。他将被子扯到了地上,她就缩在墙角,瞪着极其镇定的眼睛,拼命地勇敢无畏地招架、反抗,她一丝恐惧也不显出来。她不喊不叫,只是招架,只是反抗。凭着青春的躯体里本能的旺盛的气力招架着反抗着。然而他那种怀着猛烈仇恨的强壮的凶暴的男子汉的进攻,毕竟是她所难以抵挡的。渐渐地她气力不支了,他的打击接连地实实惠惠地落在她身上了,她却仍不喊仍不叫。他牢牢抓住她的两只手腕,将她从墙角拖到床中间,压迫在她身上,被一种非彻底制服她不可的意念所亢奋。这种亢奋掺杂着奇特的低贱的快感。她的反抗虽已徒劳但继续着。在黑暗中,他们的身体互相抵触着又互相厮磨着,互相较量着又互相贴紧着……

仿佛有一种超乎他们主观的欲望指示着他们左右着他们,渐渐地他们都被它所征服所驯化了。他们身体的互相抵触变为互相依偎,互相较量变为互相亲近,他们的双手由互相搏斗而变为互相爱抚,他们的嘴唇长久地甜蜜地吻在一起了……一切都发生得那么荒谬又那么自然……

这一次,他是真的从她身上获得了无比新鲜的无比迷醉的从未体验过的从未领略过的畅美的满足……

一场肉体与肉体共同掀起的狂风暴雨过去后,暂时佯退的理性高擎着道德的威武旌旗开始反攻,横扫残余的快感,又长驱直入地占据了他的灵魂,并在那里刻不容缓地对他开庭审判。

那是毫不留情的“回马枪”！

一般不甘堕落的男人们大抵比女人们会更痛苦地惨败于这致命的一击之下。

他翻转身，背对她，耸动着双肩，像个丢失了贵重东西的孩子似的，呜呜哭了。

她好像非常理解他。温柔地伏在他肩上，用嘴唇衔弄着他的耳朵，无言地以缠绵的爱意安抚他。

他发誓般地说："听着，我要和你结婚！"

她说："随你的便。"声音很低很低。在他听来，她的语气是那么淡然那么无所谓。

"我保证和你结婚！"他更加郑重地说。

"你何必呢？"她的语气中带着中肯的劝告。

他猝然转过身，双手用力推开她，在黑暗中瞪视着她，恶狠狠地说："那么你心里把我当成什么样的一个人了?!"

"我心里没有过你那么多想法……"他看不见她的脸，回答他的仿佛是包围着他的黑暗。

有限空间内的黑暗如同深渊。只要有一线光亮他就会感到看见了自己的一个希望。他撑起身在黑暗中摸索着，摸到的只是光滑的墙壁，好像临渊的绝壁。

"你干什么？"黑暗问他。

"灯绳呢？我要开灯！"

"灯绳刚才被我扯断了……"

他颓然地又躺下了。

"你真古怪……"黑暗向他伸过软润的双臂。

他无力抗拒那样一种诱惑，将头偎在她怀里，喃喃地问："这里是哪儿？"

"我家啊。"

"怎么我从没见过你家什么人？"

“我家就我一个人。”

“怎么可能就你一个人呢？”

“怎么不可能就我一个人呢？”

“你爸爸妈妈呢？”

“三年前就离婚了。我爸又找了个女人，我妈又找了个男人……”

“那……你就没有一个兄弟姐妹？”

“有个兄弟姐妹倒不错了……”

一阵沉默。一点儿同情。

“你怎么认识秦川的？”

“舞场上认识的。”

“你……也和他像我们这样过？”

“可以和你，为什么不能和他？”

又一阵沉默。又一重厌恶。

“我是第几个？”

“你想是第几个？”

“我是正经问你！”

“我也是正经回答你。你想是第一个，我就说你是第一个。你不在乎，我就如实告诉你，你是第五个，也许是第六个……”

“我在乎！”

“那你就以为你是第一个好了！”

“秦川这个王八蛋！”

“你又提他。是我自愿的。”

“可是他有老婆！”

“我预先知道。”

“预先知道你还……”

“预先知道就不行了？”

“你坏透了！”

"我觉得我挺好的。我又没挑唆他和她老婆离婚。我讲原则。"

"你还有原则?!"

"当然。人活着,谁没有个活着的原则?比方对你吧,我的原则是,你要想我的时候,你就来找我。你不想理我的时候,我绝不纠缠你。不过我挺想知道,你喜不喜欢我?……"

她那双用香脂滋润得非常细嫩的手抚摸着他的身体。

"你在乎这一点?"

"倒也谈不上在乎,挺想知道而已。"

"我憎恨你!"

"像你这么坦率的男人不太多啊。你是我承认的第一个。"

她叹息了一声。

他的关于男人的信仰也开始动摇了。与其说是她的话使之动摇,毋宁说是他自己此时此地的行为使之动摇。她的坦率,以及受她影响他自己所表现的坦率,使他一向的观念无法判定这件他陷入得难以自拔的事的本质了。

细嫩的手从他的肩始向下滑……

他怀着憎恨与厌恶的心又嚣荡起迷醉的冲动……

他紧紧搂抱住她丰满的似乎散发着馥芳的身体,如同在黑暗的海之深域搂抱住一条抹香鲸……

她会吞食我么?抑或把我带往某处极乐仙境?

同时他心里绝望地咒骂自己:"严晓东严晓东,你这好色之徒你这无耻的东西你他妈的不是人你整个儿堕落到底了!……"

天明后,她仍酣睡着。

他小心谨慎地爬起来,悄没声地下了床,唯恐惊醒她;仿佛怕惊醒一头凶暴的雌狒狒。

他轻轻打开衣柜,内中尽是花的艳的女衣女裤。他无可奈何地坐在沙发上吸烟。吸完一支烟,又开始各处寻找。像个贼。终于,从衣柜底下发现了卷成一团的一套蓝色工作服。肥且大,脏而破。不知是她的,还是别的哪一个男人的。如获至宝,匆匆穿上,往外便走。

走到门口,不由回头望了一下。她静静地侧卧在床上,脸朝着他,只要微微一睁眼,就会看到他那副贼样。她的脸又安详又恬静。这会儿,他才很真实地承认,她的确是个美丽动人的姑娘。他觉得她睡着的时候像个天使。一旦醒来却是个甘愿堕落的半公开的娼妓。他想:如果你老是这么睡着,我也许会天天晚上来这里。他甚至怀疑她早醒了,暗中将他的一切贼似的举动看在眼里了,只不过是在装睡。

“我这么一走了之可怪不得我,何况你什么也不在乎!”他心说,推开道门缝,侧身闪了出去……

隔日,姚守义给他打了次电话:

“哪天去赴宴啊?”

“我……已经赴过了……”

“你这家伙搞什么名堂?让我倒心里当成回事儿整天牵挂着!”

“你不是用话激我拿出点当年的气魄么?”

“一个人去的?”

“一个人。”

“听出我用话激你还冒险?当真挨顿臭揍呢?”

“没挨揍。”

“气氛怎么样?”

“挺好的。”

“哼,挺好的!那件事儿就算了结啦?”

“……”

“说啊!”

“了结啦……”

“再也不会找你麻烦?”

“再也不会找我麻烦……”

“这我就放心了。你给我听着晓东,任何时候别作践自己!你也毕竟算咱们返城知青中出息了的一个。别忘了没钱买包烟那阵子的艰难。靠摆地摊混到如今人模狗样的地步你比我更不容易!你的名字是上了报的。你知道报上是怎么鼓吹你的?返城待业知青中自谋生路的典型!这不简单,不低。你别往你自己和咱们返城知青头上扣屎盆子!……”

姚守义的话,像带电似的,使他觉得握着话筒的手发木。

“我……哪能呢?……”

“怎么说?大声点!”

“我……记住你的话!”

“你敢不记住!再发生那类臭事儿,别登我家门!小曲也会瞧不起你!你给我保证!”

“我保证……坚决保证……”

“那好,我信你。下个星期天是小曲生日,晚上你得来,别忘了带着照相机。”

姚守义那边挂了电话,他这边还久久握着话筒发呆。没骗过守义,开始骗了。他是敬重朋友的人,守义是真正的无话不说的实心实意的朋友,唯一这么好的朋友。骗这样的朋友罪过,骗了他心里好难受啊!

而守义还说“我信你”!

从此他避免见到“秦川次郎”像避瘟神一样。

却常常想到小婉。谈不上是想念,也不无想念的成分。倘说想小婉便是他这三十七八岁的光棍汉想女人吧,倒莫如说想女人便是想小婉。女人在他的信仰中是彻底完蛋了。更应该完蛋去的小婉竟他妈的害苦了他,日益在他头脑中侵占越来越大的“地盘”。这当然不是单相思,单相思不过就是相思;他想到她的时候,每每还想到自己的灵魂之猥琐和不可救药;类乎癌病患者想到癌的心理。小婉是可以招之即来的,他没那胆量再主动召见她一次。他悲哀地认为自己在精神上确实是一个懦夫了,连一点索性堕落的勇气都没有了。真的召见了,小婉也是可以挥之即去的；他相信小婉是不在乎的。小婉哪会在乎这个呢？在乎这个，小婉就不是小婉了。从他的理解，小婉那套“原则”中有着时刻准备让哪个男人挥之即去的“内定”的一条。对男人，她无疑也是要求挥之即去的。但小婉的模样却不那么容易从他的头脑中挥之即去了。她的底片好像他妈的印在他的头脑中了。哪时哪刻冲洗显影放大全由不得他！又好像他妈的有两个小婉；一模一样。一个是娼妓般的，他得时时抵御她对他造成的诱惑；一个是仙女般的，他更得时时抵御她对他造成的诱惑。一个就够他受的了！两个如何受得！问题的严重性还在于，小婉虽然是女人，但除了她自己，似娼妓也似仙女的她自己，所有的女人都不是小婉！所有的女人都不能取代她使他不去想到她！

更要命的是，他总觉得自己对不住小婉。第二次就那么像个贼似的溜了，一分钱也没给小婉留下。这很不仗义嘛！那套西装倒是能卖个百十来元的。可一开始没讲好用那套西装顶钱啊！这种做法要是从小婉口中散布，他严晓东究竟算个什么玩意儿呢！

他终于鼓起勇气找小婉。他知道想找她并不难，几个舞厅一逛准能找到。

果然在一个舞厅见着了。

小婉正与一个二十六七岁的瘦高个儿小伙子跳“自由式”。本市的年轻人们管跳“迪斯科”叫跳“自由式”，一种近乎直译的说法。她跳得当然没比，那小伙子跳得也不赖，两人水平挺般配。他看见了小婉，小婉没看见他。小婉跳得专心致志，甚至也不看着那小伙子，只是在和那小伙子走马灯似的转着跳。

音乐结束，那小伙子牵着小婉一只手，将她引到食品柜台喝冷饮。

他也走到食品柜台前，努力不瞧她，装着买汽水。

“大哥。”小婉从旁叫了他一声，叫得十分亲热。

“小婉？……”他接过汽水和零钱，转身看着她，继续装出诧然的样子。

“你也来跳舞哇？”她问。问罢低头吮汽水，照例涂了眼圈的眼睛目光朝上挑着注视他。

“我么……”他模仿中年绅士那种自信而矜持的笑容，彬彬有礼又不失风趣地说，“劳逸结合，寻找逝去的青春。”

小婉吐出吸管回报了个嫣然一笑：“你风华正茂嘛，寻找什么逝去的青春啊！”

“老了。是老了。三十七多了，什么都晚了。”

“且不晚呐！想快活，起码还能快活十几年。你舞伴呢？引来介绍介绍嘛！”

“没舞伴。”

“鬼信。”

“真的，现找。你陪我跳一轮吧？”他满有把握地期待着她说“行”“好”或“可以”。

她却掏出小白手绢，拭了拭嘴角，认真地问：“跳什么？”

“快四吧？”

她摇头。

“慢四？”

她摇头。

“探戈？”

“都没意思。你要跳‘自由式’我才奉陪！”

“华尔兹呢？我认识这儿的经理，要求演奏什么舞曲，都不会使我失望。”他有些得意洋洋地说，侧目打量了那青年一眼，脸上显出几分踌躇满志的中年人对毛头小伙子不屑一顾的表情。

不料她竟坚持道：“自由式！”

他扫兴起来。为赶时髦，他尽管已摘掉了“舞盲”的帽子，偶尔也独自伴着音乐“自由”过，却从没在舞厅扭动开始发福的粗壮身体，他对“自由”太怯场。

“未见得吧？”瘦高的青年慢条斯理地插话了。

“什么意思？”他再次侧目打量对方。那张“彼得”式长发“包装”着的长脸，使他联想到了戴假头套的胡萝卜。

“乐队只听我的。”

“我忘给你们介绍一下了，”她观察出了他们彼此的醋意，用调和的语调说，“这位是话剧团的乐队队长小刘，刘华。这位是我严大哥，报上介绍过的那位倒……个体营业者。”

他看得出来，在这种情况下，她很顾全他的尊严，才没将“倒爷”二字说出口。但已说出了一个“倒”字，“个体营业者”五个字于事无补了。

妈的你还不如只说一个“爷”字！他在心里生气地骂了她一句。

她一笑，补充道：“你们都是我的朋友。”

“靠卖女式衬衣裤衩发财的那位便是您？”专业乐队的年轻队长讥讽地说，以优雅的姿势从西服上衣兜里摸出一张喷香的名片，夹在中指和食指间递给他。

这种给予使他感到受了莫大侮辱。

他不想接。她瞧着他。不接便连一点男人的气度也丧失掉了。犹豫片刻，还是接了过去。

“我的名片没带。”他脸红了。其实他从没印过名片。他认为姚守义都有资格印名片，自己没有。姚守义可以在自己的姓名前印上“木材加工厂第二车间主任”，自己往姓名前印什么？

“名人是不需要名片的嘛！”专业乐队的年轻队长说罢，傲气十足地挽着小婉离开了，仿佛挽着自己老婆似的。

小婉连头也不回！刚才还称他“严大哥”！

他望着他们的背影，羞恼得想一头撞死在水泥廊柱前！很久很久了，他没遭到过如此的奚落！

他将那张喷香的名片撕碎，扔进了食品柜角的痰盂。

那令他嫉恨的小伙子挽着小婉走到舞场中央，竖起一只手臂，乐队便又奏起了“迪斯科”。在他们的带动下,很多的人都一对一对转来绕去跳节奏剧烈的“自由式”。跳得美的和跳得丑的都跳得那么来劲那么忘我!几位过了中年的男人和半老徐娘自甘落伍地退至外围,望洋兴叹。

他的手不由得伸进了西服内兜。

妈的同样穿的是高档质料的西装,同样扎的是“金利来”领带,同样是花十二元钱买的门票才进入这一流舞厅的,却被人瞧不起了!

他的手在西服内兜里攥紧了。攥住了一捆钱,整整一千元。是带来要当面给小婉的,打算用这一千元赎一个良心过得去。此刻,他改变了主意。由于那个傲气十足的年轻人,他决定扫她一大兴!

当这一曲“迪斯科”奏完,舞者们兴犹未艾地退出舞场时,他不被人注意地走向乐队,右手依然插在西服内。

他先走到指挥身边,右手这时才抽出,手中是几张“大团结”。拇指熟练地轻轻一捻,“大团结”呈扇形分开。五张。崭新。

“朋友,一点小意思,别见笑。”他搭讪着说。

“这……给过了……”风度翩翩的指挥,两眼盯着钱,诚实得可敬。

“我个人酬谢的……”他将“个人”二字拖出特别强调的意味。

指挥的手向钱伸出了,又收回去了,犹豫着不知该不该接受。

他将钱夹在指挥的乐谱中。

指挥赶紧连声说:“惭愧,惭愧。”

所有的乐队队员都虎视眈眈地瞧着这令人兴奋的一幕。

他转过身,不多说什么,依次在每一位队员的乐谱中都夹了五张“大团结”。并不亮出那捆钱,只是一次次将右手插入西服内,一次次抽出。抽出时,不多不少必然崭新的五张。照例拇指轻轻一捻,呈扇形分开,使他们每人都看清,他没有偏向,一视同仁。

他发完了,他们也一个个将钱揣入了衣兜。音乐是神圣的,衣兜才是放钱之处。

他望着他们,右手还插在西服内,好像会再发一轮似的,起码使他们不免这样以为。

他冲他们一笑，说："快四、慢四、华尔兹、探戈，随你们奏，就是别来迪斯科！"

"听您的！"

"当然听您的啦！"

"放心。有您这句话，今晚禁绝迪斯科！"

"保证一个迪斯科音阶您也听不到！"

他们全体和和气气，堪为信赖。

他作出十分感激的表情，向他们点了一下头，从从容容地离开了。

他的目光到处寻视，看见小婉和那傲气十足的小伙子在一根廊柱前喁喁私语。那小伙子曲臂撑着廊柱，另一只手搭在小婉肩上。

他避开他们的视线绕着向他们走过去。走到廊柱的另一面，他们也没发现他。

他背靠廊柱听他们的一番卿卿我我：

"你有把握出国吗？"

"百分之百的把握。"

"什么时候？"

"不是认识了你，我已经出去了。"

"我不明白你的话。"

"你装不明白。"

"听人讲，出去了也很不容易混到工作，沦落成难民可惨了！"

"那就看是什么样的人出去了！你知道，我是吹黑管的。像我这样的出去，凭着一支黑管，几年后过上国外的中产阶级生活还成问题？"

"要有个人能带我出去，我给他做牛做马都心甘情愿。"

"你真想出去？"

"如今哪个姑娘不想到国外去呀！"

他听到这儿，幽灵似的从廊柱背面闪现出来，仿佛怀着不容置疑的善良动机似的说:“二十来岁,连个起码的文凭都没有,也不会外语的姑娘,作这种决定可要三思而行啊!前几天的晚报看过没有?一个这样的姑娘被骗出国,最终落得个给卖到下等妓院的结果!那真是叫天天不应,叫地地不灵!逃了三次才逃到中国使馆,还是咱们中国使馆用外汇替她赎的身。送回来,成了个出口转内销!掉价多啦!”

乐队队长瞠目瞪着他,半晌才从牙缝挤出四个字:“危言耸听!”

“怎么是危言耸听呢?这话要叫晚报的什么人听到了可会提抗议的呀!”他掏出了一盒“骆驼”,弹出一支,敬道:“请吸烟。”

“你滚!”还是从牙缝往外挤着说。

“何必发火呢?我一片好心,帮她参谋参谋。”他瞅瞅小婉,仿佛被误解而又宽宏大量地耸了下肩膀,表示由衷的遗憾。

她白了他一眼,扯着新交男友的衣袖说:“咱们跳舞!”

于是他们愤愤然离开了,旁若无人地走到舞场中央。傲气十足的专业乐队队长又竖起一只手臂,遥遥向乐队做手势。

指挥棒一落,乐队奏起华尔兹。

“停!”乐队队长喊了一声。

指挥扭头望他。

“你没看清我手势呀?”

指挥棒又一落,乐队奏起探戈。

年轻气盛的乐队队长撇下小婉,冲向乐队,往他们面前一站,训斥道:“来时怎么讲的?都维护点我的脸面是不是?谁从中作梗,跟我过不去?!”

乐队队员们面面相觑,目光一齐落在指挥身上。

指挥显得为难了。

他在这“军心动摇”的时刻又出现了,右手从西装内缓缓抽出,三张“大团结”呈扇形捏在手中,微笑着往乐谱架上一插。

他又开始依次分发。和第一次一样,没偏没向,一视同仁。

许多舞者也莫名其妙地围过来,相互询问:

“怎么回事?怎么回事?”

“不知道。”

“乐队嫌钱少?”

“嫌钱少找经理去,也不该亮我们呀!”

一位半老徐娘对一个秃顶男人嘟哝:“那一对捣乱,一入场就是迪斯科,不许换换样儿!好像乐队是他俩出钱请的似的!”

他不动声色地分发完了钱,对指挥举手打了个脆响的榧子。

指挥往后一甩头发,断然地大声说:“都往我这儿瞧!你,瞧哪儿?瞧指挥棒!华尔兹!”

指挥棒骤然一落,弓弦齐运。

优美的华尔兹舞曲响彻舞场……

年轻的乐队队长身上那股不可一世的傲气被彻底瓦解,呆若木鸡地站在那儿,一副尴尬相。

他用充满热情的语调鼓动众人:“跳哇,大家都跳哇!尽情跳吧,这舞曲多美!”

小婉上前去扯自己的新交男友:“咱们走!”

于是他们双双地走了。

乐队队长临走恶狠狠地扫了他的乐队队员们一眼。

他们都摆出专注的模样,根本不瞧一眼自己的队长——每人的乐谱中夹着三张“大团结”,前后两排,看去怪有意思的。

用“大团结”打败了“迪斯科”,他感到一种胜利了的骄傲。

指挥忙里偷闲扭头对他说:“什么东西!溜须拍马挠扯上个队长当,就不知道自己有几两重了!”

他宽宥地笑笑,转过身去。他明白指挥和每一个乐队队员都在期待着他给予他们一个时机。果然,当他再面对乐队,夹在指挥和每一个乐队队员乐谱中的“大团结”全不见了,而他竟没有听出舞曲在哪一个拍节间中断。

妈的水平真不低！他想。

他不再感觉有一沓什么东西硌着自己的胸部了，但这可绝非一种非常之舒服的丧失。他还是希望保持那种感觉的，那种感觉通常和他的自尊联系在一起。

用“大团结”打败“迪斯科”的胜利者的骄傲转瞬云消烟灭，代之而起的是内心的沮丧。暗暗计算了一下，他又闹着玩似的抛出了八百八。倘这八百八如愿以偿，换取的是灵魂的安宁，倒也值，但不过就是为了和一个自视清高的毛头小伙子赌口气。第几次了？记不得了。反正不是第一次，也不是第二次。他感到自己活着的意义好像只是赚钱，赚钱的目的好像只是在某种情况下以某种方式赌口气。某种？妈的从来就是那么一种方式！用钱赌气，一个天才的头脑又能翻出几多花样呢？而明明赌赢了的时候内心里也依然觉得输得挺惨！

我的神经是不是确有毛病了呢？他对自己没底了。有时他觉得许多许多人都很瞧得起他，有时他又觉得许多许多人都很瞧不起他。返城初期，他什么没干过？在闹市街角扯开嗓子大声招徕，为“下里巴人”们剃“方便头”，在自由市场摆地摊卖菜，在货车站拉小套，甚至还以翻扑克牌的方式设赌骗过钱。那时他才不怕被人瞧不起呐！根本没心思朝这方面想。被市场管理员罚款，被治安警察盘问，他面不改色心不跳。那时候好像反而没什么人瞧不起他。那时候他走南闯北凭的什么？凭自己是条汉子。那时候他无所畏惧。听人说柳州尽便宜东西，他将全部血本——四千多元塞入皮包就上了火车。广西佬欺他是外地客，而且没伴儿，骗他到家中“瞧货”——五六个凶汉在郊外一幢房子里团团围住他，其中一个，将一把菜刀砍在桌子上，问他要钱还是要命？

他说要钱。

他拔出那把菜刀，一刀剁掉了左手的小指头，鲜血喷溅，他还冷笑。

“就你们几个，也想动抢？老子天生要钱不要命的主，你们有什么本事,来吧!”

“告诉你,我们‘文化大革命’中吃过人!”一个个龇牙咧嘴。

“老子早听说过你们广西佬‘文化大革命’中做过些什么孽!甭吓唬我,先吃了我这根指头让我见识见识!老子替你们拍扁剁碎!”

他将他那根小指头像拍黄瓜似的,用刀背拍扁了,剁十几刀剁碎了,铲在刀上,吼:“哪个吃?吃啊!”

那五六个凶汉却原来色厉内荏,一个个目瞪口呆,他手中的刀举到谁眼前,谁惶恐地往后退……

那一次他失掉了左手的小指头,倒了一次大买卖。那时候他玩命赚钱!现在是怎么了呢?是他自己的心态不对劲了?还是年头不对劲了呢?从买不起一包廉价烟的境地不屈不挠地挣扎到今天银行里存着十四万元的份儿上,按说该扬眉吐气了,可自己就是找不到这种良好的感觉。瞧不起他的人不是他虚幻出来的!他们确确实实地存在着。用他们的表情他们的目光他们的语言提醒他——他归根结底还是个人下人!妈的是从前他并没注意到他们的存在呢,还是从前他们并没注意到他的存在呢?现在仍被许多人瞧不起,这在他内心里造成极大的痛苦。连小婉这样一个他非常鄙视的姑娘,身子都不在乎地闹着玩似的给过他两次了,竟也对他翻起白眼来!那种活得充充实实的真正不卑不亢的感觉在哪儿?在哪儿?!什么样?什么样?!怎么才能获得到?怎么才能获得到呢?!难道在中国,在一九八六年,十四万元钱还垫不起一个腰杆挺直的人?

舞曲是美极了。指挥情绪饱满,乐队队员个个演奏得十分认真,十分卖劲儿。一双双舞伴陶醉在舞曲之中,旋来转去,雅不胜述。“华尔兹”也罢,“迪斯科”也罢,对他们区别不大。只要乐队一曲接一曲,使他们尽兴,使他们认为十二元一张的票钱值,他们才不管究竟是“大团结”打败了“迪斯科”还是“迪斯科”打败了“大团结”呐!

八百八为谁抛出的呢?为自己?可自己什么也没得到!内心里依

然空空荡荡！依然觉着气闷！依然觉着自卑！为那一双双舞侣？他们未必感激他！他们没来由感激他！他没抛出那八百八，他们也是在跳着嘛！如果他们都知道了他抛出八百八，只怕他的形象在他们心目中会是一个小丑呢！只怕他们有的人会说："活该！傻瓜蛋！谁叫他跑这儿抖神气！……"

他突然高喊一声："停止！……"

舞曲顿然中断。

指挥握着小棒的手僵在半空，迷惑不解地望着他。

全体乐队队员们朝他转过脸，一张张脸上呈现着各种"友邦惊诧"的表情。

一双双舞伴若即若离地望着他。

"迪斯科……"他说，比先前那一声喊低了八度。

指挥愣怔着。

"迪斯科……"好像是喃喃自语。

"好，好，迪斯科……翻乐谱第七页……"

指挥终于活了。

乐队队员们终于活了，哗哗翻乐谱。

指挥棒一比画，响起了第一节剧烈的音乐。

一双双舞伴们却没有活过来。由"华尔兹"的舒缓优美的旋律转折为"迪斯科"的快速火热的旋律，他们的情绪一时无法适应。他们一时"活"不过来。

"乐队开什么玩笑！……"

"当我们是机器人啊！……"

"都是那个穿咖啡色西服的小子瞎捣乱！……"

"从哪儿冒出这么个家伙！……"

"干什么的？到这里来发号施令！……"

"以为这是什么地方？这是高级舞厅！……"

“管他干什么的,把他轰出去! ……”

“对! 把他轰出去! ……”

指挥泰然自若,一副事不关己的神态,继续指挥。

乐队队员们也对一双双舞伴们视而不见,仿佛在他们眼里只有指挥一人的存在。

“迪斯科” 音乐快速、火热、剧烈、癫狂……

在这音乐声中,感到被捉弄被侮辱被亵渎被侵犯被破坏了情绪被大大扫兴的一双双舞伴们愤怒地向他冲来……

在众多人的助威之下,他被两个男人架着胳膊架出舞厅门外,使劲一掼,倒在仿大理石台阶上。

一双擦得锃亮的皮鞋,稳重地踱到了他眼前。抬头看,见是穿着红色黑领边黑袖边制服的舞厅专职维护人员。

他羞愧地爬起来,赶紧说:“他们如此粗暴地对待我,显然不知道我是谁……”

对方冷冷地瞪着他,拖长音调问:“你是谁啊?”

“我是严晓东! 真的……”

对方猝然变了口吻,喝道:“严晓东又是哪儿的一个王八蛋? 滚! 要不对你不客气! 臭痞子! ……”

他不敢再多说一个字,乖乖地转身逃下台阶。

音乐从舞厅内传出,不是“迪斯科”,是“华尔兹”了……

八百八只能收买乐队一时,不能打倒音乐。打不倒“迪斯科”,也打不倒“华尔兹”。他被赶出来了,而他听到的音乐似乎更优美了。那些乐队队员们明天茶余饭后将有可笑的谈资,而他们的老婆今天夜里也许会因此便对他们格外温柔……

有人敲门。敲得急促。只有敲自家门的人才会这样不礼貌。

他以为父亲母亲半路消了气,回来了,立刻从沙发上蹦起去开门——却不是父亲母亲，是个肩背帆布工作袋的青年工人。

“电业局的，查查这幢新楼的电表有没有毛病。”电业局的小青工说着跨了进来。

“电表？……我还没注意电表安装在哪儿呢！”他不欢迎地嘟哝，希望人家转身便走。

他这会儿心里烦透了，想一个人安安静静地待着。

“在厕所。我亲手安装的。”小青工拽开了厕所的门，像熟知自己家一样，无需他指点便扯亮了灯。

“嚯！进了二十几家，全楼没一家比得上你家的厕所这么高级，跟一等宾馆的卫生间比也毫不逊色啊！这大浴盆多少钱买的？”

“二百多元。”

“幸亏这幢楼的厕所面积大，要不还没法儿放呢！下班回来，泡上半个钟头，神仙过的日子！光有个淋浴喷头可就没这福享啰！这从下到顶的花瓷砖更得费不少钱吧？”

“忘了。五毛七一块，你自己算。”

“五毛七……嗯，起码也得七百块……五七三十五，七七四十九，四百多元，对不？”

“你检查电表吧！”

“啊，对，电表。”小青工心不在焉地抬头望了一眼电表，“正常。洗脸池那儿再镶一块大镜子更没治了！”

“当然是要镶的。”

“这个单元几间？”

“三间。”

“噢，瞧我这记性！想起来了，这原是房管局罗局长为他三儿子结婚卡下的。赶上这阵子整党风太紧，群众也有反映，才让了出来。您哪个单位？”

“我……”他犹豫了一下，顺口回答，“文化部门。”

“文化部门……哪方面？……”

“管……艺术……”

“管艺术？”小青工对他刮目相看起来，话也东拉西扯地说个没完，“不好管啊。美国的国防部长难当，中国的文化部长难当。谁当谁没好结果！中国顶数艺术界运动多，所以管着艺术界的人就得多。我的话有道理吧？”

“有道理。十分有道理。”他应付着。心说：妈的老子没工夫和你闲聊！快出去吧！

“参观一下可以不？”小青工全无离去的意思。

“有什么好参观的！”他心里老大不高兴，脸上又不便太明显地流露出来。

“行个方便，参观参观。您这厕所都修缮得这么讲究，房间肯定布置得更甭提啦！我姓赵，这一片的民用线路归我负责。以后有用得着我的地方，往电业局民用处打电话找我！”

他那萎缩了多日的虚荣心好像气球，被对方进门后的一句句奉迎话渐渐吹大。这时，只有这时，他才仿佛找到了一个内心充充实实的人那种良好的自我感觉。靠了虚荣心他才觉得自己健康。

“既然你有参观一下的雅兴，我也不好硬是拒绝呀！”他客气了。

于是他在前引导，小青工在后跟随，依次参观房间，弥补着老父亲老母亲刚才使他大扫其兴的遗憾。

小青工对他卧室里三尺高的维纳斯，尤其表示出惊叹。

“啧啧，活的一样！这维纳斯！”小青工伸手欲摸美神丰满的胸脯，被他伸出胳膊挡住了手。

“你手太脏，先用肥皂洗洗手。”

小青工瞧了一眼自己油污的手，发窘地说：“对不起。一时动了凡心，不过倒也不是非摸……”

他说：“摸一下是可以的，那你就下次来收电费时摸吧！”

小青工有几分失意地瞅着美神说:“再高三尺就棒啦。跟真人一般大小,那整天看着什么感想!”

他说:“倒是想买个真人一般大小的,哪儿买去?这还是花高价从小贩手里买来的呢!”

说出了“小贩”两个字,他的脸倏地红了一阵。“小贩”“倒爷”“摆摊的”,都是他非常之忌讳的话。

还好,小青工没注意到他脸红。

小青工跟随他一走入客厅,失态地呀了一声,呆呆望着“波琪儿”,半张着嘴,似乎一时停止了呼吸。

“伟大的女奴,世界名画。别人家里没见过吧?”

小青工仿佛没听见,仿佛魂魄入画了。

“坐,八百元。对懂艺术的人来说,钱是不足论道的。一幅名画,能使满室生辉!……”

小青工仿佛还没听见。

证明自己崇尚艺术,精神追求高雅脱俗的话,对方居然傻呆呆地似听非听,他有点不满意。

“你坐下欣赏嘛!”他推了对方的肩膀一下。

“镇了!……”小青工目光盯在画上,双脚机械地朝后移动,腿碰到沙发,才缓缓坐下。

“八百元买的。对懂艺术的人来说,钱是不足论道的。一幅名画,能使满室生辉!”他再次证明自己的价值观。

“对,对!钱算什么?可惜我没那么多钱!八百元值,很值。很值啊!”小青工完全赞同他的话,也在证明着是他的一个崇尚艺术的伙伴。

这使他心里挺愉快。

“喝瓶汽水?”

“喝就喝……”

他打开冰箱,取出两瓶汽水,与小青工并坐沙发上,都仰脸望着“伟大的女奴”，边喝边聊。

“不懂艺术的人，就是肯花八百元高价买这样的画也未必有勇气堂堂正正地挂在自己家客厅里，啊？”

“对，对！如今有几个真正懂艺术的人？您这样管着艺术的人，客厅里才配挂这样的世界名画！”

“你看我书架上多少书！管艺术，不多读书不行！艺术家们可不是任什么人管都服的！《西方美术史》，看过没有？”

“没，没看过……”

“旁边那本呢？《第二性——女人》，看过没有？”

“也没看过……没工夫看书……”小青工觉着羞愧了。

“得多看书，一定得多看书。”

“看是看过几本。《射雕英雄传》《壁橱内的女尸》……”

“那一类书根本不值得看！那一类书中有知识么？有学问么？要看《第二性——女人》这样的书！看了，你就了解女人是怎么回事了。女人都是白耗子！她们自己往垃圾堆钻行，你若把她们弄脏了一点儿，她们恨你一辈子！……”

“书里这么写的？”

“书里这么写的！”

西蒙·波娃可没在书里写着女人都是白耗子，并且他并不知道那本书的作者是谁。买回来后根本就未翻过一页，纯粹是为了摆在书架上，不是为了看。

小青工对那本写女人的书发生了浓厚的兴趣，请求道：“借我看看行不？保证不给您弄丢了。我知道您这样的人都是非常爱惜书的。”

“借是可以的……不过……我还得研究，还得细读。要……写一篇评论……”其实怕人家借了去，寻找不到女人是白耗子的话，对他留下个胡说八道的印象。

“那我就不借了。”人家很识趣，随后虔诚请教，“我在出版社一位美术编辑家见过一幅画，什么……什么莎也算世界名画吧？”

“蒙娜丽莎？”

“对！一个笑眯眯的外国女人，两手都放胸这儿，一手压着一手。看样子像是结过婚的。”

蒙娜丽莎他知道。几年前他倒卖过一种冒牌的进口香水儿，商标就是“蒙娜丽莎”。

“结过婚！没错。也算世界名画，但早过时了！真正懂艺术的人，家里才不挂过时货！”他有许多机会在别人面前炫耀自己腰缠万贯，却很少有机会在别人面前炫耀自己的学识。对方虔诚的敬意，鼓励他抓住这难得的机会不放。

“我看那幅画也觉着太过时了！那个外国女人尽管笑眯眯的但不够撩人！哪能和您这幅画相提并论啊！”小青工挺善于“侃”，一味儿顺着他说，“您这幅画，让人一瞅见，眼神儿就舍不得移了！画女人嘛！就该画到这份儿上！这幅画算是‘火’到家啦！全‘毙’！”

“艺术嘛，讲究的是魅力！”

“对，对！什么年代了啊！八十年代了，什么事儿都得有八十年代的派！如今赶时兴的姑娘们穿裙子还追求透、短、露呢！别讲一幅女人画了。比乡巴佬的新自行车缠得还严密，趁早甭画，甭挂！”

“是啊是啊，真正懂艺术的人，思想更要开放……”

两个人，喝着汽水，吸着香烟，望着“伟大的女奴”，“侃”得句句投和，越“侃”越来情绪……

小青工终于恋恋不舍地走了。也不知是舍不得他，还是舍不得“波琪儿”。

他仍独自坐在沙发上，瞧着茶几上的几个空汽水瓶，满满一烟灰缸烟蒂，攥扁了的空烟盒，复陷入一种百无聊赖的空虚寂寞中。小青工带给他的心理满足又带走了。无聊、空虚、寂寞更加显得咄咄逼人，如同看不见的棉絮。四面包裹着他，堆压着他。

只有“伟大的女奴”和他做伴儿。

他呆呆地望着她那侧卧在红毯上的一丝不挂的雪白裸体，心里痛苦万端地想小婉。将那美艳的光华四射的“伟大的女奴”悬挂在客厅，实现着他对小婉也是对女人的公开的堂而皇之的亵渎。可是他对自己缺乏了解缺乏认识缺乏研究的程度，正如他对女人从前和现在的观念一样肤浅一样愚昧。富足者的空虚与赤贫者的空虚是同样深刻的，前者有时甚至比后者来势更猛。抵御后者不过靠本能，而抵御前者却靠睿智的自觉。生活还没培养起他这种睿智，就将他拎着一下子扔到了二十世纪八十年代中国的富足者们的海绵堆上了。他觉得它很舒服，但未免有种不落实地的悬高感……

并且海绵堆也是能吞没人的。

“八十年代了，什么事儿都得有八十年代的派……”

他认为电业局小青工这句话对他颇有启发，值得细细咀嚼、回味、琢磨。

何谓八十年代的派？

何谓八十年代一个三十五六岁银行存着十四万元的光棍汉“倒爷”的派？

他迷惑得很。

八百八“大团结”在高级舞厅打败“迪斯科”，究竟算不算很来派呢？

三尺高的维纳斯和赤裸裸的“波琪儿”摆在卧室挂在客厅究竟算不算很来派呢？

那个晚上从小婉那儿贼似的偷偷溜了，显然是太掉份儿太不够来派的行径啰？

这内心深处的羞耻无论如何得靠自己补救！

怎么个补救法儿呢？

和自己相比，小婉倒似乎应该说活得很来派了！不是么？想跟哪个男人睡，就跟哪个男人睡。尤其值得尊重的是，她有一套坦率至极的原则！妈的就她那坦率劲儿，也堪称一派！

可自己呢？和小婉睡了两次还生怕别人知道！别人都不知道还自己跟自己良心上过不去！还揣着整整一千元到处寻找她，希望赎回个灵魂安宁！

妈的没谁日日夜夜监督着我过规规矩矩的正人君子的生活呀！妈的那个傲气十足的乐队队长才不会像我这么傻兮兮对小婉讲良心呢！她也许正因此反而认为那毛头小伙子比我强吧？刚才不就神吹海哨地骗了电业局那小青工一通么？骗了又怎么了呢？他挺满足，老子也挺满足。不是怪好的么？

八十年代，八十年代，老子在八十年代竟不知道该咋做一个爷们儿了！

他颇严肃地思想着。觉得八十年代真好比老太太哄小孩玩的那种叫“七十二变”的卡通画册：仙女的罗裙下露出两只狼爪子，大力神扭着俏村姑的腰，人参精的娃娃脸移到了孙悟空的猴颈上，都是未尝不可的事儿了！他坚定不移地认为起码和五六个男人睡过觉的小婉无可争辩地是个堕落的姑娘。可许多人并不这么认为，他们称小婉这类姑娘“现代派儿”。“派”再加个“儿”音，亲昵之中包含着暧昧的赞赏。小婉竟还对他这么说过：“如今呀，比我更加单纯的姑娘不多喽！”他认为自己已经堕落得快不能自拔了，可许多哥们儿嘲讽他连堕落一下的勇气都没有。一次他们使他恼火了，受到蔑视般地庄严声明：“老子也睡过女人了！”结果他们哄堂大笑——意思是这也值得一提？二姐和二姐夫同时从北京出差，住在家里。二姐语重心长地劝他：“晓东啊，你这么下去可就一辈子没出息了！”二姐夫却接过话去说：“没出息不怕，有入息就行！非得像咱们似的，光着屁股坐花轿才算出息吗？咱们一家三口，不是还住着一屋一厨么？我看晓东够能耐的了！”二姐二姐夫都是六十年代初的大学生，正经八百的知识分子。可见如今连知识分子们对出息的看法也多么不同。他到北京去跑买卖，在二姐家做客，跟小婉年龄差不多的外甥女,将饭烧焦了。二姐生气地说:“这么大的姑娘了,饭都不会煮,将来谁娶你?”外甥女却振振有词:“妈你操心太多了,到时候生米已煮成熟饭了!”使他怀疑她也是个“现代派儿”。

当他的思想在所谓旧观念和所谓新观念的夹墙中感到走投无路的时候,便去喝酒。酒不能使他明白什么,但酒能使他糊涂。彻底糊涂的时候,两堵墙就同时倒塌了……

他离开了家,又打算到哪儿去喝个一醉方休。走出楼,见楼外台阶上,紧挨着坐在一起的是自己的老父亲老母亲。

他一下子站住了。

父亲抬头看着他。

母亲抬头看着他。

老父亲老母亲默默地看着他,都不说话。他们的目光中流露着仿佛被儿子抛弃了的悲凉。

他心里好不是滋味!

他掏出钥匙递给父亲:“爸,坐这儿干吗?回家坐沙发上多好……”

父亲的目光从他脸上移开,凝望着远处高空一座塔吊的铁臂,它吊着一块巨大的预制板,不知该往哪儿放似的……

他又递给母亲:“妈,你接着。一会儿和我爸家去吧……”

母亲的目光没从他脸上移开,但也不接钥匙。母亲的目光中包含着某种乞求,母亲的目光使他不忍迎视。

他垂了头,低声说:“那画,妈你找块好看的布先罩上……”

第二十章

人类最普遍的价值是平凡的价值。

普遍到百分之九十九点九九九九九……

“不想当元帅的士兵不是好士兵。”——这句话出自拿破仑口才成为名言留传下来，而且大概只有在文学作品和传记中出现才使我们觉得闪耀着什么哲理的光彩。倘一百个士兵喋喋不休地说一百年，也不过是一句漂亮的大话，并会使任何一位头脑正常的元帅诅咒这一百个士兵简直“妈妈的”！

事实上，一万个士兵中能出一位元帅就挺不错了。万人大军人人都只一个心眼梦想当元帅的话，那么这支军队就是拿破仑也根本无法统帅的。是非但不能打胜仗恐怕连打猎也不行的军队。也许还不如一万条猎犬顶事儿。

对于军队，一万名好士兵与一位好元帅是同等重要的。拿破仑最明白这一点，所以他那句名言只是嘴皮子上说说罢了。他才不至于傻到真诚鼓励他的士兵个个都想争当元帅的地步呐！

想当元帅当不上元帅的人说“时势造英雄”这类话，总会使我们多多少少听出点嫉妒的意味儿。而一位元帅说“想当年……”这类话，总会使我们多多少少听出点英雄史观的意味儿。中国人尊崇伯乐，西方人相信自己。伯乐是一种文化和文明的国粹。故中国人总在那儿祈祷被别人发现的幸运，而西方人靠自己发现自己。十位伯乐永远不如一匹真正的千里马更有价值。如果伯乐只会相马，千里马多伯乐们便无事可干。对马，伯乐是伯乐；对人，伯乐今天包含有“靠山”的引申意。蛇用身体行走，花用开谢行走，石头用坚损行走，东西用新旧行走，生用死行走，热用冷行走，冷用冰行走，有用无行走，动用静行走，阴用阳行走，火用燃烧行走，星球用引力行走，历史用过去行走。

而人，唯有人，用双脚行走。

但是，也有人用双手行走，或曰“往上爬”。

他们不明白一个极其简单的道理——没有人能真正把你拉得很高——你会抓不牢绳索。你凭自己的双脚却可以踏踏实实地走出你自己的路。

用双手“行走”之人双脚必然渐渐退化。

能想到么？姚守义成了一千六百余人的木材加工厂厂长的首席接班人！但他却是个并不想“往上爬”的人。

患有关节炎气管炎肝炎肾炎心脏病糖尿病哮喘病美尼尔综合症的老厂长，住了四个月医院出院后又疗养了半年，终于在他六十六岁生日后的第二百一十七天，正式向林业局党委呈交了离休报告，同时以饱满的热情推荐第二车间主任姚守义当厂长。木材加工厂虽不是了不起的厂，老厂长却是革命资历很长的十一级干部。想当年党给他个木材加工厂厂长当当是因为他没文化，也因为他对革命劳苦功高总得当个什么“长”。木材加工厂只要不失火，是一个适合养尊处优的单位。

林业局党委非常非常重视老厂长的推荐，将这看成是一位老革命老干部对党的一片赤诚和“临终嘱咐”。尽管他好像还能活一阵子。

局党委调查组一行四人来到木材加工厂收集群众意见，了解姚守义的领导能力工作魄力群众基础生活作风各方各面的情况。

群众说：

“谁当都成。谁当都一样。”

“谁持鞭子我们听谁的吆喝呗！”

“这厂像我们老厂长，半死不活的。奖金都三个多月没发了，是该换个年轻人干干看。”

“姚守义？行吧！他们车间的人都挺服他管。”

“他爸是厂里的老工人了！和我们关系不错。他当厂长，不好好干，我们这些老工人往他脸上啐唾沫也没啥。不是他当我们可就不敢了！”

“小伙子不错，年年上光荣榜。”

“生活作风怎么样？”

“生活作风？那是他自个儿的事，又不是征求我们意见他配不配当个模范丈夫！”

“不能这么认为。如今有些年轻人，各方面都具备当领导的水平。一当上，就出生活问题了。一出生活问题，就倒了。审批部门被动得很啊！……”

“那，问他自己吧。我们眼里看他，倒是和本厂的女人没什么不正经的勾搭……”

调查组的工作是深入细致的。了解够了党外群众的意见，又了解党内干部的意见。党内的大大小小干部，对姚守义的印象和评价普遍也还算不错，不失公正。分歧当然是有的。一部分人主张应该大胆提拔年轻干部。再说他已经当了三年多车间主任，他那车间又连续三年是红旗车间，领导能力工作经验都受过锻炼。另一部分人觉得他毕竟还太嫩了点，一下子提拔到厂一级领导岗位上，总归让人有些替他担忧。但这两种看法，并不针锋相对。

却是五十七岁的邢副厂长提出了很严肃的一条疑义——姚守义还不是党员。一千六百余人的企业，交给一个不是党员的年轻人当家，如何体现党的领导呢？党委和他的关系又怎么个摆法呢？

调查组四人面面相觑。如此首要的原则性的一条竟忽略了！他们觉得怪狼狈的。

“姚守义不是党员么？”调查组组长，局组织处副处长，一位正处在更年期的不苟言笑的我党女同志不相信似的问。

“姚守义怎么可能是党员呢？”邢副厂长环视着本厂的党内同志们，慢条斯理地说，“他跟我们党员说话，张口闭口，贵党如何如何的。整党期间，就在这个会议室，他的发言近乎恶毒攻击了。老马当时你也在场，他怎么说的？”

“他说……他说：‘我给党员提四条建议’……”

“哪四条建议，向调查组的同志们详细汇报嘛！”

“第一条，修改党章。全心全意为人民服务，改成半心半意为人民服务。这么改，再动员群众帮助贵党整党时，贵党的大部分党员干部，较容易通过……”

“接着讲嘛。四条都讲完嘛！吭吭哧哧地干什么？”

“第二条，纪律检查委员会由党外人士组成。贵党自己监督自己，差不多等于不受监督。比如腐败现象，一旦整到自己头上，不是就整不下去，大事化小，小事化了么？……”

调查组的四个人全拿出小本儿记。

邢副厂长默默地吸烟，呷茶。

“第三条，贵党的领导干部，首先自己要继续相信社会主义。其次起码得证明自己的老婆孩子也是相信社会主义的。要不‘社会主义好’光留给老百姓体会，你们去体会封建主义、资本主义，老百姓怪过意不去的……”

“第四条更邪乎！说呀，看着我干什么？看着调查组的同志说！”

“第四条么，我想想原话是怎么说的来着……噢，他说，劝贵党今后少谈点主义。老百姓从来不靠主义活着。过去穷苦农民跟着共产党打土豪也不是为了主义，是为了分田地。老百姓活得不好，这国家也没好。

别把主义当成个玩不坏的玩意儿。还说,要是贵党非要谈主义不可,就多谈点和平主义,人道主义,只这两个主义如今还跟老百姓有点关系。如果打日本来了个天皇,或者打英国来了个女王,能比共产党早五十年使中国富起来,我姚守义就带头不跟着共产党信马克思主义,而要信天皇信的那个主义,信女王陛下信的那个主义了……”

“听听,听听……”

邢副厂长大摇其头。那样子仿佛会突然拍案而起,高叫“哎呀,怎么得了!”

姚守义当时是在主持会议的邢副厂长三番五次的督促之下才发言的。他的发言引起一阵阵笑声。群众代表们笑,党员笑,干部也笑。只他自己不笑。那天他本不想参加这种会,他原指定两名工人作为第二车间的代表。临到开会,他们推三拒四说什么也不肯扮演代表的角色了。

一个说:“整屁党啊,帮着党整了几次啦。整出点起色了么?还不是越整,党的形象在群众中越灰不溜秋的?”

另一个说:“就是!趁早甭走这过场,拉鸡巴倒吧!往后这种角色,抬举别人好啦。我们不想入党,也犯不着在整党运动中显积极!”

连续三年的红旗车间,没有个群众代表乐意参加整党座谈会,当然有损红旗车间的荣誉。没奈何,他只得自己挺身而出。他一向自称“党外布尔什维克”,非党群众也习惯了如此看待他,以车间主任的身份充当车间代表,似乎也合情顺理。

会开得是相当之沉闷。党员不发言,群众代表们也不发言。尤其那些都有点以权谋私损公肥己的把柄攥在群众手中的党员干部,一个个摆出预备挨整的惴惴然如坐针毡的模样。而作为代表不得不参加这种会的群众,则根本不想面对面地揭他们的底儿。倒不是怕。一九八六年,群众什么话不敢说?是不屑于。一九八六年,被称作群众的最普通的中国人,似乎对什么事儿都不屑于了,评职称涨工资分房子之类的事儿例外。

用群众的话说:“犯得着么?”

“犯得着么?”也成了姚守义的座右铭。许多看不惯听了引起某种冲动的事儿,克制着性情冷静地问问自己——犯得着犯不着?也就都不大犯得着了。这是一种修炼。一九八六年,聪明点的中国人,都挺自觉地朝此涅槃境界修炼着。入厂的头两年,他很不安分。供销科科长将十几立方米的一等木料以边角料的处理价格卖给某县县长,他提意见。可报复他的不是供销科长,供销科长“犯不着”报复他。是群众。群众心里有数,不久便会从那个县运来一卡车精米,每个职工都能不花钱分上三五十斤。至于供销科长分多少?厂里的其他头头脑脑分多少?群众不计较。当官的有份儿,群众也有份儿,就叫为群众谋福利。群众学乖了,学得实际了。不像前几年那么古板那么教条了。反对这种事儿,也许很有斗争性,但究竟能图着个啥呢?屌毛灰也图不着。冒犯了当官的,杜绝了群众的一次便宜,非但“犯不着”,简直“何苦来”嘛!当官的恼恨你,可能还讲个姿态讲个涵养,不显山不显水的,群众恼恨起一个人来,足以使一个人陷入灭顶之灾。

结果是他受到了一次警告:几乎全厂的人串通一气儿似的,见了他都佯佯不睬,以看一个“鸡奸犯”差不多的那种眼光乜斜他,三天内没一个人跟他说句话。以后他才领悟到,那不过是一次小小的温和的警告。

他三个晚上没睡好觉,彻夜反省。骂自己:活该!姚守义你他妈的以为你是谁?再有这种事儿你提意见你是全厂人的孙子!

他不是个傻瓜。一次小小的温和的警告,也使他学乖。北大荒返城知青那种愤世嫉俗敢于直言的勇气,他是从此鼓不起来了。连严晓东那种当年揭竿而起二十余万返城待业知青大游行的发起者组织者,如今也常常在现实面前三六眼观英雄气短了,何况他姚守义哉?

半袋子精米扛回家,老父亲老母亲高兴得合不拢嘴。

母亲一把把抓起来细看,说:“这米真好,这米真好。这是地道的‘赛珍珠’,瞧着生的就想吃。”

父亲欣慰地瞅着他，教诲道："我在厂里干了一辈子，没分过什么。看来厂里现时是搞活了。哪个单位都讲搞活，不搞活还行？不搞活工人们肯正经干？你要不惜力气，对得起这厂。争取当上个锯工，那是技术工种！"

他苦笑着嘿嘿然而已。

母亲就用那精米做了顿米饭。的确好米，一粒粒闪耀着乳白色的光亮。他吃了两大碗，觉得从未吃过那么香的米饭。

学乖了，反而感到在厂里做人并非自己想象的那么难。只要不惜力气，闲事莫管，闲事莫问，奖金还是公道的。

邢副厂长二儿子要结婚，家里"住不开"了，得扩展出一间，是他带着几个工人去出的力，连小院儿也给重新围严加固了。剩下半方木料，邢副厂长老婆问："守义哎，这木料，我留几根行不？我付钱，省得你为难，群众说闲话！"还煞有介事地掏钱包。

他一笑："干吗呀婶？你用得着，悄没声留下就是了呗。我不讲，鬼知道！"

第二天邢副厂长见了他，主动打招呼："小姚，局里总工会举办'青年工人谈理想'活动，优秀青年工人才有资格参加，我跟工会主席研究了，让你去。"

"我……"他受宠若惊，"我哪儿够得上优秀啊，再说也不能算青年了……"

"怎么不算青年？才三十来岁嘛！有外国电影看，还发纪念品，去吧！"邢副厂长亲热地在他肩上拍了一下……

那一年秋季，大白菜奇缺。外县农村，急木材厂工人阶级之所急，应诺了给几万斤大白菜。但得工人弟兄亲自到农民弟兄的菜地去收，不是按斤论价，是按亩优惠论价。比公价便宜二分多，并且是市场上根本买不到的一级菜。当然照例得用木材换。收菜不是好干的活。那一年天冷得早，收不完就有可能冻在地里，便宜事反而会变成吃亏的事儿。全厂人人都盼着过冬白菜早早运回来,却没谁自愿肯到农村去吃苦。

是他姚守义,动员了十几个青年工人,自告奋勇,承担了这项为全厂人谋福利的任务。在他,有点将功折罪的心理。他没忘上次分精米自己的“恶劣”表现。

一个星期后,“凯旋在子夜”。第二天,看到四卡车一级大白菜,人人喜悦。

“小姚,不负众望,不负众望啊!”

“守义,辛苦,辛苦!”

“嘻嘻,今年不愁过冬没菜吃了!”

群众从此彻底宽恕了他。

得意之余,他内心产生一种悲哀。原来这就是“群众的本色”!与在兵团的“群众”多么不相同!一九六六年到一九八六年,二十年间历史在他心中形成的“群众”始终伟大的概念,在那一天被他自己的新认识否定了。可是谁能不说,一九八六年,中国人最像中国人,中国的“群众”最像“群众”呢?他却没再进一步想想,兵团的“群众”,是无家庭儿女的姚守义们自己。

大白菜别人替他运到了家里,老父亲老母亲自然又是一番高兴。父亲的高兴比母亲的高兴多一重——还有人给运到了家里,证明儿子的人缘不错。

父亲对他又进行了一番谆谆教导:“往后替群众谋福利的事,你要争着做!做这种事永远不吃亏,群众的心明镜似的,一件一件都给你记着呢!”

他仍只有嘿嘿然苦笑而已。

交换大白菜的一等木料,无疑是销在生产“合理耗损”账目上的。

不正之风所以没法儿杜绝,乃是因为不但掌权者边批边搞,还有着相当深厚相当广泛的群众基础。群众诅咒不正之风,可也唯恐共产党果真杜绝了不正之风。生活中的许多事情,前门行不通,后门也行不通的话，群众在许多方面更是走投无路的。所以还是开着前门留着后门好。前门开得大些，后门留得多些，一切事情想“搞活”差不离总能“搞活”。某些掌权者也掌握了这个规律，他们研究群众研究到家了，可以说是研究群众的专家。扔给群众一挂排骨，则自己扛走半扇公字号的猪也不打紧。他们不但不至于惹怒了群众，还将受到群众的拥戴。其实群众的本质就像小孩子。

姚守义悟出了这些道理，觉得自己成熟多了。

成熟了的姚守义也就更明白自己该怎么做人了。他嘲笑自己过去的幼稚和肤浅。

有些人一旦当上了模范和先进什么的，就被群众抛弃了，成了受气包。他可不是。他连续几年是先进生产者，人缘照样不错。倒没什么诀窍，不过受益于他做人的灵活性。今非昔比，观念更新，纲举目张。他自认为在做人方面的确是比过去灵活多了。他不像严晓东。严晓东是太舍不得改变过去那个自己。所以既无可奈之何地在变着，又变得挺痛苦，挺受罪。他可不依恋过去那个自己。要说半点不依恋，未免夸大其词，多多少少总还是有点依恋。过去那个自己在生活中时时处处模仿的是保尔·柯察金。过去的严晓东在这一点上与他相同。他们啊连打架也是保尔式的。能像保尔那么生活那么做人，固然不错。可在一九八六年，在中国，一个保尔能活得下去么？张海迪是有点保尔精神的。可保尔并不到处作报告啊！他在电视里听过张海迪的报告，很受感动。但后来她的报告作多了，他便怀疑她必定有几次是违心的，身不由己的。真是保尔呢？会违心地身不由己地任人支配到处去作报告么？足见最有资格做一个中国的保尔的人，归根结底也还是难以做成保尔。想通了这些，他苦笑着与过去的自己挥手告别。严晓东却是痴情郎似的与过去的自己藕断丝连，拉拉扯扯，幻想拥抱着过去的自己在现实中跳“双人舞”；又丧失了过去的自己敢于孤立地公然地向现实挑战的勇气，那哪儿成啊！

他当上第二车间主任后，把全车间人笼络得围着他团团转。另外三个车间主任背后说他天生的是刘备，善于摔孩子收买人心。话传到他耳朵，他微微一笑，心中骂道：“去你娘的腿！老子现世学的！”

车间有几个小青工是厂里的“刺头”，腰里横着扁担的货。第一天宣布了他当主任，第二天下班他就请那哥们儿几个大吃了一顿。整整一箱啤酒全开销了。桌面上，他双手抱拳，豪爽地说：“论年龄，你们全是我小老弟，我是你们大哥！往后你们受了什么委屈，大哥出头替你们打抱不平！可大哥这个主任，也得靠你们多多维持着，我是‘维持会长’。你们若不肯给大哥这个面子，大哥明天就向厂里声明，车间主任干不了！”

过后，一个月内，他与老婆曲秀娟，访遍了几个“刺头”的家。进门便说：“你嫂子非要让我领着认识认识你这位小老弟！”见了人家老人则说：“我是他大哥，往后少来不了。来了千万别把我当成他领导看待！我们弟兄在厂里处得比亲兄弟还亲，您老不信我走了问他！”

小曲明白自己应扮演什么角色起什么作用，话说得更其亲近：“你大哥不是块当官的料。有什么不够意思的地方你可得看嫂子面儿上多担待！别跟他治气。跟他治气他能活活把你气死。告诉嫂子，让嫂子调教他！”

这么一位车间主任人家还有不欢迎的么？两口子告辞，家家送出大老远。车间主任登门拜访，还拎着点心盒子，还当着自己父母的面与自己称兄道弟，几个小青工觉得“大哥”给他们脸上添光彩。“嫂子”隔三差五往车间通一次电话，不找“大哥”接，找“小老弟”们接。问从粮店买到了苞谷面，想不想吃贴饼子？还有四川辣味腐乳和虾酱。或者问想不想处个对象，一位姑娘二十三……

能不“大哥”长“大哥”短么？能不围着他团团转么？这一套严晓东也实行着。不过在他是主动，在严晓东是被动；在他是积极的，在严晓东是消极的；在他效果是有益的，在严晓东效果常常是愈加有害的；在他实质体现着一种获得，在严晓东实质体现着一种没完没了有去无还的给予。所谓灵性不同,玄化各异。

按说学乖了的姚守义,在整党期间似乎不该发那么一通尖酸刻薄的言论。但他那一通言论,当时让听的人并不觉得怎样的尖酸刻薄,甚至连讽刺挖苦的意味也没有。他当时那种诙谐的口吻,那种挺幽默的模样,抵消了他那通言论的分量。那更是一种调侃。而他当时认为,调侃对那种沉闷的会议气氛是必要的,当时的效果也的确证明是必要的。不是他的发言,一些人快睡着了。邢副厂长当时也笑了的,还启发众人道:"说嘛,党内党外,关上门,一家人。小姚的发言就又风趣又中肯嘛!"

他那通言论绝非信口开河,哗众取宠,语不惊人死不休。不,他在心里是寻思了半天的。他想,面对面的那些人,包括邢副厂长,已然摆出了等候挨"整"的嘴脸,自己的发言若真指名道姓,披私揭短,他们不恼恨死我姚守义才怪呢!和别的群众代表一样,呆呆相望锁唇舌,来个一声不吭吧,邢副厂长又在不停地怂恿他,而摆出等候挨"整"的嘴脸的那些人们,一个个显得那么不尴不尬的。空对空不着边际地说几句冠冕堂皇的"很必要很及时"?别的群众代表会认为我姚守义不是来帮着"整"党的,是来帮着党走过场给党搭下台阶的,有讨好卖乖投机之嫌,也太孙子。想来想去,发言只能亦虚亦实,亦庄亦谐,亦尖锐亦轻松,"调笑令"为高。

人们笑过了,拍拍屁股一哄而散。几个人还对他说:"精彩!""妙!""糖衣炮弹。""共产党下回整党,还请老兄多多关照。"

他也觉着自己的发言挺精彩挺妙。

一九八六年,老百姓或曰群众,谈论党,"调笑令"就不错了!白纸黑字写出来大煞风景,然而是真现实。

他哪里能预想到,自己有一天会成为厂长候选人呢?又哪里能预想到,邢副厂长会在调查组面前泡沫裹钉子奏他一本呢?

调查组组长最后对邢副厂长说:"我们回去如实向局党委汇报。今天这个会嘛,属于党内摸底,内外还是要有别。不许扩散。"

姚守义的话被第一车间主任老马一重复,完全走了“调笑令”的味儿,使调查组的人听来咬牙切齿有如“霹雳火”。

党内有党,党外有派。哪能不扩散?

一九八六年,中央政治局在什么地方开了一次什么什么会议,会上哪一位常委说了哪些话,都全国各地风传得有鼻子有眼,使人不由得不信呢!

首先就扩散到了姚守义耳朵里。

他不以为然,说:“把我的话反映到中央去我才满意呐。有时候还真想和党中央直接对上话呢!”他没把问题看得多严重,也并不认为邢副厂长心怀叵测。何况,他压根儿不想当厂长。一千六百多人的工厂,即使当上了厂长,孤独一枝,踢蹬得开吗?不用上边撤,三个月后自己就得识趣地滚下台。我姚守义可不是电视连续剧《新星》里那个李向南。他有自知之明,李向南他爸是干什么的?我爸是干什么的?

接着就扩散到了老厂长耳朵里。

下班走到厂门口,老厂长的三女儿秀红从传达室迈出来,拦住他说:“我爸叫你到我家去一次。”

没结婚打了一次胎。秀红苍白的脸色尚未恢复原先的秀色和红润,在他面前显得有几分忸怩,似乎怪不好意思的。

“现在就去?”他怕在她家耽误久了,看不上《阿信》。

“嗯。”

“有事儿?”

“没事儿能打发我在厂门口堵你么?”她故作小女儿状地一笑。可能就是这小女儿状的勾人的笑,使她为邢副厂长的二儿子白怀四个月的胎也没做成媳妇。邢副厂长家却多出一间房子,公家还搭上一个班的人工和几方一等木料。

“什么事儿?”

“去了就知道了呗。我爸气坏了!”

“气坏了？为什么啊？”

“还不是为你！”

“为我？我没惹你爸生气啊！”

“为你,生别人的气！”

“生谁的气？”

“生邢大头的气！生马胖子的气！我爸说,要击鼓骂曹。”

“击鼓骂曹?!”

“嗯。骂邢大头个老狗！”

他暗暗捏着两把汗。怕她爸走火,今天伤了自己。

两人一接一递,说话的工夫,就到了她家。

厂一级的头们,住的都不是楼房,而是苏式平房。这一带原叫“莫斯科兵营”。当年苏联红军从佳木斯登岸,进攻日本关东军,帮着抗联光复了哈尔滨,一些尉校军官把妻小接来,曾在此居住过。如今那些平房易了主人。它们却依然是本市房管局众多人垂涎的住宅。都有小花园,都是独家独户,室内举架要比新建楼房高两尺多,窗子都有美观的窗框,门前都有厚木台阶。近两年,又都接通了上下水道,煤气管道,安装了土暖气,冬暖夏凉。那些小花园里,到七八月份,散紫翻红,芬芳弥漫,绿荫遮阳。

老厂长家住的是尤其漂亮的一幢,尖顶宽檐。厂里上个月刚刚派人给粉刷过。外墙是米黄色的,门窗是深褐色的;雅淡而庄重,自成格调,美可入画。满院儿开着扫帚梅和夜来香。

进了院,秀红说:“这些花儿过几天全拔。”

他说:“开得多好啊,拔了可惜呀！院里没花儿太空落了。”

秀红说:“我爸要种草。老小孩心态,想一出是一出,谁敢反对？”

他跟在她身后脚步轻轻地走到她爸的房间门口。虽然来过她家两次了(一次是春节团拜,代表本车间的工人们来探望老厂长,一次是送老厂长住院),还是很有些拘谨,仿佛刘姥姥初入大观园。他觉得这里总有点不像一个真实的家庭,像舞台上设计体面的内景。

她爸——那干瘦的矮小的老头儿,跺一下脚全厂都会发生震动的人物,端端地坐在包皮椅子里,双手各抓着两个健身球,似乎无所事事地把玩着。说他是坐在包皮椅子“里”,不是“上”,是因为和他的身体相比,那包皮椅子显得巨大而沉重。

老头儿正盯着房门口,更准确地说,正盯着第二车间主任。无法指出姚守义和这看去行将就木但又很难死掉的老头儿究竟谁的目光先落在谁的身上。反正姚守义一看见他,他的目光已然盯住姚守义脸了。极其威严的目光。一个半大孩子的身体上长着一颗面容灰黄皱纹纵横的老人的头,令人感到古怪和畏惧。

姚守义觉得,这老头儿,也不像一个真实的人,像舞台上的模型。石头凿出来的或者铁水浇铸出来的,永远不会站起行动,只可能连同那巨大而沉重的包皮椅子一块儿倒下。

怎么这么一个干瘦的诸病缠身的老头,全厂就人人都怕他呢?他在木材厂这儿咳嗽一声,局里那些领导就都能听到似的异常重视呢?姚守义迟疑地站在门口望着他,心里却大不敬地寻思:我要是抓住他的裤腰带,一只手能不能不费劲儿地把他举过头顶?

“你进屋啊!”秀红推了他一下。

屋内铺着块羊剪绒的大地毯。他见秀红换上了拖鞋才走进屋,便也将自己干活穿的那双破皮鞋脱了。一股恶臭首先冲入他自己的鼻孔。他是汗脚,每天一进自己的家门,第一件事儿是洗脚,否则老婆孩子都得捂鼻子。小曲下班比他早时,会预备一盆温水摆在门口。这儿可没谁知道他的惭愧,也就没有一盆温水预备在门口。

他真的有些不安了。不是因为老厂长,是因为自己的两只臭脚。趁臭味儿尚未大面积扩散,他进屋后先开了窗,接着开了电风扇。他做得随随便便,随随便便得近乎于大大咧咧,好像他是这家庭中受宠的一个女婿。

他没敢坐老厂长身旁那只沙发，坐老厂长对面摆在门口的一只油得可爱的小板凳上，这样可以将两只臭脚放在门外。其实他倒很想坐沙发，正如老厂长在家里愿意坐那包皮椅。

“你干吗坐这儿啊？”秀红奇怪地问。随即说：“那小凳不是坐人的，是我爸在院子里乘凉垫脚的。”

他说：“老厂长垫脚的，正适合我坐。”

“瞧你会说话劲儿的，怪不得我爸相中了你当接班人！”秀红哧哧笑了。

电风扇嗡嗡响，掩盖住了健身球发出的简单音响。

“什么味儿？……”老厂长吸了下鼻子。

“是有股味……”这个家庭的“三小姐”也吸了下鼻子。

“来时，街角有辆抽粪车掏公厕……”他平静地说，起身将电风扇扭至快挡。

“我怎么没看见？”“三小姐”在这类问题方面最讲认真二字。

“你没注意。”他十分肯定地说。

“怪啦！咱俩并肩走着，你看见了，我却没看见？”

“没看见的事物就不存在了么？你没看见，它也是在那儿散发着臭气！是客观第一？还是主观第一？……”老头儿一句是一句地说，仿佛老哲学教授在启发思维迟钝的学生。

“得了得了！哪儿对哪儿啊！……”“三小姐”嗤之以鼻。

姚守义赶紧表明立场：“老厂长说得对。客观是第一性的，永远是第一性的。比如那辆你没看见的抽粪车……”

“姚主任，没您这么拍马屁的。听着也太让人肉麻点了吧？……”“三小姐”那双细长的眼睛，黑眼珠朝上翻进三分之二，名副其实地白了他一眼。

他故作一怔，咧嘴佯笑，讪讪地答道：“我的好妹妹，你咋这么认为我呢？不等于也骂你爸了么？你爸他是那种喜欢被人拍马屁的领导么？……”

老厂长看看他，又看看自己的女儿，训斥：“这儿没你的事，你给‘继革’洗澡去！”

“三小姐”哼一声，怏怏地离开了。

老厂长研究一幅欣赏不了的现代派绘画似的，仍注视着他，不说话。

“三小姐”将一只大木盆放在走廊，一瓶“参液洗发精”放在盆边。他以为她不是给她二姐就是给她大姐的宝贝儿子洗澡，不料她却从自己屋里抱出一只花皮猫，杀生害命一般按在水中，还喃喃着：“‘继革’别怕，‘继革’别怕，阿姨慢慢洗，洗得干干净净才招人疼爱……”

从哪个辈分上论，她是它“阿姨”呢？他想笑。

“看着猫干什么？看着我！”老头儿终于又开口了。三分钟不“鸣”，一“鸣”惊人，气粗如吼。他没思想准备，吓了一跳。那么干瘦弱小的身体里，怎么蕴藏着这样充沛的底气呢？老头儿尽吃些啥补药？他好生奇怪。

“这猫的名字，起得挺……绝的啊！……”他说着也用研究的目光注视着老头儿。

“你不是党员？”

“对啊。不是。”

“你为什么不是？”

“这……党没批准过我……”

“哪个党？”

“中国共产党啊！……”

“我问哪个地方的党?！”

“就是……兵团，我们当年兵团那个地方的党……连队党支部呗！”

“这样的党支部该狠狠整！”

“是啊。整党嘛，狠点，比走过场强。不过也不能太狠了，太狠了逼出人命影响不好。当年我个人的努力不够……”他边说边细心观察老头儿脸上的表情,希望那张灰黄的皱纹纵横的脸起点变化,或者同意他的观点,或者反对他的观点。

那张核桃般的脸上毫无变化。老头儿仿佛当了一百年皇帝,被权力整个儿异化了,满脸写着威严。老头儿停止了把玩健身球的双手在自己膝上同时拍了一下。一对健身球滚落。

“可我一直以为你是个党员!”气不打一处来的语调。仿佛一向被他卑鄙地欺骗着,今日才水落石出,真相大白。

他的屁股离开小板凳,替老头儿捡起那对健身球,偷眼瞧瞧老头儿,老头儿咄咄地盯着他。他不敢还那对儿景泰蓝的健身球,只好暂时拿在自己手中,畏缩地又坐在小凳上,没忘了两只脚放在门外。

“老厂长,我……我可从没敢自己那么以为过呀!……”他发誓般地表白着。

“你奉劝敝党修改党章?!”

另一对健身球也滚落,有一个滚到老头儿的皮椅下,他只捡起了一个。

“我不过……给贵党提建议,在整党会上……会下我可没乱讲……”

“敝党!”

“对,敝党,敝党……”

“住口!只许我说敝党,不许你说敝党!”

“对,我说错了。我是应该说贵党的……”

“混账!”

“说贵党也不应该……说贵党是完全错误的。应该说我们的党,我们伟大光荣正确的党……”

这一二年他说“贵党”说惯了,顺嘴了,而且从没有人指责他不该这么说。连党员们也没对他进行过指责。他直到这时才明白,上午的会议内容不仅扩散到了他自己耳朵里,也扩散到了老头儿耳朵里。一个三七年的老党员,自尊心必定被大大伤害了。他欲解释,一时又不知从何解释。

“你瞧不起敝党是不是?!”

“不,不。瞧得起。很瞧得起……”

“敝党再不行,可把蒋介石赶到了台湾去!可统一了全中国!眼下在领导着全中国的改革!你小子有能耐,再创造一个党!敝党将全中国让给你的党领导!……”

“老厂长啊,您听我说,我有那么大的能耐么?我不是一个劲儿地向您认错嘛!……”他两手机械地运动着健身球,像是被老头儿逼着运动那玩意儿。

“你小子有什么资格奉劝敝党修改党章?!半心半意为人民服务?敝党引以为荣的就是全心全意四个字!半心半意!半心半意连国民党在台湾可能也会做得差不离!……”

电扇停了。他和老头子之间的空气不再涡旋。却谁的鼻孔都好像塞满了棉团,鼓了起来。在他手中运动着的健身球,发出清脆的音乐般的撞击声。

老头儿与他说过的“贵党”针锋相对,口口声声“敝党”,恶狠狠的谦逊。

“敝党创立六十余年,把全中国老百姓从苦海之中拯救了,有些人今天竟忘了本!身上的衣服还没干呢,转脸不认人,还要说:没把我帽子捞上来!……”

他耳听着,眼朝“三小姐”望着,盼她给“继革”洗完澡,能够注意到他用目光发出的求援信号——她明明说,她爸不是生他的气嘛!担心老头儿走火,老头儿果然向他开射排炮!

老头儿朝走廊大声嚷:“秀红,你说,你还相信不相信社会主义?!”

“三小姐”将“继革”从盆中拉出,用块浴巾给它揩毛,一边拖长了音调回答:“信——连咱家的猫都信——”

“听到了么?!”老头儿怒视着他。

“我也信……真的。我不信不是连只猫都不如了么？……”他嘟哝着回答。

“你信个屁！”

“老厂长，我哪能信个屁呢……”

“继革”突然从走廊蹿进屋，一纵，蹦到老头儿膝上，弓腰一抖，水珠溅了老头儿一脸。

“滚！……”

姚守义如得到大赦令，站起来蹬上鞋就走了。

走到街上，他扑哧笑了。他倒不生老厂长的气，老厂长比自己的父亲年纪还大。莫说训一通，打也是打得的。自己那通话确实够让一位三七年入党的老党员气愤的。何况这位老党员一向抬举他，使他当上了车间主任，又极力推荐他当厂长。他感到好笑的是——老厂长的健身球被他带出来了。

老厂长是个挺可爱的老头儿。全厂人人都怕，人人也都觉得他还挺可爱。这年月，不可爱的领导干部，谁把你当回事儿？玩蛋去！表面把你当回事儿，背后照旧不尿你！

老厂长可爱有三：其一，不近女色。他这一辈子只与一个女人“染”过，那就是他老伴儿。她大概出于对他“忠贞不贰”的感激，又给他生了三个女人。他老伴儿的文化比他还低，最有把握绝不会认错的三个字是他的姓名。她每月亲自替他领工资，他的姓名写在第一号工资袋上。一回生，二回熟。他一定级就是十一级，一辈子没提过级，一辈子没涨过工资，一辈子没因此发过一句牢骚。在他，够花就行。而他时常以自己的情况天真地想：生活中花钱的方面原本是很少很少的。他老伴是他进城当了官后，特意回老家自己相中的一个山区女人。普遍的群众的观念在某些问题上是很“妈妈的”。他们赞美他这一点。好像他如果不是回老家去相中一个山区女人，在他们眼里他就会是一个王八蛋了。与他相比，邢副厂长就大大地吃亏。邢副厂长不过是位副处级的厂头，强调干部年轻化时选进班子的,这几年又不算很年轻的干部了。他爱人(他自己总这么叫,别人也就不好说他老婆)比他小八岁。问题倒不在于小几岁,老厂长的老伴还比老厂长小十二岁呢!问题在于,光小八岁还倒罢了,居然是个市京剧团唱“花旦”的演员。如今早已丰腴得不好意思登台,只在后台给别人化化妆,但每天一清早立在自家院里吊嗓子,一吊吊半个多钟头,吊得左邻右舍不得安宁,人们送她个绰号叫“报晓鸡婆”。去年转到了厂里,在厂办当办事员。不久由办事员而秘书,由秘书到厂办主任。从此厂办屋里,杂牌香水味儿扑鼻,使人神晕智昏。群众说是“污染”。家里厂里,叫她丈夫,不管什么人在场,不管什么情况之下,都不按照中年女人们对丈夫的习惯叫“老邢”,而叫“邢副厂长——哎——”还“哎”,拖出甜腻腻酸溜溜行板的不正韵味儿。群众别提多受不了她这个!有天不知怎么心血来潮,到职工食堂帮厨。馒头一掀屉,蒸气混着香水味儿四溢八飘。案子师傅皱眉道:“嚯,今天大家准以为我是用香水和的面!”她却说:“那是我揉的馒头香。我往润手的奶液里兑了香精!”排在窗口外的小青工们,一窝蜂地抢着叫嚷:“我买她揉过的馒头!”“我买副厂长夫人的一对白馒头!”小青工们低级下流的隐喻之词,不知她真的不懂,还是装不懂,望着他们嘻嘻笑:“干吗非吃我揉的,不吃别人揉的啊?”

邢副厂长竟觉得他这位夫人替他增添了不少领导人的魅力。

老厂长的第二个可爱之处是——直来直去,心口如一,性格坦率。一次开全厂职工大会,邢副厂长请他讲几句。他没客气,一把抓过话筒说:“邢副厂长请我讲,我就讲。他不请我讲,我还是要讲。我今天只讲一种现象,攀比现象:工人和工人攀比,干部和干部攀比,工人和干部攀比。不比贡献,专比待遇。妈的腿比个什么劲儿?能比出公道来么?比出公道反而不公道啦!我三七年入党。我是十一级干部。全市有几个十一级干部?你们谁有资格和我比?老子当年拎着脑袋闹革命,如今就应该比别人特殊!这叫种瓜得瓜、种豆得豆!谁有意见顶屁用?白有!

全厂要是只有一个工转干的名额,该谁?我有子女在厂里的话,该我的子女!谁的子女也甭跟老子争!争不过老子!邢副厂长,你心里和我攀比过没有?……”

邢副厂长立刻回答:“没有没有,您把我思想境界估计得太低了!”

“反正你也比别人高不到哪去!”他接着演说,“我当面问邢副厂长,是给大家举个例子。比方邢副厂长,副处级干部,八二年才入党。谁批准的?最后我批准的!邢副厂长他有资格与我攀比么?凭哪条?邢副厂长都没资格和我攀比,你们一般工人还攀比个什么劲儿?我今天讲这个问题,是因为我听到汇报,有人对厂里出工出料给我修房子有看法,犯自由主义!谁敢说不对?嗯?老子六十六了,不定哪天两腿一踹,吹灯拔蜡,给马克思喂马去了!喘口气儿没咽的时候修修房子,你们背后瞎嘀咕!妈的有点人道主义么?……”

会后,群众都说老厂长讲得明白。从来没讲得这么明白过,道理摆到家了,不来虚的,尽讲实的。有的还说,共产党的干部,全像老厂长这么个讲法,服!将人心比己心,细想想,可不讲得正确嘛!让人不服的,是那些不讲真话的人!群众面前说得天高海深,背着群众尽不办人事儿!吃着公家香的,喝着公家辣的,还说清廉话,谁服啊!

对他搞特殊化极有意见的人,听了他的演讲后似乎都没意见了。似乎都因为自己胡乱搅而觉得内疚了。并且似乎那以后,倔老头儿的威望还匪夷所思地提高了一大块。落了个“实在”!普遍的群众的通情达理,更多的时候是相当值得表扬的。

老头儿的第三可爱之处,是“泰山石敢当”的那股子倔劲。“清除精神污染”仿佛肯定要形成一场全国性的大运动的日子里,邢副厂长在党委会上建议:“市委门前贴出了通告,在市委工作的女同志不得留披肩发,不得穿半寸以上高跟鞋,不得穿无袖上衣和短裙子……”

不待邢副厂长把话说完,老头儿一拍桌子:“好!好得很!市委嘛,严肃的机关,不能学资产阶级的样儿!要那些个自由的,别在市委工作！……”

邢副厂长趁热打铁:“那,您看咱们厂是不是……也照此办理呢？市委作了榜样,咱们不能不紧跟啊！”

老头儿又拍了一下桌子:“照此办理！照此办理！只要市委做得对,我们就照市委的办！派个人到市委去抄一下那通告,标点符号也不许差！”

邢副厂长商量地说:“恐怕还是得有几个字的区别。市委二字就得改成木材厂啊！”

于是木材厂的大门上,第二天也贴出了一份通告。全厂男女青工对它充满义愤,纠集起三十多人,闯进党委要自由。邢副厂长受到围攻,穷于招架的关键时刻,老头儿闻讯拄着手杖从家里赶来了。

“吵吵嚷嚷的干什么？”老头儿用手杖一个个指点着他们,“谁要自由？冲我要！”

还真没人敢冲他要自由。

“都不要啦？都不要干活去！八小时以外,法律条文以内,就是我给你们的自由！还想多要,半点不给！”

小青工们敢怒不敢言,悻悻地却又乖乖地散了,干活儿去了。

老头儿瞧了狼狈至极的邢副厂长一眼,打鼻孔里重重地哼出一声。那意思是:真没用!

邢副厂长恭恭敬敬地将他送出党委办公室,望着他拄手杖从容不迫地下楼去,只有在心中暗骂那帮小青工贱骨头的份儿。

后来,“清除精神污染”并没有形成大运动。旋风卷过,邢副厂长听说市委将门前的通告揭掉了,他又“照此办理”,明智地派人将贴在厂大门上的通告不张不扬地也揭掉了。

老头儿得知,暴跳如雷,大骂邢副厂长“跟屁虫”。

他怒勃勃气冲冲拄着手杖赶到厂里,从收发室搬出把椅子,堂堂正正摆在大门口,监斩官镇法场似的,铁青着核桃脸,双手按膝,分腿而坐。

那情形，一夫当关，万夫莫开。手杖靠椅而立，宛如尚方宝剑在此。

他用手杖指点着，将几十名或留长发或穿高跟鞋的男女青工拦在厂外。而后，吩咐传达召来了安全员，全然不动声色地说："从今天起，给他们重上安全条例课，考试。及格的，可以上班。不及格的，补考。补考三次还不及格，列份名单，亲自交给我。上课期间，工资扣一半儿，本月奖金全扣。听明白了？"

安全员诺诺连声。

又问那些小青工："你们听明白了？"

他们都仰脸儿望天，没一个人回答。

他的脾气倒显得无比的好，仍全然不动声色地说："听明白了我的话的，就进来，跟安全员走。没听明白的，我也不重复。回家去，别在这儿聚着碍我眼。"

一个个地、闷声不响地从他身边儿溜入厂门，低眉顺眼地跟着安全员去上安全条例课。

接着，他又吩咐传达室的将邢副厂长的老婆召了来，就一动不动正襟危坐在那里向她下达指示："我说一句，你记一句：本厂特殊通告——1、凡本厂车间女工，发长不得过耳。入厂必戴工作帽。2、凡本厂车间女工，不得穿任何高跟鞋入厂，尤其不得穿任何高跟鞋入车间。违犯者，严重警告一次。严重警告两次而仍违犯者，开除厂籍，留厂察看。3、凡本厂男工……"

"坡底儿鞋也不许么？"厂办主任低声问。

"什么叫坡底儿？我不懂！"他用手杖指着她鞋说，"你穿这种，就不许！厂里发的工作鞋都扔了？卖给收破烂儿的了？"

……

通告又出现在厂大门上。不是纸的，是木板的。一行行小楷字，火烫的。旁边另一块同样大小的木板，火烫的小楷字记录着本厂历史上最惨重的事故：因长发被锯床绞入死了的，因裙角被传送带剐住丧失了一条腿的,因高跟鞋蹬跳板摔坏了大脑神经的……

两块木板至今仍挂在厂大门上,火烫的字风雨难蚀。

他在党委会上拍着桌子指着邢副厂长的鼻子吼:“我的话说得明明白白,市委做得对,我们才照它的办!是市委直接管着这个厂?还是我们管着这个厂?干吗有权不行使,非当跟屁虫?!……”

老头儿原先在厂里有个绰号——“三爷”。这绰号挺准确。后来大伙不叫他“三爷”了,而叫“左爷”,也挺准确。时代淘汰着许多东西。绰号之被淘汰更新自然难免,符合规律。老头儿不在乎。“三爷”也罢,“左爷”也罢,都有个“爷”字,都包含着敬畏。“左”到令人敬畏,那总算“左”得值当。何况“大伙儿”是个笼统量词,大多数,许多,并非全体。

有人认为,“左”者都像老头儿那么个“左”法,倒也“左”得可爱,“左”得表里如一,“左”到了份儿上。谁都知道他“左”,他的“左”就无须提防。无须提防便不怎样可怕。

也有人认为,老头儿不“左”。老头儿自己从不想“左”也从不想“右”。老头儿根本不考虑什么“左”啦“右”啦的。他自有他的道理:“什么‘左’啦‘右’啦的!‘左’怎么啦?‘右’怎么啦?好比江中一条船,谁摇橹谁都得一左一右地晃橹把,船才行着。我是坐社会主义这条船的,不是特等舱,也是头等舱。管那么多干什么!反正让我知道船行着,我心里就踏实了!左就左会儿,右就右会儿嘛!……”

姚守义挺同意后者们对老头儿的看法。也挺同意老头儿的“左右观”。并且有着比老头儿更超脱点似乎就更深刻点儿的看法。五十年代,政治在中国人中划了一道严峻的白线,结果是产生了二百来万“右派”。当时洋洋五亿之众的人口,二百来万不算多,所以叫做“一小撮”。“文化大革命”,政治又将那道白线重重地涂了一次,结果是几乎每一条街道都有某些个家庭的某些个人因某种政治罪名被划到了白线右边儿,很不算少,但还是叫做“一小撮”。中国人的恐“右”心理是有历史缘故的,因而中国人的本能的自卫经验是“宁左勿右”。“左”在中国人的观念中,向来是跟“革命”连一起的。过“左”无非是太“革命”的意思。仅仅由于害怕被政治划到“右”边去,太“革命”的人便自然而然多起来。一旦被那道严峻的白线划到右边去,下场大抵也够悲惨。吸取经验教训的人便自然而然多起来。“宁左勿右”便成了中国人的保身哲言。一代人告诫另一代人,教会另一代人。八十年代,中国人痛定思痛,对历史“反戈一击”,批“左”恨“左”声讨“左”笔伐“左”更是自然而然的。在这么一种历史趋势之下,“左”虽仍不失为保身哲言,但在大多数人中臭了起来。如过街老鼠,没到人人喊打的绝境,也可以说到了人人鄙弃的地步。中国人又自然而然地由一向的恐“右”转变为过于敏感的恐“左”了。恐“右”是社会的病态现象;恐“左”也是社会的病态现象。正如血压高血压低都是病一样。而“左”与“右”,大抵又体现在官场的权力角逐方面,或曰“路线之争”。而一般老百姓眼中心里,没那么多“左”也没那么多“右”,更普遍区分的还属是非问题。老厂长维护本厂通告“立而不废”这件事,曾被他用手杖挡在厂门外的那帮男女小青工背地里咒骂他“左癫疯”。邢副厂长竟也每天站立在柞木烫字的两块牌子前,作出思想开明受到极左压制而无可奈何的苦笑,借机向人们表现他的心是与极左分道扬镳的,就真是有点他妈的了。偏偏他周围还有些人专门为他的虚伪捧场。

“邢副厂长,有何感想啊?”他们巧妙地为他提示进一步表现的铺垫台词。

“唉!……”他撇撇嘴,摇摇头,耸耸肩。似乎内心曲衷尽在一个“唉”字。

这样恰到好处。再多表现,就“过戏了”。他深谙分寸的艺术。

还有些人,明明是赞同老厂长的,却非要说些不赞同的话:

“什么年代了啊,还左一条右一条限制青年们的自由?”

“就是。解放前这个厂的资本家也没立过这么多条规矩啊!”

“这老头儿的‘左’那是没治的,天皇老子也管不了。让他带着花岗岩头脑给马克思喂马去吧,看马克思欢迎他不!”

他们的自我证明,基于做人的非常可怜的投机心理——仅为博得男女小青工们的好感,便心满意足了。

八十年代,什么都分档次,投机也分。

姚守义尽管变得圆通了,但这太可怜太低下的投机,他还是不屑于为之的。他厌恶那些人如同厌恶活跃在他脚趾缝中的霉菌和散发着难闻臭味的污垢。他常常需要十分努力才能掩饰起对那些人的厌恶。八十年代,那些人是愈来愈多了。厌恶他们,也得和他们在同一片蓝天下活着,朝夕相处。他们包围着你,一重又一重。你觉得他们口中呼出的气都是令人作呕的。但你得习惯,你不习惯,则不是他们的错,是你的错。他们因为众多,一个个便不觉得自己羞耻,更不认为自己可怜。他们因为众多,则似乎就有权讥笑你的公正心,显得可怜的倒反而是你自己。“人都是自私的”,投机也便有了哲学方面的托词。所以你的公正心,在他们看来,与他们一样,也是一种自我证明自我表现。谁会相信你那自我证明自我表现之目的,没掺杂着什么不可告人的成分呢?

姚守义从来不敢轻易表现自己良心中那点儿公正。因为他感到许多人希望将磊落与卑鄙,崇高与低下,坦白与虚伪,无私与有私放在中国的现实生活这口千年老汤起沫冒泡的大锅里一块儿煮,还要指着蒸蒸沸气理直气壮地说:“你闻闻,不都一个味儿么?”

叫你怎样回答?

他时常难免颓唐地想:妈的,这时代对于人的卑鄙、低下、虚伪、自私和种种的投机心理,太他妈的容忍了吧!就算同属表现吧,中国人总该努力表现好的方面啊!

一天,不知是谁,将一只死鸡倒挂在那块柞木烫字的木板上。许多人围着瞧,许多人传递着会意的笑。都在以表情和一句比一句放肆的言语证明自己对于“左”之受到作践格外开心。

他气愤不过,强压住火不说什么,默默将死鸡摘下,像抡链球似的,抛往路对面的垃圾堆。

大概他当时的脸色十分可怕,谁都不吱声儿。过后他知道,有些人骂他:"'左爷'没儿子,这回准有干儿子可认了。"

他本想找那些家伙打一架,满厂绕着找了一圈儿,没找到。没找到,气也消了。"犯得着么?"——这种处世哲学安慰了他。

技术科新分来一个大专毕业生,据说很有点儿新思想。厂里的一伙儿小青工,将那小子尊为"精神领袖"。连本车间的几个"小老弟",午休也开始往木料仓库去,那儿是"新思想"的讲坛。接受了几次"新思想"的熏陶,"小老弟"们变得"深沉"起来,动辄开口道:"'眼镜'认为……"或者"这个疑问得去请教'眼镜'……"

怎么样个人物会有如此的魅力?他也希望接受接受"新思想"的洗礼,就也到木料仓库去了一次。蹲在一个角落,一边吃饭,一边侧耳聆听那"新思想"的布道者一套儿一套儿的"新思想"。

"'人不为己,天诛地灭'。为什么这话流传千年?因为是哲学!孕妇肚子里的胎儿都是自私的。孕妇吃了胎儿不愿吸收的食物,胎儿就给孕妇来了个让你呕吐!才不管妈不妈的呢!……"

众人哄笑。

他也默默地笑了。深入浅出,这是讲道理的学问。他自己这门儿学问不太行。

"自私是一种权利。至高无上!我就自私,这没什么可耻的。为了我的利益,拿别人脑袋换一支香烟,我不会犹豫的!别人也可以这样对待我嘛!别人也有同样的权利嘛!社会这样朝前发展,弱者就渐渐被淘汰光了!你保不住你的脑袋,你活该!你被淘汰天经地义!这样人种就强化了!必将达到一个强者的未来。那才真正是人类的理想王国!……"

这话使他听了很逆耳。侃侃的语调充满着毛骨悚然的冷酷。人类的未来假如是那么一幅图画,他真有点为自己的子孙后代担忧。拿别人的脑袋换一支香烟若是权利，而且至高无上，人吃人不是也没什么了么？

妈的，怎么这样的些个人都那么恬不知耻地坦率呢？他又有点想不明白了。妈的！时代确实变了，恬不知耻的人变得如此坦率，还保留着点羞耻心的人大抵又变得虚虚伪伪暧暧昧昧！

“那……人也不一定全都是自私的吧？比如……比如江姐、许云峰、黄继光、董存瑞……这些英雄？怎么说？……”

一个声音，犹犹豫豫地，吞吞吐吐地，缺乏自信地，不好意思地提出异议。

他停止吃饭，抬头朝“精神领袖”望去。望不见“领袖”的脸，“领袖”的脸被众多“信徒”的后脑勺包围着。

“哈……”嘲讽的一声，显然是“领袖”发出的。“哈，我猜到你们有人准会提这类愚不可及的问题！你看过《红岩》？”

“没，没看过……”

“看过就大大方方地承认看过嘛，别不好意思！”

仿佛《红岩》是黄色手抄本。

“没看过，真的！前几天，电视播过一次《在烈火中永生》……”

很惭愧的“招供”。

“有三个台可以选择嘛！也可以关了嘛！没人非逼着你看。证明你还是自己愿意看。”

类乎审讯的口吻步步紧逼。

“这……”

一个“这”字，不但惭愧，简直包含着耻辱了。

“这什么这！哥们儿，你不是还对我说，感动得流眼泪了吗？你说没说？说没说？”

别个“信徒”的从旁揭发，又引起一阵哄笑，一阵揶揄。

“小子，脸红什么？”

“精神焕发！”

“怎么又黄啦？”

“防冷涂的蜡！”

“你们干吗挤对我啊！我不过就是看了《在烈火中永生》，又不是调戏妇女！操，这也丢人现眼啦？……”

嘟嘟哝哝的，是自我辩护，已然觉得耻辱了，听来勇气很不充足。

“算不上丢人现眼，却也够幼稚得可怜了！你泪腺就那么发达？”“领袖”又开尊口了。“领袖”一开口，众人肃静。

“许云峰、江姐、一切一切的所谓英雄，统统不过是另一类自私自利者。”“所谓”说得十分重，咬出特别强调的意味。口吻相当轻佻，亦相当权威。只有将人生真谛“吃”得透透了的大思想家，对一群愚昧之徒进行启蒙时才可能是那种口吻。自信得如同上帝，仁爱得如同上帝在拯救不开窍的灵魂。那种口吻使人听来大慈大悲。

木料仓库比教堂还静，一堆堆木料似乎都在听。

“你们想一想，许云峰有妻子儿女没有？肯定有。江姐有丈夫没有？有的。书也罢，电影也罢，反正是同一个人。叫彭松涛嘛！还有个儿子，别人代养着。可他们置夫妻儿女于不顾，宁愿去死。图的什么？世上有无所图的行为么？绝对没有！他们图名节，图流芳千古，图成为英雄，图被后人敬仰。说白了不就这么回事儿吗？我们后人被他们感动了。为他们的壮烈牺牲流泪了，还要纪念他们，缅怀他们。他们图的就是这个！他们那么一种人，活着所追求的就是有机会壮烈一死！人固有一死嘛！人过留名，雁过留声。他们的信仰归根结底也是个人主义的嘛！充其量是个人英雄主义的嘛！死，完成了他们那种人的精神追求。给他们带来满足，带来快感。要不怎么叫从容就义，笑赴刑场呢？他们那儿满足了，体验到心理快感了，从容就义，笑赴刑场。您哥们儿今天为他们落泪，您不是大傻帽儿嘛！他们为了实现他们的追求，使他们的亲人悲痛万分而心肠如铁。这是一种异化了的自私，更冷酷无情的自私，更深刻的自私。

还不如甫志高呢！甫志高还有点人情味儿呢！甫志高为什么叛变？因为他想到了他妻子！甫志高被捕时不是说了句‘她什么也不知道’么？这是很感动人的！甫志高不值得同情？他是一个悲剧。您许云峰您江姐身上体现的是人自私本质的一方面。我甫志高身上体现的不过是另一面。都是自私,分什么叛徒和烈士？这种观念上的分法儿公平么？不肤浅么？《红岩》我在学校读过。不都说是本使人感动的好书么？那么我就研究研究。我与别人读得不一样,我是边读边思考。你们觉得我的许多见解不凡,为什么？因为我习惯善于对许多事件独立的深入的思考。来支烟……”

好几个人掏出烟,朝一个闪耀着“新思想”光芒的方位扔过去,整个仓库都仿佛被一种“新思想”的光芒普照,气氛是那么的肃穆。

“这烟味不正。对不起了啊,我换一支吸。‘三五’的,哪位哥们儿这么慷慨？还是‘三五’吸着来劲儿！中国那么多制烟厂,就是生产不出抵得上‘三五’的烟！……接着刚才的话说。打个比方,给你们侃侃《西游记》！比方许云峰江姐是唐僧,甫志高是猪八戒。你们别笑!《西游记》我也研究过。没思考成熟的见解我不与人谈,深刻的思想首先是成熟的思想。您唐僧,一门心思取经,一门心思修成正果,历尽千辛万苦,遭遇九九八十一难,那是您所要达到的个人目的,那是您的活法,那是您的人生观,您对生命价值的一种选择。我猪八戒不是您唐僧。我要回高老庄做高员外的女婿,我追求的是人世间的享乐,我追求的是女人。有个外国老头儿去看病,他说:‘医生,你得给我想个办法,我已经一百岁了,可是还在追女人。’医生说:‘那有什么不好,为什么要我帮忙？’外国老头说:‘因为我在追女人的时候,已经想不起为什么要追她们了。’这叫人性,男人的人性。记者问美国总统卡特:‘总统先生,您见了漂亮的女人时会作何想法？’卡特回答:‘什么想法都产生过,有时甚至产生强暴她们的念头。’哪个男人对漂亮的女人没产生过强奸的念头？这不是男人不好。谁叫有些女人长得那么漂亮呢？你漂亮,我就想强奸你。不是我获得了强奸你的快感,就是你加给我强奸不了你的痛苦。在这一点上,倒是女人们应该开明点,与传统观念彻底决裂。接回来说,猪八戒追求的是女人。您唐僧心归正本,绝了七情六欲。您是个人,不想当人。我猪八戒有我的活法。有我的人生观。有我对生命价值的另一种选择。人活一世,谁比谁活得崇高啊?欺人之谈嘛!可惜猪八戒后来还是被正统思想牵制着,妥协了。猪八戒也是个悲剧。这就是《西游记》的局限性。越是名著,往往局限性越严重。有一个时期,我还想给《西游记》补续呢!可惜没工夫。我还不那么打算出名。现在这年龄,正是玩乐的年龄。享受享受青春,你们说对不对?烟灭了,谁有火?……"

"我有火!"姚守义大声回答。

第二车间主任屈尊移趾,他来到这个"新思想"的布道场,怀着对一位大专生的十二万分的羡慕和敬意,躲在一个不被注意的角落,一边吃饭一边听,听的却是一大套使他七窍生烟的高明的胡说八道!

他心里的火压不住!

妈的你小子不想当英雄也罢了。和平年代,想当英雄也没那么多机会那么多条件。你不该信口雌黄作践英雄!更不该作践死去了的英雄!妈的老百姓说法你小子这叫鞭尸!

姚守义是共和国的一代长子中"正统"思想基础最松散的一个。因为"正统"从来也没把他当成怎么回事儿。"正统"曾赏赐给这一代人的那种种嘉奖,他所得到的太少了。"努力争取"了十一年,直至他灰心丧气,不懂再如何"努力"如何"争取"的时候,"正统"才丢给了他一枚团徽。就好像当妈的随手丢给对她的感情变得淡漠了的孩子一块糖盒里遗留下来的难以剥下糖纸的糖。那是大返城前几个月的幸运。"趁团支部还起作用,咱们拉守义一把,让他入了团吧!"完全是几个团员知青出于义气,他才最后一批"单崩楞"地入了团。

"正统"思想之对于姚守义,诚如旧童装之对于长大了的少女。她们保存它们乃是保存自己的一部分。她们有时容忍不了别人将它们贬为

“过时货”,乃是因为她们穿着它们确曾显得可爱过。时代之所以是延续的,正由于只能在一代人的内心里结束。而历史告诉我们,这个过程远比核桃干了的时间要长。

姚守义是返城知青中最明智地向生活进行主动的协商,最善于同生活“和平共处”的一个,是最早学得世故起来和圆熟起来的一个,也是最早从身上血淋淋地撕下愤世嫉俗的一层皮的一个。他原谅自己有时变成滑头,但他绝不允许自己变成恶棍。他可以做到不与滑头哲学争辩,但他毕竟还没修行到容忍恶棍理论的“超境”。

他端着饭盒,大步走向“新思想”的“精神领袖”。

“没想到主任也光临了,惭愧惭愧。我若瞧见您,就请您坐我对面了!”“领袖”颇感意外地说。

众人对他的突然出现不无诧异。

“你不是讨火吗?”他走到“精神领袖”跟前,将剩的半饭盒米饭扣在对方头上。扔了饭盒,双手按住对方的头,洗毛皮领子似的,就往对方头发里揉搓大米饭。烧茄子的油汤从对方头上往下流,糊住了眼镜片,一双别人称之为“深奥”的眼睛鼠目寸光了。

“再说给我听,许云峰是自私的么?江姐是自私的么?黄继光董存瑞是自私的么?!说!……”

他双手扼住了对方的脖子。

对方的脸憋得绛紫,连气儿都喘不过来,哪里说得出什么话!

“说啊!……”

他手劲失了控制,对方翻白眼了。

“大哥!大哥你干什么你?……”

“大哥!你掐着人家脖子呢,人家能说出话么!”

“大哥,你怎么能这样你!……”

本车间那几个“小老弟”,惊慌失措地围着劝解。

“你们别管我,我掐死他。他那通狗屁脏了我耳朵!洗不干净了!……”

“大哥,人家那也是一种观点,言论自由,你别胡来啊!你不爱听可以和人家辩论嘛!……”

“我辩论不过他。我非掐死他不可。掐死他我得到快感,我非要得到这点快感不可!……”

没人拉扯着,没人掰他的手,他真会掐死对方的。

好皮肤的女性般白皙的一段可爱的脖子,终于从他那双铁钳般的手中拯救出来了。“领袖”业已奄奄一息,被人扶放着平躺在地上,半天才缓过口气儿。

众人望着他们自己尊敬的“领袖”,一个个表情愠怒。这简直是肆无忌惮的暴行嘛!而且他是位主任啊!

他才不理睬他们愠怒不愠怒。他一旦怒了,眼里没有别人。他想:今天我姚守义不发怒,往后哪个流氓歹徒当着我面强奸幼女我也会变得麻木不仁无动于衷了!

他从地上抓起一片烧茄子,塞进了“领袖”口中。

“领袖”含着烧茄子,不敢吐出,不敢动。油汤糊住的两只镜片,像一双因恐惧而扩散的眸子。镜片后那双“深奥”的眼睛还深奥不深奥,可就没谁知道了。

“批判的武器”永远抵不过“武器的批判”。

“新思想”哪怕是“新”而又“新”的思想,用焖得不软不硬的米饭和烧得油腻腻的茄子,照此办理,也就失去启蒙的力量了。

众人愠怒地站着,没人瞧他,都瞧着他们的“精神领袖”。他们希望,他们的“领袖”缓过气儿一跃而起,操件什么家伙与姚守义拼命。“领袖”换了他们中的任何一个,不与姚守义拼个你死我活才怪呢!明知拼不过也得拼,也该拼。具有思想力量的人应是“士”,“士可杀而不可辱”啊!

然而他们的“领袖”使他们大大失望。他就那么躺着,仿佛打定主意一辈子不动一辈子不爬起来了。他连个人多少总该有那么一点点的血性都没有。爬起来呀!爬起来跟我打一架呀!姚守义低头瞧着他,你得证明你是个男的呀!

他想象得到,只要对方爬起来与他拼,必定会有几个人也对自己开打。他做好了寡不敌众,被打得鼻青脸肿的精神准备。虽然他不是“精神领袖”,但毕竟有精神,便知道准备。

可“领袖”就是口含着烧茄子不动。

这小子是吃什么样的女人的奶长大的呢?他想不通了。妈的打算像一条恶狼似的活着,骨子里却又是只兔子!这样的小子这二年多起来了。你惧着他,他真能玩闹似的就拿你的脑袋去换一支香烟啊。你蔑视他,他可以装你孙子!

姚守义看出来了,他不离开,那位“领袖”是没胆量吐出烧茄子爬起的。而剑拔弩张一触即发的严峻包围着他。

他瞧了一眼手表,厉声道:“还差五分钟上班了,都给我滚!”话一说完,抬腿往外便走。打死了“镇关西”的鲁提辖,就是他那么样从状元桥头脱身的。

幸而本车间那几位“小老弟”挺照顾他的脸面,一个个默默地顺从地跟将出来,别的些按捺着愤愤不平的才没敢跟他“炸刺儿”……

第二天,一个话儿在全厂流传——姚守义要入党了。

几个“小老弟”郑郑重重地问他:“大哥,你是不是要入党?”

他听了奇怪,郑郑重重地反问:“入党怎样?不入党又怎样?”

“挑明了,你要入党,先跟哥儿几个打声招呼!”

“对,还是先打声招呼好。我们不跟‘共党分子’交往!”

“免得我们不认你这位大哥时,你心里还不晓得哪儿得罪了我们!”

他一一注视着他们,半晌没吭声。那时那刻,他才真正认识到自己这个车间主任实际上当得有多么难!

“我连申请书都没写过,入什么党?”

“你不想入党,昨天为什么那样对待‘眼镜’?”

哪儿跟哪儿呀!扯不上边儿嘛!过后寻思,又觉得他们问得是有道理的。车间里有个老工人,每天早来晚去的,打扫车间,检查车床电路,他们也这么对他说:“好好表现吧您哪,争取退休前混入党内!”他心里最清楚,老工人压根儿没想入党。二十几年养成的自觉习惯。他们认为,只有“共党分子”或企图怀着某种利益动机“混”入“共党”的人,才容不得“眼镜”那套叛逆性的“观点”。而任何叛逆性的“观点”,对他们都有着吸引力。

他苦笑了,回答他们:“好,我想入党的时候,保证先跟你们打招呼。现在我还没想呢,就还是你们大哥!”

而他那位退了休的老父亲,却对他入不入党十分在乎。

“当个车间主任,连个党员都不是,别人不说,你自己觉得配么?赶紧地给老子争取入党,要不你这主任当得名不正言不顺!……”

老父亲三天一遍心病似的叨叨,常常使他起烦。

……

被老厂长狗血喷头地骂了一通的姚守义,一边沮丧地往家走,一边胡思乱想。由这儿想到那儿,由那儿想到这儿,“意识流”,没个条理。许多事儿,不想则已,一想,徒增不快。

走到离家门不远处,母亲在门口望见他,大声嚷:“还不赶紧走几步!小曲把饭菜摆上了桌儿,等你有工夫啦!”

一辆自行车,连铃也不按,擦身骑过,猛地刹住在他前边,挡住他的路。

又是秀红,两手扶着车把,裙子底下跨出一条穿着透明丝袜的长腿,高跟鞋鞋尖点地,瞪着他不说话。

“噢,你爸的健身球……”

三个景泰蓝的好看的球仍拿在他手中。他向她递过去。

她不接,冷冷地问:“你想把老头子气死呀?”

“在你家我气他了么?你听着的啊!”

“那他没发话让你走,你怎么就扬扬长长地走了?”

“是他骂了我一声‘滚’,我才敢走的嘛！我不滚,有挨骂的瘾啊？”

“他是骂猫。”

“骂猫？……”

什么事儿呢！

“你跟我回去！”

“我……不回去了。”

“你敢？你敢,我就如实禀报。老头子逼我追你的！”

“那……我吃完饭再去你家……”

“老头子也还没吃饭呢,被你气得躺在沙发上哆嗦！”

母亲望着他们,又嚷:“秀红,有话家来说呗！”

“我爸找守义哥有事儿！他不去！”

恶人先告状！要不是她降下十一级干部女儿的身份怪近便地称他“守义哥”,他就真给她来个不去了！

“你快给我去！站当街跟秀红磨什么牙！”

母亲在家门口训斥他。

“你爸不至于咬我几口吧？”

“那谁知道！”

“我说‘贵党’没什么讽刺的意思,你得帮我解释解释啊。”

“他生气不光为这个。我们姐几个,当着他面儿也‘贵党’长‘贵党’短,他还不是装聋作哑听着！归根到底他是生邢大头马胖子他们的气！”

姚守义没法儿,只好返身跟秀红往回走。

“我带着你快点,这会儿工夫兴许老头子就犯了心脏病呢！”

一进客厅,见老头儿果然躺在沙发上,一只枯手上下抚胸口。

他满脸堆下晚辈诚惶诚恐的笑模样,乖巧而恭敬地说:“老厂长,误会了。天大的误会。我以为您让我滚呢,没承想您骂猫。秀红一跟我讲明白了,我没二话就往回跑……”

“哎,你这人,我白驮着你一百多斤啦?”

秀红不够意思地揭发他的谎言。

“我找你来,是要说真话。你呢,一句一个谎,伤我的心……”

老头儿悲哀地抬手指指他的皮包椅。

秀红扶起老头儿,一边往皮包椅那儿搀,一边儿用十分孝敬的语调说:“爸,您别生气,气坏了身体自己不划算。我这不是又把他拎回来了嘛!有多少气您都冲他撒。撒够了,心情就好了。”还转脸问他,“你回来是不是就为了让我爸撒撒气?”

“是,是的。”他诺诺地回答,恨死她了。

老头儿坐定于包皮椅里,也不再用皇上盯着下臣那种威严的目光盯着他了,垂落松弛的眼皮,说:“姚主任,你,你给我在沙发上坐下……有点……耐心……别急着走……”声音嗄哑了,语调低缓了。

姚守义顿时对老头儿充满了同情。不,简直充满了怜悯。那么大岁数了,那么多病,离休了,还念念不忘自己是十一级干部,念念不忘曾经是一厂之主。还为谁继自己之后当厂长操心,大概还为自己死了木材厂还能否存在操心。

活得不容易啊。活得累啊。谁这么活着,肯定都是要折寿的!

“好,好。我坐,我耐心。我不急着走……您心里有什么火,只管朝我发……”他嘟哝着,在老头儿对面的沙发上坐下了。他想:我要表现得特恭顺,哄老头儿个高兴。不冲别的,就冲他那么大岁数了!

他发现自己忘了脱鞋,地毯上已留下了几个土鞋底印,诚惶诚恐就脱鞋。

“得了吧您哎,行行好吧。您那双臭丫子别往外放啦!”

秀红大声抗议,臊得他脸上一阵热。

“工作鞋一天八小时捂着,木材厂哪个工人的脚不臭?”老头儿宽厚地说。又吩咐女儿,“拿纸来,拿笔来。”

秀红转身去拿来了纸和笔,递给老头儿。

“给他。”老头儿缓缓抬起手臂，指了他一下。

“给你。大主任！”

他狐疑地接过纸和笔。

老头儿又吩咐女儿：“把茶儿往他跟前挪挪。”

“他自己是个死人呀！”秀红不乐意了，拒不执行。

“我自己挪。我自己……”他很识趣。

“不！”老头儿的眼皮倏地撩起来了，瞪着女儿道，“非你挪不可！我让谁挪谁就得挪！这还是在我家里，我的话就不算话了么?!”

姚守义不敢别着老头儿的劲儿，只有嘿嘿讪笑着。

秀红噘起嘴，将茶儿往他跟前推了一下。随后在沙发上坐下，架起一条长腿，脚尖挑着高跟鞋，旁若无人地悠荡着玩。

老头儿说：“你给我写。”

姚守义说：“写什么啊？”

老头儿说：“向敝党写份检讨。”

姚守义问：“怎么写啊？”

老头儿说：“还得我教你么？”

“不用教，不用教……”他嘟哝着，马上作出要下笔的模样，心里却着实不知该怎么写。不敢抬头看老头儿，侧脸瞧了秀红一眼。

“该往纲上提，你就放心大胆往纲上提。该往线上挂，你就放心大胆往线上挂。一切有我爸替你顶着，还怕谁敢打你个反党啊！”她也正瞧着他，有几分幸灾乐祸，有几分推心置腹。

“我不怕。有老厂长替我顶着，这世上没个我怕的人！”他说，又嘿嘿讪笑。他想：三小姐，没你老头子替我顶着，我照样不怕。八六年了！我姚守义给共产党提几条建议，还是在整党的时候请我提的！不信共产党会关我大牢或者枪毙我！大不了撸了我这个车间主任，以为谁稀罕当啊！

老头儿“嗯”了一声，表示肯定女儿的话，也表示肯定姚守义的话。

关于本人在整党期间，向党所提之四条建议，思考很不成熟，提法似欠妥当，今经反省，认识了错误，特向贵党……

秀红捂嘴哧哧笑。笑得他糊里糊涂，笑得老头儿闭着的眼睛复睁开了。

老头儿喝问女儿："这是严肃的事，你坐他旁边笑什么！"

他也不解地瞧着她，一本正经地说："你别笑。你一笑，倒显得我不严肃了似的！"

不料她笑得猛烈起来，最后笑得不能自已，翻身伏在沙发上，全身颤动。

"放肆！"

老头儿大怒。

"是他自己不严肃嘛！还不许人笑？……"秀红忍住笑，细手指戳着"贵党"二字，"你别改，啊？……"又大笑，笑着奔了出去。

姚守义这才注意到，心不在焉地写了"贵党"，白纸黑字，铁证如山。党会以为我存心要笑党，那才冤枉！

"你写了些什么？念给我听！"

老头儿对他的态度起了疑心。

他不得不念。念到最后，将"贵党"用一种特殊的语调念成"亲爱的党"。

老头儿听得极认真。听罢，沉吟良久，频频点头道："可以……是可以的。那个'之'去掉，文绉绉的，不顺耳。什么不成熟？什么欠妥当？那是完全错误的！就照我的话写！是完全错误的！要在五七年，打你个永世不得翻身的右派！五七年我在思想汇报中，错把中国共产党写成了中华共产党，还作了三次小会检讨一次大会检讨呢！如今共产党处处宽大着你们，你们也别往共产党鼻梁上爬！重抄一遍！……"

他一迭声说“是”。照老头儿的意思改了词句,重抄一遍。抄完,问老头儿:“日子就写今天吧?”

老头儿想了想,一摇头:“还是不写具体日子好!”

他双手将那份检讨呈递给老头。

老头儿叫:“秀红,找我签阅文件的那支笔!”

秀红应声而至,这儿那儿翻了一阵子,寻找出一支半截红蓝铅笔,塞在老头儿手里。

“我拿着,你看着,再念一遍我听。”

秀红立在父亲身旁,一字一句念了一遍。

“我这眼,离了眼镜是睁眼瞎。他写得工整不?”

“工整。他字比人好看点儿。”

“推我到写字台前。”

秀红就将父亲推到了写字台前。

老头儿的认真,使姚守义大受感动。他不禁后悔自己写得太短了。发挥发挥,是能写满一页纸的。

老头儿用他习惯了的那半截红蓝铅笔,在四行字的检讨空白处,写了个几乎占半页纸的“阅”,朝姚守义展示了一下,说:“存我这儿。你这是好几个月前主动写了交给我的。听明白了?”

姚守义觉得那“阅”字不像个字,倒像小孩儿画的一座单线条一笔连下来的城门。一座不知从哪儿才能绕进去,绕进去了也不知从哪儿才能绕出来的城门。城门内蹲踞着豹首蛇身的把门怪兽。听了老头儿的话,领悟了老头儿不让他写具体日期的良苦用心,又是一番大受感动。

老头儿接着说:“你再给我写。”

“还写什么?”已然大受感动,听从摆布就情愿多了。

“写入党申请书!”

“这……”

“这也是严严肃肃的事!”

“可我……得考虑考虑……”

“入党！不是逼你入教！考虑什么？”

“考虑怎么写好啊……”

“写明白了就算写得好！不需要你长篇大套的！谁有工夫看？”

他看看手中的笔，瞅瞅秀红，讪笑加苦笑。

“你心里还是瞧不起敝党？”

敝党——又来了！总说不揪辫子，可老头儿揪住他的小辫子不放！他想：局里那些官老爷能轻饶我么？没老头儿荐举我当厂长的事儿也翻不出整党期间那件事儿！我姚守义压根儿不想当厂长啊！妈的邢大头！你巴不得当上厂长，你就不该得罪了老头儿。更不该算计我！算计了我你该当不上厂长还是当不上厂长啊！

想到了邢副厂长，心里暗暗咒骂着，却忍不住鼓起勇气问老头：“老厂长，邢副厂长配合您当几年副厂长了，您怎么不首先考虑荐举他啊？从各方面讲，他当比我当更合适嘛！”

他说的是真话，心里暗骂归心里暗骂。邢副厂长无疑是个“面面光”，滑头一个。但滑头也是可以当厂长的嘛！可能还会当个不错的厂长。如今不精不滑的，想要当官难；当上了要当长久更难。

他这么认为。

而且，他确实不清楚，邢副厂长和老头儿之间，究竟结下了什么解不开的疙瘩。

“邢大头？做梦！休想！”秀红分外激动地大声插话了：“他骂过我爸！”

“这不太可能吧？一千六百多人的厂，免不了有传瞎话的。他不至于啊！……”他的心地毕竟是善良的。刚才还在暗暗恨着的人，这会儿却替那个人辩白起来。

“你别替他说好话！他就是骂了——骂我爸什么病都得了，就差得艾滋病了！……”

秀红两眼炯炯射光。仿佛邢副厂长在跟前,她会立刻扑上去撕他挠他。

“这……我倒也有所耳闻。不过不是邢副厂长骂的,千真万确是他儿子骂的……”

“他儿子骂的跟他骂的有啥两样?他儿子个王八蛋!考上大学就把我甩了!不得好死!姑奶奶要不再找个大学生气气他,誓不为人!……”

姚守义缄口了。他知道如若再替邢副厂长辩白下去,她那红嘴白牙会吐出更难听的。他认为她是有点报私仇。

“住口!你……你给我滚出去!……”

老头儿猛然吼叫。

娇生惯养的“三小姐”愣怔了一会儿,咧嘴哇哇大哭着跑掉了。

“关上门。”老头儿抬手指指门。

姚守义赶紧站起身去关上了门。“三小姐”的哭声,不知从哪一房间穿透房门干扰着他们。我干吗替邢大头说好话呢?他后悔莫及。

“我老三刚才说的那个……那个什么病?……”

“艾滋病,近两年在国外发现的。”

“X……X病……难怪我听着不像中国病。怎么个症状?……”

“这……我也不太详细,别人讲浑身发软……吃不下饭……贪睡……”

“我没出过国。我怎么会染上外国病?我还能吃。我常失眠,整宿整宿睡不着。我没那病。”

老头儿绝对自信地说。

“当然,您怎么会传染上那种病呢,笑话!”

姚守义绝对肯定地附和。

“你入不入党,”老头儿克制着脾气说,“和邢副厂长能不能当厂长,我该不该首先荐举他,两码事。你同意我的话不?”

“同意……”他低声说。心想:分不开的两码事。

“既然同意,你就写。”

“好,我给您写……”

“不是给我写,给你自己写。”

老头儿从来没用这么平和的语调跟他说过话。他觉得此时此刻的老头儿,是值得他尊敬的。一种尊敬之情油然而生。

“你吸支烟吧,也递我一支。烟在写字台上。写入党申请书,我不给你改。你怎么想,就怎么写……”

他太需要吸支烟了。便起身从写字台上取过烟和打火机,首先抽出一支给了老头儿,替老头儿点着。然后自己吸着一支,重新坐下,想一句,写一句。

很奇怪地,他觉着这会儿并不是被人逼着写入党申请了。这是他第一次写入党申请书。他早就不想入不入党这码事儿了。更不曾料到会在这么一位老头儿家里,在刚刚向共产党写了一份书面检讨之后,在演戏似的应付了老头儿一阵之后,在说了几句本不该说的话惹老头儿父女之间不大愉快之后,一边吸着好烟,一边搜肠刮肚地写。

他写道:

我,姚守义。男。现年三十五岁。出身工人。木材加工厂第二车间主任。申请加入中国共产党。过去大批特批“入党做官论”。我看现今还是入党才能做官。入党总和做官连在一起,想入党的人里就总少不了其实只想做官根本不是想为人民服务的人。这样的人入党多了,党就不纯了。这样的人当上官的多了,党在群众中的威望就下降了。这样的人当上的官大了,就会带来危害了。我起誓,我申请入党并不是想当官。党吸收了我,对党有益。第一我保证做一个正派的党员。第二我要在党内同不正派的党员斗争……

不写则已，信笔写来，竟有些收不住了。平时常寻思的一些想法，一吐为快，自然如行云流水般。一句是一句，自以为哪一句都不是废话。不是不会写，是连说都不愿对人说。不过他忘了，他在写入党申请书，不是写日记。

老头儿早已吸完一支烟，见他接连吸了好几支，写得没完没了，连头都不抬一下，问："你打算出本书啊？"

他这才意识到自己已有"长篇大论"之嫌。写完整又一句话，不管能否"收"住，干脆作罢，了结复杂而精细的工作似的，如释重负地放下笔，抹了把额上的汗，长长舒了口气，疲乏地靠在沙发上。

老头儿又闭上了眼，薄而黑色的嘴唇一动："念。"

他就拿起来念。整整一页纸，名字被排挤在一角。念时，他感到自己是写得太直太白太露了。他本想用自己掌握得挺出色的那种调侃的口吻念，冲淡仿佛话中有话弦外有音的文字，但效果反而更糟。连自己听来都不像念入党申请书。只那么念了两句就明智地打住，改用念"红头文件"那种庄重的语调念完，惴惴地瞧着老头子。

"你这不是申请入党，还是善里藏刀地挖苦敝党嘛！"结论一下定，薄而色黑的嘴唇紧抿起来，严丝合缝，连眼也不睁。使人不安。提心吊胆地觉得，它们猝然一张开，会冲他脸喷出股炽炽烈火。

"我……我自己也感到……写得不理想。我重写吧？……"

老头儿沉默了许久，出乎他意料地说："不必重写。这么个样子，也很好。"伸手朝写字台那儿指了指。

姚守义顿悟，起身将老头儿推到了写字台前。老头儿拿起那截红蓝铅笔，又在他的入党申请书上画了一个顶天立地的"阅"。没有空白，只能喧宾夺主地压迫着他写的满页字。

"也放我这儿。"

"我听您的……"

他存心站着，期待老头儿立即打发他走。

“你站着干什么？”

“我……我打扰您太久了吧？……”

“我还有些话对你说。”

他不得不又坐在沙发上。

“你大概寻思，因为邢副厂长骂过我，我才不荐举他当厂长吧？”

“不是他骂的，那话是他儿子骂的。您千万别信秀红的……”

门突然被推开，秀红抱着“继革”站在门外，柳眉倒竖：“姚守义你想干什么！在我家里挑拨我们父女关系?!”

姚守义火了，按捺不住，腾地站起来，沉下脸道：“别放肆。我是你爸请来的！”

“你！……”她将“继革”狠狠往地上一摔。

那老头儿的宠物“喵”地叫了一声，打个滚，寻求保护地蹿到老头儿怀中。

老头儿一手搂着猫，一手指着女儿：“把门关上！没规矩的东西！”

门哐地关上了。

姚守义站立了一会儿，又缓缓坐下了。

“你说，她信社会主义么？”

“她不是说，她信么？”

“我问你。”

“问我……还不如再问她……”

“她说一百遍信，其实我也不信她！我的女儿，信不信社会主义，我自己还不知道？她若真信，连这只猫也信了。她不信。她这辈子可能都不会信了！她两年前就彻底‘现代’了。信及时行乐，还抱怨我这个当父亲的才混到十一级，白瞎了我这份革命资历……”老头儿说出的每个字都浸透着悲哀，那是一位老父亲从内心里发出的极大的悲哀。

姚守义不知如何安慰他好。端端地坐着，沉默着，同情地望着他。

“三个女儿。老三压根儿不信社会主义了，老二也压根儿不信了，只有老大一个信。老大吃苦顶多,‘文革’中我挨整,老大在大学也挨整。后来背着‘走资派’女儿的罪名,被分到山沟沟去了。学的是儿科,让她当兽医。如今是入了党了。我给她去信,说趁我要离休,作为个条件向组织上提出来,把她一家调到我身边吧。她回信说,那地方太需要医生,她又当了乡卫生院院长,不想回来……她俩妹妹就讽刺她是‘顽固不化的布尔什维克’……我最希望老大在我身边,可她不在我身边……”

两颗挺大的泪珠,从老头儿布满鱼尾纹的眼角,渐渐地,渐渐地溢了出来。

姚守义望着它们慢慢淌在老头儿核桃似的脸上,终于先后滚落在老头儿枯槁的手背上,仿佛完全渗入了皮肤。他的心灵受到了一种撞击,有一块碱在他心里溶解了似的。

“有时候,我觉得我对不起党。三个女儿,只教育成功一个信社会主义的。那两个,她们教育我别信社会主义的时候,比我教育她们要信社会主义的时候还多。我没文化,能和她们打个平手,就算我的一次胜利了。再加上个女婿,她们的同盟军,常常一块儿围攻我一个老头子……我是少数,单枪匹马的……只有老婆子站在我一边儿……你知道,她也没文化,又不是党员,充其量算我个‘红外围’……我这么大岁数了,不定哪天就给马克思喂马去了,叫我承认我入共产党是入错了门儿,我能么?现时有些人瞧不起共产党了——有些让人瞧不大起的地方,这,还不怎么寒心……自己的女儿瞧不起自己入了一辈子的这个党,我才觉着寒心啊……”

老头儿不说了。姚守义看得出来,他是说不下去了。他的薄而色黑的嘴唇抿得更紧,他脸腮上的皱纹深深地聚在一起。他那奇大而突出的喉结,上下艰滞地运动了一次,又运动了一次,好像随时可能破皮弹出。

老头儿的心在哭。

姚守义低声安慰道:“您心里有这么多苦闷,就应该多找我们年轻人聊聊才是。”

“跟谁去聊？谁听我这一套？”老头儿的声音比他的声音还低，像是说给自己听的，“你当我不知道你们叫我‘左爷’？我还倚老卖老，去讨你们厌？……”

“我，我可没那么叫过……”姚守义的喉结也运动了一次。刚才，他不过是觉得老头儿有点可怜，这会儿他是觉得老头儿很可怜了。

“从前呢，我还以为自己对党挺重要的。如今才明白，蛮不是那么回事儿。没文化，大老粗，能双手打枪，四十年来也没仗再用得着我去打。现在给我支冲锋枪，抱是还能抱得动一会儿，端不动了，老了。离休了，想想，才知道，党是养了我四十来年。党早就对我没那么高要求了。别犯反党的错误，特殊化别不像话，木材厂别着火……我当厂长以来，木材厂没着过火。再想想，也觉还算对得起党。三个女儿，教育成功一个党的人，交给党了。我也就能做到这点了……二比一，二比一也比三比零强啊……”

“现在的年轻人，并没对党那么绝情，更多的是嘴上放肆。中越边界反击战，不都是年轻人在打么？比如秀红，不是前几年还想要参军么？……”他为了安慰老头，竟又替秀红说好话。

“别提她。提她我生气……跟邢副厂长的儿子，要好，好得像一个人；翻了脸，像仇人。明明怀的是人家的孩子，还偏偏自己四处说，不是人家的，以为人家会懊恼，人家才不懊恼呢。人家反咬住理，说就为这，不跟她结婚。我也不是因为邢副厂长的儿子对不起我女儿，记恨在心，才不荐举邢副厂长当厂长。我不荐举他有三条，第一，是他怂恿儿子追我老三的。以为和我成了亲家，我离休，厂长的椅子会让给他坐。当面套了我几次话，我都没肯定回答。觉着我靠不住了，又怂恿儿子跟我家老三吹灯拔蜡。他家小阿姨一五一十全告诉了我家小阿姨。我起初不信，回想回想他当我面说过的些话，不由我不信。共产党不兴这么干啊。第二，他像卖给小孩子玩的风转轮儿，顺着风滴溜乱转。他当厂长，全厂人都得跟着他转得迷迷糊糊，光他自己不迷糊。正确的永远是他，不正确的永远是群众。第三，他就是你申请书上写的那种人，入了党，一门心思想的就是当官。我不是个好厂长，逢年过节，我还亲自登门到一些老工人家问问寒问问暖。就算说我是装的吧，我也装了。你父亲退休后，我哪一年没去过一次？也就今年，腿不灵便了，想去没去成。我心里有着当年和我一块儿把个日本人扔下的破烂摊子办成一个厂的那些老工人，他心里有么？去年闹洪峰那天晚上，我眼不好，看不清路，还拄着手杖，冒着暴雨，叫老伴儿领着道儿往职工区奔，一路摔了多少跤？只有我自己知道。我拖着这身板儿查看职工宿舍，指挥抢险，他那时可是在哪儿？在局干部处处长家打麻将……厂里的老工人们为什么不骂我？为什么我特殊化点儿他们原谅我？因为他们知道我心里毕竟还有他们！你说我能荐举邢副厂长当厂长么？……”

老头儿的喉结又上下运动了一次。

姚守义的喉结随之上下运动了一次。

他们的目光接触了。老头儿眼角的泪痕，已完全渗入鱼尾纹中去了，连点湿都看不出来。足见那张核桃般的脸的皮肤，是多么的渴望些水分。谈话的内容变了，那张核桃般的脸也变了！悲哀消失了。或者更准确地说，悲哀也渗入到那张灰黄而瘦的老脸的皮肤中去了。那张脸又恢复了常态，一种自信的、威严的、时刻打算发号施令的常态。

姚守义暗暗觉得奇怪，他始终望着那张脸，竟没有观察到它变化的过程。它是根本不变地就变了。

这老头儿今天是怎么了？我来之前喝酒了？我来后酒劲儿冲头了？或者打发女儿在厂门口堵着我把我找来，本就是醉中的清醒，清醒着的醉态？可老头儿又不像喝过酒的样子。姚守义用鼻孔做深呼吸——空气中丝毫没酒味儿。该自己知道的事，不能不知道；不该自己知道的事，但愿不知道。知道事情多的人，麻烦便多。这是他总结的一条生活经验。倘知道的事情属于别人的隐私，则不但麻烦多，仇怨也必然多。八六年了，许多人想作“信息”灵通者，许多连人民币还不够花的人，天天坐在电视机前,聚精会神地观看世界货币兑换价格,关心美元的贬值或日元的升值。姚守义觉得这些人好笑,无法理解。他不相信一个人光靠信息便能与别人活得两样。而别人的隐私,他以为是最没意义的信息。比如某某男的或女的电影演员在某某宾馆与某某人物睡觉,知道得如数家珍,能编一本大百科字典,也还是最没意义的信息。

老头儿的话,他觉得已超出了“信息”的范围,太属于隐私了,双重隐私。既是邢副厂长的隐私,亦是老头儿自己的隐私。不,岂止双重隐私,简直是双双重隐私嘛!既是党内隐私,亦是党内领导者之间的隐私,恶性隐私。倘什么时候老头儿和邢副厂长握手言欢了,秀红和邢副厂长的儿子破镜重圆了,他大概就会是最使他们瞧着别扭的人了吧?

他举措不安,如坐针毡。

“你知道我为什么荐举你当厂长么?”

“我……不必知道……”他心里这么想,顺嘴竟说出来了,说出来后极不安。因为老头儿的喉结在向下运动的过程停止了,固定在颈子中部,像皱巴巴的旧布包着一块三角铁。他不知那预示着什么。

“你必得知道。”

口气是相当的平静。

喉结缓缓地又开始向下运动,那什么也不预示。

“行,我可以知道……”

“你入厂是哪一年呢?”

“八〇年……”

“那就是八一年的事儿。一天我到厂里转悠,见上好的木方子,横七竖八地堆在路中央,断了许多。上面有轮胎印,是卡车开过去轧断的。我站在一旁等着,看厂里有没有个工人,瞧了心疼。有这么个工人,我就给他提一级。一会儿走过去一个人,一会儿走过去一个人。每个人都跟我打招呼,问好。每个人都像瞧不见那方子,绕着走。你走过来了。你不认识我,我也不认识你。你问我:‘这些方子堆这儿干什么?’我回答你:‘不知道。’你说:‘堆这儿不挡道么?’我说:‘堆这儿挡道。’你说:‘那我扛别处去。’我说:‘那你就扛别处去吧。’你便往木料仓库扛。来来回回扛了二十几趟,我给你数着呢。又有一拨人走过。他们站下看你,看我。看你像看傻瓜,看我们俩像看一场戏。我问他们你是谁,一个人告诉我:‘姚福林的儿子。’我暗想姚福林这个儿子挺不错。那拨人走了。其中一个边走边说:‘小姚真比老姚会来事儿!这叫面子活,扛给老厂长看的。’我心想,先别忙着给这小子涨工资,兴许叫他们说对了。我这么想着,就走了。这件事儿你自己还记得么?……”

他摇了摇头,像听老头儿讲别人。

“那一年年底,你的大照片上了光荣榜。我一眼就认出了你。我站在光荣榜前瞅着你的大照片,心说:‘小子,我还欠你一级工资呢!好好儿干。下一年再做了先进生产者,老子提拔你当车间主任。’第二年你又是先进。我本想就提拔你了,可是这些年我太信不过你们年轻人了。我怕你是风景儿有限,兔子尾巴长不了。我便常打听打听你的一贯表现。你还真够给你爸争脸的,第三年又弄了个先进。我想,老子再不提拔你,老子就不公道了!厂党委会上,我就替你评功摆好。有人说你太年轻。我说:‘三十多岁了当车间主任,年轻个屁!’有人说你不是党员。我说:‘这不是选党委!’他们仍不明确表态。我火了,又说:‘提拔个车间主任就这么使你们为难?你们再没话可讲就证明你们同意了!最迟下个星期内,向全厂公布!’实话告诉你,没有我你当不上车间主任!当先进的不见得就能当上官。能当官的不见得非是先进!走的不是一根神经。如今某些人,先进永远留给你去争取,官永远留给他去当。让你务‘虚’,他自己务‘实’。小小一个第二车间主任,科长级,你知道全厂共有多少人瞪大了眼睛削尖了脑袋要抢到那位置?谅你小子也不知道!不是我一锤定音,你这辈子光当先进吧!你小子总算没辜负了我,闹腾得挺行。又给老子闹腾了个连续三年红旗车间。你以为你那主任当得消停啊?两个月前还有人往局党委写匿名信,告你,告我。告你这主任是八百元钱走我后门当上的。告你们车间的红旗是假的,我硬赏给的。老子从来只赏官,不赏红旗。老子也讲究个务‘实’! 还告你怎么样拎着名酒往我家送……”

“那不是名酒,是一般的酒。不过泡了人参鹿茸。返城时我给我奶奶从北大荒带回来的。她死了,我爸喝着冲,说您爱喝冲酒,关节又不好……”

“也告你几年前组织过全市知青大示威! 如今仍跟些可疑的人交往,是社会不安定因素,告到了公安局。公安局到厂里来看过你的档案! 留下话说: 只要发现你有可疑行动,应向公安局及时反映! ……”

“王八蛋! ……”

“王八蛋暗中监督着你这红旗车间主任正对劲! 谁叫你小子官运亨通,平步青云! ”

“这……这完全是您一手……”

“别扯上我! 再听你自己这么说,老子用手杖敲你! 你有个哥们儿叫严什么东是不是? 你别瞪眼! 有没有? ……”

“有……”

“干什么的? ”

“个体户……”

“你一个国营厂的车间主任,跟个体户瓜葛什么? 和他做着买卖呢? 图他钱? 嗯? ”

“没有……”老头儿这么判断他和严晓东的友情,他觉得受了奇耻大辱。愤愤地又补充了句:“谁这么以为,我操他妈! ”

“啊? ”老头儿威胁地向他倾过身体。

“我没骂您,我骂别人! ”

“今后不许再和那个姓严的来往! 当年他也是你们那次二十多万人大游行的头儿,对不? 公安局也挂着号呢! 你以为别人不抓住点什么把柄就写匿名信啦? 这叫群众的眼睛是亮的,贼亮贼亮! ……”

“他们不是群众。群众不会背地里整我！”

“是！不但是群众，还是革命的呢！匿名信我看的，上面这么写的！没名没姓，才非是革命的不可！你别叫你那姓严的哥们儿牵连了你！老子这是肺腑之言！……”

唾沫星子溅到他脸上，他没擦。

他浑身燥热，嗓子冒烟，恨不得跟谁打一架。

自从有了工作，他一向认为，自己的命运是开始攥在自己手里了。现在听来却不是。仍是攥在别人的手里。归根结底仍是攥在别人手里，不完全是攥在眼前这老头儿手里。只攥在这老头儿手里，倒还是他的幸运了，也攥在另外一些人手里。那些人平时好像并不存在，当他的命运影响到他们的命运时，他们的各种各样的嘴脸才会显出来。好比蒙上了一层灰尘的镜子，灰尘一擦，什么都照见了。他们平时不过是攥着他的命运，笑呵呵地攥着。一张张面孔可能都是亲近的，友好的，诚挚的，和善的。他不能清楚地知道自己的命运究竟是攥在他们谁的手中。

他今天又一次明白了，无论他怎样努力，怎样学得圆熟起来，也只能操纵着自己的一小半命运。他的命运不过像他养的一只狗。狗脖子上套着许多脖圈，每个脖圈都连着一根结实的绳子，自己手中只扯着一根。另外许多根平时看不见，不知扯在哪些人手中。他的路越顺利，那许多根看不见的绳子便越渐渐绷紧。而当他走得比别人都顺利时，那些扯着另外许多根绳子的手，就必定要使暗劲儿朝四面八方拽了，那些人只能容忍他的命运引导他往坑坑洼洼肮肮脏脏污水遍地乱石成堆处趴头把式踉踉跄跄三步一跤五步一倒地走。也许只有这样活着才不至于遭人恨遭人陷害遭人暗算。

难道所谓社会如今便是你手中拽着我的“狗”我手中拽着他的“狗”他手中拽着你的“狗”人人手中都拽着别人的“狗”人人的“狗”都被别人拽着的“遛狗图”么？

老头儿，老厂长，难为您为我姚守义如此一片栽培之心，我是应该感激您呢？还是应该怨恼您呢？是您应该向我表示歉意还是我应该向您表示忠于？您到底需要什么呢？需要我的报答我坐地给您磕三六一十八个响头咱俩的账一笔勾销一了百了，从此您别再抬举我我也不需要被您抬举，我他妈的没想当车间主任更没想当厂长连先进也没想当那是群众选的我他妈的只想老老实实地干活吃饭养活老婆孩子，他妈的我招谁惹谁了往公安局写匿名信诬告我！

他联想起了六年前大闹考场想起了郭立强之死想起了袁眉之死想起了二十余万返城知青"五一"大游行想起了王志松吴茵徐淑芳姚玉慧刘大文……

除了严晓东仍常来常往王志松偶尔见面知道些吴茵的情况徐淑芳姚玉慧刘大文早已几年没见了他们你们如今生活得怎样连你们在哪儿我都不知道了大文你的两个女儿该上学了吧小徐你还是得忘了郭立强再找个男人做丈夫教导员你也该结婚了找个五十来岁的也行啊你不能一辈子做老姑娘叫人一想到你就叹息……

"你发什么愣？"

老头儿突然问。分明看出了他在想别的。

"我……我没发愣啊……"

"一句句听着。你是我儿子？不是。你是我女婿？不是。我儿子女儿在厂里，我也还是要荐举你当厂长。这一点上我没私心。我离了，荐举个好厂长，我最后为党办了件事。在家抱孙子，再不跨进厂门儿，我对这个厂也问心无愧了！你不当谁当？他当了我睡得着觉么？他当了不要几年，这个厂便不会再姓'木'，改姓邢了！"

姚守义希望家里有人来找他。又明明知道家里绝不会有人来找他——老厂长与他谈事，这是一个证明。证明他在老厂长眼里自然也就等于在厂里是个举足轻重的人物。这肯定是母亲的骄傲。时间越长，母亲的骄傲越大。

秀红又推开门，斜靠着门框，以懒散而受宠的女秘书那种口吻说：

“杨医生给你看病来了。打发人家走还是让人家等会儿?”

他迫不及待地站起,感激之至地瞧着她说:“我走,我走。改天再来,随叫随到。”

她乜斜了他一眼:“我没说你,说的是医生。”

他的失望没法儿形容。怔了片刻,说:“给你父亲看病要紧。你父亲对我进行了这么半天教育,也够累的了。话讲多了伤肝,他肝本来就不好……”

她默默地望着她的父亲,不理会他的好意。

老头儿对她挥了下手:“等会儿!刚来急什么!”

“人家还没吃饭呢,一下班就从医院直接赶来了。”

“那你就请他先吃饭。”

“吃什么呀?我妈到我二姐家去了,冰箱里什么也没有!”

“那你就想办法吧!”

“该死的小阿姨,放她一天假,疯得没影啦!存心想饿死人!”

秀红嘟哝着离开。

老头儿半天没再开口,也不望他。

“老厂长,您还有话对我说么?”

“有!你不耐烦了?”

“不,我耐烦着呢……”

一段相当长时间的沉默。

他忍不住又赔着小心低声问:“老厂长,您不是还有话对我讲么?”

老头儿闭着眼睛,后脑勺抵着椅背,似乎在归纳着思想,组织着逻辑。

天黑了。

室内暗下来。老头儿,不,更恰当地说,是那巨大而沉重的带轮子的包皮椅,变成了失去立体感的影子。它仿佛监视着他。窗外恬淡的月辉剪出了椅背直线上的三分之一的脑瓜顶,它是光秃的。

又一段相当长时间的沉默。

“您……”

巨大而沉重的包皮椅发出了均匀的鼾声……

第二十一章

对于三十多岁的女人，生日是沮丧的加法。

“星期天是我生日。”

当老婆像只黄鼬似的钻进姚守义被窝，悄声对他说这句话时，他翻过了身去，给予她的不是温暖的怀抱而是光脊梁。

这显然不是欢迎的态度。

女人在这种尴尬的情况下大抵会表现出可敬的涵养。任何事情都有正反两个方面。反面儿有反面儿的意义。她温柔地偎贴着他那壮实的“反面儿”，自觉地审查着今天的言行，认为并没什么惹他不高兴的地方。

“哎，我说热不热？”

姚守义用胳膊肘捣了她一下。

“你拿什么糖！”她生气了。也猛地一翻身，画轴卷画似的，将被子卷了过去。

“你这是干吗呀？”

姚守义又往老婆被窝钻。北方比不得南方，夏天，夜里还是怪凉的。

“你不是热么？”她将被子紧紧裹在自己身上，不让他钻。

他干脆不理她，在黑暗中摸索着吸起烟来。

一会儿，挨了一脚。

一会儿，挨了一拳。

往旁边躲躲。再躲躲。

他心里很烦。

他感到自己像一块木楔子，被老厂长执拗地钉在厂长的空缺和巴不得一屁股坐稳它的邢副厂长的野心之间了。他可不愿被钉得那么深，楔子会有好下场么？

他心里简直烦透了。

胳膊上被狠狠拧了一下。

"搞小动作，什么东西！……"

他不仰躺着了，用壮实的光脊梁当盾，又往旁边躲了躲。

她就哭了，嘤嘤地哭。

他掐灭烟，第二次尝试往被窝钻。

她仍将被子紧紧裹在自己身上。

他很及时地打了两个喷嚏。

她不哭了，被子盖在了他身上。

"背靠背"不是解决矛盾的办法。

"你干吗又踹我又打我又拧我啊？"

"你拿糖！……"

"我拿什么糖了呀？"

"我什么时候把脊梁给过你？"

"那你就至于哭呀？"

"你欺负人！还骂我……我搞什么小动作了？……"

"我不是骂你啊！骂别人，真的。骂别人……我可能当厂长……"

"听说了！可能当，还没当上，就开始冷淡我呀？真当上还不得跟我离婚？……"

“哪能呢！……”

他早摸透她的脾气了。对于她，他的话并不能彻底解除误会，主要得靠行动，尤其这会儿。

温存了一阵子，他叹了口气。

“当不当在你自己，不在别人。想当便当，不想当不当，五尺男人，叹什么气？搅得人家也心烦了……”

“你不明白，不说这个。你刚才说星期天怎么？……”

“星期天是我生日。连人家生日都不记着！……”

“又拧我！生日又怎么？……”

“什么叫又怎么啊，我想好好过一次生日。”

“好好过一次……我看，可以的……”

“什么叫可以的啊？你说不可以，我不过啦？还没真当上厂长呢，跟老婆说话开始耍官腔了？女人有几个三十三岁？……”

“是啊，没几个。好好过一次，好好过一次……”

她便温柔地伏在他胸上。

他不记得自己曾过了哪一岁的生日。结婚后这是她第一次提过生日，连孩子也没过什么生日，是该好好过一次。三位一体，算三个人共同过一次吧！

他情不自禁爱抚她。他喜欢她的身体，那是很光滑的女人的身体。他爱抚着她的时候会渐渐消愁解忧，结了婚的男人就这点便利。

“问你，怕不怕我老？……”

声音低低的，包含威胁的意味。

“别老哇，结婚才四年，你就往老上打主意，不是坑我么！……”

“那你还是怕我老啦？说，怕不怕？……”

“怕。”

“我已经有点老啦是不是？”

“哪儿的话，你水灵着呢！”

“老婆老婆，总是要老的……”

她往他怀里偎，哧哧地笑，笑得十分得意。

三十三岁的女人，即或漂亮，也是谈不上“水灵”的。她们是熟透了的果子。生活是果库，家庭是塑料袋，年龄是贮存期。她们的一切美点，在三十三岁这一贮存期达到了完善——如果确有美点的话。熟透了的果子是娇贵的果子。需要贮存的东西是难以保留的东西。三十三岁是女人生命链环中的一段牛皮筋，生活和家庭既能抻长它，又能老化它。看什么样的生活什么样的家庭了。这就是某些女人为什么三十四岁了三十五岁了三十六岁了依然觉得自己逗留在三十三岁上依然使别人觉得她们仍像三十三岁，这就是某些女人为什么一过了三十三岁就像秋末的园林没了色彩没了生机一片萧瑟的缘故。

女人们，当心三十三岁这个年龄。

丈夫们，当心爱护三十三岁的妻子！

曲秀娟十三岁二十三岁的时候也没像朵什么花。姚守义却是一个难得的好丈夫。这类好丈夫如同好裁缝，家庭是他们从生活这匹布上裁下来的。他们具备裁剪的技巧，他们掂掇生活，努力不被生活所掂掇。与别的男人相比较而言，他们最优秀之处是他们善于做一个好丈夫。他们的短处是他们终生超越不了这个“最”。如果他们娶了一个对生活的欲望太多太强的女人是他们的大不幸；随遇而安的女人嫁给他们算是嫁着了。前一类女人的痛苦可能比后一类女人的痛苦更深刻，但很活该。后一类女人的幸福可能比前一类女人的幸福平庸，但普通女人的幸福才是普遍意义上的幸福。贵族的幸福，包括贵族的痛苦，男的女的都算上，乃是写在另一本字典上的。它的封面是镀金的，像贵族的一切东西一样。外观看似高贵华丽其实内容空洞苍白。

曲秀娟是普通得不能再普通的女人。她对生活的欲望活泼而不浪漫，现实而不迟钝；求而不奢，好而不强，一个“感觉派”女人的好感觉。女人的幸福从来都是产生在她这样的女人的好感觉中的。

她跟随修鞋匠师傅在外地整整流浪了两年。从北到南,从南到北。两过长江,足迹遍布南北十几个市镇。回到A市的却是她自己,老修鞋匠死在天津了。老修鞋匠不死在天津,他们的下一个驻留地是北京。

老修鞋匠死前拉着她的手说:“秀娟呵,师傅对不起你。讲好的,咱们到北安。连师傅我也没承想,北安不容咱们。我一气之下,就带着你流落到这一步。你心里可千万别怨我呵!……”

她心里对师傅本是有些隐怨的。离家太远了,也离家太久了,她想儿子偷偷哭过好几次。听了师傅的话,她心里反而觉得是自己对不住师傅了。师傅毕竟一片好心,为的是带她闯荡闯荡鞋匠的生涯,为的是他和她都多挣些钱。而她常跟师傅耍小性子。她耍小性子的时候,师傅总是一声不吭。凭良心讲,这老修鞋匠对她像对相依为命的女儿一样。

她眼中扑簌簌滚落两滴泪,也用自己的另一只手攥住老修鞋匠的那只手,动深情地说:“师傅,我不怨你。我没怨过你……”

老修鞋匠那只手,像生锈的铁笊篱。正是这样的手,将谋生之道传授给她。

“怎么能没怨过我呢?你常背着我哭,当我不知道?你是妈。你撇下孩子跟随了我两年多,不容易。耍耍小性子我不介意。我带你到处闯荡,是有点个人打算的。我孤身一人,又老了,一辈子没离开咱们那个市……想到处逛逛,也不白活一辈子。想多挣几个防老钱……没你,我有这份儿打算,也不敢就这么闯荡……你以为我就不怕在外地受人欺了?……我一个孤老头子……更怕……这两年,处处是你照顾着我……”

她忍不住哭了,说:“师傅,你的病会好的。你病一好,咱们就一块儿回去……”

老修鞋匠病得陷入眼眶的一双老眼也盈满了泪。眼睛陷得太深,他仰躺着,泪水渐渐地多,却始终溢不出眼眶。那双老眼如同掉进浑酒盅的两颗巴豆。

"我回不去了……我知道。都说人临死的时候自己是知道的,我从来不信。现在……信了,晚了……回不去了……唉……我是真想到北京呢……这辈子没到过北京,没亲眼见过天安门,没到皇上住的那个什么宫去过……这是命啊……听人讲毛主席那个馆让人参观了,才块八角一张门票……块八角,不贵啊!……天津离北京这么近……想去就去不成……不是命是什么呢?……"

老修鞋匠塌腮方下巴的那张脸上,笼罩着极其令人感动的悲哀。他紧紧抿住了他的阔嘴。

第二天,他只说了一句话:"我死了,你好歹要把我的骨灰带回去……"

第三天,他一句话都没说。

第四天,他又开口说话:"别再为我费钱打针抓药了……白费钱……咱们钱挣得……不容易……"

她说:"师傅,花多少钱,也要把你的病治好!咱俩挣的钱都花光了,我一个人再挣!我只盼你病好了,咱俩去北京……我……我也没去过……"

她难过地在心里谴责自己,明知师傅有肝病,平时却没劝阻师傅喝酒。有时为了让师傅高兴,自己还买酒给师傅喝,还陪师傅喝过。

老修鞋匠那张瘦得脱了形的脸,竟奇异地浮现出一种笑容。也许根本不是笑容,仅仅是受了感动的表情。

"闺女,甭指望我好喽。我好不了啦……我也把你这个徒弟拖累得够呛啦……我明天就死。我死后你别再闯荡啦,该回去看看孩子啦……你扶我坐起……"

她就扶师傅坐起。

"你帮我扯开我这衬衣里子……别扯那儿,扯这块补丁……"

她就替师傅从衬衣上扯下了一块大补丁——一个白布包儿掉了出来。白布已经变黄了,汗染的。

师傅抖抖的手将包儿展开——包的是一个存折。

"我这一辈子,积攒下点儿钱。无儿无女的,没更亲的人留给……这么大个国家,捐献了能派点啥用场?……现如今贪污国家的人也多,糟蹋国家钱的人也多……我一辈子辛辛苦苦积攒下来的钱,我才不捐……捐了无非图个虚名……我不图那死后的虚名……我留给你……只要你逢我的忌日,想着……给我烧纸……"

她抱住师傅哭。

第二天师傅真死了……

那存折上存着六千多元……

师傅还给她留下一千多元现金……

虽然天津离北京很近,虽然师徒俩挣的钱还剩下不少,虽然有了六千多元的一个存折,虽然她也没去过北京,她却根本不想去了,不想亲眼看看天安门,不想瞻仰毛主席纪念堂,不想在广场照张相,不想逛王府井买东西……从此她觉得北京是可去可不去的地方……

七千多元,这么大一笔数目的钱,师傅一辈子辛辛苦苦积攒下的钱,师傅临死前留给她的钱,使她心里极不安宁。认为是不该属于自己的,有一种霸占似的犯罪感。她想,还是应该替师傅捐献给国家才对。但反复思考,又认为师傅的话不无几分道理。替师傅捐了,太违背师傅生前的意愿。捐了,国家会指定一个人,每逢师傅的忌日,给师傅烧纸么?她听人讲,有些大企业,一年就浪费几百万。她听人讲,有些当大官的,家里换一次地板就得上万元……

捐了,莫如救济哪一户日子穷的老百姓。

自己就穷,连个安身的窝还没有……

回来时,一下火车她直奔姚家。屋里只有守义妈和儿子在,儿子见了她那亲热劲没法形容。她太需要有自己的家了!见过儿子,她下了决心——为自己和儿子买处房子。

她接儿子那天晚上,姚守义刚下班。见了她那不好意思劲儿也没法形容。两年多,他好像还记着她扇过他一耳光。

“你挣了不少钱吧?”他搭讪着问。

“反正是没讨着饭回来。”她骄傲地回答,瞅瞅他工作服上“木材厂”三个字,说,“我还以为你当上中学教师了呢。”

守义妈一旁插话道:“你就不想想,他那样的能考上?”

姚守义往厨房推他妈:“妈,你刷碗去,刷碗去……”将他妈推到厨房,红着脸对她说,“我妈总爱当着旁人贬斥我!我这样的怎么啦?当年复习得手拿把掐的!不是没考上,是没考成。当年返城知青大闹考场,谁也没考成。要不,我考不了前三名,姚字倒写在脑门儿上……我现在也不错,比当中学老师工资高,月月开八十多……不信你问我妈……”

曲秀娟没问。她觉得信与不信都跟自己无关。

守义妈在厨房为儿子作证:“那是,月月八十多!”

她笑了笑,说:“你们家今后可就没愁事儿了。”

守义妈却在厨房叹了口长气:“没愁事儿了?我都快为他愁死了!至今连个对象还没对上茬儿呢!这么大个子,整天在眼前晃晃的,有时候真恨不得一脚踹出门去!”

姚守义说:“我自己不愁,你愁什么?瞎愁!”

她瞧着他,调侃地说:“月月八十多,也养得起一个大众化的老婆子!”

他将脸转向一旁,庄重地说:“不是养得起养不起的问题。买鞋,还得挑双跟脚的呢!老婆一旦没挑准,后半辈子全泡汤了!”

她继续调侃:“那你就得主动找哇!找着了,也让大婶早点省心啊!”

他看了她一眼,又将脸转向一旁:“怎么主动?一男一女,同时站到一个座位前,男的要让女的,这叫什么?这叫主动吧?一男一女,过道里走了个碰头,男的贴着墙,说声‘请’,这叫什么?这叫主动吧?一男一女等车,车门儿一开,男的往旁边闪闪,说‘您先上’,这叫什么?这叫主动吧?这叫男人的文明风度吧?找对象我姚守义也要坚持这个原则。光棍一条,对一切女人公开。姜子牙钓鱼,愿者上钩。我把主动让给女的,这也是我的主动嘛!我对哪个女人说我爱她,她对我一瞪眼——‘也不拿镜子照照自己！’这类话儿，我不干。但哪个女人如果对我说她爱我，我却保证不会对她瞪眼睛。我不爱她，我也不会挫伤她的自尊心。所以想来想去，她们来‘对’我，‘对’不上双方都不失面子。维护了‘安定团结’。下棋还讲红先黑后呢！明明是一种主动的态度，可别人却都以为我压根儿就没有想结婚这根神经……”

她忍俊不禁，格格笑道：“看来你得往自己身上贴一张说明书哇！”

守义妈一步抢进屋，指点着儿子对她说：“你听听，你听听，我这儿子倒是傻啊还是痴啊？”又冲姚守义嚷，“你以为女人都该上赶着凑到你跟前，近近乎乎地问你愿不愿娶她们呀？你以为你是那戏里的唐伯虎？唐伯虎还把秋香追得没着没落呢！你给我滚！今晚别回家，爱哪儿去哪去！……”

他低着头倔倔地离开了家。

他走后，守义妈留住她又聊了一个多钟头。

她离开他家，走到胡同口，发现他站在电线杆子底下。

“你真不回家啦？”她想笑。

他说：“我在这儿等着送送你。”

她说：“不用啊，也没多远的路。”

他说：“那也得送，不送我不放心。”

听他说得虔诚，她只好由他送。

他抱起孩子走在她身旁，沉默无言。

他的沉默使她别别扭扭的，没话找话。

“今晚月亮好。”

“嗯。”

“可能快十点了。”

“嗯。”

“再过五天新年了。”

“嗯。”

“一过新年就一九八三年了。”

“嗯。”

“你们家没小孩儿,不用买鞭炮吧?”

“嗯。”

“你敢放‘二踢脚’么?”

“嗯。”

“斜文街汽车轧死一个人。”

“嗯。”

“轧死了一个男人。”

“嗯。”

“自行车后座托着他老婆。老婆没轧着。”

他突然愤愤吼道:“男人都该死!女人命都大!”

她吓了一跳,不知他何以生气,没敢再往下说什么。

走到她花三千五百元买的那幢小房门前,姚守义放下孩子,站在黑影中,瞪着她。仿佛突然间会把她怎么地似的。

她没怕他,但提防着。暗想他可别来两年前那一手,当着儿子的面够她害臊的。被亲一下倒不在乎,自己又不是纸糊的,亲不坏。也不会像两年前那样,回敬他一耳光。但亲我一下对你能解决什么问题呢?

他光那么一动不动地站着,瞪着她。

两年前那一耳光把你扇胆小了?她又想笑。

胆小了就走吧,你却不走。

没儿子在跟前,我亲你一下也是不打紧的。闯荡这两年,我什么事儿没经历过啊!傻小子,赶快结婚吧!总像猫扑耗子似的想要突然扑哪个女人一下,到底有什么乐趣啊?不是吓人家一跳,就是自找挨扇!

他仍那么一动不动地站着,仍那么虎视眈眈地瞪着她,他那双眼睛被月光晃得贼亮。

她几乎就要忍不住笑将起来了。

姚守义啊姚守义,我儿子都九岁了!别像欲火中烧的色魔汉瞪着黄花大姑娘那么直眉竖眼地瞪着我了!该找对象的年龄了你不托亲告友去找,瞪着我也是白瞪。

她默默开了锁,注视着他说:"太晚了,我不请你屋里坐了。你明天还得上班,早睡早起身体好。"

听了她的话,他猛转身大步走了。

她的话本有几分玩笑的意思,见他那么样地走了,她暗暗责备自己:玩笑开得不算过,却有点不是时候。三十多岁还没结婚的男人哪一个对女人没有点非分之想呢?

她不觉得他可笑了,怜悯他了,同时心里有种难以名状的失落感。

他走出十几步,不走了。背向她站了一会儿,像刚才那么突然地猛一转身,又大步腾腾地直朝她走回来。

其意不善!

她仍没怕,倒是有几分慌措,赶紧将儿子推进屋里。

他走到她跟前站住,近得没法儿再近,要想搂抱她伸伸胳膊就行了。

她心说,要搂你就搂吧!要亲你就亲个够吧!反正你也是北大荒返城知青,让你占点便宜也是"自己人"之间的小勾当,别得寸近尺就行。

他真伸出了胳膊。看来没有一下子搂抱住她的意思,因为他只伸出了一只胳膊。

他的一根手指戳着她的心窝,瞪着她,半天也不开口,眼睛贼亮贼亮。

这算怎么回事嘛!要来什么你就来真格的,来了你就走。别走了不甘心,凑到跟前又没胆量。这两年里受坏男人调戏欺负不是五遭六遭的事啦!何况你不坏,我不会像对付他们那么对付你,不就是亲亲搂搂这一套嘛!让人不耐烦劲的!屋里没开灯,时间长了我儿子害怕。

"你有良心没有?"终于,他口中硬邦邦地挤出了一句话,手指仍戳着她心窝。

她万没料到他会异常严肃地谈到一个异常严肃的问题。本不够严肃的内心活动顿时严肃地收敛了。

“你以为我没有良心吗？”答话便也相应地严肃。

严肃的因子在二人之间互相撞击，他们的话仿佛噼噼啪啪地闪烁着电花。

“我是以为你没良心。”

“良心又不长在脸上。”

“你他妈的就是没良心。”

“你敢再骂一句他妈的，我还扇你耳光。”

我两年的闯荡生活中，到处受人欺。有时敢怒而不敢言，有时连怒都不敢。如今回来了，对你还得惧怕三分么？她愤懑地想。

“替你照顾了两年儿子，为什么连个谢字都不讲？你以为你月月寄回那点带臭鞋味儿的钱，付操心费就绰绰有余了么？”

带臭鞋味儿的钱——她受了严重的侮辱。她使劲儿打开了他那只手，那只手的食指恰恰正戳着“良心”的部位。他居然说她没有！

“你是聋子啊？我在你家说了成筐成筐箩感激的话。都快说满你家一屋子了，你怎么就一句没听见?!”

“你那些话是对我妈说的！”

“对你妈说和对你说有什么两样？”

“就是两样！我妈是我妈，我是我！……”

她困惑了，她真的困惑了。这人怎么这样？她没法儿明白他。姚守义姚守义，我要是哈哈大笑，能怪我嘛！

也许她真的笑了一下，因为他的手指又戳到了她“良心”所在的部位。既然认为我没良心，还往这儿戳！

“你儿子都上小学二年级了你知道不知道？你问问他天天晚上是谁辅导他写作业的！你问问他每次是谁去开家长会的！你问问他考试得了五分，是谁替他高兴得大声唱歌？你问问他没有勇气参加运动会赛跑,是谁那一天专为他请了假,坐在场地外傻乎乎地喊‘加油,加油’?是我!不是我妈!……他病了,深更半夜是我背着他上医院!他闯了祸,别人骂他‘有娘养没娘教育的’,我脱了棉袄要跟人家打架!他就是我一个小弟弟,就是我一个亲儿子,对他也没那么多耐心烦儿!你问问他……”

“叔叔好……”

一个诚实的微小的声音。孩子不知何时从屋里出来了,站在妈妈和叔叔身旁,仰脸望着两个最亲的大人。

他低头看了孩子一眼,十分伤感地说:“你妈她没良心……”

说了便走。

曲秀娟一时怔住在那里。上次到守义家,没见儿子时,有一大堆想知道的,巴不得同时都知道。见了儿子,却只顾抱住亲,抹眼泪,似乎什么都不必问了,似乎什么都知道了。接着就说感激的话,就滔滔不绝地讲述自己的种种经历,种种体会。把个守义妈听得一会儿为她悲,一会儿为她笑;一会儿婉言安慰,一会儿拍手称快。话题的中心,不是儿子,倒是她自己了。回来后,又忙买房、收拾屋子,也顾不上儿子……

儿子竟上学了……上二年级了!

“乖,你真是上学了么?……”她蹲下。双手抓住儿子的两条手臂,仿佛不相信地问,那声音不禁发抖。

“嗯。”

“上二年级了么?”

“嗯。”

“每次考试都打五分?”

“嗯。”

“会写妈妈的名字?”

“嗯。”

“那你为什么不给妈妈写信啊?”

“想写来着……不知道往哪儿写……”

是啊,是啊,自己今天住在这儿,明天住在那儿,没个长久的落脚地,叫儿子往哪儿写啊!……

她一下将儿子搂在怀里,心间充满愧疚。你啊你啊,你这个当妈的,怎么就没对他说一个谢字呢?人家是有理由生你气的呀,你还觉着人家可笑……

第二天,儿子比她醒得早。是儿子推醒了她。

“妈,我听到叔叔叫我……”

“瞎说,做梦了吧?……”

她平静地躺着。环视着房间。第一次体会到,家,这是一个多么令人感动的字!

我的家,自己的家,和儿子共同拥有的家。多好啊!她幸福地想,多好的一个小窝啊!

女人需要自己的家乃是女人的第二本能。在这一点上,她们像海狸鼠。普通的女人尤其需要自己的家,哪怕像个小窝一样的家。嘲笑她们这一点的男人,往往自以为是在嘲笑平庸。他们那种高贵心态不但虚伪而且肤浅。他们忘了他们是男人之前无一不是在“窝”里长大的。公子王孙的“窝”是宫室,平民百姓的“窝”更像窝罢了。不过人类筑窝营巢的技巧比动物或虫鸟高明罢了,就这么回事。根本就这么回事。

墙是淡粉色的。她喜欢淡粉色,淡粉色使她内心里感到一种语言难以表述的微妙温馨。窗帘是紫红色的。她一向认为紫红象征着荣华富贵。荣、华、富、贵她的生活中都没有,今后注定了也没有。没有就没有,她不在乎。但是这种色彩的一块绒布却很便宜,并且结实。色彩是精神的物质。她的心最容易满足。床上一对绣花大枕头和儿子的一只格格的小枕头,都是新添的。绣花大枕头本不想买一对儿,可商店不拆对儿卖。晚上还是得拆对儿,闲放在沙发上一只。新的“一头沉”,散发着漆味儿。方砖地刷了几层油,米黄色的,倒也挺光滑。墙上挂着明星大挂历。做甜蜜状的刘晓庆笑得有点诱惑人,乜斜着眼睛。她崇拜刘晓庆,却一点儿不嫉妒,嫉妒是人自己造成的痛苦。从现在开始她要为自己弥补欢悦。

这个温馨的小窝可以说是由粉、红、米黄三种色块组成的。仅有的八十年代的标志,便是明星大挂历。将它扔出去,这个家会使年代一下子倒退至少二十年。如今的戏剧舞台上出现的那个年代的幸福小家庭的布景,比如一个青年工人的幸福小家庭,大抵这样。墙上贴几张那个年代的年画更没治了。

她也只能把自己的小窝布置到这样的水平。不唯是经济基础所决定,更主要的是她还来不及追随上八十年代。能回归到过去年代的淡粉色和紫红色的习俗的简陋的温馨中,她已经觉得很不错了。能在这种小小空间中体味生活的美好,已经大大超出她的奢望了。能从这个起点上扑奔生活,她已经对生活十分感激充满信心了……

刘晓庆乜斜着她,她也乜斜着刘晓庆。刘晓庆的甜蜜是不无几分靠演技的,而她的甜蜜是内心渗出。刘晓庆笑得有点儿媚,她笑得却幼稚而天真,近乎傻气。

她在心里对刘晓庆说:“哎,姐们儿,你活得怎么样?瞧你那春风得意劲儿的!我儿子都上二年级了,你趁儿子吗?没儿子赶快生一个吧,生个女儿也行嘛!现在别人嫉妒你,过几年你脸上出褶子了,就该嫉妒别人了!到那时候够你心里翻醋的……”

她竟有点同情红遍全中国的大明星了。

“妈,是叔叔在外边叫我……”儿子说着慌慌忙忙地就穿衣服。

“真的?我怎么没听见?……”

他可别登上家门来讨几句感激话!

“先别开门,等我也穿上衣服……”

她的话还没说完,儿子已开门跑出去了。

这个儿子!……这个姚守义!……一大清早就跑我窗前转悠!邻

居们看见算什么事呀……

她也慌慌忙忙坐起来穿衣服。刚穿上一件小胸衣,听到门外姚守义和儿子说话声,赶快又躺下,缩进被窝,将脸转向墙,屏住呼吸,装睡。

堵人家被窝……不兴这个嘛!

门开了,儿子的脚步走到了床前:“妈……”

傻儿子!……姚守义,没你这样的男人!……

她不动,不睁眼。

“妈!……”

还不动,还不睁眼。

“我都起来了,你还睡懒觉呀?……”儿子竟将她的被揭开了!

她立刻又扯过被子盖在身上,别提有多恼火有多窘。不睁眼是不行了,只得睁开眼。姚守义却原来并不在,她想想,觉得自己太可笑,格格地就笑个不停。

“妈,你笑什么呀?……”

儿子奇怪得眼睛都竖了。

忍住笑,问儿子:“那个姓姚的……叔叔,跟你在外边嘀咕些什么呀?”

“叔叔把我的书包送来了。妈你昨天都忘了!”

“自己的书包,自己不想着!要是人家不给你送来,今天你还不迟到?”

“叔叔扛来了一麻袋大白菜。”

“白菜?……一麻袋?……”

“满满一麻袋呢……叔叔说怕咱们没菜吃……”

“你没谢谢他?”

“不用谢。”

“胡说。”

“叔叔讲过的不用谢嘛!”

“怎么讲的?”

“他讲,他讲……我再对他说谢……就揍我……”

“……”

她穿好衣服走到外面，看见门口那满满一麻袋大白菜，仿佛觉得阳光瞬间更明亮了一下……

那天，在他家那条胡同口，她碰见了他。更正确地说是她在那儿等待他。

她问：“叫我怎么谢你呢？”

他不吭声。

“我给你做一双牛皮鞋吧？我师傅还教会我做皮鞋了呢。保证比买的样式好，耐穿……”边说边低头看他脚，“你肯定穿三十九号半的，没错吧？”

他一扭头走了。

第二天，她又在那儿“碰”见他。

“我多给你做几双……行了吧？”

他又一扭头走了。

第三天，她还“碰”见他。

“你这辈子就不必再买皮鞋穿了……我说话算话！”

他还是一扭头就走了。

第四天，谁也没碰见谁。

吃过晚饭后，她儿子来到了他家，先问“姥姥好”，接着对他说：“叔叔，我妈请你到我家去。”

把个“请”字说得十二万分礼貌。

“什么事儿？”

“请你吃晚饭。”

“吃晚饭？我吃过了，不去！”

“我妈嘱咐我一定得把你请去……叔你就去吧！”

“不去！”

坚决得很。

孩子那模样失望极了,站在他面前不走。

守义妈一旁火了:“你摆什么架子?孩子这么请你都不去!人家一片诚心,吃过了你去去也是个意思!你给我去!你给我去!……”操起鸡毛掸子打他。

他跟去了,像一头被牵往屠宰场的牛似的跟去了。

她从窗子望见他,腰间扎着围裙迎出门,笑道:“真怕你不给我面子呢!”

他觉得她在努力掩饰着内心的某种小紧张。因其小,不屑于猜测。母子俩一左一右将他“挟持”到里屋,但见里屋一位大姑娘,穿件宽松的毛衣端坐在沙发上。大姑娘的毛衣——不是大姑娘,花团似锦的一片。

他扭头就往外走。

她在外屋拦挡,孩子揪住他衣襟。

“你原来是请我陪客?”

他的声音虽然很低,怕那大姑娘听到觉着尴尬,却把个“请”字说得恶狠狠的。

她那双眼睛顿时被哀求充大了。

“不是外人,是我二妹!亲的!我不骗你,不是你陪她,是她陪你啊!”

二妹在里屋开口了:“姐,你把话说明白啊。我用不着他陪我,我也不是来陪他的。不过在你这儿互相认识认识罢了!人家不愿意认识,让人家走嘛!大路朝天,各走一边。我干吗好像巴结似的非要认识一个木材厂的工人?……”

听起来不卑不亢,但每句话的核儿里都分明浸透着淋淋漓漓的傲气!

他犹豫片刻,不知心中怎么想的,竟笑了。

“好吧。既然是二妹,早早晚晚得认识。早认识比晚认识对劲儿!”

说完,摆脱了揪住衣襟的孩子,故作趾高气扬地跨进了里屋。

二妹连身子也没欠一下,只瞥了他一眼,自顾嗑瓜子儿,嗑得比松鼠嗑松子儿还快。

他当了十年局长似的坐在另一只沙发上,抓了一把瓜子儿,也嗑起来。二郎腿架得气派十足而规矩,悠悠然地晃荡着。嗑也嗑得斯文,不像那二妹嗑得那么快。她那种嗑法儿,仿佛三顿没吃饭,想靠瓜子儿顶饿。

她不看他,他也不看她。她瞥他一眼,他回报一瞥。抛还及时,不拖不欠。

二妹耐不住这等沉默。想必瞥顾频频,眼神也有些累了,说:"这瓜子儿炒'大'了!"像对自己说。

他说:"不'大',火候刚好。"也像对自己说。

隔会儿,她又说:"正阳路上新盖了个小邮局,往后邮信近便多了。"

他说:"街口那个公共厕所装了盏灯,晚上去不用带手电了。"

她就又瞥了他一眼。目光若是伤人利器,他死定了。

他便又还了一瞥。以目光告诉她,我刀枪不入。

当姐的端入一盆干豆角,说:"你们闲着没事儿,帮着剥剥。"

当妹的说:"你又没泡过,剥了也不能做着吃啊。"

他说:"能。先用高压锅炖。"

当姐的说:"我还没买高压锅呢,我自有我的做法儿。"对他们笑笑,出去了。

他们便放下各自抓在手中的瓜子儿,剥着豆。

干豆角使他联想起了糖葫芦。联想起了糖葫芦也就联想起了自己当年挨那一记耳光。这本该是羞辱的联想却成了他美好的回忆,连当年那一记耳光他都觉着情味无穷。他不禁抬头睇视——姐俩长得毫无相似之处。姐姐是蛋形脸儿,妹妹是满月脸儿。姐姐瘦点,妹妹胖点儿。姐姐的眉眼长得好看,妹妹的嘴唇却比姐姐娇小迷人,真正的樱桃小嘴儿。公而论之,都不算漂亮,也都不丑;分不出个高下。

他的目光落在那双剥豆的手上。那双手大且白,软绵绵的,柔若无骨,如同用二斤精面粉做的。他十分惊异女人有这么大的手。

“我们奶牛厂的女工,都羡慕我这双手长得好!”

她以为他是在欣赏她那双手,话说得亲近多了。不失时机地又瞥了他一眼,眼神儿波递着点妩媚了。

“你……在奶牛厂工作?”

“是啊,我姐没告诉你?”

“没有……干什么活儿?”

“还能干什么活儿?挤牛奶呗!”

他想象着她那双大且白的手挤牛奶的情形,肯定地认为奶牛一定是不会太舒服的,除非它的乳头三寸长。而她姐姐的那双手,不大不小的,看去则要灵活得多了。

“讲个笑话给你听,”她变得主动了,“我刚到奶牛厂时,见了奶牛对我瞪眼睛就害怕,不敢靠前。后来她们教我一条经验,挤奶前对奶牛作揖,并且还要说:‘低头不见抬头见的,请多关照,请多关照’……真行!”

他没笑。她自个儿笑起没够儿。

他猛然一站,她吃一大惊。

他深深作揖:“低头不见抬头见的,请多关照,请多关照!”

她仰脸儿呆望着他。

他复作一揖:“低头不见抬头见的,请多关照,请多关照!”

她以为他逗乐儿,研究他半天。结果蛮拧。

她将手中那把豆摔在盆里,迸溅得哪儿哪儿都是,绯红了脸,起身往外便走。

“二妹,饭菜眼瞅着做好了,你别走哇!”

“姐……哼!他拿我当奶牛!……”

门哐地一响。

当姐的沉着脸出现在里外间门口。

“你成心把我二妹气走是不是?”

“是。”

“你一点儿都没明白我的好意是不是？”

“没明白我能成心把她气走么？”

“我二妹哪点儿配不上你？”

“配我个木材厂的工人绰绰有余。”

“那你嫌她是在奶牛厂工作？”

“在奶牛厂工作有什么不好？干哪行吃哪行。我爱喝牛奶。”

“那你究竟不中意她什么？”

“我不喜欢圆脸的！”

“是这……样，还不中意她什么？”

“我不喜欢她那双手！”

“手……她手是大了点……可白啊……”

“再白我也不喜欢！”

他们互相隐忍地注视着，比赛涵养。

她忽而一笑，用息事宁人的语调说：“得，算我今天白费了番心机。我三妹也没对象呢，过几天我再安排你见见我三妹。咱们吃饭吧！……”边说边解下围裙。

他一步从豆盆上跨过去，跨到她跟前，咬牙切齿地说：“告诉你曲秀娟，你有一万八千九百九十九个亲妹妹，我这辈子打光棍，也不会娶她们哪一个。这口气我是跟你赌定了！”

“你跟我赌什么气？”

“你心里明白。”

“我不明白。”

“你装不明白。”

“我也告诉你姚守义。你为我儿子操了两年心，我没什么足以报答你的，想成全你的婚姻，了却你妈一块心病，才把亲妹妹引荐给你。我两个妹妹都不是嫁不出去的！你别不识抬举！我曲秀娟知恩图报，我的好意尽到了。你不领情是你的事！从此咱俩谁也不欠谁了。你滚，你给我滚！”

“滚就滚。从此我不跨这门坎儿！”

他扬扬长长地滚了，一副大丈夫气概。

孩子追出门，眼泪汪汪地拽住他手：“叔叔，你别和我妈生气，别和我妈生气……我妈这次又没打你……”

当年那一记耳光，不知为什么，连孩子也不忘。

他叹口气，挣脱手，抚摸着孩子的头说：“你不懂……你小小孩儿能懂什么呢？……”

如果说在返城后的最初两年中，严晓东的全部精力投入在他的“事业”中，废寝忘食折腾小买卖，姚守义却一直害着痛苦的单相思。一记耳光不但没能使他成为“可以教育好”的男人，而且将他穿糖葫芦时那种情欲的冲动扇得深刻了。不少男人都是挨了女人的耳光之后更爱她们的。

单相思的并发症是失眠，严重了神经衰弱。他的睡眠已经得靠“安定”保证了，还以神经衰弱的名义休过病假。孩子天天在他眼前转，看着孩子他就想孩子他妈。曲秀娟在外地想到过他，梦见过他。想他会不会对那一耳光之耻耿耿于怀，给她的儿子什么气受；梦见他百般虐待她儿子。梦里哭，醒来更哭。生活往往就是这么阴错阳差，差那么一丁点儿不对劲。好比螺丝帽和螺丝杆儿勚了一环扣，硬拧非但拧不上，还两败俱伤；寸劲儿碰巧了，噌噌地就拧上。

换了别人，见到曲秀娟，就找个机会一吐衷肠吧？成则皆大欢喜，不成也断了相思病根。咱们的姚守义不，咱们的姚守义是汉子，起码他觉着他自己是汉子。而汉子在爱情方面，往往是不得法，缺乏要领的。他夜里梦见人家，白天想着人家，还把人家一个做了妈的女人当怎么看怎么不顺眼的小女孩数落，并且希望人家从他这种矫情的态度中悟出什么爱的真谛。另外，他那汉子或准汉子的心理上也有着一点儿不正大光明——我爱你一个离过婚的女人,还得我上赶着表白么?再汉子的汉子,爱一个离过十次婚的女人,不表白人家又怎么能知道?“红先黑后”没定为爱情法,女人们可以不当他这一条是个正经事儿。何况曲秀娟的师傅是修鞋的,不是心理学家,没向她传授半点儿研究男人心理的学问。

但从那一天他对她说“你装不明白”之后,她终于明白了。她又不傻,还不明白则一定是装的了。她既明白了,就觉得他和她这事儿是不能成的了,成了也没好前景。

他怎么是这么样一个男人?她不无遗憾地想。

“红先黑后”。只要我主动,他就是我丈夫了,没跑。是我丈夫了他能对我好么?他若对我不好我怨谁去?他还会理直气壮地说:“谁让你上赶着非嫁给我的?”

离过一次婚,对第二次结婚她就有点怕。三十多岁了,再离一次谁还娶我?我又不是二八女郎,如花似玉。那不彻底毁了自己么?第二次是个希望,是失去了可能就不会再有的希望。她不敢轻率地将它交付给姚守义。

就算自己和他结了婚后能忍受他的气,对儿子的心灵也太残酷了。她可不愿使自己这个母亲的形象在儿子的小心灵中是个可怜虫!宁肯不嫁!嫁就一定要嫁个看准了的!

生活已经将咱们的曲秀娟教得很理性了。用理性这把快剪刀,她果决地剪断了自己同姚守义之间的恩恩怨怨像从自己头上剪掉一绺头发似的,有点儿惋惜,但也没什么太舍不得的。况且,她毕竟对他的脾气秉性不甚了了,更谈不上有什么感情基础。

孩子却仍像一根针,在二人之间穿纫。不连着“线”,也就不起作用,只传递些没价值的“情报”而已。姚守义倒十分重视一切有关她的“情报”。她对有关他的“情报”总是淡然一笑。

转眼三四个月过去了,姚守义期待得特不耐烦。他原以为只消三四天后,她便会在哪儿再“碰”见他,对他说:“那我不给你做皮鞋了,我给你做老婆吧！”或者把话说得含蓄点儿，他也是可以表示同意的。她却不再主动“碰”见他，而他要主动“碰”见她也“碰”不见了！

这个女人不寻常——他想。因为她不寻常而更爱她了，每天临睡前多服一片“安定”。

后来厂里派他到大兴安岭联系业务，一去就是两个多月，有关她的“情报”完全中断。他打熬不过相思之苦，在一封家信中写道：“我曾答应替小曲修修房顶，可一时又回不去。雨季来临，她那房顶必定漏雨，让她另找人帮她修吧！”闲笔一提似的。

挺快就收到了弟弟的回信。满满一页信纸上，他一眼就钩出了“曲”字：“我去问过她。她说，她不记得求你帮她修房顶这码事儿。倒是有个人这几天在帮她修房顶，还拉来一车板皮修她家小院儿。她要和那个人结婚了，咱妈都送了礼……”

弟弟不“明戏”，从这几行字看不出半点替他遗憾的成分。

他向林场交代几句，当天就动身离开了。人家见他那种失魂落魄的样子，还以为他家着火失盗或他妈突然重病了呢。不便深问，任他离去。

风尘仆仆，夜里才下火车。不回家，截辆出租小汽车直奔她家。她家的窗子已黑了，月光下那幢小房子似乎神秘莫测，像警觉的狗蹲着。

也没多想，他就敲窗。

“谁？……”她的声音，忐忑的声音。

“我……”

“你是谁？……”

“我是……守义……”将姓省略了，现套近乎。

“你……不是出差了吗？……”

“回来了！”

“回来了？……今天我还见到你妈……你妈说你没回来！……”

分明的，她还不敢相信外边的“我”是他姚守义。

“我刚下火车！难道你就听不出我的声音?！……”

他急了。吼。

她不应声了。他又敲窗。

“那你干吗不回家呀……”

分明地,她相信外边的“我”是他姚守义了,也就分明地更对他深夜敲窗的动机犯疑了。

“有话跟你谈……”

“有话明天谈吧!……”

“明天就晚了!……你再不开门我可要砸门!”

屋里一阵寂静之后,灯亮了。他舒了第一口气。

门打开一条缝。他欲推门闯入,却不能推开,门还有铁链闩着呢。

他毕竟可以从那条门缝看见她的脸了。

“就这么说吧……”

“不行,你让我进屋吧!进屋才说得清楚啊!……”

“你丢公款了?惹祸了?……”

“没丢公款。惹大祸了!……”

“你……伤了人?!……被追捕着?!……”

“哎呀求求你,先让我进去!……”

她犹豫一下,终于拔掉了链锤儿。

他一进去,就将暗锁划上了,将链锤儿也插上了,同时舒了第二口气。

“救救我!……”他抓住她双手。

“什么事儿?……怎么救?……”她挣出双手,不禁退后一步。

“你要结婚了?”

“嗯。”

“跟谁结婚?”

“商业局的一个科长……四十多岁,人挺老实……”

“我才不管他老实不老实!反正你不能跟他结婚!……”

她的心稍稍镇定了些，问："就为这事儿你从大兴安岭赶回来，深更半夜敲窗砸门？"语气很平静，却冷冷的。

"不错！就为这事儿！"他向她跨一步，吼，"你他妈的是想要我的命！……"

"我……不明白……"她摇头。

"你他妈的还装不明白！"手指戳着她心窝——他以为有或没有良心的那个地方，"你明明白白！"

她不禁又后退一步。

"你得嫁我！除了我你谁也不许嫁！……"

"小声点儿，你吼醒我儿子！……"

"我不管！你儿子对我有感情！你不知道么？除了我姚守义谁能当好他父亲？谁能?！……"

他的话夹着一股冲天怨气。

里外屋的门没关严。从里屋透射出来的灯光映在他脸上，他的脸明一半暗一半。明的那一半是愤怒的，暗的那一半什么表情不得而知。

她退至门前，将门反手带严了。

漆黑中，他听到她自语般地说："晚了……"

"不晚……"

"我怕……"

"你怕什么？……怕那个科长找麻烦？一切有我你别怕……"

"我怕你……怕你将来给我气受……我后悔莫及……"

"我，会给你气受？……"

他忽然跪下，抱住她的双腿，将脸偎在她身上委屈地呜呜哭了："你要是忍心害我……我……我一辈子不结婚了……"

"唉……"很怜悯的一声长叹，她就抚摸他的头。

男人在这种时刻差不多总是得寸进尺的。他一下子站起来，将她搂在怀里，狂放地就亲她。

“不,你别……”

他却像捧小孩儿似的将她捧了起来,一脚踢开门,进入里屋。

“你疯了！孩子醒了多不好……”

“好。他也会觉得好……”

他轻轻将她放在床上,笑逐颜开地瞅着她。

她一动不动,也瞅着他说:“没你这样的……”

他就拉灭了灯……

第二天早晨,孩子惊诧地发现妈妈和叔叔似醒非醒,依依偎偎地躺在一个被窝里,也钻入了他们被窝。

当母亲的羞得无地自容,脸比山楂还红。一翻身想爬起来,被他一手按住了。

“起那么早干什么？你是自由职业者。今天你就放自己假呗！”

她顺从地又躺下了。复闭上双眼,没勇气再睁开一下。

孩子一手搂着妈,一手搂着他,高兴地问:“叔,从今往后咱们是一家人了吧？”

“儿子,你中间插一杠子干什么！”他在孩子屁股上拍了一巴掌,“往后不许再叫我叔！要叫爸。八、拔、把、爸！第四声,发音得准确！”

“八拔把爸！爸,爸爸,爸爸爸……”

“好儿子！练习得不错！”

屁股上又挨了一巴掌。

她仍闭着双眼,抿嘴强忍住笑,心中荡起一阵幸福的小波涛。一切似乎又都很对劲儿了,好像本来就该是现在这么回事儿。不是现在这么回事儿倒是太不对劲儿了！昨夜他拉灭了灯以后她的感觉是良好的。幸福不就是一种感觉么？他对她是亲爱的。是不是亲爱很重要。女人最能体味到男人对她们是亲爱的或仅仅不过是“爱”而已。前者后者的区别那可就大了。爱之对于女人,若无亲的感觉和情味,则只能使她们冲动罢了,冲动不是幸福。她这会儿的感觉尤其良好,再作一次妻子无论如何是很值得的，她想；并对自己曾一度打算孤身生活下去的念头进行嘲讽和批判。那是多么的傻！虽然她是个结过婚的女人，可第一个作过她丈夫的那男人并未曾给予她什么亲爱，一点儿也未曾给予。那男人只不过需要她，更准确地说是需要一个女人，一个白日里侍候他夜里还得侍候他的女奴。他是一个又懒又馋又自私又软弱在“火红”年代什么男人的享乐都想获得什么男人的责任都不想付出的知青队伍中的“少爷”。

“哎，”她慢声慢语开口道，“咱俩得说清楚，咱俩究竟是‘红先黑后’，还是‘黑先红后’啊？”

“‘红先黑后’嘛！这不是明摆着的事儿？……”

“你再说，你再说！……”她倏地一翻身，一只手拧住他耳朵，嗔怒地瞪着他。

“‘黑先红后’‘黑先红后’就算‘黑先红后’还不成么！……”

“就算？怎么叫就算？你这人太缺德……”

“好好好，不算，不算……”

“不算更不行！照我的话说——我和曲秀娟是‘黑先红后’！天地良心证明是‘黑先红后’！……”

“我说，我说，拧疼我啦！我和曲秀娟是‘黑先红后’！天地良心证明是‘黑先红后’！……”

“儿子，听见了没有？将来他给你妈气受，你也得替妈证明！……”

“我当然证明啦！”儿子开心地嘻嘻笑，随后问，“妈，什么是‘黑先红后’呀？”

她放开他耳朵，说：“就是他上赶着来给你当爸的！”

儿子认认真真地说：“妈，这我愿意作证。我才不喜欢那个人呢！他比叔叔老……”

“叫我什么?!”

“他比……爸爸老，还镶着一颗银牙！还总爱说‘是的，是的’，还总爱眨巴眼睛……”

姚守义哈哈大笑。

她也难为情地笑了。

这时,有人敲窗:“小曲,小曲,你起了没有?……”

她立刻一手捂住他的嘴,一手捂住儿子的嘴。

“你还没起?……”一个女人的声音。

“没呢……韩嫂你有事儿?……”

“可不有事儿咋的!你先给我开门,外边冷着呢!”

“这……我儿子病了……发烧啊……受不得一丁点冷风……有事儿你说吧,我在屋里听着……”

“你儿子也病了?咋整的,赶一块堆了呢!那我告诉你说呀,老赵他住院了!你别心急啊。阑尾炎!阑尾炎你也得去看看人家呀,是不是?现在人家需要你表现这份儿情意嘛!是不是?……我的话你听清没有啊?……”

“听清了……”

“那你今天抽空儿就去看看人家吧,我替你照应儿子!”

“好……我去!……”

“那我走了……”一阵脚步踩雪的嘎吱声渐远。

她缓缓坐起,缓缓将双手从他和儿子嘴上收回,探身撩开一角窗帘。

好大一场雪!足有一尺厚。

“谁?……”他问。

“介绍人。”她放下窗帘,呆愣愣地瞧着他。

“什么介绍人啊?”

“你装糊涂是不是?!”她像只猫似的扑到他身上,又是打又是咬又是掐又是拧,十八般武艺大显身手。足足发泄够了,她就双手掩面哭了。

他受了惩罚后才明白“介绍人”是“什么”,也就明白了“老赵”何许人。好情绪从名不正言不顺的小家庭的小甜蜜小欢乐中狼狈地爬了出来，惭愧地望着她。

“我这算是怎么回事？都是你搅的！贺喜礼物我都收下十几份了！还有你妈送的大花脸盆！……”她边哭边恨恨地数落他。

他环视着屋里。这屋与先前不一样了。新添置了圆桌，茶几，大衣柜，五斗橱；十几份红纸包裹的贺礼放在五斗橱上，茶几上还放着一沓剪好了的金色喜字；墙上，连她与“老赵”的合影都预先挂了起来。

“老赵”虽然还不到该老的年龄，可那样子却“走得太远”了点儿，已经快“完全彻底”地秃顶了。苹果脸儿——好大个儿的苹果脸儿，红扑扑的苹果脸儿，因为照片是彩色的。四十多岁的男人而苹果脸儿，是很有失男人尊严的，这是美学规律。他在照片上幸福，不，毋宁说是幸运地笑着——确实有颗银牙。还好，是银牙，不是金牙，若是颗黄澄澄的金牙，他那笑就超过马季演相声时的“特写”水平，该令人喷饭了。

看去人挺厚道的。姚守义望着照片想；心中不免感到惭愧，且感到罪过了。

“是怨我。真是怨我……”他转脸望着她老老实实地承认，“怨我没弄好，把简单的事儿弄复杂了……你别急……现在，现在么，我们就得把弄复杂了的事儿再往简单了弄，也许不难弄……”

“叫我怎么对人家解释呢？……”她仍哭。

“妈，别哭了……要不我去告诉他，我说我不喜欢他，喜欢叔叔……”儿子见义勇为。

“爸……”姚守义大声纠正。

“滚一边儿去！显不着你……”她将儿子推开。

姚守义默默穿好衣服，下了地，站在床边，望望她，望望孩子，望望“老赵”，用一种将功折罪的敢作敢为的口气说：“我替你到医院去看望他，我替你向人家解释，我替你向人家赔礼道歉……我一定能弄好……”说罢往外走，一副颇为自信的样子。

“你站住！……”

他在门口站住。

“你要多跟人家说小话儿……只许人家对你发火,不许你对人家发火……一口一句小话儿才好……”她“三娘教子”一般叮嘱。

“求人家多多原谅的事儿,我哪还能跟人家发火呢?我保证一口一句小话儿……”他苦笑道,“即使人家骂我个狗血喷头,我也点头哈腰听着!”

“你说,是不是自作自受?”

“是,是。咱们是有点自作自受……”

“没我!是你,你自作自受!还咱们……”

“对,对。我自作自受……”

“去吧!反正全靠你了……”

“你安心在家等我好消息!”

他就走出去了。

她想安心,那颗心却没法儿安定下来。坐也不是,站也不是。当妈的没心思吃一口早饭,当儿子的没去上学。小学二年级生认为,叔,不,爸带回个什么结果,对于妈妈和对于自己是同样重要同样严峻的。两年多没叫爸了,爸字竟不那么顺口了。八拔把爸,爸爸,爸爸爸……

中午时分,将事儿“弄复杂”的才能大大超过将事儿“弄简单”的才能的“爸”回来了。娘俩一见他那沮丧的表情,不问就明白七八分了。

他一句话不说,进屋便一屁股坐在沙发上,闷头吸烟,间插长吁短叹。

明白七八分了她还是得问啊!

“你到底跟人家发火了?”

“没有。”

看他那样儿是没有。

“像我叮嘱你的,一口一句小话儿?”

“一口一句小话儿。”

“人家骂你了吧？”

“没有。”

“那人家肯定骂的是我了？”

“没有。”

“没有？”

“没骂我，也没骂你，人家挺有涵养的。”

“究竟你们怎么谈的？你倒是说说嘛！”

“还能怎么谈？”他抬头看了她一眼，扔掉烟蒂，使劲儿踏一脚，“我把我们之间的事儿，原本该多么简单，后来如何没弄好，被我弄复杂了，跟人家一五一十讲了一遍，请人家原谅，宽恕，高抬贵手……”

“他怎么说？”

“他说，让小曲亲自来跟我解释。”

“就这么一句话？”

“就这么一句话。”

“始终就这么一句话？”

“始终就这么一句话……我走出去了，他还说，让小曲亲自来跟我解释……”

她默默地望着他，半晌，又问：“那你怎么办？”

“什么我怎么办？”他又抬头看了她一眼。

“到了这种地步，你如何打算？”

“你得是我的！天塌地陷你也得是我的！难道你还希望我眼睁睁看你嫁给别人不成！”

幸亏你还有这么大的一份决心，她想，凝视了他许久。她是又感到欣慰，又感到失望。你坐在那儿就一点着儿没有了么？你把事儿弄到了这一步，你个姚守义！

他又吸着了一支烟，闷头苦恼着，那副样子真是一点着儿没有了。

“那，我就去见人家！不见人家，我也内疚！”她异常平静地说，下了床,扎条头巾就要出去。

“你……别去!……”他低声嘟哝。

“不去行么?”

“是啊,你不去也不行……可我怕,你去了他会当面骂你一顿……”

“骂我,我听着。”

“你千万别跟人家吵……”

“这还用你叮嘱?”

“那你去吧……”

“我去了……”

她一出门,他便从沙发上站起,将孩子搂在怀里了。

“我没弄好……”他自言自语。

“叔……”

“又忘了!”

“爸,下一回……你可别瞎弄了……其实我妈心里对你好……那天她和……和那人照相回来,她都哭了……”

“傻儿子,哪还有下一回啊!就这一次了。成也得成,不成也得成!反正你得是我的,你妈也得是我的……”

“我和我妈都乐意……”

“你今天怎么没上学?”

“等个好结果呗……旷一天课也值得……”

他叹了口气。心想,姚守义你他妈的真笨,干吗就非得“红先黑后”呢?……

他断定,“老赵”一定会当着同病房的另外两个男人的面,羞辱她,谩骂她,往她脸上啐唾沫……

他真想狠狠扇自己嘴巴子。

很久她才回来。其实不过一个多小时,他觉得是很久罢了。

她进了屋,也一声不吭地坐在沙发上,连头巾都懒得摘。

他想,她也大败而归了!不敢问她。

“给我支烟……”

他慌忙递给她一支烟,并替她点着。

她默默吸,吐尽一口,吸足一口,吐尽才吸足。垂着目光。

他仍不敢开口问。

终于,她扔掉烟——吸得只剩过滤嘴。缓缓扯下头巾。

“我对不起你……”

“别再说这种话了,我得感激你……”

他怔了,愣愣地瞧着她。吃不准她这句话的意味。

半天,斗胆又问:“他把你好顿骂?”

“没有……”她离开沙发,扑到床上,拖过一只枕头,仰躺着。瞪着双大眼望屋顶。

“那……结果到底怎么样啊?……”

“完……了……”

“他……不依不干?……”

“他说……祝咱们……幸福……”

“他真……这么说的?……”

姚守义一下子扑在她身上,追问。

“嗯……”

她闭上了眼睛,一滴眼泪从她眼角滴落枕上。

结果太出乎意料,他一时简直有些不能相信。

“是他……骗了我……”

“他骗了你?……”

“他……他有那方面的病……我要真和他结了婚……可算怎么回事啊!……”

她轻轻推开他,猛一翻身,脸埋在枕头上,呜呜地哭开了。

他站起在床前,瞧着她双肩耸动的样子,突然破口大骂:“姓韩的臭女人！我……我去砸了她的家！……"

"别骂保媒的……她也不知道……"

"不知道她给你保媒！"

"她是一片好心……"

他转身望着墙上的照片，怒从心底起，摘下来狠狠摔在地上。

"他不是好东西！……"

"别骂他了……他怪可怜的。被打过右派……劳改过……妻离子散，家破人亡的……如今不过想获得点儿生活的温暖……"

"他明摆着是坑你！"

"人家不是良心发现了么？……再说我们也做得怪对不起人家的，谁也不恨谁就是了……"

他瞧着地上的照片，不禁又捡起来了。那上边毕竟有她，他不知如何处置。

"烧了。"她不哭了，坐了起来。

他划根火柴，将照片点着。

它带着五颜六色的火苗飘落，渐渐化成一团曲卷的灰烬。

她说："你到我跟前来。"

他就走到了她跟前。

她抱住他的身子，仰起脸儿，低声说："你今后可千万别欺负我曲秀娟呀，你想我的命多不好！好了好了又差点儿糟了！所幸的是，我和老赵虽然都到了买东西、准备办喜事的地步，但结婚证我一直没去办。老赵催了几次，我心里总不是味，不到最后，我是不愿去办的，兴许咱俩真有这段儿缘分？……"

他笑了："好险啊……"

他们成为夫妻前的这一段序曲，按说不该发生在他们这种年龄，那并不浪漫。但婚后他们思想起来，都觉得相当浪漫。仿佛增添了他们爱情的美妙情调。其实那也不美妙，滑稽而已。整整这一代的恋爱季节是荒芜的，三十多岁了而本能地要补上“维特的烦恼”和“少女之恋”这一课，弄出了滑稽是必然的。

那一天姚守义也没回家。隔数条街，十五分钟的路，他说不回去就不回去，他“乐不思蜀”。

那一天夜晚她花三千五百元买下的那幢小房子成了“梅辛那”的王宫。他们很出色地扮演了培尼狄克和贝特丽丝，就是莎士比亚戏剧《无事生非》中那一对儿“冤家”。不过他们都是本色演员。

那一夜他们絮絮叨叨不厌其烦互相保证成为对方的好妻子和好丈夫。后来生活证明他们都是说话算话的人。

第三天上午，姚守义回到家里，他妈还以为他是刚从大兴安岭林场回来的呢，忙不迭地要给儿子做碗热汤面。

他说吃过了——当然吃过了。

他妈见他扭扭捏捏，很是奇怪。

“你怎么那样子？”

“我样子怎么了？”

“让人看不惯呗……羞羞答答的！”

“妈，我……”

“有话就说！那么大个子了你别装小姑娘儿！”

“我……我结婚了。”

“你发昏吧！没正形的东西！”

“我真的是结婚了！”

“滚！……”

他没滚，摇头笑了笑，然后用商量的口吻郑重地说：“妈，你看小曲如何？”

“动人家心思？你小子晚了！人家过几天又快做新媳妇了！”

“那是，做我的新媳妇。”

“再胡说八道我撕烂你腮帮子！”

“妈,真的!我就是和她结婚了啊!”

“你!……”

他妈很注意地看了他几秒钟,见他并没有什么神经不正常的地方,操起笤帚疙瘩便打他。

“妈,你别打我呀!你听我说嘛,我前天晚上就回来了。这两个晚上,都是睡在她那儿的!不信你去问问她自己嘛!……”

“什……么?”笤帚疙瘩从当妈的手中掉在地上,“你,你们……”当妈的整个儿身子随之摇晃。妈送贺礼,儿子偷人,这缺德事儿顶风也得臭出十万八千里去呀!名誉很好的老太太哪承受得了这个!

“妈,你别急。你听我说,你听我慢慢说……我们也是感情凝聚到了这份儿上才……”他急忙扶着妈坐在一把椅子上,给妈倒了一杯水,又将“安定”放在妈手掌上两粒。

他妈两眼发直地盯着“安定”看了一阵,又抬头盯着他的脸,一字一句地说:“你,你给我,讲明白!……”

他便怎么来怎么去滔滔不绝讲得他妈云山雾罩,直替一对“冤家”着急,听到“峰回路转”时,又几乎拍案惊奇。

他终于讲完了,赔着谨慎问:“妈,这事儿,到了这一步,总算遂了我和小曲的心愿,就不知您心里头,高兴不高兴?……”

“我……高兴……高兴个腿!……”他妈双手一推,将他推坐在地上。

老太太接着放声大哭:“我这是哪辈子做了孽啊,婚姻事,你连一声招呼都不跟我这当妈的打!……回来了两个晚上你不着家……你你你……”

忽然她不哭了。曲秀娟领着孩子走进了屋。

“大娘,我向您认罪来了!”不愧是闯荡了两年江湖的个曲秀娟,不卑不亢,“我和守义,不能全怪他,我也够难讨好的。您要是还看得上我,我现在就叫您声妈。您要是看不上我,我也不为难守义,算我心甘情愿。我认了!”

老太太那哭,本就纯粹是当母亲的尊严受到伤害时的一种委屈,完全是冲着儿子的。听了曲秀娟的话,不禁破涕为笑:“傻孩子,我喜欢你。你心里还没数么?从今往后,我连儿媳妇带孙子一块儿都有了,我……这不等着你叫我妈呢?……”

“妈!”曲秀娟亲亲昵昵地叫了一声。

“奶奶!”孩子也甜甜蜜蜜地叫了一声。

“哎!……”老太太接连应了两声,一时间又乐得合不拢嘴。

一对儿“冤家”,当日去起了结婚证,不张不扬地就成了夫妻。

曲秀娟办事儿滴水不漏。后来又与姚守义挨家挨户给那些送了贺礼的人回送喜糖,解释说“老赵嫌我脸黑”,一句话就遮掩过去了。

生活就像下棋。有人一辈子不顺,往往因为关键的一步走错了,叫做“无力回天”。而许多人的错棋,又往往因为一时的任性,一时的糊涂,一时的软弱或一时的刚愎,一时的赌气或一时的泄气。“一失足成千古恨,”老祖宗这句话是从多少遗恨中总结出来的!生活算是够抬举姚守义和曲秀娟的了,还恩赐给了这对“冤家”一步悔棋。要不,谁知道他们如今是否都觉得挺幸福的呢!……

不管多少人满腹牢骚,不管多少人怨气冲天,公正论之,一九八六年对于中国人来说还是怪不错的一年——这一年中国消费了数字惊人的生日蛋糕。糕点厂的生日蛋糕越做越大价钱越来越令人咋舌,然而常常供不应求。过生日普遍地买生日蛋糕送生日蛋糕,且要买上好的送上好的,足见普遍的中国人日子在朝好的方面过渡。

曲秀娟为自己买了一盒十六元多的生日蛋糕。守义妈没说贵,守义没批评她太铺张,她自己还后悔买小了。

儿子打开盒盖看了一看,摇摇头说:“妈你就给自己买这一种啊?我们同学过生日,买的还是带鲜红樱桃的呐!”

严晓东弥补了曲秀娟那点儿遗憾,拎来了一盒更大的,外加一瓶“茅台”。

守义仔细研究商标，问："不是冒牌货拿来糊弄我吧？"

"什么话！"严晓东从他手中夺下酒瓶子，往圆桌中间一放说，"我是要陪你喝的。难道我还糊弄自己不成？"

守义妈正在厨房拌凉菜，听了他们的话，两手是油走进屋，拿起那瓶酒说："听人讲这'茅台'是名酒，以前却连瓶儿也没见识过！感情这酒瓶儿和其他的酒瓶儿还就是不一样。一会儿我也得抿几口……"

话没说完，油手一滑，"茅台"就往地上掉。

守义"哎呀"一声，急忙便接，哪里来得及！啪的一声掉在地上，眼睁睁见它碎了。

顿时，满屋弥散香冽的酒气。

"妈，你看你，也不小心点！……"守义顿足埋怨。

"我……"老太太竟蹲下身双手去捧油漆砖地上的酒液。"茅台"啊！

晓东心里也不免觉得扫兴。不过一点儿没表示出来，反而哈哈笑了，搀起守义妈说："大娘，别心疼！您千万别心疼！今天这瓶儿，就算先请您闻闻味儿，过几天我再送一瓶儿给您喝！"

老太太讷讷地说："我岂不是没喝'茅台'的福分么，我岂不是没喝'茅台'的福分么……"

秀娟也从厨房走进屋，问晓东："大哥，你多少钱一瓶买的？"

晓东打着哈哈说："不贵，不贵，我是从内部搞的，才九十元一瓶。"

秀娟吐了下舌头，操起拖把拖尽酒液。

晓东又打趣道："弟妹，你两天内甭涮拖把。这酒味不但好闻，还杀菌呢！"

秀娟笑道："大哥如今真不愧是阔佬了，尽说财大气粗的话！"转脸又对守义妈说，"妈，您凉菜还没拌好呢！"

"大娘您拌凉菜去，您拌凉菜去。我就爱吃您拌的凉菜！还是多放芥末，少放酱油。"晓东一边说，一边往厨房推守义妈。还亏他这么嘻嘻哈哈的，才将守义妈从尴尬中解救出来。

老太太进了厨房，晓东落座在沙发上，习惯地架起二郎腿，点燃支烟，吸了一口，悠悠地吐出，问守义："又一个半月没照面儿了，近来怎么样？"完全是一副老首长对当年的小勤务兵说话那种口气。

在守义家，只有在守义家，严晓东才能找到一种优越的自我感觉。守义妈敬着他，守义敬着他，小曲敬着他，他自己更加敬自己。倒不因为他成了阔佬，因为他和守义的情谊。也只有在这个家庭，他才能感到如今世上还有钱所不能取代所打不倒的情谊存在。在城市，在八十年代，人寻找到这种亲情太不容易了。观念的嬗变远比金钱对人的摆布更放肆。这是古老文明对所谓当代意识付出的代价之一，也是当代人面临的痛苦之一，当代人只有乞灵于那样一句话——"习惯成自然"。人类在自己的心路历程中什么都能习惯，这乃是上帝赋予人类的最宝贵的本能。人类在不甘于习惯时的一切努力一切作为，即或最崇高的努力和最伟大的作为，所换取到的，最终仍是并且必然是接受另一种新的观念。

某些人无缘无故地恨他，希望他哪一天以哪一种罪名锒铛入狱，被从南岗区那幢局级干部的住宅中驱赶出来，家产充公，十四万存款没收。他果真有那么一天的话，他们会拍手称快的。他太知道这一点太清楚这一点了。一想到某些人无缘无故恨他，他就悲伤，就喝酒。无缘无故的恨，他不知怎么去消除。

只有守义全家不把他当"二道贩子"看待。他们从不问他买卖方面的事儿，一次也没有当着他的面说过"缺钱花"或"手头儿紧"之类的话。他明白，这一家人家，是极其珍重他和他们的情谊的，唯恐钱这个字玷污了他和他们的情谊。这情谊不仅是他和守义在北大荒十一年中结下的，更是在他和守义共同经历过的那段艰难的待业时期深化的。他那个社会圈子使他认为，"情谊"两个字现如今已带有了极浓厚的商品色彩，是可以到处买进和卖出的。倘标价，则应分"内部价格""外部价格""批发价格""零售价格""议价""黑价""处理价""试销价"。像自由市场的菜价似的，一天一个价。所以他极看重自己在姚守义家感受到的这份儿情谊,这份儿情谊乃是他过去的经历过去的生活对他的一点儿遗赠。

在他自己家里也莫如在守义家里愉快。母亲常用不安的话告诫他:"儿啊,你千万别做下什么犯法的事儿呀!"父亲则常用老牧羊犬看一只狼狗崽子那种怀疑的眼光看他,似乎早已从他身上嗅出了杂种的气味儿。而他却没有任何办法能使父亲对他完全放心,相信他是一个好儿子。

"什么怎么样?"守义反问,陪他吸烟。

"工作,生活,各方各面呗!"他喜欢扮演关怀者的角色,这种角色使他对做人充满实实在在的自信。

"还好。"守义淡淡地回答。

"碰到什么难事的话只管对我说,不对我说你还对谁说?"

"我能碰到什么难事儿?"守义微微一笑。

"没跟小曲吵架吧?"

"吵是免不了的,两口子嘛。我们吵纯粹是闹着玩,吵过我哄哄她,就更亲爱了!"

这话使他心里顿生嫉妒。他非常希望自己能有个好老婆。气气她,再哄哄她,那是一种何等的乐趣?钱多了,乐趣少了。他不明白自己的生活怎么会变成现在这样,富足而贫乏。要命的是他更不明白怎么改变自己目前的生活,好像问题并非出在钱上嘛!

他叹了口气。

守义妈和秀娟一人端着两只盘子进屋,守义便掐灭了烟,将圆桌挪到屋的中间。

秀娟放下盘子,说:"守义,你陪晓东先吃着吧!"

守义妈说:"秀娟,你也陪着吧。今天是你生日嘛,晓东是为你来的!"

秀娟笑笑,首先落座。

守义问晓东:"你先来啤酒,还是先来白酒?"

晓东说:"先来白酒,啤酒那是解渴的。"

守义又问秀娟:"白酒你行么?"

秀娟笑笑:“行!”

“晓东,大娘听说这‘五粮液’也是好酒。亲戚送给你大爷的,你大爷想找你爸喝。我呢,藏起来了,就是为你留的!”守义妈说着,弯腰从柜底下寻出一瓶“五粮液”,替他们开了瓶。

守义斟满三盅酒,秀娟第一个举起来,注视着晓东说:“我和守义,论亲戚,不少,论朋友,只两个,一个叫王志松,一个叫严晓东。王志松自打结婚后,就再没来过。你严晓东呢,是拿棒子也打不走的自己人!我曲秀娟活了三十三岁,第一次做了七荤八素像模像样地过生日。几年前我能想到自己会有如今这个小家庭吗?知足者常乐。我对生活知足。今天咱们不谈国事,只谈家事,不扯政治,只叙友情。咱们干了!”

晓东说:“对,不谈国事,只叙友情!”

守义说:“咱们这一代啊,聚一块堆,专爱谈国事,专爱扯政治,好像都有可能当上中央委员似的!我看出一个中央委员就是咱们这一代的光荣啦!”

严晓东放下酒盅,拿起筷子刚欲夹凉菜,忽然想到了什么,用筷子点着姚守义问:“你猜我前几天遇到谁了?”

“徐淑芳?”

晓东摇头。

“志松?”

晓东又摇头。

秀娟性急地说:“别卖关子!”

“姚玉慧!”

“姚玉慧?”守义将刚拿起的筷子轻轻放下,说,“自从八〇年返城待业知青‘五一’大游行之后,我就再没见过她一面,都快把她彻底忘记了。你在哪儿遇见她的?”

“公共汽车上。”

“她在什么单位?”

“不知道。”

“结婚了没有？”

“不知道。”

“你们总得谈了些什么吧？”

晓东耸耸肩：“什么也没谈。”

“这怎么可能呢？遇见了，连句话都没说？”守义疑惑了。

“就是连句话都没说。我在通达街上了九路公共汽车后，见车厢中部有个女人怎么那么面熟啊，猛地认出来了，不是我们当年的营教导员么！她发现我盯着她看，却好像没认出我，把身子转了。我想挤过去跟她说话，挤不过去。我以为自己认错了人，可明明是她呀！车到了一站，我赶紧跳下去，从中门又上了车。我挤到她身旁，叫了声：‘教导员！’可她一点儿没反应，往窗外看。我想，今天真见了鬼啦！难道世界上有第二个姚玉慧？难道我严晓东真变得使她根本认不出来了？我不就是比过去胖了点么？你装不认识我，我也只好装不认识你啦！你不就是市长的女儿么！……”

守义说：“市长八二年就换了，她父亲离休了。”

“离休了？那她姚玉慧更没什么了不起的了！当过知青教导员也算资本？这年头，谁还照顾这点儿情绪呀！你可以装不认识我严晓东，但我不能白在你身旁多乘一站路！我得让你心里知道我是认出了你的！你们猜我怎么着？我就哼歌。哼‘兵团战士胸有朝阳’！就算你姚玉慧真不认识我严晓东了，这首歌你总归不会忘吧？我一哼歌，车厢里许多人都朝我看。以为我不是个正经人，对身旁的女同志存什么不良企图！我才不在乎，哼我的！你们猜她怎么样？她干脆把眼睛闭上了！好像三天没睡觉的人乘车打瞌睡！我想巴结你怎么着呀？我严晓东返城待业那么艰难的时期也没巴结过谁！如今巴结你？如今巴结我的人倒不少！不就是因为几年没见了，在公共汽车上偶然一见，心里觉得亲，想凑你跟前说几句话么！我这个气呀！好，我还非叫你跟我说上几句话不可！我严晓东就这脾气！我他妈的不哼‘兵团战士胸有朝阳’啦！我踩她脚！我穿的是皮鞋。新买的，鞋底儿邦邦硬。她穿的是双布鞋，就是咱们上中学时女生们穿的那种，黑色的，快刷白了，如今买都没处买那样一双鞋，真不知她为什么还没扔！我的皮鞋就使劲儿踩在她的鞋面儿上！你们猜她怎么着？她不睁眼睛！她……她忍受着！她宁肯忍受着也不愿睁开眼睛认出我跟我说几句话！……”

守义说：“不是她吧？”

晓东一拍桌子：“若不是她，还不骂我呀！”

秀娟瞅瞅晓东，瞅瞅守义，问：“就是你有一次跟我提起过的你们三营的教导员？”

守义点了点头，对晓东说：“接着讲啊！”

晓东却吸起烟来。吸了几口，说：“我这脾气，当时能不恼火么？我想，敢情您在车上站久了，那只脚麻木了？踩得又使了股劲了。能不踩疼么？可她还是忍受着，还是不睁眼。我觉得出她那只脚想挪动，可被我牢牢踩住了，她收不回去，不知为什么，我心里一下子酸溜溜的，并不是因为尴尬。你们想想，尴尬的其实不是我，是她呀！她装作不认识我这个当年的兵团战友，不愿睁开眼睛看见我，跟我说话，想必她心里……总有她的……什么……我忽然觉得她真可怜啊，忽然觉得我这不是明明在欺负她么？我那只脚不由得放松了，不踩她了。过会儿，车又到站了。我拍了拍她的肩，就下车了。我也不明白我为什么要拍拍她的肩，她仍不睁开眼睛看我一下……车上的人都对我怒目而视……从那以后，我还总想到她。一想到她，心里就不是滋味……”

一时间，三人都沉默。

“她……她变化大么？……”守义郁郁地问。

“变化大。显老了，显老多了，也瘦多了。她当教导员的时候，浑身仿佛还总有那么一股英姿飒爽的劲儿，是吧？如今从她身上这股劲儿丝毫也看不出来了。剪短发，守义，就是大娘剪的那种短发。现如今，城市里三十多岁的女人哪有剪那种短发的呀！大热的天儿，穿一条黑长裤，一件白小褂。浑身上下，除了黑白两色，就没别的色彩啦！如今什么年头？讲流行色！讲女人四十一枝花儿！自由市场上那些三十多岁摆小摊的女人，一个个打扮得也比她鲜艳啊！有一部片子《蝴蝶梦》，你们都看过没有？对，她像《蝴蝶梦》中的那个女管家……"

秀娟将晓东的筷子递给他，抗议地说："你嘴上积点德，别作践我们女同胞！"

晓东分辩道："我不是作践她啊！我是同情她，可怜她。说心里话，我还真想找到她家门儿上去，问问她，有没有什么我严晓东能为她姚玉慧效劳的事儿。她若肯开诚布公，只要说出一个'有'字，我严晓东赴汤蹈火在所不辞！不瞒你们，我如今有了十四万！可十四万没给我带来太多的快活！我活得也够累的！你们信不？若我的十四万能使别人活得一辈子幸福，我双手奉献！你们信不？当然得是我心甘情愿给予的人！比如你，守义，要不？你说一个'要'字，我不给你我是孙子！一万？拿去！两万？拿去！三万四万，晓东也舍得，拿去！可我知道你不会要，你清高。没什么情分的人我也不给，我犯得着吗？……"

秀娟截断了他的话："我看她也不会要你的钱。"

"谁？"

"姚玉慧呗。你替她赴汤蹈火对她也没什么意义……"秀娟目光中流露出只有女人对女人才可能的理解。

"是啊是啊，那当然。这一点我知道……"晓东嘟哝。

守义轻轻叹了口气。

"哎，你们怎么都不动筷子了？别尽说尽说的啊，吃菜啊，怎么也都不斟酒了？……"守义妈又端上了一盘炒腰花。

守义便道："咱们三个干一盅吧！"

于是他们干了一盅。一时间沉默。往常，他们扯到政治话题，曾高谈阔论，慷慨激昂，争辩不休过。姚玉慧不是政治，尽管她当年就是政治，但如今跟政治不沾边了,政治不需要她了。他们也不需要教导员教导他们的思想了,却希望她生活得好。看来生活和政治一样并不怎么宠爱她了。虽然他们都非多愁善感者,还是替一个受过他们尊敬的女人惆怅和忧郁,各自在心里虔诚祝祷她幸福。

曲秀娟首先打破沉默,对严晓东说:“你也该结束光棍汉的生活了,你究竟想找个什么样的老婆才称心如意啊?”两盅酒使她的脸微红了。

“漂亮的!”严晓东回答得很干脆。

秀娟哈哈大笑:“那并不难找哇!如今漂亮姐有的是嘛!热闹大街上走着,一眼望过去,准能发现好几个!”

晓东又自斟自饮了一盅,正色道:“漂亮的,是第一条,首要的一条。不找个漂亮的,我不白趁十四万元了?漂亮的摆在第一条,我是总结了教训的!上赶着给我介绍对象的不少!人家问我:‘晓东啊,你要找个什么样的?’我说:‘只要心眼好,善良,品行端正,不缺鼻子不少眼就行呗!’人家给我引荐了一个姑娘,不缺鼻子不少眼,可那形象也太困难了点。要是结了婚,一张双人床她得占三分之二!我还不得天天夜里往地上掉?见过面后人家问我:‘你中意不中意啊?’我说:‘这我能中意吗?’人家说:‘可是按照你亲口讲的条件介绍的呀!姑娘心眼好,心眼儿好极了好极了!姑娘善良,善良得赛过菩萨!姑娘品行端正,绝对的品行端正从不跟男人眉来眼去的……’我心想,眉来眼去的还不叫男人发毛?不成,人家还对我一肚子不满。再有人问我:‘晓东啊,你要找个什么样的?’我还是那么回答,人家又引荐来了一位。心眼好极了好极了,善良得没比没比的,品行端端正正端端正正,不少鼻子不少眼,连颗牙也不少!可雄狮鼻子!一个女人长那种鼻子够呛不够呛?人家还告诉我那是福相!她的福!会是我严晓东的福么?如今什么什么事儿不都时兴反思么?我想也反思反思吧!反思的结果是,我想通了,干吗我那么虚伪呀?哪个男人找老婆不想找个漂亮的?漂亮老婆对面坐着,也比对面坐着个其貌不扬的老婆看着顺眼啊!所以呢,我如今是把漂亮的摆在第一条,摆在首位……”

晓东这番话,使守义也忍俊不禁哈哈大笑。

秀娟却故作认真,又问:“第二条呢?”

晓东相当严肃地说:“第二条嘛,我可与别的男人不一样了。现如今讲究什么‘精神生活’,我反这个潮流!我要找一个对‘精神生活’没啥要求的。你们想啊,我那十四万元钱,在现如今只能保证一种富裕的物质生活。精神生活是拿钱买不来的呀!精神生活那靠教养。钱能买到教养么!比如她喜欢音乐,我可以买高档组合音响,但我没工夫陪她听啊,买卖还做不做了?我这买卖不像工人上班下班有钟点,我没钟点。做成一桩买卖,那得一门心思扑上去。我也可以买钢琴,但她不能一有空儿就在家里叮叮咚,我的耳朵受不了。看电影,我要看惊险的,恐怖的,打斗的,闹剧的,她如果要看什么艺术片,文学片,我俩就不能进一个影院。一言以蔽之吧,我不是知识分子,不是文人雅士。对什么艺术也不讲究欣赏,也没兴趣欣赏。我需要的是娱乐、消遣。所以呢,我要找的老婆,对‘精神生活’必得向我靠拢,迁就我一点儿。不然的话,我倒没什么,她不是就会感到精神空虚了么?她可以贪玩,但不能浪漫。你们知道我这人一点儿也不浪漫。我不浪她浪,那能和谐么?她甚至可以轻佻一点儿,但千万别放荡,我可不能忍受绿帽子。她文化不能太高,最好是不喜欢看小说的。喜欢看武侠小说那行,那跟我兴趣一致。但一定得是不喜欢看爱情小说的,尤其得是不喜欢看琼瑶小说的。现如今满大街各个书摊上摆的一本本尽是琼瑶的爱情小说!女的看了都幻想着找个丈夫、遇到个情人是他妈的什么‘白马王子’,哪儿那么多‘白马王子’?若是找了那么一个,好吃懒做,挥霍着我的血汗钱,听着组合音响,弹着钢琴,整天瞧着我这张中间凹两边翘的倭瓜脸,心里思想着某个‘白马王子’可能正给她写了一封缠缠绵绵的情书寄在半道儿上,不是他妈的闹猴儿戏么?……”

守义和秀娟听他说得虽然逗乐,却也不无道理,很实际,很客观。强忍住笑做严肃状。

“第三条,她得关心国家大事,养成听广播读报纸的习惯。她得有敏感的政治头脑,她得有准确理解政策的水平,她得有军犬一样的鼻子……”

“鼻子?……”秀娟大惑。

“鼻子?……”守义指着自己的鼻子。

“对,鼻子。不是雄狮鼻,是军犬一样的鼻子!”晓东特别强调,接着侃侃而谈,“朝空气嗅一嗅,就准知道政策是不是要变了,可能怎么变,提醒我早作应付准备。现如今我觉得我的政治头脑越来越不够用了。现如今洋政策,土政策,土洋结合的政策,中央的政策,地方的政策太多了!而且这个政策那个政策就常常大不一样,就往往对立着!这个政策管着你,那个政策也管着你。你有时候根本搞不明白你究竟该听谁的?究竟该服谁管?不该服谁管?稍有闪失,像我这样的,就有栽在老共手里的危险!我一无靠山,二无父母撑腰,一旦栽在老共手里了,不拿我开刀,拿谁开刀?落到那种地步,有谁替我奔走呼号,八方活动?你们以为我每天夜晚都高枕无忧么?……”

“老共?老共是谁啊?……”秀娟以为“老共”是晓东的一个同行冤家。

“共产党啊!不都这么叫么?”晓东反而奇怪了,“大众语言啊!”

“没听说过!”秀娟笑道,“如今大众语言可真太丰富了,能编本字典。”

突然地,一个人从厨房一步跨将出来,怒吼道:“你们喝醉了,就都甭喝了!”

三人吃一惊,看时,却是守义他老父亲。也不知老头儿什么时候进屋待在小厨房里的,他们谁也没注意到。

老头儿今天本想凑凑热闹,知道晓东来,陪他喝两盅。严晓东的话,败坏了老头儿的好情绪。他跨至桌前,将酒瓶抓起,不瞪别人,专瞪着儿子,大声说:“在姓姚的家里可以批评共产党,不许嘲笑共产党!”

守义妈急忙从厨房迈出,责备老伴道:“你这是干什么?孩子们也没嘲笑共产党呀！再说，这也不是你家嘛！”

“不是我家？”老头儿拿酒瓶朝儿子一指，“他若改姓，我才管不着！……”怒冲冲带着酒瓶走了。

秀娟脸上就有些挂不住。

守义妈跺下脚，恨恨地说：“你们别理他！大娘再给你们瓶好酒，不次于‘五粮液’的……”

“大娘，我们不喝白酒了……”晓东离座将老太太往厨房扶。

“哼，怪老头……”

晓东看着守义笑笑：“没想到老共给了点儿言论自由，却还要受你父亲限制！”

守义讪讪地说：“他是党员嘛，所以听不惯啊！”

“党员？你父亲……党员！什么时候？……”

“你别大惊小怪，跟你父亲一块儿入的。”

“我，我父亲也入了？……”

“你不知道？”

“操，这事儿！没跟我讲过啊！……”

“他俩退休的时候，老厂长与他俩谈了一次话。对他俩说：‘你们都是厂里的优秀工人，大半辈子贡献给厂里了。这个厂我没管理好，使你们如今还住着日本老板时期的破房子。我对不起你们，你们有什么请求，只要我能办到的，只管提。’我爸说：‘厂里的难处我们知道，没什么请求。’你爸也说：‘没什么请求。’老厂长又问他俩：‘你们还信不信共产党了？’我爸想想，说：‘那还得信共产党啊，中国也没第二个党能领导得了哇！’你爸想想，也说：‘我们这一辈子，横竖快活完了。我们信过，也不信过，现在是又信又不信。不过共产党如果真有魄力挽回民心，我们还信！’老厂长就说：‘好！那我介绍你们入党，也不枉你们给共产党做了大半辈子优秀工人！’厂党委一讨论，都认为你爸和我爸这样的老工人，早够共产党员的标准了！他们退休那一天，批准他们入党了……”

"是……这样……"晓东瞅瞅守义，瞅瞅秀娟，自言自语，"我以后当着我父亲的面说话得预先考虑考虑了，惹他发火他会揍我……"

"晓东，你前几天遇到姚玉慧，我前几天却遇到徐淑芳。"守义扭转话题。

秀娟将喝白酒的小酒盅换了喝啤酒的玻璃杯，开了两瓶啤酒，于是三人接着喝啤酒。

严晓东像喝凉开水似的，一口气儿喝光一杯，用手背抹了一下嘴唇："她还一个人？"

"还一个人。我问她为什么不结婚啊？她笑笑，说，碰不到合适的。我说，我帮你介绍？她说，行啊！她这人挺让我佩服。那几年她的境遇多惨啊，没被生活压垮，如今反而变得开朗乐观了！"

"你我都对不起她，有机会我们应该当面向她赎罪。"

守义明白晓东指的哪件事，忏悔地点点头。

秀娟也明白，教训地说："你们当年浑不浑？啊？有你们那么做的么？"

"浑。"严晓东又给自己倒满一杯酒，又像喝凉开水似的一口气儿喝光。

"哎，晓东，依你看，要是徐淑芳和刘大文……怎么样？……"

"'金嗓子'？你和他有来往？"

严晓东眼前浮现出一九八〇年二十余万返城知青"五一"冒雨大游行的情景，"金嗓子"倒退着走在队伍前面，奋力挥舞双臂指挥，用嘶哑了的声音反复领唱"兄弟们啊，姐妹们啊，不能再等待"……从那以后，再也没有任何一件事，能使他感到自己像当年那么重要，那么不可忽视。

他再也没有那么强大过。因为再也不可能将当年那二十余万人集合在一起。

"我见不着他，是'大胡子'告诉我的。'大胡子'现在是一个建筑队的队长，他在'大胡子'手下当瓦工。他的嗓子太令人可惜了，要不坏如今准是位大歌星！”

晓东一边说，一边往三只杯里倒酒。

“来，咱们为徐淑芳和刘大文……”他举杯郑重站起。

“也为‘大胡子’！”姚守义随之站起。

“也为王志松和吴……”秀娟欲与晓东碰杯，晓东却闪开了杯。

她不解地望着姚守义。

姚守义明白缘由：严晓东有次经过铁路局，曾满怀感情去看望王志松，不料王志松竟对他相当冷淡，使他又尴尬又难过，一支烟没吸完便怫然而去……

“晓东，你甭多想，忘掉它！谁都有自己烦恼的时候，兴许那一天王志松心中不快，并不是故意冷淡你……”姚守义息事宁人地说。

“可我听到他在我背后对他的同事说：‘也不想想自己是干什么的，跑这儿哥们儿长哥们儿短！如今谁也不能拿过去的交情当通行证！’接着他给传达室打电话，嘱咐我再找他，就说他不在，或者正开会……”

严晓东怒形于色，气不打一处来。

“那是你误会了，兴许指的根本不是你……”姚守义继续维护着三人之间原先的友谊。

“你还莫如说我耳朵成问题！”严晓东使劲儿将杯往桌上一蹾，酒溅了一桌子。

“到底为什么事儿呀？”秀娟听得越发糊涂。

正这时，有人一步迈进了屋。不是别人，正是王志松。

王志松嗅嗅鼻子道：“好一股酒香！今天什么日子？你们聚一起喝的什么名酒？”

守义和秀娟慌忙起身让座。

“今天是秀娟生日，秀娟提议聚一聚。我知道你当了秘书后太忙，没敢劳你的驾，就只找来了晓东……”守义一边说，一边向严晓东使眼色。

严晓东坐着一动不动，也不看王志松一眼。

"晓东带了一瓶货真价实的茅台,结果让我们老太太失手摔碎了瓶子,我们谁也没喝上一口,跟你一样,光闻茅台酒味了!……"秀娟生怕王志松因晓东那样子感到别扭,笑盈盈地打圆场。

"晓东,你不认识我了?还需要主人给咱俩介绍一番?"王志松大模大样地就落了座。

严晓东还是一句话也不说,还是一眼也不看王志松。

守义和秀娟那宝贝儿子跑进来嚷嚷:"爸,妈,志松大大也是坐小汽车来的!比严大大坐的那辆小汽车还高级!司机叔叔说是'皇冠'!"

曲秀娟便笑了:"这下我们家可算贵客光临了,第一遭门口停两辆小汽车!"

守义在儿子头上摸一下,也打趣道:"儿子,这是你的福气。有一个有钱的大大,还有一个有前程的大大!别往桌子跟前凑,玩去,玩去!"

严晓东却一把扯住那孩子,抱到膝上说:"不就是辆'皇冠'吗?过几天大大租辆'皇冠',带你坐着痛痛快快地玩!"

守义替王志松倒满一杯啤酒。王志松喝了一口之后,盯着严晓东说:"我到你家找你,你父亲告诉我你在这儿。我就直奔这儿来了……"

严晓东还是不看他,不答话。

"我找你有件急事儿,得向你这位财神爷借一笔钱……"

严晓东放开守义那宝贝儿子,端起酒杯默默地喝。

"晓东有点喝多了……"秀娟替王志松觉得难堪,继续打圆场。

守义则狠狠踩晓东的脚。

严晓东这才开口:"多少?"仍不看王志松,看自己的杯。

"一个数。"

"一千?"

"一万。"

"一万?……"严晓东终于抬起头,仿佛听错了疑问地注视着王志松。

“对，一万。别人那儿我也能借到，但你是哥们儿，借你的仗义。”王志松说完，端起杯，但只是将杯凑到嘴边，想喝不喝的，两眼依旧盯着严晓东。

“你借？还是别人借？”

“何必问那么详细呢？”

“不明不白的，我不借。”

“好吧，既然你非想知道，我当着真人不说假话。为我们局里一个头儿借，他儿子出国，要多换些美金带出去……”

严晓东转动手中的杯，沉吟着。

守义和秀娟一齐瞧着他。王志松借的数目太大，而且是为别人借，夫妻俩都觉得不便多言。

王志松又说：“晓东，我可向我们头儿夸海口啦！”

严晓东微微扬起脸，仍沉吟着。他是在心里盘算，一下子能否拿出一万元钱。虽然他是个财神爷，但十四万存的是死期。

“先给你六千，三天后再给你四千……”他终于开口。

“我借一万，你先给我六千，你这不等于变相回绝了我么？拿出一万对你还为难么？……”王志松期待地笑着，话中不无弦外之音。

“三天后还不成？也不至于那么急吧？”姚守义比严晓东更听出了王志松话中的隐含意味儿，替严晓东软中带刺地抢白一句。他也觉得王志松是变了，变得说话也不阴不阳的了。

“不急我犯得着求他么？”王志松不满地看了姚守义一眼，复盯着严晓东说，“借一万，还你一万二，怎么样？”

严晓东有几分违心，也真有几分为难。他冷冷地问：“那二千谁还？你？还是你们头儿？”

“那你就别管了，反正我王志松保你不白借！我绝不欠你情！”

“你当我是放高利贷的！”

“就算你放一次高利贷，我借一次高利贷，有何不可？各得其所嘛！我知道干你们这一行的，不见兔子不撒鹰，你也不必在我面前充义气……”

严晓东突然将杯中的剩酒朝王志松泼过去，一点儿没浪费，全泼在了王志松脸上。他猛地站起，手指着王志松，激怒得说不出话。

王志松呆若木鸡，一时忘了掏手绢擦脸。

守义妈端进一盘浇汁鱼，见状不禁愣住。

严晓东看了守义妈一眼，说：“大娘，您老多担待！”随即将脸转向王志松，愤慨慨道，“王志松，从今往后，我再认识你，我严晓东不是人养的！……”

他一只狮子似的冲了出去……

与此同时，木材加工厂第二车间主任的老父亲，来到了南岗区中山路一百七十五号那幢外观相当漂亮的乳白色的局级干部们住的大楼内，在三〇二单元与“新潮服装店”店主的老父亲也喝着酒。半瓶“五粮液”早已被两位退了休的老工人缓斟慢饮对付光了，晓东爸又开了一瓶。

守义爸说：“我不喝你那熊儿子的酒！”

晓东爸说：“当然不喝兔崽子的酒！我与他经济独立，这是我自己买的酒，正宗‘二锅头’！”

守义爸说：“对，经济独立对！你是党员，免得以后被儿子沾上个‘四不清’，丢党的脸！”

酒菜穿肠过，党性留心间。他们都喝到量了。

守义爸指着用花布罩起来的“伟大的女奴”，醉眼乜斜地问：“那……那是什么？……”

晓东爸回头看了看，说：“奶奶的……”想到自己已然是在党之人，便将最后那个不雅的字卡在牙关。

“嗯？……”

守义爸指着的手却不放下。

晓东妈赶紧从侧室走过来，接着晓东爸的话胡乱搪塞：“那呀，是晓东他奶奶的……遗像啊。请人画的……没画完呐……”

勾得守义爸想起了守义他奶奶，心中难过，“唉”了一声，虔诚地说：“不管画没画完，我得给你们老太太磕个头，也算给我们那老太太磕了个头……”说着便跪。

慌得晓东爸晓东妈急忙阻止。

他怪生气的：“拦我干什么？拦我干什么？你们老太太，不就等于是我们老太太么！……”

无奈，只得由着他性，随他恭恭敬敬地跪下，给“伟大的女奴”磕了三个响头……

待重新斟满两盅酒，晓东爸擎起酒盅问：“你知道不？你那个宝贝儿子，在整党群众会上，口口声声叫共产党是‘贵党’！还劝咱们党修改党章，将全心全意为人民服务改成半心半意！……”

在党了的晓东爸，对如今些个年轻人的“反党言论”心里火大着呢！正因为常听到种种的“反党言论”，他竟不好意思对人公开自己的党员身份，包括对儿子。仿佛这么大岁数倒入了党，如同从自由市场买了一捆削价处理的小白菜，家里外头，他在自觉地作着“地下党员”似的。

守义爸也擎起了酒盅：“你那宝贝儿子跟我儿子一路货！你知道不？晓东他口口声声叫咱们党‘老共’！你，我，啊？都成了‘老共’啦！……就因为他这话，我才从家里憋着气出来！……”

晓东爸一口酒到了嗓子眼没咽下去，扑地喷出来，涨得脸色通红，咳嗽不止……

一九八六年，中国依然是最政治化的国家之一。

一九八六年，无论想要从自己身上剥下政治这张“皮”或想要裹紧政治这张“皮”的中国人，都似乎同样觉得徒劳无益。

两位信仰过共产党，也疑惑过共产党，还有七分信仍有三分疑惑，可以说主要是怀着老工人对共产党的仗义入了党的老父亲，吃不准他们自己可敬还是可笑，吃不准他们的儿子究竟算是好儿子还是坏儿子了……

第二十二章

据统计，A 市二十五岁至四十五岁的男人与同龄女人的比是八比五。社会学家们呼吁对男人的明显偏多应引起足够重视。未婚的女人们哀叹真正的男人太少，找到有男子气的丈夫十分不易。而已婚夫妇依然希望生男莫生女。几年前摆地摊叫卖“净胡膏”的江湖骗子，如今诡秘地推销“美须灵”。满脸络腮胡子的男人自认为是美男子。胸毛浓密的男人开始喜欢大敞领上衣，并且不穿背心。如果有专门出售假络腮胡子假胸毛的商店开张，一定顾客盈门，生意兴隆。也许不惜花钱在这方面的女人比男人还多。女人比男人更希望男人是男人。

男人，大抵将女人当做自己的镜子，喜欢照镜子的男人绝不少于喜欢照镜子的女人。女人常常一边照镜子一边化妆和修饰自己。男人常常对着镜子久久地凝视自己，如同凝视一个陌生者，如同在研究他为什么是那个样子。女人既易于接受自己，习惯自己，钟爱自己，也总想要改变自己。男人既苦于排斥自己，怀疑自己，否定自己，也总想要认清自己。女人相信镜子，男人相信女人的眼睛。

大多数女人迷惘地寻找着属于自己的那一个男人。

大多数男人迷惘地寻找着自己。

男人寻找不到自己的时候,便像儿童一样投入女人的怀抱。男人是永远的相对值,女人是永远的绝对值。女人被认为是一个女人之后,即或仍保留着某些孩子的天性,其灵魂却永远不再是孩子;所以她们总是希望被当做纯洁烂漫的儿童。爱人被认为是一个男人之后,即或刮鳞一样将孩子的某些天性从身上刮得一干二净,其灵魂仍趋向于孩子;所以他们总爱装男子汉。事实上哪一个男人都仅能寻找到自己的一部分,甚至很小的一部分。正如哪一个女人都不能寻找到一个不使自己失望的“男子汉”一样。男人的大部分是女人给予的。女人是男人的小数点,她标在男人一生的哪一阶段,往往决定一个男人成为什么样的男人。夸父若有一个好女人为侣,他可能不至于累死。而女娲并未靠男人相助,也出色地补了天。男人设计着世界,女人设计着男人。一个民族的女人设计着一个民族的男人。一个男人的女人设计着这一个男人。

我们看到高大强壮伟岸挺拔的男人挽着娇小柔弱的女人信心十足地行走,不要以为他是她的“护花神”、她离了他难以生活,其实她对于他可能更为重要,谁保护着谁还不一定。

爱神、美神、命运之神、死神、战神、和平之神、胜利之神、艺术之神都被想象为女人塑造为女人,不是没有原因的。我们勘查人类的心路历程,在最最成熟的某一阶段,也不难发现儿童本性的某些轨迹。实乃因为人类永远有一半男人。女性化的民族如果没出息,不是因为女人在数量上太多,而是因为男人在质量上太劣。

一个苦于寻找不到自我才投入女人怀抱的男人,终将会使她意识到,他根本不是她要寻找的男人。对于负数式的男人,女人这个“小数点”没有意义。

女人给她的男人也给她自己生一个孩子,她才会感到她对他的爱以及他对她的爱,不再是小狗式的亲昵而已。孩子是女人对男人的最美好的赠予,也是男人对女人的最美好的赠予。她通过他对孩子的爱,更深地领悟他对自己的爱!她会从他身上看到充满热情的责任感,也将欣慰地看到使他成为堂堂男子的一切可贵品质。男人，女人，孩子，是结构成一个完美家庭的牢固的三脚架。所谓“男子汉”的嬗变过程——孩子出世了，男人不再像孩子了。这个诞生带来那个成熟，是孩子夺走了男人身上属于孩子的许多天性。男人是女人和孩子共同教养成的。

王志松将当父亲的乐趣留给自己充分体会，将父母共同的责任完全推卸给吴茵，并且行使对她的监督权和批评权。

婚后第三天，他从徐淑芳那里抱回了宁宁。宁宁才两岁，在徐淑芳那里寄养了一年。

他抱起宁宁往外走时，宁宁不干，向徐淑芳伸出两只小手，着急地叫：“妈妈，妈妈，妈妈……”

他迈不出门坎去。

他不禁转过身望着徐淑芳。

她的脸比郭立强死后的最初几个月稍许明朗了些。悲哀被女性内心的刚强从她那张脸上逼退了，但也仅仅是逼退了而已。一部分逼退到心灵深处，一部分逼退到眼里。心灵深处已再无法容纳。眼里那一部分便凝聚在眼里，占领在眼里，使她的双眸忧郁而沉静。

“是我不好……”她说，声音很低。

“什么不好？……”

“教宁宁叫我妈妈……”

“这有什么！”

“你心里没不高兴吧？”

“怎么会不高兴呢？这一年宁宁多亏你抚养。”

一年……整整一年……多么不容易的一年啊！对她是不容易的一年，对他也是不容易的一年，对吴茵更是不容易的一年。吴茵由于“一机厂事件”的历史债，失去了记者证，下放到印刷厂。他由于吴茵，愤而辞职，当时刚找到了活儿，给一家被盗了两次的商场打更，天天夜里冒着很可能“再来一次”的凶险。

他说:“宁宁胖多了。”

“是么?”她微笑了一下。这一笑流露出一点儿欣慰,这一点儿欣慰也交织着忧郁。

“宁宁,跟爸爸去,好乖……”

“不,不!妈妈,妈妈!……”

在“爸爸”和“妈妈”之间,儿童大抵选择后者。

“我今天不抱他走?”

他期待她的回答。

她沉默。

他便将宁宁放下了。

“你还是今天就抱他走吧。”

她虽然这么说,却将宁宁抱在自己怀里。

他犹豫片刻,说:“也许……你抚养他更好?……你决定吧,反正我们都是为这孩子……”

她缓缓放下宁宁,走到窗前,背对他望着窗外。四月,窗前小院里的积雪尚未化,快厚到窗台了,结籽的蒿草刺透肮脏的雪被。几只麻雀在雪上打滚,啄食草籽。

“你也有权做他的母亲。”

“妈妈抱,妈妈抱……”宁宁迈着令人担心的步子向她走去。

她急忙又抱起了宁宁,同时问:“那么谁来做他的父亲?……他不能没有父亲……”

“你给他找个父亲吧!趁他还不太懂事儿……”

“你以为我那么快就能忘掉一个人?我们这是在谁家里说话?……”

沉默一下子扼住了他的咽喉。

“宁宁很快会依恋另一位妈妈的。”

“……”

“他的记忆中不该留下任何对自己身世的疑点,这是我们共同的义务。”

“……”

“你抱他走吧！”

他便无言地从她怀中抱过了宁宁。

“宁宁有个不好的习惯。”

“什么习惯？”

她欲言又止。

“告诉我。我帮宁宁改。”

她脸红了。垂下目光说：“不是你能帮他改的，让吴茵帮他改吧！”

他望了她片刻，抱着宁宁走出去了。

“妈妈，妈妈，妈妈……”

宁宁哭叫。

他任凭宁宁哭叫，只管往前大步走。宁宁激怒了，两只小手左右开弓，啪啪打他的脸。他任凭宁宁打，心里说：“打吧，儿子。打吧！爸爸可是第一次惹你哭，是为你将来好……”

宁宁对自己最初安身立命的地方丝毫没印象了。宁宁对小姨完全陌生了，根本不让她抱。而对吴茵，不知为什么，则怀着一种本能的敌意。在这两岁孩子面前，吴茵诚惶诚恐，举措笨拙，不知如何能讨宁宁欢喜。

“这孩子有个坏毛病……”

夜里，吴茵告诉他时，他想起徐淑芳的话，问：“什么毛病啊？”

“他……他得捂着我……才能睡……”

“捂着你？……”他越加糊涂。

“傻瓜！捂着我……咂咂！……”

她怪羞。

“孩子么！……”他不以为然，将她一只手放在自己胸上，握着，抚摸着。心里充满甜蜜。有妻子，有儿子；完整的家，完整的生活。他想，够了。再有正式工作，他对生活便别无企求！像所有的那些返城知青一样，最初的艰难时日,他和他们对生活的要求那么简单,那么低。不是君子兰,是抓地草。草根着土就能活,抓住地皮活。

公正地说,吴茵爱宁宁。但那种爱并不意味着是母爱。世界上没有一个女人能像爱自己的亲生骨肉一样爱别人的孩子。这是女人德行上可以完成实际上做不到的事情。不是从自己的脐带剪断下来的生命,即使关心得无可指责无微不至,也还是不能使女人获得真正的母爱体验。吴茵对宁宁怀抱着满腔做一位好母亲的热忱。她从未讨好过谁,但她对宁宁却有一种讨好心理。为了使宁宁早日认可她是“妈妈”,她经常奉迎地向宁宁解开自己的衣襟,将宁宁的小手塞入自己怀里。那小手很放肆,它不只是捂着“咂咂”而已,它还玩弄。有时用手背摩擦,有时用指尖轻捻。即使这时,嘴里仍喃喃着:“找妈,找妈……”

不良习惯是王志松母亲无形中给宁宁养成的。老人家活着的时候,宁宁一直跟老人家一块儿睡。那在孩子是本能,在老人家是最正常最自然不过的事儿。她的儿子小时候也有这习惯。老人家活着没想到,另一个年轻的女人,她儿子的妻子,是否也会认为宁宁这习惯很正常很自然,是否也会很乐于接受。

在宁宁那单纯的“自我中心”的情感世界里,已经先入为主地印了一位母亲的形象。不是吴茵,而是徐淑芳。儿童的情感世界太小太小,容不下两个“妈妈”。一旦有了一个“妈”,一万个给他慈爱的女人永远是一万个给他慈爱的女人,不是“妈”。“妈”之所以可亲,因为她是儿童认识的第一个良友。

吴茵不是第一个。尽管这不是她的过错,尽管她多么遗憾自己不是第一个,尽管她想要弥补这一遗憾。对宁宁说来,她似乎永远不是第一个,他似乎也永远不可能彻底忘掉第一个。何况母爱不单单是热忱,更是特权。孩子淘气打孩子一巴掌,孩子任性训斥孩子几句,孩子哭了不理睬孩子,被孩子缠烦了而推开孩子作嗔怒状……没有与孩子的这种关系,一个母亲对孩子的爱便是不自然的,不真实的,本质便不同于母爱。

这对孩子方面倒不见得是一种情感亏损，而对女人却是大的不公平。母爱的内容至少包含着三分之一的特权。吴茵自己首先惭愧地从心理上放弃了这种特权。

桌上摆着引起宁宁兴趣的种种东西：工艺台笔、闹钟、绢花儿、一套漂亮的茶壶茶碗，一排胖乎乎的小泥俑……

宁宁总闹着要到桌上玩。

她为了使他感到亲近，卑恭地满足了他的愿望。结果是：他将台笔折下来了，将闹钟摔坏了，将花瓶搬倒砸裂了桌子上的玻璃板，将小泥俑塞到茶壶中泡成了泥浆……接着又对电视机天线产生了强烈的破坏欲……

她想跟他讲道理，他不懂。她想从他手中夺走不该当玩具的东西，他大发脾气。她想将他抱下桌子，他哇哇号哭。他一哭，就想起他的“妈”，就泪流满面地可怜地表述他的委屈和愤懑：“家家，家家，找妈，找妈……”

这孩子是悲亦思“蜀”，乐亦思“蜀”。

吴茵便更惭愧了，常常慌乱起来。慌乱之中急急忙忙解开自己的衣襟……

慌乱什么？……究竟慌乱什么？……

王志松并非没观察到过这一点，却不理解。有时竟觉得好笑，加以揶揄。

她只有红了脸默认自己是不及格的母亲。

在吴茵思想深处，宁宁不仅是一个两岁的孩子，更是一个“联盟”的“盟主”。一个道义、责任、天良和品德的“联盟”的“盟主”。正因为他幼小，他才拥有调遣某一方面或这几方面同时对她进行裁决的理由。知道这个捡来的儿子是自己和丈夫爱情天平上的一个很重要的砝码。知道自己对这个捡来的儿子爱得深或不深，影响着决定着夫妻之间感情水库的水位。是的，是水库。必定是水库，而不可能再是江河湖海。婚前与婚后，是男人与女人的爱之两个境界。无论他们为了做夫妻，曾怎样花前月下，曾怎样海誓山盟，曾怎样如胶似漆、形影不离，曾怎样耳鬓厮磨卿卿我我眉目含情蜜语甜言，或曾怎样同各自的命运挣扎拼斗破釜沉舟孤注一掷不顾前程不惜身败名裂，一旦他们真正实现了终于睡在法律批准的一张床上的夙愿，不久便会觉得他们那张床不过就是水库中的一张木筏而已。爱之狂风暴雨、闪电雷鸣过后，水库的平静既是宜人的也是令人感到寂寞和庸常的。

吴茵对第二次结婚所抱的希望是过于美好也过于天真了。王志松带给她一种新命运，但并没有带给她一种新生活。不，应该说他带给了她一种新生活，可不是她所向往的那种新生活。

我向往的新生活到底是怎样的一种生活呢？

她常暗问自己，却回答不了自己。

她不知道，不明确。那是朦朦胧胧的云锁雾罩的时现时隐似有似无的一种憧憬。她决定将自己的命运之绳和他的命运之绳结在一起之前就不甚明确。她原以为生活在一起后自然便会明确了。但生活在一起后倒更不明确了，更迷茫了，甚至可以说是糊涂一团了。

反正不应该是眼前这样一种生活才对。

眼前的生活是匆匆忙忙地上班离家，急急切切地下班回家。做饭洗衣服哄孩子。孩子刚拉了又尿了又磕了又碰了又发烧了又不吃饭了王志松又批评了又埋怨了。烟囱堵了煤烧光了木柴被雨淋湿了菜窖塌了王志松说这一切只有星期日才能解决。说他已经为宁宁生病请过两次事假了不能再请事假了否则他这个月的奖金全没了！米生虫了油瓶空了她也星期日才有空儿去买米买油。她也因为家务请过两天事假了不能再请事假了否则她这个月的奖金也全没了。

其实凡食人间烟火之人，其生活本质都是庸常的。庸常是生活的颠扑不破的大规律。在这连天接地的颠扑不破的大规律的覆盖下，奥林匹斯山上的神祇们的日子也是庸常的。能超脱于凡人的大概也只有一点——不需要钱。

而他和她都不能不十分看重钱。

他每个月才能拿回三十六元,多一分也不给。人家明知他一时也难再找到活,爱干不干,不干雇别人。她的基本工资是五十四元几毛钱。由记者到印刷工人,地位低了,工资也低了一级。

她一天天变得爱叨叨了牢骚无穷了不整洁了丢三落四了心烦意乱了愁眉苦脸了,连坐在沙发上看一会儿书的闲空儿也难得有了……

再说家里没沙发。没录音机便也没音乐。电视是九吋黑白的,图像不清,竖起了室外天线也没用。

她所面临的生活最初是贫穷和寒酸的庸常的实实在在的贫穷实实在在的寒酸实实在在的庸常。

庸常得累人。

烂漫的憧憬被撕下了华丽的外衣。

生活向她龇牙咧嘴做鬼脸幸灾乐祸得意于她的惶恐和茫然。

王志松活得比她还累。但他累得高兴,累得如愿以偿,累得仿佛浑身有使不完的劲儿,累得那么得天独厚似的。他常常冲动地表达出内心的甜蜜,内心的幸福,内心的满足。他常常说一切甜蜜一切幸福一切满足都是她带给他的。

只有这一点安慰着她。否则,她会认为眼前的生活与从前的生活没什么两样。不过一种生活丑恶,一种生活俗恶。一种生活丑,而涂脂抹粉;一种生活俗,而掺着些微愉悦。连些微的愉悦也落着一层俗的灰尘。

她的新生活的的确确是俗生活,比一般俗生活更俗的大量地消耗人生活热情的俗生活。一代返城知青的最初的新生活不可避免地命中注定地是最俗的生活。在这个最初的俗生活阶段,没有理想、没有追求、没有明确的目标、没有诗情画意;是工作问题第一,住房问题第一,钱第一。

吴茵觉得自己已经快被这种生活消耗干瘪了。

而比起来他们还算不错的,毕竟有情人终成眷属了,毕竟有房子住,毕竟她有正式工作。

浪漫的富于幻想的追求性格强烈的经常思考所谓价值观念的书卷气十足的吴茵,对一个返城知青的最初的庸常的俗而又俗无法超俗脱俗的生活缺乏精神准备和心理准备。

连爱也变得时有时无,似有似无了。

别了“松”,别了“茵”;代之以“哎”和“喂”。

可她原想象生活在一起后应是举案齐眉相敬如宾笑可慰人嗔能代语心有灵犀一点通起码牛郎织女式的。他却并非她所想象的“牛郎”,倒有几分像美国西部小说中不顾前不虑后的“牛仔”。每天夜晚,他将一柄锋利的匕首插在腰间,刹刹皮带,照例说一句:“我走了。”就走了。这也叫上班!她替他提心吊胆,常做噩梦。惊醒了还要瞧瞧宁宁是否尿了被窝。

有次她对他说:“别去打更了……”

他却瞪她一眼:“一个月三十六元钱,别去谁给?”

“求求人再换个临时工作吧……”

“求谁?”

“我怕……”

“我都不怕你怕什么!”

“万一……”

“万一是命。”

他如此这般轻描淡写地回答后,沉默了一会儿,又说:“假如哪一天我真被歹徒杀了,你一定要把宁宁再送给她!”

她明白他说的“她”是谁。

他的话深深刺伤了她,他走后她痛哭一场。

爱被庸常的俗生活侵蚀得锈迹斑斑,使她产生了巨大的心理危机。她亦难能做“织女”,连做贤妻良母的自信也动摇了。

她从来没觉得自己单独和宁宁在一起过。宁宁身旁总无时无刻地维护着四个大人：丈夫、徐淑芳、另外一个不相干的男人和另外一个不相干的女人。

“当初你保证过，要像爱自己的亲生儿子一样爱他！”丈夫这么说。

“你不会成为好母亲。你不如我，所以宁宁想我。”徐淑芳这么说。

“别对我儿子板起你的脸……”那个不相识也不相干的男人这么说，戴着灰白色的面具。

“你们自己情愿的……”那个不相识也不相干的女人这么说，也戴着面具，也是灰白色的。面具上只有一张嘴，或者更确切地说一个洞。

宁宁哭时，她能不慌乱么？能么？

宁宁病时，她能不引咎自责么？能么？

宁宁说“家，家，找妈，找妈”时，她能不感到既羞愧又委屈么？能么？

又对谁去倾诉这些呢？对丈夫？他会认为她心胸狭窄，她宁肯不倾诉。也许我真是一个心胸狭窄的女人么？她甚至对自己产生了怀疑。

“宁宁啊，你看，这是风婆婆。风婆婆鼓着腮帮在干什么呢？……”

一次，王志松伏在床上给宁宁讲画册。

“吐奶奶呢！……”

他哈哈大笑。

“吐奶奶呢！好儿子，你联想得可真妙！风婆婆鼓着腮帮吐奶奶！吴茵，听到了么？儿子的联想多了不起呀！……”

她听到了，她没笑。丝毫不觉得那孩子的联想显示出多么了不起的天才。

“你为什么不笑？”他坐起来瞪着她。

“我没心情笑。”她平淡地回答，也瞪着他。

“怎么啦？”

“反正我没心情笑，你总不能要求我装笑吧？”

他用陌生的目光瞪她半天，脸色阴沉地又躺下。

“讲,讲,讲……”

宁宁纠缠着他。

他将画册扔到了床角。

她默默地瞧着他,瞧着孩子。那一时刻,他当真要求她、逼迫她装笑,她也装不出来。

报社曾要调她回编辑部,这是她殷殷期待的事,她一直盼望着这一天。可为了表现自尊,却说“我考虑考虑”。

人家看透了她的心理。人家婉转地开导她:“小吴哇,当初决定你离开报社,那是迫于各方面的舆论压力,领导不得已而为之。你现在就别太计较了,啊?现在领导又决定调你回报社,不是恰恰证明领导心中始终没忘你么?”

她仍说:“我考虑考虑。”

“那你就考虑考虑吧!早点给领导个答复。”

只有傻瓜才需要考虑!

等到她认为那段“考虑考虑”的时间足以维护了她的自尊去答复人家,人家遗憾地告诉她,就在这一段时间内,上边下达了一个文件,凡报社记者都要有大专本科或相当于大专本科的文凭。

她只有初中文凭。早丢了。

“可我……我已当过好几年记者呀!我的实际工作能力你们了解呀!……”

“当然,当然了解。但是……文件精神必须严格执行啊!别说你啦,现在当着记者的几个人,没文凭的,还得补考到文凭呢……”

“那……那我回报社当编辑也行……”

“当编辑同样得有文凭!文件这么规定的。这牵扯到今后评定正式职称的问题,不信你看文件……”

人家翻出红头文件给她看。

她没接过去看。她愣愣地站在那里。

"唉,你要不考虑……"

人家的口吻是同情。

她一句话也没再说,转身就离开了编辑部……

维护自尊是要付出代价的。如果预先知道可能会付出这样的代价,她就不维护那点自尊。

……

宁宁坐在他胸上,他又开始逗宁宁笑。宁宁笑得格格的,他也笑,笑得很开心。她没有理由恼怒他在笑,因为他不知道她这件事儿;她心里只有彻底的失落的苦涩。

她默默地瞧着他和宁宁。

她暗暗嫉妒宁宁和他的亲情。尽管她已经做了许多努力,宁宁对他的亲情还是远远超过对她的亲情。他是"爸爸",是"第一个"而她不是"第一个"。她满怀着做妈妈的热忱却换不来那两岁的孩子叫她一声"妈"。她没法儿从宁宁的小心灵中驱除徐淑芳。生活太不公平——这使她也常常嫉妒徐淑芳。同时负担着愈来愈沉重的忧虑——归根到底,这对宁宁的命运是笼罩着的阴影。这种状况必须改变!必须在宁宁懂事以前改变。否则,一天天长大了的宁宁,将会意识到自己是一个弃儿。

这愈来愈沉重的忧虑压迫着她!

宁宁压迫着她!

倘它真的不可避免,那过错似乎完全集于她一身了。因为她未能在一个两岁孩子的心目中确立起一位可亲可爱的母亲的形象!

过错将在于我么?我已做了一位母亲该做的一切!

"叫爸爸……"

"爸爸!"

"爸爸好不好?"

"好。"

"叫妈妈……"

"妈妈！"

"妈妈好不好？"

"好。"

"妈妈在哪儿？"

"妈妈在家家。"

"不对，妈妈在那儿呢！"

他指指她。宁宁扭头看看她。

"妈妈在哪儿？"

"妈妈在家家。"

"蠢儿子！妈妈在那儿呢！"

他又指指她，宁宁又扭头看看她，一双大眼睛里全是疑惑。

"叫妈妈！"

宁宁瞪着她。不叫。

"叫啊！"

就是不叫。

她看得出来，丈夫是多么沮丧，多么灰心！

这孩子以大人般的固执捍卫着徐淑芳在自己小小的情感世界中不可动摇和替代的位置。

他沮丧，她更沮丧。他灰心，她更灰心。他们都对宁宁那种孩子的固执无可奈何。

"蠢！叫姨，不对！爸爸教错了，叫妈妈！……妈……妈！……"

"姨妈妈！"宁宁竟这么叫起来，叫得同样爽快。

"姨妈妈，姨妈妈……"

宁宁望着她，不停地叫，仿佛对这一新的叫法兴趣浓厚，也仿佛通过这一新的叫法对她这位虽不是"妈妈"却像妈妈一样照看他、爱护他的女人表示感激。

"姨妈妈好么？"他问。

“姨妈妈好！”

“让姨妈妈抱抱吧？”

“姨妈妈抱！”

宁宁向她伸出了手臂。

姨妈妈……

满腔做母亲的热忱，满腔做母亲的爱心，种种的讨好、种种的努力，换取的是“姨妈妈”！此前宁宁什么都不叫她，只有当困了的时候才主动找她抱。而那表示需要她的语言是——“摸咂咂”。并且将“咂”说成“栽”。使她总感到这孩子所需要的根本不是自己，仅仅是“栽”。

“摸栽栽”……“姨妈妈”……

情感的飞跃么？她与这捡来的儿子之间？

怎么不是呢？

“姨妈妈”毕竟与“妈妈”两个字连在了一起！

姨妈妈……但姨妈妈不就是姨么？丈夫是孩子承认的“爸爸”，徐淑芳是孩子承认的“妈妈”，她自己，则成了“姨妈妈”！则是姨！

乱七八糟！

可宁宁刚才说了“姨妈妈好”啊！

可宁宁正向她伸出手臂要“姨妈妈抱”啊！

她一下从椅子上站起来，扑过去将宁宁紧紧抱在怀里。

“姨妈妈不好，姨妈妈不是好妈妈……”她说。

“姨妈妈好……”小手习惯地欲伸入她的襟怀，可不知如何才能伸入。

她解开了衣扣。

“给你。是你的，是乖宁宁的……”她简直不知怎样感激这捡来的儿子。

“姨妈妈好”——正式裁决啊！道义、责任、天良、品德对她做出的共同的裁决。还有爱的裁决，她是爱他的呀！她对他的爱表现为一种谨小慎微的侍奉,像宫廷乳母侍奉皇太子一样。实际上过分放纵这孩子的倒未见得是丈夫,是她自己。

“你怎么能这样?你继续惯他的坏毛病啊!”他又坐了起来。

宁宁的一只小手霸道地捂住她的一只乳房,在她怀里舒服地依偎着,安适地闭上了眼睛。他是困了,要睡了。

“姨妈妈好”依然意味着是要“摸‘栽栽’”么?

忽然她心内产生巨大的委屈。

她哭了。

“你哭什么啊?……”

他愕异地望着她。

是啊,哭什么呢?说不明白。就不说。

“抹风油精怎么样?”

她缓缓抬起头,含泪瞧着他。不解。

“风油精不是刺激皮肤么?小孩子的手嫩,也许能改掉宁宁的坏毛病……”

“小手一揉眼睛,那还得了?”

她想这办法未免有点恶毒。

“不是往宁宁手上抹。往你……那儿抹……”

间接地往孩子手上抹。就这么点区别。

“不!”她生气地回答,“那还莫如做一个钢丝乳罩!”

他说:“这办法倒也不失为办法。再买把锁,钥匙放我这儿!”

她扑哧噙着泪笑了。

生活在这一时刻,闪烁着顽皮的欢娱。从什么时候,他们之间也开起这类玩笑了呢?这类玩笑也太超出她原先的想象。生活真厉害,它冷漠地改变着人的教养。甚至比这类玩笑更庸俗的玩笑,出自丈夫之口,早已使她司空“听”惯了。不过幸亏夫妻间偶尔还开开这类玩笑,彼此调侃一番。否则弥漫在她内心里那种惶惶的危机感,也许哪一天将会使她忍受不了的。

她研究地注视着他,要从他脸上捕捉到答案——这类玩笑莫非是他对她的一种报答?一种赠与?为的是博她一时开心?

他一脸俗相。

“实不实践在你啊,我是不在乎的。反正钥匙放我这儿……”

“……”

“晚八点开锁,早六点上锁;不买一般的锁,买密码锁。宁宁的坏习惯准能改过来,我的坏习惯也准能改过来……”

“……”

从他那一脸俗相后面,她捕捉到了隐蔽着的烦愁,那才是一个彻头彻尾的真实。真实伪装了,但还是被她那双敏锐的眼睛看穿了。

这类玩笑多开一句,对她也便失去了调侃的效果。

“我的中学语文老师,教我们那一班时,刚从大学毕业,文质彬彬。讲《可爱的中国》,有个男同学故意提问:老师,乳房是什么?你猜他怎么说?他脸红极了,憋了半天才回答——奶库!……”

他自个儿笑起来。

她没笑。

她不明白他今天为什么像只饿狗咬住一根散发着腐臭味儿的骨头一样,咬住一个庸俗的玩笑不肯丢开?

“下课,有几个坏男同学编了顺口溜……”

“别说啦!”她大声叫嚷。

宁宁被惊醒,微微睁开一下眼睛,又闭上了,小手换了一只乳房捂着。

他顿时紧紧抿住双唇。

“你别再用这类玩笑逗我了……我讨厌!”

“是……吗?……”

“是的!是的是的是的!”

“为什么不早声明？”

“你应该自觉！”

她心里为他感到一阵难过，也为自己感到一阵难过。当生活的伪装的顽皮被剥下了外衣，暴露后的那真实就令人觉得有点可怕。而先前夫妻间那许多次类似内容的调侃，如果也算调侃，同时令她觉得十分俗恶了。

他猛地站起来，说：“我上班去！”一把扯下挂在墙上的棉袄，大步往外便走。

“等等。”她叫住他，抱着宁宁走到厨房，从锅台上拿起他天天都要带在身上的匕首，往自己衣服上抹了两下递给他，“我刚才削土豆来……”

他默默接过，站在她面前，不走。

“削土豆……快么？”

“快……”

“往后削土豆用吧！”

他狠狠地将匕首扎在菜墩上。

“你别无缘无故对我发火！”

“我没对你发火！我这算对你发火吗？你也太尊贵了吧？你不就是当过几天记者么？你以为你是谁？你以为你是王族夫人？……”

“你！……”

她走入里屋，又哭了。不敢大声哭，怕哭醒宁宁。

一会儿，他也走入里屋，坐在她身旁。她不理他。

“你今后不必替我担心了。”

“……”

“那两起盗窃案破了。”

“……”

“我的差事到昨天为止了。”

“……”

她立刻停止了哭，扭头看他。

他看着宁宁的小脸儿。

那孩子在睡态中笑……

任何别的原因，都不能使她主动去找徐淑芳。为了这孩子，为了这孩子有一个完整的而不是残缺的家，她毫不顾及自己高傲的自尊。

当她站在徐淑芳面前时，徐淑芳感到多么意外啊！

她们都显得十分拘谨，更拘谨的是她。

"我……我因为宁宁才来找你……"她清清楚楚地记得自己开口说的这第一句话。她至今仍非常后悔多说了一个"才"字，仿佛包含着潜台词，如果不是因为宁宁，她永远不会去找她似的。其实她特别同情徐淑芳。

"你坐吧……"她也清楚地记得，徐淑芳在她面前表现出怎样的矜持。

"不坐了。就说几句话。"

"几句话我也不能让你站着说。"

"宁宁……不叫我妈……"

"……"

"她叫我姨妈妈……姨妈妈……"

"……"

"姨妈妈还是姨啊！"

"……"

"我什么责任什么义务都尽了……我爱他……可他就是不叫我妈……他心里老想着你才是他的妈，想起来就哭闹着要'找妈，找妈''回家，回家'……我真是不知道怎么办好了……"

"……"

"这不行啊！这他渐渐懂事以后，就会猜测到自己的身世啊！……那，那我们对不起他呀！……"

她说着说着哭了,哭得伤心至极。

徐淑芳一直矜持地默默地听她说。见她哭起来,扶她坐下,给她倒了杯水。

她不仅清楚地记得徐淑芳当时的神态,也清楚地记得徐淑芳当时的每一个微小举动。

“这……都怪我……我抚养他的时候,不该教他叫我妈……可我……我更喜欢他,更爱他。不知为什么,我那么爱他。他给我添了不少累,也给我添了不少快乐,不少安慰。我当时真是需要一点儿快乐,一点儿安慰。他叫我妈时,我的心都快化了……”

“我理解……我来找你,不是当面责备……”

“我知道。我也完全理解你……让我们都好好想一想。也许,我的过错只有我自己才能纠正……”

于是她们都不说什么了,都默默地望着对方,都想。

想了很久,徐淑芳这么说:“我有一个办法了。可能不是一个好办法,但试一试吧!”

“什么办法?什么办法?……”她迫不及待地问。

“明天不是星期日么?你抱宁宁到江边去玩,在防洪纪念碑下,我在那儿等你……”

“讲啊!”

“我要怎么做先不告诉你,免得你反对。”

“那……”她满腹狐疑,“那宁宁要是纠缠住你不放,我怎么办?你又怎么办?”

“不会的。”

“会的!”

“不会的。相信我好么?如果我做得有些过分,你可要原谅我……我们都是为了这孩子……”

徐淑芳的话并不能打消她的顾虑,她是怀着失望告辞的。

第二天,按照徐淑芳的话,她抱宁宁到江畔去。远远地,一眼便看到徐淑芳。她为什么也抱着个孩子?这徐淑芳究竟意欲何为?她站住了,她犹豫了,不想抱宁宁走过去了。甚至后悔昨天去找徐淑芳诉说苦衷。

徐淑芳也看到了她,见她站住,向她走来。

还没走近,宁宁发现了“妈妈”。

“妈妈!妈妈!妈妈……”

宁宁一边叫,一边在她怀抱中挣扎。

她不忍心使宁宁着急,将宁宁放在地上。

“妈妈!妈妈!妈妈……”

宁宁一边叫,一边迈着刚刚学会走路的儿童那种一往无前的步子,向“妈妈”扑奔过去。

“宁宁,别跑!别摔倒了呀!……”

宁宁真摔倒了。摔倒在离徐淑芳两三步远的地方。

“妈妈,妈妈……”

宁宁哭了,仰脸儿瞅着徐淑芳,用孩子那种使人怜悯的目光乞求“妈妈”抱起他。

然而“妈妈”漠然地看着他,怀抱的小女孩花枝招展,比宁宁大两岁。

“妈妈,妈妈……”

徐淑芳无动于衷。

你怎么可以这样!

她恨恨地想,赶快跑过去抱起宁宁。

“妈来了,妈来了,让妈看看乖儿子摔破了哪儿没有?……”

并没有摔破哪儿。

徐淑芳冷若冰霜,仍无动于衷。

“妈妈,妈妈……”

在她怀抱中的宁宁,向徐淑芳伸出两只小手,小脸蛋儿挂着泪珠。

徐淑芳打了宁宁的小手一下,板脸说:“你乱叫什么?我不是你的妈妈！我是贞贞的妈妈！”说完在那花枝招展的小女孩脸蛋上亲了一下。

“贞贞，叫妈妈。”

“妈妈！”声音很甜。

“再叫一声。”

“妈妈！”

“亲妈妈一下。”

小女孩便在徐淑芳脸上亲了一下。

“好贞贞！贞贞才是妈妈的心肝小宝贝呢！”

徐淑芳在小女孩儿脸蛋上亲了一下。

宁宁迷惑地茫然地望着徐淑芳。

徐淑芳对宁宁则根本不屑一顾，对抱在自己怀中的小女孩继续表现出令任何一个孩子都会嫉妒的亲爱。

宁宁忽然哇地放声大哭。

徐淑芳全然不理，抱着她的“心肝儿小宝贝”往前走了。

想不到你这样做！这冷酷无情！这愚蠢透顶！如此虐待一个孩子的心灵，太过分了！太荒唐了！

她被宁宁的放声大哭搅得自己也想哭，她感到自己被同时严重地伤害了。

“噢，乖孩子，别哭，别哭，你也是妈妈的心肝儿小宝贝……”她不停地抚慰着宁宁，一种她都从未体验过的母爱之情，像九月的热风在她心怀中激荡。那一时刻，她才仿佛真正理解了“母亲”两个字包含着些什么内容。

如果徐淑芳将那小女孩举上天空，举到哪一朵云上，她一定会将自己的宁宁也举上天空，举到一朵更高更高的云上！

宁宁却仍在哭。

她抱着宁宁快步赶上了徐淑芳。

“你站住。”

徐淑芳站住了。

“你觉得你自己很聪明是不是？”

“我从来没有觉得自己聪明过。”

宁宁望着徐淑芳哭。

“看来是我将你估计过高了！”她生气了。

“别无他法！”徐淑芳似乎也有些生气了。

“但是你没权利伤害我儿子的心灵！”她叫嚷起来。

“该伤害一下的时候，就得伤害一下。”徐淑芳异常镇定。

她们唇枪舌剑，使抱在她们各自怀中的两个孩子也彼此瞪视起来。

几个闲逛的游人在她们周围站下了，期待看场热闹。

那小女孩用一只胳膊搂住了徐淑芳的脖子。

宁宁也用一只胳膊搂住了她的脖子。她觉得宁宁是更紧地偎在自己怀中了。

“我不会因为宁宁去找你第二次的。再见！”她冷冷地说，抱着宁宁怫然而去。

“回家，回家……”宁宁喃喃着。

“好孩子，回家。咱们回家……”她自言自语，亦将宁宁抱得更紧。

“你等等！”

徐淑芳在背后高声一喝。

她站住了，缓缓转过身。

徐淑芳抱着那个小女孩走向她。小女孩的一只手臂仍搂着徐淑芳的脖颈。

那几个闲逛的游人也跟随而来，又围住了她们。

“哥儿几个快过来！这儿有戏！……”随着一阵刺耳的滑轮声，一个穿旱冰鞋的青年首当其冲滑将过来，在她和徐淑芳之间斜身穿过，露了一招漂亮的急停骤转。倘若真是在冰场上，冰刀铲起的冰屑定会溅她一身。

顷刻又有几个穿旱冰鞋的青年滑了过来。他们肆无忌惮地冲撞着那些包围着她们的人，占领最佳的观看角度，一溜儿排成弧形，个个抱着膀子专等“戏”开场。他们的脚却不安分，旱冰鞋轮子在水泥地上哗哗响，似乎在为即将开场的好“戏”伴奏。

这众多人的围观，使宁宁更加不安，在她怀里扭转身，改用双手紧紧搂抱住她的脖颈，望向江桥那方，又喃喃着：“回家，回家……”

“吴茵，你不能抱宁宁回家。”徐淑芳平静地说，带有劝告的意味，仍那么镇定。仿佛围观的人全不是人。见她不回答，又说：“我是这女孩儿的妈妈，你是宁宁的妈妈。这是我们今天要共同完成的任务。没有你我单独完不成这个任务，没有我你单独也完不成这个任务。你别以为我在随心所欲扮演一个荒唐的角色。你得为宁宁想一想！”

她终于理智了。也终于明白了几分徐淑芳的良苦用心。尽管她仍很怀疑两个大人如此这般“勾结”起来用计谋对付一个两岁的孩子是否道德，是否能像她们所希望的那样达到目的，但也只好抱着侥幸心理尝试了。

她犹豫了一阵，说：“好吧，我听你的。”

徐淑芳微微苦笑了：“那我们今天就跟两个孩子痛痛快快玩一天吧！你可要处处证明你是一个比我更爱自己孩子的妈妈。”

她也不禁微微苦笑了。

“嘿，怎么又笑了！”

“这不是成心逗人玩么！哥儿几个哎，干脆撤了吧，没戏看啦！”

溜旱冰的青年们，齐发一声哄，哗哗地溜走了。

徐淑芳说：“我们到那边去照几张相吧！”

她点了点头。

于是她们一同向前走去。

几个围观者心有不甘地跟随在她们身后，徐淑芳转身大声对他们说：“你们别太不知趣了，这有什么意思！”

他们才不再跟随,都有几分扫兴的样子。

她们玩得还真算挺愉快。徐淑芳抱着“她的”贞贞照了一张相,她抱着自己的宁宁照了一张相。随后她们在长椅上坐下,让俩孩子自己玩。贞贞像一位小姐姐,宁宁被她哄着玩得怪高兴的。

“你从哪儿抱来这么一个小姑娘?”她眼瞧着贞贞问徐淑芳,也有几分暗暗喜爱活泼的贞贞。

女孩儿天生是男孩儿的伙伴,贞贞和宁宁围着长椅捉迷藏。

“借的。”徐淑芳坦率地回答。

“借的?”

“是呀。借邻居家的。自从宁宁离开了我之后,每天心里总觉得空落落的。想宁宁想急了的时候,就到邻居家逗这女孩玩一阵。贞贞跟我混得可熟呢,要不她父母哪能允许我带她出来玩呢!”

她脸上不禁显出了内疚。

徐淑芳看她一眼,笑笑,低声说:“我现在不那么想宁宁了。”目光却盯着宁宁。

“你骗我。”

徐淑芳沉吟良久,低下头,承认道:“是的……”复抬起头,望着江北遥远的某处,有些歉意地问:“你不介意我说心里话吧?”

她摇了摇头,想表示理解,可找不到适当的话,不知该回答什么。

宁宁和贞贞玩得快乐极了,不时嘎嘎笑。到底是一个才两岁多点的孩子,玩得高兴就完全忘了妈不妈的。可怜的宁宁,你又怎能知道两个女人“勾结”起来正设下计谋对付你呢?如果你将来知道了自己的身世,并且也知道了这一天我们两个女人是怎样合谋对付你的,你会作何想法呢?会感激我们呢?还是会咒骂我们呢?无论感激还是咒骂,只能由你了!只要你成为一个刚强的男人,一个正直的男人!不……不能让你知道你是一个弃儿!那对你太不公平了!……

“你在想什么?”

徐淑芳碰碰她的手。

“没想什么。”

“可你分明是在想什么。”

“真没想什么。”她掩饰地问,“贞贞也算是我们的同谋吗?”

徐淑芳又苦笑起来:“也算,也不算。我只是嘱咐她听我的话,我要她叫我‘妈妈’时,她得甜甜地叫。她表现不错,是不是?”

徐淑芳每苦笑一次,她的内疚便增加一重,尽管她自己的每次笑,也总是苦的。

“是表演不错!”她纠正道,努力用诙谐使谈话轻松。

徐淑芳又碰碰她的手,低声问:“你不至于觉得宁宁是种负担吧?”

“你怎么会这样以为?”她惊愕了。

“别生气,今后你要为宁宁操的心多着呢!”

“可我是他的母亲呀!”

徐淑芳不再说什么,轻轻握住了她的手。

她们都瞧着宁宁,徐淑芳分明也开始想什么了。

她说:“贞贞真是你的女儿就好了。”

徐淑芳无声地叹了口气:“真想有个孩子。男孩儿女孩儿都行。”

“贞贞要是你的女儿,将来就嫁给我的宁宁,那多好!”

“是啊,那多好。可是谁知道他们能不能相爱呢!”

“我们替他们做主呀!”

“那不成包办婚姻了?”

她们都笑了起来。只有这一次笑得都不苦。

后来,徐淑芳说:“我去给贞贞买冰淇淋。”

她说:“也给宁宁买一只。”

徐淑芳说:“应该你自己给宁宁买。”

她说:“咱俩一块儿去买。”

徐淑芳说:“你错了。应该等我买回来,给了贞贞,贞贞吃着,宁宁看着，你再去买。"

她明白了徐淑芳的用意，就坐在长椅上等。

一会儿徐淑芳买回来了，对贞贞说："贞贞，先别玩了，过来吃冰淇淋。"

贞贞就停止了跟宁宁玩耍，跑到"妈妈"跟前去接过冰淇淋吃起来。

宁宁馋涎欲滴地在一旁看着。

"贞贞，好吃么？"

"好吃。"

"谁给买的？"

贞贞聪明地回答："妈妈买的。"

真是一个理想的合谋者！一个骗局的小小参与者。

宁宁看了贞贞一阵，又看着徐淑芳。徐淑芳却不理睬宁宁。宁宁看了徐淑芳一阵，又看着她。

她柔声说："宁宁，过来，到妈妈这儿来。"

宁宁便向她走来。

她抱起宁宁，问："宁宁，你也想吃冰淇淋么？"

宁宁说："想吃。"

她说："那妈妈抱你去买。"

她就抱着宁宁去买了一只冰淇淋。

她和徐淑芳并坐在长椅上。她怀抱着宁宁，徐淑芳怀抱着贞贞。

她内心里暗暗感到一种无法形容的喜悦。

徐淑芳悄声问："你带的钱多么？"

她说："两三块钱呢，够花的！"

徐淑芳说："两三块可不够。一会儿还有你买的呢！我为贞贞花钱的时候，你也得为宁宁花钱。咱俩今天就比着做宠爱孩子的母亲吧！"说罢，掏出钱包，抽出拾元钱，塞在她手中。

她发窘地说："那算你借给我的。"

徐淑芳正色道:“你若还我就等于侮辱我。”

你真好。她想。歉意地笑了。

“你笑什么?”

她脱口而出地说:“我喜欢你。我们认干姐妹吧!”

徐淑芳也笑了,温和地说:“我也喜欢你。我比你大,当然是姐姐了。”

宁宁和贞贞吃完冰淇淋,在徐淑芳的提议下,她们抱着两个孩子过了一次江桥。

自从一九八〇年初那个夜晚,她和王志松一起踏上过一次江桥之后,她再也没有踏上过江桥……

那个夜晚真冷。那个夜晚月亮又圆又大。那个夜晚月亮也被冻得惨白……

宁宁从没置身于江桥那么高处,望着滔滔江水显出了惊奇和害怕的样子,双臂紧紧搂抱住她脖子,服服帖帖地偎在她怀抱中一动也不敢动。

她说:“宁宁,别怕。妈妈抱着你呢,你不会掉下去的!”

她心中充满了母亲的柔情。

下了江桥,她们又抱着两个孩子乘公共汽车去到动物园,各自买了一个塑料袋儿,蹲在小河边,用各自的手绢为两个孩子捞蝌蚪,各自都捞了几十只大大小小的蝌蚪。看到两个孩子非常喜爱小蝌蚪,她们捞得很起劲儿。忽然管理员走来呵斥,还要罚款,她们面红耳赤地将蝌蚪放入河中。

宁宁和贞贞大为沮丧,几乎哭了。

于是徐淑芳提议去给孩子们买金鱼。徐淑芳给贞贞买了五条小金鱼,她也给宁宁买了五条小金鱼,装在塑料袋里。

她们又分别抱起宁宁和贞贞去乘木马……

中午在一家小饭馆美美地吃了一顿……

逛商店的时候,徐淑芳给贞贞买了一个布娃娃,她给宁宁买了一把激光手枪。

她处处显出是比徐淑芳更肯满足孩子愿望的母亲的样子。在这一场“戏”中她恨不得一下子就将宁宁对她的感性认识推向理性认识的飞跃阶段,徐淑芳时时提醒她勿操之过急。

后来两个孩子困了,在她们怀中睡着了。

她们也累了,坐在向阳的长椅上休息。

徐淑芳见宁宁的一只小手伸入她衣襟里,对她苦笑。

她也无可奈何地苦笑。

徐淑芳说:“宁宁在我那儿第一次这样时,我脸都红了。”

她说:“我也是。”

徐淑芳说:“不是自己的孩子,最初总有点儿觉得别扭。”

她说:“像一只陌生男人的手。”

“我以为你改正了宁宁这个坏习惯呢!”

“我想不出好办法啊。”

“这个坏习惯可不是我给宁宁养成的。”

“我知道不是你,是志松他母亲。”

“他母亲在世时,你见过么?”

“见过。”

“瞧我问的,你怎么能没见过呢!上中学的时候,你经常到他家去玩,是不?”

“是的。那么多女同学迷上了他这个冰球队长,我也迷上了。想想那时候我自己迷他迷得真可怜。”

“告诉我真话,你后悔过没有?”

“后悔什么?”

“后悔十一年中心里始终只爱他一个人,包括和他结婚。”

“不。我永远不后悔,我永远感激他;他改变了我的命运。但我常常感到生活得很累……”

“不累的生活不太可能属于我们。”

“你后悔过没有？”

“我？……”

“你后悔过爱上郭……没有？”

“没有。谁也不能保证自己爱的人不遭不幸。是爱，就不后悔，也不忏悔。”

“他好么？”

“他好。”

“他好你也得忘记他。你不要被他统治着你的心、你的情感，你得忘记他，他死了。女人不应该把感情奉献给一个死去的男人，无论他是多好的男人。就这么回事儿！男人活着的时候，我们可以全心全意爱他们。他们死了以后，我们应该尽快地忘记他们。这个道理简单而明白，也肯定是每一个男人都乐于接受的！根本上就应该这么回事儿！……”

徐淑芳没有马上回答什么，似乎在认真地思考着她的话。

忽然远处响起了沉闷的雷声，早春的第一阵雷。她们不经意间，天阴了。

徐淑芳说：“要下雨了。”

她仰脸看着天，真是要下雨了。

徐淑芳又说：“那我们分手吧，都赶快回家，别让孩子们淋着！”

“分手吧。”

她们对视片刻，同时转身，各奔东西。

她那番坦率的话没有得到徐淑芳的回答，心里颇有些不安，唯恐徐淑芳会将她视为一个缺少真实感情的女人。而她深知自己并不是那样的女人，也不认为自己的话有什么不对。

“吴茵！……”

听到徐淑芳叫她，她立刻转过身去。

徐淑芳已走出了很远，对她喊：“今天是预演，下个星期天，我们就在这张长椅见，怎么样？”

她也喊:“行!你还要抱着贞贞来!”

“你得满怀信心!”

“有你配合,我不动摇!”

……

她和宁宁还是被雨淋着了。

五条小金鱼连同塑料袋掉在人行道上。她抱着宁宁蹲下身去捡。一个男人匆匆奔跑而过,一脚踩在塑料袋上,五条小金鱼被踩死了三条。活着的两条在方砖人行道上蹦,她单手抓了几次没抓起来,眼睁睁瞧着大雨将它们冲入了下水道……

回到家里,王志松严厉地问:“你抱着宁宁到哪儿去了?”

她说:“玩去了。”

他恼怒地训斥:“这是过的什么日子?你还有心思玩!”

他却没有想到应该撑把伞在街口迎迎她,这些方面是他结婚后再也没有想到过的。

她一句也没解释,有意对他隐瞒实情。她想宁宁开始叫她妈妈了,她要让他获得意外的喜悦。

第二天宁宁却发烧了,接连三天不退。

三天内他无休无止地谴责她。她默默听着。

“都怨你!你出的好主意!……”她在电话里对徐淑芳发脾气,她太感到委屈了,她心里的委屈总得对谁宣泄宣泄啊!

“我的罪过,是我的罪过。吴茵,我真觉得对不起你!你可要好好照看宁宁啊!宁宁的高烧如果还不退,你一定要再打电话告诉我呀!你听见了么?你就对他把责任都推在我身上吧,完全是我的罪过……”徐淑芳认罪不已。

幸而宁宁的高烧隔日渐退了。

“喂,淑芳,宁宁的高烧退了!……”她又给徐淑芳打了一次电话。她不难想象到徐淑芳会处在怎样的一种不安状态之中。

“……”

徐淑芳却没有立刻说话。

她大声对着话筒重复:“宁、宁、的、高、烧、退了！听清了吗？”

许久,话筒中才传来徐淑芳的声音:“听清了……”声音很小很小。

“你为什么用这么小的声音说话呀？”

“……”

“我还要告诉你,宁宁,他叫我妈妈啦！……”

由于激动,她握着话筒的手直抖。

“……”

“今天早晨,他醒来的时候,我正俯身瞧着他的小脸儿。他那双大眼睛也定定地瞧着我。我和他就那么互相瞧了很久……后来,他的小嘴儿动了一下,说出了一个‘妈’字！我以为我听错了,急忙问他:‘宁宁,你说什么？再说一遍！’他那双大眼睛仍然那么定定地瞧着我,我以为我真听错了,转身去拿桌上的药。就当我刚刚转过身的时候,他又说:‘妈妈抱……’清清楚楚的三个字！我一下子就把他抱了起来……喂,喂,我的话你全听见没有啊？……”

“……”

“喂,喂,徐……”

“全听见了……”

“你……你哭了？……”

“没……”

话筒中传来抑制着然而无法抑制的哭声。

她不知再说什么好,握着话筒发愣。

“徐淑芳……谢……”她也情不自禁地哭了……

当天徐淑芳又给她打来电话,试探地问:“下个星期日我们还见面么？”

她回答:“那当然！”

但是下个星期日徐淑芳却没有带着贞贞。

她问:"怎么不带着贞贞来?贞贞配合得很好呀!"

徐淑芳说:"借不出来了。她爸爸妈妈要带她到姥姥家,不好意思再开口借了。"

她们都叹息了一阵。

看来她们都不是那类善于作戏的女人。失去了贞贞恰到好处的配合,她们在宁宁面前一时都不能胜任愉快地进入角色。当宁宁用他那双单纯而明亮的眼睛瞧着她们时,她们都不免有点儿感到羞耻,也都有点感到难过。她们是太作践这孩子的小心灵了,他才两岁多呀,却不得不对真伪进行判断!却不得不对两个大人进行感情上的重新认识重新估价重新选择!多么愚蠢多么荒唐多么冷酷的计谋!然而她们都想不出更好的办法,她们心理上都负担着不轻的罪过感。

"今天还得你是主角。"

"不,今天你是主角。你要记住,我不是宁宁的妈妈,你是。我根本不喜欢宁宁,你喜欢。你今天仍要处处表现对他的爱。我呢,仍要无动于衷冷眼旁观就是了……"

她说这些话时,眼睛冷漠地盯着宁宁。宁宁已经有些怕她那种目光了,宁宁躲避着她的目光。

那一天很明媚,公园里有很多人。她们玩得却并不开心,宁宁也不怎么开心。她始终抱着宁宁,徐淑芳跟着她走。她抱累了,说:"宁宁,让阿姨抱一会儿吧?"

宁宁就在她怀中扭转身,搂住她脖子,生怕她硬将他塞到徐淑芳怀里。

那一天她给宁宁买了许多小玩具。

而宁宁每一次指着什么玩具嚷着说:"要,要……"的时候,徐淑芳便呵斥:"什么都想要!不许要!"

徐淑芳买了一枚香币,分手时,将香币放入她兜里,说:"我只能推断出宁宁是属羊的,但不知道他的生日究竟是哪一天。就当他的生日是四月二十六日吧!这是一枚生日纪念香币,宁宁长到三岁时,你送给他吧!”

她攥住徐淑芳的手,说:“徐淑芳,真难为死你了!”

徐淑芳微微一笑,抽回手,说:“生活中,谁也免不了为难谁几次。”

她对宁宁说:“宁宁,跟阿姨再见啊!”

宁宁是会说“阿姨再见”的,却不肯说,朝别处望。

徐淑芳注视着她说:“吴茵你再也别跟宁宁提起我了。等你在宁宁心中的妈妈地位巩固了,能让我做他的姨妈妈,我就非常非常知足了!”

她点了点头。那一时刻,她又想哭。

徐淑芳向宁宁伸出只手,似乎要抚爱宁宁一下,却没有,猛转身走了。

那枚生日纪念币散发着一股檀香……

她明白徐淑芳为什么希望四月二十六日是宁宁的生日——这一天是她和王志松结婚的日子……

宁宁啊,你什么都不知道!

也许有一天妈妈会让你知道这一切……也许妈妈永远不会让你知道这一切……

到了那孩子三岁生日那一天,她为他拍了纪念照,为他买了一个小型的生日蛋糕,将那枚香币郑郑重重地送给了他,要他记住那一天是他的生日……

可是到了晚上睡觉的时候,她在他屁股上狠狠揍了几巴掌。她第一次打他,她是真生气了。因为他趁她不注意,从床上爬到桌上去,将热水瓶碰到了地上摔得粉碎,幸亏他自己没被刚灌入的开水烫着。

他当然哭了。

她不理他,任他哭。

后来他可怜巴巴地缩在床角说:“妈妈,我再也不敢了……”

她终于心软,将他抱了起来……

从那一天起,她才觉得自己真正是他的母亲了,他真正是她的儿子了。因为她在他淘气的时候已有权教训他了,而他并不恨她,甚至也不怕她,只是寻求挨打后的爱抚……

在这一个夜晚。在一九八六年夏天的这一个夜晚,他们的儿子睡了。他们的彩色电视里进行着"家庭智力百秒竞赛"。

"喂,剪刀呢?"他问,头也不回。他正坐在桌前剪贴报纸,仿佛是一位对工作极端认真的资料收集员。

没有一种生活不是残缺不全的——这句话是从哪本书中读到的?她努力回想着,回想不起来。是真理么?当然是。以她的感受,她这么认为。

"没听见啊,我问你剪刀在哪儿?"

他抬头望着她。

她也望着他。

他们面对镜子。他们从镜子里望着对方。

"你……冷笑什么?……"

我冷笑?……是啊,我冷笑什么呢?

她注视着镜子里的自己,一种讥嘲的冷笑使她那张祈祷着什么似的脸变得相当生动。她自己给自己留下了极深刻的印象。

如今宁宁六岁多了。

有一天,她异常严肃地对儿子说:"宁宁,你不久便该上学了,是一个小学生了。小学生还摸'咂咂'的话,羞耻不羞耻啊?"

儿子忽然懂事了许多似的,向她保证道:"妈妈,我再也不了!"

"你能做到?"

"能!我要睡觉的时候,就把两只手都压在枕头底下!"

从那一天的晚上起,儿子开始伏着睡。

如今儿子已改掉了“摸咂咂”的坏习惯,并且不必将两只手都压在枕头底下伏着睡了。

如今他们已住进了两室一厅三十九平方米的单元楼房,是铁路局分给他的;他又回到了铁路局。人家对他说的话,和报社对她说的话内容差不多。他没有像她一样回答“考虑考虑”,所以他的结果就很好。足见男人永远比女人识时务,所以男人们大抵总有些机会成为“俊杰”。他有了文凭,由工人而转干。他入了党,由工会而调到了局党委当秘书。他当了局党委秘书,所以他分到了一套一般像他这种年龄的人在任何一个单位也难以分到的好住房。一切合情合理。在这一合情合理的背后,还有些什么不太合情合理的事进行过,她一概不得而知。他对自己的事守口如瓶,从不告诉她。

如今他们的电视机也换成二十吋彩色的了,而且是“日立”。它不是每一个想买的人都能买得到的。

如今他是个踌躇志满春风得意之人了。主要倒不是因为有了文凭,入了党,当了秘书,是因为他打入了一个小圈子,一个纯粹的文学圈子。而那个圈子其实并不小,有能挣点稿费的人,却没有一位可敬的作家或诗人。那个“纯粹的文学圈子”里的人,聚在一起常常谈论或商议的并非文学方面的事,纯粹是与文学无关的事。比如怎样为了圈子内的人扬名显姓官运亨通公开吹捧暗中鼓噪四面串联八方活动。以小圈子的利益和小圈子中的每一个人将来的利益能否兑现作为前提,这也许正是八十年代互相帮助的精神?为这个小圈子,他付出了些什么?还将付出些什么?获得了些什么?还将获得些什么?她则不清楚了。在这方面,他对她一向“无可奉告”,她也一向无心过问。但有一件事她是清楚的,那就是他的入党,这个小圈子是起了相当重要的作用的。圈子里的几个核心人物或曰头面人物,移尊屈趾,聚集在他们原先的家里,吸烟饮茶之间,细致分析,严密策划,统一部署,分头落实。那时他在他们之间显得多么受宠若惊、多么局促多么自卑啊!

“如此看来,支部通过这第一关似乎没什么问题了吧?”他们中的一个自信地说,随后扭头问一个:“你看呢?”

“七票中四票可以担保举手,我看也没问题。”另一个肯定地说。

“正副书记的态度很关键。张凤鸣是正书记还是副书记?”第三个深谋远虑地问他。

“正书记。”他慌忙地回答:“可张书记对我印象一般,我跟他顶过一次嘴……”

深谋远虑者淡然一笑:“没什么。那正书记这一票我包了!他儿子是咱们圈儿内人。副书记谁?”

“郝大钧……大小的大,千钧一发的钧……”

“你们谁认识这个姓郝的?三哥,你没调到公安局之前,不是在车辆段么?认识不?”

“郝大钧?不认识。我在的时候,段里的党支部副书记不姓郝哇!……”

“不管认识不认识,这个郝大钧交给你办了!你不是在车辆段党内党外仍有一帮弟兄么?”

“有是有,不常往来了。临时抱佛脚,有点……”

“有点什么?……”第一个说话的插言了,“你要换煤气,那专管换煤气罐的也是佛!不临时抱还天天抱着?是佛的多了,你抱得过来么?入党又不是每个月入一次的事儿,抱一回就得了呗!”

“我尽力而为!”

“尽力而为是什么话!”深谋远虑者不满了,“你要抱定他的佛脚不放松。你要将他拿下!你拿下了姓郝的,志松的党票就笃定到手了!”

“好吧!姓郝的包给我了!”

“这还像句痛快话!”

“局里那一关,要不要也开展一下攻势?”

“支部通过了,局党委无非履行审批程序罢了。局党委书记是我大学同学的老岳父,有我大学同学的面子,会给照应着的……”

深谋远虑者又开口道:“现在不是号召各单位进行革命传统教育么？志松你父亲不是在‘文革’中因一次列车的安全牺牲的么？不是铁路局的烈士么？你写一篇怀念你父亲的小文章,我给你润色,我给你拿去发表。你父亲是党员不？”

“是……”

他当时对那几位圈子里的人何等诚惶诚恐何等感激啊！他那种自卑而感激的样子当时令她觉得多么害臊啊！

“好极了！‘七一’快到了,争取‘七一’见报！一位烈士、党员、老工人的儿子,在党的生日,缅怀父亲,向党表白真诚的热爱之心,报社要组到这样的文章如今还不太容易呢！这叫舆论先行！”

他们看出了她有反感情绪,深谋远虑的那一位严肃之至地对她说:“志松应该入党,这是我们经过研究才做出的决定。所以我们要成全他。他具备了某些可以入党的条件,为什么不入？不入党他就转不了干,就永远没有提拔到某一级领导岗位上去的可能。就一辈子是个工人！我们这些人中,需要有当官的！需要有掌实权的！”

可以这么认为,他还不是党员之前,实际已经在组织上入了党。批准他的是那个圈子的核心者们,尽管他们都不是党员。他们另有他们的标准,他们另有他们的原则;信仰与否并不重要。

这个圈子的基本成员充其量四五十人,核心者也就那么七八个。但它像孙悟空的如意金箍棒。倘说小,则可能小到那么七八个核心者中仍有核心,甚至仍有核心的核心的核心。倘说大,则圈子外仍有圈子,甚至仍有圈外圈子的圈子。这是一种积木式的隐形的社会结构。他们之间,彼此了解的,你手指肚上有几个“斗”,他头顶有几个“旋儿”,详知难诈。他们之间互不认识的,即或在一个工作单位一个工作部门,也许过从极少。它的结构特点是“寻常看不见,偶尔露峥嵘”。

煤气罐弄不到？你来找我,我去找他;他找张三,张三找李四……圈儿套圈儿地找,准能找到煤气公司的某一个人的头上,甚至可能找到煤气公司经理头上。煤气罐给你弄到了。你不是圈儿内的？那你烧蜂窝煤烧到二〇〇〇年再说吧！

我考驾驶执照没考下来，该轮到我去找你了，该轮到你去找他了。不就是驾驶执照没考下来么？不就是这么一件事儿么？圈儿套圈儿地找，准能找到交警大队的某一个人的头上，甚至可能就是交警大队队长头上。活动活动，花点钱，请一桌，驾驶执照给你弄到了。包公爷管着呐？那也给你弄到了！你不是圈儿内的？考不下来是你没本事。活该！

他小舅子栽进"局子"了，该轮到他来找咱俩了。咱俩只好分头去找了。什么案？溜门撬锁？不就是溜门撬锁么？有前科没有？没有前科？没有前科不必发愁！有前科？有前科也不必发愁！圈儿套圈儿地找呗！办案的执法如山？又不是杀人放火抢劫银行盗窃国库的大案要案，执法如山也得给点人情、网开一面啊！回家等信儿吧，当场释放有点那个，半月内保证那位小舅子自由自在地逛马路……

如此这般些个等闲之事，不劳圈子的核心者们烦神，圈儿里圈儿外的圈儿兄圈儿弟圈儿朋圈儿友们串联起来，疏通疏通各方面关节就"安排"了。

这种圈子像儿童积木，单摆浮搁，每一块都是不太起眼的涂了花花绿绿的颜色绘了各种图案的木块而已；组合了则变化无穷花样层出。又像一台机械，一旦因某一件事运转起来，发挥着难以想象的性能。

王志松最初是怀着自哀自怜的屈辱心理挤入这样一个圈子的。他始终难忘曾当过冰球队长的荣耀。它在他头脑中遗留下仿佛显赫一时的旧梦的幻影，它奇异。对它的回味愉快而妙不可言。他靠回味它度过了多次精神危机。如同熊靠舔熊掌度过漫长的蜷缩的冬季。然而人在艰难时日终究不能靠回味旧梦轻松潇洒地生活下去。这种回味也终究不能持久地支撑在现实中苟且着的精神。中学时代的他并非智商优越者。在课堂上获得不到的东西，他以十倍的热情百倍的勇猛在冰球场上获得。他是冰球场上的一头雄狮，是"冰球场上的斯巴达克斯"。这样的溢美之词不仅出于向他取悦的女同学之口,也出于崇敬他的男同学之口,包括他的冰球队员们。当年在冰球场上,他体验自我中心横冲直撞任意驰骋难以阻挡的快感,他从发号施令支配别人挫败别人之中,尽情享受强者的自信、自豪、骄傲和满足。那种快感,那种享受,那种体验,使他回味旧梦时感到吸大麻般的似乎甜滋滋的通体舒坦。从他返城那一天起,一种发誓要征服城市征服生活的勃勃雄心,便在艰难时日中被压抑着挣扎着,好比铁笼中的一头猛兽狂躁地期待着破笼而出的机会。他将城市和生活视为冰球场,幻想着像当年那样仍成为精神不垮的"斯巴达克斯"。

然而他错了。城市告诉他,他不过是一只小小的蝼蚁,它是泰山也似的巨人。他单枪匹马使尽浑身解数攀爬,也不过只配在它的脚趾缝间蠕动。生活却愈来愈向他显示出类乎冰球场上激烈交锋拼搏争夺一个小小橡胶扁球般的真实。区别在于冰球场上喝五吆六呐喊阵阵,生活的表面却是平静的、庸常的、文明的、温和的;生活含蓄地暗示他,他不再是生活这个大冰球场上的进攻型队员了,更不再是什么队长了。一旦明白了这一点,精神不垮的"斯巴达克斯"的精神面临彻底崩溃的边缘。他性格中刚愎的一面迅速向反面发展,变得暴躁、冷漠、嫉妒。

他卖了当年的冰球服,烧了当年的冰球拍。

他劳智衰神,脱发盈把,瘦得形销骨立终于考上了电大。可因为他是熟练工人,单位领导不同意他读电大。

在这种情况下,有人将他引荐到了那个圈子中。那个圈子仅仅是出于对他的怜悯,发了一点儿小小的慈悲,一次三分钟不到的电话的作用,他梦寐以求的愿望便实现了。他对那个圈子千恩万谢,当了它的一个小奴婢,为它效过几次不足论道的劳务。

电大毕业了,可他的文凭丝毫也没受到什么重视。仍是一个整天穿着油污工作服的工人。他又不得不低三下四去求助于那个圈子。他已然为它效劳过了,它便又一次成全了他。无非是人情过人情的事儿,他由工人而转干，调到了工会，又由工会调到党委当秘书，依靠的仍是这个圈子的周旋。他很需要它这样的圈子，他因依附于它而对自己对生活重新张扬起了勃勃雄心。他的雄心亦是它的雄心。他的精神亦补充着它的精神。他的雄心受到它的怂恿。他的精神受到它的鼓励。他与它结下了“生死结”。它从此将他庇护在自己的羽翼下。为的是他有朝一日能展开羽翼庇护它。它在某种意义上是八十年代的中国的“黑手党”——文明“青红帮”。而他幻想着将来成为中国的“教父”。他很欣赏《教父》。这本书是吴茵买的，但吴茵还一直没有从头至尾翻阅过，而他已详读三遍了。“教父”是人间的上帝，他暗暗发誓总有一天在那个圈子里要做主宰人而不被人主宰的“上帝”。雄心嬗变为野心，他将这种野心深深地埋藏在心里。最初的屈辱感被克服了，取代的是幸运儿的踌躇满志。他与那个圈子进行赌博，赌注是他自己。

那天，圈子里的核心人物为他入党之事谋划周密告辞后，他和吴茵有了下面一场对话：

“你是出于信仰的么？”

他沉默不答，吸着了他们吸剩的最后一支烟。

她看得出来，她的话激起了他的恼怒。然而她固执地瞪着他，以目光逼迫他回答。

他沉默着，沉默着，突然将脸转向她，冷冷地说：

“如今我只信仰我自己！”

“你非入党不可？”

“非入党不可！”

“为了什么？”

“为了一切！”

“这么入党你不觉得可耻么？”

“当然可耻！”

“你甘愿可耻？”

“甘愿可耻！”

“没有别的选择？”

“没有别的选择！”

“不入又怎么样？”

“不入一切都是梦！”

“一切什么？”

“一切的一切！”

“你父亲如果活着会怎么想？”

她看了一眼悬挂在墙壁正中的他父亲的放大了的遗像。

“活人不考虑死人怎么想。”

他也看了一眼他父亲的遗像。

他的每一句回答，都使她感到屋里的温度一度一度下降。而他最后那句话，使她周身发寒。

她注视他良久，摇头道：“我觉得，你总是处在一种紧张状态之中。”开始怜悯他了。

不料他猛地站起来叫喊：“是的！是的！我全身都处在一种紧张状态之中！每天都处在一种紧张状态之中！冰球场！一个大冰球场！人人都在犯规！犯规也算合理冲撞！谁是裁判？谁？没有裁判！没有！没有！……”

他两眼闪烁着荒原上孤独的公狼那种凶恶而饥渴的目光。

那一时刻，他使她感到可怕。可怕的感觉比他本人更加可怕。它像瘆人的活物，从此以后经常骚扰她的心，经常在她心里造成某种不具体的忐忑，它吞吃她对他的感情。它仿佛很小很小，寄生在她的灵魂之中。又仿佛随时会从她的灵魂之中蠕动出来，变得庞大而无形无状，霸占了他们的家的几乎全部空间，将她和他逼迫在斜对的两个角落，不但吞吃她对他的感情，还吞吃他们生命的一切营养。并且如同巨蟹似的，吐出一堆堆黏的泡沫，胶住他们，埋葬着他们……

“剪刀！……”

“在抽屉里。”

他拉开了一个抽屉:“没有！……”

“第二个抽屉。”

他拉开了第二个抽屉:“没有！……”

“第三个抽屉。”

他拉开了第三个抽屉:“也没有！……”

“那就是不在抽屉里。”

“废话！”

“是废话。”

她脸上那种讥讽的冷笑更明显了。

“但是你应该知道在哪儿,我现在要用！”

“但是我为什么应该知道在哪儿？”

她的回答使他万分惊讶。不,简直可以说是有些震惊。他终于转过身看她,像看中午的太阳,眯起眼睛看。

她迎视着他的目光,也眯起眼睛。

睡在小床上的儿子翻了个身。

电视里,仪态端庄举止大方的女主持人正在发奖,典雅地微笑着将一个扁方的盒子捧送给一个四十多岁的矮小男人,那矮小的男人意识到自己此刻定是摄像机对准着的目标,尽量挺直身体,力所不能及地做男子汉状,满脸的矜持满脸的洋洋得意。

那漂亮盒子里装的什么呢？……

没有一种生活不是残缺不全的——是从哪本书中读到的呢？……

那漂亮盒子里若什么都没有呢？空的呢？或者,只有一张小纸片,上面写着这句话——没有一种生活不是残缺不全的——奖给参赛获胜者……那会怎么样呢？

那样做了也许这个节目更加受欢迎。一条真理作为奖品,不是比其他的什么作奖品更好么？多经济啊！真理成为真理之前代价昂贵，成为真理之后就削价了。

“你还在冷笑。”

他说。他已经转过身去了，从镜子里望着她。仍眯着眼睛。他找到了剪刀。

在哪儿找到的？

她思想着的那段时间里，根本没注意他，注意的是电视屏幕上那个仪态端庄举止大方的女节目主持人。

她叫什么名字？

她的生活也是残缺不全的吗？

“你还在冷笑。”

他又说。他从镜子里研究着她。

她也不由得望着镜子，从镜子里研究着自己。

“是的。我还在冷笑。”

她承认镜子里那个事实。

一个清清楚楚的事实。

那面镜子的水银好。

“可怕……”

“什么？……”

“你冷笑的样子……”

“是可怕……你害怕了？……”

“我？……我怕你？我谁也不怕。我什么也不怕。”

他们都凝视着镜子，都凝视着对方，也都凝视着自己。

那面镜子的水银好。

“镜子是用我的工资买的。”她说。

“是用你的工资买的又怎么样？”他说。

“不怎样。但这是一个事实。”

“是一个事实又怎么样？”

“不怎么样。我在跟自己说话。”

“莫名其妙！”他嘟哝，开始剪一张报纸。

他已在晚报上发表了十几篇小文章。每篇一千多字，至多不超过两千字。有一篇还获了“青年论坛”二等奖。他的笔名“文竹”，女性味儿十足的一个笔名。她认为他给自己起这样一个笔名是可笑的。为了保存他那十几篇小文章，他花九元钱买了一册大影集，将它们剪下来贴在影集里。她看过几篇，毫无文采。也无思想可言，但她为他高兴过。后来就不为他高兴了。她觉得写那类向别人进行说教的东西除了获得一笔小小的稿费外，再也没有别的什么意义。她承认钱是很重要的东西。生活对她的最成功的教育，正在于使她明白了钱是多么重要的东西。但为了钱，不一定非要去写那一类连他自己也根本不信奉、时常背叛、却偏装出诲人不倦的样子向别人进行说教的新道德经。是的，她认为他是在贩卖新的虚伪的道德经。什么“爱情的原则”啊、“幸福家庭的分析”呀、“个人价值的反思”呀、“我怎样理解生活”呀……等等，等等。不是煞有介事地重复别人的观点就是七拼八凑抄录名人的言论。可有些报纸似乎很需要这样的小文章。所以像他这样舞文弄墨的人便多了起来。“文竹”如今取代了她当年在报上的地位。

稿费他是一分钱也不花的，再拮据的时候也不花。他一笔笔地存起来，他有一个小本儿，收到一笔记上一笔。十几篇，五百多元了。她不反对他存钱，但没法儿理解他的心态。想理解，没法儿理解。以后索性不再企图去理解了，随他那么认真地做……

儿子忽然爬起来，站在小床上转圈，却闭着眼。

她赶紧端尿盆儿，走到小床前，让儿子靠在自己身上，口中轻轻发出类似口哨的声音。

儿子撒了一大泡尿，扑在小床上，挠腿，挠胳膊。

她发现了一只蚊子。它喝足了儿子的血，身体有些沉重，已飞不太动。然而它分明还要继续喝儿子的血，它嗡嗡盘绕在小床周围。

她拍了几次，没拍着。它消失在小床底下了。

她站在小床边不离开，很有耐心地期待它再现。

一会儿，她又听到了嗡嗡声。

她寻觅着，慢慢转动身体——发现它改变了目标，盘绕在丈夫头顶。

他一边吸烟一边炮制向人们进行说教的小文章。只穿着一件蓝背心，蚊子放心大胆地降落在他的肩膀上——很宽厚的男人的背。男子汉的背？

她蹑足走了过去……

啪！

狠狠的一掌。

他吃一惊，握笔的那只手碰倒了墨水瓶。墨水横溢桌上，立刻浸透他那两页写好的稿纸。

“你！……”

他突地站了起来，恼怒至极地瞪着她。

“你疯啦？”他吼。

嗡嗡之声消隐了。

失望……

严重的失望。黑雾一般的失望。得不到宣泄得不到安抚无从转移没法减轻的失望，在她内心里弥漫开来弥漫开来弥漫开来弥漫……

“你……你又冷笑！你笑什么啊你！……”

儿子被惊醒，坐起来，揉揉眼睛，诧异地望着她。

嗡嗡之声在耳。

“哪去了？……”她自言自语。

“什么呀？……”儿子懵懵懂懂地问。

“蚊子……”

儿子也转动着头，寻觅着，倾听着。

“那儿！”儿子抬手一指。

她扑向儿子指的方位。

“没你什么事！你睡觉！”

他生气地训斥儿子，接着拉灭了灯。

黑暗中，嗡嗡之声似乎更响了。

儿子悄然躺下。

失望。

黑雾般的失望与黑暗交溶，包围着她。

“开灯！……”

她愤怒地大叫。

“你到底想干什么？”黑暗中，他镇定地问。

“我一定要打死它！”

“你就当它已经死了不行么？”

“它明明没死！”

“没死又怎么样？”

“我恨它！”

“妈，……睡吧……蚊子不叮我……”黑暗中，儿子怯怯地说，带着几分请求。

妈——仅仅一个字，就将长久积压在她内心的阴霾扫荡了。也将她脸上那种连自己都难破译的古怪冷笑拂去了。母亲的柔情顿时感化了她。

黑暗中，她走到儿子的小床边，轻轻坐下，爱抚着儿子的小脸儿。

“乖儿子，快睡吧！”

嚓……一根火柴着了。

那片刻的光亮，使她看到儿子睁着眼睛，被很大的潜在的不安骚扰着，惴惴地瞧着她，那样子叫她怜悯。

“快睡吧，啊？……”她将手轻轻罩在儿子眼睛上，替儿子遮挡那根火柴的亮光。

火柴转瞬灭了。

他坐在大床边儿吸烟。烟头令她联想到通过望远镜倒望的缩小了至少一百倍的血红落日,坠于世纪末的绝望的黑暗深渊中。

那么宇宙是完美的抑或残缺不全的呢?

她叹了口气。

“我不该发火……”他说,语调是主动和解的,“你也睡吧,我们都睡吧。”

都睡吧,就好了么?

可嘴上却说:“怨我。我不该非要打死那只蚊子。”又叹了口气。

仿佛一切的不快都是那只狡猾的蚊子引起的。当然是蚊子引起的,但不全是。蚊子不过就是一只蚊子,还因为剪刀,更因为她的冷笑。闭了灯也好。除了剪刀和冷笑,也因为别的。她心里最清楚,清楚而又说不明白。他知道么?他分明是不知道……

“睡吧,你。”他说。

“你先睡吧,我想守着儿子待一会儿。”

黑暗中,他开始窸窸窣窣地铺展被褥。

黑暗中,儿子挠腿。

她摸了摸儿子挠的地方,被蚊子叮起了几个大包。

那一只该死的蚊子!

丈夫却已发出了轻微的鼾声。

她真想大喊:你隐藏在哪儿?你飞出来!你吸我的血吧!

她开了灯,复坐在儿子小床边,发现儿子背上,臂上也被叮起了大包。她对那只蚊子的憎恨达到了极点!

“你不睡,也不想让别人睡啊?”他翻身趴在床上,瞪着她。

她没好气地说:“你关灯这会儿,蚊子叮了宁宁满身大包!”

“那你就开着灯坐在他床边守一夜吧!”

他用被单蒙上了头。

这时,那只蚊子再次出现。它的肚子已经快圆了,变成暗红色的了,它飞得很笨了,但它分明仍要吸人血。

她本是双手一拍有把握将它拍死的,她却改变了主意。她用自己的手臂护住儿子的身体,希望它落在自己手臂上,吸自己的血。

它果然落在她手臂上了。她感觉到了轻微的针尖扎了一下似的疼痒。她猛地攥起拳,绷起肌肉——那只蚊子意识到上当了,却飞不脱了。它的长长的吸嘴被她的肌肉缩住了,它的翅膀拼命扇动,发出绝望的嗡嗡的呻吟——这种惩罚蚊子的方式,还是她在农村时向农民的孩子们学的。这是比驱蚊剂更能使人体验到报复快感的惩罚方式。

现在她可以从容地细细地摆布这只蚊子了。她憎恨它,不仅因为它吸她儿子的血,还因为笼罩于她心头那种莫名的失望和郁闷。近来她天天受到自己这种坏透了的情绪的摆布。她觉得自己像被什么毛茸茸的黏糊糊的不透明不透气的东西一层层裹住了。那东西仿佛正是生活本身。庸常的日复一日月复一月年复一年理解不到任何意义的俗生活本身,仿佛是无法挣脱的,如同一只蚂蚁陷于一摊沥青之中。纵然具有着足以拖得动比自身大十几倍的物体的力量,却拔不出自己的一只脚。又如同一个人走在锈迹斑斑的弃废了的铁轨之间,永远走不到头,也没有站。铁轨两旁抛着别人的某些生活的碎片:青春、爱情、追求、憧憬、梦想、野心、迷乱、堕落、女人的小手绢卷发器相册、男人的日记本拉力器破裤衩……有些崭新,有些正变成垃圾。在她盲目而匆匆的行走中,也已不经意间丢掉了一些相当宝贵相当美好的东西,绝对不可能再往回走寻找回来了……

甚至连她的憎恨本身也是没有任何意义的。没有意义!

她开始用另一只手拔蚊子的长腿。一一拔掉,毫无恻隐。她又产生了一个念头。念头一产生便立刻付诸行动。她单手点燃了一支蜡烛,将烛泪滴在蚊子身上。没了腿的蚊子,渐渐被烛泪凝固了。蜡质的模糊的透明度中,蚊子的翅膀和黑红的圆鼓鼓的肚子隐约可见。

琥珀这样形成的么?……

她将蜡滴按扁了。按得扁扁的,宛如一颗乳白色的扣子。之后,她将它小心翼翼地揭下,用两根指头轻轻夹住,对着灯光观看。

人血红似相思豆。

忽然她心头悸过一阵恐怖。她觉得凝固在蜡中的不是蚊子,而是她自己。

它便掉在地上了。

她狠狠踏它一脚,赶快闭了灯,和衣躺在床上。

“你怎么连衣服也不脱?”

原来他并未睡熟。

“你最近几天究竟怎么了?”

他的手向她伸过来,替她脱衣。

她无声地推开了他的手。

然而他的双手又向她伸过来,搂抱住她。

她本欲拒绝他的亲爱,却又十分渴望他的亲爱。她开始祈祷他能用亲爱驱除自己心头的阴霾。那种阴霾仿佛是潮湿的,发霉的,具有腐蚀性的,她的心已被毒害。然而她明知她的祈祷毫无意义。他的亲爱不可能从她心头驱除什么,早就不可能了。此刻他也绝不会给予她由衷的亲爱。当他需要她的时候,才给予。这形成他的“实践”规则了,这纳入她的经验了。似乎已是他们之间的默契,似乎已是不言而喻的事。此刻他并不需要她,他的亲爱是虚假的。

他抚摸她的身体像厨子抚摸案板上的一条鱼。

心不在焉的别有所思的抚摸。

他不过在以此求得和解,表达某种歉意。或者还企图证明今天晚上他们之间并未发生什么不愉快。

黑暗掩饰不了亲爱的虚假。

他的手只在她背上抚摸,矜持地避免引起她的冲动。

我并不冲动。

黑暗中,她笑了一下。自己也知道,必定是冷笑。

怎么会变成这个样子?她曾像沉浮在汪洋大海中的人抱住一块船板似的紧紧抱住不放的生活,怎么会变成这个样子了?包括床上的亲爱!从哪一天变的?……

她不偎就,不动。抑制着充满委屈的心灵对享受亲爱的进一步渴望,平静地问:“你想么?……”

“想……”他犹豫地回答。

你犹豫什么?

他的手仍在她背上矜持地抚摸着。

如果她真是条鱼,她的鳞全掉光了。

“你撒谎。”

“……”

他的手停止了抚摸,羞耻地缩回去了。

她忽然哭起来,巨大的委屈一下子冲绝了心理堤坝。

“你,你哭什么啊?我没做什么对不起你的事啊!”

“我……我也考上电大了……”

他又搂抱住她:“这是值得高兴的事嘛!”

“没有文凭,我就得死了回报社的心……”

她不由自主地偎贴在他怀里。

“是啊,是啊。文凭非常重要,我知道……”

她感觉到他的抚摸带有了温存。

“可托儿所通知我,宁宁再过几天该从大班毕业了……要在家里待三个月……三个月后该入学了……”

“哦?……”他的手停止了抚摸。

“宁宁入托晚,宁宁不是个很聪明的孩子……宁宁上学后更需要我们多操心……我真是矛盾极了……”在这种宣泄着的时候，她的哭声也是抑制的，怕哭醒儿子。

儿子如今已成为她很重要的一部分。

她期待着他这样说：“别哭，有我呢！你好不容易考上了电大，就读吧！今后我会多多负起一个父亲的责任，你付出的已经够多了……”

哪怕仅仅是这样说说而已。

但他却回答：“是啊。宁宁不是个很聪明的孩子。这真得权衡权衡……宁宁小学的基础如果打不好，怎么能考上一所重点中学呢？如果考不上重点中学，又怎么能考上一所重点高中呢？如果考不上重点高中，还有几分指望考上大学？考不上大学，将来岂不成了我们的累赘？……”

逻辑很周密的一番话。他发表的那些小文章，几乎无不一存在这样的逻辑，经得起反驳的逻辑，具有相同的说教意味。

“那……”她忍住了哭泣，“你的意思是，我就别上电大了？……”

“别上了。”他断然地说：“你是妻子，你是母亲。我工作之余，还要写文章……争取今年内汇编一个小集子。只要能出版个小集子，我就可以加入省作协了！真的！那你就是一位作家的妻子了！……”

真的……她完全相信。

作家的妻子……如果女人仅仅是妻子，只能是妻子，那么是一位作家的妻子和是任何男人的妻子究竟有什么不同？……

那像瘆人的活物一样，经常骚扰她的心，吞吃她对他的感情的东西，又从她的灵魂之中蠕动了出来……横着爬了出来。蟹爪似的勾足，却仍钩住着它的蜗居，她的灵魂。看不见的，连点儿腥味都没有的黏的泡沫，在她和他之间积聚着，积聚着。它的勾足深深抓入她的灵魂，撕破她的灵魂，使她感到一种类乎处女膜初裂般的疼痛。使她忆起了第一次遭受男人蹂躏的羞耻的性的体验。毫无冲动，毫无快感，只有绝望的屈从。当时她的灵魂剧烈地可怜地抵御着那个雄海狗般的男人的恣意奸淫，向遥远的不可知处呼号：“志松，志松，快来拯救我啊！……”如今他就躺在她的身边,履行了他中学时代向她许下的缺乏责任感的诺言,终于是成了她的丈夫。而那一种缴械人意志的疼痛又发生了,伴着同样的羞耻,由肉体的感知深入到灵魂的感知。倘灵魂有血,泡沫该是红的。尤其可怕在于那是可以忍受的。若不可忍,她早便奋起挣扎了。但的的确确是可以忍受的,甚至是可以笑忍的。甚至是只要否认它,它则不存在似的。男人难以战胜妖冶媚丽的诱惑,即使那诱惑是相当危险的。女人难以反抗无形无状的压迫,即使那压迫是相当沉重的。

他的手仍在抚摸她的身体。她感觉得出,它由矜持而变得狎亵了。

他的另一只手也开始参与亵渎的行径。

她将他的双手拒回,放在他自己身体上,说:"我很困。"翻过身去,远避开了他那海星般的手……

第二天,她醒来的时候,屋里已经阳光明媚了。儿子穿好了衣服,正伏在她身旁,双手托着下巴,像只依恋主人的小狗似的望着她的脸。

每一个人,不管男人或女人,当从夜晚醒来的最初的瞬间,灵魂大抵是安详的。人睡眠的时候,灵魂也休息。夜晚是一个破折号,早晨也是一个破折号。我、你、他,我们大家,可能也只有每天早晨醒来的那最初的瞬间内,才处在两个破折号之间。昨天的烦愁还没来得及伸出毛乎乎的大猩猩般的手臂搂抱住你。今天的苦恼还没有像衣服一样被你自己穿在身上。这个瞬间是被生活的剪刀节节剪断的永恒,是根本无法连续起来的短暂的幸福。所以人常常喜欢沉湎于那么一种睡眼惺忪心智游离的曚昽状态,喜欢在那么一种状态之中祈祷自己的生活会有充满希望的转机降临,会有美好无比的事情出乎意料地发生。虽然我们常在那瞬间浪费了太多的虔诚,像小孩子从滑梯上滑下来一样,一头跌到新的一天的"豆芽堆"上。普遍的人们的生活中缺少许多不同的或共同的东西。普遍的人们的生活中最富裕的是逗号。一天天的日子仿佛无穷无尽堆豆芽。人们从这一堆滚到那一堆,仿佛被施了魔法,没有一位神、佛、道或者圣贤前来解救,一直滚到死。也许仅仅为了抓住一个完整的句号,就像圣徒幻想抓住上帝的衣襟一样。然而到死也抓不住,任何人也休想抓住一个属于自己的完整的句号。他们只能抓毁它,抓到手一段大圆周或小圆周的弧而已。那是句号的残骸,无论怎样认真书写,那仍像一个大的或小的逗号,越描越像逗号。人的生命在胚胎时期便酷似一个逗号,所以生命的形式便是一个逗号,死亡本身才是一个句号。

吴茵对儿子微笑了一下,又闭上了眼睛。对于这个喜欢思想的女人,思想已经成了习惯。她的思想没有深度,甚至绝大部分没有什么意义,没有什么价值。有意义有价值的那一小部分,也只不过局限在女人的命运方面,并且带有着浓重的悲观色彩。从红卫兵女战士到妻子到母亲,从忧患全人类的命运到忧患女人的命运到忧患个人的命运。理想主义教育的成果经历了这样的嬗变过程,最终只能像糖块掉在灰烬中一样,再用理想主义的嘴是无论如何也吹不干净的。沦落在庸常的现实生活之中的理想主义者,对生活所持的态度必然是矫情的。她或她们若不能被生活锤锻成坚韧的现实主义者,便只能以表面看来似乎是她或她们傲视生活的形式被生活所抛弃。吴茵是时代设计的最后一个女儿。她的种种苦闷,即使是纯粹的女人的个人的苦闷,实际上也在分担着时代的大苦闷。她醒了却躺在床上不起来,闭着眼睛不睁开,她本能地认为,若躺着闭着眼睛,便能延长那被剪断的永恒,便能连缀起那短暂的幸福的感觉,连这女人的本能也是疲惫的。实际上也在分担着时代的高度紧张。

“妈妈,我今天不上托儿所了么?”

孩子却大抵是最现实的。

她睁开眼睛朝桌上的小闹钟看看——八点半了。糟糕!今天上班又要迟到了。一种经常性的紧张使她一下子坐了起来,可是那种紧张随即受到早就逆反了的理性的抵制。既然已起得这么晚,慌慌忙忙又有什么意义?目前的家离他单位很近,离她单位更远。除了星期日,每一天她都得带着儿子换乘三次公共汽车,两番绕大半个城市。对她的频频迟到,领导和群众都已不觉奇怪,她也不在乎了。她的紧张第一次无所谓地松弛了,难得从容,何不从容呢?她记不清跟他商议过多少次,希望他能将儿子转到他单位的托儿所。不必带着儿子上班,她也就不至于经常迟到了。可这件事分明使他很厌烦。

“得了得了,我自己的许多正事还顾不过来呢!”

每次商议都以类似的话告终。所幸儿子的入托生活就要结束了。

“妈妈,我是不是很笨啊?”很悲哀的语调。

“宁宁不笨。谁说宁宁笨了?”

“你。”

“我?妈妈什么时候说你笨了?”

“昨天晚上,你对爸爸说我笨,你还哭了。妈妈你是因为我笨才哭的么?”

“你……你不是睡着了么?”

“我装的。”

“为什么要装?”

“我睡着了,妈妈才会睡。”

她不由得将儿子搂在怀里亲了一下。

“我自己穿的衣服。”

“宁宁一点儿也不笨。宁宁不是自己能穿衣服了么!”

“被子也是我自己叠的。”

叠得挺整齐。她还以为是丈夫叠的,以为是丈夫替儿子穿的衣服呢。

“其实我自己会穿衣服,自己会叠小被,是你总替我穿,总替我叠……我什么都会!……”

儿子忽然哇地哭了。哭得相当委屈:“我今后再也不让你替我做什么事了,也不许你对爸爸说我笨……”

她那一颗母亲的心在儿子委屈的泣述中受到了微微的震撼。倏忽间她想到了那些大风天大雨天大雪天,儿子怎样和她等公共汽车挤上公共汽车挤下公共汽车的种种情形。连儿子也学会了在她怀抱中伸出一双小手去拽扯那些拥塞住公共汽车门的男人们的帽子衣领或女人们的头巾围脖。连儿子也学会了用哀求的语调叫喊:“让我们上去！让我们上去吧！”或“让我们下来！让我们挤下来呀！”连儿子也懂得了鼓励她:“妈妈,快走,要不你又迟到了,我也又迟到了！”或者自强地说:“妈妈,别抱着我了,我自己走,咱俩比赛谁走得快！”有多少次啊,儿子吃不上托儿所的早饭,她却连往儿子兜里塞几块饼干都没想到。又有多少次,由于大雪或大雨所阻,交通中断,儿子和她一样,晚上八九点钟才回到家里,不是全身淋得像落汤鸡,就是嘴唇冻肿手足冻僵。可是儿子从来没抱怨过,儿子还不会抱怨生活;儿子更不忍抱怨她这位被生活的鞭子驱赶得疲于奔命的母亲。儿子这还是第一次向她泣述自己内心里的委屈,乃是因为儿子在夜里听到她说他“不是一个聪明的孩子”！儿子是有权在听到这样的话后向她泣述委屈的。六岁了的儿子尽管还不会看表,但是善于忍受生活。这在今天该是一个孩子的了不起的优点啊！她搂抱着儿子,心里觉得仿佛是搂抱着一个完全值得信赖的生活的伙伴。

“乖宁宁,原谅妈妈,妈妈说得不对……妈妈向你道歉……”

“妈妈,爸爸在桌上给你留了字！”

她走到桌前,见一张稿纸上写着草草的两行字——今晚我有事,在外吃晚饭,九点后归。

有事……

什么事……

他的事。“正事”。他有越来越多似乎与她无关的事了……

她没动那张纸。她早已习惯了这样的留言。

她和儿子从从容容地离开了家。母子俩手牵着手,一边说话一边走。她觉得儿子今天早晨起长大了好几岁。她暗暗下决心,从今天开始,直到儿子向托儿所告别那一天,要让儿子和她一起充分享受从容而出从容而归的愉悦。她极少能享受到这种愉悦,儿子也极少能享受到这种愉悦。在过去几年的日子里,生活的鞭子不但频频抽在她身上,也抽在儿子身上。这么小的年龄,竟也活得那么紧张。

"宁宁,你累了?"

"妈妈,我一点儿也不累! 我都快六岁了,再也不用妈妈抱着我走路了!"

"妈妈不是问你这会儿走得累不累,妈妈是问你……问你……活得累不累?"

"不累。一点儿都不累。妈妈,有人活得很累是么?"

"是的。有许多人都活得很累。"

"妈妈,那你活得也很累,是么?"

"……"

"是不是呀? 妈妈。"

"是……"

"妈妈,我不要你活得那么累!"

"……"

"妈妈,你昨天晚上哭了是不是因为累的?"

"是……"

"妈妈,我心疼你。"

"宁宁,许多孩子的妈妈,都是活得很累的女人。"

"妈妈,你活得顶累顶累的时候,你就告诉我。你睡觉,我守着你行么?"

"……"

"妈妈,你说话呀!"

"行啊。"她叹了口气,低头望着儿子仰起的小脸儿,苦苦一笑,"妈妈活得顶累顶累的时候,妈妈就睡觉,让宁宁守着妈妈。"

儿子默默地向她伸出了小手指。

她明白儿子的意思,也默默伸出了自己的小手指,与儿子的小手指钩在一起。

儿子庄严地说:“拉钩是谁,一百年,不后悔!”

她不禁又苦笑了起来。她忽然因为自己是一个母亲,仅仅因为自己是一个母亲,而觉得非常自豪。

路过一家门面素雅的西餐厅,她牵着儿子的手走了进去。餐厅内很清洁,人不多,播放着《搭错车》。她和儿子占据了一张餐桌。儿子习惯地坐在她身上。她轻拍着儿子的肩说:“宁宁,你已经长大了。妈妈要求你像一个大人一样,坐在妈妈对面,而不是坐在妈妈身上,行么?”

“行!”儿子立刻蹦下地,坐到了她对面。当然,是爬上椅子的。

“儿子,你想吃什么?”

“想吃……沙拉!”

有一天她心血来潮,在家里照着菜谱做过一回沙拉。儿子便认定那是世界上最好吃的东西,尽管她做得一点儿也不高明。以后再也没心思做,但再吃沙拉却成了儿子的夙愿。这正是一家西餐厅,儿子的夙愿能够实现。她想:今天旷半天工是多么值得!

她以手招来服务员,点了一盘沙拉,一盘牛尾汤,一盘烤鱼片,一盘果酱面包。

儿子吃得津津有味。

这是她第一次带着儿子在很体面的餐厅吃饭。望着儿子食欲很好的吃相,她在心里对儿子说:宁宁,宁宁,为了你,妈妈付出了很多。虽然妈妈有时候心里觉得挺委屈,但是仍愿为你付出更多!

没有天哪有地,
没有地哪有家,
没有家哪有你,
没有你哪有我,
……
如果不是你养育我,

我的命运将会是什么？
酒干了倘卖无！
……

红极一时的歌坛新星小程琳，将这首台湾流行歌曲唱得那么有情有味。她崇拜歌星甚于崇拜电影明星，一个人能唱着歌活，那是多么的幸福！

今天她自己的食欲也很好。然而那盘地道俄国风味的牛尾汤她和儿子却没喝光。结账的时候她从钱包中付出了三十元（前天刚发工资），找回了大小不同的三枚钢镚儿。

离开餐厅前，她严肃地对儿子说："宁宁，你看见了，妈妈付三张拾元的钱，可找回来的就是这三枚钢镚儿，八分。你知道三十元是多少钱么？"

"知道。"儿子也严肃地回答："三十元是三张拾元的钱。"

"非常正确。三十元是三张拾元的钱。可是你知道妈妈一个月才能挣几张拾元的钱么？七张。只能挣七张多几元，一个月。所以，妈妈不能经常带你到这种地方来吃饭。也许很长很长时间内都不能带你再到这种地方来吃饭了。妈妈挣的钱每个月还要付房费、水费、电费，换煤气、买粮食，买菜。如今菜很贵，冬季，妈妈每天挣的钱还不够买一斤韭菜的。你明白么？"

"明白。"儿子大人般庄重地回答，但立刻又发问，"那么爸爸挣的钱都干什么用了呢？"

"爸爸挣的钱么……"

他挣的钱比她多，一百余元。他每个月却只交给她五十元。剩下的五十元，她也不知道他都干什么用了。她不愿追问他。他和他那个圈子之间的关系，得靠经常在一起"撮一顿"巩固着。在今天，任何一类圈子都建立在"经济基础"之上。在此基础之上结构着其他种种利益，或可认为是“精神变物质,物质变精神”。这种付出是“有奖储蓄”。她太了解了,所以不愿追问他。

儿子偏偏固执地追问她:“那么爸爸挣的钱都干什么用了呢?”

“男人用钱的地方是很多的。”她只有如此回答。

“我长大了用钱的地方也很多么?”

“这……那就要看宁宁长大了是一个什么样的男人了。”

“我长大了挣钱全给妈妈!”儿子大声说。

好一个豪爽义气的儿子!

她笑了。今天旷半天工真是太值得了!为此连续扣三个月的奖金也值得!因为她从儿子那些幼稚的话中,发现了儿子身上原来具有着一个儿童的不寻常的美点。是的,那都是美点,都是不寻常的,也都是令她觉得意外的,令她深受感动的。女人的心通常是最容易被儿童所感动的;而儿童感动她们的又往往是只有体现在儿童们身上才美的纯真和幼稚。女人天生是儿童的良友,她从儿子身上获得了极大的满足;那乃是一种欣慰的满足。她认为儿子果然长大了,已经能像一个男子汉似的跟她谈话了,而这对于女人无疑是种快活。何况今天她与儿子所谈的内容,在家里,在丈夫面前,是不能够进行的。酒干了倘卖无……酒干了倘卖无……酒干了倘卖无……小程琳真是唱得不错。幸运的小女人!

她笑着举起了没有喝完的可乐杯,目不转睛地望着儿子的脸。

儿子是个漂亮的男孩儿。

她有点遗憾。多少有那么一点点儿遗憾。漂亮对一个男人究竟好抑或不好,究竟重要不重要,她吃不大准。但对女人无疑是存在着危险的。漂亮的男人倘若不是女人的俊友,很可能就是女人的天敌;正如漂亮的女人倘若不是男人的佳侣,很可能就是男人的天敌一样。她希望儿子将来不是一个漂亮的男人,而是一个正直的男人。正直是美。美超越漂亮之上。同时暗暗祈祷:儿子,儿子,你将来可千万不要伤害女人,不要伤害女人们的心,不要成为她们的天敌。女人们的心所受到的一致伤害，究其本源都来自于男人们。即使除去男人们，女人们的天敌也够多了，包括她们自身亦是她们的天敌。如果她们中的某些有罪孽，另外的许多女人早已替她们赎罪了。如果她们中的某些应该受到惩罚，另外的许多女人早已替她们遭到打击了。而男人施于女人的最惨重的伤害，却往往落在善而弱的女人身上。男人根本无法伤害到一个坏女人的心，他充其所能不过是杀死她罢了……

“妈妈，你又发愣了？”

又？……又么？

“宁宁，妈妈时常发愣？”

“嗯。”

是这样……还时常冷笑——这一点是经丈夫指出的。时常发愣……时常冷笑……这不好，很不好。爱发愣而又爱冷笑的女人，连上帝大概也不会喜欢！

“妈妈你还在发愣。”

你还在冷笑——他不是上帝的化身……

“妈妈在想。”

“想什么呀？”

“妈妈在想，宁宁应当和妈妈碰一下杯是不是？你今天说了许多使妈妈心里高兴的话！”

儿子毫不迟疑地也拿起了可乐杯，像一个真正的男子汉似的，乐意而矜持地和她碰了一下杯。钢化玻璃的杯子，发出了清脆悦耳的一声响。

“干么？”

喏喏喏，这可不是男子汉的话。

“当然！”

儿子杯中的可乐不多。儿子扬颈作豪饮状，一口气儿喝完，还朝她亮了亮杯底儿。

她也朝儿子亮了亮杯底儿。

儿子笑了。

她笑了。

“走吧,儿子。”

“走。妈妈。”

她习惯地牵儿子的手。

“妈妈我不要你领着我走!”

儿子摆脱了她的手,迈着大人那种自信的步子,和她并进。出门时,儿子抢先推开门,用自己的小身体抵住弹力很大的门,让她先走出。她无意识地回了一下头,见那个三十多岁的少妇模样的服务员正羡慕地望着她。

女人们,羡慕我吧,我的儿子就是这样的一个好儿子!

天气很晴朗。最后的暑热在昨天夜里被最初的秋爽逼退了。马路两侧杨树肥大的叶子一片片挺起了叶柄,在明媚的阳光下闪耀着绿灿灿的光。柏油马路不再散发着蒸蒸的地气了,城市从虚幻之中又暴露出了它的“根”。行人不那么无精打采了,站在十字路口圆形踏台上的交通警察也显得比前几天机敏多了。

吴茵觉得每一张陌生的男人的或女人的年老的或年轻的面孔,都挺和善,挺可亲。都有那么一种仿佛在心里感激着生活的虔诚和那么一种仿佛前程似锦的神气。生活就像一个巨大的振荡器。它白天发动,夜晚停止。人像沙砾,在它开始震荡的时候,随之跳跃,互相摩擦。在互相摩擦中遍体鳞伤,在它停止的时候随之停止。只有停止了下来才感到疲惫,感到晕眩,感到迷惑,感到颓伤,产生怀疑,产生不满,产生幽怨,产生悲观。而当它又震荡起来的时候,又随之跳跃和摩擦。在跳跃和摩擦着的时候,认为生活本来就该是这样的,盲目地兴奋着和幸福着。白天——夜晚,失望——希望,自怜——自信,自抑——自扬,心理如同受电子系统控制随着震荡的频率自我调整。这乃是人的本质。日日夜夜,如此循环不已,这乃是生活的惯力。

这一点吴茵体会最深了。白天她是充足了电的机器人,白天她没时间抱怨生活。今天这个白天她尽量使自己处于从容状态。这种特殊的享受使她的情绪很平稳,很不错。她竟在一边走一边进行反省了,觉得自己的生活其实并不像自己感受到的那么糟,也大可不必像自己那么委屈那么抱怨。甚至觉得丈夫身上所发生的那种种变化,完全可以理解,可以认为是男人的值得乐观的变化。归根到底,他当上了党委秘书比仍当一个工人好,他入了党比没入党好,他能够在报上发表文章比他想在报上发表文章而发表不了好,他在社会上有了那么一批“哥们儿”,比在社会上孤家寡人好……对他好,对她当然也好。尽管她无论如何也不会对他入党的手段表示赞同,但他入党毕竟不是为了反党啊!而且他始终是爱她的,这一点是毋庸置疑的。丈夫就是丈夫,不能要求丈夫爱妻子像情男爱恋女一样,男人就是男人。不能要求男人在社会上自强不息、在家庭中亦是模范丈夫。两全其美固然完善,但那对他们太勉为其难了。何况生活本身就是残缺不全的,爱情本身就是残缺不全的。家庭本身就是写实的冗长而蹩脚的散文,杂乱无章,实在不可能有太大的想象空间……这些肤浅的道理她还是懂得的,不需要别人说教。她甚至因为昨天晚上任性的荒唐而感到羞愧了,由反省进而谴责自己了。不就是一只蚊子吗?闹腾得好像发现了一只毒蝙蝠,真不像话!当时明明心里也渴望着他的爱抚却拒绝了他,拒绝得那么冷淡那么无理!虚伪啊!虚伪从什么时候起竟然侵入了她和丈夫的性生活领域呢?毫无疑问他比自己生活得更累。夫妻之间,生活得很累的不是应该处处原谅和处处主动体贴生活得更累的么?……我是不是太矫情了呢?

她忽然站住了。站住在广告栏前。她发现广告栏上贴着一张大红纸的海报,上写“音乐特讯”四个字。音乐对她依然具有相当之大的魅力。俗常的生活还没有将这唯一保留下来的迷恋也掠夺了去,而舞场她是久违了。自从和王志松结婚后她就再没进入过任何舞场一次。她很怀疑自己还能否跳得如当年那么自如。格什温?格什温是什么人?哪一个国家的?《蓝色的多瑙河》? 布里顿——《战争安魂曲》、贝多芬!《第三交响曲》啊! 贝多芬! 千古流芳的“英雄”! ……中央交响乐团应邀莅临我省公演! 荟萃古今名曲! 演奏精湛一流! ……可怜,她都未听过。近几年,在这一座号称“艺术摇篮”的城市,流行歌曲几乎成了音乐的代词,很难买到一盒优秀的交响乐录音磁带。前几年他们没有录音机。去年有了,但他喜欢听节奏猛烈的现代歌曲。而且一盒录音磁带不便宜,买时,她一向随他的意……

一等票四元、二等票三元、三等票两元……

后来结束……

“宁宁! 宁宁! ……”

儿子却不见了。

“宁宁! ……”

她提心吊胆起来——马路上车辆如梭。

“宁……”

“这儿呢!”

儿子却从她背后转了出来,一副顽皮样儿。

“宁宁,妈妈带你去买票好么?”

“买什么票呀妈妈?”

“买听音乐的票。买今天晚上的,或者明天晚上的。买三张。爸爸,妈妈,你,咱们都听!”

“妈! 我爱听音乐!”

“妈妈,也爱听音乐!”

“那爸爸呢?”

“爸爸当然也爱听啰!”

“妈妈是你生爸爸的气了还是爸爸生你的气了?”

“胡说! 好像你什么都知道!”

“我就是知道! 因为蚊子,还因为你冷笑。”

“你听着,妈妈和爸爸从来就没有不好过,但有时候妈妈和爸爸心里都挺烦的……”她这么说,也开始这么认为,仿佛她真相信事实如此。

“妈妈和爸爸心里烦的时候就不高兴了对吗?”

“对啊,所以那时候宁宁更要表现得特别懂事,特别听话,特别乖。记住了吗?”

“记住了。”

……

母子俩乘公共汽车来到了省歌舞团音乐厅。买票的人排起了长龙队,她央求一个小伙子替自己代买了三张当天的票。儿子走了许多路,实在累了,不逞强了。她抱起儿子离开音乐厅一站多远时,猛然想起了丈夫的留言,只好又抱着儿子走回来换票。为了能获得三张座号连在一起的第二天的预售票,她在人群中周旋了近一个小时,以至于儿子在她怀中睡着了。最后,多付了五元钱,终于如愿以偿。不知为什么,她太想明天晚上和丈夫一起带着儿子坐在音乐厅里欣赏中央交响乐团演奏的交响乐了!手中攥着三张座号连在一起的票,尽管周旋出了满头汗,心里很高兴。

儿子在公共汽车上醒了。来到单位,连下午上班的时间都超过了。她牵着儿子的手,从容不迫,长驱直入。

“哎哎哎,等一下,等一下!”

把门的老头从屋里踱出来了。

“你就是三车间的吴茵吧?”

“对。”

“平日常见面,却总也没说过话。”老头儿走到了她跟前。

“有什么事吗?”

“没事,没事。这就是你那儿子?”

“对。这就是我那天天上托儿所也迟到的儿子。”

“你呀,真不容易啊!”老头蹲下,握住宁宁的一双小手问:“叫什么名字？”

“王宁宁。”儿子怯怯地回答，仰脸儿看着她。

她不明白老头儿为什么叫住她，对她和儿子发生了什么兴趣，一心赶快将儿子送到托儿所，赶快到车间，不愿跟老头儿闲聊，不说话。

“别走。”老头儿站起，转身不慌不忙地朝屋里踱去。一会儿，双手用纸托着一大串葡萄，又从屋里踱出来，复走到她跟前，说：“你替你儿子带托儿所去吃吧！”

“这……这……托儿所不许吃零食啊……”老头儿的亲近使她大为疑惑。葡萄新上市，两元多一斤。那一大串足有一斤半，她推拒着。

“嗨，不就是一串葡萄吗？接着，接着！在托儿所不许吃，下班你带回家给儿子吃！”老头儿急了。

“那……谢谢您啦……”她只好接过。一手托着，一手忙不迭地掏钱包，“我给您钱……”

“干什么呀！”老头儿竟有点生气了，涨红脸道，“我特意为孩子买的，你给我钱成什么事儿了！别啰嗦了，快把儿子送托儿所吧！”老头儿说完，拔脚便走。

她愣愣地站在那儿，怎么回想也回想不起来老头儿在什么时候曾欠过她什么人情。

老头儿还转身向她竖大拇指！

托儿所静悄悄的，孩子们都在睡午觉。她轻敲儿子那个班的房门，二十多岁的小阿姨开了门，探出戴着许多发卷的头。

“宁宁呀，我还以为这孩子病了呢！”

小阿姨赶快迈出门来，将宁宁抱起。

她惭愧地说：“今天家里有点事，所以这时候才……”

“没关系，没关系，您快去上班吧！如果我们哪方面对宁宁照顾得不周到，您给我们提意见啊！对这孩子……对这孩子我们一定像您一样疼爱他！……”

小阿姨说罢,虔诚地笑了笑,将儿子抱入屋去了。

她内心的糊涂又增添了一大片!

车间里的女工们,一发现她,都将近乎崇敬的目光投注到她身上,手中的工作能够停下的,全停下了。

“来了！她来了！吴茵来了！组长,别打电话了！”一个女工扯着嗓子大声嚷。

组长从电话间那边儿小跑着过来,亲亲热热地对她说:“我们都以为你病了呢,我正往你丈夫单位打电话！大伙儿还商议,要是你真病了,让我买些东西代表全组姐妹看望你。我这个当组长的,对你了解太少,以前常因为你迟到批评你,你可别往心里去啊！这葡萄……”

她如坠五里雾中,顺水推舟:“这葡萄是把门儿的师傅送给我的,大伙儿吃吧,大伙儿吃吧……”便将葡萄一小串一小串劈开分给女工们。

组长又说:“厂长嘱咐我,你一来,就让你到厂长办公室去。你快去吧！”说着,推她一齐就走。

走出车间,组长站下道:“上午来了两拨记者！咱们印刷厂破天荒第一次有记者大驾光临,厂长热情招待得不亦乐乎！你自己上二楼吧,说不定厂长正等你等得心急呢！”

“究竟什么事啊？”

“你呀,别装糊涂了！如今还瞒什么呢？”

她听得出来,组长的话里,有那么一种不酸不咸的味儿。

开门的是历年引导全厂女工服装新潮流的厂长秘书。

“呀,你来了？”厂长秘书的细眉高高飞扬,作出一副夸张的惊讶表情,随后回首大声禀报:“厂长,吴茵同志来了！”

“快请进！”厂长的声音流露出某种兴奋。

于是厂长秘书姿态文雅地将她请入厂长办公室。

年已五十七岁但看去壮心不已的厂长,从宽大的黑漆办公桌后站起富态的身躯,隔着桌子向她伸出一只肥厚的手:“吴茵同志,你好,你好!……"

"厂长跟你握手呢!"秘书将她往办公桌前轻轻推了一下。

她有点莫名其妙地也伸出了手。那只肥厚的手将她的手握得很紧,还上下抖几抖。如今市场上已推出了男性系列护肤霜,厂长的手保养得滑腻腻的。她的手被它使劲儿握着觉得很不习惯,可硬抽出来未免有失礼貌。

她局促地笑着。

"坐,坐!"厂长终于释放了她的手,吩咐秘书,"快给吴茵同志泡杯茶。泡我从家里带来的好绿茶!啊不,还是给吴茵同志来杯冷饮吧!"

"厂长,冷饮都让上午那两拨记者喝光了!"

"再找保管员领几瓶嘛,快去!"

秘书轻盈地旋了出去。

厂长吸着一支烟,看着她说:"吴茵同志,我们好像见过面嘛!"

她笑了笑,说:"厂长,是见过。我被从报社除名,下放到印刷厂的第一天,您找我谈过话。"

"哦?是吗?"厂长显出极其高兴的样子,"我和你谈了些什么呢?你还能回忆起来么?认真想,认真想想。"

"这不用好好想。当时的情形我记得很清楚:您坐着,我站着。您说:'你的错误报社领导对我讲了,你要在车间里好好劳动,彻底改造资产阶级思想意识。'……"六年来,她第一次和厂长面对面地坐着说话。她很局促,不明白究竟出了什么事,低下头静等厂长讲话。

"噢,噢,是这样。你记性真好,我倒是一点也不记得了。当时我就对你说了那么几句话?"

"是的。就说了那么几句话。"

"就说了那么三句话……"厂长似乎颇觉遗憾,吐出口烟,沉默片刻,又道,"不过那三句话对你很重要是不是?奠定了你后来高尚思想的基础是不是?刚才省报宣传教育版负责同志还亲自打来电话,再三强调,一定要帮你寻找到高尚思想的可信来源……”

“厂长,我不明白……我不知道……”她抬起头望着厂长,她是糊涂到家了。

厂长用手势制止了她的话,站起身,来回踱着步子,一边思索,一边自顾自地说将下去:“一时自己也不明白,这没什么,不奇怪。一个年轻同志犯了错误,犯了错误并不可怕嘛!下放到了一个新单位,新单位的领导并没有歧视她,也就是你,吴茵同志;作为新单位的领导,我当时勉励你放下包袱,彻底改造头脑中的非无产阶级思想意识,这些话使你心里感到非常非常的温暖,是不是?你当时哭了?……”

她摇摇头:“没有。我没哭。”

“啊,没哭。没哭不等于没受感动,是不是?”

她努力回忆自己当时是否真受了点儿感动。

“啊对了,你犯的什么性质的错误?”厂长停止踱步,背着手站立在她面前。

“离婚……”

“离婚?这也算不上什么错误啊!”

“没离婚之前我就爱上了别人。”

“这就不好了。就是你现在的丈夫王志松?”

“对,就是我现在的丈夫王志松。”她回答得十分坦率。一直糊涂着,索性便糊涂着。

“那么你的第一个丈夫……是哪个单位的?”

“六年前的商业局副局长。”她不愿提及那个令她永世憎恨的男人的名字。

“噢,是他呀!认识,认识!叫什么名字来着?你看我这个记性!他不是已经被清除出党了么?六年前‘五一’劳动节返城知识青年大示威事件,不就是他那一伙蓄意挑起的么?三种人,应该跟他离婚!离得对!……”

“厂长,您找我,究竟要谈什么事?”

“噢,原谅,原谅!我把话题扯远了。刚才乔秘书的话你也听到了,如今你的名字一见报,在厂里造成很大的轰动啊!你们夫妻的事迹,读来也确实令人感动。一句话,你不容易!不光我自己在这儿这么说,今天上午全厂都这么议论纷纷!据报社的记者们透露,省市委宣传部门也相当重视!这个月正是‘精神文明月’,如今正大力宣传和提倡‘五讲四美’,晚报上那篇文章,省报还要转载,还要加编者按。遵照有关方面的指示,需要补充一些单位领导教育作用的内容。如今有些单位的领导,对职工忽视乃至放弃了思想教育。放弃了这一点那怎么行呢?……”

“什么文章?我什么都不知道!”

“别开玩笑了吴茵同志!此时此刻,全市会有成千上万的人知道了你们的事迹,说不定有的单位还要请你去作报告呢!六年来,默默地抚养一个北大荒知青的弃子,这的确是心灵美啊!而且也可以说是计划生育方面的模范!……”

她一下子站了起来:“这张报纸在哪儿?!”

“嗯?你真不知道啊?这倒有些奇怪了……”

厂长跨到桌前,从抽屉里取出了一张晚报递给她:“第二版上,头条文章,你怎么可能不知道呢?”

那是一张昨天的晚报。第二版上,果然有一篇占据了几乎整版的大块文章。通栏标题是——《我为什么要抚养一个北大荒返城知青的弃儿?》。

她今天的好情绪一扫而光!她觉得自己仿佛在睡着了的时候被一个卑鄙之徒奸污了!

“无耻!无耻的报道!无耻的记者!我没有对他们讲过!没有!……”

她将报纸扔在地上,气愤得再也说不出什么。

厂长愣愣地看着她,缓而慢地说:“吴茵同志,别骂记者,骂记者不好,也冤枉了他们。这篇文章不是记者写的嘛,是你丈夫自己写的嘛!

你看,白纸黑字,你丈夫的名字……”

厂长从地上捡起了报纸,铺放在桌上,指点着让她看。

王志松……

通栏标题下,果然是自己丈夫的名字。隶书体。四号字。非常醒目。

她简直不敢相信自己的眼睛,然而那印有自己丈夫姓名的报纸是一个谁也无法否认的存在。

她将报纸扯个粉碎,一转身冲了出去。

她没有回车间,直奔托儿所。她头脑中只有一个意识——将儿子紧紧抱在自己怀里。仿佛她若不这样做,若迟了,便会被一双无形的没有性别的巨大的手,将她的儿子夺了去似的。

“宁宁!宁宁!……”

她一闯入托儿所就大声喊叫,连门也没敲。有几个孩子被她惊醒了,纷纷爬起,骇然地望着她。

“您别这么大声嚷嚷啊!什么事?”小阿姨显出极不满的样子。

“我儿子呢?我儿子睡在哪儿?”

“妈妈,我在这儿!”

宁宁从一张小床上爬了起来,也骇然地望着她。

她扑过去就将儿子抱在怀里了,抱得很紧。

她说:“儿子,咱们回家!和妈妈回家!”

“到底因为什么啊?”小阿姨走到她身边,谨慎地问。

“我的!儿子是我的!是我的亲生儿子!……”她抱着儿子就往外走。

“衣服!还有鞋!……”小阿姨追到外边,将宁宁的衣服和鞋塞在她怀里。

“他胡扯!这都是假的!……”

“他胡扯不胡扯,我们哪知道真情啊!您也不必生这么大气。是您亲生的,您再发表个声明就得了呗!……”

她的话并不是为了使小阿姨相信才说的，而是为了使自己相信才说的。那是女人对一种业已造成了强大声势的真实的苍白无力的逆反，是女人内心被突如其来的恐慌所扫荡时的自言自语。所以她并没有再回答小阿姨什么，甚至可能根本就没有听清楚小阿姨说了些什么。她抱着儿子匆匆促促地去了，仿佛抱着一个偷来的儿子。

“小吴，怎么就走了啊？回家么？孩子病了么？用不用我帮什么忙啊？”看门的老头儿又从屋里踱出，怪近乎地搭讪着和她说话，她也没听见，也就没理睬，冷落得那善良的老头儿不尴不尬的。

走在街上，她觉得每一个人都看了晚报，每一个人都知道了她的儿子竟不是她的儿子，人人都想拦住她问：“你为什么抚养一个北大荒返城知青的弃儿？”仿佛只要有一个人拦住了她，立刻就会有许多人围上来，异口同声地问她：“你为什么抚养一个北大荒返城知青的弃儿？”

她像一个惧怕在街上被捕获的逃犯似的走着，一心只想赶快逃回家里，她觉得人人都是不怀好意的。

“妈妈，我是你的儿子，我是你亲生的儿子！”儿子喃喃地说，似在安慰她，也似在安慰自己。她的惶恐，也使儿子觉得惶恐起来。尽管那不到六岁的孩子完全不知道究竟发生了什么严峻的事情，纵然知道了也未必就会理解这件事情将如同怎样的阴霾从此笼罩住他的心灵。

听了儿子的话，她抱得更紧了。她仿佛看到一片阴霾正向儿子逼来，好像一片雷云正追逐着一只小小的蝴蝶，而那只蝴蝶在天空上无处隐藏！

她心中充满了愤恨。一个女人在睡着了的时候遭到卑鄙之徒蹂躏和奸污之后那种强烈的愤恨。

她真想大声喊出来：“强奸！无耻的强奸！……”

她匆匆促促地走着，走着，走着……

不知自己是怎样乘上公共汽车，怎样换车，怎样回到家里的。完全是一种逃遁的意识将她牵引到了家里。

她仍抱着儿子，坐在椅子上，呆呆地久久地坐着。

“妈妈,你别哭。你别哭啊!”

儿子乖乖地偎在她怀里。

她不知自己在默默流泪。

“妈妈,我是你的儿子。我是你的!”

“你是妈妈的,你当然是妈妈的。”

“妈妈,有许多人说我不是你的儿子么?”

“不,没有。没有一个人说宁宁不是妈妈的儿子。”

“妈妈,那你别哭了吧!”

“……”

“妈妈,你又活得很累了是吧?那你睡觉吧!我就坐在你身边……”

她抹去了淌在脸上的泪。

她抱着儿子站起来,走到镜子跟前,注视着镜中的自己,也注视着镜中的儿子。

她说:“宁宁,你看,你的脸形像妈妈,你的眼睛像妈妈,你的小嘴儿像妈妈,连你的眉毛都像妈妈,是不是?”

脸形不像,眼睛不像,小嘴儿不像,眉毛更不像。毫无相似之处。

儿子低声回答:“像。妈妈。”

她又看到了丈夫的留言,她忽然觉得在自己家里也是不安全的。

她将儿子轻轻放下,动手拖儿子的小床,从这一间房屋向那一间房屋拖。儿子是不理解她何以要这样做的,却卖劲儿地帮她拖。之后,她又将长沙发也拖到了那一间屋子里。随即便坐在长沙发上喘息。

“妈妈,让我单独睡在这间小屋里么?”

“不,妈妈也睡在这间小屋里。”

“妈妈你睡哪儿?”

“妈妈睡沙发。”

“那,我们总不和爸爸睡在一个屋里了么?”

“宁宁,听妈妈说,你爸爸,他喜欢安静。他每天晚上,还要写文章。

所以,咱们和他分两个屋住,不打扰他。听明白了么?”

“妈妈我听明白了。”

“那你乖乖地睡觉吧!你今天都没睡成午觉。”

儿子顺从地在小床上躺下了……

王志松回到家里时,见黑着灯,以为妻子和儿子都睡了。他在门口换上拖鞋,并没顺手开吊灯,而是蹑足走到桌前,开亮了台灯。灯一亮,他发现妻子坐在一张单人沙发上,正望他。房间内的变化使他大为诧异。但他转瞬似乎就猜到了变化的原因,没问什么。吴茵也默默地望着他不主动开口说话。他企图回避妻子的注视。在这个十六平方米的房间内,无可回避处。他踱向哪一个角落,妻子的目光便注视向哪一个角落。即使他背对着妻子,他也本能地感到妻子的目光仍落在他身上,如芒刺背。他进了一会儿厕所,仅仅是为了躲开一会儿妻子那种默默无言的注视。回到房间里,妻子还那么端端地坐在沙发上,还注视着他。他干脆到洗脸间洗脸,漱口。洗漱完,一进入室内,迎视他的又是妻子那种默默无言的极其冷静的目光。她的目光甚至使他在洗脸间犹豫了一下不愿进屋。

“宁宁睡了么?”他问。

“睡了。”

他拿起暖瓶要倒水。

“给你泡好了茶。”她说。

他放下暖瓶,拧开他那只保温杯盖,一杯淡茶还冒热气。

他喝了一口,终于也敢望着妻子,说:“睡吧。”

她说:“你把宁宁和我出卖了。”仍目不转睛地望着他,语调相当之平静,半点儿谴责半点儿抱怨的意味也没有。

他低下了头,又端起杯子喝了一口茶。

“你甚至也把徐淑芳出卖了。”

“……”

相当长时间的沉默。

一阵湿风窜入屋里，窗帘被鼓起来，搭在了一扇开着的窗子上。挂历哗哗响，随即归复平静。他早晨留言的那张纸，被吹落地上。他弯腰捡起来，看了看，揉成一团，扔进纸篓。他叹了口气。

外面下雨了。

他站起身走到窗前，轻轻关上窗。他转过身来的时候，似乎想坐在并摆的另一张沙发上，但也许因为那样他和她离得太近了，她的目光会使他更加不知所措，复又坐在床边上。

“你为什么要隐瞒我？这种事隐瞒得了么？”

“你看了那篇文章？”

“没有。只看了标题。”

“我知道，我如果预先告诉你，你一定坚决反对。我并不想长久隐瞒你，我也不是不知道那根本不可能。我只是想，成为事实之后……如果你此刻还不知道，此刻我肯定正告诉你，回家的路上我就在这么想。我知道你会生气，可我也知道，在我解释之后，你会理解我的，我们也就和好如初了。像每一次一样……”他自以为是地望着她，那意思是——难道不是这样么？

“你真不愧是我的丈夫，”她讥讽地说，“把我研究得那么透彻。”

“我认为是互相理解。”

“非常遗憾，在这一点上，我比你稍逊一筹。”

“那是因为你不愿更多地理解我。”

“也许这对你我都更好些。”

又是一段相当长久的沉默。

他自顾自地喝着他的茶，续了一次水。

“你就不想向我证明你的做法是正确的吗？”

“今天晚上我没太大的把握。”

“试试看。你不妨试试看。”

“你真心鼓励我？”

“谈不上鼓励,是一个建议。如果你今天晚上的努力不成功,大概你以后也没有多少成功的希望了。”

“你的意思是我只有今天晚上这一次机会?”

“机会倒还会有,成功的希望将一次比一次小。还是试试吧。”

“我必须那么做。”

“非那么做不可?”

“非那么做不可。”

“像你入党的动机一样,也是某种手段?”

“我现在越来越认为那都没什么可耻的。我已经开始崇拜手段。”看了她一眼,他补充道,“但我不会做恶棍。”

“这一次又要达到怎样的目的呢?”

“一切如愿的话,我能当上秘书处副处长。”

他们的语气都很平和。甚至可以说完全是在进行一次推心置腹的交谈,是在努力要达到最深入的理解和被理解。

“也是你那个圈子里的高参们帮你策划的吧?”

“是的。如今我离不开他们,今后更离不开他们;离开他们我看不到自己的前程。我的竞争对手有好几个,他们有后台,有当官的老子,有裙带关系,有人缘基础,有八面玲珑的处世经验。他们能够纵横自如,上下捭阖;在这些方面我根本比不上他们。我要一举压倒他们只有借助社会舆论,形成我的优势,把自己树立为一个正面的新闻人物,树立为一个崇高的典型。我这样做一半也是为了你。”

“夫贵妻荣?”

他冷笑了:“如果我是一个女人,我就不会用你那种讥讽的语调说出这四个字。夫贵妻荣,古今中外,历来如此。起码一百年内,在中国也还会如此。妻能贵,夫也荣。可你贵不起来了,我还能指望你‘贵’起来么?”

“你大概是指望不上了。”

“可我给你的指望,将来要比副处长更多些。”

“你会后悔的。”

“我会感到内疚,但绝不后悔。”

“你也出卖了自己的高尚。”

他又冷笑了:“高尚?高尚有什么实际价值?再深问一层,高尚又是什么?雷锋做过多少高尚的事?但他生前才不过是个上等兵!他所做的那些高尚的事,如果不记在日记里,如果他的日记不被大量出版,谁又知道他很高尚?谁又承认他很高尚?雷锋如果现在还活着,如果他活着就想出版他的日记,我看他照样得请客送礼,拉关系走后门!如果他不想一辈子当一个高尚的上等兵,照样也得做点不那么高尚甚至可气的事!”他说得有些激动起来,声音也大了,“我们共同抚养了一个别人抛弃的孩子,我们为这个孩子操了那么多心!有谁感激我们?有谁承认我们高尚?宁宁会感激我们么?不会!他不知道,他也就无需感激我们!他的亲生父母会感激我们么?也许他们早就把他忘了!根本不再想到他了,现在又有了一个儿子或女儿,生活过得比我们还满意!我们付出了,我们不得到些什么,我们就太傻了!……”

“看来你不但把我研究得很透彻,而且把社会研究得也很透彻了!”她站起来走到另一房间门前,推开门往屋里看了一眼,确信儿子仍睡着,又走回到沙发那儿,但却没有坐下去。

“我不是没考虑过后果,”他又说,“我考虑过。这对宁宁并没有什么。人们很快就会把这件事忘记的。除了我们,不会有人在十年后仍关心宁宁。即使宁宁将来知道了他的身世,我们有理由要求他更加爱我们。再说,我那篇文章中也提到了你,整整一段,四百多字,是这样写的——我的妻子吴茵,为了这个孩子,付出的牺牲比我更大。她是一个无私的女性。她具有一位好母亲的许多美德……不信你看底稿……”他拉开抽屉,翻找底稿。

“别找了。”她说,“你睡吧!我完全相信你是那样写的。我……想出去走走……散散步……”

“散……步?这么晚了,外边还下着雨……”

她朝窗外看了一眼，说，“雨不大，我穿上雨衣就是了。”说着，从门后摘下雨衣，搭在手臂上往外便走。

他抢前一步，挡在门口，神色不安地说：“吴茵，为这件事，你可别想不开……”

“什么意思？”她微微一笑，“怕我产生自杀的念头？你大错特错了，我亲爱的丈夫。我那又何必呢？你太低估我了。我那样做不是太小心眼了么？我不过就是想在雨中散散步……而已……”

“那……我陪你……”他显出还不放心的样子。

“不用。我想单独散散步。”

她拨开他，走了出去……

雨，温柔的雨，在这个八月的夜晚不张不扬地下着，淅淅沥沥地下着。像天上一位神父应付差事地撣向人间的圣水。

她在马路上漫然地走着，并不戴上雨衣的帽子，任凭雨点吻她的头发。静悄悄的马路上幽灵似的飘过来一个行人，撑着伞。从她身旁飘过时，她才从四条腿看出，不是一个人，是两个人。伞下发出一个女人哧哧的笑，和一个男人梦呓似的话：“你真好……”

男人需要某一个女人的时候，那个女人大抵总是成为世界上最好的女人。而为了连女人自己也根本不相信的阿谀奉承，女人就将自己的身体回报。她想，女人真是既精灵又愚蠢的小动物，而男人们爱的正是她们这方面的愚蠢。

她不知不觉走到了江畔。江桥像钢铁的胳膊，从对岸的黑夜中伸过来，单掌撑住江堤，仿佛要将大江挟走似的。夜的黑暗，掩饰着江的湍急。堤灯映亮大江一段段飞驰的鳞躯。

不知为什么，她想走过江桥去，走到对岸的黑夜中去。好像那隔江的黑夜里，蜷伏着一个斯芬克斯，它召唤她去猜破一个谜语。

当她一步步踏上江桥，守桥的卫兵从岗亭中迈了出来，拦住她问：“这么晚了，还过江去吗？”

一束手电光照在她脸上,她被晃得转过了身。

“对不起……”大概因为她是女人,卫兵的声音有些歉意,那是年轻的声音。

她转身说:“不一定过去,就是想到桥上走走。”

“走走?”

“嗯。散步。”

“散步?回家去吧!”

“为什么?”

“不为什么。回家去吧!”

“究竟为什么?”

“哪有这么晚,还下着雨,一个女人独自到江桥上来散步的?”

“我不是穿着雨衣吗?”

“我看见你穿着雨衣了……回家去吧!”

“怀疑我身上藏着炸弹?”

“你千万别误会,我可没那么想……前天,也是这么晚,也是我站岗,一个姑娘,也说要到江桥上走走,结果……江面这么黑,什么都看不见,我根本没法儿救她……”

“你怕我和那姑娘一样?”

年轻的卫兵吞吐了一下,老老实实地回答:“是的。”

真是个好心眼儿的小伙子。她想。

“那我就在这儿站一会儿,行吗?”

“行。”

她伏在水淋淋的铁栏杆上,望着江。江好似消失在大地的黑暗中了,只有视点所及的地方,闪烁着云母般的光。

倏然,一股莫名的冲动,促使她欲翻身跳下去。这股冲动很猛烈,简直难以抗拒。黝黑的江流中,好似向她发出着一种巨大的诱惑,诱惑得她心旌招摇。她并不是想死,绝不是想死,她想飞。想如同一只江鸥似的,刷地展翅从桥上俯冲下去，箭镞一般地飞走……

她双手下意识地紧紧地紧紧地抓牢水淋淋的铁栏杆，不敢稍微放松。

她的头开始晕。

一条手臂轻轻揽在她的腰际：“回家吧！”

她放开了铁栏杆，由于头昏，闭上了眼睛，不由得往后靠在那年轻卫兵的身上。

一只手扯下了她的雨衣帽子，一张男人的脸贴在她脸上。

她一下子睁开眼睛，猛地转过身。

刺刀在黑暗中闪光，年轻的卫兵站立在岗亭旁。

面对面的，是丈夫。

“你出来这么久了，我不放心。”他撑着伞，一条手臂仍揽在她腰际。她的头还是有点晕，在他的挟持下，她机械地随他离开桥栏。

“请等一下。”年轻的卫兵拦住了他们，问他，“你们是什么关系？”

“我是她丈夫。”

“他是你丈夫吗？”又问她。

“是……”机械地回答。

年轻的卫兵这才让开了去路，望着她和他踏下江桥台阶。

她回头说了一句：“谢谢你啊！”

为什么非要说这么一句？她不十分明白，甚至十分不明白。

她没有听到回答，只最后瞥见了刺刀的闪光……

她和他一路没说一句话。

回到家里，她脱下雨衣，又在沙发上坐下了。

他站立在门口看了她一阵，又坐在床边上，并且又低着他的头。

终于，她开口道：“你是在忏悔吗？”

他缓缓抬起头，盯住她的脸，坚定地说：“我不忏悔。”

“你过来，我们谈谈。”

他服从地站了起来，向她走过去，在另一只沙发上坐下，将右手放在茶几上。

“你不觉得你活得很累吗?”她问,声音很低。

“很累。难以想象的那么累。”

“我怜悯你。”她抚摸着他放在沙发上的那只手。

“有时候我也怜悯我自己。”

“我不能再和一个我所怜悯的男人做那种事,即使这个男人是我的丈夫。”

“哪种事?”

“床上的事……你在乎吗?”

“我在乎。”

“很在乎?”

“很在乎。”

“我真感到对不起你。但是我不能够……那会使我觉得像与一个可怜的小女孩搞同性恋一样别扭……”

“你的意思是说……离婚?……”

“不。现在我如果和你离婚,对你很不利。你眼看将获得的一切,也许全成泡影。对不对?何况,我们都有责任为宁宁多想一想。否则宁宁这孩子的命运太不幸了。我们仅仅从道义出发,也该保护这孩子的小心灵不再受到任何摧残,对不对?”

他沉默着。

“从今天起,我和宁宁住那间小屋,你自己住这间大屋。我仍负责买菜、做饭、洗衣服、一切家务。包括对宁宁的种种义务……我们仍在一张饭桌上吃饭……我也仍然礼貌地招待你的客人……”

“而实际上你已不是我的妻子了?”

她抚摸着他那只手。

“这和离婚有什么两样?”

“这很虚伪。”她说,“可我想不出更好的办法。哪怕我恨你也好啊!

可我连恨你都不恨你了,我心中对你只剩下了一种感情……怜悯……”

他用双手抓住她那只手,说:“吴茵,原谅我!我想不到……结果竟这么严重……”

“应该请求原谅的是我。”她使劲儿抽出了她的手,“完全是因为我把事情看得很严重,你才也觉得严重了,对不对?”

她站了起来。

他仰脸不知所措地望着她。

她又说:“你不是认为我不高兴几天,发一顿脾气,事情就会过去的吗?但愿能如你想的那么简单,我也朝这方面尽量努力,啊?……”

她说完,便走入了小屋。

他也缓缓站起来,跟进了小屋。

她说:“你连对我的一点起码的尊重都不保留?”

他说:“让我看看我们的儿子。”

她说:“儿子睡得正香,别弄醒他。”

他说:“你开灯,让我好好看看他,只是看看。”

于是她开亮了小屋的灯。

于是他走向儿子的小床,俯身注视着儿子。缓缓地,他双膝弯曲了,跪下去了。他将他的脸贴在儿子的脸上。

她靠着门框,怜悯地望着他。

他开始亲吻儿子。

她说:“别弄醒他。”

他站起来,低着头,一步步退了出去。

她说:“睡前别再喝茶了,要不你又失眠。”

他什么也没说,替她关上房门。

她关了灯,站在门旁,一只手摸索着将门插上了。

忽然她转过身,双手捂住脸,将自己的身体挤在墙角,紧紧咬住嘴唇,顿时泪如泉涌……

第二十三章

除了星期日的每一天早晨，七点半左右，霞飞路东侧人行道，从路口数第三根水泥电线杆旁，总有十来个人在那儿候班车。

马路对面卖包子的小伙儿，不久前认识了他们中的一个——律师事务所的一个女人。

那女人那一天跨过马路，他并没想到她要买包子，骑上三轮摊车正欲蹬走。

那女人抢前一步问："还有包子吗？"

他没下车，双手扶把，看了那女人足足二十秒钟。

他一边儿研究地瞧着那女人，一边暗自寻思，七八个破了皮儿露了馅的包子，应不应该——不，不存在什么应该不应该的问题，只存在能不能的问题——能不能全卖给她呢！怎么想法子糊弄她都买了去呢？

那女人剪着齐颈短发，贴脸的头发由发卡整整齐齐地卡向耳后，发卡是那种五分钱两个的顶便宜的发卡。如今只有四十五岁以上的城市职业女性，才这么随便地对付自己的头发。她上身穿一件半袖的白色的确良衫，下身穿条长过膝盖半尺的黑色的裙子，很肥，像是睡裙改的，或者更准确地说,这样的一条裙子是完全可以当睡裙穿的。她给人的总体印象是,想把自己打扮得色彩朴素而又具有风度,但风度二字却显然令人同情地与她无缘。她多多少少有点“小”知识分子的矜持的本色,也多多少少有点“小”干部的自尊的清高。上下左右,无线条可言。使他联想到握在交通警察手中的指挥棒。如果她的裙子不是黑色的而是红色的。

“还有包子吗?”

那女人又问。

“有……倒是有……不多了!留着自己吃了,今天的包子馅调得好极了!……”

小伙子沉着地回答,没下车。

“卖我几个吧!”

那女人流露出请求的意思,她这个意思使小伙子备受鼓舞。

“你从马路那边奔我过来了,不卖几个给你,瞧你扫兴而去,我于心何忍呢?”

小伙子终于蹦到地上,他没掀开罩布,而是双手伸入罩布之下,摸索着将那七八个破了皮儿露了馅的包子全装在一个纸袋内。

“半斤,九毛六。”

“这……我只要二两……”

“你看你,早不开口!都给你装在纸袋里了,你才说只要二两!”

小伙子怪眼瞪她。

“那……半斤就半斤吧……”

“什么叫‘就’呀!好像我非多卖给你三两似的!今天的包子好,皮儿薄馅大,没多会儿就快卖光了!”

女人感激地笑笑,默默掏钱包……

小伙子望着那女人跨过马路去,因为自己小小不言微不足道地坑了别人一次,占了点小小不言微不足道的便宜,内心体验着小小不言微不足道的快感。现如今吃亏是很活该的事儿。坑人是不作兴忏悔的。或曰“时代精神”之一种，讲究的哲学是既坑之则安之。

小伙子一点儿也不觉得对那女人不落忍。他重新骑上三轮摊车，马路天使似的，一边轻轻快快地往前蹬，一边引吭高歌：

十五的月亮，
照在家乡照在边关，
宁静的夜晚，
你也思念我也思念。
……

这女人便是姚玉慧。

六年了，姚玉慧一点儿没胖起来。曾一度胖起来些，白了些，但因患了肝炎，一经检查出便已属慢性，渐渐地就又瘦到形销骨立的地步。脸色也由一度的白了些而渐渐地就黄暗无光泽了。她已经三十六岁了。三十六岁的姚玉慧看去像四十多岁了，却比某些四十多岁的女人还显老。然而由于瘦，她脸上倒没有明显的皱纹，也没有白发，但她的的确确是比六年前老多了。那仿佛是一种从心灵开始的老化，使人感到她每时每分每秒都在继续老着，不可须臾改变地老着，一味儿地老下去。

像她这样的女人如同是一面镜子，从这面镜子中显示出从青春到老年是多么短暂！她们使人对悄然过去悄然来临的岁月产生恐惧，对生命之容易枯萎的现象产生惊悸。她们的老就像一株大榕树，在她们内心里盘根错节，遮蔽成不透风不透雨不透阳光的暗幽幽闷郁郁阴凄凄的一个独立王国。她们的情感只能在它的缝隙之中如同一只只萤火虫似的钻飞。那种奇妙的昆虫尾部发出的磷光在她们内心聚不到一起，形成不了哪怕是一小片美好的照耀，只不过是细细碎碎闪闪烁烁地存在着而已。

当年黑龙江生产建设兵团的营教导员，现在是律师事务所的办公室主任。这个足以使一个三十六岁的女人得意的职位,是她母亲离休前替她谋划到的。然而也的的确确经过了一番表面看来似乎完全靠她自己的实际能力的“竞争”,那是必胜无疑的“竞争”,因为本市没有第二位市长的女儿,所谓“竞争”则是出于对她的自尊心的怜悯和维护。由于“一中考场事件”,她的母亲当年受到了党内的纪律处分。母亲的实际能力比女儿的实际能力要强得多。倘若仅仅靠她自己的能力,她根本不可能竞争到比商店服务员、小学教员和普通工人更好些的工作。充其量这辈子只能当上一位小学校的教导主任,连小学校长也没多大指望当上。

姚玉慧与某些干部子女不同。十一年之久的知青经历,在她头脑中形成了极可贵的寻求独立精神的品格。那乃是一个女人对一种独立精神的崇拜,那乃是一个女人对自己命运的拥抱的热情。那乃是一种对真实个性的渴望。一种自我完善的观念的涅槃。一种心灵分裂之后对复合的本能的强烈的愿望。然而可悲在于,十一年之久的知青经历,究其实质,不过仅仅赋予了她品格力量,并没有同时赋予她什么有价值的足以支撑这种可贵品格的真正才干。她曾经具有过的种种“才干”,不过是那个时代恩赐予她的一柄魔杖,攥着魔杖她是强者。如今时代收回了对她的恩赐,她才发现自己原来一无所长,在现实面前产生了心理上的大的慌措。正如一个被杂技表演者旋转了的盘子。不是继续旋转,就是倒下去成为一只普普通通的盘子。变得普通她心有不甘,继续旋转必须依靠外力;她痛苦地选择了后者。这是明智,亦是涅槃的崩溃,亦是渴望的幻灭,亦是热情的耗损,亦是崇拜的坍塌,亦是品格的惨败。人的可贵的乃至高贵的品格,在今天处处遭受着现实的误解和攻讦。某些人在这种情况下往往不得不退缩。社会永远不提供涅槃的显影剂。也永远不会品格化。

律师事务所也是个不乏沽名钓誉者的地方,争夺的目标却是所长或副所长。一位律师同时身兼律师事务所所长或副所长,其社会地位自然不同,站在法律面前的威望便不同。中国的任何地方都有党的领导,律师事务所也不例外,却没有哪一位律师争当党支部书记。在她到来之前,所里党员对担任党支部书记一职,被视为是不得已的事。在她到来之后,她的党内同志们一致推选她当上了党支部书记,对她表现出了十二分的信赖,包含着感激。她党外有职,党内有责。只要她愿意,她便会永远当下去。

她愿意。

她愿意多做些事情。

她领导着八位中国共产党党员和两位预备党员。

每个月过两次组织生活,内容大抵是读报或传达文件。

这样的事她仍很善于做。

一九八六年的每一个月,各类报纸上总有几篇值得一位党支部书记读给党内同志们听听的文章,也总有必须传达的中央文件或省委文件或市委文件。倘若这两件很正经的事都无可做,那么就只有交流交流社会信息了。集中在律师事务所的信息五花八门,如果她每一次都记录,便是一本厚厚的"社会大百科全书"。如果还能出版,肯定创全国畅销书之"最"。

最初她不习惯在党的组织生活会议上,尤其是在她自己主持的党的组织生活会议上听任这类交流。她总想将话题扭转到她认为严肃而有意义的内容方面,她的几次努力都以失败告终。后来她就自觉地放弃这种良好的企图了。再后来她也就习惯了。

律师中的党内同志,谁也不想当党支部书记。每次改选,都将书记大权拱手相让。光荣一直责无旁贷地落在她身上,并且绝对没有一位党内同志嫉妒她。党外律师,不论年轻的年老的,却都在积极要求入党。而党内的她的同志们,对于她屡次强调提出的发展新党员的建议,半点也不来情绪。照她的党内同志们的看法,律师事务所不是党员的四十几名律师中,压根儿再无一人有资格申请加入中国共产党。可她却觉得,某些党外人士,与她的这几位党内同志相比,除了性别高矮胖瘦没法儿强求一致,其他许多方面并非等而下之,甚至可能更强些。要说服她的党内同志承认这一点,真真是艰难至极的工作。任何一个人,哪怕一个平时被尊重的人,哪怕也被她的那几位党内同志所尊重,一旦被她那几位党内同志讨论够不够入党条件时,就差不多变成可恶之徒了。从一个好人身上指出十条缺点是挺容易的事儿,而有时否定一个人的入党愿望时,只需要两三条就足以了。每次进行这种"缺席审判",她都替被"审判"者感到大不公正,替她的那几位党内同志感到羞耻。比如一个对个人名利斤斤计较的人,指责别人买国库券只买够了工资比例而没有主动表示多买几十元是缺乏爱国之心的时候,你能不替前者感到羞耻么?即使那个对个人名利斤斤计较的人是你的同志加兄弟吧!党内的庸才不允许党外的优秀人士入党,而且愈是庸才愈偏执。党内的能力高强者也不欢迎党外的优秀人士入党,而且越是能力高强者,可能愈加表现卑劣。他们有时候倒宁肯对党外的庸才"网开一面"。这种现象也许不普遍,但留心观察,随处可见一二。由教导员而党支部书记的姚玉慧,一个时期内是那么替党感到悲观、失望、沮丧和难过。

任何不正常的现象必伴随着不正常的历史。律师事务所的历史已有四年半。最初只三个人,其中之一是夏守刚。另外两个,一个是他的妻子,一个是他的同学。一九六四年他们毕业于北京政法学院法律系,夏守刚和他的妻子当了中学教员,他的同学当了某工厂的保卫科科长。四年前,当整个社会意识到多年冷落了法律是个多么大的错误时,昔日,政法学院毕业后被发落到各处的理当做律师的人们开始从各个角落被寻找、汇集。一个在司法部门的朋友找到夏守刚,动员他们夫妻归口当律师。他们欣然接受了这个建议。夫妻俩双双很快被从中学调到司法机关。不久,根据司法局的安排,他们就在区里办起了第一个律师事务所。三十多年来法律成了专政的代名词,中国人对法律怀着一种传统的惧怕心理。律师事务所的牌子挂出后却没有谁信任他们、肯聘请他们替自己打官司。人们宁肯将打赢一场什么官司的赌注下在请客送礼、花钱贿赂、找关系走后门方面。

后来本市发生了一起事件：市里一领导干部的公子，逼死了与其结婚不到一年的妻子，法律以家庭内部正常矛盾造成不幸死亡之结论，宣判其无罪。死者没有了父母，只有一个在灯泡厂当工人的老实而软弱的姐姐。姐姐替妹妹的尸体换衣时，瞧着妹妹身上被烟头所烫留下的斑斑伤痕，也只有泪涟涟如雨而已。在场之人，无不义愤。夏守刚夫妻获知后，主动找上那姐姐的家门，代书状纸，打抱不平。这位领导干部先是恫之以势，继而诱之以利；夏守刚不为所动。那位公子扬言要给他点“厉害瞧瞧”，深更半夜猎枪轰碎了他家的玻璃。他的妻子走在路上，祸从天降，被一块不知从何处飞来的半砖击破了头，昏晕道旁。夏守刚发誓：“这场官司非打到底，宁肯家破人亡！”他四处奔走，八方呼吁。他凭一腔汉子血破釜沉舟，终于让他争得了一次开庭重审。

他没白上过政法学院。慷慨陈词，滔滔雄辩，唇枪舌剑，锐不可当。被告也请了一位老律师。老律师很富有经验，从容不迫地进行反驳：“俗话道，清官难断家务事。原告控诉被告有虐待妻子之罪，证据是死者身体被香烟所烫之伤痕。本律师认为，原告的控诉不能成立。起码证明不够充分。且其妻已死，亦无旁证，虐妻之罪孰能定论？仅此一点，足见原告之主观臆断。”

那一天的听众竟达六七百人，有许多人那一天不上班了也要听个结果。

夏守刚沉着地站起身，望着听众，用平缓沉重的语气说道：“适才被告律师借用了‘清官难断家务事’这句俗话，本律师也借用一句俗话是——‘至亲莫过骨肉情’。我提请法庭注意一个事实，即死者有一遗婴。这是被告及其父母均回避的一个事实。试想：被告父母只有其一个儿子，按照人之常情，得孙辈该是天伦之喜，合家之乐，两代皆欢的事吧？那孩子该是为父者掌上明珠，为祖父母者宝贝吧？其实不然。他们根本不爱那孩子！他们从感情上心理上排斥那个孩子！他们视那个孩子为多余之物！因为那个孩子是个女孩儿而非男孩儿！那孩子出生近百日了，至今连个名字都还没有！所谓公婆关怀儿媳，丈夫宠爱妻子，不是事实！事实是：死者崇拜权势，贪图虚荣，轻率地嫁给了被告，然而由于门户之见，她在这个家庭里，虽丰衣足食，却受不到尊重。身是新妇，位同婢女！她终日饮她自酿的苦酒。但在别人面前，却不敢流露一二，唯一能够相与尽述苦衷的，只有她的姐姐。待她生下那个女孩儿之后，便又多了一条罪状。公婆白眼相对，怒其生女；丈夫恶语中伤，喜新厌旧，两拍即合，双方夹攻，迫其离婚。丈夫更施加虐待，终使其不堪忍受，跳楼身死……”

六七百听众鸦雀无声。

夏守刚朝被告侧转身，缓缓抬起一只手臂，厉指道：“你无疑是有罪的！”又朝被告的父母侧转身，亦厉指道：“你们无疑也是有罪的！”

偌大法庭，静如幽谷。但闻一人欷歔成泣，是死者的姐姐。

随后那夏守刚面向法官，慷慨陈词：“想一平民百姓之女，以姿色媚权贵，出入高墙深院，受虐他人不知，实属世间悲剧，自酿苦酒。尤可叹身为党的高级干部者，封建思想根深蒂固，重男轻女悖人之伦常，纵子虐妻逆长辈之德，安知羞耻二字？败坏我们党的声誉！天理昭昭，不予制裁，党纪何在？国法何在？本律师受托于死者亲属，踏碎法院石阶，也要替泉下冤鬼拼得公正二字！……”

言词铿锵掷地有声，听众无不为之动容。

他沉默片刻，又望着被告律师道：“老前辈，您以丰富之经验而压学生之义胆，为真罪人开脱，加莫须有之秽名于死者，学生以为大谬不然。身为律师，视胜负为寻常，但良心应在胸膛！”

之后，夏守刚根据从死者亲属、同事处了解的情况，向法庭提供了被告摧残其妻及其父母纵子虐妻的事实和人证物证，遂使案情清晰起来。经过几次庭讯，终于为原告赢得胜诉。

夏守刚从此为自己树立了口碑，被万千市民所传颂。

不久,他和他的妻子,又胜诉了另一起牵涉广泛的重大经济案。

“律师事务所”的招牌于是为人瞩目。美国人喜爱“超人”。创造出男“超人”,继而又创造出女“超人”,满足他们的男人和女人们的“超人”欲。英国人喜爱“福尔摩斯”。“福尔摩斯”被他们的崇尚绅士派头的老一辈们忘掉了,他们的新一辈便创造出“〇〇七”。让他在全世界各地神出鬼没,一边与各种肤色的女人大大方方地寻欢作乐,一边潇潇洒洒地屡建奇功。法国的男人和女人几乎个顶个儿地喜爱“爱情”,生活中没有罗曼蒂克对于他们就像没有盐一样。中国人却喜爱“包公”,喜爱了好几代,喜爱了好几辈子。没有了“包公”对于中国人来说正如西方人没有了上帝,是非常绝望的事。所以那个夏守刚被A市的万千市民尊为“包公”就不足为怪了。从前信任党支部书记,如今信任“包公”式的人。不在党的“包公”式的人物则更被信任,这是中国的老百姓的心理嬗变。

夏守刚为律师事务所赢得了声誉,他本人被几家企业聘为常年律师。他潜心律师业务,有雄才大展之势。而律师事务所的人员也由当初的三个人扩大到三十几个人了。其中,不乏有志之士。而那些由于种种原因,或想改换门庭者,或想混个闲职者,或想仕途遍达者,也都一律泥沙俱下地涌进这当年门可罗雀的律师事务所。

于是,就有了姚玉慧那几位党内同志被调到“律师联合事务所”担任领导。于是夏守刚便从所长而变为副所长进而变为第二副所长第三副所长第四副所长直至第五位副所长。这些人把一切权力都包揽了过去,甚至连召开一般性经验交流会的权力也包揽了过去。夏守刚对所里的许多事情都不明不白起来。他申请入党,他们暗示他:你不是个人物吗?兴许民主党派更欢迎你这样的人物,去参加民主党派吧!参加民主党派就参加民主党派!他赌着一口气,要来了一份民主党派的党章。可那上边的第一条是——我党在中国共产党的领导之下。他从此彻底打消加入民主党派的念头。心想,那就还是争取加入共产党吧!他是六十年代的大学生,是受过所谓“正统教育”的人,他对党是有感情的。他曾是他那所中学的连续三年的优秀教师,如果不是匆促地离开了教育战线,他很可能已入了党了。他不明白自己怎么就得罪了党,而且分明得罪得那么深,被党视为歧路人了。他痛苦,他很想找一位律师替自己在党面前与那些排挤自己的人打一场官司。但“律师联合事务所”尽管集中了一批好律师,不乏像他自己一样敢于仗义执言者,却没有一个可以承当他自己的律师。即或有人挺身承当,这场官司可到哪儿去打呢?怎么个打法呢?他想“落荒而走”,可又那么舍不得自己创下的这一番事业。

后来,“联合”两个字,被瞧着别扭的党内同志一致决定去掉他了——他们说那两个字使他们想到文化大革命中的“战斗队”。

正在他愤懑无处诉时,姚玉慧调来了,当上了党支部书记。知道她是什么人的女儿,也了解一些她能调来做办公室主任的内幕,他对她敬而远之。

没想到不久之后她却主动找到他头上,问他对党持何种态度。

他当然不愿向她吐露内心真言,干脆拒绝与她谈这样的问题。

她虽遭到了冷淡,又第二次主动找他谈。

她坦率地对他说:“也许你挺瞧不起我的。我实际上是靠了父母才能到这里来当上这个主任的。我只有中学文化程度,而且在中学时还不是个成绩出色的学生;我没有任何专长,没有任何能力。既然党内同志们抬举我,推选我做了支部书记,我想尽我的能力把这个工作做好。你的情况我已经侧面了解了不少,我认为你是全所首先一个应该被发展入党的人。何况你自己并非没有这样的愿望。”

两人对面而坐,隔着桌子。她的双手连同小臂平放在桌上,一手压着另一只手,以坦诚的目光看着他。他的坐法有点特别,一只手臂架在椅背上,从脑后撑着自己的头,使他的脸微微朝左侧仰起;另一只手臂呈“V”形,肘端固定在桌上,指间夹着烟。他那副样子显得相当傲慢,仿佛在用拒人于千里之外的表情说——你干吗又浪费我的时间?但他心里却已对她产生了小小的好感。真话总是能博人好感的。他觉得她那张毫无生动之处的老姑娘的脸,是可以供业余美术班的学生们素描的,取题《冰雕》,或《望着我》。他吃不大透她那种诚恳是习惯的伪装,还是掩饰着的自信。他的经验告诉他,党支部书记,尤其新来的党支部书记,更尤其女党支部书记,需谨慎对待。没有新的干扰,他的日子已不太好过。

她见他固执地沉默着,疏淡的短眉渐渐扬了起来,眼睛却相反地眯了起来。同时,薄薄的舌尖从一边的唇角犹犹豫豫地挤了出来。这就使她那张老姑娘的其貌不扬的脸,显得有几分滑稽。

他无声地笑了,心中不禁产生了一个优越感很强的男人对一个太缺乏美感的女性的同情。

她平静地问:"你笑什么?"

他说:"和党支部书记谈话时不许笑么?"

"笑我这张脸?"

"不是。你的脸有什么好笑的?"

"我的脸常常会使人联想到某类'马列主义老太太'。我对我这张脸很悲观,所以我仍是个老姑娘。"

她说得那么由衷,又说得那么不动声色,就好像收购皮货的人在谈论一张劣等毛皮。他的心被触动了,他的手臂缓缓朝桌上放下来。使人感到挺有力度的一个"V"字倾倒了,变成松弛的"一"。

他无言地将烟头掐灭在烟灰缸里。

"我们得养成承认事实和接受事实的习惯对不对?不管事实是一张脸还是一个党支部。"

这个女人怎么这样说话?他困惑地望着她,她的确面不改色。

"脸是没有什么办法的了,一个党支部的状况却可以扭转。"

"扬长避短十分重要。"

"党支部?"

“不,脸。”

“这我已经习惯了。”她苦笑一下,“不过倒愿意听听你的具体建议。”

“对党支部?”

“对我的脸。”

她很诚恳,很认真。

他内心不安了。

“小姚,”他说,“叫你小姚没关系吧?……”

“叫老姚也没关系。”她说,“叫我姚支书的话可就会显得你阴阳怪气了。”

“小姚,我绝没有想伤害你自尊心的意思!真是的,我们怎么谈起你的脸来了呢!……”

“别那么抱歉,是我首先谈起来的。”

“对党,我是这么……”

她打断他道:“先不谈党,也不谈支部,谈谈我的脸,我洗耳恭听。”

他更加困惑了。

她平静地说:“以前还没有一个人当面对我谈谈我的脸。无论男人或女人。真的,我的脸这辈子就这样了。我不是不想把它修饰得稍微好看一点儿,不是不想使它多少具备点儿女人的魅力。我想,很想啊。可我太不善于了,不会,更怕东施效颦。你刚才说什么来着?扬长避短?……”

“我那话是针对党支部说的……”他急忙解释,“那七位同志都是党员,这是他们的长处。但他们同时又是律师,却都一起案子也没承办过,这是他们的短处。我们毕竟不是一般的业务单位……”

“我知道他们都是怎么成为律师的。强调干部专业化的时候,以工作性质需要为名,一股脑儿就都变成律师了。是吧?”

“是。党外律师同志们普遍对此有意见……”

“我不该剪这种发型吧?”

“这……”

“老姑娘在别人眼里总是一个谜，我不希望我在你眼里也是一个谜。身为党支部书记的女人，被别人看成是一个谜很糟糕。你不觉得我古怪吧？”

“不，不……”

“以前，我在北大荒当教导员的时候，在我眼里只有人。上级，下级，战士；没有男人女人。不，这么说不对。应该说没有男人才对。男人也是女人。不，这么说也不对。我那时不敢把一个男人看成男人，我怕男人。越怕他们，越严肃地对待他们。那种严肃是很可笑的，所以男人们也就有充分的理由不把我看成一个女人。我在男人们眼里仿佛是中性的，男人们在我眼里仿佛也是中性的。他们怕把我看成一个女人他们会犯错误，我怕把他们看成男人我自己会犯错误……”她耸耸肩，又苦笑了一下，“这你没法儿理解。”

“我理解。”他低声回答。

她怀疑地注视着他。

“我理解。”他重复地说，强调自己不是在说谎。他觉得她是一个未免太真实了的女人，真实得令一个像他这样的男人都有些不知所措。在不知所措的窘迫之中他掏出了烟。

她那双叠放着的手此时才分开，一只手向他伸了过来，剪动着食指和中指。

“你吸烟？”

她点了点头。

于是他赶快抽出一支烟，夹在她剪动着的两指间，并且按动打火机替她点着了，自己也叼上一支。

她深吸一口，悠悠地吐尽，接着说：“现在我却变了。和女人们在一起，我总觉得别扭；和男人们在一起，反而能做到很坦率，很真实，很放松，不管男人们是不是把我视为中性的。和女人们在一起不能，即使她们欢迎我和她们在一起我也不能。这是老姑娘的变态心理么?”

“不,怎么能这么认为呢?”

“我难以做到亲近女人,但却绝不会排斥她们入党。”

“我相信。”

她微笑了。

他也笑了。

“我希望你早日是一个党员并非因为你是一个男人。”

“我明白。”

“对这一点你要比我对自己的脸有信心才是。”

“可……谁肯当我的入党介绍人?”

“我。”

“……”

“我们刚才谈这个问题时你不信任我。”

“不信任。”

“现在呢?”

“现在我想请你原谅。”

“这没什么值得请我原谅的。”

“那么……我说我感激你。”

“应该我说我感激你,你必须支持我。”

“我支持你。”

“一个党支部长期采取‘关门主义’是不行的。每一个想入党的人,只要真心实意,在今天都使我感动。我相信你入了党之后,能为我们这个特殊的社会职业做更多有益的事。所以我首先需要你了解我。”

高傲的名声响亮的中年律师垂下了他的头,他的眼睛有些湿了。他觉得这个身为党支部书记的老处女,具有某种足以使男人们敬畏的东西,不仅是一种使他这样的男人都会感到不知所措的真实。他竟希望她是个好看的女人。

“小姚……”他站了起来,走到她跟前,注视了她好一阵。又退后几步,上下打量着她说:“听着,你是不应该剪这种发式。索性再剪短点儿,吹成更利落的女运动式。因为你的脸虽然瘦,却不显得长。那样一种发式衬着,可能会好些……”

她问:“你有把握?”

他说:“有。”

“那我接受你这个建议。”

“男人在这方面对女人的建议,也许比女人对女人的建议更有价值。”他的目光落在她的鞋上,摇了摇头,“从哪儿搞到的?”

“我在北大荒时买了好几双,还是托上海知青从上海买的呢。”

“穿了可惜,明天别穿了,收藏着吧。如今大概在全市也很难找到十位穿这种带扣襻布鞋的女人了!买双漂亮的皮鞋穿吧。哪天让我爱人陪你去选择?她一定会包你满意的。你不反对吧?”

“哪儿的话!”她一笑,“别把我看成女人的仇敌。”

“没那个意思。你三十几?”

“三十四。”

“我四十四,整整大你十岁,完全有资格做你的老大哥。”他走近她,拍拍她的肩,庄重地说,“其实你并不像你自己以为的那么丑。”

“你用不着安慰我。”她说,“更用不着怜悯我,我也快向老姑娘生活告别了,有未婚夫了,他时刻准备着做我的丈夫。有自己的家,有丈夫,住房条件挺好,工作也让人羡慕,三十四岁已有十四年党龄,还是个处级干部兼党支部书记,将来再生个孩子。一个女人的生活达到这样一般也就不错了吧?”

“相当不错了!”他显出几分替她感到乐观的模样。

“齐了?”

“基本上齐了。”

“参加我的婚礼?”

“一定参加。”

……

此后他们的关系并没怎样进一步密切,然而他绝对地信任着这位女党支部书记。尽管于今两年过去了,他仍蹲在党的大门口,而她仍是老处女。她的那位未婚夫还是未婚夫,仍忠心耿耿地时刻准备着做她的丈夫,似乎她也在时刻准备着做妻子,却谁也不知道他们究竟为什么还迟迟不结婚,还在准备什么。她经常采纳夏律师的批评性的建议,虚心改正,在风韵方面却总不见有什么可喜的改观。

两年中在她艰苦卓绝的说服工作下,党支部总算吸收了三名新党员。三名非常老实的,业务上一点儿也不出色的人,二男一女,介绍人之一都是她。她原先那几位党内同志,抱怨三名新党员入党之后都不那么老实了。因为三名新党员在需要明确表态的情况下,差不多总是站在她那一方,而她的党务工作又几乎是无可指责的,没有任何正当的理由在改选时把她选下来。并且,那几人中也开始分化,有两个人已经开始向她靠拢了,她在某些问题上已经足以争取多数票了。所长、一位副所长和秘书长,都不免暗暗后悔。他们认识到了原先被他们放弃的党支部书记一职,并不仅仅是过组织生活时的读报人,也开始是一种权力,却难以重新夺回。

而三十六岁的老处女,从二十二岁起当过八年一呼百应的营教导员的姚玉慧,如果说对工作还有女人的选择愿望的话,对权力这东西则早就丝毫也不感兴趣了。权力给她造成的人生损失是太大了。办公室主任也罢,党支部书记也罢,于她都是工作,仅仅是工作。甚至可以认为,在一个女人所应有的一切欲念之中,做好工作乃是她的最主要最强烈的欲念。女人的其他方面的欲念恶毒地嘲笑她。她只能靠紧紧抓住那更属于男人们的仿佛被烘制成了干货的欲念活着。如同瞎子以耳代目。在所长、副所长和秘书长看来,她是一个被他们低估了的专擅权术的女人,事实上他们是将她估计得太高了,一个老处女的正直和一个党支部书记的“权术”,像烈酒和酒精一样容易被混为一谈。

今天,为了夏律师的入党问题,她是要和她的对手们干戈相见了,并且她是有准备的。对手们有没有准备,她不得而知。

你们若没有准备可就会败得很惨了。她不动声色地望着他们,稳操胜券地想。与自私、狭隘而偏执的男人们较量,并且击垮他们,她觉得是一大快事。

会议室里。气氛并不异常。

“我们来学习一篇文章吧。”姚玉慧说着向大家扬了扬手中的《支部生活》,随即翻开,朗声读道:“论‘关门主义’的心理症结——姚玉慧……”

“姚什么?……”秘书长懵懂地问。

“姚、玉、慧。女兆姚,玉石的玉,智慧的慧。”

“和你重名?”

“谁和我重名?”

“这个姚玉慧啊!”

“我就是这个姚玉慧。”

“你?……”所长和副所长“友邦惊诧”,仿佛她是撒切尔夫人在主持一次中国共产党的支部生活会似的。

“我就是我。这有什么值得大惊小怪的?我当营教导员的时候就已经是《支部生活》的特约通讯员了。这上面不是第一次刊登我写的文章。”她看了秘书长一眼,又说,“请你别再打断我。”

秘书长尴尬地笑笑。所长从铁烟盒里拿出一支烟,抛给了秘书长。

“我先读编者按:这是一篇好文章。言简意赅,投矢中的。鞭辟入里,足以使党内‘关门主义’者们汗颜羞愧。希望党内少数‘关门主义’者们学后躬身反省,引以为鉴。”

所长干咳了一声,副所长也干咳了一声;秘书长咳了一阵子,一口烟没吸顺呛的,非咳不可。

“现在我读正文：何谓党内‘关门主义’？它有如下表现——一、排斥别人入党。尤其排斥那些能力比自己强，思想比自己先进的人入党。二、手拿两面镜子。一面显微镜，一面放大镜。只照别人，不照自己。先用显微镜，后用放大镜照。以为自己是一朵花，看别人是土坷垃。偏执于极大的真实。三、手操‘党票’为资本。若非庸庸之辈，必是好妒强者。以党内庸庸而骄矜于党外，以党外之妒而经营于党内。以上三点，究其实质是一个‘怕’字。怕什么？怕与党外的横向比较中不再能获得什么，怕在党内的纵向竞争中失去什么。怕‘党票’贬值，幻想奇货可居……”

“什么……”秘书长又欲打断她。

她用手势制止了他，解释道：“‘奇货’，奇怪的奇，货物的货。”

所长一手摩挲着下巴，两眼盯视着她，拖腔拖调地问：“这么比不太合适吧？”

她平静地回答：“文责自负。”

副所长旗帜鲜明地说：“党组织的全国性刊物，责任编辑竟然没替你删去这四个字，我看是失职嘛！”

“通篇只字未改。”她笑了笑，“当然，任何比喻都是有缺陷的。”

“你这么说我不同意！”秘书长脸红脖子粗。

“不是我说的。是列宁说的。”她收敛了笑容。她的话抢白的意味儿十足。

他们便都沉默了。

所长又向秘书长抛过去一支烟。

“你有批评的权利。”她侧目望着秘书长，“你可以向《支部生活》直接提出你的质问，与我保持联系的编辑叫万德明。”

他们不失尊严地继续沉默着。

“我看今天就先读到这儿吧！再读下去更会时时被打断。我这篇文章不短呢，五千多字。才读了还不到十分之一。”她合上了《支部生活》往椅背上放松地一靠。

他们相继表情冷峻地站了起来。

“别走啊,还有内容呢。”她说,连看也不看他们。

他们只好又坐下。

“老李,把电扇停了,嗡嗡地响着讨厌!”

老李起身去将电扇停了。

时间显得那么静。

她看了看手表,说:“两件事,很快就结束。”

没人开口,都默默期待着她。

“头有点疼。”她自言自语,闭上了眼睛,一手托肘,一手按摩眉心,一边说,“第一件事,夏律师的入党问题。如果我没记错,今天是第六次讨论了,意见始终不一致。能不能把‘入党志愿书’交给夏守刚同志?首先是,在座的诸位中,有没有谁怕他入党?咱们都是党员,关上门,一家人。干吗都闷声不响?都怕?还是都不怕?我看再讨论意见也统一不起来,干脆请大家举手表态……”她说完,停止了按摩眉心,举起了那只手,却并没睁开眼睛。

“老李,替我宣布一下结果。”

“六票同意,三票不同意。”

这个结果是在她预料之中的。

“怎么忽然就头疼起来了呢?”她缓缓放了举着的那只手,又开始按摩眉心,同时低声说,“压倒多数。会后,我将作为介绍人代表支部把‘入党志愿书’发给夏守刚同志。”

静悄悄的沉默。

“现在,讨论第二件事,我们支部今天又到改选期了。还是采取简单的惯例,无记名投票吧。老李,也还是你来统计。”

也不知是谁,凑近她耳朵,用极细小的声音问:“要不要风油精?”

她坚决地回答了一个字:“不。”心想:也许更加感到头疼的不是我。

片刻,老李说:“结果出来了。”有点过分庄严的语调。

“宣布。”

“六票对三票。”

“谁？”她明知故问。

“你。”

“我是谁？”

“姚玉慧。”

“大声点。”

“姚、玉、慧。”

“诸位，散会吧！”

一阵椅子响动之后，周围复归安静。

她吁了口长气，伏在桌上，头枕着手臂，想在这安静之中小憩一会儿。

走廊里有人大声说：“该吃午饭了。”

她抬起头，懒懒地站起来，拖着脚步，回到自己的办公室。

她将那些败坏食欲的东西又用破纸袋包了起来，想想，说：“告诉办公室小刘一声，我下午回家了！”说着，双手捧起纸袋，急火火地走了。

半个小时之后，“律师事务所”党支部书记兼办公室主任，独自出现在一家西餐馆里。就是吴茵带着儿子一次花了二十九元九毛二的那个西餐馆。早有三十几个男女占据了三张桌子，吃得挺豪爽挺热闹。

她见那场面，没往里去，在紧靠门的一张供两人就餐的小方桌旁款款落座，招来服务员，要了三菜一汤，一瓶啤酒。酒菜顷刻上齐，她往杯里倒满啤酒，仿佛对面坐着个人似的，举了一下杯，心中暗说：“姚玉慧，为祝贺夏律师入党，我和你干一杯！”杯唇吻嘴唇，缓缓倾斜杯子，无声无息地一饮而尽。随后又往杯中倒满酒，拿起刀叉，从容进餐。她偶尔一抬头，发现那三桌人中差不多有一半儿在注意她，便站起来重摆椅子，背对他们坐。却发现服务员在望着她。她便放下了刀叉，直愣愣地盯着服务员姑娘那张脸。直盯得对方转过身去，才又拿起刀叉。低着头刚吃了几口，觉得对面坐下了一个人。她也不抬头，自顾从容地吃。三块牛排吃掉了两块，一份奶油番茄汤喝了半盘，想起还有一杯啤酒没喝，就放下刀叉，伸手拿起了酒杯。坐在她对面的是个女人。她的目光一落在那女人脸上，就没法儿移开。那张脸太熟悉了！一时又回忆不起在哪里与对方见过。反正她断定对方是一个从她的记忆里走来坐在她对面的人。

"你是……姚教导员吧？……"

教导员？……当年她是一个大营的教导员，在这座城市里起码有一千五百个人是她当年的战士。她不愿在饭店在剧场在公共汽车上在公园里在马路人行道上随时随地被叫做"姚教导员"或者被问"你是姚教导员？"姚教导员早该烟消云散了！是又怎么样？难道三十年后她是老太婆了你们也是老头老太婆了还念念不忘我曾是你们的教导员么？活见鬼！千载不朽万古不衰的"姚教导员"！难道我想忘却的，你们合谋起来偏不许我忘却么？

"你认错人了。"她冰冷地说，恼火地瞪着对方。

"我没认错，你肯定就是姚教导员。"对方一点儿也不介意她那种恼火的目光。

真他妈的！她垂下目光，不再理睬对方，自顾吮饮杯中之酒。

"教导员，我是徐淑芳啊！"

"徐淑芳？……"她慢慢放下了酒杯，一时间不知说什么好。

"教导员，你在哪儿工作？"徐淑芳亲近地注视着她。

"我……在律师事务所……"

"教导员你当律师了？"徐淑芳眼中闪耀出由衷钦佩的光彩，"教导员你真了不起，真为我们北大荒返城知青争气！"

姚玉慧的脸倏地就红了，赶紧声明："我这样的怎么能当律师呢？做一般性的管理工作。"

"那又当领导了？"

"办公室的小头头。"

“能在律师事务所当个小头头也够不简单的啦!”

“你呢?你在哪儿工作?”

徐淑芳从肩上取下精巧的小挎包,打开来,翻出了一张名片递给她。

“多少人?”她接过,见赫然印着“百花玩具厂厂长”。

“上个月又招了一百二十人,五百多人了。”

姚玉慧顿时对自己这个当年的女战士刮目而视。她怀着几分敬意说:“你成为一个女强人了吧?”

“哪儿呀!”徐淑芳不好意思起来,羞惭地说,“一个小厂,什么什么还都不够正规呢!”却又不无骄傲地补充道,“如今我们的产品打到香港去了,年底将会在日本出现。等我们的新厂房落成了,教导员,我一定请你到我们厂参观参观!”

姚玉慧不禁笑了,低声说:“别再称我教导员了,都哪辈子的事儿!”

徐淑芳也笑了:“那怎么称呼?”

她沉吟了一下,认真地说:“叫老姚吧!”

“老姚?你才比我大两岁!”

“那就干脆叫我的名字。”

“姚、玉、慧?……”徐淑芳注视着她的脸,摇了摇头,忽然说,“叫大姐吧!要不叫慧姐,挺顺口的。就这么定了!来,认识认识我的客人们!”说着站了起来。

姚玉慧本来不肯,却身不由己地被徐淑芳从椅子上拽了起来,半拖半拽地来到那三桌人之间,把个姚玉慧窘得不行。但看得出徐淑芳对自己的亲近是真的,不忍太令徐淑芳扫兴,只有讪讪作笑。

“诸位,”徐淑芳,大声说,“她是我当年的教导员姚玉慧!我当年的返城证明,是她经手办的。是她一次次往团里打电话,甚至亲自往团里跑,团里才批准的……”

姚玉慧听着,内心感动不已。徐淑芳,徐淑芳,没你这么好的女人!你若能够,兴许还会为此给我姚玉慧立块碑吧?

“教导员如今在律师事务所工作,当然是领导工作!”徐淑芳说着,一一向姚玉慧介绍那些以各种各样的目光注视着她的人,“这是上海第二玩具厂的张厂长,这是北京西单百货商场的经销部副主任老倪,这位是我们厂的驻京业务员,这位是天津玩具厂的……教导员你看我们厂虽小,朋友单位却不少吧?他们都支持过我们,今天我是代表全厂向他们致谢的。……”

六年不见,徐淑芳已不再是当年那个处处怯场的令她可怜的苦人了,言谈举止落落大方很有风度。她的脸比六年前胖了些,化了淡妆,显得挺有神采,挺妩媚,挺生动。她那双眼睛在姚玉慧看来也比六年前明亮了,顾盼之间闪耀着充分的自信。她的发型很优雅,瀑布似的泻到肩部,自然地向内卷曲。如果她不说出她的名字,当年的教导员是无法认出这个在生产建设兵团喂猪的女兵的。她穿的居然是一件旗袍,而且是一件紫红色的旗袍,而且无袖,裸着白皙的圆润的双臂。极透明的肉色的丝袜,将她的双腿紧束得苗条而挺拔。一九七九年那个寒冷的冬天之后,姚玉慧就再也没见过她。这三四年内,甚至再也没想起过她,早把她忘却了。她也变得丰满了,做工精细的那件紫红色旗袍,将女人身体的一切骄傲的美点都衬托出来了。姚玉慧呆呆地瞧着她,感到异常震惊。当年生产建设兵团那个穿着肥大兵团服的瘦弱纤小的女知青,何以竟会变成眼前这样一个富有魅力的女人呢?徐淑芳,徐淑芳,靠了什么,生活没将你这个苦人儿压扁搓碎?靠了什么,你越变越美?是养生之道?是健美秘诀?是系列奶液?还是爱情?你又爱上了一个什么样的男人?更使姚玉慧惊讶的是,她发现徐淑芳手指上戴着一枚金戒指。是结婚戒指?也许是喝了酒的缘故,徐淑芳满面红光。姚玉慧观察到,那些男客都非常乐意和徐淑芳谈笑,那些女客也都很尊敬她,对她很有好感。自卑夹杂着可耻的妒意在心中涌动着。姚玉慧忽然想到,自己和徐淑芳站在一起,一定是显得很干瘪很丑陋很令人讨厌的。一种痛苦噬咬着她的心,她竭力保持住脸上那种不自然的笑。

“小徐,别让我凑这份儿热闹了!”她说着,就要走回到自己的餐桌去。

“教导员,见了你我今天格外高兴,给我点面子!”徐淑芳恳求地说,握住她的一只手不放,又大声对她的客人们说,“诸位,请共同举杯,为我和我的教导员不期而遇干一杯!六年啊,我们整整六年没见面了!”说着,先敬给姚玉慧一杯酒,然后高高举起了自己的酒杯。

那些男女客人都很乐于接受这个意外穿插进来的小节目,都很善于营造气氛。十几只杯同时与姚玉慧手中的杯相撞,使她应接不暇。

“教导员,请!”

“教导员,有空儿出差北京,到我们单位去玩!”

“教导员,需要从上海买什么东西的话,跟小徐厂长说就行!”

“教导员……”

“教导员……”

“教导员……”

那些客人们竟也口口声声称她教导员!一张张陌生的面孔在她眼前交替更变。一只只冒沫的杯子友好地和她的杯子相撞,脆音悦耳。她记不清她的酒是在一个男人还是一个女人的怂恿之下干了的。而那位四十多岁的面孔比女人还白净的张经理,双手托着啤酒瓶子站在她旁边,不失一切时机地往她的杯子里倒酒。

“围剿”之下,她连干了三四杯,便觉得有些酒力冲顶。

“不行不行,诸位,这样可不行!”徐淑芳见状,慌忙横身在她面前,替她护驾道,“可别把我的教导员灌醉了!教导员,你坐下。”扶她在一把椅子上坐了下去。

“你没法改了!”姚玉慧嗔怪地仰脸瞪着她。

徐淑芳抱歉地笑了,对她的客人们说:“我的教导员不许我称她教导员。你们怎么称呼我不干涉啊,从现在起,我叫她慧姐了!”说着走向姚玉慧坐过的那餐桌,将她的筷子和小盘拿了过来,摆在她面前,又道,“教导员,不,慧姐你吃几口菜吧!”就往她的小盘儿里挑选地夹着菜。

客人们这才纷纷落座,然而都不动筷子,都在从各个角度望着她们。也许徐淑芳对姚玉慧的亲热和尊重,使大家对姚玉慧这个其貌不扬的女人莫测高深,陷于不敢等闲视之的印象之中。

徐淑芳说:“诸位,各自为战!我陪我教……我陪我慧姐吃。我俩有贴心话要交换!小余,你替我多多关照大家!”

……

“教导员,你……结婚了没有?……”徐淑芳近近便便地和姚玉慧坐在一块儿,悄悄地问。

当年的教导员摇了摇头。

“我帮帮你忙吧?”

如果不是徐淑芳,是别的什么人,在这种场合,竟敢问她结婚了没有,还说“帮帮你忙吧”之类的话,姚玉慧必定愤然变色。对徐淑芳,她却不能。连她自己也觉得奇怪究竟为什么不能,连她对徐淑芳此时此刻的嫉妒都是温柔的,致使她暗暗宽容着自己,并且不觉得可耻。

徐淑芳,徐淑芳,你和我都是女人,是两类根本不同的女人。我真想问问你,究竟依赖于什么,你竟能长久左右我对你的感情?你一出现在我面前,我就无法疏远你冷淡你?而我已疏远了许多人冷淡了许多人,包括我的母亲,弟弟,妹妹……

徐淑芳又悄悄地问:“教导员你究竟要找个什么样的男人啊?”

姚玉慧夹起一个鹌鹑蛋,又放下了,说:“已经有一个男人愿意做我的丈夫了。”

“干什么的?”徐淑芳那双好看的眼睛笑得眯了起来。

“大学讲师。”她用筷子漫不经心地拨着那只鹌鹑蛋。

“嘿!”徐淑芳端起了杯,“这可值得干一次吧?”

“值得吗?”

“当然!”

“好吧。”于是她也端起杯。两个人并没碰杯,目光注视着目光,无声地长吸慢饮,倾杯而尽。

徐淑芳的脸也红了起来。在姚玉慧看来,红得那么美!

“我脸红了吧?”她问。

“红了。”徐淑芳老实地告诉她。

她从来也没有在这么样一种场合与别人谈自己的婚事。然而她看得出来,徐淑芳认为这是她们之间最重要的话题,她迁就了。尽管她发现同桌的人看去都似在互相交谈,其实侧耳聆听者居多。徐淑芳不在乎,她便也不在乎。

“小徐,你呢?”

“哪方面?”

“还能是哪方面?”

徐淑芳缓缓转动着手中的空杯,微笑不语。

“说啊!”

“现在不说行么?”

“不行。”

徐淑芳手中的杯停止了转动,瞧她一眼,垂下目光,违心地回答:“刘大文……”

“刘大文?……”

“你连他也不记得了?”

“金嗓子?……”

“嗯。姚守义介绍我们来往的。”

姚玉慧半天没说话。

“教导员,你对他印象不好?”徐淑芳疑惑了。

“很好。”她沉思地说:“我只不过是在想,我们女人是否逃脱不了结婚的命运?”

“干吗逃脱呢?”徐淑芳笑出了声儿,悄悄说,“我太愿意做妻子了,真的教导员。每天很累啊，有个丈夫爱我，累也会觉得活得有劲儿！”

“他还中你意么？”

“还行吧。”

“你中他的意么？”

“谁知道呢！才见过几次面……”

“我要忠告你，做继母很难。做一个好继母更难。”姚玉慧的目光中，习惯地流露出了女教导员对女兵的责任感。她自己要熨平女教导员的印痕，其实也不容易。在某种特定的情况下，这位老处女仍会不知不觉地扮演一切人的教导员。宇航员在戴帽子的时候都会想到自己曾在太空飞行过。失重状况于他们是一种愉悦和满足。

徐淑芳却从姚玉慧眼中领悟到了纯粹的爱护。恰如姚玉慧在徐淑芳面前无法不被旧角色所推动沿着过去的生活轨道逆行一样，当了一厂之长穿着旗袍戴着金戒指的徐淑芳，也无法彻底摆脱是教导员在与自己谈话那种过去时的心理。心理也不但有它的历程，而且有它的历史。

她那戴着金戒指的手向姚玉慧放在桌上的手伸过去，似乎想握住它，刚触到它，又收回去。那只手一时不知该具体做什么，像只蜗牛似的从光滑的桌面上退了回去，最后“匍匐”在她膝上了。

她低声说：“教导员，你真好。”

老处女又看到了自己当年的女兵的戒指，正正经经地问：“真金的？”

徐淑芳略一怔，微笑道：“真金的。厂里那些年轻的女工们整天怂恿我买一只戴，我只好满足她们的愿望。在一些无关紧要的小事儿上，当领导的得善于迎合群众的情绪，是不是教导员？”

两个人都沉默起来，互相体恤地注视着。

在这种沉默之中，在这种互相注视之下，她们都获得着极大的满足。于一方是情意的满足，于另一方是心理的满足。都包含着微妙的感激，都是不动声色的给予。

“教导员，也许只有你，才肯对我这么说……不过他那两个女儿很亲近我,我也从心里喜爱她们……”

“这就好。别生我的气……”

“为什么?”

“刚才我没能一眼就认出你……”

她们仍彼此注视着,渐渐地都微笑了。

一个矮小的五十来岁的男人走到她们跟前,手中拿着一盒“大重九”,恭恭敬敬地对姚玉慧说:“姚教导员,请吸支烟吧?”

姚玉慧不失身份地略显犹豫地抬头望着他那张悬挂了太多讨好表情的脸。

徐淑芳替她回答:“教导员不会吸烟。”

不料姚玉慧却从对方手中接过了一支烟,还说:“我会。你以前从没看见过我吸烟罢了。”荡漾在氛围中的只要她不表示讨厌便足以缭绕着她的虚虚实实的敬意,使她不由得飘然起来,何况她有几分醉了。

徐淑芳怔了一下,从那个男人手中无言地要过打火机,替自己当年的教导员点着了烟。

那个男人得寸进尺地说:“姚教导员,我想单独与您交谈几句,请赏个面子。”

“坐这儿一块交谈呗!”徐淑芳嘴上说着,同时用自己的膝暗暗碰了碰姚玉慧的膝。

律师事务所办公室主任兼党支部书记并不愚蠢的头脑这会儿变得反应迟钝了,她立即站起来爽快地说:“别客气,我这人随便得很。”就跟随那个男人绕到屏风后去了。

徐淑芳暗暗叫苦。

屏风后务实的交谈:

“姚教导员,是这样:今年上半年我与徐厂长签订了一份合同,那批玩具很畅销,几个月就出售一空,领导让我再来联系一批,我也向领导拍胸脯打了保票,可是徐厂长……她没成全我啊!我是老采购了,回去不好交差呀！这事儿非您出面帮着说句话不可，徐厂长肯定不好意思驳您的面子……”

“就这么一件事儿？”

“是的，是的，就这么一件事儿。在您不过三言两语，在我，嘴皮子磨破了也不行。徐厂长有时相当不照顾面子。成了我们保证有酬金！”

“我不需要酬金。”

“姚教导员您千万别误会，我可绝没有贿赂您的意思！求求您了，求求您了！鄙人代表我们领导求……”

“不必多说，跟我来吧！”姚玉慧胸有成竹，大包大揽。

两人转过屏风，走到徐淑芳跟前，姚玉慧一手搭在徐淑芳肩上，指着那个思维敏捷的矮小男人说：“小徐，他那事儿，给我个面子！”

姚玉慧话音不高，却使许多人将身体或头朝她们转了过来。

狡猾的矮小男人怀着毫不掩饰的庆幸在一旁笑脸相陪。

徐淑芳已料到了这么个结果，心中恼着男人的足智多谋，脸上却呈现出郑重的表情，款款站起道：“教导员，他那事儿，我们一定再商量！”

徐淑芳可没醉，这种场面她早已经历得多了，这种情况她也面临得多了。她说的是一句给自己留有充分回旋余地的外交辞令，巧妙地维护了自己当年的教导员的遭到轻视就等于遭到伤害的自尊，也许给了那狡猾的矮小男人一个实际意义不大的希望。

那矮小男人却在众目睽睽之下自鸣得意，抓起一筒刚刚起开的啤酒，首先倒满了姚玉慧的杯子，接着倒满了徐淑芳的杯子，之后举起自己的杯子急切地说：“君子一言，驷马难追。姚教导员，请务必陪我和徐厂长干此一杯！”

醉意蒙眬的姚玉慧正想端起酒杯，被徐淑芳抢先举过去，微笑道：“君子无戏言，酒量也是可观的。为男人的精明，我干两杯！”言罢，双手持二杯，一杯复一杯，从容而尽。

四座为她的豪饮大鼓其掌。

她轻轻将两只杯子放下,彬彬拱手道:“再有敬者,恕不奉陪!”

为姚玉慧不至于醉倒,她是有点舍命相拼了。

姚玉慧有些晕眩了,以这位当年的生产建设兵团教导员在北大荒陶冶出来的酒量,如果是独斟慢饮,三四瓶啤酒不足以醉倒她。而今天的情形大为不同,返城后她没再经历过这般热闹的场面,更没再成为过喧宾夺主的中心人物。敬意对老处女尤其不是多余的东西,她今天是心先醉了。醉得满足,醉得愉悦。

“小徐,我……该走了……”她含糊地说,却并没站起来,腿发软了。她没把握能自己站得起来,她还没醉到意识混乱的地步,唯恐自己在众人面前稍有失态。

细心的徐淑芳看出她的教导员醉了,不免因没有对她的教导员采取保护性的限制暗觉惭愧。她知道她的教导员当年是有酒量的,未料到她的教导员这么轻易地就醉了。

她对席间一个小伙子招了招手,吩咐道:“小李,送教导员回家。”言罢,以一种亲近的而不是担心的姿态将姚玉慧从椅子上扶持了起来,又对众人说:“各位请便,我送送我的教导员!”挽着姚玉慧的手臂缓步向外走。幸亏被徐淑芳挽着,姚玉慧脚步沉着离开得还相当之体面。

徐淑芳挽着姚玉慧跨出门,一级级迈下台阶,将姚玉慧请入一辆崭新的“伏尔加”,并关上车门。

姚玉慧从车窗伸出一只手,徐淑芳用双手握住了她的手。

姚玉慧用赞许的口吻说:“小徐你成熟多了!”抽回手又说,“你简直像一位大使夫人!”

“教导员,你是有点看不惯我的装束吧?我自己起初也别扭,可需要我出面接待的人太多了,不只是今天你见到的这些人们,也有港商,外商。我们这个小厂还是市里的企业管理模范典型,经常有外宾来参观。我这个女厂长,总希望自己给人家留下的是美好的印象。女人的魅力往往能变成谈判桌上的主动权,你同意不,教导员?……”徐淑芳忽然意识到自己说了一句不该说的话，顿时不安地缄口了，暗暗谴责自己竟然冒犯了自己当年的教导员近乎神圣的尊严。

姚玉慧的满足和愉悦被横扫去了一大半。她倒没有怎么不高兴，只是有点失意。

她庄重地说："也许吧……车费我付。"

开车的小伙子替徐淑芳回答："付什么车费啊，这是我们徐厂长的专车。"

姚玉慧情不自禁地"嗯"了一声。

徐淑芳却已从车旁退开。

"伏尔加"转眼上了快车道。

"你们厂长有专车？"

"这有什么奇怪的啊！每年向市里交一百多万，厂长没专车像什么话？"

"你们厂长怎么样？"

"哪方面？"

"各方各面。"

"简而言之，没说的！"

"怎么叫没说的？"

"没说的就是没说的呗！"

"具体点。"

小司机侧脸看了她一眼："大伙儿喜欢她！"

"为什么？"

"她爱笑。"

"爱笑？……"

"大伙儿也爱看她笑。她对大伙儿一笑，大伙就觉得心里舒畅。有些当领导的整天绷着个脸，好像每个工人都欠他八百吊似的，工人宁肯少看他一眼，多看一眼电线杆子！有些当领导的整天笑模笑样的，像个笑面儿虎,对哪一个工人都嘻嘻哈哈的,一心想跟工人打成一片似的,岂不知工人心里腻烦透了他!我们徐厂长微微一笑,能笑到你心里去!就这么回事!”

姚玉慧不再问什么,将头仰在靠背上,微微合目,若有所思。她不愿睁开眼睛,不愿从车前镜中看见自己的脸。她在心里对自己说:姚玉慧啊姚玉慧,也许你命中注定了将永远是不幸的。三十六岁的其貌不扬的老处女,常常希望自己某一天早晨醒来,变成一位满头银发,满脸皱纹的老太婆。她真想一夜之间跨越目前这段未老而老的尴尬的年龄阶段!美既然不属于自己,那么就让老快点到来吧!老是丑的最高明的化妆师,因而人们仅用美与丑对男人和女人进行评论,从不对老人进行同样的评论。老人是人类的同一化的复归。普遍的男人们和女人们对普遍的老人们的尊敬,乃是人类对自身的同一化的普遍的认可。因而人们对老人们更加强调的是善与恶的区别。姚玉慧深信自己的心灵的本质是善的,尽管那里边常有女人的嫉妒作祟,但她的心灵从不允许嫉妒转变为恶。嫉妒是每一个人心灵里的寄生虫。不是人的心灵中和了它们,便是它们蛀空了人的心灵。对于漂亮女人们的种种嫉妒,在姚玉慧心灵中常生又常灭。她深信自己成了一个老妪的时候,它们也便会老了。像珊瑚虫变为珊瑚一样,钙化了,死了。她深信它们绝不会比自己活得更长久。因而相信自己会成为一位善良的老妪。无所谓美,无所谓丑;又老,又善良,满头银发,满脸皱纹,目光慈祥。那时她也要对人人都微笑,笑到人们心里去;那时人们也许便会由衷地尊敬她,不唯尊敬,而且喜欢。那时人们也许便会这样评论她:多好的一位老太婆啊!多么善良!多么可亲啊!对于我,赶快老了是多么美好的事呢!她想。

刚才所体验到的那种满足和愉悦,被小司机评论徐淑芳的话,又横扫了一次,这一次是一扫而光了。现实是咄咄逼人的。她只能一天天地渐渐地老,一天天地熬过她时时觉得痛苦的这一段年龄,至少还要熬十五年。十五年啊!世上有多少其貌不扬的男人却找了个年轻漂亮的老婆,而女人若其貌不扬,真难能做女人啊！更加可悲可叹的是,她的灵魂仍执拗地拥抱着完美。执拗的灵魂啊,它像一头走失在荒野之上的羔羊,咩咩叫着,前后茫茫,左右苍苍,于迷津中不知向何处归去。它时时绝望,在绝望的痛苦的压迫之下扭曲着,翻滚着。灵与肉本能地分离着,致使她不得不经常扮演两个角色:一个是古怪的老处女,一个是自恃独立的党的优秀的处级干部。她根本不知道哪一个更是她自己。

倘若她今天意外碰到的不是徐淑芳,而是袁眉(如果刘大文美丽的妻子还活着的话),她也许不会在满足之后产生这么多痛苦的想法。袁眉的美丽是当年被公认的,袁眉从来就是美丽的。而徐淑芳从来就不是美丽的,起码在兵团的那些年从来就不是美丽的,起码在她这位当年的教导员眼中从来就不是美丽的。从来就不美丽的徐淑芳如今却变得风姿绰约,仪态楚楚,变成了一个充分显示出三十多岁的女性那种丰腴之美的女人,仿佛熟透了却仍悬挂枝头诱人摘取的果子。此刻脱离了西餐厅内那种众目所向的氛围,徐淑芳的变化在她心理上造成巨大的震惊。老处女对人是堡垒对己是幽宫的内心世界,在震惊的当时似乎还岿然不动,此刻却基墙动摇,砖石纷落,上塌下陷,尘土飞扬！

满足后的失落意识是极端可怕的幽灵。

满足是幸福的一种形式,比较是痛苦的一种形式,忘记是自由的一种形式。在各方面她都从来没有真正满足过,在各方面她都处于经常的比较之中在各方面她都无法彻底忘记过去。她整个人是一个虽然成立然而无解的多元的方程式。

“姚教导员,您该下车了。”

不知何时,“伏尔加”已停在律师事务所与市法院合资盖的那幢宿舍楼前。

“看您有点醉了的样子,我也没问您就开到这儿来了,您住这儿吧?”

她是住这儿。六楼,朝马路的窗子。

她却说:“不,我不住这儿。”

她不想让小司机确定地知道她住在哪儿,也就等于是不想让徐淑芳确定地知道她住在哪儿,她不愿再见到徐淑芳了,她害怕再见到徐淑芳,同时害怕自己心灵的不堪一击的孱弱。

“教导员您多包涵!”小司机发窘了,自责地说,“怪我,怪我。本来我是应该向您问清楚的。”

她宽宥地说:“不怪你,怪我,怪我没告诉你。”

“现在您可得告诉我了!”

“往前开吧。”

“好,往前开就往前开。”小司机又扭头看了她一眼,看她酒劲儿过去了没有似的,目光中有几分不解。

“往左拐。”

“伏尔加”拐向了另一条马路。

“第一个十字路口,再往右,往右一点点就行……”

小司机不问,也不再看她。

“在站牌那儿停……”

车停后,小司机抢先下了车,替她打开了后车门。

她跨下车,心里着实觉得太对不住这小司机,向小司机伸出了一只手:“再见吧,谢谢你。”

小司机却不与她握手,尽职尽责地说:“我们厂长吩咐我要把您送到家门口哇!”

她愣了一下,垂落伸出的手:“那又何必呢?”

“可我得给我们厂长个令她满意的交代啊!”

“你就说把我送到家门口了嘛!”

“那不是向我们厂长撒谎么?我可从来没向我们厂长撒过谎!”

“也用不着把你们厂长的每一句话都当成圣旨。”她嘲讽地笑笑,“我又不是小女孩儿。”

一辆无轨电车靠站，不停地鸣喇叭？

小司机只好慌忙钻入“伏尔加”。望着“伏尔加”驶远，她才转身往回走。

车上几分钟，车下数里路。酒劲儿是过去了，两腿却还是有些发软。

登上六楼，依着楼梯栏杆喘息了一会儿，她才掏出钥匙开了门，身心疲惫地走入目前还是她一个人的家。

这是个挺不错的家。两室一厅，摆设布置已初具规模。她的母亲替她想得很周到，因为自己的女儿保证能分到两室一厅，才最终决定将女儿塞进律师事务所。

“瞧你慢性子劲儿的，脱衣服也那么斯文！”

她的卧室忽然传出她妹妹说话的声音！

“不会突然闯来什么人吧？”

男人的声音！

卧室的门朝她半开半掩着。

“告诉你多少遍了！除了我姐姐谁也不会来！”

从半开半掩的房门她望见了大衣柜的镜子。从镜子里望见了妹妹完全赤裸的白皙的上身。

接着，一个男人的一丝不挂的身体扑入镜中。浅褐色的，不算强壮，可也绝不瘦弱。

老处女变成了一尊石人。她仿佛被铁水兜头铸在那儿了。她的灵魂在她的生命之外看着别人的生命的最原始的本质。

白皙的……

浅褐色的……

“石人”复活了，跶跶地向阳台逃奔。

她站在六层楼的阳台上燃烧。

城市在她眼底喧闹着，车水马龙……

她有点儿恶心，想呕吐，却呕吐不成……

她不禁地闭着眼睛伏在阳台的水泥栏上,前额枕着手臂。

她觉得自己像一把草,正在被烧尽。

“姐……”

飘荡在空中的声音。

“姐!……”

她缓缓地直起了腰,缓缓地从水泥栏上放下了手臂,缓缓地睁开了眼睛,缓缓地转过了身。

她诧异于自己并没有被烧尽。

妹妹娉立在小厅。衣衫整齐,只是头发稍乱,鼻孔似乎还因过度的冲动而扩张着,脸上似乎还残留着纵情肆欲的感人的快活。

她一步步走入小厅,站在妹妹面前。

“他呢?”

“让你吓跑了。”

“是谁?”

“还能是谁?小赵呗!”

“哪个小赵?”

“还能是哪个小赵?我那个小赵呗?谁料到你悄没声儿地就回来了!……”

妹妹不无怨恼。

啪!——凶狠的一记耳光。

妹妹整个身子都摇晃了一下,差点儿倒下去。

“说!你哪来的钥匙?”

“田老师那儿……”

妹妹捂着脸,不屈服地瞪着她。

“你骗来的钥匙对不对?”

“那又怎么样?小赵早晚是我丈夫!”

妹妹强硬起来了,理直气壮。

是的，早晚是那么回事儿，那是肯定无疑的。虽然她只见过那个小赵两面，一次是妹妹把他带到了这儿，向她炫耀炫耀；一次是过端午节合家团聚的时候。她却明白，小赵已经得到了她父母的承认，已经算是她们姚氏家族的成员之一了。在妹妹的顶撞下，她反而觉得无礼的仿佛是她这个当姐姐的了。

“我要告诉爸爸妈妈的！”

“告去！告去！现在就告去！告诉了又怎么样?!”

是啊，告诉了又怎么样呢？连爸爸妈妈也会认为她未免小题大做吧？小题大做么？……难道不是么？……

妹妹毫无羞色，那样子分明还感到十分败兴。

“你要不是我姐姐，我们才不会到你这儿来玩呢！”

玩？……好游戏！……三十六岁了她从没这么玩过，也是第一次撞到别人这么玩……她无法靠想象体验那真正玩起来会感觉怎样……

如今某些人们在生活中是越来越公然地毫不忸怩地理直气壮地强调那种感觉了。她知道，她却仿佛是超度于其外的。像龟离开水也能活一样。龟和鱼究竟有哪些方面的根本不同呢？

难道是我自己变得不可理喻？……

在妹妹的振振有词的反攻之下，她困惑了，不知说什么好了，不知所措了。

她可怜地怔了片刻，猛转身避入自己的卧室。

床上凌乱不堪，床单皱了。她觉得被蹂躏脏了，她感到她的世界中最神圣的位置被污染了；她的方舟，而实际上它也的确是被污染了。

他妈的怎么竟变成我自己无理而又无礼了呢?!

一只男人的丝袜搭在床沿上。黑色的，好似一条肥胖的娃娃鱼，要爬下床，又怕摔死。

她的枕头在地上。那是更神圣的，她的不容触犯的一部分。

她捡起枕头，放在床畔的椅子上，随后从床上扯下了床单，连同那条丑恶的"娃娃鱼"卷成一团,抱着闯出了卧室。

妹妹已坐在小厅的双人沙发上了。头发看去已不蓬乱,模样那么娴雅,那么文静,那么安泰,那么一种单纯可爱的神气,那么若无其事,什么尴尬也没有发生过似的,只是挨了一记耳光的那边脸,仍有些红,红得恰到好处,红得秀色可餐。

发生过什么事儿么?

她简直怀疑了!

自己神经错乱了?

坐在那儿的是妹妹么?

以一种怜悯的眼光望着自己的是妹妹么?

像一位宽厚的母亲望着低智能的女儿一样望着自己,并且决定原谅女儿的一切乖张的任性的无缘无故的发作方式的,是比自己小十四岁的妹妹么?

然而自己不是刚从自己的卧室闯出来么?怀里不是正抱着自己的被蹂躏了被污染了的床单么?床单中不是还裹着那只男人的黑色的丝袜么?

太他妈的了!即使是自己的妹妹也太他妈的了呀!床单倒并不很主要了,是与非更主要了。怎么自己有理的时候也常常不明不白地就变得好像无理而且无礼了似的呢?难道应该请求原谅的倒是自己了不成?!

她将床单朝妹妹摔去,喊道:"你得给我洗!洗不干净不行!"

床单抖展了一部分,包住了妹妹的头。妹妹将床单从头上不慌不忙地扯下,卷了卷放在身旁,耸耸肩平静地说:"我给你洗,保证洗干净。家里有洗衣机,又有阿姨,干吗不充分利用?你还有什么需要洗的?统统找出来吧。"

文静的妹妹,平静的话。

在妹妹怜悯而宽容的目光的注视之下,她竟觉得自己仿佛真是一个低智能的小女孩了,仿佛真是在乖张的任性的无缘无故的发作和宣泄了。

而妹妹却是似乎有着惊人的涵养的。

她一时感到难堪极了,难堪得竟想像个小女孩似的大哭一场。

她竟低声说:“对不起。”

妹妹又耸了耸肩:“没什么对不起的,你是亲姐姐么。”

依然那么平静,依然那么文静。

听妹妹这种语气,她分明地是错定了,错得连平静下来与妹妹平平静静地讨论讨论的余地都没有了,错得只剩进行解释的份儿了。

“我……我回来之前喝酒了……”

“明知自己肝不好还喝酒。”

“啤酒,喝得不多。”

“坐下吧。”

好像主人不是她,是妹妹了。

她惭愧地在妹妹身旁坐了下去,转脸看着妹妹,赔了个笑脸,问:“真没生气?”

“有什么值得生气的?”妹妹瞅着迎面无物的白墙,自言自语地说,“谁也免不了扫兴的时候。本来我们今天挺快活的,还以为能在一起度过五六个小时呢,结果你突然地就回来了,冲散了我们不算,还打了我一记耳光,什么事呀!”

“我不是向你解释了么,我喝酒了……”

“那也不至于的呀!姐,你太没风度。”

“什么风度?”

“不说,没意思。”

“我觉着你们……”

“我们怎么了?你说说,我们究竟怎么了?你对我发火总得多少有点道理吧?扫兴的是我,不是你。可我对你发火了么?我从不毫无道理地对别人发火……”

“是啊,我喜欢发火,无缘无故……”

“那你以后就改改。你若不是我亲姐姐,我才不受这份儿委屈呐。”

委屈? ……

我当姐姐的已经开始一句接一句地认错,你当妹妹的倒开始一句接一句地数落起我来了! 老姑娘就处处都不占理了么? 而且让谁去评这份儿理呢? 她又困惑了。不是对妹妹,不是对刚才那件令人难堪的事儿,而是对生活本身。她忽然意识到,似乎经常和她作对的,并不是人,并不是一些男人或女人们,而是生活本身。生活就像妹妹本身一样,妹妹就像生活本身一样。她和妹妹之间,似乎早已没有了一条能够衡量是与非的共同的准绳;她和生活之间也似乎早已没有了这样一条准绳。这样的一条共同的准绳是曾有过的,而那时候的生活很不对劲儿,而那时候的她自己也很不对劲儿。都不对劲儿的时候却那么和谐,那么一致,那么明白,那么明确。非常之不对劲儿而又使人感到非常之对劲儿。如今的她变化了,变化很大。她觉得自己是在努力朝良好的方面变化着。一边无可救药地老着,一边拯救自己地变化着。如今生活也变化了,也变化很大。她像普通的人们一样,心悦诚服地认为生活也是在努力朝良好的方面变化着。一边令人欣慰地进步着,一边令人吃惊地变化着。难道她不是在和生活一齐努力朝良好的方面变化着么? 可为什么那种和谐却没有了呢? 那种一致却没有了呢? 那条明白的明确的应该共同具有的准绳却没有了呢? 可为什么应该使人感到非常之对劲了却反而又使人感到似乎非常之不对劲了呢? 是我变得太慢了抑或根本没有变? 是生活变得太快了抑或人们变得太快了? 究竟是我困惑我迷茫还是生活本身困惑着生活本身迷茫着呢? 难道人与生活之间根本就不应该有根本就不可能有根本就不必存在一条共同的因而也是和谐的一致的明白的明确的准绳么? 或仅仅是老姑娘们根本就不可能有根本就不必有根本就不配有? 究竟是有好还是没有好呢? 她认为没有这样一条准绳自己简直就是无法生活的,难道别人比如妹妹居然会因为没有而生活得更轻松更自然更自觉么?她是早已经习惯了与生活保持和谐与生活保持一致与生活之间保持一种明白的明确的关系。这应该肯定地说是一种良好的生活态度良好的习惯啊!可为什么生活仿佛总是要随时抛弃她似的呢?这又将如何是好呢?问题不在于那件难堪的事不在于妹妹的占足了理似的数落不在于那被污染了的蹂躏了的床单,问题在于她不明白不明确不懂一点儿也不懂,而她那么希望想明白那么希望想明确那么希望自己能懂那么希望一个是与非一个公正的事理……

妹妹丝毫也不觉得尴尬,丝毫也不觉得难堪。觉得理直气壮,还觉得受了委屈。觉得尴尬的却是她,觉得难堪的却是她。进而觉得词穷理短的也是她,进而觉得羞愧难当的还是她。这便很对劲了么?往往是这样不明不白的。今天又是这样!对生活本身的困惑对生活本身的迷茫使她愤怒!

她猛地站起,朝房门一指,几乎是咬牙切齿地说:“小妹,你给我出去!”

妹妹翻眼望着她。娴雅、文静、安泰。目光中依旧包含着怜悯也包含着宽恕。

她恼怒至极,厉喝:“别装模作样!给我立刻出去!滚!”

妹妹仍那般镇定,面带高贵的隐忍,不失尊严地站了起来,不失尊严地向门口走去。在门口,妹妹转过身,望着她摇头:“姐,你太没风度。”

“少废话,把钥匙留下!”

妹妹从手腕捋下了拴在松紧绳上的钥匙,抛到沙发上。那副表情对她说——姐,我永远也不会再来了。

她从沙发上抓起卷成一团的床单,凶狠地朝妹妹甩去,吼道:“洗不干净我还要找你算账!”

妹妹像接球似的接住,嘟哝了一句:“神经病!”便出去了。

妹妹极有礼貌地轻若无声地带上了房门。

妹妹真有好风度。

她复坐在沙发上,陷于孤寂。

妹妹去年也入党了,妹妹也是她的党内同志,妹妹还是市级“精神文明”标兵;其中没有家庭的作用,没有父母的作用,没有什么弄虚作假的成分。认识妹妹的人,没有说妹妹不好的。不管男的女的,老的少的,没有不喜欢妹妹的。妹妹一边做党员,一边做“现代派”。一边做“精神文明”标兵,一边热衷地寻求各种愉悦甚至各种刺激。两方面都做得相当有分寸,相当之出色。妹妹两方面都要,两方面都不甘失去。妹妹是和谐的,妹妹周围的人们竟承认这种和谐。妹妹是个圆,是圆舞曲。

而我是什么呢?我是一个不等边三角形么?难道不是么?无论哪一个顶点都似乎承受着不匀的力的作用。似乎无论哪一个顶点都是不可更动的。稍一更动,整体便散架了。我究竟变了没有?我为什么变来变去还是一个不等边三角形?我为什么不能是圆?为什么不能是圆舞曲?

困惑、迷茫、孤寂。

连衡量党员和标兵的准绳也不那么明白那么明确那么“准”了。妹妹如果变得像她一样很可能便入不了党;她如果变得像妹妹一样整党时很可能便过不了关。妹妹如果变得像她一样谁也不会喜欢妹妹,小赵那个恃才自傲的“朦胧派”诗人也不会希望成为妹妹的丈夫。她如果变得像妹妹一样,恐怕连人们对律师事务所办公室主任和党支部书记的起码的敬意也将失去了!刚才她从床上看到的妹妹和坐在沙发上的妹妹,竟好像也是那么和谐,那么一致,那么完美似的。那无疑就是一个妹妹啊!难道生活中又是有着某种和谐,某种一致,某种完美的么?……

陷于孤寂、困惑、迷茫之中的老处女,一门心思想要解析生活,解析妹妹,解析自己,却怎么也不能开窍。

窗外忽然传来一阵刺耳的警哨声。

她百无聊赖地又踱到阳台上,居高临下观望。十字街头堵塞了十几辆各类汽车,围聚着一群人众,穿黄制服的交通警察们正在驱散着人群。

可能是出车祸了,她淡淡地这样想。

从阳台上慢慢踱进屋里,重新落座在沙发上,一动也不动,心中感到一阵躁闷。

孤寂,无聊。不知该做什么事好。无事可做。

探身将电话从茶几上捧下来,放在膝上,两脚互相蹬掉了鞋,侧卧在沙发上,开始拨一个号码。

"喂,哪一位呀?"听筒里传来女人的温和的声音。

"姚玉慧……"

"小姚啊,找老夏?他在所里呀!"

"我上午见到他了。不找他……"

"那找我?……"有几分惊奇。

"嗯……"

"什么事儿?"

"我告诉你,支部要把'入党志愿书'发给夏律师了……今天上午开会……"

"噢……"语调拖得很长的一声,"这事啊!快五十了,当律师的又不是在大机关里,入不入的有什么呢?也就他呗,还偏和那几个人赌口气非入党不可!他一跟我提入得了入不了党的事儿我就腻烦……"

这番话和她此时此刻希望听到的话恰恰相反。

"小姚,你认识电话局的人吗?"

"我不认识,我母亲好像认识局长……"

"家里这电话不是老夏当所长时安的吗?如今老夏早就不当那个所长了,还安着公家的电话,我总怕人家说三道四的。几次让所里派人来拆,所里也不派人来。拆了算了!我们可都不是爱占公家便宜的人。拆了我们再自费安呗!又不是拿不出那么一笔钱。对不?你哪时回家问问你母亲,如果真认识电话局局长……"

“不用拆,也不用找电话局局长。夏律师他还得当原先那个官儿!”

“谁说的?”

“我。”

“小姚,你可千万别为他上上下下地活动!成功了我也不许他再当!我们交往归交往,可用不着这样。他当对你又有什么实际的好处呢?……”

“这不是什么感情交往问题!我个人也并不图什么实际的好处!”她觉得受了极大的侮辱,啪地放下了听筒。

隔会儿,电话在她膝上响了起来。她发愣地瞧着它,不拿听筒,它响了一阵,不响了。

她将电话放回原处,一时间非常希望能有个人与自己交谈些什么。即使是妹妹也好,是小赵也好,是徐淑芳也好,是那个小司机也好;不交谈也好,坐在她对面或坐在她身旁就行。

忽然她觉得自己需要的不只是一个人,而且是一个男人。一个活生生的男人,一个能使自己产生某种激动的男人。需要一种获得,一种强烈的,能使自己战栗起来的获得。否则,她觉得自己那么坐着坐着,似乎会在一个小时之内化成一股青烟消散了似的。以至于她竟被那种莫名的恐惧包裹住了。不敢再那么坐着。她不由得站了起来,走向卧室,而又不愿走进去,立在门口,神经无故紧张地望着大衣柜的镜子。

镜中没有白皙的肌肤,没有浅褐色的肌肤。

镜中只有她自己:脸色苍白,头发稀疏,形销骨立,其貌不扬。像个男性化的憔悴的女人,亦像个女性化的不健康的男人。

她一转身又回到小厅里拨电话。拨了好几遍没人接,她极不甘心地拨个不停,终于通了。

“找谁?”男人干巴巴的声音。

“找田老师。”

“哪位田老师?我们这儿两位姓田的呢!”

“教英语的田老师,田非!”

“不在!”

“同志!同志您千万别放!求求您啦,我找他有急事儿!十万火急的事啊!他可能在宿舍,麻烦您替我喊他一下,求求您啦!……”

她全身都紧张着,故而那语调也是紧张的。她唯恐对方不愿去找,继续恳求:“同志,行行好!行行好……”

“十万火急?……你耐心等着吧!……”

等了很久很久。其实并不算久,不过她自己觉得很久很久罢了。一听到她所渴望的那个男人的声音,她竟激动得差点儿哭。

“哪位?……”

“我……”

“玉慧?你在哪儿给我打电话?”

“家……”

“什么事?搞得我慌里慌张的!”

“我要你来一下……”

“这……今天晚上我和朋友约……”

“我不管!你一定得来!否则你永远也别来了!……”她对着话筒大声喊叫。

“行,行,我去,我去!……”

“立刻动身!”

“立刻动身……”

“我等你……”情不自禁的温柔的一句,她慢慢放下了听筒。

其后她开始坐立不安。坐立不安了一会儿便将自己关进了洗漱间,找出了一块别人送给她的法国香皂,据说是较高级的一种,用来洗澡,肌肤一整天都可以保持一种自然而清淡的紫罗兰的馥郁。就用这块没用过的法国香皂洗了个洁洁净净清清爽爽的冷水澡,并且用买了半年多也一次没用过的吹发器笨拙地吹了头发。没能吹成令自己满意的发型。

其实她根本不知道自己究竟要将自己的头发吹成怎样一种发型和怎样才能吹成一种有点风格的发型，只是按照原式吹干了而已。她本想吹出几个卷儿，却没敢，没把握。她认为夏律师说得很对，自己太不该剪这么一种古板的发式。要不要擦点增白粉蜜呢？犹豫了一阵，放弃了这念头。增白粉蜜擦在自己脸上，那是会被他一眼看出来的。她可不愿被他看出来，更不愿被他揣摸到自己内心最底层的那种浮躁的渴望。但是她涂了唇膏，那种渐显的变色唇膏，并且描了描眉，并且使用睫毛刷将自己的睫毛刷得挺成功。在自己整个这张脸上，最给她些安慰的是睫毛，它们还算没什么可挑剔的。八十年代女人们拥有的化妆品美容品，她不缺少，一概有；不过在今天之前她一概不用，那些价钱不低的东西在今天之前不过是她完全多余的奢侈品。修饰与不修饰大不一样。望着镜中自己那张发生了些微变化的脸，她对欢迎他的到来有了些信心。欢迎？……在自己的注视之下，自己的脸红了。是的，难道不是在渴望地期待着他，准备欢迎他么？……她还是第一次主动约他来……为什么？想干什么？……困惑……迷茫……自己对自己产生的大的困惑大的迷茫……不想弄明白……只觉得一种生命的强烈饥渴一种生命的强烈欲望一种生命的强烈需求在燃烧着她的血液。

她离开洗漱室，匆匆走入卧室，打开衣柜、皮箱，挑选合适的服装更换。她也不算缺少服装，甚至不乏质地高级样式新颖的服装；她十分喜爱高级的服装，漂亮的服装，尤其喜爱样式新颖的女人的夏装。她很舍得花钱买，却不穿，当然不是舍不得穿。偶尔心境格外好时，夜晚独自在家里穿穿而已。它们之对于她也仿佛是些完全无用的奢侈的东西。今天则不同了，今天她竟觉得哪一件也够不上漂亮够不上新颖。她将它们堆了一床，挑来选去，最后挑选了一件旗袍，一件墨绿色的旗袍。徐淑芳穿得，我为什么穿不得？那是她出差到广州时买的，无袖，开衩很高。徐淑芳穿的开衩也不低！怀着种向谁挑衅似的心态，她换上了它。立在衣柜镜前旋转着身子左照一会儿右照一会儿，她认为夏律师曾对她说过的另一句话也是真话——她并不像自己判断的那么丑。现在这样子是否可以打个六分呢？六分就行！他也不是十分的男人，顶多也就六分……

将床上那堆衣服乱七八糟地塞入皮箱，塞入衣柜，她又翻出新床单新枕套铺换。那是一张价值六百余元的双人床，是父母与他谈了一次话之后替她买的。父母与他谈了些什么，她未问过，他也未说过。

欢迎前的准备无可再做，她从窗台上拿起一本书，仰躺在床上看起来，一本《获奖中篇小说选》。看了几页，吸引不了她，放下不看了。不知不觉，她竟睡着了。

等她被一阵敲门声惊醒时，天已经黑了。

她的第一个动作是扯亮了床头灯。灯光在橘黄色的透明灯罩的过滤下，使房间映耀着幽幽的温情的暖调。

谁？……几乎没有一个人天黑以后来过。天黑以后她的“城堡”是悬起吊桥的，孤独的女王早已习惯于孤独地享受孤独。

猛地她明白了门外是谁。

她一跃而起。第二个动作是跨到了大衣柜镜前……

鞋！……居然没换鞋！脚上穿的是双旧鞋！……

幸亏照了照镜子！要不多可笑！

敲门声又响了起来。

“等一下，就来啦！”

她高叫着，慌慌张张地找鞋换。鞋也是不少的，没时间认真比较了，从衣柜底下拖出一个鞋盒，她换上了一双很新的样式相当之美观的细高跟鞋。她不但喜欢漂亮的样式新颖的女人服装，也喜欢漂亮的样式新颖的女人的各种鞋，那于她更类乎一种收藏的癖好。

却找不到一双新袜子了。白天穿的那双袜子在洗漱间，淹在水中呢。

她只得赤裸着脚穿上了那双皮鞋，觉得不会走路了。一小步一小步地走到门前，稳稳心神之后才打开了门。

“你怎么才来？”她嗔怪地问，尽量显出镇定自若的样子。

“刚想动身,朋友到了……”他说着,已走进房间。

她关上门,站在门口又问:“什么朋友?”

“两位外国朋友。”他在沙发上坐下,奇怪地问:“怎么不开灯?”

“这盏灯……坏了……”她撒谎,“你进卧室瞧瞧,我新买的床单怎么样?”

他便起身走入了卧室。

“不错,我也不喜欢花的,喜欢条格式的。”

站立在黑暗的小厅,从大衣柜镜子里,她望见他在床畔一端坐下了。半秃顶,身材瘦小,衣着整洁,戴副黑色宽边的眼镜。不生长胡须的白净的脸上有着一种知识分子的斯文,一种矜持,一种思想深沉的样子。

就是这个男人将要成为她的丈夫,英语水平相当高,离过一次婚,用英文翻译出版过一本小三十二开的薄薄的外国爱情诗选,《大众电影》和《大众电视》的最忠实的预订者,月票夹里总爱夹一张印有女明星玉照的年历片。就这些,构成将要成为她丈夫的这一个男人,一个四十六岁的男人。

在可能乐意和她结婚的为数不多的男人中,他也许是最出色的一个了,也不算老,她没有任何理由怀疑自己是幸运的。认识他之前和认识他之后却并未感到幸福或不幸福;结婚之后幸福不幸福她也无法想象无法预知。有一点她是明白的,放弃了这一个男人或者被这一个男人所放弃,也许永远不会有比这一个更出色点儿的另一个了。是放弃,只能说是放弃,而不能说是抛弃。她和他谁都没太大的自信说抛弃谁。

还有一点她也明白——她今天晚上需要他,需要一个男人。而他正是一个男人,一个虽然不算活生生但是活的男人。除了他,她不可能再用电话在这种时候招来一个男人。

那种需要无法转移,无法平息,无法抑制。

它在她的心房里在她的血管里呼号,像一个饿极了或渴极了的婴儿响亮的啼哭。

她要获得眼前这一个活的男人。

她的灵魂激动不已，索索地战栗着。

“你怎么不进来？”

“我……”

她一小步一小步地走入了卧室，站立在门旁，贪婪地盯着他。

他像看一棵树似的看着她，仿佛在猜想这棵树是真树还是假树。

“你不是说你在家等着我么？”

“我一直在等着你。”

“没出门？”

“没出门。”

“我还以为你到哪儿去了刚回来不久呢。你穿旗袍不好看。”

“不好看？”

“嗯。你太瘦，撑不起来。体态丰满些的女人穿旗袍才好看，会显出线条。”

“我穿着一点儿也显不出么？”

“一点儿也显不出。”

他首先给予了她一个不小的失望。

然而她并不怎么沮丧，因为他说的可能是实话，诚实是男人的好品质，证明他的确是有令她感到幸运的方面。

她和他是在婚姻介绍所认识的，至今她也不知道是谁替她花了五元钱手续费在婚姻介绍所登的记。

在她决定与他见面那天，婚姻介绍所和她年龄相仿的一个女人问她：“相信科学吗？”

她回答说她相信科学。

“相信科学就好。你和将要见到的那个男人，是经过电脑周密计算排列组合在一起的，也可以说是科学的组合。”

“电脑？……”

她又有点不相信科学了。

“当然。从日本进口的。你和他的参照数据仅差一点儿,你应该感到理想。”

人家看出她怀疑,允许她试试。

她在人家的指导下,输入一个假生日——二〇〇〇年一月一日。

电脑呼呼地响了一会儿,吐出来的字条上写的是——等你出生以后再说。

她没理由再怀疑什么了。

他也相信科学。于是他们进行到现在。

她姗姗地走到大衣柜前,又观看自己。

“腰这儿,不是有些线条么?”

“那是旗袍的线条。”

她用手去抚摸镜子,不再说话。

“你老是站在那儿抚摸镜子干吗?”

“我觉得镜子有点脏。”

“我看一点儿也不脏。”

的确不脏。在灯光的映照下,镜子反射出橘黄色,和一个橘黄色中的墨绿色的自己。

她渴望从镜子里另外看到什么。

血在周身沸腾。

“你怎么了?”

“没怎么啊?”

“你不是说找我有十万火急的事儿么?”

“啊,就是想……让你看看我新买的这床单儿……”

她离开镜子,姗姗地踱到床前,在床畔另一端坐下了,身子斜倚着被。

他开始侧身注视她。

她用双脚蹬掉了高跟鞋,将腿从他面前举起放到床上,一条伸直,一条蜷着,也默默地注视他。

他的目光从她脸上移到了她腿上。

她的目光也从他脸上移到了自己腿上。

她将旗袍的下裾撩到身上,低声说:“我的腿还是挺白的,是吧?”

“是的。”他说,就伸过一只手来抚摸她的腿。

她便闭上了眼睛,整个身体都紧张地绷紧了。

他忽然扑在她身上,压住她,抱住她,吻,抚摸……

她呻吟起来,扭动着,扭动着,也紧紧地搂抱住了压在她身上的这一个男人,却觉得什么也没有搂抱住,搂抱住的不过是自己似的……

这种迷乱了的体验仿佛是经历过的……

一种同样的体验从意识的最底层渐渐苏醒,像两张湿透了的宣纸,与此时此刻的体验在现实的水盆中贴在了一起……

那又是在什么时候?那又是在什么地方?……

“营长!……”

她猛地睁开了眼睛。

他不说话,他继续蹂躏着她。

她朝镜子望去,看到了他,看到了自己。他和自己的样子都很丑,活生生的丑,比平时更丑。

“不!……”

她坚决地叫道,使劲儿一推,将他从自己身上推到了地上。

他跪在地上,眼镜掉了,双手一边摸眼镜,一边望着她嘟哝了一句什么。

她慢慢坐起来,将双腿垂到床下,抻了抻旗袍的下裾盖住两膝,歉意地说:“我……忘了插门……”

他摸到了眼镜,戴上,说:“我去插。”站起来就去插门。

“我去!”她赤着脚抢先一步,其实她是要离开床。对门的那个单元还没搬来人家,不插门也是不必提心吊胆的。

然而由于仿佛冥冥之中的那一声“营长”,她惊出了一身冷汗。

保险锁被她的手轻轻一拧,钢舌无声地伸入锁口,房门将室内和室外保险地分隔成了两个世界。她第一次在这么晚的时候,将一个人和自己一起关闭在她的“城堡”里。而且这一个人是一个男人。尽管对她来说,他的身份是未婚夫,但未婚夫毕竟不是丈夫,也很可能不再是未婚夫。

她觉得自己仿佛是大无畏的,勇敢的。她犹豫片刻,开了小厅的灯。

“咦,你不是说那盏灯坏了吗?”

“谁知道怎么又亮了,时亮时不亮的。”

“你进来啊!”

“你出来吧。”

他出来了,用欲火燃烧的目光望着她。

然而她自己的燃烧时刻却过去了。在期待着渴望着很长时间之后,一阵短暂的晕眩似的过去了。

她又朝卧室内望去,朝大衣柜镜子望去,继而望着他的脸。

在那张男人的脸上,欲火将斯文破坏得那么厉害,那是很丑的一种表情。一想到自己刚才的表情可能像这一个男人的表情一样,她羞耻得无地自容。

这不真实,她想;这太不真实!他那样,而我也那样。在那样的时候,我是丑的,他也是丑的。

在那丑得令人震惊的真实中不是明明存在着令人震惊的大不真实么?……

她却不想放他走。

她怕,怕此刻她的“城堡”中只有她自己。

“你怎么发起愣来了?”

“我……咱们听音乐吧!我买了几盒好磁带……”

她说完,就去摆弄书架上的录音机。

“听,多美的音乐……”

她说着,退到沙发前坐了下去。

音乐很美。

他怔怔地望着她。

“你坐下啊!”

他走向沙发,和她挨得不能再近地坐了下去。

她两眼盯着录音机,一副全神贯注欣赏音乐的样子。

他的一只手伸向她的旗袍下,抚摸着她的腿。

她将腿并拢,用双手抱住了。

“你要是没什么事儿,我就走了。”他不得不收回了他那只手。

“别走……”

“太晚了,乘不上车怎么办?”

“住这儿……”

“那我不走。”

“你何必走?”

“那你听吧,我得洗洗。”

他就走入了洗漱间。一会儿,他从洗漱间出来,见她仍坐在沙发上,便问:“你还听?”她说:“还听……”

那真是一首很美的外国古典乐曲。

他从容地走入了卧室。

录音机啪哒一声,终于寂寞了。

她关了它,赤着脚轻轻走入卧室。

他并没睡,躺在床上,暴露着缺少肌肉的上身,说:“快点睡吧!”

她说:“就睡。”走向他,从床上抱起了另一只枕头。

“你干吗?”

“你睡床,我睡沙发。”

“这……”

她虚伪地笑笑:“我睡觉不老实……”

“那……我睡沙发! ……”

她看出了他显得有些恼火。

“你睡床……”

“我睡沙发!”

他坐了起来,从椅子上扯过他的衣裤,也像她刚才一样,赤着双脚下了床。

他竟变成了一丝不挂的一个男人。

他拎起他的鞋,毫无羞色地在她吃惊的注视之下冲出了卧室,又回来取走了一只枕头。

小厅的灯熄了。

她也熄了卧室的灯。在黑暗中呆呆立了一会儿,无声地走过去轻轻掩上了门。

她脱去旗袍,静静地躺在床上。

大衣柜的镜子反射着锃亮的月光。

那种渴望在黑暗中又渐渐强烈地冲动起来。

她大睁着双眼,默默数数,数到了一千。

她无法将那种渴望压制下去,又赤着双脚下了床,走到大衣柜镜前。

为什么刚才就没有想到关灯呢?

也许……镜子是不能从某一种角度去瞧的? ……

最后的遮体的那件东西,从她身上飘落到了地上,像一片树叶在一个夜晚从树身上飘落到了地上一样。

于是她成了一个完全的彻底的纯粹的女人。

这一个女人缓缓地转过身,像轻盈的幽灵似的,悄无声息地推开卧室的门,悄无声息地走到小厅的长沙发前,怀着重新开始燃烧的渴望去接近那一个男人。

然而沙发上并没有一个男人。

她开了灯。

沙发上确实并没有一个男人，仅有一只被男人的头枕过的枕头。

她推开了厕所的门——也没有……

她推开了洗漱间的门——也没有……

她久久地望着那长沙发怔愣，无比的困惑，无比的迷乱，忘记了自己赤身裸体……

这个女人的幽灵不知该回归到哪儿去……

第二天早晨，律师事务所党支部书记兼办公室主任，像以往一样，衣着朴素，表情格外庄重地站在霞飞路马路左侧人行道第三根水泥电线杆下等候班车，手中仍拎着昨天那个旧布拎兜。

"包子！新出笼的热包子！皮儿薄馅儿大的包子！……"

马路对面，那个卖包子的小伙子正起劲地叫卖。

她忽然想起了昨天买的那些破皮儿露馅儿的包子还在拎兜里。她气昂昂地跨过马路，直奔那个卖包子的。

"买包子？……"小伙子一眼便认出了她，却装作没认出，笑脸相迎。

"你好健忘。"

"是吗？想不起来在哪儿见过您啦！"

"就在这儿，昨天。"

"是吗？我们做买卖的，相逢开口笑，过后不思量！"

她从旧布兜里取出了破纸袋包着的那些包子，往摊车上一放："你太欺负人了，给换！"

小伙子看着那些包子，不动声色地问："是在我这儿买的？"

"当然！"

"怎么了？"

"你自己看！"

"我看不出怎么了啊！"

"个个破皮了！个个露馅了！"

“这可是您不讲理了。我卖的包子,皮儿薄馅儿大您买回去不吃,能不粘破皮儿么?粘破了皮儿能不露馅儿吗?您倒好意思来换!”拿起一个闻了闻,又道:“这都有味儿了,我应该给您换么?将心比心,什么事儿都论个设身处地,如果您是我呐?大伙儿也评说评说,她这位女同志是不是太欠理了点啊?”

周围要买包子的人们,都以蔑视的目光瞧着她,以不屑于评说的沉默,表示站在公理一边儿,站在小伙子一边儿。

“你!……你花言巧语!不给换不行!”

“我花言巧语,还是您强词夺理啊?换是可以换的,不就几个包子么?但您为了几个包子,这么矫情值得么?您不见大伙儿都用什么眼光瞧着您么?看您这样儿,不是个没文化的女人,别太失身份啊!您若坚持要换,我就给您换,您考虑考虑吧!……新出笼的热包子啊!皮儿薄馅儿大的包子啊!……”

小伙子不再理睬她,自顾向其他人卖包子。

买包子的人们,也不再理睬她。

她觉得她的身份已然地失却了。

姚玉慧,姚玉慧,你怎么变成这样了?为了几个包子,你这么矫情值得么?你太让人瞧不起了啊!

她心里暗暗谴责起自己来。

“您考虑好了没有?考虑好了就开口,别怕难为情!这年头儿,谁又把自尊当回事啊!”

小伙子忙里偷闲瞅了她一眼,不软不硬地说了这么句话。

她从摊车上抓起那些有味了的包子,连纸袋儿一起塞入了马路旁的垃圾箱,抽身便走。

“这女人,真是!自讨没趣……”

身后有人议论。

待她再跨过马路来,发现班车已开走了。

站立在水泥电线杆下,她又是一阵怔愣,一阵发呆;一阵困惑,一阵迷茫。

在这新的一天里,她仍会像昨天前天大前天大大前天一样,虔虔诚诚地寻求着与生活的和谐,一致,完善,完美。尽管她已经开始十分怀疑,但她忍辱负重地孜孜以求。

没有一条准绳,她好像就不会活了……

第二十四章

女人们的心灵从来都是并且永远都比男人们更真实。这个变革的大时代使大多数女人更真实起来了。

百花玩具厂厂长与律师事务所办公室主任截然相反，她对男人有种本能的防范。她清楚地看到了生活中一层可怕的现实：男人们不但无情地彼此践踏，还随时准备无情地践踏在某方面成功地超越了他们的女人。她所警惕的是男人，她所亲近的是女人，尤其是那些十八九岁二十来岁只有初中或高中文化的姑娘们。更具体地说，是本厂的那些姑娘们。当她从她们身上发现了那么一种热情饱满的享受生活的健康愿望后，不但亲近她们，而且爱她们了。

百花玩具厂差不多是一个女儿国，一个城市中的女性的部落。新入厂的姑娘，不出三天准会唱首歌：

趁你还没学会装模作样证明你自己，
你想什么什么就是你，
趁你还没学会翻来覆去考虑又考虑，
你想什么什么就是你……

不必谁教,听便听会了。听会了,便不由你不随着哼唱。连传达室的那老头儿,闲来无事,也时常陡地一嗓子吼道:

你想什么什么就是你!

这首被小程琳唱红了的流行歌曲,仿佛成了百花玩具厂的厂歌。

这个城市中的芳龄女性为主体的"部落",简直可以比作是一口染缸。染料不是红色的,也不是黑色的,是玫瑰色的,如果玫瑰色代表青春的话。

不管你是谁,不管你入厂前头脑里塞满了些什么样的思想,你入厂后须得明白这样一条道理:好好儿工作,为厂也为你自己多挣钱。你缺钱花生活就不是你。没有什么人专门对你进行这种教育,靠的是"部落"意识的集体影响,靠的是自己教育自己。它的姑娘们一个比一个喜欢打扮,善于打扮,一个比一个赶时髦。

而她,是这个"部落"的酋长。温良,开通,宽厚的女酋长。

当城市将她从二十余万返城知青的待业大军中推到一个名曰工厂实际上比中世纪的破陋作坊条件还差的"单位"不久,它便濒临解体。银行里只剩七元钱的基金,厂里只剩下二十几名由家庭妇女组成的女工和几捆锈得无法做成沙发弹簧的钢丝。那些女工不散去的原因只有一个——"单位"还欠她们三个多月的工资呐!她们打算卖掉那几台肮脏的车床,将钱一分了之。

"原指望老了有个拿零花钱的地方,没承想竹篮打水一场空!你怎么给分到这儿来了?这儿也算个'单位'?"

"我们倒霉,你比我们还倒霉。卖了车床,钱有你一份儿!"

"我们走了,你就是厂长了!还有什么能卖钱的,你只管卖!"

厂长早已辞职,"跑单帮"做"倒儿爷"去了。

她们都有点同情她。

后来她们总算把车床卖掉了,分给了她七十元钱,便纷纷散去了。

那时她仍住在郭家,名分上仍是郭立伟的嫂子。他在哥哥死后,对她格外敬重。

他见她犯愁,问:“嫂子,那厂房大么?”

“挺大的。”

“有多大?”

“十来个教室那么大呢,还有更大的个院子,破破烂烂的。”

“厂房漏雨么?”

“谁知道呢!”

“嫂子,你别愁。明天我请天假,陪你看看去。”

当小叔子的也没再多说什么,爬上小厨房半空的吊铺就睡去了。

第二天,他一进厂房,便道:“好地方嘛!”见角落里还放着两捆油毡,又道,“真是天无绝人之路!”遂爬上房顶,顺下条绳子,将两捆油毡扯了上去。

“要不要我帮忙?”

“你能上得来么?”

“能!”

“那你也上来吧!”

于是她也爬上了房顶。

当小叔子的想得很周到,随身带了工具袋,掏出锤子和几把钉子,在她的配合下,将破油毡扯下,铺上了新油毡。

“立伟你打的什么主意?”

“先别问。”

铺完了,两人都下了房顶,他还不告诉她。钉门,修窗框。门钉正了,窗框修严了,又对她说:“现在该打扫打扫了!”

“立伟,你别让我纳闷啊!”

他却光笑笑。

她只好跟他一块儿打扫。

整整一上午,两人弄得蓬头垢面,满身灰尘。偌大的厂房总算打扫干净了,偌大的院子也总算打扫干净了。他不知从哪儿借了一辆手推车,两人从厂房里院里推走了十几车垃圾。

之后,他用粗铁丝拧上了院门,带她到他的厂里去洗澡。

把门的从窗口探出头问他:"郭儿,今天没上班?"

"请了天假,干点家里的活儿。"

"难怪这模样!这位……是你带来的?……"

"我嫂子。带她来洗澡。"

"噢……快去吧,快去吧,中午人不多!没带毛巾什么的吧?用我的?"

"那就用你的!"

传达室走出一位女工,说:"郭儿,你嫂子交给我吧,我陪她去洗。"

那女工边走边对她说:"郭儿可是个心眼儿好的人。"

她说:"和他哥一样。"

"要是换个人,哥哥死了,还容嫂子占着房子?不撵你搬走才怪呢!"

"我也挺不落忍的,害得他住家里不方便,总住厂里。"

"要不全厂都说他心眼儿好呢!他还求人给你做媒呢!"

"他……"

"你不知道?"

"不知道。"

"那我兴许不该告诉你!他就求过我。你既然知道了可别犯猜疑啊,他纯粹是为你着想。他说,你要再结了婚,没房子的话,他家那房子就永归你!哪儿找这样通情达理的小叔子!如今亲兄弟亲姐妹为了争房子打得四邻不安的事儿还少么?论说郭儿,不是腿有毛病,早让姑娘们追上了!……"

那女工自来熟,不住口地说,一句句话说得她心酸又暖。

她默默无言地走了一段路,低声说:“大姐,你先给我弟做做媒吧!成了,我感激你一辈子!他若明天结婚,我今天就搬走。房子本该属他的……”

那女工道:“你们叔嫂二人的事儿,我是愿意热心帮忙的。愿意热心帮忙的人不少呢!这事儿得碰巧儿,慢来。解决一个是一个呗!”

一番话又说得她心乱如麻。

管浴室的老女人见她陌生,要她买澡票。

那女工生气地道:“你这老婆子,买什么澡票哇?她是郭儿他嫂子,我一进门不就告诉你了么?”

“谁他嫂子?……”

“细木工车间的郭立伟!”

“嗨,你也不说清楚!不用买票,不用买票……”

那老女人直拿眼睛打量她,仿佛打量一位什么可敬的人物似的。

“谁的毛巾给郭儿他嫂子贡献过来!”

“用我的吧!”……

洗完了将要离去的女工们,纷纷将毛巾什么的递给她,使她窘得不行。

陪她前来的那女工却笑道:“别不好意思。爱用谁的用谁的,郭儿在厂里有人缘儿着呢!”

温水淋头的时候,她的眼泪再也抑制不住了。她一任它流着,流着……她替九泉之下的仅做过一夜夫妻的丈夫感到了一种莫大的安慰。她用心对他说:立强,咱们有个好弟弟。我徐淑芳这辈子都把立伟当成我亲弟弟一样……

那女工比她先洗完,在更衣室等她。她一出来,就将不知从谁人那里借的一套衣服给了她,说:“兴许你穿着能合身儿……”

她慌乱地说:“这可不行!这可不行!借谁的快还给谁吧,人家带来也是要换的……”就去抓自己那套满是灰土的衣服。

那女工却将她那套衣服抢了过去，塞入一个网兜，说："这有什么！不是冲着你是郭儿他嫂子么？网兜也借你了！你那身衣服怎么往身上穿啊！……"

她穿着不知什么人的一套衣服出了浴室，见他在路旁等她，一手拎着两条一尺多长的肥鲤鱼。他也换了一套干净衣服，将脏衣服用张报纸卷着夹在腋下。她以一种温柔的目光望着她死去了的丈夫这唯一的弟弟，唯一的亲人，微笑着走到他跟前。那一时刻她仿佛觉得天空将一片最明媚的阳光照射在她身上，为的是使她感到每一个活在世上的人其实都必有某种幸福——如果谈不上幸福的话，也必有某种慰藉。

那跛足的年轻人也微笑着。

她猛地想到，他已经三十了，早该有个生活伴侣了。

她同时感到对他负着一种义不容辞的责任，她决定从今以后负起这个责任来。

"你买鱼干什么啊？"

"食堂里在卖，人人都买，比自由市场的便宜。嫂子你拎回家做着吃吧！"

"你不跟我一块儿回家？"

"不了。"

"跟我一块儿回家，我给你做顿清蒸鱼吃，咱们焖大米饭，你送回家的好米我还没吃完呢。"

"嫂子，我不回去了吧！有点累了……"

"我又不是让你回家再干什么活儿！你不回去我不接这鱼。"

"那我回去，"他低了头笑着说，"好久没吃嫂子做的饭了……"

于是他们并肩向厂外走去。

"立伟，自己得存点钱了，嗯？"

"嗯。"

"和那姑娘，还有挽回的余地么？"

“哪个姑娘？”他站住了。

“别瞒我了，我全知道了……”她也站住了。

“孙师傅告诉你的？……她嘴真快！”

“要是还有点挽回的余地，就试试吧！”

“没什么可挽回的！”他一脚将一块石头踢出老远。

“人家姑娘也有人家姑娘的道理。要结婚么，当然得有房子……嫂子想法子再找个住处就是……”

“迟两年结婚就不成？她才二十四五岁，又不是老姑娘！凭什么让我把嫂子撵出家门?!”

她默默地望着他，不知再说什么好。那一时刻，她觉得他太像他哥哥了。

她叹了口气。

“嫂子，为这么件事儿不值得叹气。”他说着，换手拎着那两条鱼，其中一条鱼甩了下尾巴。

“嫂子，你看有条鱼还活着呢！”他瞅着她笑。

她觉得他那笑，也十分像他的哥哥。她常常认为郭立强并没有死，不过是到外地工作去了，说不定哪一天就会突然出现，带给她意外的惊喜。

走到厂门口，他犹犹豫豫地又说：“嫂子，我还是不能回去。”

“为什么？”她有点生气了，瞪着他。

他赶紧说：“嫂子你别生气，我为你的事儿。”

“为我什么事儿？”她脸红了。

“为你干活的事儿。”

“你能帮我找到工作干？”她顿时高兴起来。

“还不一定呢！我得挨个儿求厂里领导，但愿他们都点头……”他低下头去，将两条鱼递给她，“嫂子你今天够累的了，回家好好休息。要是事儿成了，明天一早准回家告诉你！不成呢，算咱俩今天白辛苦，你也别怨我……”

她一接过鱼,他转身就走。

“立伟,”她低声叫住了他,“把你的脏衣服给我,我带回家给你洗。”

“不用,我在厂里洗更方便。家里没有自来水……”

“给我!”

他又犹豫了一阵,从衣服卷里将袜子和短裤抽了出来。

她一把连袜子和短裤都夺了过去,竟真有些生气了……

第二天一早,他果然回到了家里。

“成了?”

“成了!”

“什么活儿?”

“跟我走吧!”

他很兴奋,她便忍住不问。

叔嫂二人又来到了她的“单位”。

院门上了一把虎头大锁。他从兜里摸出钥匙,开了锁,让她先进。她一进入院内,呆住了。偌大个院子,摞满了已经刨好的木板、木条、木方,分类放得整整齐齐。上边都用帆布蒙着,下边都用几层砖垫着。

“让我给你们厂看管木料?”

“我们厂的木料也用不着往这儿放啊!”他得意地说,“我们厂给两所大学承做了三千多套课桌课椅,厂里其他活儿也忙,怕得超期。所以厂里让职工家属包组装。好多人替家属争着包,大伙儿一听我是为嫂子,都让我,结果我一下子给你包了一千七!”

“立伟,你欠考虑了。我也不会木工活呀!”望着那一垛垛木板,木方,木条,她发起大愁来。

“嫂子,这一点儿不难!”他鼓励她,“你看这些木板,木方,木条全是加工好的,用螺丝钉拧在一起就行了。我先给你装一套。”

只用了二十几分钟,他便组装好了一套。

他又指着那一垛垛木板、木方、木条说:“哪是面儿,哪是底儿,哪是腿儿,哪是横掌,垛上我都给你压着纸呢。按顺序拿,按顺序装,没错!”

她有了些信心,遂问:“你什么时候把这么多东西运来的?”

他笑笑,说:“昨晚上。”

她惊讶了:“就你一个?”

“求了两个哥们儿帮忙,厂里出了辆卡车。”

“你们……忙到挺晚吧?”

他又笑了笑:“早晨三点多。”

“那怎么不叫上我?”

“这是累活儿。再说你今天就得开始干了。”

“你今天不是也得上班?”

“我是男的。”

她望着他那种疲惫的强打精神的样子,心内一阵阵涌起着奇异的冲动,直想捧住他的脸说:立伟,你真好,你为什么对我这么好?……

“嫂子,进去看看。”

他说着走入了厂房。

她见他那条瘸腿更瘸了,问:“立伟,你的腿……”

他淡淡地回答:“没事儿。昨晚从车上往下蹦,脚腕拧了。”

厂房里,已经组装起了几套桌椅,成两行摆在后边。

“嫂子,你得从后往前装,一行行摆好。别堵住前后门,留出过道来。装好了,不光洁的地方,用砂纸打打。还有一道工序,上漆。两桶快干漆放在那个墙角儿。上漆是有讲究的活儿,你没干过,可千万别自己干,哪天我来帮你干。完一批,我跟厂里的车来拉一批,保证厂房里总是宽宽绰绰的……嫂子你还有什么不明白的?”

“都明白了。”

“这是几盒螺钉,给你留两把螺丝刀,这是砂纸,锤子也留给你。但尽量别使锤子……”他一一摆在窗台上。

“一把螺丝刀就行。”

“还是给你留两把。只一把,一时坏了,或找不到了,耽误干活,怕你心急!”

她想:立强,立强,幸亏你有这么个好弟弟啊!

“嫂子,那我走了……得赶紧去上班了……”

“等会儿……我看你脚……伤得重不重?”

“别看了,轻轻的……”

“让我看!”她蹲下了身。

他只好将那只裤腿儿往上抻起。

她不禁呀了一声:“还说轻轻的呢,肿得这么高!”站起后又说:“立伟,听嫂子的话,休息几天吧!就算你听你哥的话,啊?”

他放下裤腿儿,说:“这阵儿厂里活儿多,我要歇了,我师傅得受累。”

她严厉地说:“我不管你师傅!反正你得给我休息!今天不许你回厂,回家去,啊?你听不听嫂子的话?”

他顺从地回答了一个“听”字,就一瘸一拐地走了……

偌大的、空荡荡的、四壁颓败的厂房里只剩下了她自己。这个空荡荡的、四壁颓败的、令她感到发阴并且确实发阴的地方,散发着某种类乎从塌陷的菜窖散发出来的潮湿的腐烂的气味儿。它昏暗的空间,飘荡着社会最底层的、病态的、卑俗的小市民男女的苟且的情绪。它与穷困相关,与文明格格不入。她内心有些发毛。那些女工们曾告诉她,这里吓死过一个人,一个女人,被一个男人吓死的。女人原也是这小工厂的女工,男人是最初的厂长。他勾搭上了她,后来她又和别的男人勾搭在一起,不大理他了。他对那个女人是又迷恋又总想小小地报复一下。有一天夜里,他又约那个女人来厂里私会。那个女人打扮得妖妖道道的,骗她丈夫说是来厂里加班,结果那女人满怀骚情地叫开了门,迎面看见的是一张恐怖的“鬼”脸——披头散发,青面獠牙。耷拉着一尺多长的血淋淋的舌头,锐锐的一双利爪就来掐那女人的脖子,还用可怕至极的声音说:“我要吃你的心肝! ……” 是那男人装扮的。

那女人尖叫一声就昏倒了,那男人就跑了。

结果第二天他来上班,发现门口围着许许多多的人,派出所的也来了,在维护现场——那女人死了。

那个男人被判了刑。两年后死在狱中……

那些女工们都说那个女人死得活该。也都说那个女人是这街道小工厂有史以来最漂亮的一个女人。还说那个厂长是最有办法的一任厂长,把这个小街道工厂搞得挺红火的,其后的几任全比不上他领导有方,做一天和尚撞一天钟或者只做和尚不撞钟……

出了一桩人命案,街道委员会对这个小小的街道工厂重视起来了,他们派人来抓了一阵子思想教育,结果又证据确凿地查出了不少男女关系方面的问题。日子但凡还能过得去的那些男人们,怀着苦涩的羞耻将自己的女人们从这个地方领回去了,以各种方式永远地断绝了她们再想到这儿来的心思。于是这个地方只剩下了一些老太婆和一些丑女人,同时也就永远地失去了足以令一个男人心旌摇荡的某种活力,于是继任者们一个比一个平庸一个比一个碌碌无为……

那些卖掉了破旧机床,分了钱已散去的老女人和丑女人们,在和她相处的那些日子里,整日喋喋不休地向她诉说她们是多么缅怀这里的过去,缅怀破旧机床发出的那种尖锐刺耳的噪音,缅怀年轻女人们那种放浪形骸的笑声和与男人们打情骂俏的淫邪的热闹,甚至缅怀那个她们当时认为被吓死了很活该的“骚狐狸”以及一双色眼专在年轻女人们身上睃视的那位被判了刑的厂长……

因为那时她们有活干,每天能挣一元多钱。

和她们相处的那些日子里,徐淑芳只是觉得这个地方脏而乱,像那些老或丑的女人们,却并不觉得这个地方可怖。正如并不觉得那些老或丑的女人们可恶。刚才她也并不觉得这个地方可怖,因为有她的小叔子郭立伟和她在一起。

此刻，这个地方只剩下她自己了，她觉得这里有点鬼气拂拂的，觉得有鬼魂在渐渐逼近她似的，觉得一阵阵发冷，一阵阵汗毛竖立，觉得昏暗的空间正有什么带着斑斑血污的毛茸茸的东西飘落在身上。

一只肥嘟嘟的耗子，嗖地从她脚边蹿过，吓得她发出了一声尖叫，而她又更被自己那一声尖叫吓着了。

她从厂房里跑了出来，跑到了院子里。她觉得院子里也是可怖的。仿佛一个男鬼和一个女鬼，隐蔽在一垛垛木料后面，鬼眼咄咄地注视着她，随时可能从帆布下露出狰狞的面目或探出锐利的鬼爪，用可怕的声音说:“我要吃你的心肝……”

她又从院子里跑了出来。

她坐在院门口的一块石头上，努力想使自己镇定下来。早晨的阳光照射在她身上，使她感到安全了一些。而院门缝却渗出阴森的潮湿的过堂风，使她后背愈加觉得冷气相侵。还觉得门缝随时会伸出只手，将她一把拽入院里去。

她起身踱到路对面去，站在一棵枯树下，望着那两扇使她感到可怖的院门。一只风筝的残骸挂在树上，风筝尾巴静静地垂在她头顶。

这是一条狭长的胡同，一条无人行走的胡同。两旁居民的院落很疏散，所有的门户几乎全都开在另一面，这一面全是高低不一参差不齐的后山墙。有几堵后山墙存在着被砌死了的后窗的痕迹，居民们嫌这条胡同太肮脏。这里那里，一堆堆垃圾散发着臭气。就在离她不远的一堆垃圾上，趴着一只令人作呕的猫的尸体，布满苍蝇。这是一条被城市抛弃了的胡同，城市的平面图上早已去掉了它的名字，然而它存在着。

据那些和她相处过一些日子的女人们讲，这个小小的街道工厂的门，原先也是开在另一面的，女工们图僻静，才封了正门，开了现在这后门的。如今正门已被土深深埋住，无法重开了。而当年她们每天行走于这条胡同的时候，没有居民敢往这条胡同偷偷倒垃圾，因为她们隔半个月差不多总要集体将这条胡同清扫一次。那位被判了刑的厂长虽然是个好色之徒，但也的确领导有方，的确有值得那些老的或丑的女人们缅怀之德。他还带领女工们在胡同两旁种过些树，它们如今都死了，她背后那棵树就是其中的一棵。

这条胡同也自有它的一段历史。

这历史记载着光彩也记载着耻辱，都是微不足道的。

她久久地望着那两扇从里往外渗透着阴冷的潮湿的穿堂风的院门，终于想明白了她还是必须走进去，只有走进去。她自己的历史已写到了这一页，她无法将它空白地翻过去。她怕它如同怕鬼。厌恶它如同厌恶一个满面疤瘌的男人。但她必得接近它，习惯它，甚至还得付出热情拥抱住它，拥抱住它归根结底是拥抱住她自己的命运。只有紧紧拥抱住它才能紧紧拥抱住自己的命运……

于是她一步步重新向那两扇院门走去，它那带树皮的朽木板上长着青苔和无疑有毒的赤褐色的蘑菇。她轻轻推开它的时候为了给自己壮胆大声唱起了歌：

宝贝，
你爸爸正在过着动荡的生活，
他参加游击队打击敌人哪我的宝贝，
……
睡吧我的好宝贝，
我的宝贝，
我的宝贝……

那一天是一九八一年秋季的一天。

那一天市劳动人民文化宫举行全市首次职工业余歌手演唱流行歌曲大奖赛。

到那一天为止她还不会唱任何一首一九七六年十月以后流行起来

的流行歌曲。

连她自己也不明白究竟哪一根神经受到了什么样的牵动，一首外国歌曲从她记忆的半凝结状态的最深层翻了上来。

而兴奋地向前奔跑着的生活，又何止仅仅将她甩下了五年！她甚至来不及抬头一看，就被孤单单地推到了一条又弯曲又坎坷的起跑线上，并且生活没给她一双好的跑鞋。

宝贝，
你爸爸正在过着动荡的生活，
他参加游击队打击敌人哪我的宝贝，
……
睡吧我的好宝贝，
我的宝贝，
我的宝贝……

她反复唱着，搬着木料走进那令她感到可怖的空荡荡的四壁颓败的厂房，开始组装。她手攥着螺丝刀的时候，仿佛掌握着什么足以置某种恶鬼于死地的强大武器，胆量增添了许多。后来她又唱别的歌曲，唱《东方红》，唱《大海航行靠舵手》，唱《国歌》，唱《国际歌》，唱“我们的同志在困难的时候，要看到成绩，要看到光明，要提高我们的勇气”，唱“兵团战士胸有朝阳胸有朝阳”，唱“我们新中国的儿童我们新少年的先锋，团结起来，继承我们的父兄，不怕艰难不怕担子重”……

唱一切她想得起来的，“徐淑芳时代”的流行歌曲。

什么人唱什么歌。

后来她什么歌都不唱了，后来她也完全忘记了怕什么。后来她彻底被机械而单调的组装劳动搅入了某种忘我的亢奋之中。她脱去外衣，她满头是汗，她不觉得累，她不觉得渴不觉得饿……她似乎要一气儿将一千七百套桌椅组装完,直至厂房里黑暗了,不能再看清螺丝孔。

她猛然间一抬头,才发现天已经黑了。一缕蓝幽幽的光洒在她周围,那是窗外一根电线杆上路灯的光斜射了进来。而在那一缕蓝幽幽的光的四面,是静悄悄的漆黑。那么一种阴险的静!静中仿佛有什么在喘息着,四面的漆黑之处仿佛影影绰绰地晃动着些影子……

恐怖猝不及防地一下子就攫住了她。

“立伟!……”在那一瞬间,她失口叫喊出了她小叔子的名。她扔下螺丝刀,拔腿就往外跑。那条只有一盏路灯的肮脏的胡同也静悄悄的,也潜伏着某种险恶似的,也有什么躲在处处黑暗中喘息着似的,她觉得身后仿佛渐渐逼近地追赶着吐出血淋淋长舌的鬼……

她跑到胡同口时,撞在一个人身上。

“嫂子……”

她一认出那是她的小叔子,便扑在他身上抱住了他。

“嫂子,你怎么了?你跑什么啊?”

“我怕……”

“怕什么?谁?……”他轻轻推开她,以一种预备争凶斗狠的姿势站定,虎视眈眈地望着她跑来的方向。

“没人……我怕鬼……”

“鬼?……”

“嗯……我知道根本没鬼……可就是心里害怕……”

她难为情地垂下了头。

他见她那样子,觉得挺开心似的笑道:“自己吓唬自己嘛!嫂子,我得查一下质量。一千七百多套呢,我对双方都担着不小的责任哪!”

她点了一下头,跟他往回走。

他像个逃荒汉似的,身后背着一大卷什么;她像个胆怯的小女孩儿似的,一手扯着他的一只袖子。

进入厂房,他开了灯,她见他背的是毯子和褥子。

她嗔怪道："你走时怎么不告诉我开关在哪儿？"

他说："对这地方你该比我更熟呀，还不知道开关在哪儿？"

她愈加不好意思起来，羞窘地笑了。

四盏灯一亮，厂房内顿时显得比白天更光明。

他将四张桌子靠着一面墙对拼起来，将毯子四角用钉子钉在墙上，将褥子铺在桌上，褥子中还卷着枕头，录音机，饭盒，旅行水壶，一双崭新的细线手套。

他将枕头摆在褥子一端，拍软了，对她说："嫂子，你歇会儿吧，坐着躺着随你便。"接着打开饭盒，又说："我下班后回了一次家，把一条鱼做了，给你焖了一饭盒米饭，你吃完饭我把你送出胡同口。"

"你没休息？"

"没有。"

"你不听我话？"

他捧着饭盒，光是憨憨地笑。

"你还笑！你存心惹我生气！"

他惴惴地就不笑了，低声说："嫂子，我可没存心惹你生气……"

她倒是微微地笑了，心中不免涌起一种温情，也便低声说："我会真生气么？……"

她遂走过去，坐到那"床"上，从他手中接过饭盒，舒舒服服地靠着墙，盘起腿，大模大样地吃起来。

他则不再看她，一心一意地拖着一条电源线，不知接通在哪儿了，装上盘磁带，那录音机送出了一个娇滴滴的女性的轻唱：

你问我爱你有多深，
我爱你有几分。
……

她停了吃,颇严肃地问:“哪儿搞的这么一盒磁带?”

他将声音调大了一些,说:“买的啊。”

“哪儿买的?”

“哪哪都能买着啊!”

“我不信!现在让听这种歌了?”

“早就让了!这是邓丽君唱的啊!”

“邓丽君?邓丽君是谁?”

“台湾最红的女歌星啊!”

“台湾?……”

他正在固定着那条电源线,听了她用那么讶然的语调说出的话,缓缓转过身,默默地望着她,他脸上有一种怜悯的表情。他和她一块儿从火葬场回到家里那天,她捧着他哥哥的骨灰盒,呆呆地坐在床上,他也是今天这样子,严肃地站在一个地方,默默地望着她,脸上也有这么一种怜悯的表情。

“嫂子,”他忧郁地说,“你不能这么下去,再这么下去,即使你有了工作,你也不像个活在中国的中国人了!”

“我?……我会不像一个中国人?”

“连外国人今天在中国听到邓丽君的歌声,都一点儿也不奇怪了!而你好像一九七六年以前就睡着了,刚刚才醒。”

“我……睡着了?……”

她自言自语,低下头陷入了沉思。是啊是啊,徐淑芳,你在你的命运之中终日愁眉苦脸的,生活却在你周围天天发生着那么丰富的变化,你可不仅仅是为了干活吃饭才活在世上的啊!你才三十多岁,你可不能变成原先在这里干活儿的那些老太婆!

邓丽君的歌声戛然中断。

她一下子抬起头问:“录音机怎么了?”

他说:“你不爱听这一盘,我换别的。”

她连忙制止道:“别换,挺好听的,我爱听。”

于是邓丽君的歌声又继续:

你去看一看你去想一想,
月亮代表我的心。
……

她又开始吃饭。他则开始查看她组装起来的那几套桌椅的质量。她听着那台湾女人娇滴滴的爱意缠绵的歌声,忽然有几分不安:在黑天的时候,在这样一个地方,像自己这样年龄的一个女人,单独和自己的小叔子在一起,还有一张“床”,还听着这样的歌曲,别人如果知道了会作何想法呢?……

轻轻的一个吻,
已经打动我的心。
深深的一段情,
叫我思念到如今。
……

她偷偷地侧目去瞧他,见他察看得极认真极仔细,心中分明半点也没有她那种顾忌,她觉得自己的胡思乱想简直等于是对他的亵渎。别人?……管他们呢!重要的是他对她组装的那几套桌椅满意不满意。

“嫂子……”

“嗯?”

“我做的鱼,行么?”

“挺香的,比我做得好。”

“本来我想做清蒸的,可是想不出用什么给你连汤带来。”

“红烧的我也爱吃。立伟……”

“嗯？”

“我……装得还行么？”

“一等质量！我还以为你装不了这么多呢。”

她很自豪地笑了。因为他低着头，没看到她那自豪的笑，她觉着挺遗憾。

“嫂子……”

“嗯？”

他走到了她跟前：“让我看看你手心。”

她以为他要给她看手相，就放下饭盒，笑着，手心朝上将双手伸向他。

“你自己看看。”

她也看自己手心时，才发现手心磨起了好几处血泡。

“呀，我的天！……”

“这怪我。我没教你怎么样攥螺丝刀子才对劲儿。”他皱起眉自责地说，“回家用针穿破，轻轻压出血来，涂点紫药水儿，别涂红药水儿。明天戴上这双手套吧！”他从枕上拿起那双细线手套放在她身旁。

“我真笨！”

“难免的。吃饱了？”

“饱了。”

“喝几口水吧？”

他将旅行水壶递给了她，瞧着她喝了几口水，又说：“嫂子，你现在就戴上手套，我教你怎么使螺丝刀。”

于是她便顺从地戴上那双手套，从“床”上蹦下来。

于是他像师傅指导徒弟似的教她。

之后又教她喷漆。在他的指导下，她喷完了一套桌椅。

“嫂子，你一点儿也不笨。”他高兴地说，“现在我送你走吧。”

“那你呢？你别回厂，跟我一块儿回家住吧！”她不禁脸红了，随即低声补充一句，“邻居都挺好的，不会说闲话。嗯？”

他说：“我住这儿。一晚上我能帮你组装六七套呢！”

“那怎么行！”她急了，“不行！你不能再替我干夜班！你一人住在这么个地方嫂子也不放心啊！你跟我回家，要不我不走！”

“这地方好啊！”他憨憨地笑，“凉快，清静，有床，有音乐。嫂子我保证一点之后准睡觉！”

她注视着他那张永远对她带有敬意的年轻的脸，内心对他说：立伟，立伟，有我这么一位嫂子，你多倒霉啊！……

第二天，当她来到厂房里，但见一排排组装好的桌椅，已将偌大的厂房占领得只剩一小块余地。

他却不在了。

有他的床在，有他的录音机在，她觉得他仍在身边似的。

她不复觉得这个地方阴森可怖、鬼气森森了。

她开了录音机，在节奏强烈的摇滚乐中，开始了她又一天的孤单单的工作……

那些最后从这里散去的女人们重新回到了这里。不知是被台湾女歌星的歌声和摇滚乐所吸引，还是被夜晚的灯光所吸引。她们对徐淑芳说，按照惯例，有了活儿，是要大家伙干的。她们提醒她，卖掉那几台破旧车床获得的钱，她不是也有份儿么？她们的话听来振振有词，她找不到任何理由拒绝她们十分正当的劳动愿望和劳动热情。于是这个城市中的最低贱的角落，又有了紧张劳动的新气象，而郭立伟每天晚上依旧住在这里加夜班，年轻的细木工不仅仅是在帮自己的嫂子干活儿了，也是在帮她们“大家伙儿”干活儿了。那些老的或丑的女人们却并不这么认为，她们认为他完完全全是冲着他嫂子才心甘情愿地住在这么个寂寥的地方并且每天晚上加夜班到一点钟的，因此她们也就没什么必要对他表示感激。当嫂子的自然替小叔子觉得不公，她谴责她们，甚至请求她们对自己的小叔子哪怕表示出一点点感激也好。而她们偏不，她们回答她——“感激的话留给你对你小叔子说呗，”或者“你们俩之间，还用得着谁感激谁不成么？”

她们真是又老又丑。

而每当她坐在那张“床”上休息一会儿的时候，她们总是互相传递诡秘的眼色。她们是从不沾那张“床”的边儿的，她好心请她们坐，她们也不坐。宁肯就地坐块破麻袋片什么的。

有时她真想骂她们一顿。

她常常发现她们暗中窥视她，她们更用暧昧的目光看待她的小叔子；她每每替她的小叔子感到受了奇耻大辱。他却根本不注意那些老的或丑的女人用什么样的目光观察自己。他只是干活儿，吸烟，和自己年轻的嫂子并坐在“床”上，舒服地将背靠着挂了毯子的墙，说些意义不大的话，或者聚精会神地欣赏音乐。每当他和她说话的时候，她们一个个分明地是在竖耳聆听，就好像他和她说的那些意义不大的话，每一句全都包含着无数句潜台词或暗语似的。

这种时候她最想骂她们。

而这种时候她看得出来他的心情最好。

仅仅为了不破坏他的好心情，她才一次次忍住不骂她们。

令她奇怪的是他非常尊敬她们每一位。她们若组装得马虎，他常常是一声不响地拆散了重新组装而已。不得不批评她们只图组装得快，忽略了质量，他的话也讲得很礼貌，很客气，很有分寸，绝不至于使她们难堪。

一次休息时，他和她又并坐在“床”上。既然有张“床”，别人不坐，他和她何苦也不坐呢？

他用火柴棍儿掏耳朵。

她说：“我替你掏。”

于是他将火柴棍儿给了她。

“转过头，冲着光。”她就跪在“床”上，伏在他肩上，替他掏起耳朵来。

而他非常惬意地闭着眼睛。

忽然她觉得厂房如同真空一样静。

她意识到了什么，立刻坐好，将火柴棍儿还到他手上，说："还是你自己掏吧！"

那些老的或丑的女人们，一个个坐着破麻袋片什么的，像观看一对儿互相捉虱子的亲密的猴子似的，从各个角度用又有兴趣又怀有某种恶意的目光望着她和她的小叔子。

她的脸顿时充血般红。

而他，就用那根火柴吸着了一支烟，还冲她们笑。

"郭师傅，今年多大啦？"她们中的一个，不算十分老但脸盘巨大，身躯胖得像河马的一个，搭讪地问他。

"三十。"他简明地回答。

"结婚了？"

"没结。"

"有对象了？"

"没有。"

"和你嫂子同岁吧？"

"对。"

"噢……"

巨大的脸盘往前倾倒了一下，算是点了一下头。

其他的那些女人，也纷纷点头，也纷纷"噢"。

噢——老或丑的女人们失去了圆润的喉音。

她忍受不了这个。

"你们……你们无聊！无耻！……"

她叫嚷着，从"床"上蹦下来跑出了厂房，气得站在两垛木料之间喘息，落泪。

他跟了出来，站在她身旁，责备地说："嫂子，你怎么能骂她们？"

“她们……老不正经！老不要脸！……”

“别骂了！”他厉声道。

她猛地转过身来，见他的神色变得那么愤怒，和他哥哥愤怒时的神色几乎一模一样。

“她们的年龄都和咱妈差不多！”

他对她提到他的母亲的时候，一向说“咱妈”，尽管她连他们兄弟的母亲的照片也没见到过，但确信他们兄弟的母亲必定是一位可敬的女人。

“她们家里生活若不困难，会让她们这种年纪的女人出来干杂活挣钱？她们对我们胡猜乱想，那也不证明她们坏！她们的脑袋又不是煤球，你总得允许她们猜想点什么吧？她们问的话，哪一句是无耻的话？哪一句是不正经的话？无聊是真的。我们和她们在一起，我们觉得无聊，就不许她们和我们在一起也觉得无聊？她们觉得无聊就不许她们问几句无聊的话？……”

他竟对令她气愤到这种地步的事，解释得那么简单，那么平静，那么无所谓，听起来竟好像根本不值得进行解释。

“你得向她们赔礼道歉。”

“我不！”

“真不？”

“就不。”

他一转身走了。

她却仍站在那里生气。

那些女人们又开始干活了，她们默默地从她身旁往厂房里搬取木料，仿佛她们习惯于受了伤害之后忍气吞声。

她擦尽了泪，也搬取木料进厂房。

“他呢？……”

她们似乎都聋了，都不抬头，都一心一意地干活。

“他人呢?! ……”

“可不,他人呢? ……”

那张巨大的脸挺沉重地扬起来,河马般凸而小的一双眼睛环视着……

第二天晚上,他没来。

第三天晚上,他也没来。

第四天晚上,她到厂里去找他。

见了面,她说:“我已经向她们赔礼了。”又说:“你跟我赌气,你也得向我赔礼。”

“嫂子,我再也不跟你赌气了……”

他孩子似的笑了。

有他的帮助,加上那些女人们的“帮助”,她本需干三个月才能完的活儿,不到一个月便干完了。她和那些女人们共同得到了两千五百五十元钱。这个数目,对于钱路宽广的某些人,得来全不费工夫。一天内就可以打水漂儿似的花在餐桌上,赌桌上,或女人们的身上。而对于她,那乃是活了三十岁,第一次拿在自己手中的一笔巨款。二千五百五十元啊! 然而分成十三等份的话,每人所得还不足二百元。本来这一笔巨款完全应该属于她和她的小叔子! 现在却有另外十二双手等着抓取了! 干活的时候她还能容忍那些女人,见了钱她竟有些憎恨她们了! 她们非老即笨,她们组装的桌椅还不及总数的一半,包括她的小叔子替她们返工的;可她们现在都理所当然地等着分钱,围住她坐着破麻袋片儿什么的,都那么有耐性,目光都那么贪婪,那么兴奋。

“床”没了。她先是蹲在她们中间,一笔笔算账给她们听:每组装一套桌椅,一元五角整。一千套,一千五百元。七百套,五七三十五,一七得七……

她须得使她们每一个人心里都十分清楚,十分明白。做到这一点要有耐性。而她们那样子,似乎都在警惕她可能故意把她们算糊涂了。

“什么五七三十五,一七得七的! 这账能是这么个算法么?”

“那,依你们怎么算?”

“你这么算吧!一千套,一千五。五百套是多少?”

“五百套是七百五。”

“一百套是多少?”

“一百五。”

“二百套呢?”

“三百。”

“这不挺明白个账么?还五七三十五,一七得七的,照你那么算,越算俺们心里越不明白了!……总共是多少?……”

二千五百五十元,收据上写着。收据上写着她们也要求她算一遍给她们听。她第一次跟这么一些脑筋迟钝了的老太婆们算账,她们没费什么事儿就把她给弄糊涂了,弄到了脑筋和她们一样迟钝的地步。她们自有她们算账时的一套数学逻辑,她得运用她们那套数学逻辑算给她们听。

组装一套一元五,一千七百套应是二千五百五十元——终于使她们相信这是正确的了。而使她们进一步相信每人均得一百九十六元……余两元也是正确的,她的耐性受到了一次更大的考验。

刚开始分钱,她们中的一个忽然提出疑问:

“你小叔子怎么没来?”

“他不来了。”

“为什么不来?”

“没他什么事儿啊!”

“怎么就没他什么事儿?他得了多少?活是他揽的,多得可以。但总得告诉我们个详数吧?他若是半道截去了一大笔,那可就不行!那可得找个地方摆摆理……”

“对!”

“对,对!”

她们一个个都显出非常不好惹的样子。

她说:“他一分钱也没得,他白干。不信你们可以到他厂里去问!”

她恨不得把那些钱摔在她们脸上。

“要是真的,我们也犯不上到他厂里去查问。不是余两元钱么?你给你小叔子买几盒烟吧!”

她说:“那倒不必。我有个想法,跟你们商议商议。这一大笔钱咱们不分好不好?咱们共同存上,用来做基金,把这个小厂维持下去……”尽管她厌恶她们,她还是愿意和她们共谋一番前途。

“不好!”

“不好!”

她们七言八语地说不好。

她们说还是分了好,分了心里踏实。钱,无论如何是要分的。她们说她们的家里都等着花这笔钱呢!儿媳妇要买呢大衣,儿子要买录音机,孙子要买电动火车……等等,等等。

“怎么维持下去啊?”

“这我没想到个出路呢!”

“你小叔子又替你揽到活儿干了?”

“没有。我也不能总依赖着他。”

“那就分吧!”

“快分,快分!”

从这些上了年纪的,生命宛如烛之将尽的老太婆们身上,她看到了中国当代社会最底层某些家庭内部的畸形关系。她们这些老人恐怕只有用钱,才能在这种关系中收买到一点点可悲的尊敬。老人是不值钱的,晚辈们在拮据之中膨胀着享受的种种欲望,而老人们在变相地向社会行乞;倘连一分钱都不能挣了,在家庭中可能就被视为完完全全多余的东西了。

她怜悯起她们来。

分了钱,她们走了。那多余的两元钱,也不知分到她们谁手里了。她们走了后,她觉得心里轻松多了。她不愿再见到她们中的任何一个,她已经不厌恶她们了。她已经在心里宽恕了她们的卑琐,自私,对好人的罪过的猜疑和对几乎所有年轻女人的亵渎的思想;她心里只剩下了对她们的怜悯,唯其怜悯她们才不愿再见到她们。在生活中,我们最不愿见到的人,不是也往往包括那些我们最怜悯的人么?她和她们在一起时,感到胸口仿佛特别窒闷。也许正因为她们老了,行将就木了,她们似乎需要从空间吸收比她多得多的空气……

她将一百九十六元钱用手绢包好,稳妥地揣起来。放了一段音乐静静地听,听了一会儿,关上录音机,拎在手中,环视着又变得空空荡荡的这个厂房,不知为什么,心中竟产生了一种眷眷的依恋之情。

她正要离开,那些女人中的一个,就是在她看来哪儿哪儿都像河马的那一个又回来了,对她说:"小徐子,我信得过你!我这份儿钱今天交你了!咱俩拧成一股绳儿,把这个小厂好歹维持下去吧!总算有这么个院子,有这么个厂房,空闲在这儿怪可惜的。啊?"

她顾虑重重地审视着对方那张巨大的脸盘儿,没立刻接对方的钱。

"你别小瞧我。我能忽悠!忽悠是什么你懂不?"

她摇了摇头。

"忽悠……就是上上下下的,方方面面的,单靠一张嘴把事儿办成!这是能耐。我有这能耐!我看你有点帅才。我是个好将才!你当厂长,我当副厂长!你只管出谋划策,我到处替你忽悠它个天昏地暗!咱俩的钱加在一起四百来块,也不算少。如今光夹着个空皮包到处做大买卖的能人多啦,咱俩女的还不顶一个男的么?……"

"你……真那么能忽悠?……"她犹豫,怀疑。

"当然,你可以打听,凡认识我的,谁不知道我能忽悠!"

"好!"她接过了钱。

"大娘……你姓啥呀?"

“姓马。别叫我大娘,我还没那么老。往后你叫我婶儿吧!”

“马婶儿,咱俩……同舟共济了?”

她觉得马婶儿姓马之后,倒不那么像河马了。

“同舟共济!”

……

晚上,她打电话将小叔子“请”回到家里。叔嫂一块儿包饺子时,她向他讲述分钱的情形,她以为他听了准会取笑那些女人们一番,不料他没有。

他叹了口气说:“咱妈活着的时候也那样啊!为了一斤石棉线被定成一等的还是二等的,跟人家脸红脖子粗地吵。为了几毛钱的工钱,扯住人家,跟人家掰着指头算过来算过去……嫂子你不能要求每一个穷人对钱都那么大度……尤其不能要求这些老太太……”

她觉得她小叔子的那颗心善良得令她感动。

她想到了自己返城后的种种经历……

想到了自己为挣钱怎样给别人下跪……

想到了自己为挣钱在大雨中怎样奔到卸煤厂怎样对那些男劳改们喊叫:“谁要我?你们谁要我?……”

想到了自己是怎样被乖戾的命运推进了这个家……

她低声说:“可也是……”

饺子包好了,她让他在屋子中间支起小圆桌,安静地坐在桌旁吸支烟,不许他再插手帮她煮。火很旺,锅开得快。她心情愉悦,暂时忘记了自己明天又是一个待业者。她轻轻哼着歌儿,忙得相当利索。一边看着锅,一边剥好了一小盘蒜,还和他一问一答地说着话儿。

“立伟,马婶儿要和我把那个小厂维持下去!我俩的钱合在一块儿了,做基金。你看我们能成不?”

“哪个马婶儿?”

“就是最胖的那一个呀!她主张的。”

“怎么不成？嫂子，现在饿不死人。我还能帮你揽到活呢！”

“真的？那太好啦！嫂子就一点儿也不愁了！马婶告诉我她能忽悠……立伟你知道忽悠是什么意思么？”

“知道。如今忽悠也是本事啊！”

“那你怎么不学？”

“我学也学不会啊，那得靠点儿天才！”

他在里屋笑了。

她在小厨房里也笑了。

她将饺子一盘盘端上桌子，压住炉火，进了屋，安安心心地坐在他对面，和他一块儿吃起来。

“香么？”

“香。”

“淡不？”

“不淡。”

她不由得回想起，去年郭立强参加一中考试那天，她也曾早早起来给他包了顿饺子。她转脸朝迎门的墙上望去——她和郭立强的结婚照挂在墙正中，照片上的他有点儿腼腆地微笑着。当时摄影师让他笑一笑，他就那样微笑了一下。如今那微笑成了他最后的微笑。按说最后的美好的东西，总该是极有价值的。可他那最后的微笑，除了造成她的一段感伤的回忆，还另外有些什么价值呢？一年，仅仅一年，由于他的死被强烈激怒过的当年的返城知青们，有几个还谈起一中事件？有几个还谈起一九八〇年“五一”国际劳动节那一天举行的震惊全市的大示威？有几个还谈起郭立强这个死者的名字？此时此刻，有谁还在怀念他？除了她，除了他的弟弟。生活就是这样，生活的本质就是这样。对于生活，一切过去了的事情，都终将是被人忘却的事情。在人心里最不能久驻的恐怕还是人。一年，仅仅一年，她每每怀念起他时的那种感伤，不是已经一天天从她心间消散了么？就像峡谷之中的浓雾，在太阳升起后会渐渐消散一样。对于她，他已不过是她曾爱过的一个男人。如此而已，仅此而已。她又想起，为了宁宁，她和吴茵在江畔会面的时候，吴茵曾对她说应该忘掉之类的话。当时她认为吴茵是个心灵冷漠的女人，甚至对吴茵的话有些反感。而事实上，她已经差不多忘掉了他。此刻她注视着照片上的他，心灵竟是平静的。她暗暗吃惊于自己此刻心灵的平静，却也只是吃惊而已，并不能再引起更使她激动的感情波澜了。她不得不承认，无论谁忘掉一个死去的人，那本是很正常的事，绝不证明人的心灵怎样。人忘掉一个爱过的人，应该如同忘掉一个恨过的人。人不应该生活在怀念之中，人不应该靠回忆生活，不管那种回忆多么影响人。也许只有对生活绝望了的人，才靠某种怀念某种回忆过日子吧？

吴茵的话是有道理的么？

还是我也变得心灵冷漠了？

不……我的心灵并未变得冷漠。恰恰相反啊，它分明是比原先更能蓄藏情感了啊！……

摄影师当时也让她笑一笑，她似乎微笑了一下，从照片上却看不出来，照片上的她满面笼罩着愁苦。而此时此刻的她在吃饺子，心情愉悦，毫无感伤。即使想要强迫自己感伤起来也不能够。她暗暗吃惊于自己怎么会是这样一个女人？暗暗怀疑自己是不是已经不知不觉地变成一个坏女人了？

“嫂子，想什么呢？”

“我……在想你哥……”

郭立伟也朝墙上的照片望了一眼，轻轻放下筷子，盯着她说：“嫂子，该忘的，就不该再想了。”

“包括你哥哥？”

“……包括我哥哥。”

她万万料不到他会这么回答！回答得这么平静！

她也轻轻放下筷子，双手捧着脸颊，两肘支在桌上，迎着他的目光，低声问:“立伟,你已经把你哥哥忘掉了么?”

“怎么可能呢?”他垂下了目光,“只是不再想他了。”

“原先你想他的时候,想哭过么?”

“想哭过。”

“我也是。”

“有时候我觉得哥哥是到外地去了,说不定哪天就会突然回来,突然站在我面前。”

“我也是。”

“以后我想起他的时候,就好像有一个人在旁边劝我,对我说,死是解脱,他解脱了,你还没有。他从来没有轻松地活过,你该活得比他轻松。一个人只有一条命,你得珍惜你自己的命,你得让你的生活中幸福多一点儿,快乐多一点儿……”

他抬起头看了她一眼。

她坦白地说:“我也是。”

“有时候,我总觉得,那个劝我的人好像就是……”

“是谁?……”

“是你……”他又抬起头看了她一眼,随即低下。

“我……也是……”

“我就学会了劝自己,我常常对自己说,郭立伟,你哥哥死了,你还有个好嫂子呢。你也得尽力,使你嫂子的生活中幸福多一点儿,快乐多一点儿……”

我也是——她说。没说出口,在心里说。她始终注视着他,她想:立强,我们如果不是有一个弟弟,而是有一个妹妹,那我的命会是怎样的呢?……

她受一种深厚而隐秘的柔情的驱使,缓缓站了起来,镇定地走到他身边,毫无顾忌地捧起了他的脸,俯视着,端详着。她觉得那张脸真是年轻!显示着几分男人的成熟,又显示着几分孩子的天真,成熟和天真在那张脸上交融得很和谐。她心中鼓荡起一阵爱意。就在那一时刻她忽然明白了自己，明白了她除去需要工作之外尤其需要什么。她丝毫也不为自己的举动感到羞耻，更不感到罪过。她任凭那一种深厚而隐秘的柔情驾驭着她，她任凭那一阵爱意鼓荡着她的心。她的脸红艳艳的，那乃是因为柔情和爱意一下子从她心里溢了出来。她觉得自己就好像是一棵笋，不是从土地下，而是从塘底的淤泥中，一下子就生长了出来，瞬间冲破了一片死水，嫩绿嫩绿的，清清新新地挺立在水面之上，并且继续勃勃地生长，一节一节地向上拔。

他也是镇定的，仿佛他早就习惯了她对他如此亲爱似的。他笑了，说:“其实饺子有点淡，我口太重。”

她说:“不，是我口太轻了。”

她就将他的头搂抱在自己怀里，抚摸着他的脸，问:“小伟，你生活得快乐么？”

很自然地，她竟叫起他“小伟”来了。

“就算快乐吧。”他一动不动，像孩子似的接受她的柔情和爱意，平平静静地说:“工作挺累的，又实行劳动定额，下了班，洗过澡，唯一的愿望是轻松轻松。听音乐，看小说，下棋，看电视，有时候也到俱乐部去看录像，去跳舞……”

“你还跳舞？”

“跳。干吗不跳？腿瘸也要跳。跳舞的时候我会忘了自己腿瘸，人家都说我跳得不错。”

“姑娘们愿意跟你跳？”

“认识我的就愿意，我也不请陌生的姑娘跳。”

“星期天呢？星期天你怎么打发？”

“星期天到松花江去游泳，划船。有时候一个人逛公园儿，安安静静地在哪儿坐上半天，看人……”

“看人？”

“嗯。看那些男人女人,愉愉快快地从身边走过,我就觉得自己的心情也愉快起来……还坐碰碰车玩……”

“碰碰车?碰碰车是什么车?”

“你碰我,我碰你,碰来碰去的一种车。大人小孩儿都喜欢坐着玩……”

“难怪你星期天也不回家,你就没想想我一个人在家里怎么打发星期天么?……”

“想过……怎么能不想呢?嫂子,录音机我不拿回去了,留给你。如今一个人的生活里不能没有音乐啊!下个月我奖金能发挺多,我还有点存款,先给你买个电视机吧。买彩色的钱不够,只能买黑白的。从电视机里,你能了解到别人如今怎么生活,还能了解到外国人如今怎么生活……”

“我不要你给我买电视机,我以后挣了钱自己买。”

“那不是得以后么?就算我先借给你钱。”

“你也活得很幸福?”

“不。不幸福……”他的头在她怀中摇了摇。

“我听你说都觉得你活得很幸福。”

“那是活得快乐。幸福靠命,快乐靠自己。我觉得不幸福,我才要多给自己寻找快乐……”

她又将他的脸捧了起来,凝视着他的眼睛,耳语似的说:“我也是……可我没处给自己寻找快乐……”

“嫂子,明天我们一块儿到公园去好么?”

“好……”

“没工作也要高兴地活。还是我那句话,如今挣钱不是件难事了。用不着愁眉苦脸,留心看看,你就会知道。信么?”

“信……”

她突然离开他,从食品柜中取出瓶酒,有些激动地说:“你看,我还买了一瓶酒呢,洋河大曲。售货员说是好酒,我也不知道究竟好不好。是好酒么？”

他从她手中接过酒瓶，看了看商标，点头道：“老百姓喝，也算是好酒了。”

“嫂子陪你喝吧？”她又从食品柜中取出了两个酒盅，一个摆在他面前，一个自己拿着，复坐下去。

他却站了起来，说：“我想回厂了。”

“不行！”她也站了起来，预备阻拦他。

他说：“嫂子你别拦我，我回厂看电视，今晚有足球赛。”

她说：“你连饺子也没吃几个。”

他说：“吃饺子就那么回事儿，兴趣全在包的时候。”

她说：“那我酒白买了？特意为你买的！嫂子陪你喝一盅你再走。我去拌点白菜心……对了，还有一只烧鸡我都给忘了……”说着要往厨房走。

“什么都不用。”他拧开瓶盖，斟满了一盅酒，擎起来说：“我就喝一盅再走。今天嫂子高兴，我心里也高兴！”

她制止道：“别喝！”探身从他面前拿过酒瓶，给自己斟满了一盅酒，也擎起来，庄重地说：“嫂子有言在先，陪你喝一盅。”

他说：“嫂子，这酒度数高，你象征性地吧！”

她坚决地说：“不，我来真的！”言罢，两眼瞧着他，徐徐地就将那满满一盅酒饮尽了，她的脸顿时更加艳红了。她辣得吐出了舌头，赶紧夹起个饺子塞入口中。

“那我再喝两盅谢嫂子今天一番心意。”他又从她面前拿过了酒瓶，为自己连斟两次，眉都不蹙一下，连饮连尽。

她也为他夹起个饺子，走到他面前，送到他口边。

他一笑，说：“三盅酒，哪儿到哪儿！还多吃个饺子干什么？”

她说：“你吃下这个饺子压压酒，要不你走了我也这么举着……”

他耸耸肩膀，顺从地一口吞下了那个饺子，迈步往外便走。走到门口,他转过身,环视着屋里的家具,说:“这套家具是我一年前为嫂子和我哥做的,现在式样又过时了!我已经备下了料,嫂子,等你结婚时我再为你打一套式样更新的!”

她望着他,喃喃地说:“小伟,你别走……”

他问:“嫂子,你还有什么事儿闷在心里吧?”

她低下了头去,默然良久,抬起头说:“明天就是星期天,你……真带我到公园去?”

“真的。”

“我也要坐碰碰车玩!”

“那有什么不可以呢?我陪嫂子高高兴兴地玩上一整天就是了。嫂子你可要打扮得漂亮点儿,现在哪儿有穿你那种蓝‘涤卡’的?‘涤卡’过时了……”

“嗯……”

“明天我不回家找你了,我直接在公园门口等你。九点!”

“那,你得答应我,玩够了陪我回家,咱俩一块儿在家吃晚饭!……”

“我听嫂子的。”

她望着他推开门走出去,一时觉得他从家中带走了许多对于她是不可缺少的东西。还带走了她内心那种柔情和那种爱意。一年多了,一年零五个月了,她似乎已经忘记了自己是一个女人。在愁苦的待业时期,她很少走出这个院子,走出这条街。而明天他要带她到公园里去,高高兴兴地玩上一整天!没有工作的人也是可以高高兴兴地玩上一整天的么?为什么不可以?他不是还跳舞并且被公认跳得不错么?他不是告诉她如今饿不死人,如今不难找到活儿干么?她竟很迫切地想要知道,一九八一年,除了台湾女歌星邓丽君的录音磁带,周围的生活中到底还多了些什么?在这个院子,在这条街以外的年轻女人们,都开始穿些什么服装了?“涤卡”过时了?连“涤卡”都过时了,那么还有什么没过时呢?她不太信……

她还想彻底抛掉忧愁,彻底抛掉锈一般的回忆。她还想要一个人的快乐,要一个三十岁的女人的快乐。他说得对,幸福靠命,快乐靠人自己去寻找。他说得对,一个人只有一个命……他说得对,一个人应该对自己负起热情的责任……

他说得对,吃饺子就那么回事儿,兴趣全在包的时候。饺子,她也不想吃了。

她忽然很想听音乐。于是她从他留下的几盒磁带中挑选出了“邓丽君”放入录音机,音量拨到刚好能听清,悠悠然地坐在桌边听起来。

她觉得那台湾女人唱得真是悦耳动听,尽管唱得娇滴滴的,但娇得并不令人讨厌。她想,女人的本性总是娇滴滴的,自己不是就常常产生想向谁撒娇的心态么?而那个“谁”说穿了不是一个男人么?而没有这个“谁”确实地存在着她不是才常常觉得活得很累,很乏味儿,委屈上加委屈么?不是正因为无处撒娇,她才常常无缘无故地在小叔子面前作嗔状么?如果女人们无处撒娇,女人们很快就会老的吧?如果女人们无处撒娇,男人们会变得娇滴滴的吧?人原本并不是很复杂的吧?人先虚伪了其后才复杂了吧?那么人有什么正当的理由非虚伪地活着不可呢?我虚伪么?我从前是虚伪的么?我现在变得虚伪了么?虚伪的女人能对自己负起热情的责任么?徐淑芳,没谁要求你监视你怎样活着啊!谁又凭什么要求你怎样活着监视你怎样活着呢?如果他们是虚伪的,他们更凭什么呢?如果他们自以为是有权要求你监视你的,那他们便也必定受着别人的要求受着别人的监视!那人人都活得很累活得很乏味儿活得很委屈不就是很活该的事儿了么?那么谁还能对自己有着热情的责任?……

轻轻的一个吻,
已经打动我的心。
……

活到今天,她只被两个男人吻过。一个是王志松,在北大荒,在僻静的小河旁,他笨拙地吻了她一下,她却吓哭了。当年她十九岁。除了他的笨拙和她的恐惧,记忆中没再留下任何别的印象。可从此以后他便认定了她是属于他的,她也这么认定了。一个笨拙的吻就占有了一个十九岁的姑娘,如果这还不算荒唐可笑,那么吻对于女人就真是太可怕的事儿。男人们也太混蛋了……那也能叫作吻么?另一个是郭立强。他是那类绝不吻一个还不是自己妻子的女人的男人,可能也是为了这一点他才决定和她结婚。他简直视女人为神圣之物,他自己也想力争做一个神圣的男人。她和他都如圣男圣女一般在这个家里共同生活了不短的时日,而别人们,包括善良的邻居们都不相信他们真的就是圣男圣女。即或人人相信,其意义又何在呢?后来她将自己的肉体在他绝望至极的时候主动奉献给了他。用自己的一个平凡女人的活生生的肉体,验证了他不过是一个平凡的男人。那个夜里他们尽吻尽吻,没有什么“轻轻的”那一说;同时也验证了他们对彼此亲爱饥渴到了何等程度。那是一个蓝色的夜。一个迷醉的、满足的、血液燃烧的、冲动之中跌宕着冲动的夜。结果第二天早晨那个“神圣”的男人就变成了一个单纯而天真的大孩子,喋喋不休地对她说,他有了她就什么都不怕了,连死都不怕了。并且分明地开始有些向她撒起娇来。结果那天早晨他连一架破扬琴也没来得及修好,就被公安人员带走了,就再也没回来,永远……

那个蓝色的夜晚!

她回想起他的时候也更是回想起它。一次次的回想,使那个夜晚竟变得像宗教日一样神圣起来,使这个家也变得神圣起来,使这张床也变得神圣起来,使每天晚上都睡在这张床上的她,也于近乎神圣的回想之中变得近乎神圣起来。这个家竟渐渐地具有了教堂的色彩。正因为如此,她的小叔子不回来。正因为如此,她每次对他的挽留,哪怕是最真心实意的挽留,也不可免地包含着虚伪的成分,以及生怕触犯了某种神圣的东西,心灵颤巍巍的恐惧……

那一个蓝色的夜晚!

那一个迷醉的、满足的、血液燃烧的,冲动之中跌宕着冲动的夜晚!

一年多了,整整一年零五个月了,女人的心在寂寞之中老化着,女人在寂寞之中渐渐忘却着自己是女人。柔情像呼吸一样,吐出去又吸进来。爱意像炉火一样,旺起来立刻又被一铲煤压下去,在心怀内进行悄悄的势将更旺的燃烧,煤压不住火。她天生是一个靠爱的自觉才能进一步自觉到自己是一个女人的女人。如果说她从前不是,那乃是因为这样的女人的成熟大抵是迟缓的。而她现在已经成为这样一个女人了,已经是这样一个女人了。像一颗成熟得无比饱满的果子,悬挂在被折断的枯枝上。

生命的最生动的最任性的活泼,早已从这个小小的空间消散尽净了。一年多的时间,足以从封闭不严密的空间消散更多的东西。

她不禁又望着墙上的结婚照。一个男人和一个女人的合影。“上帝”和“圣女贞德”的合影。“上帝”到天国去了。“圣女贞德”仍在人世间。因为她常常觉得他仿佛是上帝,无时无刻不在俯视着她,所以她不敢以为自己是夏娃。只能难以胜任地充当“圣女贞德”。同时充当嫂子。夏娃怕上帝。而他到天国去之前,却又并没有把她那颗女人的原本极容易充满柔情极容易嚣荡起爱意的心收回去带走。上帝也有疏忽的时候么?她忽然起身,将椅子搬向那面墙,踏着椅子将相框从墙上摘了下来。连看也不看,翻出块花布包好,放进了柜子里。刚刚坐下,又觉得放在柜里并不妥。于是拿出来,一会儿塞到这里,一会儿塞到那里,尽往目光所不及的角落塞,无论塞到哪儿还是觉得不妥。她手持着它,咬着嘴唇沉思了片刻,猛转身走到厨房去,挑开几圈炉盖,将它放在炉膛中了。她蹲在炉旁,用炉钩子从炉口擞火。擞着擞着,呼地一片红光耀眼,炉火熊熊地燃烧起来了。她听到炉中发出了轻微的玻璃的碎裂声。

不知收藏在何处才好的东西,烧掉是最妥的收藏。她觉得她自己掌握了一个生活小常识。

她很想再喝点酒,她觉得喝了一盅酒之后那种头脑稍许有点发晕的感觉挺新鲜,也挺好玩。墙上没有了那照片,她才认为真正不被约束不被监视了,并且觉得这是良好的自我感觉。

她细细地切了一盘菜心儿,拍了蒜放上,浇香油浇醋拌糖。尝了尝,挺有滋味儿,挺爽口,挺满意。她又片下了一盘鸡肉,加了该加的作料,一手端一只盘子,独自笑盈盈地进得屋来,摆在桌上,就拧开酒瓶盖儿,款款落座,自斟自饮。太辛辣。她想,既然算是好酒,太辛辣也值得一醉方休啊!今宵不醉,更待何时呢?……

录音机停了。

那个台湾女人……她叫什么来着?……邓……丽……君……好个娇滴滴的邓丽君!你也唱得够累的了!女人向女人撒娇作嗲……忒没意思!……对酒当歌……不行,没歌不行……

于是她从录音机中“请”出邓丽君,换了一盘磁带。

“对酒当歌,人生几何?……”

她大声问,习惯地朝那面神圣的墙瞥了一眼。

墙上一片空白。

“几何?……”

是李白的诗么?好像中学老师讲过是李白的诗?李白作这么俗的诗么?还诗仙呢……看来也是一个……大俗人啊!……

“把酒问青天……明月几时有?……”

也是李白那个大俗男人的诗么?……初几学的呢?初二?还是初三?……

她朝窗外看了看。

明月哪儿去了呢?……连星也没有……

“把酒泪(酹)滔滔……心潮逐浪高……”

这又是什么人的诗呢?……可惜只记住两句……

没有歌不行!这么高兴的夜晚……

录音机仍不唱，她便站起来，自唱：

我失骄杨君失柳，
杨柳轻飏直上重霄九。
问讯吴刚何所有，
吴刚捧出桂花酒。
寂寞嫦娥舒广袖，
万里长空且为忠魂舞。
……

唱罢，又斟一盅，壮丽地一饮而尽。她的身子摇晃了一下，本能地用一只手撑住了桌子。她觉得自己似乎变成了一根羽毛，只要那只手一离开桌子，就会飘起来。她觉得这种感觉真是奇妙极了啊！

唱到“寂寞嫦娥舒广袖，万里长空且为忠魂舞”，其情不能自禁，离开桌子，摇摇晃晃做舞蹈状，脚下无根，险些倾倒，扑于床上。她顺势将床单扯下，披在肩头，双臂担之，似袅袅广袖，左舒右展，前飘后敛，且旋且舞……

她醉了。

一觉陡醒，天已大亮。一抹阳光照在床上，照在身上。见自己和衣而眠，还裹着床单，就有些惊诧。撑起松软的身体，坐在床边，闻酒香弥漫，一时不知昨晚自己何为。坐着静想了一会儿，不免顿生惭愧，暗笑自己。猛然地记起九点在公园门口和小伟相会，她就去洗漱。冷水激面，更加清醒，对镜梳头之际，注视着自己，双颊渐红。暗羞于“立伟”变成了“小伟”，这一颗心是怎么了呢？与姚玉慧相反，她没有卷发器，没有系列化妆品，但是她并不因此对自己缺乏信心。镜子里那个女人的脸还显得挺年轻，挺秀气。那种自己习惯作出的淡淡的微笑也挺美好。“还行。”她满意地想。

看看表,时间尚充裕,得抓紧收拾一下屋子。开了录音机,录音机里又送出一个女人的歌声。这小伟,专爱听女人唱的歌!

在歌声中,大敞门窗,散尽了酒气,将地板拖得干干净净,将桌上的盘子碗筷归拢了罩起来,将床上另铺了一条床单,将被子叠得整整齐齐,按习惯擦了一遍并不存在灰尘的家具,复关上门窗,开始换衣服。

她也没有姚玉慧那么多可选择的衣服可选择的鞋。但她仍未对自己缺乏信心,她相当乐观地爱护着自己的好情绪。以一位少女要去野游那种发自内心的愉快,十分随意地打扮着自己。她穿了一件夹克式的米黄色的斜纹布上衣,束腰的,婚前买的,一直未穿过。没有面穿衣镜可照,她却能想象得出自己穿着会增添一种女性的潇洒风采。“涤卡”过时了,她牢记着他的提醒。今天可不能穿过时的,宁肯穿普通布的。九月底,穿裙子是不是太招摇了点呢?她犹犹豫豫地穿上了一条半新的女军裤,还是在兵团时期保留下来的“财产”。不好!半黄加草绿,准像只蚂蚱!便又脱了。九月底就九月底!九月底也要穿裙子!记得上小学的时候,“十一”庆祝游行老师还要求女同学们一律穿裙子呢!何况今天又温暖又明媚!于是她穿上了一条蓝色的“的确良”裙子。是他不久前给她买的,说是西服裙。“涤卡”过时了,“的确良”大概没过时吧?否则他也不会给她买。“的确良”要是也过时了,那人们还穿什么?那不甘落伍的女人们不是该因衣着天天发愁了么?……

她认为自己还是穿上那条裙子好。夹克式大翻领女上衣,内衬着雪白的圆领衫,下着西服裙,所有她那些普通的衣服中,这无疑是最佳的搭配方案了。脚和腿呢?要不要穿袜子?穿长袜子好还是穿短袜好呢?她很自豪于自己的双腿,它们大大显出了女人的修长之美,如两段象牙一样白一样光洁。她决定不穿袜子,赤足穿上了一双黑色的高跟塑料凉鞋,她觉得自己挺拔了起来。那双极便宜的鞋更加衬托出了她双腿的修长之美,脚足的束秀之美。

她突然意识到,自己作为一个三十多岁的女人,首先是一个幸运的女人。因为青春尚在,甚至可以说刚刚开始焕发。女人的美还在,女人的魅力还在;其次才是一个待业的女人。生活将给予她的希望和机遇,可能要远远比那些虽然有工作,但已永远失去了青春失去了美失去了魅力的女人多得多。她起码有三条理由不再将自己看成一个生活中的苦人儿,一个可怜虫。

啊哈“尤斯”,啊哈“尤斯”,

嘿!——嘿!——嘿——

录音机里,一群男女在快乐地嚷叫。

尤斯——什么意思呢?不懂。然而那种嚷叫是很扇动人的情绪的,像运动场上的啦啦队在喊“加油!”“加油!”……

难怪小伟说如今生活里没有音乐怎么行!

她关了录音机,找出放在柜子最底层的那包钱,从中抽出了五元,想了想,怕少,又抽出了五元;然后写了一张借条,夹在那一沓钱中,重新包好,放回原处。她明白,那笔钱她是不能随便动的。从某种意义上讲,已经是公款,是意向尚不明确的事业的基金。

她走出家,锁了门,恨不得一步就迈出院子,她有点不愿让邻居瞧见她这身衣着。偏巧孙二婶也从家里走出来,瞧见了她,好奇地问:“淑芳啊,哪儿去呀?打扮得这么体面!”

她红了脸发窘地说:“体面什么呀!二婶,我去看一场电影。”

“看电影?”孙二婶的好奇陡增十倍,揶揄道:“八成会什么人去吧?”

“二婶您尽会开玩笑!我哪有心思去会什么人啊!”她不好意思就那么径直走掉,只好站下和孙二婶胡扯几句。

“去吧,去吧!别晚了,看不到片头儿多扫兴!”

孙二婶倒很识趣,催她走。

离开了那个院子,离开了那条小街,穿过几条胡同,走到了城市的一条马路上。严格地说,她的家,更严格地说,郭氏兄弟的家,不能算是在市区,只能算是城市的边缘。这条马路的尽头才接近城市的热闹处,而要到这条马路的尽头,得乘十几站公共汽车。马路尽头的热闹,也不过就是有一个农贸市场和一个小电影院而已。当然也就有一个派出所,夹在农贸市场和电影院之间。这是一条毫无可观之处的马路,城市的显著的发展和变化还没有推进到这里。马路两旁有些楼正在盖着,尽是灰色的简易商品楼,同样毫无可观之处,使人觉得还没盖完已经旧了。她等车的时候,吸引了许多人的目光,她怪不自在的。极少有时髦女人出现在这一带,而人们的目光告诉她,她仿佛是一个时髦的女人。

但一到了闹市区,她便觉得自己黯然无光了,几乎没有谁再注意她了。许许多多的女人仍穿着夏令时装,她们大多又是年轻的女人,她们似乎存心要向后延长季节似的。她竟有些奇怪,这座城市的年轻女人从哪一天起都变得这么漂亮了?比她们更漂亮的女人们的时装是哪儿卖的呢?城市又从哪一天起开始变得有点像所谓“花花世界”了呢?两条最繁华的马路交叉的中心,高高地矗立着一座青铜雕像—— 一个健美女人的裸体,向天空舒展双臂。她觉得它真是美极了!然而她不好意思驻足久看它。除了她,并没有谁注意它,好像它已经在那儿站立了至少一百年!而她清楚地记得,一年多以前站立在那儿的还不是那个裸体的健美的女人,是毛主席庄严地倒背双手,披着大衣的雕像,也是青铜的。因为她在一年多以前曾跟随二十余万返城待业知青的游行队伍经过这里。那个刘大文还爬上了毛主席的青铜雕像的底座,一手揽着毛主席的一条巨腿,一手有力地打着拍子,用他那毁灭了的嘶哑的金嗓子,指挥大家反反复复只唱两句歌:

兄弟们啊,姐妹们啊,
不能再等待……

那个大雨哗哗的“五一”!

如今二十万待业知青是真正地被城市所吞没了,他们再也没有向城市显示过一次集合起来的声势。城市冷静地教育了他们,盲目的愤怒的行动对于他们没有任何实际的意义。他们中的每一个,毕竟都得首先作为一个人活着。

城市不是演兵场。

谁要重新做一个城市人,谁就得克服掉依赖群体的习惯,城市不管这种习惯对于谁多么重要。而事实上,即使在动物方面,习惯依赖群体的也大抵是那些弱的生命……她这么想。

她站在人行道上,默默地想,那愤怒过,呐喊过,哀唱过,示威过的二十余万中,今天是强起来了呢?还是更弱下去了呢?

耳畔忽听一阵喊:

“快来买呀,《怎样过好性生活》!堪称性生活指南!分析性冷淡心理!新婚夫妻的良友!中年夫妻的福音!老年夫妻的参考!一切男人女人性生活和谐畅美的保证!……”

她以为是疯子在喊,转身望去,却见离她六七步远的地方,一个书摊小贩,手挥一本白皮书,热情奔放地叫卖着。几个小伙子和几个姑娘,包围着书摊,各持一本,高考前的用功学生似的在看,充耳不闻市声。

“嗨!你们到底买不买?不买别乱翻!……”

小贩一一从他们手中夺下了书,于是他们纷纷掏钱来买。

那小贩背后,是一块巨幅宣传板。红漆衬底画着一男一女的黑漆头部剪影,唇若吻而未吻。黄漆写着一行正楷大字赫赫然是——一对夫妻只生一个好!

她暗暗吃惊于城市竟变得如此之不害羞了!或许由于它从前正经得过了头吧?其实她心里倒极想买那么一本书。但是她太厌恶那个书摊小贩的招徕方式,如果他不那么大喊大叫她便会真的走过去买一本。

她赶快朝公园走去,唯恐自己经受不住那令她厌恶的书摊小贩的诱惑。

一年多,仅仅一年多,城市的变化使她耳目一新,使她吃惊不小,使她受到不少生动的刺激。无论如何,她是一点儿也不后悔的。她想,她是一个城市人,是一个并不自暴自弃的年轻的城市女人。再没有什么群体可依赖,城市也不可依赖,只可适应;所以她得将城市感觉透了。除了一个女人那种细微的感觉,她没有别的方式更了解它,更熟悉它,更接近它,更习惯它;尽管她是它养大的。

她低着头,一边走一边思想,撞到了什么人身上。抬起头,她瞪大了眼睛——站在面前的是一位穿游泳衣的少女。不,不只是一位,而是三位。三位少女都身着红色游泳衣,都赤着脚,身材都相当之窈窕,皮肤都相当之白皙。红白相映,如三朵出水芙蓉,长发也都水淋淋地披散在肩头。

“对不起……”她反应迅速地道歉,连退两步,望着三朵艳嫩的“花儿”,竟疑惑今天不是今天仍是昨夜,自己仍醉卧家中床上做着离奇的梦幻。

“没什么……”被她撞了的那一“朵”,不介意地笑笑,抬起一条玉腿,拿手揉脚趾。

“我……不该低着头走路……”

“嘿!你们就这么在街上晃?当在家里哪?”一位交通警威严的面孔。

“怎么了怎么了?从江边到家就这几步路……”

“那就办展览呀?受过文明教育没有?”

“你受过!哎,那你看我们干吗?”

她走出越围越多的人群,争吵声一直跟着她,少女们的声音脆脆的……

咦,前面何时盖起了一座大厦?——国际旅游俱乐部?好气派!半月形的宏伟建筑的外体,遍镶着咖啡色的玻璃。她不知道那种玻璃是用外汇进口的。在九月的上午的灿烂阳光照耀之下，整座大厦熠熠生辉，流霞溢彩，显得豪华无比。楼口的大理石台阶中间铺紫红地毯，两名穿漂亮制服的英俊而年轻的男侍，庄严地鹤立在宫闱式的门首两侧。一阵阵舞曲从门内传出。楼前广场停着一排排小汽车。

许多衣着时髦的漂亮的她的女同胞，或独自或三三两两徘徊徜徉在门首。她以为她们是被好听的舞曲所吸引，但很快便看出，吸引她们的并非舞曲，而是进进出出的外国人，自然是外国男人；不分年龄，不分种族，不分肤色，不分高低胖瘦美丑的每一个外国男人。只要是没有外国女人陪伴着的外国男人，不管是单独的外国男人还是两个三个四五个在一起的外国男人，他们一出现，她们便像训练有素的猎鹰发现了捕捉目标一样扑上去，急急地热烈地用拙劣的外语表达什么意思。看得出来，那些外国男人听不大懂她们的中国话夹杂着外语的低低的表达，但似乎却不难明白她们的意思。他们也格外被她们所吸引，尤其是那些刚刚从小汽车上踏下来的外国男人，也都习惯地用目光猎捕着她们。这种情形，就使她很难判断，究竟是她们在猎捕他们，还是他们在猎捕她们。也许只能说，那是一种互相的猎捕。都是鹰，也都是目标。心有灵犀一点通，语言的不同不通在此时此处似乎没有什么表达的障碍。她们有的被他们带入了楼内，有的被他们带入了车内。不能捕捉到目标或者不能被当做目标捕捉了去的，就显出很失落和很嫉妒的样子……

在“国际旅行社”五个朱红大字的“旅”字上方，悬着比她家里的圆桌面儿小不了多少的中华人民共和国国徽，光彩夺目，标志着这座大厦是中国的。

大厦的豪华尽管使她惊叹，然而毕竟不至于使她倾倒。很使她倾倒的是她的那些女同胞们，她们的衣着那么时髦，典型的“资产阶级的奇装异服”，她们都是那么年轻，那么漂亮，那么富有女性的魅力……

“小姐，想跳舞么？……”

一个男人的声音就在她身边彬彬有礼地问，她没有转身，只是将脸侧了过去。由于生平第一次被称为“小姐”,内心不免惊慌。

那是一位四十五六岁的男人,瘦而高。穿一套棕色西服,系一条黑色领带,领带上别一枚精致的显然是金质的领针。两鬓有白发了,精神却很矍铄,目光炯炯的,礼貌文雅之中,透露着他那种年龄的男人特有的自信,挺有风度。这个陌生的男人,在她不经意间,像头猎豹似的悄没声儿地就接近了她,引起了她一种女人的本能的警惕。

她努力不使内心的惊慌表现出丝毫,镇定地微笑道:“谢谢,我不想跳舞。”

她欲立刻离开,可他紧接着问:“那么,想不想到郊外兜兜风?我的车就在那儿,那辆白色的。”他指了指十几步远处的一辆白色小汽车。

车内,戴墨镜的中年男司机,正像密探似的望着她。

“不,不想兜风。”

“我姓陈,耳东陈。美籍华人,到这座城市来办些商务……”

他似乎并不因为她既不想跳舞也不想兜风而感到遗憾。

“陈先生,您找错人了。”

她冷冷地说。一说完,拔脚就走。

她觉得受了严重的侮辱。但是又不知为什么,走出不远,她忍不住回头看了看。

一位穿旗袍的姑娘正挽着那位陈先生踏上豪华大厦的铺红地毯的台阶……

她想,那位乘虚而入的姑娘,心里一定会嘲笑她的不识抬举,并且庆幸自己终于捕捉到了一个半老头子吧?……

生活在城市边缘的她,今天的的确确是感受到了城市腹地发生着不可思议的变化。绝不是她在家里所能想象得到的,也不仅仅是她所看到的。她仿佛觉得自己所看到的,不过是穿插幕间的小节目,有意思而已。城市什么时候才拉开它的大幕,使她看到称得上是正剧的内容呢?她不喜欢那三位只穿着游泳衣在闹市区行走的少女,不喜欢那些徘徊在国际旅行社大厦外的花枝招展的姑娘，不喜欢那位美籍华人陈先生……但也不十分反感。因为她明白反感是没有任何意义的，因为她明白这一切已构成了和继续构成着城市在一九八一年的某种色彩。城市不是为她而变的，也绝不会按照她的好恶而变。

生活可能也是有性格的。她想，人拗不过生活，谁也拗不过生活。人与生活对峙的话，归根结底，遭受损失的将是人。她想，徐淑芳，你今后得用极其宽容的眼光看待生活了呢！你也得学会对你自己宽容些了呢！否则，你就别抱怨生活处处和你作对。

何况她看到了自己很喜欢的事物——那一座豪华的大厦，那一尊高高矗立的裸体的女人雕像……

她仿佛感到有一种无色无味的粉齑，飘荡在城市的空气中，被一切男人和女人天天吸入到肺里。那乃是生活的一部分因子，从生活的本体挥发了出来，改变着城市的空气的成分。改变着一切男人和一切女人的肺活量。使他们在被改变的状态下，脸上都有着那么一种扑朔迷离的神情。他们和她们那种神情中，包含着种种活泼的欲望，种种生动至极的欲望。

她终于走到了公园。贴着公园的美观的绿色铁围栅，她加快了脚步向门口走去。

几百名手擎各色花环的小学生，在公园内的草坪上排列成整齐的方队。不知悬挂于何处的一只大喇叭，送出了一个男人富于鼓动性的声音：

“好！刚才那一遍做得很好！我们再来一遍……校庆！我们学校的生日！大家心中一定要想到这一点！要显出万分激动的样子！刚才那一声‘啊’不好！毫无激情！要持续一分钟左右！然后充满活力地向前奔跑，向假设主席台奔跑，要如同一群飞翔的小鸟一样！那一天有市里的领导坐在主席台上……”

忽然，那一列列方阵，齐发一片“啊”，一片兴奋的欢呼，如同一群飞翔的小鸟一样，朝同一个方向飞翔而去。

是一辆载着汽水箱、冰棍箱和面包箱的三轮平板车蹬了来。它顷刻被包围了，看不到了，各色花环丢弃在草坪上……

走在公园围栅外的徐淑芳，不禁扑哧一笑。从前严严肃肃的生活如今变得这么有趣了！她认为这不失为一种令人愉快的变化。她觉得那男人的富于鼓动的声音和语言不无造作，而那些如同一群小鸟似的扑向饮食的小学生们，则要真实得多了。

她一眼便望到了她的小叔子，穿一套深灰色的笔挺西服，也扎领带，一条深红色的斜排黑点儿的领带，脸刮得光光净净的，头发精心地梳理过，显得那么精神焕发，那么年轻，她觉得她的小叔子原来挺英俊的。

她走到他跟前后，低声问："我怎么样？"

他相当认真地说："很好。"

"仅仅很好？"她不满足于这样的评语。

"很有风度……还显得很……漂亮！"

"真的？"

"当然真的！"

她愉快地微笑了。

"我呢？"

"你……简直帅极了！"

他们回到家里的时候，已经晚上八点四十了。

那一夜郭立伟住在了家里……

他交给了她整整一包蜡烛。

尽管并没有停电，她却不想开灯，而燃起了一支支蜡烛。

她不明白自己为什么偏要燃蜡烛。也不愿明白。

她听由她的心情的支配。

在烛光辉映成的梦一样的诗一样的如同初生婴儿玫瑰般肤色的红晕之中，他们的肉体乃至他们的灵魂，激情奔跃地演奏人类最古老的那一首“欢乐颂”。是的,它是最古老的。也是最永恒的。它是最高贵的。也是最通俗的。它是最传统的。也是最现代的。它是最优秀最杰出的千载不朽万古不厌的。

因为它是亚当和夏娃合谱的人类的第一首“欢乐颂”……

它之动人在于只能用生命演奏。

而唯生命是一切男人和一切女人都拥有的。

故它不是神曲。

神不指挥着……

而她从一个欢乐的梦中醒来后,才黎明。

他已穿着整齐,坐在沙发上吸烟。

她一动不动地仰躺在床上,静静地望着他。想回忆起那具体是一个怎样的梦,却什么也回忆不起来了。只是感到有一缕欢乐的似乎五彩缤纷的余而不尽的体味,像隐隐的音韵,像缥缈的云霞,仍缭绕在印象中……

没有爱情的男人或女人形同瘸子。

无论如何,爱是重要的。

她想,我现在可以认为,自己是一个幸福的女人。她想,她之对于他的爱,其实质也许是对同一个男人的爱的延续吧?诞生在一段夭折了的情缘之中?……

她仍安适地躺着,仍温柔地望着他,觉得能在一个静谧的黎明时分,这样子地望着一个男人,而那男人又和自己之间超越了一般的亲昵界线,彼此都给予了灵与肉的渴望和安慰,乃是很美好的,乃是一种惬意的幸福。

一个女人拥有一个男人是非常必要的,她想;否则,女人会渐渐忘记自己是一个女人。而对于女人,没有任何其他的事比这更糟糕了。

她想,一个人,尤其一个女人,能够真真实实地说话真真实实地生活也是多么美好!

他深深地望了她一眼,走了。

他碰见了在院里扇煤球炉子的孙二婶。

“立伟,昨天晚上在家住的?”

“啊。”

“我说立伟,你呀,也该经常回家里来住住!你嫂子以前受的那些苦楚,就不提了。自从和你哥哥办喜事儿那天往后,也还是有苦难言呀!待业这一年多里,天天就不见她出家门,刚说分配了个工作吧,大家伙都挺为她高兴的,昨儿我听她讲又没活干了!你又根本不着个家。难不成这家就不是你的了?你哥不在了她就不是你嫂子了?冲着名分上你也该经常回家看看她,安慰安慰她,替她分担分担忧愁哇!你不能把她撇闪得孤苦伶仃的!你说二婶的话在理不在理?”

心直口快的孙二婶,扯住他袖角,唠唠叨叨,一边数落一边叹息。

“二婶,你说得在理。我听你的话!”

孙二婶见他下了保证,才放他去。

走出院子,他更加理解了她那些发自肺腑的话。并且确信,生活对人毕竟是宽容多了。如果今天不是一九八一年的一天,而是一九七一年的一天,孙二婶那双藏不住沙子的眼睛,要不将他盯得“做贼心虚”起来才怪呢!连当年街道妇女专政队的队长孙二婶都变得仁慈了,他和她之间到底还存在着什么了不得的严峻的阻碍呢?孙二婶那双眼睛就今天也是敏锐的,无疑已从他那有几分窘状的神色看出了什么破绽。刚刚离开了一个女人怀抱的男人,他内心的隐情瞒不过另一个女人的眼睛。然而孙二婶的目光是厚道的,善良的,好意的。

他想:我永不忏悔!

他就一边走一边哼起歌来……

早晨的阳光悄悄地从床上移到墙壁上去了。

她仍没起来。

她静静地回想着昨天。

昨天充满快乐!

碰碰车多么好玩儿!一次五分钟,两元钱。就是索价太高了!那些为孩子一次次买票的父亲和母亲们,一边诅咒王八蛋发明了这么一种赚老百姓钱的方式,一边掏钱包。孩子们却只管不厌其烦地玩儿。即使是王八蛋发明的,对于他们也肯定是个好王八蛋。他们准是都挺感激王八蛋。却不见得感激为他们付钱的爸爸妈妈。他们可能还不知道挣钱是怎么一回事儿。有些孩子居然玩儿得非常老练,非常油滑,非常刁。他们横冲直撞使别的孩子防不胜防,躲不及躲,惊慌失措时,一个个感到那么开心!而他们能敏捷地闪避过别人的碰撞时,一个个又表现得那么自信,那么骄矜,仿佛不可一世。与其说他们在享受快乐,毋宁说他们也是在从小演习将来闯荡社会的本领。

碰碰车场上的主角当然是那些年轻人,那些二十来岁的姑娘和小伙子们。在她们的车辆旁,大抵有他们的车辆保护着,如同骑士保护贵妇。他们要在这里寻找的是和孩子们截然不同的感觉。那可能更是一种象征性的感觉,玩乐之中捕捉情爱的感觉。他们——是他们,而不是她们——掏钱包时可绝不发任何诅咒之词。也许因为他们是在为姑娘们付钱的缘故。他们一出手就是十元二十元,一次就买下半个小时甚至一个小时的票,以示自己将来是绝对养得起一个爱玩碰碰车的老婆的。

她听到一个小伙子瞥着一位当父亲的,讥笑地对自己的姑娘说:“没钱就别到这儿来‘现眼’么!”

那位当父亲的,死拉硬扯着自己的孩子离去。而那孩子双手抓住碰碰车场的铁栅栏,哭哭啼啼,样子十分可怜。气得那位当父亲的几次举手要打孩子,却又舍不得打。

她的小伟看不过去,替那孩子买了两次的票。

“我不是舍不得为孩子花钱!”当父亲的红了脸向她的小伟解释:“我是没带那么多钱!他已经玩两次了,这孩子,太不像话!”

收票的小伙子,仰脸望着天空,一边用指甲拔下巴上的胡茬儿,一边说:“既然带着孩子到公园里来玩,为什么预先不把钱包塞鼓点儿?”

那当父亲的脸就更红了。孩子已经进入碰车场,坐在车上横冲直撞起来了,他还一个劲儿地向她的小伟解释着:“我真是没带那么多钱!忘带了!家里有的是钱!上星期在‘东来顺’请客儿,我一次就花了三百元!这年头,花几个钱算什么?敢挣敢花!有钱不花,丢了白瞎,死了白搭!忘了多带钱,您看还就是忘了,家里有的是……”那已经不是解释,而是在声明。也不是在仅仅向她的小伟声明,而是在向周围所有的人声明——我不是缺钱花的人!我是个趁钱的人!家里有的是钱!今天出门忘了多带些……

她的小伟只是默默微笑,表示完全相信。

周围的人们也只是默默微笑,表示完全相信。

唯有那收票的小伙子似乎不那么相信,继续用指甲拔下巴上的胡茬儿,仍仰脸望着天空说:“您家里再趁钱也别宣传起来没完没了啊,小心溜门撬锁的盯上您!”

人们在向贫穷告别。不,不是在向贫穷告别,更是在向以穷为荣的时代告别。她根本不相信那些花起钱来出手大方的人们都那么富有。她看得透彻,那些人都是在显示富有。她明白了,穷,在今天,在城市,已不足以引起普遍的怜悯和同情。也许恰恰相反。而富有,哪怕仅仅是富有,则足以使一个人觉得自己是个上等人了。她仿佛细微地觉察到,一个以富有为荣的时代正在悄悄地逼近着人们。它是一个庞然大物。它是巨鳄。它是复苏的远古恐龙。人们都闻到了它的潮腥气味儿,人们都感到了它强而猛健的呼吸。它可以任富有的人们骑到它的背上,它甚至愿意为他们表演节目。在它爬行过的路上,它会将贫穷的人践踏在脚爪之下,他们将在它巨大的身躯下变为泥土。而普遍的人们不仅事实上都并没有变得怎样富有,大概连怎样才能真正富有起来也还根本不知道。所以他们恐怕只能装出富有的样子,以迎合它嫌贫爱富的习性,并幻想着也能够爬到它的背上去。它笨拙地然而一往无前地就爬将过来了,它用它那巨大的爪子拨拉着人——对它诚惶诚恐的遍地皆是的生灵,当它爬过之后,将他们分为穷的,较穷的,富的,较富的和最富的。就像农妇挑豆子似的,大概齐地拨拉着。它将用它的爪子对社会进行重新排列组合。它将冷漠地吞吃一切阻碍它爬行的事物,包括人。它唯独不吞吃贫穷,它将贫穷留待人自己去对付。

普遍的人们对付得了贫穷么?

贫穷不是一向都由国家来对付的么?

人们不是一向习惯了说那样一句话——“依靠政府”么?

而“政府”又去靠什么呢?

她根本不相信那位红着脸喋喋不休地宣扬自己“家里有的是钱”的父亲家里果真“有的是钱”。因为他那双“盖儿鞋”太破旧了,已经穿扁了,像两辆敞篷车。

她从周围人们对那位做父亲的男人表示出的怜悯的微笑之中,也窥见了人们对自己的普遍的隐藏的怜悯。

她十分怀疑仅仅靠工资便能维持那些一出手就十元二十元的充阔的面子。

人们害怕自己不像一个趁钱的人似乎更甚于害怕真实的贫穷。

而她却是很实际的。她竟不想玩碰碰车了,她舍不得花两元钱玩五分钟,她认为这个地方“出售”的快乐是高价的,高价的快乐不属于待业者。可是她的小伟已替她买了玩三次的票。她主张退掉两张票,她说她只玩一次就够了,她说她玩三次之多也许会头晕。他却说,要玩,就玩个痛快。头晕了,就退场。她说那样不是浪费了票,太不合算了么?他笑笑说,人在玩的时候,不应该考虑合算不合算。难道他也学会伪装趁钱的人,学会充阔了么?……

他自己却不玩,他说他早就玩腻了。他伏在铁栏杆上望着她玩。第一个五分钟里,她那辆碰碰车简直就不是车,是个“嘎儿”。被别人的车撞头撞尾,撞得滴溜溜乱转。她双手紧紧攥着方向盘,瞪大着一双眼睛,紧张极了。那些玩得油滑的孩子们居然也敢于欺负她,经过串通似的,这个冲过来,那个冲过去,把她撞得定在了原地。

她求援地抬头望他。

他只是伏在铁栏杆上冲她不以为然地笑。

第二个五分钟里,她镇定了许多。那些玩得相当油滑的孩子们,不太能随心所欲地欺负她了,她学会了躲闪。在左右躲闪之中她学会了进退,在进退自如之中她学会了敏捷地操纵自己的路线。这时她才体验到了快感和乐趣,体验到了游艺着的自信。每躲闪一次不安分的恶作剧的孩子的“进攻”,她便不由得发出一声胜利的喜悦的欢呼,并且骄傲地向他招一次手。他则在场外为她大鼓其掌。她仿佛觉得自己的年龄至少缩小了十岁。

第三个五分钟里,她自己也变得像那些恶作剧的孩子们一样不安分了。她也开始横冲直撞起来。她那种横冲直撞带着一股不将任何人放在眼里的蛮劲儿。那些欺弱怕强的调皮的孩子们纷纷回避着她了。那些在游艺的时候也尽量不失文雅或尽量装出文雅模样的姑娘们,也纷纷回避着她了,如同贵妇淑女们回避不拘礼节的吉卜赛人。孩子们和姑娘们分明都有点儿怕她了。由怕人而使人怕,这使她内心里特别高兴。她简直有点得意忘形,如入无人之境。多少年来,不,十几年来,不,也许还要长久,也许从她的童年时起幼年时起,就被生活被周围的环境被自己对自己合乎种种规范的要求压制得几乎彻底泯灭了的,不甘羁绊的天性,在她三十岁的时候,在生平第一次游艺的碰碰车场上,获得了意想不到的解放。

游艺场外的郭立伟惊异地望着自己的嫂子。他觉得这个自己以为很熟悉的女人身上放射出了奇妙的光彩。她一反常态,不复是一个娴静的,循规蹈矩的,被忧郁愁苦所沉重压迫着的女人了。她驾驶着碰碰车的姿势何等的潇洒!她眼睛里闪耀着睥睨一切的目光!她满脸都是一个大强者的自信!她分明不屑与那些曾欺负她的调皮的孩子们周旋了。

她是怎样地在别人面前抖擞着自己的威风啊！她竟开始故意去冲撞成双成对的“鸳鸯车”了！那些姑娘们表情紧张，乱了方寸，甚至惊呼起来的时候——她那种不将任何人放在眼里的带着股蛮劲儿的冲撞，大有将人家连人带车撞翻几个个儿的凶猛之势，引得那些奋不顾身的“骑士”们慌忙救驾。而她却又灵活又敏捷地一偏车头，与人家擦车而过，造成一种险象，使人家虚惊一场。她的嘴角上就会浮现一丝毫不掩饰的得意的笑容。终于她激起了那些“骑士”们的“公愤”，他们联合起来，形成攻守同盟，对她进行“围剿”和“讨伐”，于是在游艺场上展开了一场“车战”。她毫无惧色，表现相当骁勇。她在“围剿”之下左突右冲，有时连连被撞，却镇定自若。“骑士”们都一个个冷落了保护对象，在与她一个人的角逐之中，似乎获得了更大的游艺乐趣和快感。她在单枪匹马的“鏖战”之中，显得更其潇洒，更其逞强，更其自信，更其睥睨一切人了。正当她像位骁勇无比的女将似的，与那些“骑士”们“鏖战”得胜负难分，不可开交之际，第三个五分钟结束了。

她一离开游艺场，就往售票窗口跑。

他一把拽住了她，又交给她十五分钟的票。

她说：“你看着我如何对付他们！”便迫不及待地又进入了游艺场。

“骑士”们齐声发出欢呼。

一位“骑士”对他喊：“哥们儿，别心疼几块钱啊！我们这才叫玩出情绪来了，保证发扬革命人道主义精神，连这位大姐的一丁点皮儿也不会碰破！”

他仍只是笑笑，仍伏在铁栏杆上，饶有兴趣地望着她和他们继续周旋，比自己玩儿还觉得有意思。他感到她之对于他，已不再仅仅是可敬的女人，而更是可爱的女人了。她身上所放射出的那种逞强好胜的近乎顽童的天性的光彩，吸引着他，使她在他眼里增添了从前所不曾发现过的魅力。女人不能同时兼备可敬和可爱两种光彩，女人若使男人觉得可爱必得脱下可敬的披风。他是用一种暗暗惊喜的欣赏的目光望着他的嫂子。正是在那一时刻,她打碎了她在他心目中固有的形象,重新在他心目中确立了她的地位—— 一个可爱的女人的地位……

而她自己全然不知。

我们最普遍的人们,宁肯彻底遗忘自己的天性,而不肯稍忘自己在别人眼里是一个怎样的人或应该是一个怎样的人。他们习惯了贴近别人看待自己的一成不变的眼光,唯恐自己的天性一旦复归破坏了自己在别人心目中的形象。所以我们在玩的时候,常常觉得人人都可以是朋友。觉得人人都更加可爱。

当她和他对坐在冷饮厅的一张小桌旁品着果味冰淇淋时,她有点儿不好意思地悄声问:"在游艺场上,我……是不是太没个样子了?"

他反问:"该是什么样儿呢?"

她低头寻思了一会儿,说:"我也不知道该是什么样儿!"随后又笑道,"不过玩得真痛快!我想象不到我原来是能够这么快乐的……"

他说:"要是中国人都有机会经常这么快乐地玩儿就好了。"

她忽然起身离开了他一会儿,回来后递给他十二元钱,他才知道她是换钱去了。

"票钱?"

"票钱。"

"你叫我怎么想呢?"

如果是在以前,就是在昨天,他说这句话时,也一定会加上"嫂子"两个字的。

"你别多想啊!反正你一定得收下,你不收下我心里别扭。"

"那么一会儿你还要给我一杯冰淇淋的钱?"

她笑了,用手指在他额角上触了一下:"瞧你说些什么话呀!从小长到三十岁,我今天才算尽情尽兴地玩儿了一次,还是让嫂子花自己的钱吧!今天我再不多花一分钱了,全花你的钱还不行么?"

他理解了她,也笑了,默默接过了钱。

她重新坐下后,又说:“今后钱对所有的人都更加重要了是不是?”

他肯定地点了一下头:“是的。”

“今后钱多快乐就多,钱少快乐就少,是不是?”

他没有马上回答。他吸起烟来,在他那狭窄的眉心,渐渐现出了一道竖着的皱纹。人们都认为眉心狭窄心胸也必狭窄。她注视他的脸,暗想这种说法毫无道理,因为她的小伟分明是个乐天的豁达的男人。

她很有耐性地期待着他的回答。

终于他说:“从前也如此。”

她眯起眼睛,又寻思了片刻,反驳道:“不,从前和现在不一样。从前我们两人逛一次公园,也许只带五元钱就足够了。从前公园里没有碰碰车场。我只玩了半个小时的碰碰车,就花掉了十二元,你还没玩儿。从前人人都逛得起公园,有时间的话甚至可以天天逛。”

“现在也人人都逛得起公园。”

“但却不是人人都玩儿得起碰碰车。如果玩不起,就获得不到那份儿快乐,就只能眼巴巴看着别人玩得快乐。今天这公园里发生了许多变化,比如这儿,一杯冰淇淋六毛,差不多比公园外贵一倍……”

他打断她的话说:“可是这儿环境幽雅,可以坐下来从容地享用,还有音乐……”

她也打断他的话说:“不错,你看对面还有舞厅,你看左边还有饭庄。我刚才顺便问了一下,一张舞票两元钱,一场一个小时。如果我们吃完了冰淇淋,再去跳两场舞;如果我们跳完了舞,再到饭庄去像样地吃一顿饭;公园离家很远,得换乘三次公共汽车,如果我们累了,还想坐出租小汽车回家的话……我进公园时注意了,公园门口有出租汽车站……那我们两个人逛一次公园需要多少钱呢?……”

他一时不能完全明白她说这些话的意思,便一口接一口吸着烟,听她继续说下去。

“如果我们来到了公园里,也不玩儿碰碰车,也不坐在这儿吃冰淇淋,也不跳舞,也不到那个挺体面的小饭庄去像像样样地吃一顿饭,只看着别人玩儿碰碰车,坐在这儿吃冰淇淋,成双成对地走入舞厅,心满意足地从饭庄内出来,在公园门口坐上一辆出租小汽车回家……那么我们到底觉得有什么意思呢?那么我们何必来逛公园呢?那么公园里这一切变化又与我们有什么相干呢?我们岂不是在今天逛十几年前的旧公园么?像十几年前小学生到公园里来过队日一样,坐在长椅上啃干面包,喝旅行壶里的凉开水?如果我们的话题再从这个公园扯开去,你没感觉到周围的生活发生的变化更大么?你一定早就感觉到了,我今天也切身感觉到了。每一种新的变化都给人们带来新的享受,新的快乐,每一方面新的享受,新的快乐,都必须花钱才能获得,是不是?所以,我的话千真万确,今后钱多快乐就多,今后钱少快乐就少。谁也无法预购幸福,但是快乐靠我们自己,从来不靠神仙皇帝。也不能指望政府!……"

她说得有些激动起来。

他向她"嘘"了一声,并且挤眼睛。

她下意识地四面望望,见好些人在对她侧目而视。

她站起身坚决地说:"走!"

他便顺从地跟随在她身后离开了那个幽雅的地方。

他们无言地走到了小河边。

她说:"这儿挺好。"就坐下了。

他便在她身旁坐下了。

她说:"我刚才那些话他们不爱听?"

他笑笑,老实地回答:"也许。他们看着你那种目光像看着一个'现代派'的女人。"

"'现代派'的女人?什么样的女人是'现代派'的女人?"

"这……一句话说不清楚……"

"你直说。没关系!不正经的女人?"

"那倒不是!怎么说呢?真的一句话说不清楚……也许可以这么认

为——想怎么活着就怎么活着的女人。”

“你认为我是这样一个女人？”

“不。我不认为你是这样一个女人。”

“真遗憾！”

她有点儿沮丧地往河中扔了一块石头。投石惊鸟，惊起了一男一女两个人。那一男一女隐蔽在一块假山石后，她和他都没发现。那一对儿冷不丁地从假山石后冒出来，倒把他俩着实吓了一大跳！那女的站起时，衣服的敞领还没扯到肩上去，样子十分狼狈。

她的小伟赶紧赔着笑脸向人家道歉：“对不起，实在是不知道……”

那一男一女，像木偶剧中的人物似的，又缓缓地消失到假山石后面去了。那男的重新隐蔽前凶恶地瞪了他们一眼，那女的嘟哝了一句：“讨厌！”

她好不容易才忍住没笑出声来。

“你再接着说，你为什么感到遗憾？”

“这还用问么？想怎么活着就怎么活着不好？我认为很好！我怎么不能做一个那样的女人呢？我像今天以前那样活着就好？今天我算明白了，我活得太亏了！再像以前那么活着，我太对不起自己了！我得换个活法！……”

她又说得激动起来，又捡起了一块石头要往河中抛。他赶紧抓住她那只手，朝假山石努了努嘴。

“你想怎么活？”他放开了她那只手，却将那块拳头大的、光滑的鹅卵石拿在自己手中掂着。它要是被她用力抛在河中，假山石后面那一对儿非得像被弹簧弹起来一样不可！那就不知又会是一番什么景象了。

“想怎么活？第一，要有很多很多的钱！不管多么脏多么累多么苦多么不是人干的活，我都肯干！只要挣钱多就行！我已经三十岁了，我什么技术也不会，我可能也只配干那一类别人不愿意干、耻于干的活儿！挣了钱，我就要快快乐乐地花钱！能怎么享受就怎么享受！别人怎么享受我就怎么享受！真的，我长这么大就没怎么真正快乐过！你也是！我挣的钱也要给你花！你愿意怎么花就怎么花！因为你是我唯一的亲人！除了你我哪还有一个亲人！只要你别花着嫂子挣的钱往坏道上学就行！如果我们不这样开始想，别人就这样开始想了！等我们跟在别人后面开始这样想的时候，生活早就跑到我们前边去了！……"

她的话感动了他，他情不自禁地攥住了她的一只手，而她任他紧紧地攥着自己的手，丝毫没有抽回的意思。

"许多和我们一样的人，不但已经开始这么想了，而且已经开始这么生活了！"他思考着说。又瞅定她的脸问："你知道全市已经有了多少趁钱的人？"

她像个期待老师告诉答案的小学生似的望着他。

"就这二三年内，全市已经有了一百二十多个趁钱的人！平均每人趁两三万！"

"那将来趁钱的人越来越多，我们不是很可能会变成穷人么？"

"是啊，完全有这种可能。所以我下了班之后，闲着没事儿干的时候，我给别人打家具。打一个立柜七十多元，一个星期内光晚上我就能挣七十多。我也存了点钱，不存怎么行呢？……"

"难怪你近来这么瘦……"她用另一只手轻轻抚摸着他的面颊，目光中充满了怜悯，那也是情不自禁的。

他却自信地说："放心，靠我的木匠手艺，我成不了穷人！许多人家托关系送礼物求我给他们做家具呢！因为我自己会设计，我做的家具新颖，符合现代家庭生活的要求。不像那些老木匠，差不多一辈子都在按照一种样式做家具。那还能成？今后他们是穷人了，我也不会是穷人的！但是我不想只为了钱活着，够花就行，手艺就是一笔取之不尽的存款。你组装那批课桌椅，是我设计的。厂里给我的奖金就七百多！将来实行专利权了，还可以卖专利呢……"

他竟很有些骄傲了。

“那我呢？那你这个嫂子呢？我怎么办啊？”她的手也紧紧抓住了他的手：“我真怕！我觉得生活它变成一个大怪物了！它咧着血盆大口要人拿钱喂饱它！你喂不饱它，它就张牙舞爪摆布你！吓唬你！用它的尾巴梢儿一扫，就不知把你扫到城市的哪一个旮旯儿去了！我也不想为钱活着。可是我得先有一笔钱啊！不这样我怎么能生活得踏实啊！我可不愿意是城市里的一个穷人！我真是怕极了啊，更怕你撇下我这个嫂子不管不问，小伟你得替我拿个主意呀！……”

他动感情地说：“我哪会撇下你不管不问呢？我也再没有一个亲人了，你就是我唯一的亲人。我不替你拿主意谁替你拿主意啊？……”

他们便都笑了起来。

她这才发觉，自己说着话儿的时候，几乎是倾在她的小叔子的怀里了。她的脸因此羞红得什么似的，使他也非常不自然起来。她不好意思仍脸儿对脸儿地瞧着他，她稍微侧转了一下身体，却就势依靠在他怀里了。他一动也没有动，坐得像堵墙那般稳。她觉得他是完全靠得住的。

一些半黄半绿的叶子，从河的上游漂了下来。向他们预示着秋天的最初的迹象。经过不久前的一场大雨，河水涨高了，也变得混浊了。秋天的树叶是比夏天的树叶更美丽的。阳光和秋风给它们涂上了金黄色的边儿，金黄色的边儿略略地向内卷着。仿佛是人细致地做成那样的，仿佛是要将中间的绿包裹起来似的。那绿，也与夏天的绿不同了，少了些翠嫩，多了些油青。每一片漂在河面上的叶子的经络，也显得格外地分明了，看去仍保持着生命力。从上游漂下来的叶子渐多，如同一艘艘不编队的古阿拉伯的船只，无声无息地行驶着。她舒适地依靠在他怀里，出神地望着它们，就觉得奇怪：它们的叶柄居然都高翘着，一致地朝向前方。她不由地想，树是一种生命，树叶也是一种生命。有些生命那么长久，可以千百年地活下去。有些生命那么短暂，永远不能经历第二个夏天。当明年树上长出新叶的时候，眼前这些叶子早已腐烂了。它们一旦从树上落下来，除了捡标本的小女孩儿，谁还注意它们呢？而这时恰恰是它们两种颜色集于一身,变得最美丽的时候。而使它们变得美丽的一种颜色,竟是死亡的颜色……

人呢?人的生命要比一棵树的生命短得多。人的生命其实并不见得比一片叶子的生命更长久。人的一生也不过就分为一年十二月。如果从一岁到二十岁是人的春季的话,那么她已经度过了一个女人的夏季的一半儿了,正如九月的叶子。九月的叶子能在树枝上悬挂多久呢?她一向悬挂其上的那一种生活,又是多么糟糕的一棵“树”啊!早晨,恰恰就是这一天的早晨,她还欣慰于自己仍拥有着一个女人的一部分青春,仍拥有着一个女人的一部分美,仍拥有着一个女人的一部分魅力,并因此而对自己充满着一个女人的自信。此时此刻,她却意识到,人也是不能第二次重度自己的某一个季节的。那都是一个女人的夏季的最后的美丽,那都是她的金黄色的“边饰”。恰恰是在她认为自己最美丽的这个阶段,她那奇异的迟迟焕发的美丽,向她预示了她的秋季的迫近和她的夏季的告别……

她内心里顿时起了一阵惆怅,一阵感伤,一阵惶惑,竟不免有些难过起来。为那些河中的落叶,也为自己。

河对岸,一位公园清洁工,戴着大口罩,将一张脸捂得只露出了三分之一,也不知是男是女。双手持着一把崭新的大扫帚,一扫帚紧接着一扫帚,将河岸边那些落叶扫拢在一起。另一位清洁工推着垃圾车走来,两位清洁工从容地将一堆堆落叶收到垃圾车上去了。他们,也许是她们,对自己的工作那么认真那么负责,连漂在河中的落叶也不放过。站在河沿上,都用大耙子搂着,捞着。那些漂亮的“古阿拉伯船只”,水淋淋地被扔到了垃圾车上……

两位清洁工走了……

河面一无所有了……

只有养在河中的一条条大青鱼的嘴,没了遮掩,一个小圈儿一个小圈儿地暴露了,吞吐着河面上细小的泡沫……

从左面，河的上游，挺远的地方，传来一阵哗哗的响声，是那两个清洁工在用长杆的铁耙子往下打树叶。美丽的，镶着金色"边饰"的，也许还能在树枝上悬挂一个月之久的叶子，在铁耙子的打击之下，纷纷飘落了。它们在空中旋转着，仿佛不甘落地，而要飞上天空似的。它们毕竟没有翅膀，它们毕竟不是鸟儿，它们绝望地旋转在空中，描写出对死亡的恐惧，一种徒劳的挣扎的旋转。

它们一时间又布满了河面，叶柄仍朝着前方。美丽的、具有诗意的、古阿拉伯船队般的死亡的阵营，无规则地排列在河面上。造成一种令人感到悲哀的情景，缓缓地顺流而下，从容地接受不可避免的命运——铁耙子和垃圾车。

自然不为叶子的死亡奏哀乐。

她突然一转身，双手搂抱住了他，头抵着他的胸膛，急切地慌张地说："我真怕！我一定得换种活法，还不换种活法就来不及了！……你可千万要帮我！……"

……

后来他们买了两张舞票。

她不会跳，也不好意思现学，他便也没跳，陪她看了一场。

离开舞厅时，她问："你没心疼钱吧？"

他说："心疼什么？这很值得。"

后来他们在公园里那个饭庄吃了一顿饭，花了二十三元。

后来他带她逛商店，逛自由市场。

她充满憧憬地说她要从摆小摊干起。

他只是笑。

她追问："行不行呀？"

他不得不回答："你干不了。"

她扫兴得半天没再说话。

后来他带她到"三十六棚"去观看新居民区。那个地方，怎么比喻呢？半个多世纪以来，也就是说从解放前到解放后，它一直是这座城市的肮脏的“鞋垫”。那个地方住着十数万人口——多数是装卸工。被叫做“扛大个儿”的男人们，用脊梁和肩膀拱起他们的家庭，生儿育女，老和死亡。他们干着这座城市最苦最累最低下的活。与一般工人的区别在于，他们干活甚至靠的不是双手，他们干活靠的也是脊梁和肩膀。

那个地方，比她所去过的任何一处穷困的居民区更加穷困，穷困得乱七八糟，穷困和肮脏得会给人留下终生难忘的印象。不知有多少部国产电影中的解放前的贫民窟的外景地是选在那儿实地拍摄的了，几乎所有的房子都是用碎砖乱瓦堆起来的，仿佛里面住的不是人，而是鼠类。那种面目狰狞披头散发的房子之间，好像坏了牙的丑陋的嘴巴一样，露出一道道的黑缝——是一条条没有路灯的小巷子。贫穷在其中滋生着罪恶、野蛮、愚昧和堕落，和一切人世间的不幸……

几年前，她与郭立强在煤厂卸煤的时候，经常路过“三十六棚”。伪满时期，日本人把那个地方的男人们叫作“苦力的干活”，几年前那里的男人们仍是“苦力的干活”。

她没有想到，她怎么也不会想到，今天，展现在她面前的，竟会是一幢幢新建的高楼。它们组成庞大的群落。一排、两排、三排、四排、五排、六排……她想数清，却数不清。宽阔的柏油马路、刷成银色的水泥电杆、美观的路灯、街心公园、商店、俱乐部、医院、托儿所……家家户户的阳台上摆着花盆，每一幢楼上都竖着各式各样的电视天线……

就连她所看到的每一个人：男人、女人、老人、孩子，仿佛也都是一些崭新的人，都是一些刚刚从另一个世界诞生出来的人，一些可爱的人。

他说：“这里现在有十四条街道，一百六十幢楼房。另外还有三十二幢楼房正在施工……过不了多久，这里将会是很美的一个地方了！”

他眼中闪耀出一种兴奋的异彩。

那时已近黄昏，绚丽的晚霞布满天空，东西南北都有塔式起重机静止的剪影高高耸立着。

她望着他惊诧地问:“你怎么知道得这样清楚?”

他孩子似的笑了,有点儿不好意思地说:“前几天我骑着自行车来数过。”

“为什么来数?”她更加大惑不解了。

“我也不知道为什么。我和你今天的感受不太一样。我可不觉得生活是一个大怪物……我觉得生活变得像是万花筒了。它越变越使我感到新鲜,越吸引我注意它,越使我感到活得挺来劲儿,挺受鼓舞……”

她忽然觉得他比自己年长了好几岁,觉得他是一个比他的哥哥还成熟的男人了。因为促使他哥哥成熟的是忧郁,而促使他成熟的是乐观。

男人的忧郁和乐观都是足以影响女人的生活态度的。她心说,徐淑芳,你也许完全用不着惴惴不安地看待生活呢,无论如何它不是变得更令人满意了么?你必得有充分的信心骑到它的背上去,管它像不像一个大怪物呢!你要将它当做一辆碰碰车,你要紧紧抓住它的犄角,就像你在游艺场上牢牢掌握住碰碰车的方向盘那样!……

“嫂子,你在想什么?”

“小伟,我真想亲你!”

她的脸红似鲜花。并不是因为自己说出的忘情的一句话,而是因为晚霞照耀在她脸上……

“淑芳,淑芳……起了没有啊?”

门外传来孙二婶的话声。

“还没起呢,二婶有事儿么?”

“别做早饭了,起来到我家吃吧!有粥,有馒头,还有咸鸭蛋!”

她一下子坐了起来,就开始匆匆地穿衣服。

今天她有很重要的事跟马婶商议——她要开始弹棉花。

小伟说,秋天一过,家家户户都要做新被,弹棉花准能赚一笔钱。弹棉花机简单,搞点旧部件他就能帮她组装起一台来。

她绝对相信她的小伟。

她要从别人的破棉套中“弹”出一个三十岁的有家而没有家庭的女人热情奔放的生活乐章——当别人获得新棉套的时候,她预见到了她获得的将更多些……

第二十五章

从一九八一年到一九八六年,生活又发生了许多变化。“邓丽君”这位台湾女歌星的名字在大陆青年中已经失去了最初那种令他们或她们崇拜得近乎发狂的魅力,甚至可以实事求是地说日趋“落红”了。其间有几位香港女歌星也瞅准“行情”到国内热热闹闹地你来我去地“风光”了几阵,热闹一过,“风光”便也云消烟灭,她们的名字很快就被人们忘掉了。而某些经济条件较好的人家,已不再满足于只有彩色电视机,还要买录像机了。也不再满足于什么四个喇叭六个喇叭的立体声的高档录音机,而将买组合音响当成了家庭“四化”的奋斗目标之一。录像机由一千多元而三千多元,却仍不好买。名牌自行车由二百来元而四百来元,在市场上却仍见不到,想买则需托关系走后门,市场上偶尔来一批便顷刻争购一空。头戴安全盔骑着价值几千元甚至万余元的外国名牌摩托的青年人日渐多起来了,市交通管理部门不得不限制发放驾驶执照。私人拥有小汽车的事儿对于中国人也不再是“天方夜谭”。于是便有了汽车走私行当,有了摩托交易场所。于是便有了从中牟取暴利者,有了大发横财者。有了几十万元户和锒铛入狱的罪犯。

生活之流显示出一切美好一切希望一切憧憬夹杂着一切丑恶一切

俗恶一切罪恶汹汹涌涌地向前奔泻。它不随人意不可阻挡。普遍的人们更加担心害怕自己将来成为贫穷的人。可是他们却常常逼迫他们的幼儿幼女:“你每天必须给我吃一个苹果!”好像命令孩子们吃药。

在一九八六年,在这一座城市,在九月,在任何卖苹果的地方,无论是国营商店的柜台还是私人小贩的摊床,其价格全在八毛钱以上。比一九八一年贵了近一倍。可连许多普通工人家庭中的受宠爱的孩子们,吃起苹果来似乎都如同吃被嚼过的甘蔗渣一样无滋无味了。

徐淑芳一九八一年九月的那一天在公园里对她的小叔子说的话一点儿不错。一九八六年钱对每一个人对每一个家庭比一九八一年更为重要,也许世界上只有钱这种东西才是越贬值越重要的东西。生活的的确确是张着巨大的嘴巴要每一个人不断地用钱喂它,而每一个人似乎都能够不断地用钱喂它。在货币公开流通的任何地方,随处可见那样一些人,他们用钱喂“生活”,如同小孩儿用糖果喂杂技团铁笼子里的熊一般慷慨大方。在法律严格限制和打击货币流通的某些方面,当然包括以货币交换女人身体的男人们的传统“爱好”方面,货币的流通尤其活泛。好比大雨过后阴沟里的浊水,汇入下水道最后污染到江河里。

三个月前百花玩具厂的会计被徐淑芳送上了法庭。那个五十二岁的曾受到她绝对信任和格外尊重的男人贪污了万余元公款。

她在将他送上法庭之前和他进行了一次单独的谈话:

“公款还在么?”

“花光了……”

“那买的东西还在么?”

“没买东西……”

“那一万多元你怎么花的?”

“六千多元花在几个女人身上了……”

“那还剩下五千多元呢?”

“三千多元花在赌场上了……”

“那还剩下二千多元呢？”

老会计挠挠头，想了一阵，羞惭地回答：“浪费了……”

她瞅着他那张由于性生活过度而憔悴不堪的皱巴巴的脸，半天才悟明白他的浪费观念——钱既没花在女人身上也没花在赌场上的话，便是“浪费”；他的羞惭分明更主要地是因为“浪费”而不是因为贪污。

她知道他家里的生活状况——没职业的老婆和三个儿女，全都依赖于他的工资。

一万余元啊，他竟一分钱也没有花在——按他的说法，哪怕是“浪费”在他老婆和儿女的身上！

“那几个女人漂亮？”

“是。”

年轻而漂亮的女人的身体，出售给丑陋而年老的男人，不消问索价一定更昂贵。

她叹了口气。

“你辜负了我对你的信任。”

“是……我对不起你……”

“你后悔不？”

“很后悔……我没想到你已经开始对我产生怀疑了，否则我会把账目做得更巧妙，使你一点儿破绽也查不出来……”

他居然还坦率地一笑。

“你认为你值得？”

她真想扇他一耳光。

“怎么不值得呢？……厂长，让我抽支烟吧！”

她点了点头。当他将烟叼在嘴上的时候，他的手才发起抖来，接连划了两根火柴都没划着。

隔着她的长方形办公桌，她向他伸过一只手。

他在这种特殊情况之下，受宠若惊，慌乱地抽出一支烟递给她。

她接在手中看了看——是“三五”牌。

“过去你抽的最好的烟是‘红梅’吧？”

“现在我抽惯了‘三五’……”

他居然又一笑。他的双手却仍在发抖，第三根火柴还是没划着。

“我不是要烟，我要火柴。”

她将那支英国烟还给了他。

他十分困惑地看着她，赶快把火柴给了她。

而她对这个曾受自己绝对信任和格外尊重的老会计的困惑，甚于他对自己的困惑十倍。

“贪污了一万多元，也没买个高级点的打火机？”

“我兜里揣惯火柴了，揣打火机总是丢……”

她划着一根火柴，像举着火把似的举向他。

他怔了一下，立刻凑向那根火柴吸着了烟。

她轻轻晃灭火柴，平静地说：“你慢慢吸……吸完这一支还可以吸。这可能是我们的最后一次谈话了……不应受时间限制。”

一阵沉痛的难过涌满她的心间——他曾是她得力的参谋。在她创业的最初的那些艰难时日，他曾向她提出过良好的建议，帮助她推行重大的决策。

他吸得并不慢，他吸得很猛烈，他一口接一口地吸。他吐一口烟说一句话：“我这个人……一辈子没享乐过……那些女人真是个个又年轻又漂亮……和她们在一块儿的时候我真希望自己年轻三十岁……如果有一种返老还童药丸，十万元一丸……我就会再贪污十万元……我是个好会计……可惜不是个好赌徒……我以为我会赢万把元，补上我贪污的公款……却从没赢过……我花在那些女人身上的钱是值得的……我这一辈子也忘不了她们，哪一个也忘不了……我这一辈子啊……总算是享乐过了……年轻时没享乐过，五十多岁了才开始……也许男人都是越老了越巴不得享乐享乐……厂长你信么？看着那些小伙子大姑娘活得自在玩得开心,我这心里边嫉妒得像有只耗子整天在抓挠,又啃又咬的……”

他吸完一支烟,接着吸第二支。

还是她替他划着火柴,还是像举火把那样举到他面前。

她不打断他,任他尽说尽说。

终于他没什么可说的了,缄口不言了。

她这才又与他交谈:“几年来我们互相尊重,为了咱们这个小厂的发展,我们一向配合得不错,是不是?”

“是啊,厂长……”

“正因为我知道你家里生活困难,才每个季度都补助你一次。”

“厂长,我对你说不出一个不字……我一边贪污一边觉得对不起你……”

“你大女儿考上职业高中了?”

“考上了……”

那张憔悴不堪的皱巴巴的脸上,出现了一种由衷的欣慰的表情,它从每一条丑陋的皱纹中爬出来,使那张脸显得怪异至极。

“二女儿今年考大学?”

“嗯……”

“你觉得她有把握考上?”

“有什么把握!在班里还够不上个中等生……”

“我会把你妻子招进厂里来……这我过去就跟你商议过,你自己却不愿意……”

“是啊,你是跟我商议过……那女人没文化,又爱搬弄是非……在厂里,我看不见她……眼不见心不烦……”

她叹了口气,又说:“你二女儿考不上大学的话,我也会把她招进厂里……不过还得让她考一考,毕竟是她应有的机会,啊?”

“嗯……”

“我会好好照顾她们的。你每月的工资是二百七十元,我保证她们母女入厂后的工资加起来绝不低于你的工资,以后凭她们自己争取……”

“……”

老会计低下头去。

“你放心,我用人格保证你的妻子和你的女儿入厂后不会受到歧视……你相信我么?”

“厂长,我……相信……”

“你也得向我保证一件事。”

“厂长,你说什么事我都可以保证……”

“你可别自杀。”

他慢慢抬起了头。在他那张由于性生活过度而憔悴不堪的皱巴巴的丑陋的老脸上,原先曾有一双睿智的时时透射着精明的洞察细微的眼睛。也许正因为这样一双眼睛,以前她从未觉得他有多么丑,也从未听别人说过他多么丑,原先他那张脸并不那么憔悴,原先他那张脸并不那么皱巴巴的。他毫不吝啬地给某几个女人钱,某几个女人回赠她们的身体,同时用憔悴和皱纹在他脸上记下了一笔笔彼此都不觉得吃亏的账。他那双眼睛里已没了睿智的没了精明的没了谋略深远的没了洞察细微的目光,浑浊而凝滞,活像死了三天开始变臭的死鱼的眼睛。

他那双眼睛蒙着一层泪。

如同肮脏的玻璃球沾了一层胶水。

这一张男人的脸此时此刻真是又丑陋又令人可怜。

他嘴唇抖抖地说:“厂长,我不……”

即使在这会儿,她还是相信了他这句话。

“我陪你再吸一支烟吧?”

他给了她一支烟,他的手不再抖得那么厉害了。因而他能够划着了一支火柴,虽然无风,却用另一只手拢着,恭恭敬敬地将火柴凑向她。

他的确是一位有经验的好会计，许多单位和部门查账时曾向厂里借调过他。假账目骗不过他那双眼睛，先后有三个当会计的人贪污行径败露在他那双眼睛之下。可以认为实际上是他将那三个当会计的人送上了法庭，其中一个还是与他交情很厚的人。他没有被交情和那个人的苦苦哀求所动，他也拒绝了对方一笔相当可观的贿赂。她从前绝对信任他格外尊重他不是无缘无故的。而现在他所做的账目上弊端败露在她的眼睛之下，她查账的经验是几年来虚心向他求教的。他将被她送上法庭，她和他一样，对于贪污公款的人是冷酷无情的。在决定同他进行这场聊家常式的谈话之前，她接连三个晚上彻夜失眠。她曾产生过这样的念头：将自己存折上的四千余元全部无偿地给予他，再帮他筹借一笔钱，补上他贪污的公款，只是撤了他会计的职务，不对任何人声张这件本厂最严峻的坏事……

在今天早晨她才彻底从自己头脑中排除了那个善良的念头。

如今她仍是一个软心肠的女人。她可以像别的软心肠的女人们那样宽宥他，但她不能够像别的软心肠的女人们那样宽宥贪污一万余元这样的事。

她望着他那张又丑陋又可怜被种种享乐的欲望糟蹋得不成样子的脸，心想善良和性行为在生活中都是必须节制的，不节制的善良便是愚蠢。一个人做了第一件愚蠢的事以后便会常常被愚蠢纠缠不休，女人尤其如此。为了这个厂，为了全厂的五百多名职工，她对这个男子没有权利大发慈悲，更没有权利让愚蠢强奸自己的理智。

她低下了头——在玻璃板下，在办公桌的右下角，压着一页白纸，白纸上写着这样两行字：

像女人那样活着

像男人那样办事

她自己写的。她的座右铭。

她的心肠一时变得更加坚硬起来。

即使此刻他跪在她脚前,涕泪横流,磕头捶胸,痛悔不已,也不会动摇她的理智。

她抬起头,平静地说:“我们很久没有这么面对面地交谈过了,今天我的时间是属于你的。咱们不谈这件事了,换个话题吧?……”

一滴胶水般的眼泪,黏黏糊糊地从他浑浊的双眼上缓缓淌了下来,溢出松弛的眼角,像溪流似的分散在他皱巴巴的脸上。

而他那张阔嘴的嘴角,浮现出了一丝感激的苦笑。

“你认为在目前这种竞争激烈的情况下,我们的产品是应向高档创新呢?还是应该继续保持中低档的生产优势?我早就想听听你有什么宏观的或者微观的想法了。”

她十分真诚地问。想到这将是他最后一次为她出谋划策,她又有些难过起来。

她把脸转向了窗外,她不愿被他看出她心里难过的样子。无论她难过或者不难过对于他有什么意义呢?与其相对欷歔,莫如坦诚话别。那时节厂院内丁香花开得正盛,芬芳浸透了空气,一阵阵熏风使人心旷神怡……

今天,她站在她办公室的三楼阳台上,耐心期待前来洽谈业务的外商。丁香花是早已经开败了,厂院内别的花却在散紫翻红,争媚斗妍。尽职的老花匠正提着喷壶给花浇水。

她抚着阳台朝老花匠喊:“郑大爷,您剪些花给我送一束上来!”

老花匠仰起脸大声问:“厂长你要什么花呀?”

“什么花都要!”

俯视着她含辛茹苦创建的这花园般的工厂,她内心里充满了自豪感。她没有成为一个趁钱的女人,四千零二十八元,在今天是不足论道的。如果她是一个男人的话,如果她明天结婚的话,四千零二十八元还不够布置起一个新房。但她却成了一个有权支配七百余万元资产的女厂长。某些女人,如果交给她们这样的权力,她们未见得个个都知道怎样才能使七百万变成八百万变成九百万变成一千万。而她知道。她每天都在实行着这种变化。在中国,在今天,即使对那些很趁钱的人来说,一旦损失十万二十万三十万元可能就会一贫如洗甚至刀抹脖子绳上吊,而她损失了十万二十万三十万元照样睡得很安宁。经济活动从来就是有输有赢的“游戏”;赢固可喜,输亦欣然,这才是好“牌手”的风度。

有一次一位采访她的记者请她谈谈小厂致富的经验。

她想了想,回答说:“经济活动必然充满了冒险,而我从来不冒险。如果有百分之九十‘赢’的可能,我也只肯押百分之七十到八十的赌注。有百分之九十九点九‘赢’的可能,我还是绝不将老本全押上。”

对方又请她谈谈创业过程。

她沉默良久,只回答了四个字——“无可奉告”。

她成为女厂长的第一步,是从弹棉花开始的。但这个年利润三百余万的生气勃勃的小厂,却并非是从烂棉花中弹出来的。烂棉花中所能产生的最美好的东西,只不过是重新成形的棉絮而已,别无他物。一口铁锅办起一个化工厂之类的报道,那是别人的自豪,不是她的自豪。

没有她的小叔子郭立伟,便没有她的今天,便没有百花玩具厂的存在。几年前她像瞎子,靠一种女人特有的韧性生活,如同瞎子靠手中的竹竿触触点点地探路。是她的小叔子也是她当年从心灵到肉体都如饥似渴地需要的一个男人执起了竹竿的另一端,她才觉得自己的眼睛能看清生活了。

她是永远也不会将这一点告诉任何人的。

没有隐情的男人是没有思想可言的男人。

没有隐情的女人是没有灵性的女人。

隐情一旦自白于人,心灵中最珍贵的血液便丧失掉了。心灵便成了干枯的东西。

是她的小叔子,在她和马婶弹了三个月棉花挣了一千二百余元钱之后,替她们从银行贷出了三万元钱,帮助她们维修厂房,联络业务,生产起冬季的劳保手套来。

第二年春天,市郊的一家玻璃制品厂看中了她们的破厂房和破院落在市内的占地,提出要和她们交换厂址,宁愿补贴给她们三十万元。

三十万元啊!

不是谁都能经常遇到“财神爷”的!何况“财神爷”自己找上了门!

她们的厂房虽破,院落虽破,却不是她们的。它可以空荡在那里,月复一月年复一年地颓败,倒塌,变成残垣断壁直至变成一片废墟而无人过问。但要由它获得三十万元的话,过问和干涉的人比那破厂房里的耗子还多。

她和马婶欣喜若狂地先去找街道委员会请求批准。

街道委员会主任回答说做不了主,让她们找公社。

“你们想卖厂房?你们两个女人太见钱眼开了!那是你们家自己盖的煤棚子么?”

公社负责人对她们大发其火。

对方恼怒的态度使她根本不知如何才能解释明白。

马婶便施展她那“忽悠”的本领,跟随在人家屁股后从这一间屋走到那一间屋,喋喋不休地向人家大谈她们的种种雄心壮志。

最后人家拍起桌子来,指着马婶的鼻子训斥:“你别跟我天花乱坠地吹牛皮!我知道你能‘忽悠’,我可不吃你这一套老娘儿们的伎俩!允许你们借那块地方找点活干就不错了!我从开始就不信你们两个女人能创什么业!再多说一句,明天不许你们在那儿干活!”

结果是一套组合家具起了作用。

组合家具被从破厂房内运走后,她的小伟累得吐血住院。

公社的鲜红大印清清楚楚地落在白纸上,又杀出了房地产管理局的几位男女。

他们说:“没有我们盖的公章,光有你们公社盖的公章,你们这张纸还是一张白纸。”

她和马婶诚惶诚恐地说:“那就请你们也为我们盖章吧!”

那几个男女便都笑了起来。光笑不说话,笑得她和马婶如坠五里雾中。

那几个男女见她和马婶不明白的样子,又都庄严起来,各做各的事儿,不再理睬她们。

她们只有讪讪地离去了。沮丧地在路上走着走着,马婶忽然两手一拍,恍然大悟:“嗨,难怪人家笑咱们,咱们真是糊涂哇!忘了给人家带来‘盖章费’了!”

“‘盖章费’?”

她更糊涂了。

“是啊,如今时兴这个!你不信咱们明天带着‘盖章费’再来!”

第二天,她们又去了。马婶一边说着“请同志们多多支持”之类的话,一边将一份份用红纸包着的“盖章费”塞到那些男女手中,每份红纸包上还都明写着“一百元”。

血汗钱使她们那张白纸上又多了一颗公章。

可是人家又告诉她们,还得盖一位处长的私章,还得请那位处长批字。

她们请求引见那位处长,答曰处长休病假。唯恐三十万元化为泡影,请求告诉处长家的地址。终于告诉了,却千叮万嘱:“可别说我们告诉的呀!”

她们一往无前冒冒失失地来到那位处长家,见处长并未生病,而是在亲自指挥一伙人装饰房间,贴壁纸的贴壁纸,铺地毯的铺地毯,安吊灯的安吊灯……

马婶的“忽悠”本领,几经挫折,自信全无,不敢再“忽悠”,畏畏缩缩地说明来意,结果遭到了处长一顿义正词严的教育。

“这事我知道!你们搞什么嘛!给你们公社书记送了一套组合家具对不对?这叫腐蚀干部你们明白吗?本来你们这件事是很简单的事,两厢情愿,互立交换厂地的字据就行了嘛!你们却偏偏要搞歪门邪道!本来我的章是可以盖的,我的字是可以签的,不过是一道手续而已。现在我郑重告诉你们,章,我是绝不盖的!字,我是绝不签的!不为别的,就为抵制不正之风!党风党纪,都是让你们这样专搞歪门邪道的人败坏了的!……”

在义正词严的那一位处长面前,她们无地自容,羞羞惭惭地告退了。

结果,仍是一套组合家具起了作用。

她的小伟那时已累垮了身体,锯不动也刨不动了。他将他为数不多的存款全部取出交给了她,连同她和马婶弹棉花做手套挣的钱,加在一起两千八百多,从家具展销会上买了一套组合家具。

三人用手推车分三次送到那一位“高风亮节”的处长家里。还不敢对处长说是买的,口口声声说是做的,一再表明绝没有腐蚀处长的不良居心,恳求处长接受。

处长不是傻瓜,明明看出了是买的。但既然他们口口声声说是做的,处长也就顺水推舟,佯装确信是做的。既然他们一再表明绝没有腐蚀处长的不良居心,既然他们恳求处长接受,处长也就不忍拒绝,开恩笑纳了。

如此这般,她们那张白纸上,才盖下了最关键的也是多余的一个章。

处长家的门刚在他们背后关上,马婶便啐了一口,骂道:“呸,屎壳郎戴花,臭不要脸!”

徐淑芳想到她的小伟当年为了他哥哥的返城,也是靠家具“过五关斩六将”的,感叹:“许多方面如今都变了,就是这一方面没变。哪天能变一变呢?”

他淡淡一笑,说:“这一方面也变了啊!当年他们要立柜,要酒柜,要方桌,如今要的是组合家具了!当年是具体管你那件事的人,才卡住你的脖子要这要那,如今是一个人卡住你的脖子,许多人瞪着眼睛看你,哪一个不打点满意了你的事都休想办成,这也叫观念更新吧!”

三人正说着走着,处长十三四岁的儿子追了下来,指着她的小伟问:“你是木工吧?”

他说:“是。”

处长的儿子说:“我爸叫你明天上午来给我家装阳台上的封闭窗!”

那神气那口气,完全像解放前地主家的少爷崽子对一个长工说话。

她觉得欺人太甚,忍无可忍地说:“他是有工作的人,又不是无业游民,可以随时听凭你家指使!”

那大孩子骄横地说:“这我不管!我只管传我爸的话,不来,后果你们自己负!”

马婶一旁听了,气愤得巨大的脸盘儿青紫,敢怒而不敢言。

他却爽快地答道:“我还有三天病假呢,我明天上午一准来!你爸如果要天上的云彩飘在你家客厅里,那砍了我脑袋我也办不到,不就是安装阳台上的封闭窗么?包我身上了!”

处长的“传令兵”走后,她埋怨他:“你干吗答应?反正他的章已经给咱们盖了,字也签了,不答应他又能怎么样?”

他开导地说:“不答应不行啊!别看他章已经给咱们盖了,字也签了,稍微惹他不顺心,他照样还能卡住你们脖子,那就前功尽弃了!他们大言不惭地讲他们是老百姓的公仆,实际上老百姓是他们的公仆。如今是这样——你也公仆,我也公仆。公仆对公仆,谁也别挑谁的理。你也利用我,我也利用你。你利用我靠权,我利用你靠钱。你敲诈了我,我办成了事儿,各得其所。何况咱们成的,是于国于民可能大大有利的事业,问心无愧,应该高兴才对!若在前几年,我才不会陪着你们这么低三下四地讨一个狗屁处长的好呢。我宁肯犯法坐牢,也给他放点血。你们看我的观念不是更新了么?”

他这一番开导的话，说得循循善诱，又轻松又幽默又乐观，将她和马婶说笑了。

第二天他在给人家安装封闭窗时，从六层楼的阳台上掉了下来，幸亏他预先将一根绳索系在腰间，否则便粉身碎骨一命呜呼了。当时处长家没人，处长夫妇被电力局请去乘游艇游览松花江，只留下儿子看家。是看着他，怕他偷东西。那处长的儿子不愿意老老实实地待在家里看着他，锁了门不知到哪儿玩去了。处长家的阳台背街，朝向院子里。那幢楼是新楼，住户才搬进去三分之一。上午九点来钟，楼院内见不着个人影。他在高空中吊了半个多小时才被发现，可想救他的人进不了处长家，那门包着白洋铁皮，安全锁。想救他的人只好跑下六层楼去请来了一位派出所的老民警。

老民警说："妈的，救人要紧，砸门！"

破门而入，总算将他救起。又多在高空中吊了半个小时。

他被拽到阳台上时，居然叼着烟！

老民警愕然道："小伙子，你烟瘾够大的啊！"

他说："吊在高空孤单单的，幸亏兜里有烟有火柴，吸烟解闷呗！"

夜里，她发现了他腰间一环淤血的深深的勒痕，逼问他，他才讲。

她伏在他身上哭了。

她心里恨透了那个王八蛋处长！

这些，她不愿对记者讲。

玻璃制品厂最后又提出了一个她和马婶万万料想不到的条件——以她们的城市户口与玻璃制品厂两名职工的农村户口对调。

人家通情达理地说："我们这两位职工，都对我们厂有过大贡献，户口问题十几年了解决不了，我们心中有愧。实话对你们讲，乐意和我们交换厂址的，另外还有两个单位呢！现在搞活了，趁了钱的单位，原先在农村或郊区的，向市内迁移不算难事！没钱的穷单位，在城市里混不下去，还莫如先抓到手几十万，到市郊去图谋发展，一旦发展起来了，还可以像我们一样重新占领城市嘛！”

人家不但说得通情达理，而且说得颇有远见。尽管如此，她们当时还是呆住了。户口在她们的头脑中，仍是每一个人，尤其女人的顶顶重要的“固定资产”，因为它决定着每一个中国人的属类。对方的这一项附加条件，好似一闷棍，击得她们晕头转向。而她则不仅晕头转向，简直眼冒金花，心冷如冰了。她刚刚把握住一个城市女人的生活感觉啊！

人家见她们那种失魂落魄的样子，又说：“当然，我们所谓的附加条件，可以对你们是有条件的条件，比如，要是你们同意了，我们愿多给你们两万元，这值得你们好好考虑考虑啊！两万元归你们个人呀！”

马婶肉蒲扇似的肥手，往比窈窕淑女们的腰还粗的大腿上猛拍一记，豪气冲天地说：“我干了！不过您同志可别把我当成个财迷心窍的女人！我们缺钱，太缺钱了！多一万是一万，我们两个女人要折腾起一番事业，让你们男人佩服！”随即看定她的脸说：“淑芳你可千万不能舍出你的城市户口！你还没结婚，舍出了城市户口，你个三十来岁的女人身价就跌惨啦！我都五十六岁了，血压高，不定哪一天摔个跟头起不来，我不在乎什么城市户口不城市户口的！……”

马婶的话将她的心又烧得火热火热的！

她坚定地说：“马婶，咱俩发过誓的，要同舟共济！你不在乎，我也不在乎！我豁出去了！搭上我今后的命运和你一块儿卖城市户口！……咱俩谁若反悔天打五雷轰……”

三十二万元却根本没从她们手里过，就被公社中间接收了。接收前连个招呼也没跟她们打！

她们得知后，找到公社，请求恳求哀求乞求，起码得拨给她们十万支持她们的雄心壮志啊！

最后她们得到的仅仅是她们出卖自己城市户口的那一笔钱——二万，一分也不多。

公社根本不信任她们，认为若拨给她们钱支持她们“所谓的事业”，等于用肉包子打狗。

公社书记对她们说:“三十晚上亮晶晶,八月十五黑咕隆咚,路上看见人咬狗,拿起狗来打石头,鸡蛋撞到磨盘上,把磨盘撞了个大窟窿!你们甭‘忽悠’,我不吃这套!我要信了你们,我这公社书记就成了天字第一号的大傻瓜啦!你们心甘情愿卖了你们的城市户口,那是你们自己的事!两万元也够你们折腾的了,国外还有靠两美元折腾为百万富翁的呢!”

那时已经有人向她们透露,公社书记和房地产局那位处长竟是“一担挑”!

两套组合家具白送,哑巴吃黄连,有苦说不出。

玻璃制品厂的几位领导,却被她们—— 一个普普通通的有“单位”的待业女知青和一个斗大的字识不了一筐箩的家庭妇女想要折腾起一番事业的热忱和勃勃雄心所感动了。将不想运走的三四万块旧砖和一批滞销的产品,无偿留给她们了。

在她的小伟帮助四处奔走之下,半个月内她们卖掉了那三四万块旧砖和那一批滞销的玻璃产品,又获得近万元。

二万九千多元,一个小手提包塞得鼓鼓胀胀的。摆在玻璃制品厂传达室内人家遗弃的一张破桌子上。马婶将那小手提包捧在怀里一会儿,她接着将它捧在怀里一会儿,它好像一个人人见了人人爱的漂亮的婴儿。许久许久,她们谁也不说话。地处郊区的玻璃制品工厂门临一条公路,穿过公路便是农村的菜地,菜地尽头是隐蔽在柳林中的村子。厂院内宁静异常,绿的草和红的花,尽落着搬迁造成的灰尘。

马婶先开口了,低声问她:“淑芳你想什么呢?”

她将塞满二万九千多元钱的手提包轻轻放在那张破桌子上,反问:“马婶你想什么呢?”

马婶慢慢拉开手提包,取出一捆钱——托在肉蒲扇似的肥手上,盯着说:“我真想,咱俩干脆分了算啦!”

“我……也在这么想……”

“分了，一人将近一万五，每月利息就是九十多！”

“是啊……”

“自打五八年开始号召妇女迈出家门参加工作，三十来年我什么活没干过！却哪一个月也没挣过九十多！”

“我也做梦都没敢想过一个月挣九十多……”

“分了，咱俩也是万元户了！”

“是啊，分了咱俩也是万元户了！……”

“分了，什么活也不用再干，吃利息是最保险的铁饭碗！”

“我也再不怕待业了！……”

“你说分不分？”

“你说呢？……”

“你先说，我随你！”

“你先说，我随你！”

她们互相注视了足有两分钟，谁也不先说。

马婶转身走到院子里，望着说：“多大的院子，好多的厂房，一码青砖的，二十年也倒不了！……”

她也走到了院子里，也望着说：“不知我们甩手一走，它会落在些什么人手里……”

离她们二十几步的地方，倒着一个大肚子细脖子的容器，也不知是派什么用场的。马婶慢腾腾地走过去扶起了它，顺手捡起半块砖头，慢腾腾地走回她身旁，复开口道：“这样吧，我用这半块砖，打那个东西。如果我一砖头打中它了，咱们就啥话也甭再说，分了钱回家！这叫人随天意，嗯？”

她说：“嗯。”

于是身高体胖的马婶，拉开滑稽可笑的弓步，站稳了，眯起一只眼，单眼瞄准那件容器，高高举起了砖。

“要是……你打不中呢？……”

马婶的手臂垂落下来，转脸看她一眼，说：“打不中，咱们还是那句话——同舟共济！做这地方的‘女寨主’！咱们就给它个折腾起来看！”

“要是……咱们背时倒运，到头来竹篮打水一场空，把钱赔个一干二净呢？……”

“那也没处买后悔药吃！你若想不开寻死，我陪你一块儿上吊！嗯？”

“嗯……”

马婶的手臂又举了起来……

她真希望马婶瞄得准准的，一砖将那个古怪的玻璃东西打个粉碎！又真希望马婶怎么瞄也瞄不准，空投一砖。两种希望像两只公鸡在她心里相斗，斗得不可开交，冠滴血，羽毛飞。

她背过了身去，不由自主地用双手捂上了耳朵。仿佛马婶举的不是半头砖，而是手榴弹；那大肚子细脖子的古怪东西也不是玻璃，而是炸药箱。一旦被马婶击中，便会惊天动地似的。

良久，她连用指甲轻弹玻璃的脆小的声音都没听到。

她有些奇怪地转过身，见马婶的手臂又垂落了，半块砖却仍拿在手中。滑稽可笑的弓步也收拢了，瞪着那古怪的玻璃的东西发呆。

“你怎么不打啊？”

“我觉得怎么瞄也瞄不准……还是你来吧……”

“不，不，我不来！你打，你打！打中打不中，我心里都没什么。真的马婶！”

“你别把难事儿推给我呀！你比我年轻，这不公平！年轻的人更要知难而上！别客气，你来，你来！……”

马婶往她手里塞砖头。

“我不是客气，这有什么客气的呀！……”

她将双手背到身后，死活不肯接那半块砖头。

“叫你来，你就来！又不是叫你拿着半块砖头打老虎！伸手！……”

马婶生气了。

她只好极端违心地接过了那半块砖头。她看着马婶的大脸盘儿,企图从那张大脸盘儿上观察出某种愿望。

那张大脸盘儿呆板得像抽象派木刻,毫无特殊的表情,一副听天由命的样子。

于是她也像马婶刚才似的,拉开弓步,站稳了,眯起一只眼,瞄准那件容器,高高举起了砖。

几年前和郭立强他们在煤场卸煤的那些日子里,休息时,闲得没事儿,她常和他们指定一个什么目标,用煤块儿打。比谁打得准,以此解闷儿。后来她竟练得很准,往往十中七八。

她一开始瞄准那件容器,她就一心只想打中它了。那仅仅是一种本能的意识,就仿佛一位姑娘,照着镜子,不知道自己剪掉了辫子会不会比留着条大辫子更好看;而一旦操起了剪刀,开始比量着要剪了,那种想要一剪刀剪掉自己大辫子的念头就变成想要获得一种快感的心理了。

“你先别……”

马婶的话还没说完,半块砖头已从她手中飞出。

但听“砰”的一声爆响,那古怪的玻璃容器顿时粉碎。

她呆呆地站在那里,似乎自己打碎了昂贵无比的宝物。

马婶也呆呆地站在那里,大脸盘上显出了一种惋惜的表情。

她们半天没说话,谁也不看谁。

后来她走到了那堆碎玻璃片儿跟前。

马婶也跟着她走到了那堆碎玻璃片儿跟前。

她们都仿佛不相信那个古怪的玻璃容器真被击碎了,走过去是为了进一步证实给她们自己看似的。

马婶低声说:“这是天意。嗯?”

“也许是……你刚才为什么要拦住我?……”

“我忽然又想我自己来了。”

“你看你拦晚了……”

“我这人有点迷信,天意不可违啊……”

她们默默走入传达室,一言不发就分钱。你从手提包中取出一捆儿,我从手提包手中取出一捆儿……

那天,她回到家后急忙拉严窗帘,插了两道门,脱鞋盘腿坐在床上,解开扎成死扣的手绢四角,瞧着那一捆捆的钱,独自个儿喜悦得没法儿形容,一时忘记自己已经不是城市女人而是农村女人了。

明知一捆一千元,哪一捆也不会少,她却一捆一捆认真数。

人数钱的时候是绝不会厌烦的:如果钱是自己的。

她数了将近半个小时才数完。

然后她仍坐在床上,一捆一捆,一张一张将那些钱平均分为两份儿。留出了五十五元作为一个月的生活费。

下午她将两份儿钱存入了银行。一个存折上写的是自己的名字,一个存折上写的是“郭立伟”。

离开银行,她在一个公用电话亭给她的小伟打电话。他不在,别人代接的。她让那个人转告他——下班后立刻回家,家中的烟囱堵了。

接着她去本市服务条件最好的浴池洗澡。

走出浴池她又去逛商店,先买了种种化妆品,后买各类食物。

一回到家里,她做的第一件事,便是“改变”自己。窗子在几天前已经封上了,家温温暖暖的。烟囱当然并未堵,炉火压着,一撅马上会旺起来。

她穿上了一件红色的紧身毛衣,她是第二次穿它,第一次穿它是在她的结婚日。那一天它沾染了她的血,后来是她自己将它洗了一遍。当时一盆水洗得发红,却不是毛线掉色,是她的血使一盆水变红了;毛衣的颜色仍如没洗过一般鲜艳。

刚刚关上衣柜门,她想了想,复又打开,翻出一件洁白的兔毛小坎肩,加在红色的紧身毛衣外。

随后她坐在桌前，一一打开所有刚买的化妆品，对着小圆镜，精心细致地化妆自己那张天生白皙的脸。

她生平第一次化妆，今天她要使自己显得格外的美。她的双眉本是很弯很长的，不过看去过于淡。经眉笔轻描了一下，更弯更长了，自然地使她脸上顿增了不尽的女性的娇媚。她的嘴唇也一向是滋润的。她买了三种唇膏，犹犹豫豫地放下这一种，拿起那一种，不知该往嘴唇上涂哪一种才好，最后她决定了涂桃红色的。经唇膏一涂，嘴唇的轮廓更加分明。她原先从未敢想象过自己把嘴唇涂得红红的会是一副什么样子，现在镜子告诉她，是她原先绝对想象不到的那么艳美！她原先根本不知道世界上还有专为女人化妆用的叫做“睫毛刷”的这么一种东西。她以为电影里那些外国和中国的漂亮的女演员们的睫毛，天生是又黑又动人地向上翻卷的呢！

她是看了“说明书”才敢于动用它的。化妆是女人的本能。所谓“化妆美学”的全部学问，其实都不过是男人们从女人们的这种本能之中剽窃的。第一次使用“睫毛刷”的女人，远比第一次使用镢头的男人更灵巧。

在桌子上方，挂着电影明星挂历。她忽然站起来将挂历摘下，从十一月份往前翻。翻到六月，不翻了。她觉得自己太像六月份上那个女人了！

宋佳？演过些什么电影或电视剧？真可悲，返城至今，她还没看过一次电影。不过宋佳对于她是毫不重要的，六月份对她也是毫不重要的，重要的是她像那个女人；而那个女人挺美。

她就将翻到六月份的挂历重新挂到墙上。

刚刚挂好，听到门响。她迅速拉开抽屉，将桌上的化妆品一股脑儿收入抽屉。

刚刚推上抽屉，转过身来，听到的却是孙二婶的话声：

“淑芳啊，你在屋吗？……”

“在……”

她拉灭了灯,唯恐孙二婶一步迈进屋来,发现自己是一副多么不寻常的样子!

“你干吗把灯关了呀?……”

“二婶你可先别进来,我正换衣服呢,怪不好意思的……”

她轻轻走到脸盆架前,抓起了湿毛巾,就要擦脸。

“那我不进屋了。也没什么事儿,公社要统计人口,明天你有空儿帮二婶挨家挨户填写表格行么?……”

“行啊二婶。”

“那我走了……瞧你粗心劲儿的,换衣服也不插门!”

她舒了一口气,将手中的湿毛巾又搭在脸盆架上了。

“哎哟!踩我脚了!……”

孙二婶还没走出去,却叫起来。

“是二婶吧?怎么黑着灯啊?我嫂子不在家?……”

该死的!偏偏赶上这会儿进家门!

她站在洗脸架旁,屏息敛气,不敢离开。

“你嫂子在里屋换衣服呢……”孙二婶的声音低了,“那你到二婶家先坐会儿吧?”

“我回来打烟囱。不去你家了二婶,我在厨房待会儿……”

听着孙二婶走出去之后,她稳了稳心神,在里屋说:“你把外边门插上。”

听着他将外边门插上了,她走到桌旁站着,又说:“你进屋吧。”

看见他的身影进了屋,她说:“你开灯。”

他一声不响地拉亮了灯。

他手中握着灯绳,望着她一时僵立在门口。

“你拉上窗帘。”

他的目光始终望着她,机械地走到窗前,机械地拉上窗帘。

“是为你……”

她不无羞涩地笑了。

他一步步向她走过来,仿佛接近着一尊神圣的偶像。

“你别过来……”

他站住了。

“我这样……好么?……”

“好……”

“你看我……像谁?……”

“谁也不像……”

“你看看挂历……”

他的目光从她脸上缓缓转移到了挂历上。

“像谁?……”

“像你自己……”

他的目光在挂历上停留了还不足半秒钟,就又凝视在她脸上。

“我一点儿都不像挂历上……那个女人?”

他摇头。

她有些扫兴起来,固执地说:“我觉得像嘛!”

“不像。”

“像!”

他还是摇头:“你再说像我就把那张挂历扯下来撕了!……”

“你敢!……”

他两步就跨到了桌前,一下子从墙上扯掉了那页挂历,几乎是有些愤怒地撕扯得粉碎,抛在她脚下。

“你?……”

她惊愕了。

“我眼里根本看不见第二个女人!”

她就一头扎在他怀里了。

他将她横抱了起来,似乎轻轻地就将她横抱了起来。她料不到他的双臂竟那么有力，托着她像托着一个小女孩儿似的。

“今晚住在家里行么？”

他的目光告诉她，她所请求的正是他所渴望的。

“二婶会不会起疑心？”

“二婶是好人……”

“别的邻居们呢？”

“现在为什么要想到他们呢？”

她忘不了那个夜晚，当她把那张七千多元的存折送给她的小伟时，他是怎样拒绝的。他时而咆哮，时而又冷言相向，直到连她自己也像他那样蔑视自己分钱后吃利息过小日子的念头，直到她觉得原已不容易开始淡漠的创业发展的想法再一次清清楚楚，结结实实地从心底站起。五年，她已经离开那个拉紧窗帘点着票子设计宽裕生活的徐淑芳非常非常遥远了，但她知道自己永远不会忘掉那个烛光迷离的夜晚，就像一个人忘不了旅程中最难逾越的那道障碍，而这障碍是他以他的方式帮他逾越的，虽然他那时是那么野，那么凶，虽然他呵斥讥讽得她痛苦了许久……

还有马婶，她曾与之分钱又与之集资的老搭档。

马婶死了。

像马婶自己说的那样，中午从车间到食堂的路上，她走着走着，跌了一跤，就死了。

马婶是不脱产的副厂长。或者更确切地讲，是名义上的副厂长。她曾几次坚持要马婶脱产，坐到副厂长的办公室里去。

马婶却说：“空出那么一间屋子，让我整天守着屋子干吗呀？还不把我憋闷出毛病来啊？哪有跟姑娘们在车间干活好？跟姑娘们一块儿干活我觉得自己年轻！……”

“忽悠”一词，仍在民间广为应用。但到了一九八六年，无论公对公还是私对私，或者公对私或者私对公，办任何事情光靠能“忽悠”是办不大成了。

生活淘汰一类人比舞台淘汰一类明星更迅速。

因而本市的老百姓又创造了另一个词取而代之——“安排”。

是“创造”,绝不仅仅是“选择”。

一个词一旦被赋予了崭新的含意,当然便是创造。正如新的发明取代旧的科学。

“安排”意味着请客、送礼、塞钞票……以及凡能用物质说明的其他许多许多内容。它的技巧是必须掌握权与法之间的细微的原则。差之毫厘,失之千里。

这是更高的学问,比“忽悠”实际得多。

马婶难能精通此道。

她却已久经考验,游刃有余了,这对她是后天的才干。她早习惯了在厂长的日记上写明“安排”这一词。一个普通的女人的灵魂究竟能在生活和事业中走出多远,要看她究竟能与一切称之为“正统”的观念决裂的程度和分道扬镳的勇气。她及时地明白了这一点。她对凡她认为可敬的“正统”观念仍保持着敬意,但如果它妨碍她,她则仅仅把它供起来而已。她已不能够再做它的模范的“修女”,不管是生活方面还是事业方面。如果它不能导致成功和快乐,甚至只能导致失败和烦恼,那么人为什么非要依顺于它?作为一个女人她不许自己缺少快乐,作为一位厂长她不许自己失败多于成功。

她已形成了自己的风格。一个女人的风格,各方面的风格。按照自己的风格活着,她才能领悟到活着的价值和意义。当厂长在她看来只不过是自己的活法之一,并不是她活着的目的。

她以她自己做事的风格,征得马婶家属同意之后,在厂内为马婶举行了隆重的追悼仪式。

她亲自致悼词。

悼词是这样写的:

生活中经常有这样的情况,最初我们很不喜欢的人,最后成了我们很喜欢的人,甚至成了我们很亲爱的人。原因何在?让我告诉大家——人的心的确是可以相互交换的。以心换心是最公平的交换。在这架天平上,年龄、性别、容貌、知识,某个人的地位和脾气,都是没有分量的。有分量的只是一颗心。如果将两颗心在天平上调换一下,天平仍然是平衡的,我们便有足够的理由相信我们在别人心中的分量,和别人在我们心中的分量。它跳动的时候,我们便欣慰。它停止跳动的时候,我们便悲哀。即使这样的人对我们的成功与失败已不再起任何作用,这个人对我们也一如从前那般重要,离开我们之后,会被我们铭记着。马婶对我便是这样一个普普通通的女人。连我们的隐私都是从未互相隐瞒过的。我们之间曾经有过一句誓言——同舟共济。她对得起我们之间这句誓言,所以我尊敬她异于尊敬别人。我知道,她对于你们,也许不是一个值得喜欢更不是一个值得亲爱的人。甚至也不是什么副厂长,仅仅是一个刀子嘴豆腐心的、太爱教训你们的、太爱管各种闲事的胖女人。我知道,你们有些姑娘在背地里叫她“半吨”。我并不想在这种场合谴责你们。因为我当年,也就是最初我很不喜欢她的时候,也在背地里对别人把她叫过“河马大婶”。而此时此刻,我内心里的悲痛是语言所无法形容的。我要告诉你们的是,我们这个工厂得以存在并且发展到今天的规模,当年的一半基金是这个普普通通的,刀子嘴豆腐心的,太爱教训你们的,太爱管各种闲事的女人的钱。一万七千多块钱。是她卖掉了自己的城市户口的钱,和她干某些又脏又累的活用汗水换来的钱。她活着的时候从未希望你们知道这一点并且因此回报她感激和敬意,也从未抱怨过你们不知道这一点。看到你们这些年轻的姑娘在我们这个工厂里工作是愉快的，她已很满足了。她虽然那么爱教训你们，可她甚至都没有要求你们热爱过我们这个工厂。我认为她是有这种权利的。恰恰相反，她时常觉得，我们这个工厂，还应该为你们做好许许多多福利方面的事情。你们之中，没有一个是干部的子女，没有一个是知识分子的子女。社会提供给他们的选择机会和竞争机会已经不少，但提供给你们的却不算多，因为你们是社会最底层的劳动者家庭的姑娘。当你们考不上大学的时候，当你们终于放弃了种种更令人羡慕的憧憬的时候，我们的工厂向你们敞开它的大门。只要你们永不嫌弃它，它便永不嫌弃你们。这一条与其他单位有所不同的招工原则，是我们今天所追悼的这个女人的主张。因为她也是来自于社会最底层的。她内心里时刻关怀着你们的福利，如同时刻关怀她自己的女儿们的福利。她太爱教训你们，也许正因为她太爱你们。今后，我将继续奉行她生前的主张，因为我也是来自于社会最底层的。我将努力为你们实现更多的福利，因为这是她生前的愿望。也是我对你们的责任。我们这个工厂，大概永远不可能向你们许诺更令人羡慕的憧憬，但是它将保证对你们每个人目前的和今后的物质生活负起它应尽的责任，使你们不至于受到贫穷的困扰，仅此而已。别的方面，它只愿协助你们去寻找和获得，但不能代替你们去寻找和获得。这一些话，也是马婶生前总想对你们说明白而总也没有说得很明白的话。今天，在我们追悼她的这个时刻，我相信我已经替她对你们说得非常明白了。

……

悼词是她亲笔写的。每一句话甚至每一个标点符号，都是从她内心里涌到笔端的。没有修改，不愿修改。她要对马婶维护自己内心里一向对马婶的真实。连她与她的小伟之间的隐情,她都坦白地告诉过了马婶,那么在为马婶而写的悼词中,还有什么不适当的话,是马婶所不能原谅她的呢?何况马婶是宽厚的女人!……

她怎么写的,便怎么念了。

许多姑娘听着听着哭了。

录音机播放着哀乐,不是中国人所听熟悉了的那首哀乐,而是贝多芬的《安魂曲》。

马婶生前曾说过,最听不得哀乐,一听到哀乐心就像被一只大手揪住了。她也认为中国人所听熟悉了的那首哀乐,不太适于作为凡人的殡葬曲。它使死亡的严峻性对活人显得太强烈了!它太震撼活人的心灵了!而马婶是凡人。一个安分的凡人必定是不愿以自己的死亡去震撼活人的心灵的。相比之下,倒确实是贝多芬的《安魂曲》更适于作一切人、一切不平凡的人和一切凡人的殡葬曲。因为它所体现的悲哀是忧伤的,而不是撕肝裂胆仿佛天崩地坼般的震撼。凡人的死是震撼不了天地的,凡人的死尤其需要的是一首《安魂曲》。追悼凡人的活着的凡人的灵魂尤其需要将悲哀淡化为忧伤,而忧伤之对于活着的凡人的灵魂,也将能比悲伤更长久些。

一辆车头披挂了黑纱和白花的小面包车做了马婶的殡车。她和兼职工会工作的两位姑娘陪同马婶的亲属们乘另一辆大客车前往火葬场。可是许多姑娘也眼泪汪汪地挤上了车,非要将马婶“送到底”。殡车开出厂,又有百多名姑娘骑着自行车紧紧尾随其后,这是她预先没估计到的。

都是些有良心的好姑娘啊!

她从车后窗望着她们一个个顶风猛蹬的样子,心中深受感动,吩咐司机减慢了车速。

她暗暗对自己说:徐淑芳,为了她们,你值得努力当一位好厂长!你永远也不必为自己所选择的这一种活法后悔!

一件马婶在手工车间没来得及缝完的绒布熊猫,作了马婶的殉葬品。

马婶活着的时候常说,做梦都不敢想,这辈子还能在亮堂堂的车间里为孩子们做玩具,这种工作是女人的大福气。一想到有些孩子多么喜爱她亲手做的玩具,她恨不得回到和姑娘们一样的年龄,为孩子们从头儿活几十年……

体重一百八十多斤的马婶,死后用那么小的一个盒子就装下了!马婶的灵魂会不会感到憋闷呢?如果不是因为没处埋葬,她真愿为马婶做一口特大的棺材,用上等的红松木料做……

回到厂里的第一件事,是吩咐会计支出一万七千余元,并且按照储蓄结算了几年来的利息。那时,后来被她送上了法庭的老会计,还受着她的绝对信任。

他问:"要还给马副厂长的家属?"

她说:"是的。如果可能,我还真想出公款为马婶买一个城市户口,像当年别人买我们的一样……"

"你也把自己的城市户口卖了?"

"……"

"按理说,对马副厂长,无论怎么做,都不算过分。可具体到我这儿,就没法下账了……"

"下在工会支出的账上吧。"

"连本带利,二万多元,不是一笔小数啊!万一公社细查起来……"

不提公社则已,一提公社,她愤怒了。

"那就让他们问我!"

她居然对他拍起桌子来。

但是马婶的丈夫,一个因病提前退休了的锅炉工,一个与马婶的火辣性格恰恰相反的老实巴交的男人,畏畏缩缩地不敢写收条。

他讷讷地说:"这钱我们今后可以花么?不可以花,拿回去又有什么用呢?"

她说:“这是马婶卖城市户口和汗珠子掉在地上摔八瓣儿挣来的钱,厂里如今应该归还你们,你们当然是可以花的,愿怎么花就怎么花!”

“我只知道她当年为了厂,把自己的城市户口卖了……究竟卖了多少钱,她从来也没有告诉过我……哪晓得是这么大数目一笔钱啊!要是我们花了,以后有一天再说违犯了啥制度,要我们还,我们可怎么还得起?……”

“我保证,没人让你们还!……”

胆小怕事的男人还是觉得那笔钱烫手。

她急了,代他写了一张收条,签上了自己的名字,并且盖了章。

老会计将她扯到办公室外,提醒道:“当年这笔钱,你们账面上可没注明是借给厂里的啊!如今你替人家写了收条签了字,将来可是要负法律责任的啊……”

她干脆地回答:“我负!”

送走了马婶的家属们,她才觉得内心稍微平静了些。

老会计见她在一把椅子上坐下了,试探地问:“你当年那一笔钱……要不要也想个什么名目……今天一块儿支出来?厂里现在资金雄厚了,你也犯不着……”

她倦怠地闭上眼睛,摇了摇头……

她常想到那笔钱。她认为那是她为自己的投资,为自己的生活的投资。她对自己目前的生活颇满意,因而并不觉得是损失……

第三天,晚报“群众之窗”专栏,登出了一封批评信。批评百花玩具厂在全社会大力提倡精神文明之时,为一位厂领导的死停产一日,兴师动众,劳民伤财。更严重的是,厂长徐淑芳,在悼词中,只字不谈化悲哀为建设“四化”的热情,却大谈所谓良心,以封建主义的恩德思想蛊惑人心……

措词尖酸,行文刻薄。

全厂的姑娘们差不多个个都被激怒了,她们拿着那张报纸到厂长办公室去找她。

而她不在。因为她已先于她们看到了那张报纸……

当天,有几十名姑娘进了城,到报社去提抗议。她们离去的时候,在总编办公室和走廊里留下了一地瓜子皮儿。

报社的人训斥她们:“你们当这是什么地方了?露天电影院?扫干净了再走!”

“哟嗬,怪厉害的!瓜子皮儿就让你们不高兴了?你们往我们脸上抹黑怎么说?”

“扫干净了再走?姑娘们不受你们这份儿支使!”

“你们自己扫吧!”

“你们自己也别扫了,明天后天我们还来呢!”

她的姑娘们不是好惹的。

那一天,报社不知往她的办公室里挂来了多少次电话,而厂长秘书的回答是:我们厂长今天不在,明天后天也不会在。她这几天忙于谈业务。

第二天又有另一批姑娘到报社去抗议……

比第一天那批姑娘留下的瓜子皮儿还多……

第三天如是。

她的原则,或者说她的厂的原则是——人不犯我,我不犯人;人若犯我,我必犯人。在事关百花玩具厂荣誉的问题方面,她从不含糊。她要让世人知道,小厂不可辱,小厂不可欺。谁也抓不到任何把柄,可以指责她怂恿那些姑娘到报社胡闹。因为三天内,她确确实实都不在厂里,她确确实实都在与各方面洽谈业务。

只有老会计心中明白。因为他得到她的指示,对没上班而到报社去了的姑娘们,当天的工资按“出勤”算。

第四天,她亲自出现在报社总编室。

很有点儿“少壮派”气质的总编,对她拍桌子蹾茶杯,大大发了一通脾气,根本不把她放在眼里。

她却表现得相当有涵养,一声不吭,听任对方宣泄个够。

末了,人家指着她的鼻子说:“像话吗？啊？连续三天,一拨一拨地来！你们这个厂也太无组织纪律性了！……”

她端正地坐着不动,微笑道:“我可以保持涵养,但前提是您的手指尖千万别碰到我的鼻子。”

对方的手立刻就放下了。有时候微笑着低声说出的话,要比愤怒地大嚷大叫更奏效。这是她的经验,她还不止这一条经验呐！

对方客气了些,宽宏大量地说:“既然你亲自来赔礼道歉了,事情也就算了。你回去要好好教育你的工人们！”

“您想错了！”她仍微笑着说,“我不是来向你们赔礼道歉的。我是亲自来向你们提出抗议。你们预先不进行必要的调查了解,结果不但损害了我们厂的荣誉,也损害了一位无辜的死者的荣誉。我以我们厂,也以死者及其家属的名义,郑重通知您,要对贵报进行法律上的起诉。至于谈到我们厂的组织纪律性,我十分惊讶您居然不知道,它是前不久唯一被评为市厂纪厂风优秀单位的集体企业。而我的工人们到贵报来不是无缘无故的。咱们中国有一句话说得明白,叫作‘众怒难犯’。这是我们所聘请的律师的名片,您收好。请今后不要为此事给我本人挂电话了,我目前工作很忙,接下来应该是你们和我们的律师打交道了……”

对方一时望着她发起愣来。

她从容告辞。走到门口,转回身又微笑道:“我不对您说再见。让我对您说——咱们法庭上见。”

她那辆漂亮的小汽车停在报社门口。

她刚打开车门,一位报社里的老同志气喘吁吁地追了出来,跑到她跟前,搓着双手说:“徐厂长,您看,事情本来不必搞得这么僵……这可能是一场误会……我们总编刚上任,年轻气盛……请您,再跟我们详细谈谈好不好？……”

她看了看手表,抱歉地说:“真遗憾,我没时间了,还有别的事儿。不过欢迎你们明天派记者到厂里来调查了解一下。”说罢,毫不动摇地坐进车内,大声吩咐司机:“开车!”

第五天,果然有一位记者来到了厂里。调查的结果是——所谓“劳民伤财”,不过是开了四十分钟的追悼会,几丈黑布,一卷白纸而已。事实亦是如此。“停产一日,兴师动众”也纯属夸大其词——-只有五分之一不到的人停产半日。绝大多数工人开完了追悼会就回各车间干活去了……

第六天,晚报上登出一篇和登在“群众之窗”专栏上那封“批评信”字数差不了许多的自我批评文章——当然是报社的自我批评文章。并且加了编者按,引为缺乏调查了解的教训。

她也就相应地从法院撤回了起诉书——将它寄到了报社,以证实“咱们法庭上见”,不是威胁对方的谎言。

同时致信报社总编,只一句话——“我是个不爱在这类问题上开玩笑的人”。

总编的复信更其简短,仅两个字——“佩服”。

然而在她这方面,此事只了结了一半。她将总编的信抛下之后,立刻让秘书找来了设计科科长。那二十四岁的科长,是个很有设计才能的风流倜傥的英俊小伙儿。从省“工艺美术学院”毕业后,不少单位争着要他,却都无法满足他的条件——两室一厅的一套住房,一报到就得住上。百花玩具厂的宿舍楼当时恰恰竣工,她亲自“三顾茅庐”,以每月三百元的高薪,将他聘请到厂里任新成立的设计科科长。当然还使他一报到就住上了两室一厅的一套住房。她的治厂方针是:人无我有,人有我优,人优我专。一九八六年,一切商品的市场竞争都是空前激烈的。胜则存,败则亡。购买力毫不犹豫地站在竞争的胜利者一边。经济规律绝不同情失败者。不管是谁,只要你当上了厂长,只要你的厂生产的是商品,你就好比戴上了拳击手套,成了职业拳击手。那么便不管你情愿或不情愿,你都将一场接一场地被推上拳击场。不是你击倒别人,就是你被别人击倒。荣誉属于最后站立着的那一个人。幻想轻轻松松舒舒服服当官的那些人,已被压在中国历史翻过去了的几页中,不太容易钻出来。必须有一个设计科。必须广招具有设计才能的人。他们将决定百花玩具厂这个被同行视为对手的小厂的经济命脉。否则,它在空前激烈的竞争中被挫得一败涂地,可能就是一年半载时间内终将发生的事情。尽管它目前还显得生气勃勃的。正是基于这种严峻的忧患意识,她在招募人才方面不惜代价。

那风流倜傥的英俊小伙儿一跨入她的办公室,她便吩咐秘书道:"搬把椅子,坐在门外看着,不许任何人打扰我们的谈话。" 随手抛过去一册《青年一代》。那是她常翻翻的刊物。除此而外,还常常翻翻诸如《读者文摘》《世界博览》《中外妇女》之类。文学刊物她是早已不翻了的,中国作家们写的小说早已引不起她的丝毫兴趣了。某些作品越被吹得天花乱坠,她越是从其中读到了"空洞无物"四个字。前几年她还看看所谓"知青文学"和"改革文学",如今也不愿看了。她在心理上早已与"知青"挥手告别,并且认为这是明智的。同时明白了,改革可以被写成一篇篇小说,而小说是帮不了改革什么忙的,连点小忙也帮不上……

"厂长,您找我有事?"

"您先请坐。"

因为他"您",她便也"您"。她知道,在他的礼貌中,包含着对她的轻蔑。她清楚他打心眼里就从来没有瞧得起过她。原先她因为要重用他,一向容忍着。而今天她认为最后的容忍期限是到了。

"可以吸烟么?"

"您请便。"

他在沙发上坐下,吸着一支烟,架起"二郎腿"。

上等料子的一套西服,洋烟,昨天脚上还是一双黑色皮鞋,今天脚上换了双棕色皮鞋,他脚上似乎入厂后就没穿过太旧的鞋,每月三百元把他这个年轻的单身汉养得挺宽绰。他不愧是“工艺美院”毕业的,很注意色彩对比在衣着方面的效果。

她仍坐在她办公桌后那把木椅上,隔四五米远望着他,赏识地说:“你今天的确应该穿一双棕色皮鞋,因为你今天穿的这一套西服是苍花色的。”

他晃了晃跷起的那只脚,说:“先锋鞋店买的。”

那是最有名的一家鞋店。她说:“我脚上穿的这双皮鞋也是在那儿买的,不过我三年内只买了两双。您入厂半年来买了几双皮鞋?”

“你找我来就是谈这个?”

跷起的脚仍悠然地晃着。

“不,”她微笑了一下,“这是题外话。您不愿回答可以不回答。”

“那么我不回答。”

“设计科天天和油彩打交道,您连您那双手都没粘上点儿颜色,有什么好经验么?”

“你是在批评我吗?难怪还吩咐秘书守在门外!”

由“您”而“你”,在他是由礼貌的轻蔑而无礼的轻蔑。

“批评您犯不上让秘书坐在门外看《青年一代》。”她也拉开抽屉取出了一盒进口坤烟,那是前不久与广州一家儿童商店签订合同时,对方送给她的。带过滤嘴儿,细而长,二十支二十种颜色,只剩半盒了。她弹出一支褐色的。有一次她听到姑娘们在聊天时说,褐色代表决裂。点燃后,她优雅地吸了一口,接着说:“也是题外话。您不愿回答,也可以不回答。”

“厂长,也许……别人对您说我什么坏话了吧?……”

“你”又变成了“您”。

他似乎感到了气氛太不对劲儿,显得有几分心虚起来。而他那张又年轻又英俊的脸,这时就仿佛从白皙的脑皮下渗透出了一种猥琐,好比从白书皮后能隐约看到一本书模糊的封面图案。

“不,您大可不必怀疑有谁对我说了您什么坏话。姑娘们在我面前谈到您的时候,大多数是崇拜和倾慕的,您自己当然更知道,您对她们是多么具有吸引力。因为您是我们厂目前唯一的一名大学生,又是搞艺术设计的,又是全厂工资最高的人,比我这个厂长还高二十元。我们谈话的正题是——您一定对我写的那篇悼词有什么见教吧?我愿当面洗耳恭听……”

“这……没有,没有……写得很感动人,朴实无华……那是我所听到过的最出色的一篇悼词……”

他那只跷起的脚虔诚地停止了晃动。

“是这样吗?”

“正是这样。”

很肯定的回答,很真挚的模样。

“谢谢您的夸奖。您……不想也问问我,对您寄到报社那封匿名的批评信有何看法吗?我应该也给您一次表示虚心的机会呀,是不是?……”

那只跷起的脚放落到地上了。

“不愿意问?”

“……”

“那么让我坦率地告诉您我的看法——您是个卑鄙的人。”

“……”

他那张白皙的脸顿时变得像猪肝一样。

“在追悼会上,您不是也落泪了吗?怎么解释?鳄鱼的眼泪?”

“妈的,他们……到底出卖了我……”

他狼狈地嘟哝。他那张英俊的脸,像被火烤软了的塑料面具,扭歪了,走形了,丑了。

“怎么能说是人家出卖了您呢?明明是您用谎言欺骗了报社嘛!”

“你……厂长……您……您要把我怎么样?……”

“别激动,坐下,坐下。该激动的是我,您看我都一点儿也不激动。我保证,绝不向全厂公布这件事。如果我向全厂公布了,您会想象得到,群众的情绪意味着什么。您的漂亮面孔也帮不了您的忙……”

他迟疑地又坐了下去。

她不再看他,瞧着手中的烟,若有所思地吸着。

“厂长,您原谅我这一次吧……我……我一时感情用事……”

原谅?不!

她在他身上浪费的已经够多的了。

他刚入厂的那些日子里,处处对她多么尊敬多么亲近呀!骗取了她对他发自内心的喜爱。每天中午他都要主动替她打饭,端到她的厂长办公室来,陪她一块儿吃。他不知从谁那里了解到,她非常喜欢精巧的工艺品,就经常暗地里送给她工艺品商店销售的新颖好玩的一些个小东西。可是后来她渐渐对他警惕起来,因为她以女人的敏感有所觉察,他对她的尊敬是不真实的,他对她的亲近是另有图谋的。讨好并非最终愿望,最终愿望是诱惑的成功。以一个二十四岁男人的风流倜傥的英俊外表征服一个三十四岁的独身女厂长的心智,在这年轻人的动机的背后,蛰伏着一种什么目的呢?仅仅是目前某些像他一样的小伙子们所普遍具有的征服欲么?她百思不得其解。她觉得要认清他,远比认清厂里的任何一个姑娘的本质难。作为一个女人的心智,包括肉体,她不认为被他这样一个具有吸引力的小伙子所征服,是多么了不得、多么耻辱的事,但作为一个女厂长的心智,如果被这样的一个小伙子所迷乱,那是后患无穷的。她不允许自己对于他只是一个女人,而不是一个女厂长。

她开始疏远他。使他不能在每次跨进她的办公室的时候,得寸进尺地以为也等于跨进了一个独身女人的卧室。

然而他并未放弃他似乎稳操胜券的这一场“战斗”。他仿佛不达目的,誓不罢休。

有一天下班后,他又来到了她的宿舍。他和她住在同一层楼,对门。

仅仅因为这一点,她才多少次容忍他侵占她的时间,破坏她所需要的安宁。

“我给你买了一条金项链。”

他连厂长也不叫。说着就从首饰盒里取出那条金项链,走到她跟前,轻佻地要亲自给她戴上。

她正色道:“你想干什么?”

他笑嘻嘻地说:“我爱你。”

她说:“如果这意味着你想和我结婚,我可以考虑。尽管我比你大整整十岁,你若不在乎,我更不在乎。”

他不知说什么好了。

“仅仅是想和我睡觉?我不是一个很正统的女人。原先是,现在不是了。我承认我也需要和男人睡觉,但不是你这样的男人。我还不习惯被自己的下属轻易睡觉,一条金项链不会使我养成这样的习惯,你那张脸也不会。”

“我知道你喜欢跟什么样的男人睡觉。我跟踪过你……难道我不如一个跛足的男人?……”

没等他说完,一记耳光使他闭上了嘴。

“听着,我跟什么样的男人睡觉,这是我自己的选择。我们这个厂制定的对厂长的监督条例之中,不包括这一点。从今以后,不谈工作,不许你再随便迈入我的办公室!更不许你出现在这儿。对于你,我只在办公室里办公!现在你给我滚。”

他“滚”得很帅。卑恭地将头一低,为了能够矜傲地一扬。一低一扬之间,彼得式长发飘逸得马鬃似的,在空中甩了一道大写意的弧。

然而那一次她原谅了他。

第二天她亲自将他“请”到办公室,对他说:“昨天晚上的事,你只当没有发生过吧!我也绝不会记着。希望你为这个厂施展你的才干,我期待着。如果你不辜负这种期待,我和全厂的每一个人都将感激你!”

不久他将一份新产品图样呈送给她过目。她十分高兴，着实鼓励了他一番。虽然她当时便断定，那没有多大投产的价值，但她没说出来，还是同意了投产。小批量产品的市场试销状况，证实她的判断并不错，没有为厂里创造什么利润。而他背后散布，她是存心压制他的才干。

“我看你弄来的那个小科长，不是个好东西！整天专围着漂亮姑娘转，还讲你坏话！”

马婶曾这么对她说过。

而她只是笑笑。

至今，设计科设计出了六类畅销的新产品，已为全厂创造了四百七十四万元利润。但他本人却再没有拿出过第二张图样……

接着是小郑怀孕的事……

那长得十分标致的具有一种古典仕女美的姑娘，在半月前的一个晚上轻轻敲开了她的房门，使她特别惊讶。

“下班这么久，你怎么还没回家？”

“厂长，我……”

姑娘的睫毛一扑闪，眼中滚落了两滴泪。

待她将房门关上，姑娘双手掩面，凄楚地说：“厂长，我怀孕了……”

“你……怀孕了？……跟谁？……”

她简直不相信自己的耳朵。

“厂长，我不愿告诉您……”

“那你找我干什么？……”

“可我不能没结婚就生孩子呀！我怕……一个人到医院去做手术……可我实在想不出……谁肯陪我去……”

“几个月了？……”

“三个月了……”

她亲自陪小郑到医院去做手术。她亲自开了一张厂里的证明信，证明那姑娘“已婚”。因为她知道那姑娘怕的绝不是简单的手术。

“没结婚吧？”术前照例进行的询问，但医生那非常肯定的问话，包含有毫不掩饰的冷嘲热讽的意味。表明着对这类亵渎婚姻法的手术已多么厌烦。

“结婚了。”

她替垂下头去的小郑回答。

“结婚了？她才多大？”

“她不小了。二十了。”

她替小郑多说了一岁，同时将那份证明从兜里掏出来，展开后放在医生面前。

医生向那份证明溜了一眼，见并无什么破绽，仍怀疑地问：“她自己为什么不回答？哑巴？”

她有点讨厌那医生了，冷冷地说：“她太胆怯，怕这种地方。”

“你是她什么人？姐姐？”

“不，您猜错了，我是她的厂长。”

她又掏出自己的工作证，放在医生面前。

那医生还真拿起她的工作证仔细看了看，那样子不像是干医生这一行的，而像是位负责的海关检查员。

“初孕？”

“是的。”

“既然已婚，而且初孕，为什么非要刮掉呢？”

“为了计划生育。”

“那为什么不采取避孕措施！”

医生竟很恼火起来。

“医生，您不必恼火。每个人在许多方面都犯过疏忽的错误，包括您和我。”她收回了她的工作证之后，又说：“她的疏忽我看不会造成多么可怕的后果，而她的胆怯我看是有几分道理的。”

医生听出了她的回答带有明显的挖苦成分，心中虽然有气，却再也不想说什么了。

而她，坐在手术室外的长椅上，很有耐性地等待小郑从手术室出来的时候，反复问自己：我究竟为什么要如此这般地庇护这姑娘的自尊心在这种地方不受到丝毫伤害呢？为什么？仅仅因为我很喜欢她么？

是的，她很喜欢小郑。喜欢小郑那种俊俏的古典仕女的模样，喜欢小郑文文静静的性格。那姑娘的父母都在废品收购站工作，他们却创造了一件美轮美奂的精品。她是他们的掌上明珠，也许更是他们唯一的骄傲。他们并未宠爱坏了她，她不但外表是个文文静静的姑娘，本质上也是个又安分又单纯的姑娘，并且很聪颖。她对百花玩具厂怀有感激之情。因为没有这个厂，她不是接她父亲的班，就是接她母亲的班。区别仅仅在于，是蹬着三轮平板车收破烂儿，还是推着手推车收破烂儿……

那姑娘曾对别人说："小时候爸爸妈妈请了一位瞎子给我算命，瞎子讲我是王妃之命，命中必有尊神保佑。我不信什么王妃之命的，如今咱们中国哪个女的还做梦想要当王妃呀？除了是疯子！但我可有点儿信我的命中有尊神保佑。咱们厂不就是我命中的尊神么？没有咱们这个厂，我不是早'破烂的换钱'去了么？所以我一走进咱们厂的大门，禁不住就想唱歌……"

这番话后来别的姑娘学给她听了，她从此铭记在心，也使小郑在她心里留下了更深的印象。她是从普遍的意义上去理解小郑的话的。她从此更加明白，她所励精图治开创的这一个小厂，对那些社会最底层的，既竞争不到一张大学录取通知书，也无缘踏入某些理想单位的姑娘，的的确确可能是她们命中的尊神。

命中的尊神——它体现着她们由衷的爱厂之心。

她能不庇护她们中的每一个么？

只不过因为小郑说过那番话，她喜欢她尤甚于喜欢其他的姑娘罢了。

而她与她们交谈时，已自然地形成了两句习惯的口语——"我的姑娘”或“我的姑娘们”。

有一天中午在食堂，她看见小郑穿了一件款式新颖色彩美观的连衣裙，打趣地问：“小郑，穿得这么漂亮，是不是想让别的姑娘都嫉妒你啊？”

小郑红了脸说：“才不是呐，今天我生日！”

“你生日？那你得请客呀！”

“不对！我的生日，应该别人请我客，祝贺我！”

“说得有理，我请你！”

“别别别，厂长……我说着玩呢……”

“我也当请客是玩啊！”

结果她被一群姑娘包围住了，高高兴兴地花了三十多元，买了许多盘菜。连食堂的大师傅也凑上了热闹，现为她和姑娘们又炒了好几道菜……

午饭后，小郑来到了她的办公室，吞吐了半天才说：“厂长……我……我想调到设计科……”

“噢？……”这种事不同于请客，她严肃起来。如果别人想要利用她对别人的好感，她对别人的好感是会变为同样发自内心的反感的。

“厂长……您……您可千万别以为我是不安心本职工作呀！其实我挺乐意在车间干活的，和收破烂儿相比，还有什么不乐意的呢？”

“那你为什么想离开车间呢？”

“您不是在全厂大会上号召，人人都要争取为厂里作更大的贡献么？您不是说，信息科是咱们厂的触角，而设计科是咱们厂的龙头么？我……觉得……我既能当一个好工人，也能当一个好设计员！没事儿我常逛商场，蹲在玩具柜台前看起来就没够！我自己设计了好几种玩具……就是不好意思送给您看……真的！……”

她不动声色，问她设计图样在家里还是在厂里？那姑娘说在厂里。她就叫她拿来看。那姑娘转身便往外跑，一会儿气喘吁吁地取来了十几张图样。

对其中一张图样,她当即下达了生产令。

那姑娘激动地说:“厂长,只要我能为厂里多作点儿贡献,不调到设计科也一样!我业余搞设计,设计好了就给您看……”

第二天她将她调到了设计科……

正由于受这姑娘的启发,她颁布了有奖设计条例:

一、除设计科以外的全厂任何岗位上的职工,所设计之图样,一经投产,奖励五百元、七百元、一千元不等。

二、设计十张图样均未被采纳者,亦给予适当鼓励奖,五十元内不等。

设计科的同志们反映小郑很勤奋。

可究竟是谁在这姑娘纯洁的身体里播下了一颗不负责任的种子呢?倘若没有她的亲自陪同,这姑娘在这种地方将遭到怎样的奚落和挖苦呢?

如果说,这件事在她内心里激起一种不愿对小郑表现的愤怒,乃因陪同小郑的是她而不是一个男子。

一个男人必须对给女人造成的任何痛苦负责任,男人必须对女人为他们所流的每一滴血负责任。否则,他们是坏蛋。

她扶着小郑走出医院时,小郑说:“厂长,我不敢回家……”

她说:“住我那儿。”

“可我怕我不回家,爸爸妈妈会起疑心……”

于是在医院门口的公用电话亭,当着小郑的面,她给这姑娘的母亲打通了电话,说小郑要为厂里赶出一批设计图纸,住在她那里,任务完了回家,请那当母亲的放心……

怕司机小李知道这件事儿,她们来时乘的是公共汽车,回去时乘的是出租汽车。

一进到她的家,小郑便哭了。

“厂长……我向您坦白……是他……”

“谁?”

“设计科长……”

她们上楼时碰到了他下楼,他还快乐地吹着口哨,还冲她们微笑!

“他爱你?……”

“他起初这么说过……”

“现在怎么说……”

“他说……他说让我死了这条心……和他爱着玩玩可以,要和他结婚……是做梦……还说……还说一想到岳父岳母是收破烂的……他就恶心……我恨死他了……”

“那么厂里被他玩弄过的姑娘,就一定不只你自己!把你知道的事都告诉我!”

“还有小蔡,还有小乔……她们都自己去过医院……也不敢休假……照常上班……”

“你们!……你们这些糊涂的姑娘!她俩为什么不找我呢?……”

“怕您……开除她们……”

“我怎么会开除她们!”

“是他……这么警告她们的……”

“你不怕我开除你吗?”

“我……我知道您喜欢我……舍不得开除我……厂长,您处分我吧……只要千万别开除我……我求求您……”

小郑痛哭失声,双腿软软地在她面前跪下了。

“起来……我替你保密……绝不对第二个人说……”

小郑就扑在她怀里了,欷歔着又说:“他……他还发誓……迟早有一天要……摆平您……”

“别哭,别哭了?摆平我是什么意思?……”

“就是……就是把您也钓上钩……他说您让他当科长……是大材小

用……他想当的是副厂长……他说他只要当上了副厂长，连您也得听他的……他说他是个有良心的人，只要我继续和他好……今后在厂里我愿意怎么样就怎么样……”

在不久后的周末晚会上，他居然还邀请小郑跳舞。

“我陪你跳可以吗？”她走到了他跟前。

“厂长陪我跳舞，是我的荣幸！”

他跳得相当潇洒。

在他们跳舞的时候，她下了决心——他必须从厂里滚蛋！

请神容易送神难？……她想，这有何难！

那一次她给他留下的是“蒙娜丽莎”的微笑……而今天她要给他留下一次难忘的教训……

“真遗憾。”她平静地说。

“什么？……”他仍怀有某种侥幸心理，以一头有益无害的小动物那种乞怜的目光望着她，幻想用这种目光动摇她的意志。

“您这么年轻，却这么危险。”

“厂长……我向您认错……”

“您从哪儿来？”

“我……”他虽然故作镇静，然而懵懂着。

“我从困境和绝望中走出来，”她仍那么不动声色，执拗地又问：“您从哪儿来？”

“……”

“想摆平我，您未免太嫩了点儿。”

“……”

“您以为您年轻，英俊，有大学文凭，有才华，就该玩女人，玩生活了么？”

他那颗高傲的头，渐渐低了下去。

“今天我让您明白，玩女人是要付出代价的，玩生活是要受到生活惩罚的。”

他一下子抬起了头:“究竟打算把我怎么样呢?”

“开除您。”

他腾地站了起来。

她便从桌上拿起他的档案,抛向他:“我不给您写鉴定了,这是我赏您的最后一点儿面子。也不在您走之前宣布您是卑鄙小人,免得大伙儿往您那张年轻英俊的脸上啐唾沫。”

档案落在他脚旁。他垂目瞧着它,僵立在那里,似乎想弯腰捡起它,却弯不下腰去的样子。

“世界很大,您另谋高就吧!”她站起来,离开了桌子,一边向他走过去,一边继续说:“祝您走运,再找到一个地方,每月给您三百元高薪,而且允许您玩女人,玩生活。不过依我看来,中国似乎目前还没有这么一个地方。”

“厂长,我……”

“住口!您现在已没资格叫我厂长。”

他以为她是向他走,其实她是向门走。

她推开门,吩咐秘书:“立刻去把小郑、小蔡、小乔找来。”随后回到她的座位那儿,吸第二支烟。站着吸了两口,她重新坐下,又说,“这个月没您工资,一分钱也没有。”

“厂长,您能够对司机小李那么宽宏大量,为什么对我就这样……”

他终于现出了一副可怜相,语势中却包含着挑衅。

不错,她对司机小李是宽宏大量的。有一次,那一向对她忠心耿耿的小伙子开车时,忽然将车靠向郊区公路的路边停住。她以为他要下车解手,不成想他突然搂抱住了她,就要亲她的脸。她从他口中闻到了一股酒气,脱下一只高跟鞋,用打了铁钉的鞋跟在他头上狠狠来了一下,竟将他击昏了,结果是她开车将小李送回家……

第二天小李的小平头正中肿起一个大包,惶恐万状地来到她的办公室认错,两人之间也有一次严肃认真的谈话。

那一次她对小李可比对这位设计科长不客气多了！她生气地拍着桌子吼:“你怎么胆敢欺负我！”

“厂长,我不是欺负你,我……我是从心里喜欢你……”

“喜欢也不行！……”

“不行就不行……”那小伙子一副犯了死罪的沮丧样子,“你都打了我了……我不是喝醉了么……”

“你居然还胆敢驾驶前喝酒！我开除你！……”

结果他被吓哭了。

结果她心软了。

“你有姐姐么?”

“有……三个姐……”

“喜欢她们不?”

“当然……喜欢……”

“对她们也像昨天对我那样过?”

“没有没有……那还算人啊……”

“听着,今后要将我当成你一个姐姐看待！不管你心里喜欢不喜欢的！记住了?”

“记住了……”

“听说你有个挺不错的女朋友,吹了?”

“没吹……好着呢……”

“二十六了,也到结婚年龄了。为什么不结婚?你这样的就该有个厉害老婆管着……”

“是……厂长……我们没房子……”

“那你就给我结婚！先租房子！每月三十元以内,随便你租什么样的！厂里给你报销二十元。”

那小伙子又高兴地笑了。

“我警告你,再对我无礼,把你送到公安局去!……”

连她自己也笑了起来。

不久小李便结婚了,他老婆跟他是同行。后来甘愿不开车,调到厂里来了。宿舍楼一盖起,两口子首先分到了房子。她和小李那次谈话,却被秘书偷听,传得全厂人人皆知。直到现在,姑娘们仍爱拿他老婆开玩笑:“单姐,咱们厂长坐车时的人身安全与否,可得仰仗你调教丈夫的本领啦!”而那新媳妇也是个爱闹的,常常听天由命地说:“咱们厂长比我会调教他!大不了再往他头上来一鞋跟呗!……”

“您又错了。”她冷冷地对眼前这位已被她宣布开除了的小科长说:“这件事对于我不是丑闻,而是厂长逸事。小李和你不一样。他是透明的瓶子,你是涂了漆的罐子。对他只需要调教,对你则需要防备。我厌恶你这样的人像厌恶毛毛虫。”

秘书引着三位姑娘走入了办公室,她们一见他也在,一个个显出忐忑不安的样子。

“交给你们一项任务。”她说:“必须高标准高质量地完成——在半个小时内,监督这个被开除的才子离开我们厂。除了他自己的东西,厂里的一针一线也不许他裹走。可以借给他一辆手推车用,但过了马路你们就得把车推回来!去吧!”

他出去时仇恨地瞪了她一眼,说:“你会后悔的!”

而她却说:“记住我的临别赠言——请神容易,送神更容易。”

半个小时之后,她站在窗前,望见他在前推着手推车,像个收破烂的,车上乱七八糟地堆着他的一切东西。而小郑等三个姑娘,又像随从又像押解似的跟在其后。

他那模样,像一只被扭断了膀子的鹅。

他推着手推车出了厂门,过了马路,她们便将车上的东西,如同卸沙土一般,卸在马路旁,看也不看他一眼,推起车便往回走……

她脸上浮现出了极其轻蔑的冷笑。

只是轻蔑而已。跟这样的对手较量,她没多大情绪。这不是较量。在她,这仅仅是对一个又年轻又危险的人的一次玩闹式的教训而已。谁叫他玩生活呢?……

生活不是软弱可欺的姑娘,生活无论怎么样进行都不是可以让人玩的。使他记住这一次教训是必要的。正因为他那么年轻……

如今,小郑被她提拔为设计科长了。这姑娘没文凭,但是对工作有热情,有责任感,爱厂如家。

爱厂如家么?一九八六年,中国还有这样的人存在么?

当然!

爱厂如家的人是所谓工厂的特殊的“创造”。他们不产生在“流水线”上,产生在工厂的良心之中。而所谓工厂,其区别不仅仅在于规模大小和管理水平,更在于有良心或者没良心。

百花玩具厂厂长深知软性管理、企业文化的重要性。

如今,曲秀娟被她“三顾茅庐”请来当了生产副厂长。

曲秀娟上任的第一天郑重地对她说:“你得给我实权。不给我实权,我还是不干。”

她也郑重地问:“你要多大的权?”

“既然让我当生产副厂长,一切生产方面的权力都归我。你下生产指示,我保质保量完成生产任务。至于我怎么完成,你不得干预。”

“这正是我所希望于你的嘛!”

“我试着当好副厂长,你试着爱上刘大文。我当不好副厂长我滚蛋,你爱不上刘大文你另择良婿。”

“那好,咱们一言为定。”

于是她们像小孩子似的“三击掌”……

由于马婶的死,使她想到了当年和她一起干过活的那些老的丑的女人们。她和马婶在这个地方立稳事业的脚跟之后,那些老的丑的女人们,曾来找过她和马婶,要求成为这个厂的第一批职工。她拒绝了她们的要求。马婶和她们是有着深厚感情的,她们动员了马婶说服她。马婶千说万说,竟没有说服得了她。最后马婶谴责她:“淑芳你真狠得下心,连我的面子都不给!”

是的,她当年是狠下心来创业的。她不想当一位养老院院长。因为谁也不会给她一分钱的社会福利基金。她招收的第一批职工,是五十名待业的姑娘。因为这样可以不交所得税。在那段最初的艰难的日子里,她只讲实利,不讲良心……

中秋节那一天,她让工会买了十几份礼物,用一整天的时间,拉上曲秀娟陪同自己,坐着厂里的小面包车,挨家挨户去看望当年和她一起干过活的那些老的丑的女人们。她们有的已经死了,没死的更老了。她向十几位老太太补发了盖有百花玩具厂鲜红大印的退休职工证书,补发了几年来的退休金。答应她们,在本厂以后招收工人时,优先考虑她们的子女。

那些老太太们啊,那些被社会淘汰回家了,被家庭推到生活的似乎完全多余的角落里的老太太们啊,没有一个不拽住她手哭的,哭得她难过极了。她明白了,那一时刻她才明白,她送给她们的,不唯是退休证和退休金,还送给了她们一种她们从来不敢奢望的荣誉,还扶起了她们在家庭中的地位。

她对她们说:“从今以后,每逢年节,咱们厂都会派人来看望你们。你们无论在社会上,或者在家里受了什么委屈,厂里都会出面给你们做主!”

“淑芳,你心肠真好!”回厂的路上,曲秀娟在车内说了这么一句。

一句话,将她说得伏在曲秀娟肩头流泪了。

痛痛快快地流了一阵眼泪,她对曲秀娟说:“秀娟,我真希望百花玩具厂将来能发展成一个大企业!拥有千万元万万元的资金。一个工厂的良心不是一句空话,缺少资金的工厂就一定对工人缺少良心;没有资金的工厂就一定对工人没良心可讲。亏损的工厂就一定在良心方面亏损于工人！你可要全力以赴帮我啊！这几年我太累了，真的！当一个有良心的厂长，比当一个没良心的厂长难多了！……”

曲秀娟问：“你和马婶之间有句话，怎么说的？”

“同舟共济……”

曲秀娟便紧紧握住了她一只手：“你掌舵，我划桨。我和你之间也是这话——同舟共济！你一个人，又唱红脸儿，又唱白脸儿，太难为你了！今后你唱好红脸儿，我唱好白脸儿，我比你心肠硬。”

她说：“那不公平。遭人恨的事儿不能只叫你一个人去做啊！”

曲秀娟说：“不遭人恨不等于就是长久受拥护。涨工资，谋福利，都得靠钱。生产副厂长不就是应该为工厂赚大钱的人么？那时候感激我的人准比感激你的人还要多！你以为我唱白脸儿是比你傻呀？”

一番话，又将她逗笑了……

曲副厂长人人都怕。她甚至不许姑娘们一边干活儿一边儿说笑。但是生产情况示意图上一度低落下去的红箭头扬了起来，她曾担心不能如期完成的几份合同，提前完成了……

最近她在全厂大会上宣布，年终每人可望浮动一级至一级半工资。

姑娘们大鼓其掌。她们第一爱美，第二爱钱。觉得这两样都不算缺少的时候，就热烈地爱生活。她们普遍还处在会被男人们所喜欢却并不怎么急需嫁给他们的年龄。

但她已经开始为她们筹建另一幢职工宿舍楼了。

“厂长，花瓶该换水了！”

不知何时，老郑师傅已进入了办公室，给她送来了一束绛紫色的菊花。

这老秋翁似的老头儿，堪称厂里的老花王，春夏秋三季，辛辛勤勤地用各种花将厂院装点得如同花园一般。摆在她办公桌上的那只花瓶里，除了冬季，总有鲜花插着。

她感激地对老头儿说：“郑师傅，多亏了您，咱们百花玩具厂才名副其实啊！”

老头儿却道:“话不好这么说,是先有咱百花玩具厂,后有我这爱花的老秋翁,对不对？”

老头儿拿着花瓶出去替她换新水,回到办公室后又说:“厂长,今年冬天,我想在厂里搞些冰雕。我就烦冬天。一入冬,这厂院里就没什么好看的啦！搞些冰雕也算有点儿景致啊！”

“行！你看着搞。我批钱给你！”

“不用花钱。每个生产班组搞一个,姑娘们准乐意。春节时,咱们再来一次评比,让工会发点奖品什么的,岂不是人人高兴的事儿！”

“郑师傅,你想怎么办就怎么办。怎么办我都支持！”

老头儿今年六十七了。按厂里的规定,是早该退休的年龄了。可老头不愿退,她也绝不想逼着他退休。她挺舍不得他离开厂。她爱每一个爱厂的人。她觉得老头儿仿佛是厂的灵魂,是花的灵魂,仿佛只有经老头儿的手栽种培养,满厂院各种各样的花才能在春夏秋三季常开不败,美观无比似的。

桌上的电话铃突然响了。

她抓起听筒,听出是她的小伟的声音:“嫂子,小梅生了！”

“男孩女孩？”一阵喜悦涌上她心头。

“男孩……”

“……”她一时却又不知说什么好了。

“小梅请你给孩子起名……”

“……”

“我也这么想……”

“好……”

他那端一阵沉默。

“我……一定给孩子起个……使小梅……使你们满意的名……”

他那端仍沉默着。

她又不知再说什么了。

“喂……喂……”

他已挂断了电话。

她缓缓放下了话筒。她的目光落在桌子上,玻璃板下压着他和她的妹妹小梅的结婚照。

“厂长,什么人让你给孩子起名啊?”

老郑师傅轻轻将花瓶放在原处。

“我妹妹……”

“小梅呀,我道是谁呢。生了个小子还是丫头?”

“小子……”

“听说她丈夫姓郭不是?”

老头儿并不知道她的妹夫也是她的小叔子。

“姓郭……”

“姓郭可不太好起名。你还真得想一想呢!”

“是啊,得想一想……”

“张王李赵,周吴陈杨,这些常姓都好起。姓郭嘛……我也帮你琢磨琢磨……”

老头儿自言自语着走了出去。

她呆呆站立了几秒钟。目光继续瞧着玻璃板下那张六寸的结婚照片。后来她坐到了椅子上,拉开抽屉,拿出了那盒法国坤烟,烟盒里只剩下了一支烟,一支绛紫色的。与花瓶里的菊花颜色深浅相同的一支。她已将它夹在指间了,并且拿起了火柴,却不知为什么,没吸它,又放回到烟盒里了,烟盒也又放回到抽屉里了。她推上了抽屉,目光移向了那束绛紫色的菊花。其时满院怒放着绛紫色的那种花朵不大的菊花,老郑头既是用花更是用色彩装点着工厂的院子。他不喜欢纷杂的色彩。在某一个月份,他只让厂院里开满一种色彩的花。有时是桃红色,有时是洁白色,有时是艳粉色……

而去年这个时候,满厂怒放的则是同一品种的金黄色的菊花。

去年这个时候,一度从她的生活中消失了的妹妹——既不同胞亦不同父亦不同母的那个妹妹,有一天突然出现在她面前。实际上她们没有半点儿血缘关系。她姓她自己父亲的姓,妹妹姓妹妹自己的父亲的姓——裴。少有的一个姓。完全是因为一个死了妻子的男人和一个死了丈夫的女人耐不得床笫寂寞的仓促的结合,使姓徐的她成了一个姓裴的姑娘的姐姐。而后来生活证明父亲和继母的结合是很大的一个错误。夜晚他们在床上言归于好,天一亮刚刚起床他们往往便开始争吵。她甚至常这样想,父亲的早故对父亲是幸事,与继母那样一个女人白头到老才是父亲的大不幸。继母的凶悍和刁钻使她至今回忆起来仍不寒而栗。

但当站在她面前的"妹妹"叫她"姐姐"的时候,她以拥抱代替了怨恨。因为这个世界上再没有第二个人叫她"姐姐"了,她实际拥抱的是一个久违了的自我。而在她的心灵的深处,"姐姐"二字比其他的称谓更能唤起她的女性意识。她抗拒不了被一切年龄小于自己的男人或女人视为"姐姐"的诱惑,她在这种时刻变得尤为心肠绵软。

妹妹的第二句话却是——"我离婚了……"

"我们没有孩子,但那不是我的错……医生认为是他不行……可他打我……他恨不得让全世界的人都相信,我是个不能生孩子的女人……"

"原来……这样……姐姐能帮你什么忙呢?……"

"我不愿在我那个厂待下去了……都离了……他却又整天纠缠我……我丢不起那份儿人了!姐,让我到你这厂吧!我一定好好当个工人。姐,你是厂长,全凭你一句话了……"

妹妹说着,就伏在她的办公桌上哭了。

"妈妈呢?……她一点儿都不管你的事儿?……"

"她死了……"

"死了?……"

“死三年了……癌……那个家我也回不去了……归妈那个男人了……我如今连个能安身的窝都没有了……”

从那一天开始,她向这样一个妹妹展开了她的羽翼……

而妹妹便成了她新搬入不久的那两室一厅的家以及一切家物的第二位主人,与她享有绝对平等的主人的权力……

一个月后的一天晚上,妹妹在吃晚饭的时候突然说:“姐,你又得给我做主了……”

“什么事啊……”她放下了饭碗,疑惑地反问。被没头没脑的话搞得一片糊涂。

“我相中一个人了!”

“那也不是我能给你做得了主的事儿啊!谁?”

“小伟……”

“小伟?哪儿的?”

“姐,看你嘛!成心装不明白!还能有哪个小伟?就是郭立伟呗!”

“他?……”

她愣愣地盯着妹妹的脸,许久没说话,如同盯着一个敢于当众冒犯她的人,如同盯着一个要对她进行掠夺的人。她那种表情,仿佛立刻会将妹妹赶出去似的。

妹妹也不由得忐忑地放下了碗……

桌上的电话铃又响了。

老郑师傅通告——来了一位美籍华人陈先生……

第二十六章

“厂长，我送你来几次了？”

“四五次吧？”

“少说啦，七次！”

“烦了？”

“你自己不烦？”

徐淑芳不由得将脸转向司机小李。刘大文家这一带“拆迁”，残垣断壁和建筑备料形成种种障碍，坑坑洼洼，车难通过。一辆推土机推着一堆碎石乱瓦迎面而来，小李急忙倒车。

“下次我坐公共汽车。”当厂长的很是抱歉地说。

小李将车拐上另一条街道之后才回答她的话：“那又何必？不开车送你来要我这个司机干什么？我的意思是，七次了，你们也该进行到实质性阶段了！”

她笑了：“什么阶段算实质性阶段呢？”

“还用问？他愿不愿意做你丈夫，你愿不愿意做他老婆，这么简单明确的事儿，用得着接触七次吗？我要是你早烦了！”小李一脸认真。

“你和你那口子婚前接触了几次啊？”当厂长的仿佛对这个话题颇

感兴趣,极想听听高见,讨教点什么要领似的。

“我们?我们可比你们讲究效益!”小李不无骄傲地说:“第一次接触,我觉得她挺讨我喜欢,也看出来她对我也挺中意,分手时,我不管三七二十一,就亲她。她忸忸怩怩地推我,还装出羞答答的样子说:‘你干什么呀你?’我说:‘干什么?亲你呗!’她说:‘咱俩还没确定关系啊!’我说:‘什么关系?就眼前这关系我还没权利亲亲你呀?咱俩都是开车的,你少跟我玩轮子!’几句话就把她给镇住了。不是讲一见钟情么?一见不能钟情,还谈个什么劲儿?一见钟情了,又谈个什么劲儿?第二次接触,分手时,我说:‘你亲我!’她乖乖地亲我!其实她乐意亲我,装正经!第三次,在她家,趁她妈出去买菜的空儿,我就把她‘安排’了!这叫速战速决!如今什么年代?腾飞的年代!时间对谁都是宝贵的!我们中国人一个星期休息几天?一天!一个月几个星期,才四个星期!两人见面,不吻,不拥抱,不亲不爱,光谈,能谈出情绪么?哪一对儿爱人是谈成功的?谈上一年半载,不浪费时间,瞎耽误工夫吗?像你们这么个谈法,我看于他于你,都不合算!要是今天还没什么大的进展,厂长你干脆和他拉倒吧!你们各自的条件明摆着嘛,你又不是找不到比他更好的了,何必一棵树上吊死?”

小李一番话,开始还让徐淑芳听得好笑,后来竟让她听着不觉得好笑了。她认为他的话还是多多少少有些参考价值的,时间对她的的确确很宝贵,她没那么多闲工夫谈上一年半载的。她挺同意小李的高见,恋爱不是谈成功的。刘大文也并非善于“谈”情“说”爱的男人。他往往显得无话可说,迫使她绞尽脑汁东拉西扯。她也不得不暗自承认,七次接触,他们之间的关系仍未推进到“实质性阶段”。他对她七见而分明地没有钟情,她对他也是。七见尚不能钟情,岂非真真地浪费时间,瞎耽误工夫么?

“厂长,你们怎么谈啊?”

“还能怎么谈?坐着谈呗。”

“面对面坐着谈？”

“是的。”

“干谈？”

她又将脸转向了他，不明白。

“我是说……”

汽车猛地颠了一下，摆在车窗台上的小狗剧烈地晃了一阵脑袋。

“他妈的这熊路！我是说……你们就那么面对面地坐着谈啊谈的？也不穿插点儿别的内容？比如……”汽车悠然一拐，轮胎避过一片坑洼——“比如，来个‘K斯’什么的。”

“我们不玩扑克。”

“谈恋爱玩扑克干吗？这个！”他将嘴撮起，朝她很响地“咂”了一声。

“亲嘴？”她耸耸肩，“没来过。”

“啧啧！”他表示极大的遗憾。

“我们总要互相理解啊！”她叹了口气。

“一个女人理解一个男人，反过来说也一样，需要接触那么多次吗？”

“因人而异。他和别的男人有点儿不一样。”

“你呢？厂长你和别的女人也不一样么？你们在一起都谈什么啊？”

“他跟我谈，他多么多么爱他死去的妻子。”

“什么玩意儿！你呢？你跟他谈你多么多么爱你死去的……”

“住口！”

小李顿时紧紧闭上了嘴。

前面不远，看见刘大文家那幢房子了。孤零零地被残垣断壁包围着，同院的人家都搬走了，只有他家还没找到一处临时的栖身之地。

“我没跟他谈过我死去的丈夫。”

小李的嘴仍紧闭着。受到她的呵斥，他仿佛再也不愿开口了。

“我尽跟他谈厂里的事儿。”

“……”

“是曲副厂长给我们当的介绍人……我得有耐心啊！”

“曲副厂长，”小李终于又嘟哝地开口了，“胡整！你知道我每次见了他怎么想？我想揍他！因为他对你不冷不热的！”

她警告：“你胆敢对他无礼，我饶不了你！”

“放心，从这一次起，我连他家门也不进了。”小李淡淡地说，将车贴着刘大文家的后山墙停稳。从小李的语气中，她听得出来，他对刘大文很不“感冒”。

“还十点接你？”

“嗯。”

望着小汽车调头开走，她站在那儿有点儿索然。看手表，不到七点。四周静悄悄的，最后的一抹晚霞，涂在那些残垣断壁之上，它们变得像些有生命的东西，正渗血。三个多小时，尽够谈的了。

可是今天她与他谈什么呢？

他又要与她谈什么呢？

他还谈他的袁眉，他的“小女孩儿”？谈他们曾怎样怎样相爱？谈她的死是多么多么不幸的事件？谈他多么多么忏悔不该给她吃安眠药不该往炉子里压煤？谈他至今仍怀念她无论如何也忘不掉她？

她听够了。

真是听够了。

第一次当面听他谈起这些，她深受感动，他泣不成声，她陪他落泪。

第二次，她对他产生了由衷的敬意。一个男人如此爱一个死去的女人，证明这个男人起码有一点是值得女人去爱的。

第三次，她还能耐心地劝他想开点。

第四次，她则暗暗怀疑他的心理不正常了……

刘大文,刘大文,请你行行好,发发慈悲,今天千万不要再对我谈你的“小女孩儿”了!如果你继续谈你的至亲至爱的“小女孩儿”,我捂上耳朵你可别见怪!

她祈祷。

如今她愿意和人热烈地讨论明天,不愿意和人一块儿翻找昨天破碎的回忆。像狗扒倒垃圾桶企图翻找到一根骨头啃似的,那是耄耋之人打发空虚日子的方式。三十多岁的人,无论男人抑或女人,早晨醒来后应该想的是——今天我做什么?而不应该是——昨天我怎么度过的?

刘大文——对于她曾是一个既富有人情味儿又富有传奇色彩的男人。他和他的“小女孩儿”的爱情,对于她是现代童话,美好而感伤的现代童话。这童话使他比许多男人对于她更具有吸引力。她原以为,她和他都是北大荒返城知青,都有类似的遭遇,无疑便会有共同的语言,对人生和生活的共同的理解,并且自信他们的心无疑会自然而然地贴到一起。

结果证明她错了。尽管目前她还不能肯定自己完全彻底地错了,但已经可以肯定自己是大错特错了。

她从他身上闻到了一股馊味儿。她觉得他所有那些关于自己和关于他的“小女孩儿”的破碎的回忆,像麻袋片儿和旧棉花套堆成的床榻,他还要躺在上面用破碎的回忆编织一层又一层的网罩住自己。今天对于他是没什么意义的,明天对于他仿佛是更没什么意义的,他活着仿佛仅仅是为了回忆。

美好的事物之所以美好,恰在于适当的比例和适当的尺寸。酵母能使蒸出来的馒头雪白暄软,却也同样能使馒头发酸。六次接触下来,她觉得他像一个揉圆了经久没上屉的馒头,外面正在变干,变成壳,而内里已经发馊发酸。如果掰开来,必定千丝万缕黏糊糊地变质了。他的“小女孩儿”早已在他心里腐烂着,而他以为她仍是他心里的一朵鲜花一年四季常开不败。一个这么样活着的男人是没法儿让一个女人对其产生爱的，甚至连怜悯也很难继续。他令她大失所望，她原以为昨天的不幸会使一个男人更加牢牢地抓住今天，却万万没料到那也会使一个男人变得心灰意懒萎靡不振。

他渴望向人絮絮地诉说。她猜想一定早就没谁有工夫有耐性像她一样肯面对面地听他诉说了，故而她每一次在他面前坐下都看得出来他是多么的需要她！多么迫切地预备开始诉说！是的，他需要她。这一点是任何一个迟钝的女人都会看得出来感觉得到的，何况她并不迟钝。同时她也看得出来感觉得到——他需要她乃是因为他需要一个倾听者。仅此而已。还因为他恰恰需要一个女性倾听者。一个女性倾听者陪他落泪，对他婉言劝慰，使他既获得满足亦获得鼓舞，也许还获得诉说的快感。因为在他的絮絮诉说之中，悲哀的成分已经极少极少，更其多更其主要的，是力图打动听者，使听者大悲大哀而达到自己兴奋的目的。他诉说时，眼睛一眨不眨地凝视着她，竟令她不好意思目光旁顾，仿佛那样便等于向他证明了自己是一个毫无同情心的冷漠的女人似的。连他的眼睛也好像在同时向她絮絮诉说着——我是一个多么不幸的男人啊，我还有什么心思继续好好活下去！他诉说时如同一台录音机，使她感到他根本忘记了他自己的存在。尽管他的两只眼睛里也会动辄流出泪来，但它只是泪腺的习惯分泌罢了，没有什么意义。

是的，每个人都有向谁诉说的愿望，或者说是本能。幸运的人和不幸的人都有这种愿望都有这种本能。在这一点上，人的内心世界是很渺小的。幸运稍微多一点儿或者不幸稍微大一点儿，就会溢出来，所谓水满自流。她承认，她自己也时常如此，渴望着向谁诉说些什么，哪怕是一个完全陌生的人。只要诉说的契机是良好的，一种莫名的冲动也时时怂恿她不要错过良机。一旦错过了就觉得失落了什么似的。但是，她更善于提醒自己，告诫自己，千万莫使人听得厌烦起来。因为谁也没有倾听别人不幸的义务；因为乐于分享别人的幸运而又丝毫无妒意的人生活中并不多。

她不知道刘大文何时才能结束这种喋喋不休的诉说,和她谈一些如同小李司机所说的那种“实质性问题”。她甚至怀疑姚守义和曲秀娟也许没把事情说明白。

上次,也就是第六次“会晤”结束时,她直率地问他:“守义和秀娟促成我们来往的意图,你还不大清楚吧?”

“我清楚。”他说,“我清楚。十分清楚。他们希望我们好。”

“好?好又怎么解释呢?”

“希望我们能成呗!”

“成又怎么解释呢?”

“希望我们能做夫妻呗!这一点我清楚,十分清楚。”

他清楚,十分清楚;她便不好继续问什么了。

他却反问她:“你哪天还来?”

他希望她到他家里来,这也是十分清楚的,来听他诉说他的不幸。

是的,他很不幸,他简直太不幸了!他失去了他的“小女孩儿”同时也失去了他的“金嗓子”。失去了成为歌唱家的玫瑰色理想,不久又失去了老父亲和老母亲。他当之无愧地是一个非常非常之不幸的男人。她同情他,特别同情他。也许获得别人的同情对他是极端重要的事情。但是同情别人对她却不是也不可能是什么极端重要的事情。她认为,同情是种义务——作为一个人对任何不幸的人都应该具有的一种义务,但它并不像自来水,只要拧开水龙头就哗哗哗流个不止。对它也是需要提倡“节能”的,否则便也是浪费。何况她不是修女,她是一位厂长,她的本职工作常常延续到八小时以外。

“你也愿我们能成么?”

“这,怎么说呢?我忘不了小眉!忘不了。世界上没有比她再好的女人了!我们曾经发誓要白头到老,可是她死了,撇下了我和两个女儿,死得那么惨。我忘不了她,没有比她再好的女人了……你哪天还来?”

她真想明明白白地告诉他——我不来了!我再也不来了!刘大文

见你的鬼去吧！如果你乐意这么活下去与我何干？让你那死了的“小女孩儿”把你的整个心都霉透吧！那一时刻她真想嘲笑他一番。如今她早已对“爱”这个字有了另一种理解——它应该是令人活得轻松愉快的事。她毫不含糊地认为,他对他的“小女孩儿”那份痴情,连同像他这样的一些个痴男痴女,是应该被历史重重地压住,不许再显露出来蛊惑现代人的心灵的。现代人不需要也不应该需要它。它是一种文化和文明造成的不正常的情结遗留在现代人心灵上的霉块儿,应该用一把特殊的手术刀动作麻利地剜除掉。而他的自我感觉却还那么好,自信他是天下第一个有情男子。这种感觉分明地使他正体验着类乎一头活恐龙的骄傲,如果世界上存在着活恐龙并且那种巨大的远古爬虫会骄傲的话。

她当时没有回答他哪一天会来。

她今天来之前犹豫再三,本不想来了。

结果她还是鼓励自己来了。

她给他最后一次机会。

她没那么多闲工夫。

“阿姨！”

“阿姨！”

刘大文那一对儿双胞胎女儿发现了她,欢叫着从砖瓦堆上向她跑来。一个摔倒,捧在手中的罐头盒滚出老远,她赶紧走过去扶起了那女孩。她们长得是太像了,她仍分不清哪一个叫“雯雯”,哪一个叫“蕾蕾”,她喜爱她们。她每一次来,刘大文每一次诉说起她们的母亲,她们总是礼貌地坐在一旁,乖乖地听。令她奇怪的是,她们已完全没有了悲哀,就像听她们的爸爸讲一个她们不知听了多少遍的童话。而他落泪时,她们只感到茫然。她们和曲秀娟那个宝贝儿子一样,也是小学二年级的学生了。学习都很用功,不用她们的爸爸格外操什么心。所以他下了班之后,更有充分的时间在家里回忆自己的不幸了。

她一边替那摔倒了的女孩儿拍打沙土,一边问:“你们谁是雯雯？谁是蕾蕾呀？”

“我是雯雯，是姐姐。”另一个指着摔倒了的那个说，“她是蕾蕾，是妹妹。”

她说：“你们的爸爸好像存心不让别人把你们区分开，给你们买同样的‘布拉基’穿！”

雯雯说：“我头上长两个‘旋儿’妹妹头上长一个‘旋儿’！”

她笑了，她从内心里喜爱她们。

“蕾蕾，你们在砖瓦堆上干什么呀？”

“捉蟋蟀。”

雯雯捡起罐头盒，埋怨妹妹：“你看，蟋蟀都跑了！”

蕾蕾就要哭。

“蕾蕾，别哭。阿姨再帮你们捉！”于是她带着她们走向砖瓦堆。

尽管她是冲着她们的爸爸来的，但是她倒更愿意和她们在一起。

当刘大文召唤两个女儿吃晚饭的时候，天快黑了，她和她们不得不带着三只“俘虏”离开了砖瓦堆。她一手领着雯雯，一手领着蕾蕾，默默地往她们的家走，心想，刘大文，你干吗不跟两个女儿一块儿捉捉蟋蟀呢，你这两个小女儿可爱地活着，像两朵花儿正在一天天绽放，而你那个“小女孩儿”早死了，你却为她半死不活地打发日子，对付你才三十五六岁的一个做父亲的生命，这种活法毫不可取啊！

刘大文已煮好了饺子。

“我估计你今天准来，请坐下和我们一块儿吃吧。”他一边解围裙一边说。

“我吃过晚饭了。”她用平淡的语调回答，在沙发上坐下，其实她没吃晚饭。

他的家挺规整，挺干净。墙上挂着袁眉的大幅彩色照片，是那种黑白照片放大了着色成的彩色照片，显然是他涂的，涂得很细致。该红的地方红，该黑的地方黑。然而看去毕竟色彩不那么自然，给人的感觉更像是一幅年画。她瞧着它,心悦诚服地承认,他的“小女孩儿”是她迄今为止所见到过的最美丽最甜蜜有味儿的女人。

“那也吃点儿,象征性地吃点儿。你没吃过我包的饺子啊!”

他说着,将半盆洗手的清水从盆架上端到她跟前。就那么端着,等待她洗手。

“阿姨,吃吧!”

“阿姨,我爸爸包的饺子可香呢!”

雯雯和蕾蕾,一个给她拿来了香皂盒,一个给她拿来了毛巾,一左一右站在她身旁,仰起脸儿恳求地望着她。

“好,我吃。”她不忍拒绝两个可爱的女孩儿,仅仅是不忍拒绝她们。如果没有这两个女孩儿,她肯定不吃,饿也不吃。

在他的两个女儿洗手的时候,他说:“当初小眉活着,无论日子多么艰难,每个月我们总要想方设法包顿饺子吃!这是小眉她给我留下的传统啊!小眉……”他眼圈又红了,目光转向他的“小女孩儿”的大照片。

她笑道:“还没吃,你就饱了么?”

她已经不得不用外交式的微笑来应付他了,也朝他的“小女孩儿”瞥了一眼。袁眉似乎在对她说:他爱我爱得多么深,多么执著,多么持久,多么痴情!我在他心中的地位又是多么巩固呀!你休想取代我!

我能够取代你,能够。她默默地回答袁眉:只要我想取代你,我便可以取代你!因为你死了。尽管你非常美丽,但你死了,就像一朵花,你已经没了香气,你是被压扁了的标本。而我是一个活生生的女人!在一张美女的照片和一个活生生的女人之间,男人最终所选择的是后者。用更简单的道理说,男人在他睡觉的时候,希望他所搂抱的是一个温暖的女人的肉体,而不是一张美女的照片。如果我诱惑他,你在他心中的地位立即会崩溃瓦解。但是我可不愿对他进行诱惑,因为他对我没有什么吸引力,我并没爱上他……

“阿姨,坐呀!”

“阿姨,你坐在我们中间!”

雯雯和蕾蕾,一个拽住她左手,一个拽住她右手,拖她往桌旁去。

她们的爸爸已在桌旁坐下了。他看着她说:“这张照片还不是小眉照得最好的照片,吃完饭我让你看看她的影集。我将她的照片收在一个影集里了,可惜全是黑白的。影集放在我枕头底下,每天睡觉前都要翻翻。”

“搂着影集睡觉么?”

“有时候……”他苦笑起来。

世上居然真有这样的男人!

她坐下后,不可理解地端详着他。才三十几岁的男人,他看去相当老了,他那张一点儿也不漂亮的脸上,有几条深深的皱纹。额上竖着两条,斜着一条,仿佛被人用刀刻下了一个“≠”号。仿佛正是以这个“≠”号,他对一切女人宣布——任何一个女人都≠他的“小女孩儿”。在他左腮上,也有一条深深的竖着的皱纹。那大概是他经常习惯地紧抿着左嘴角的缘故吧?他整个脸上笼罩着一种心甘情愿被幽情苦绪所煎熬所折磨的表情。一种看去怪神圣的表情——被钉在十字架上的基督的表情就是如此这般的。

她心里对姚守义和曲秀娟产生了一个不满。在这件事上,在她和他索然地进行着的这件事上,如果也能算是进行着所谓“恋爱”的话,那两口子的善意更主要地是从他这方面出发的,或者是从北大荒返城知青的美好愿望出发的,而不是从她和他双方面出发的。她感到他配不上自己。不是配不上一位女厂长,而是配不上一个正热情饱满地拥抱住生活的女人。她这么认为。起码可以说,那两口子与她犯了一个同样的错误,都没有预想到,这么多年来,生活大大地改造了他们每一个人,谁都不是当年的自己了。北大荒返城知青之间,共同的东西,早已消亡得所剩无几了。不同的东西,完全相反的东西,甚至难以调和的东西,在北大荒返城知青之间产生了。它增长着,裂变着,像一些透明的然而坚硬的隔板,早已将他们彼此分隔开来了,使他们成为独立的你、我、他。不错,仍有一种亲近感如同毛细血管,维系在他们之间,使他们在大千世界中好像都很熟悉似的,而实际上他们已经陌生了。那真正能将他们联通在一起的动脉和静脉,已经被城市生活所切断。而他们都曾幼稚地以为,那是极有韧性的,是不易被切断的。

她进而想到了当年的大游行。在那种难忘的情况之下,她第一次见到这个富有传奇色彩的"金嗓子"刘大文。他是一种精神的象征,是当年他们二十余万本市返城待业知青的全体的精神象征。他不是组织者,组织者是严晓东。但严晓东却没有成为他们的精神象征,而是他,"金嗓子"刘大文。他们听从严晓东的口令行动,但是他们的心随着他刘大文的双臂所挥舞的节拍跳动!他那蓬乱的长发被大雨淋湿了,一绺贴在他脸上。他的双臂挥舞得那么有力!他的大嘴一张一合,带领他们高唱:"兄弟们啊,姐妹们啊,不能再等待!……"尽管他的嗓音当时已淹没得不那么响亮了,但是他们当时仿佛都觉得,他们全体二十余万所唱出的歌声,分明就是他自己一个人唱出来的。那歌声直冲霄汉,横贯城市的上空!时至今日,她每每想起当年那大游行的情景,仍不由得热血沸腾,心潮澎湃。当时他满脸写着一种强烈的渴望,需求,以及由此造成的强烈的愤怒。她也是。他们二十余万人全体都是那样。正是那种强烈的渴望和需求,甚至包括那种强烈的愤怒,支撑着她和他们,使她和他们没有在最初的艰难时日一个个一批批因绝望因委屈而颓废下去。她和他们如同大潮退后被遗留在沙滩上的鱼群,在生活中啪啪嗒嗒地蹦跳着,大张着他们干渴的嘴巴,大咧着他们鲜红的腮,挣扎而落下一片片鱼鳞,遍体伤痕却呈现出令人触目惊心的活下去的生命力。正是那样一种久经磨砺而仍不衰不竭的生命力,向社会向人们预言,只要再一次大潮将他们送回水中,他们虽然遍体伤痕但都不会死去。他们都不是娇贵的鱼。他们将在水中冲洗掉磨进了他们躯体里的尖锐的沙粒。不管淡水咸水,只要是水!有水他们便能活!并且能活得够样!

她清楚地记得,当他们的游行队伍被治安警察的蓝色方阵所阻,不得不停止前进的那一时刻,他猛转身面对着治安警察们那种样子:他的一只手臂举在空中,而另一只手臂向前伸出去,大张着嘴,怒瞪着双眼,仿佛是在呐喊:水!给我们水!送我们回到水中去!……

那一时刻她觉得他是一条雄鲸般的男人!她觉得他身上凝聚着无穷无尽的男人的力量。

如今她和他都在水中了。难道不是都在水中了么?生活的大潮来临得虽然说不上有多么汹涌,但是毕竟将他们送回到水中了。而且,按照历史的进程推算,它来临得并不迟,并不是在他们奄奄待毙时才来临的。也足以使他们游得比他们自己预想的更远更远。可是她怀着当年他给她留下的深刻印象接近他后,却发现他原来自哀自怜地沉没在死水湾一角,自以为是个天生情种似的一直把怀念他那死去了的"雌鲸"当成他最主要的事!

一个男人怎么能这样!

一个女人的死亡难道也意味着一个男人的生活激情的泯灭么?倘若爱情就是那种所谓"在天愿作比翼鸟,在地愿为连理枝"的爱情,一旦失之交臂对人造成的竟是如此不堪设想的后果,那么这种爱情是该诅咒的!

她又想到了吴茵曾对她说过的那番话——男人活着,我们爱他们,甚至可以努力全心全意地去爱。男人死了,我们就应该忘掉他们,甚至应该努力去忘掉他们,去爱别的活着的男人……

当时她的确觉得吴茵的话未免太冷,太缺乏人情味儿。现在她觉得吴茵的话很正确,充满了人情味儿。归根到底,更需要人情味儿的是活人不是死人。

不错,她曾有过和他一样的心态。她现在克服了那种心态,是她的小伟帮助她克服的,她认为克服那种心态并不比小孩子克服吮手指头的毛病难。一个活人恋一个死人倒莫如自己也干脆死掉!

她很想告诉他，自己是怎么做的，给他树立一个榜样。她认为他是需要向她这么一个榜样好好学习的。话到唇边，又咽了回去。

她以女人特殊而细微的洞察力注意到，他的那双眼睛里凝聚着一种什么东西。一种类似渣滓或沉淀物的东西，一种类似在浑浊的死水下暗暗生殖的小球藻似的东西。

那是什么？有什么意义？

她困惑了。

他在回忆之中获得一种把玩的乐趣么？

“你回答我。”

“什么？”

“哦，没什么……你包的饺子很好看。”

“吃吧，吃吧，都凉了。小眉说，吃饺子是艺术享受。薄薄的一层皮儿，想包什么内容就包什么内容。小眉说饺子好看在褶儿上。我从前就是捏不出褶儿来，小眉教会了我……”

她赶快夹起一个饺子塞入口中——怕自己再说句什么话，又不得不听一串儿“小眉”。

“阿姨……”雯雯轻轻扯了她衣袖一下。

“阿姨这是我妈妈的筷子。”

饺子很香，油水滴在小盘儿里。

她不由得停止了咀嚼，抬头看他，见他正皱眉望着她面前的小盘儿。

她仿佛当着他的面，玷污了一件对他来说是非常之神圣的东西似的，窘而且惭。

她使劲儿咽下了口中那个半囫囵的饺子，红着脸说：“真对不起，你没讲，我也没想到。”

“我的过错，我的过错。光请你吃饺子，却没摆你的筷子和小盘儿……”

他起身去拿来了一双筷子和一个小盘儿，摆在靠近自己的桌面上，说:“我们的户口本儿上写着三口人,可我总觉得我们仍是四口。当然是四口,四口人在一起生活……”

她佯装未闻,只顾吃饺子。很香,何不吃个饱呢?

“雯雯,蕾蕾,你们说是不是四口呀?”

“是。”她们齐声回答,也津津有味儿地吃起来。

她趁又一次夹饺子的机会,迅速地看了他一眼。

他一脸欣然之色。

多一张吃饭的嘴,物价猛涨,你一个人那点儿工资够开销么?我看还是精减一口的好!

她很想这么挖苦他一句。见他也吃起来,才打消了念头。

和他们父女三人吃罢晚饭,她挽起袖子说:“我不能白吃,让我洗盘子吧?”

他说:“那可不行,那可不行。小眉活着的时候,一向是她做饭,我洗碗筷,这个规矩是不能破的!”

她耸了一下肩,说:“那我带雯雯和蕾蕾去捉蟋蟀。”

两个女孩儿一听,高高兴兴地找手电筒。

“你早点带她们回来!”他在厨房里说:“前几次我没对你讲过,小眉生她们时,听着小眉的喊叫声,我怎么样在产房外哭,急得用头撞墙。”

而她已带着两个女孩儿走出去了。临出门她看了一眼手表,八点四十多了,不管能否捉到蟋蟀,她想和两个女孩儿在砖瓦堆上消磨掉一个多小时,等车一到,向他告别一声就走。她还想生一个孩子呢,她可不愿在自己生孩子之前,听一个男人絮絮地把女人生孩子这种事儿形容得那么恐怖。

在手电筒的照射下,蟋蟀们倒是不难捉到的。

雯雯忽然说:“阿姨,我们喜欢你!”

“噢!”她十分高兴,“真的?”

“真的呀!”蕾蕾抢着说,“阿姨你喜欢我们吗?”

“喜欢。”

“那你给我们做妈妈吧！”

“对，那你就和我爸爸结婚吧！”

“你们懂什么是结婚么？”

“懂！”

“我们什么都懂！我们已经二年级了啊！”

“你们愿意我做你们的妈妈？”

“愿意！”

“愿意！那我们就有两个妈妈了！”

“你们更需要哪一个妈妈呢？”

蕾蕾又抢先回答：“让我挑，我就挑活的！”

雯雯毕竟是姐姐，似乎已经学会了含蓄地表达愿望的技巧，庄严地纠正妹妹的话：“我们更需要一个真的妈妈！”

袁眉，袁眉，你听到了么？你的存在是不真实的，是虚假的。一切死亡了的，在真实面前都注定了是苍白的。如果你对于他竟真是永存的，那么他也是虚假的，不可救药的。

“你们为什么不告诉你们的爸爸，你们更需要一个真的妈妈呢？”

蕾蕾说：“我们不敢。”

雯雯说：“爸爸不懂我们。”

“胡说！”

一声怒喝。

她一回头，见刘大文不知何时站在她的身后。

他的两个女儿便不安地一左一右偎向她。

“这两个孩子，尽胡说！胡说八道！今后再听到你们这样胡说八道，我就揍你们！”

她默默地向路口望去，巴不得接她的车立刻出现。一圈儿影子聚在那儿的路灯下，不知是有人在打扑克还是在下象棋。

“走吧。”他说。

“时间不多了,”她说,“你得快点结束。”

“你不是还来么?”

“我们捉到了不少蟋蟀。”

回到屋里,他命令两个女儿去睡觉,自己则陪她坐在沙发上。一册厚厚的影集,已经摆在茶几上了,还有两杯茶。

他照例将一只沙发挪了位置,使他能够同她面对面地坐着,在想要面对面地凝视她的时候,就可以捕获她的目光,使她的目光无法转移。

“喝茶吧。”

她端起茶杯呷了一口。

他则从茶几上拿过影集,放在自己膝上,往她跟前拖了拖沙发,并坐得更端正了些。

“我已经不吸烟了。”他说,照例是那么一种絮絮的,富有感情色彩的语调,“我已经不吸烟了,也不喝酒了,不论什么情况之下也不喝酒了。小眉活着的时候,非常反对我吸烟喝酒,她比我自己还注意保护我的嗓子。可当年我戒不了,偷着吸,偷着喝。买一盒烟买一瓶酒,都不知道该往什么地方藏。她一发现,就生气;她一生气,就掉眼泪;她一掉眼泪,我就觉得我对她犯了罪,我就哄她,逗她笑,她笑起来像天使一样。”

“像天使一样么?”

“是的,像天使一样。你不信?”

“我是不信。我没见过天使怎么笑。”

“我也没见过。这不要紧,你明白她笑起来像天使一样就行了!”

他忽然不说话了。他的目光呆呆地望着他的“小女孩儿”那幅年画般的大照片。

“属于你的时间不多了,你得赶快结束。”她又一次提醒他。

“哦,哦……”他便开始凝视着她,“如今她死了,我倒戒了烟戒了酒。嗓子也完了。”

“她死了么？”她作出十分惊讶的样子。

“你也以为她没死么？你真好。知音难寻啊！你第一次到我家来，我就意识到了你是我的一个知音。你今后一定要经常来啊，你任何时候来我都是欢迎的。”

他又翻开了影集。

她赶快又端起了茶杯，佯装低头品饮，唯恐自己脸上已经呈现什么样的嘲弄的表情，被他看出来。她原以为他最需要的不是女人，而是心理医生。可是这座城市未婚女人成千上万，心理医生却一个没有，也许将来会有。她曾背着姚守义两口子去找过“大胡子”，询问他平时在单位的表现是否很正常，“大胡子”告诉她绝对正常。

“他不跟工友吵架，不接触女人，工作安心，分配他干什么活儿就干什么活儿，不怕脏不怕累的。”

“那袁眉死了这么多年了，他为什么还没有结婚呢？”

“我不是说了么，他不接触女人啊！”

“这不是就很不正常吗？”

“没那个！一个男人不接触女人，怎么能算不正常呢？我也劝过他赶快结婚，还想帮他介绍。我们这儿也有几个老姑娘对他表示好感，可是他不理睬人家！因为我劝他结婚，竟跟我翻过脸！如今哪儿找袁眉那么漂亮的一个女人上赶着追求他呀？话又说回来，比不上袁眉那么漂亮的，又怎么能打动他的心呢？我劝你也甭试，试也白试！他这也是一种活法！”

如果从“大胡子”那儿得到的证实是相反的，她将很怜悯他。

而现在她连怜悯也不怜悯他，只认为他荒谬可笑，认为他这么一种活法是对自己的犯罪，是对生命的亵渎。

不接触女人……

“大胡子”认为这不能算不正常——男人对男人的认识怎么永远那么浅薄呢？

一个男人不接触女人——世界上还有比这更不正常的事情么?

如果“大胡子”告诉她——“他尽跟女人纠缠!”她倒觉得他还有几分可救。

“你看,这一张是我们在兵团宣传队时的合影。你公正地说,小眉是不是所有当年那些姑娘们中最漂亮的?……”

“是。”

“这几张是我们结婚时的合影。你看我这傻乎乎的样子!连里的知青都说,刘大文被幸福冲昏了头脑!那一天我时刻想放开嗓子大声唱歌!我能预想到她竟会被煤气熏死么?我一翻开这册影集就想哭……我瞅着她的照片跟她说话……我一张一张亲这些照片……当年的北大荒返城知青们的命运都转变了,都渐渐好了起来,现如今最不幸的顶数我刘大文了。”

她看了一眼手表,差五分十点。她放下杯站起来说:“我想我应该走了。”

“别走。你别走,再坐一会儿吧!”他可怜巴巴地请求。

“不,”她坚决地回答,“也许我的车已经在外面等着了。”

“可是,今天我们还没来得及谈什么啊!”

“谈得够多的了。”

他不得不非常遗憾地合上了影集。

她一边往外走一边说:“你别送我。”

“怎么能不送呢!”他站起来,跟着她往外走,继续抓住时机说,“光顾让你看小眉的照片了忘了……”

“忘了对我讲她临产时,你在产房外听着她的喊叫,急得如何如何哭,如何如何用头撞墙是不?”

“是啊,是啊,以后我们还有机会!”

她什么话都没有再说,默默地走到了外边。

四周静悄悄的,蟋蟀在残垣断壁间吟唱,聚在路口那盏路灯下的人们已经不见了。

小李却没来。

“我们再进屋坐会儿吧！”

“接着对我讲？”

“嗯。”

“等会儿吧！我的司机一向是很准时的。”

“小眉死了,可是她似乎对我变得更重要了！没有哪一个女人能取代她在我心中的位置,没有。”

她又借着月光看了一眼手表,十点过五分了。她有些焦急起来。她暗暗决定,明天就让曲秀娟或者姚守义委婉地转告他,她不再来了。雯雯和蕾蕾一定会因此很伤心的,她想。他也一定会因此很伤心的——像她这样的“知音”他大概寻找不到第二个了。

“以后我要挑选一张她微笑着的照片放大。”

“笑得像天使一样的？”

“对,对！笑得像天使一样的。”

“还亲自着上色彩？”

“亲自着上色彩。据说外国已经能将黑白电影复制成彩色电影了,那么黑白照底片也是能复制成彩色照片的了？是不是？你说中国从外国引进了那么多先进技术,为什么这个就不引进？”

“你回去睡觉吧,别陪着我等了！”

然而他执意陪她等。等了半个多小时,她的车还迟迟不来。在这半个多小时内,他的嘴没闲着。她根本没听他究竟说了些什么,反正知道他是在继续地喋喋不休地说他的“小女孩儿”。她听累了,站也站累了,当他再一次建议回到屋里去等时,她顺从了。

雯雯和蕾蕾已经睡着了。她刚刚在沙发上坐下,他就又拿起了那册厚厚的影集。

“我对你说说我的不幸如何？”他正欲翻开影集,她按住了它,完全是为了禁止他说下去。她烦透了。

“好哇,这也好哇!”他谦逊地笑笑,仿佛他和她都不是普通的男人和女人,而是两位研究共同问题的学者。

我也是有过种种不幸可以炫耀的,她想,如果不幸是人生的资本或光荣的话。于是她开始回忆:继母的刁恶,待业的困境,结婚仪式上的花圈,割手腕的轻生之念,无家可归的凄惨,寄人篱下的尴尬,丈夫的死,创业的艰难……等等,等等。可是,真要对人诉说,这些却都变得模糊了。她不知应从何说起,而且,她不明白诉说这些有什么意义?有什么必要?无论对于他或对于自己,除了浪费时间,究竟有什么益处?她找不到他那么一种嚼口香糖似的良好感觉。她认为如若强装自哀自怜的样子,乃是十分作态的。

“算了,我不说了。”她太没兴趣了。

“说吧,说吧!我听,我愿意听!我不是在聚精会神地听着么?”他鼓励她,怂恿她。

“不说了。”她笑笑,又补充道,“我可不能够像你说得那么动听。”

“别夸我了,我也就那么点儿值得对人说说的事儿!”他那份儿谦逊是很由衷的。

“你们附近有打电话的地方没有?”她站了起来。

“哎呀,没有,附近没有。”

她失望地又坐了下去。忽然她听到了汽车喇叭声。

“我的车来了!”她迫不及待地奔出屋去。

外边不见她的车的踪影,是她幻听。

又看表——十一点多了,末班公共汽车也赶不上了。从他的家到她的厂,城市大南角对大北角,得走三个小时,只有耐下心等小李开车接她。

又过了半个小时,小李仍没来。在这半个小时内,他几次想开口诉说,但见她那种心烦意乱的样子,挺明智地没有开口。

终于,她不得不问:“我可以睡在你这儿么?”

他连连回答:“当然可以,当然可以。”

“睡哪儿?”

“我和雯雯蕾蕾睡里屋的大床,你睡在外屋我的小床上吧?”

“我和雯雯蕾蕾挤着睡。”

“那可不行,怎么能让你和孩子们挤着睡呢!”

“你长胳膊长腿的,睡着了一翻身,还不把她们蹬下去!”

“这……”

“用不着再争了。我困了,现在就可以去睡么?”

“行,行。”

“抱歉啊,这一次没容你对我说个够!”

“别客气,真的。我没把你当外人……”

“那太谢谢你了。”她站起身,向里屋走去。走进了里屋,又走出来叮嘱,“我睡觉很死,要是你听到车来了,千万叫醒我。”

大床并不大。她睡得既不舒服,也不算死。迷迷糊糊的,不知躺了多久,隐隐地听到了他在外屋哭泣。她暗暗思忖,他准怀念他的“小女孩儿”,今天又格外伤感起来了。她想,也只有让他哭去,该劝他的话,她早已劝过了,她不知还能用哪些话劝他。然而他的哭声渐大,那种悲悲哀哀的哭声搅得她更无法安睡。恐怕他哭醒他的女儿们,她只好穿上衣服,走到外屋来象征性地劝他几句。他连外屋的灯也没关,用被子蒙着头。她站在门口,不知如何是好。他分明感觉到了她的关注,他那种悲悲哀哀的哭声中加进了一种莫名的委屈的成分,宛若一个受了伤害而又被大人冷落不理睬的孩子的哭。他哭得愈加不可抑制。

“大文……”

他的头往被子里缩了缩,哭声却没停止。

她轻轻走到他的床边,隔着被子碰了碰他的身体:“你别哭。你如果还想说,你来说,我听就是……”

他的身体往床里靠了靠,给她让出足以供她坐的地方。

她瞅着他让出的地方,犹豫片刻,坐了下去。

他的哭声这才有所减弱。

"好好睡吧,你明天还得上班……"

他的哭声又有所减弱。

"我们也得学会忘却,正如学会记住一样。我觉得对于一个人,往前看这句话是有道理的。如果我们都善于爱惜自己的生命,我想我们至少还能活三十年吧?我们都还不老,我们都应该对自己有一种责任,认真考虑今后的三十年怎么活着。不谈那些为祖国为人民的大道理,起码也应该活得对得起自己吧?说白了,一个人只有一个命。能高高兴兴地活了,为什么倒不高高兴兴地活呢?"

他的哭声停止了。

她站起来,轻轻退回里屋。可是她刚躺下身,听到他又哭了。

她也干脆用被子蒙上头。

然而那哭声透过被子,直往她耳朵里钻。被一个男人的哭声搅得睡不成觉,没有比这更糟糕的事了!她生气地想。

因为她穿的是一双高跟鞋,所以她第二次下床,没穿,赤着双脚,披着衣服走到了外屋,径直走到他床边,一把从他头上掀开被子。

"你这个人怎么这样!"

她尽量压低自己的声音,然而她的话还是像吼出来的一样。

他那张脸哭得很不成体统。

她坐在床边,注视着他,又怜悯又腻歪又反感又忍不住想笑。

"刘大文,你怎么变得这么没出息啊?"

他盯着她。他眼中投射出一种真切的东西,就是那种被她以为像是渣滓或沉淀物的东西。它如同浸了酒精或汽油的石棉,表面看并没有在燃烧着,但只需吹口气,灰白之下就会透露出炽红来。

她困惑极了。她一时不能判断这种变化有什么特殊的意义,证明什么?

“亏你还是个男人！你需要回忆你的不幸像婴儿需要喝奶么？”

她伸出一只手,抚摸一下他的脸,那仅仅是一种怜悯的表示。

他用他的双手抓住了她那只手。

他非常用力,似乎他全身的力都运集在他那双手上了,而且,他的双手,连同他的手臂抖个不止。他这会儿变得像一个发疟疾的人。

他眼中那种真切的东西使她感到脸上灼热,她那只手也被他攥得挺疼。

“你……”

“我想……”

“想什么？”

“想……”

他将她那只手放在嘴上凶猛地亲起来。

她明白了。他眼中那种使她困惑的东西,那种像是渣滓或沉淀物的东西,乃是男人对女人的半死不活的欲望。也许它被压抑得太久了,在这一个夜晚苏醒了。它如同他本人一样,从一个自造的硬壳里爬了出来。

她费劲地挣脱他的手,从他枕头底下抽出那册厚厚的影集,放在他胸上,说:“她在这儿,你的‘小女孩儿’在这儿。”

他却将影集推开了——它掉在地上。

他的双手又要抓住她那只手。

她将两只手都背到了身后。

他羞耻地痛苦着。她也在他眼中羞耻地痛苦着。

这会儿她反倒并不觉得他荒谬可笑,而是觉得他可怜亦可悲了。她不能够完全从心理上摈除对他的轻蔑,因为他此时此刻仍不完全真实,只有足够的真切,没有足以打动她的心灵的真实。

为什么？究竟为什么你不能再真实一些？

如果他明明白白地说,徐淑芳,我想的是女人,我想的是一个活生生的女人。我想要你。那她会默默在他身边躺下去,她并不觉得这是一件羞耻的违背常情的事。此时此刻,她也不乐意将这件事和道德两个字连在一起。她高兴看到他从一种虚假的情感涅槃中突围,重新成为一个真真实实的男人。如今她顶讨厌任何形式的虚假。而有一种虚假常人不易识破,它披着真实的仿佛圣洁的值得赞美的外衣在生活中行骗。被它蛊惑的人也往往变得不真实起来,往往不自知自己的虚假。它是鸩毒,是食人罂粟,她憎厌它。而他目前正是沉湎于这种虚假之中的一个男人。她真是又轻蔑他又怜悯他。她以对他的大的怜悯冲淡着对他的几分轻蔑,唯恐轻蔑在她内心里转化为憎恶。

她捡起了影集:"那么你需要的不是她?"

他又用被子蒙上了头,他又开始低泣。

你为什么不明明白白地说?为什么不?此时此刻你仍不粉碎那戏弄着你的虚假的涅槃,你还要等到哪一天?难道它将你变得还不够丑陋还不够愚蠢么?哪怕你仅仅对我说一个"不"!

她几乎恼恨他了。

她无可奈何地缓缓地站起来,又回到里屋去了。一会儿,她重归到他身边,复在床上坐下。她将悬挂在里屋的袁眉的那幅年画般的大照片取了来。她并不嫉妒他的"小女孩儿"。从她开始接触他那一天,任何时刻都没有对他的"小女孩儿"产生一丝一毫的嫉妒。只有离死不远的活人才至于嫉妒死人。恰恰相反,她觉得对袁眉,对雯雯和蕾蕾,她负有着一种责任,一种使命,那就是引导他爱起来。爱的是否自己无关紧要,太无关紧要了。即便他如痴如狂地爱上了自己,她也要慎重考虑他适不适合,不,更坦白地讲是配不配做自己的丈夫。但是他得重新焕发起爱的热情,爱女人的热情,爱活的女人的热情。男人是通过爱女人才爱生活的。女人也一样。不爱女人的男人和不爱男人的女人,却硬要说爱生活,那是天大的谎话。那是瞎胡扯。就普通的男人和普通的女人而言,大抵如此。

而这种普通人正常人不可全无的热情，在他身上已仅剩一点点可怜的渣滓，一点点几近于彻底冷却了的沉淀物了，仅剩眼睛里的那么一点点。

她又将被子从他头上掀开了，向他端举着他的“小女孩儿”，问：“那么你需要的是这个了？”

他夺去了它，然而他并未将它搂抱到被窝里去。他再次用双手抓住了她的一只手。

她挣了一下，没挣脱。

她虔诚地想要帮助他。

“对我说，你想的不是她！不是你的‘小女孩儿’。她已经死了，不是吗？”

他又将她那只手放在自己嘴上，贪婪地亲吻着。

“告诉我，你这会儿想的是一个活生生的女人！你想将她紧紧拥抱在你怀里，你想要她对不对？”

他放开了她的手，却又牢牢地抓住她的胳膊，他将她拽倒在自己身上。

“别这样，大文。不需要这样。”

她想坐起来，可是动不得。

“刘大文，忘掉她，忘掉你的‘小女孩儿’。不幸早已成为过去，你要面对今天的生活。你要收藏起她的照片……”她伏在他身上，注视着他的眼睛低声说，“你知道我是怎么做的吗？我将我丈夫的照片烧了。于是我又获得了我自己的生活，还有爱的机遇。这和良心无关。如今我想起他的时候，并不悲痛万分了。死了的已经死了，活着的要努力活得更美好。如果你不能像我那么做，你也要暂时收藏起她的照片，直至你足以平静地回想她了再挂。”

他贪婪地亲吻她的胳膊她的颈窝。

“你要再爱一个女人像爱她一样！你要重新有一个妻子。雯雯和蕾蕾也要再有一位母亲。我知道她们多么需要一位母亲而不是遗像。你要如同原先那么乐观地生活。我觉得你的心灵已经被过去的不幸揉搓得皱巴巴的了！这样不好,很不好。”

“不！我刘大文永远只爱她！她仍活在我心里！”

他猝然一翻,将她压在身下。

“你说谎！”她愤怒了,“这不真实！你需要的是一个活生生的女人！一个你能够拥抱得住亲吻得到的女人！”

他正在如饥似渴地那样对待她,而口中却喃喃着:“不,不,不……”

她感到了巨大的震惊!

她觉得他像一个攀登者,带着一颗孤独得绝望了的灵魂,牢牢地抓住以往的不幸这条绳索,攀登上了虚假的巅峰。自我欣赏,迷信他的情感无可匹敌,令人赞美。而当真实的光耀逼退了虚假的雾障,他竟毫无勇气从那耸入云端的巅峰之上跳下来。尽管根本不至于使他粉身碎骨,尽管只要一跳便可证实那巅峰并不比板凳更高,他却不敢。他怕什么?究竟怕什么？他怕一旦跌入现实,将重新负担起一个男人的种种义务么？而他的灵魂却分明早已忍受不住那虚假巅峰之上的寂寥了！此刻他站立在性上,站立在男人的生殖器上。那有多高?

她对他全然不悟的虚假震惊到了极点,心中涌起一股不可遏止的厌恶感,发出一声低沉的怒喝:“够了！”声音虽然不大,却也足以使忙手忙脚精神亢奋的他为之一怔,她乘机奋力挣掉他那死沉的躯体,站在床前,理了理头发,面对着一脸惊愕、惶惑的他,平静地说:“一点多了,我困极了,休息吧！”说完撇下他走进了里屋。

雯雯和蕾蕾睡得很香,睡眠中仍手握着手。她俯身注视她们——她们那么相像,都那么漂亮。她们需要一个能给予她们爱的母亲,而他认为她们有一张遗像就足够了,并且要求她们爱它像爱活人一样。儿童的心灵怎能够变得像大人的心灵一样虚假？真是人性的自虐式的堕落啊！而他在这种灵魂的自虐中,居然体验着类乎高贵的痛苦之快感。刘大文啊刘大文!

她思索着躺倒了下去。侧耳聆听,他没有再哭。她如释重负地舒了口气,然而她已无法立刻入睡,又开始从一个超脱于自己的角度审查自己的灵魂。她不得不承认,自己在所谓信仰、道德、友谊、爱情、义务、文明等等观念方面,都曾有过他那么一种精神殉葬的倾向。为了在精神上达到一种足以自我欣赏的完成,而在灵魂上虐待自己,在人性上作践自己。把一种东西推向距人性遥远的极致,对之膜拜顶礼,全不顾惜自己生命的白白的铺张和耗损,从而能在荒谬之中维持心理的虚假平衡。她的心灵有过如此的历程,他们整整这一代人都在种种虚假的观念之中跋涉过,那是一批形形色色的圣徒在食人间烟火的尘世的可悲可叹的跋涉。抵御人性仿佛抵御魔鬼的诱惑,那是时代这位传教士的虚假功绩。像某个肉类加工厂出产的铁盒罐头,同样都有着凸起或凹入的机压商标。他们的精神殉葬倾向过去几乎一致地体现在主义信仰和政治热情方面。而如今它在他们这整整一代人内心里分化,但它的幽灵却继续在不同的方面腌制着他们当中某些人的心灵。使有些人的心灵糖分过多,使有些人的心灵酸性过多,使有些人的心灵碱性过多。使这个刘大文在情爱方面变得迂腐透顶,浑身散发出虚假观念的腐败馊味儿。这么多年过去了,他们有些人身上的机压印痕早已被生活磨平,而有些身上的机压印痕仍那么清晰,使接近他们的人有恍如隔世之感。她暗暗庆幸自己从身上抖落了许多时代的尘土,使她得以变换一种角度领略生活的意义和生命的意义。

一个影子踱进了屋里,那是他。他借着透过窗帘的微弱月光,将他的“小女孩儿”的照片挂到了墙上。之后,他坐在沙发上吸烟。

烟头的火蒂在黑暗中一闪,一闪。

他吸完一支,又吸一支。

她屏息敛气,装睡。

他吸完第二支,向床前走来。他站在床前,注视着她。尽管她闭着眼睛，但知道他在注视着她。她感觉到他的一只手在她颈子上畏缩地抚摸一下，立刻胆怯地收回去了。

过了许久她才缓缓睁开眼睛，他已不在床前了。

她听到了一声喟叹，从外屋传来，像一声呻吟。

她又想，看来她是太钟爱和她有过共同经历的这一批了。她原以为他们所有的男人过去都曾是男子汉，而今天必定依旧堪称男子汉；她原以为她们所有的女人过去都曾是可爱的女人，今天必定依旧可爱。正是由于受这种逻辑的支配，她才乐意来和这个刘大文“谈恋爱”。事实上她错了，大错特错了。今天，尤其今天，他们那一批之中，某些人身上的劣点和弱点、缺点，从来没有在日渐向真实向人性转化的生活中暴露得如此生动，如此鲜明。正像他们那一批中，某些人身上的优点和美点、特点，在今天发扬得无比充分无比光彩夺目。

应该结束了。她在心里暗暗对自己说。

归根到底，拯救刘大文灵魂的只能是刘大文自己。我不是修女，她想。把一个变成像他这样的男人从那么一种虚假涅槃中拖拽出来，是要比爱上一个像他这样的男人更费精力更费时间的。

而她的精力和时间对另外的几百人的切身利益负着义不容辞的重要得多的责任。

于是她侧过身，躺得更舒展一些，一会儿便酣酣实实地睡着了。

第二天是星期六。

当她醒来时，发现雯雯和蕾蕾一左一右偎在她身旁。她们分别搂抱着她的两条胳膊，还在睡。而她记得她是躺在床边的。她大为诧异，搞不明白“布局”是在什么时候改变的。

她抽出被雯雯搂抱着的胳膊，看了一眼手表，六点半了。

“孩子们，该起床了。”

她触触雯雯，又触触蕾蕾。她们却更紧地偎贴向她的身体，她们在半睡半醒的状态中，无言地向她表达着一种真实的依恋之情。她想起昨天晚上和她们捉蟋蟀时,她们对她说的“两个妈妈”的话,一股柔情充满心间。

“孩子们,再不起来,你们上学会迟到的! 我数一二三,和阿姨一块儿起。一、二、三!”

她们比她更迅速地坐了起来。

雯雯说:“阿姨,其实我们早醒了!”

蕾蕾说:“阿姨,我们不过装作还没醒的样子,喜欢和阿姨多躺一会儿!”

“孩子们,我怎么睡到你们中间了?”

她们便调皮地格格笑起来。

她想象着她们在自己完全睡熟了的情况之下,怎样将自己从床边挪到床中间,自己竟全然不知,也笑了起来。

“你们夜里没有听到……你们爸爸在外屋打老鼠么?”笑罢,她又有些不安地问。

“老鼠? 自从爸爸撒过了一次药,我们家里早没有老鼠了呀!”蕾蕾眨动着大眼睛,肯定地回答。

“蕾蕾,别说得那么肯定嘛!”雯雯以大人的口气教导妹妹,“对自己没把握的事儿,就不能那么肯定。咱们在砖瓦堆上捉蟋蟀的时候,有好几次不是发现老鼠了么?”

“那是在外边呀!”蕾蕾予以反驳。

“你能保证一只都没有从外边跑进屋里么?”雯雯据理力争。

“那你夜里听到爸爸在外屋打老鼠了么?”

“我……”当姐姐的看了徐淑芳一眼,低下头回答,“没有。我什么也没听到……”

她看出,雯雯听到了。

她不禁绯红了脸。

蕾蕾却问:“阿姨,你怕老鼠么?”

“什么老鼠不老鼠的，一早晨起来别那么多废话！”刘大文在外屋厉声训斥。

蕾蕾将嘴凑近她耳朵，悄悄说：“阿姨你别怕，有我爸爸呢！我爸爸会消灭老鼠的！”

雯雯一边穿鞋子，一边从旁注视着她的脸。在小姑娘的目光中，包容着那么多发自内心的亲爱。

唉，雯雯，雯雯。你以为你听到了，你以为你明白，你大概就同时以为我已经等于是你们的妈妈了。你还很幼稚噢！那什么也不等于啊！尽管我喜欢你们。

她禁不住在雯雯的小脸蛋上亲了一下。

结果引起蕾蕾的嫉妒，也将一边脸蛋凑向了她，她只好再亲蕾蕾一下。

她拉开窗帘，天格外好，明媚的阳光晃得她眯起了眼睛。

她转过身，发现雯雯和蕾蕾并坐在床畔，都在默默地似有所问地望着她。

“你们为什么这样望着我？”

蕾蕾说：“阿姨，你什么时候和我爸爸结婚呀？”

雯雯不开口，目光中有着同样的问号。

她一时很窘，不知如何回答才好。

“蕾蕾，我揍你！”刘大文在外屋吼。

她朝墙上袁眉的大照片看去——阳光映耀着它。他的“小女孩儿”那永恒的甜美的微笑仿佛对这个已失去了她的家庭仍具有统治的意味。那是美的统治，那是魅力的统治，那是女性的温良贤慧的品格的统治。

她对“她”既深怀敬意，亦大不以为然。因为她确信好女人各有其美点。因为她确信自己是一个好女人。不但在男人眼里是个好女人，在女人眼里也是个好女人。并且，她确信，一种不寻常的品格，正在自己身上萌生着，形成着。如果“她”仍活着，“她”不过是一个美貌的贤妻良母，而她将会越来越是一个杰出的女性。美貌是逐渐衰老的东西,而品格能使人保持其更长久的魅力。是的,是这样的。她凝视着“她”,骄傲地想。她虽然预见不到自己将做成功些什么事,但她确信,在她生活道路的前面,肯定有许多事在等待着自己去做。在做成功一件又一件事的同时,她有着充分的信心使自己由一个好女人改变为一个杰出的女人。她不已经是一位精明强干的女厂长了么?她甚至觉得,袁眉那永恒的甜美的微笑中对她或多或少流露出了羡慕和钦佩。

可刘大文是睁眼瞎,他看不到这一点。这是他的遗憾,不是她的。她只不过替他感到遗憾罢了……

“雯雯,蕾蕾,走,跟阿姨到外边洗脸去!”见她们仍那么出神地望着她,她十分亲切地笑了笑,端起脸盆带领她们走出屋去。

吃饭时,他照例在桌上多放了一只碗和一双筷子。

雯雯用胳膊肘将那只碗碰掉地上,碎了。

“你!……”刘大文恼怒地瞪着雯雯。

徐淑芳注意到,那孩子是成心的。

“不是姐姐碰掉的,是我碰掉的。”蕾蕾大无畏地替姐姐承担罪过。

“撒谎!”当爸爸的更加恼怒,“你坐在她左边,碗在她右边,你怎么能把碗碰到地上?嗯?”

“我不是成心的。”雯雯瞪着爸爸,异常镇定地替自己辩护。

“住口!我说你是成心的了么?”

“别责备雯雯,其实是我碰掉的。我不是坐在雯雯左边么?”她弯腰捡起碎碗片,之后又说,“五个人围着这么一张小圆桌吃饭,太挤了。大文你应当买一张大圆桌,总免不了有客人来吃饭的时候啊!垃圾桶在哪儿?”

他愣愣地瞧着她手中的碎碗片。

她又问:“垃圾桶在哪儿?”

他低下头,重新拿起筷子,相当不情愿地告诉她:“在外屋煤箱旁。”

她就走到外屋,将碎碗片儿哐啷一声扔进了垃圾桶。

她从容地坐下,接着吃饭。少了一个“人”,雯雯和蕾蕾的举动似乎宽松多了,他的脸色却变得很阴沉。直至都吃完饭,谁也没再开口说一句话。

雯雯和蕾蕾上学去不久,外边响起了汽车喇叭声。

“司机接我来了。”

“你……稍等会儿……我还有话对你说。”

她站在门口,显出耐心的样子,平静地期待着。

“我……我觉得内疚。”

她并没有因为他说出这样的话而受什么感动。她想,他是应该感到内疚的。无论对于她,或者对于他的两个女儿,或者对于他自己。

不料他接着说:“我觉得太对不起小眉……昨天夜里,我一时冲动……”他又朝他的“小女孩儿”的大照片望去。

“还有什么可说的?”

“我混蛋!……”

他仿佛在默默向他的“小女孩儿”忏悔,默默乞求着“她”的宽恕。

“对我,你就再没有什么话要说了么?”

他这才将目光转向她,嗫嚅道:“你……你千万别怀疑,我刘大文是个爱情不专一的人……我很专一,真的!昨天夜里,我真是一时冲动。”

“我不怀疑。”她打断了他的话,“我很高兴能从你身上发现一个男人这么重要的品质,发现了这一点对我也是重要的。我说的也是真的。”

他谦逊地一笑。

“一两个月内,我恐怕不会来了。”

“为什么?这为什么?我们不是挺对脾气的么?”

“我要出差。”这是她吃饭时想好的理由。

“那没什么,没什么。一两个月的寂寞,我是绝对耐得住的……”他又笑了笑。那是安心的笑,自信的笑。

“再见！”她也笑了笑，伸出了一只手。

他赶紧地握住她的手。

她只容他握了一下，就抽回手，跨出门去。

她的“伏尔加”开走不远，又拐了回来。

“刘大文！……”她坐在车上叫他。

他换上了一身工作服走出家门。

“刘大文，你去找严晓东，带着雯雯和蕾蕾搬到他家住去吧！他是个热心肠的人，准会答应。再说，他家房子宽敞。别等撵你搬啊！”

“我……我跟他一直没来往。”

“主动去找他不就有来往了么？我知道他挺关心你的！让守义陪你去找他也行嘛！”

小汽车又开走后，她回头看了一眼，看到他仍呆呆地站在家门口。

“小李，你昨晚有事儿脱不开身？”

“没事儿啊。”小李回答得毫不吞吐。

“那你为什么不接我?！”

“为了让你感谢我啊。”小李一脸得意之色。

“嗯?！”

“厂长，你别发火呀，我这也叫成人之美嘛！我是故意对你说刘大文坏话的，激将法！越激，越爱。《爱情心理学大全》上是这么讲的！如果昨天晚上我像上几次一样按时来接你，能促成你们之间的关系有今天早晨这种程度的进展么？”

她一边不动声色地听着，一边暗暗脱下一只高跟鞋，预备在他最最得意忘形的时刻，用鞋跟往他头上来那么一下，使他牢记以后少自作聪明。

“瞧你俩今天早晨这热乎劲儿，大概难舍难分了吧？我按过喇叭那么半天你才出来，我刚开走车你又命令我拐回来。我听你跟他说话那种口气，已经像跟自己的丈夫说话了似的。”

她恼也不是,笑也不是。小李的做法固然可恶,动机毕竟是好的,她相信那是出于他对她的百分之百的善意。她原谅了他,将那只已拎在手中的高跟鞋暗暗又穿上了。

“你以为你有资格在爱情方面指导我是不是?”

“那当然喽!该我们向你们虚心学习的地方,我们就学。该你们向我们虚心学习的地方,你们也要不耻下问嘛!”

“哪些人是你们?哪些人又是我们呢?”

她以为他指领导者和被领导者。对这方面的一切关系、学问她都有浓厚的兴趣。

“经历过三年自然灾害的是你们,没经历过的是我们。吃过糠窝窝头忆苦思甜过的是你们,没吃过糠窝窝头没忆苦思甜过的是我们。造反有理过的是你们,没造反有理过的是我们。下过乡的是你们,没下过乡的是我们。你们大多数人想的是——我怎么活着才对呀?我们大多数人想的是——我怎么活着才好呀?所以呢,你们总在对和不对之间掂量来掂量去的,而我们总在好和不好之间选择。所以呢,我们活得就比你们活得好,你们却都自信你们活得比我们好……”

她忽然命令:“向右拐!”

小李一怔,看了她一眼,顺从地把车子开向一片小树林。

她打开车门,欣喜地下了车,独自走到林间去了。秋天第一次使她感到也是美丽的。尽管眼前所看到的,不过是秋天的些微意趣。林间的落叶托着晶莹的露珠。她极小心地走着,仿佛唯恐踏碎露珠似的。金黄的落叶像华贵的枕褥,它们优雅地躺在地上。她每走一步,它们便发出缱绻的声音,仿佛在互相耳语。仿佛在向她,向这片小树林细述落叶归根是多么美妙的事情。而几年前,她视它们如等待扫走的垃圾。她奇怪于自己此刻竟有这么闲惬的心境。

她从地上捡起了一片叶子,因为它与别的落叶略有不同,它是肉桂色的,它的锯齿形的边缘齐整如剪纸。

为什么那么多人觉得表达出享受生活的真实欲望是件羞耻的事？假装是骗不了人的，而且会惹人讨厌。这种欲望是隐瞒不住的。就像咳嗽一样，不管人怎样压制，它还是会表现出来。人生应像我手中这片叶子，从生长到落地，都顺乎自然才对劲儿。小李，你把你厂长看错了，大大的看错了。我向别人负责时才考虑对与不对，我向自己负责时只考虑好或不好，如同我要捡起一片落叶一样……

她捡了一把叶子带回到车上。

“要留做标本？”

“没那份儿闲情逸致。”

“当书签？”

“我看书翻到哪儿从哪儿看起。”

“看过的地方呢？”

“想看书的时候，对我不存在看没看过的问题。”

“那你捡这么多落叶干吗？”

“想捡的时候就捡。”

她摇下车窗，将那一把叶子，一片一片从开着的汽车上扔掉了。

小李莫名其妙地摇摇头。

“接着说我们和你们吧！”

“我还在想哪！”

“我下车这会儿，你一直在想？”

“嗯。”

“挺难举出个恰当的例子是不是？”

“挺难。”

“记住我这句话——老鼠嘲笑猫的时候，因为它旁边有个洞。”

“不明白。”

“那么我替你举个例子——小学一年级学生问老师：‘我知道二加二等于四，但我想知道为什么？’我们太相信现成的人生经验，而你们太不相信现成的人生经验。往往活了一辈子,还不明了究竟应该怎样生活,这就是人生的困难所在。我们知道二加二等于四了,便不再追问为什么,这是我们不足取的一面;而你们知道二加二等于四了,却仍要追问为什么,并不能算是比我们智商高。我们不问为什么,是因为我们太尊重现成的人生经验,没想到应该再丰富点儿什么经验传给后人;你们偏问为什么,是因为你们太不尊重现成的人生经验,你们不善于继承,所以也就谈不上能传下什么。不过,我指的'我们'是过去的我们,我指的'你们'是现在的你们。在人生面前,我们和你们,都不过是一年级小学生罢了。你今后别自我感觉那么好才对啊!"

"行,行!你这不还是代表'你们'在教导'我们'么?"

"这不是教导哇!咱俩这是进行平等的讨论嘛!"

"那'洞'呢?我从来不知道我还有个'洞'!"

"有一次,我在汽车上听到一个小女孩用单调的声音数数。人们以为她数到一百就会停嘴。但数到一百之后,她问她的爸爸:'爸爸,一百以后是多少呀?'他爸爸大概也听她数烦了,回答说:'无限!'以为她不会再数下去了。她却接着数下去:'无限一、无限二、无限三……'能有耐心数到一百并且为此心满意足的是过去的我们。连数到一百的耐心都没有并且对什么都不满意的是你们……"

小李哈哈大笑……

顺路,她到一家全市最大的玩具商店了解本厂产品的销售情况。新上任的三十六七岁的经理,也是个北大荒返城知青,同时是个离了婚的"二荐子"光棍。自从在一次推销座谈会上认识了她,便一见钟情。还当面试探地问过她,来个"珠联璧合"怎么样。

她当然理解他的意思,她嫌他个子矮。那一时期晚报上正在从价值观的角度替未婚的矮个子男人们"正名",发表热情洋溢的鼓励文章,列举矮个子丈夫的种种优点。比如从人类长久的消费问题方面看,一套衣服能节省几尺几寸布等等。同时发表社会学专家们针对未婚女性择偶条件偏爱高个子男人的笔调忧郁的批评文章，论证与心灵的美丑相比，个子的高矮是无关紧要的。她阅读过那类文章。其中“一论”“二论”“再论”三篇“系列文章”，是化名“文竹”的王志松写的，她并不知道那是他写的。她觉得“文竹”装腔作势，仿佛诲人不倦似的，文章的骨子里却透着虚伪。归根到底，她认为女人们偏爱高个子的男人是女人们自己的事，无须社会发言。何况心灵是可以受影响而变化的，却从没听说过哪一个男人当了丈夫后又长个子了。既然自己的个子不矮，那么她一定要找一个起码一米七五以上的丈夫。“文竹”指责这样的女人未免“俗气”，她却根本不想在这一点上“超俗”。除了个子矮，她还嫌那位踌躇满志的玩具商店经理近视眼，六百度。她厂里的一个姑娘就嫁给了一个近视眼，时时在厂里向待嫁的姑娘们抱怨：“千万别嫁给近视眼！无尽的麻烦！他要亲亲你，你还得先替他把眼镜摘下来，碍事！”

她一想象一个六百度近视的矮小男人和自己亲近时将会是什么情形，就感到那对自己是不容忽视的挺大的损失。

当时她只有装糊涂，顺水推舟地回答：“好哇，我是玩具厂厂长，你是玩具商店经理，珠联璧合，双方有利嘛！”

过后他写给她一封信。信中说：“你使我被爱神的箭射中了心脏。”

她在回信中写道：“我真抱歉，如果爱神也朝我的心脏射中一箭就好了。很遗憾两件事没有同时发生。”

她倒是十分敬佩他的领导水平和管理才干，但是这可代替不了床上的事。在工作中她已然变得男士风格了，可在床上她希望自己是个原原本本的女人。

她和他久违了。

她的光临使他诚惶诚恐。他详详细细地向她介绍了百花玩具厂的产品销售情况，末了羞答答地告诉她，几天前他当了新郎。接着说：“徐厂长，为了你，我才决定结婚的。我和你是免不了经常打交道的。我这样做，见面时都少些心理负担对不对？不至于相互感到别扭。”言语之间戚戚哀哀的。

其实她在他面前并没有什么心理负担。她不认为自己对一个爱上了自己却不被自己所爱的男人的心理有什么责任。而且她早有策划，如果他对她很冷淡，她将买下与他的玩具店相邻那块私人地皮，营建本厂产品经销部，从此和他进行激烈的竞争。如果他对她一如既往，不耿耿于怀，她将投资鼓动他买下那块私人地皮，扩展他的店面。由于他的态度可嘉，她非常替他高兴，也替自己高兴。

她借故离开了一会儿，交代小李拿着她写的条子，开车到首饰商店去找一位业务主任，赊买一件二百元以内的首饰。

小李以为她一时心血来潮给自己买，高高兴兴去执行。

回到他的办公室，她向他提出了她的建议。他兴奋异常，感激得不知如何是好，当时就铺开办公纸，握笔在手，和她一项一项拟定起意向书来。

意向书刚刚草拟完毕，小李就捧着一个漂亮的首饰盒走了进来。

她接过首饰盒，启盖一看，是一串带红宝石鸡心的金项链。

"三百六。"小李表功地说："我一眼就看中了它。三百六可不贵。不过才是你两个月的工资呗！没有你写的条子人家还不卖呢！我自作主张没错儿吧？"

"没错儿，没错儿！"

她连连说着，转身将首饰盒递给了踌躇满志的经理，诚心诚意地说："这是我送给你夫人的结婚礼物，你替你的夫人收下吧！"

"哎呀呀，不行不行！如此贵重的礼物我哪能收！"那小个子男人直往后退。

"对我来说这也不算太贵重。"她笑了，"我们小李不是说了么，不过才是我两个月的工资呗！"

他无论如何不肯接受。

她最后说："你不肯接受，就令我怀疑你的宽宏大度了！"

他只得惴惴不安地接受了。

小李瞠目瞧瞧她，瞧瞧他，一声不吭地若有所思地退了出去。

她问："珠联璧合的话还算数么？"

他说："当然算数，当然算数！"

"君子一言，驷马难追？"

"驷马难追！"

"彼此信赖，永不相坑？"

"相坑？哪能呢！咱们是国营企业，文明联合。再说还有北大荒兵团战友这一层特殊关系起作用呢，是不是？"

"祝你们夫妻生活美满！"

"谢谢，谢谢！接受你这么贵重的礼物，真不好意思……"

她玩笑道："那等我结婚时，你再如价送我嘛！"向他伸出了手。

他双手紧握她的手，连连说："到那时，我一定要送，一定要送！"

……

"厂长，你可不好啊！"坐进小汽车，小李板着脸对她说了这么一句。

"我怎么啦？"

"你跟他什么关系？"

"我跟他能是什么关系？"

"你不说清楚我不开车！"

"你不开我开！我考下了驾驶证，提防的就是你这一手！"

于是她下了车，绕过车头，打开车门，将他从驾驶座上赶开了。

"你以为我和他是什么关系？"她春风满面的样子，一边熟练地操纵着方向盘一边质问。

"我知道你和他是什么鬼关系！"小李没好气地嘟哝，"送给那小子三百六的结婚礼物，是想续风情，能说是一般的关系么？骗鬼去吧！"

"我吩咐你买二百元以内的，谁叫你又自作聪明？你让我多花了一百六，我不怪你，你倒质问起我来了！"

“我要知道你买了是送给那小子,我就不去买!你这算干什么呀你!”

“好哇,你胆敢监视我!谁给你的这种权利?”

她生气了,将车靠向路边停住,就脱高跟鞋。

她举起高跟鞋,小李一动不动地坐着,严严肃肃地说:“打吧,反正我是为你好,免得以后被别人议论你不正经!”

“傻小子!”

她舍不得打他了。正是他这份儿耿耿忠心,使他在做了什么蠢事的时候,往往获得她的原谅。

“我送给他结婚礼物是表达我诚心的祝贺,同时也能联络咱们厂和他们商店的感情,这里没什么风情可续。”她一边穿鞋一边说,“你昨天夜里把我留在刘大文家里……”话到舌尖,她吞了回去。她真是羞于提到昨天夜里的事情。她愣了一下,又接着刚才的话题说:“我和他签订的意向书实现后,每年至少能为厂里增加三十万利润!这叫产销联合。每天至少有一千余名顾客光顾那个玩具商店!几乎没有不在那里为自己孩子掏钱包的人。这个经理决定着我们厂在本市产品销售量的百分之四十,这些你懂么?”

小李半信半疑地看着她,点点头。

回到厂里,食堂开饭了。

曲秀娟匆匆去替她买了几个包子和一碗“甩袖汤”,十几个姑娘跟随而来。她们亲热地围着她,新奇地端详着她,好像她与她们离别了很久,她身上发生了许多很大的变化似的。

“你们这是干什么?我有什么不对劲儿吗?”

“厂长,你昨天在外边过了一夜吧?”一个端着饭盒的姑娘胆大包天地问,问罢,嘘溜嘘溜地喝盛在饭盒里的“甩袖汤”,两眼却一眨不眨地盯着她,有几点浅色雀斑的脸面上浮现着一缕小狡猾。

“你怎么知道?”她看那姑娘一眼,也低头喝汤。心里却把司机小李恨得要命。这坏小子!肯定是他将这件事儿当成自己的一大聪明告诉她们的，否则她们怎么会知道？

“厂长，你没正面回答呀！”

“对，没正面回答。”

“我们只要求你回答‘是’，或者‘不是’，不要求你交代其他的！”

“厂长，你脸红什么？”

这帮放肆的姑娘！她们怕她的时候，一个个老鼠似的，她们不怕她的时候，调侃她如同调侃一个小丫头。

她抬头磊磊落落地瞪着她们，大声回答：“是！”接着拿起个包子咬了一口，她不信自己果真脸红了。

一时间她们都静默了。

她装作饿极了的样子，自顾低头吃包子，不再理睬她们，但是她却能感觉到她们的目光从不同角度盯视在她身上。

“真棒！”忽然两个字从一个姑娘口中响亮而出，内含着相当之丰富的赞叹意味。

“嗯？”她不由得又抬起了头，极其严厉地问，“谁说的？”

“我……”一车间顶老实的一个姑娘怯怯地承认，脸红得一塌糊涂。

“棒什么？”

“我……我是指……咱们的新产品。”

曲秀娟站在她身旁，手中正摆弄着厂里的新产品——小乌龟爬竿。

想不到在她眼中顶老实的一个姑娘竟如此善于随机应变！

她装出一本正经的样子问曲秀娟：“估计销路会比小猴爬竿好么？”

其实她早有预见，肯定会比小猴爬竿的销路好。正如一只会爬到竿顶做种种高难动作的活乌龟肯定比一只活猴子更能引起重视。

曲秀娟简短地回答：“那当然。”

不知哪一个姑娘悄悄扇动：“咱们喊一声‘乌拉’怎么样？”

“喊，喊！”

“同意！”

“一、二！”

“乌拉！”

“乌拉！！”

“乌——拉！！！”

姑娘们大喊特喊，似乎企图用欢呼声将屋顶掀掉。

走廊里一阵奔跑声，厂长办公室的门被撞开，又一群姑娘拥了进来。

“喊什么？喊什么？什么事儿你们这么高兴？”

“又要追加奖金了么？”

“到北戴河集体旅游的事儿定了？”

后拥进来的姑娘一个个急切地发问。而大喊特喊“乌拉”的姑娘们互相搂着脖子揽着腰，眼睛都瞧向她，嘻嘻哈哈笑作一团。

她却看着曲秀娟耸耸肩，明知故问：“她们这是怎么了？”

曲秀娟也耸耸肩：“谁知道她们，一个个放肆得没边儿了！”手中仍心不在焉地玩弄着“小乌龟爬竿”。

“厂长，究竟什么好事儿？”

“既然让她们知道了，也得让我们知道！”

“她们高兴过了，我们还没高兴一下哪！”

后拥进来的姑娘，呼啦一下围住了她，七嘴八舌地问。

“我明确告诉你们，什么好事儿也没有！既不追加奖金，到北戴河集体旅游的事儿也还没定下来！去去去，都给我立刻出去！让我安静一会儿好不好？”

她饭也不吃了，站起来驱赶姑娘们。

可是后拥进来的姑娘们赖着不离开。她们一定要弄个明白，先前在厂长办公室里的那些姑娘们究竟为什么大喊特喊了一阵“乌拉”？

“我哪儿知道，莫名其妙！”她拉开办公桌抽屉，翻出那盒港商送的高级彩色特制坤烟，吸着那剩下的唯一一支紫色的，缓缓吐出一口有香味儿的袅袅烟雾，问：“是啊，说说吧，你们究竟为什么欢呼‘乌拉’？究竟为什么高兴？”

“厂长，这要问你自己了！”

“厂长，你自己首先宽松了，才会允许我们更加开放呀！姐妹们你们说是不是？”

“就是的！”

“厂长，瞧人家《莫斯科不相信眼泪》里那个老毛子女厂长，那当的才叫够份儿呐！一手抓生产，一手抓男人，我们就打心眼里佩服人家那样的女厂长！哪像咱们中国的这个那个改革者，嘁！……”

她无法遏制地哈哈大笑起来。一心想要严肃，却不能够。

“就为我在外边过了一夜你们喊‘乌拉’？”

姑娘们异口同声地回答：“对！”

她们都端详着她，一个个那种喜悦劲儿，好像她当着她们的面儿许诺给了她们什么大的利益。

“够了吧你们？”曲秀娟把握时机对放肆的姑娘们说，“该结束了，厂长的午饭都让你们搅得吃不成了！”

姑娘们便一个个畏惧地退出了。

她静心静意地享受般地吸完那只高级坤烟，拿起包子接着吃。

曲秀娟放下“小乌龟爬竿”，用手背触了触汤碗，说：“凉了。”拿起暖瓶替她往碗里加了些开水，然后从报架上取下报纸坐在沙发上看起来。

她吃了两个包子，喝了半碗汤，将今天拟定意向书草案的事从头至尾细说一遍，说到小李如何跟她赌气，曲秀娟也忍俊不禁开怀大笑。

“你处理得不错嘛！”曲秀娟用夸奖的口吻说，“我一直挺担心这件事儿呢！要是咱们那位北大荒哥们儿也像小李似的跟你赌起气来，咱们厂以后的日子可就过得不那么顺啦！哦，我差点儿忘了，美国那位陈先生上午打来一次电话，邀请你今天晚上到国际旅游俱乐部跳舞。他的电话号码记在台历上呐，去或不去你给人家回个电话。”

“去，那得去！”她抓起电话，看着台历，边拨边说，“咱们不是跟他还有笔好交易可谈嘛!”

曲秀娟冷静地说:“我看他对你本人的兴趣比对谈交易的兴趣大得多呢!”

“你闻出味道来了?”

“倒不是我的嗅觉太敏感,是他的心思流露得过于急切了。”

不成想电话一拨就通,对方“喂,喂”着,她听出正是那位陈先生的语调。她犹豫了一下,用另一只手捂住话筒,以目光将曲秀娟召到了跟前。

她对曲秀娟耳语了几句,曲秀娟领悟地微微颔首,随即接过话筒,用一种与自己性格大相径庭的斯斯文文的语调说:“陈先生吗?我已向我们徐厂长转达您的雅意了。不过,她工作太忙,未必能够赴邀。但她表示一定努力争取挤出时间前往。是的,她是这么表示的。当然,她当然对您的雅意十分重视。没有,没有,您别误会。不是借口,更不是拒绝。哪里,哪里,我是乐于成人之美的。”

曲秀娟放下电话,二人相视而笑。

曲秀娟满腹狐疑地问:“你肯定去?”

她沉吟片刻,走到窗前,从玻璃中欣赏着自己的面容,拢了拢头发,说:“要去的,我对这位陈先生也颇感兴趣。不去,岂不是有点不识抬举了么?”

“因为他是美籍华人?”

“因为他是位有钱的大老板。”

“你呀!……”

“说下去。”她将脸转向了曲秀娟。

“你变得太有心计了。”

“是么?世界需要有心计的女人丰富它的色彩,否则,尽数男人出风头,那这个世界对女人来说不是太乏味了么?”

“你不情愿是个女人?”

“不,恰恰相反。”她离开窗口,走到了曲秀娟的跟前,将一条手臂轻轻搭在曲秀娟肩上,面对面地注视着曲秀娟的眼睛,思考着说,“女人为什么要喋喋不休地抱怨自己是一个女人呢?女人如果不能够靠自己的灵性寻找到一个真实的自我,那么她不过是男人的附属品。一切的抱怨之词都是从这样的女人口中散播的。其实这样的女人又最容易满足。只要生活赐给她们一个平庸的男人她们就会闭上嘴巴的,即使别人看出那个男人朽木不可雕也,她还会充满幻想地回答:可以生长香菇。觉得她自己就是香菇。”

“你呀,不但变得有心计了,还变得能说会道了。”曲秀娟笑着将她的手从肩上放下来,又问,“你对姑娘们刚才的放肆有何感想?”

“你不是在责备我把她们都宠惯坏了吧?”

“你不妨这么认为。”

“是啊,我承认我对她们有点儿宠惯。因为我常想,除了戴红卫兵袖标的年代,我们几乎没被宠惯过。家长普遍对我们要求得很严,老师普遍对我们要求得很严。社会普遍对我们要求得很严,后来是革命的思想对我们要求得很严。整个生活对我们就像一位马列主义老太婆。她声明她爱我们,可是她把我们放在飞转的砂轮上磨,磨到她对我们满意了为止。造成了我们遍身平滑的伤痕,比我们各自的命运对我们造成的伤痕更为严重。它是那么平滑,结成完善的痂,以至于我们不觉得是伤痕。我们互相对比,总觉得我们身上才具有美好的东西。我们瞧着身上没有痂的年轻人,觉得他们陌生。还嘲笑他们没有被放在砂轮上磨过,他们身上没有看去那么平滑又那么完善的一层痂。而现在我感到,正是在当年被那砂轮磨得很疼,淌过血的地方,生长出新的皮肤,和新的思想,使我身上的痂在一部分一部分地蜕掉。我们没有权利要求如今的年轻人像我们当年一样活得紧紧束束。我们的那些姑娘们,在工厂是好工人,在社会上是好公民,便足以认为她们全都是好姑娘了。至于她们对爱啦,性啦,有些什么稀奇古怪的想法,随她们去好了。我们是厂长,不是教化院院长,对不对?我确信生活在这方面的能力比我们大得多。生活本身知道应该对人宽容到什么程度。所以我们保持与生活相同的宽容态度,不使别人讨厌,不使自己委屈。生活本身主管着一切,我们大可不必操那么多的心……”

“我的天,瞧你这张能说会道的嘴!”曲秀娟两手一拍,表示对她的惊讶和叹服,又从桌上拿起“小乌龟爬竿”,玩弄着问:“打算什么时候结婚?”

她在椅子上坐下去,说:“首先是和谁结婚的问题?”

“当然是和刘大文嘛!”曲秀娟的语调中,流露出更大的惊讶。

“我正想告诉你,我不爱他。”

“你不爱他?!……”曲秀娟放下“小乌龟爬竿”,双手扳住她的两肩,使她的脸正对着她,“再说一遍。”

“我不爱他。”

“别开玩笑,我是在认认真真和你谈这件事,我一心要做司仪呢!”

“我也是在认认真真和你谈这件事。我当然高兴我结婚的时候由你做司仪,不过新郎肯定是另外一个男人。”

“你……你们闹别扭了?”

“哪怕闹点别扭也好,可是没有。”

“你昨晚没……住在他家?……”

“是住在他家。”

“我不信……”

“不信什么?”

“不信你俩会……相安无事。”

“既不相安,也不无事。”

“我指的那种事……”

“我也指的那种事。”

她扑哧笑了。

“你笑什么！”曲秀娟的双手将她的两肩扳得更紧：“你严肃点，我和守义是你俩的介绍人。我们得对你们双方负责任！不允许他白占你的便宜，也不允许你捉弄他！”

她忍住笑，朝办公室门努努嘴。

曲秀娟回头看了一眼，随手从办公桌上操起一本字典，使劲儿扔在门上。

门外一阵嘻嘻窃笑，一阵惊慌逃去的脚步声。

“你扳得我身子都酸了！”她站起来说，“你坐，你坐。审问者理应是坐着的嘛！”她将曲秀娟按坐在椅子上，自己则抵桌而立，交叉抱着手臂说，“我希望你建议他去找心理医生。他昨天夜里的表现使我的忍耐达到了极限。你和守义已经完成了你们的使命，我也已经对他做到了仁至义尽。解铃还需系铃人，接下来你和守义要最后做的，是怎样委婉地告诉他，我们结束了。”

“结束了？”

她点点头，表示就应该这么简单。

“可我……还是不明白。”

“如果你非弄明白不可，那么我告诉你，他忘不掉他的袁眉，忘不掉他的至善至美的‘小女孩儿’。而我根本不打算取代袁眉成为他的又一个至善至美的‘小女孩儿’。就这么回事，明白了？”

“你不是对自己太缺少信心吧？”

“完全不是。”她微微笑道，“对于一个男人，任何一个有魅力的女人，要取代一个死去了的女人在他心灵中的地位的话，我看绝不比用石块砸开一个核桃难。我刚才说的，我并不打算那样。”

“原来如此。”

曲秀娟瞪大着眼睛，呆呆地望了她半天，而后起身走到她跟前，又像刚才那样，用双手扳住她的两肩，鼓励地说：“你应该帮助他，帮助他忘掉袁眉……”

她平静地回答:“我认为我没有义务教育一个男人爱我并做我的丈夫。”

“那么,你是感到他配不上你了?”曲秀娟的手缓缓从她肩上落下了。

“是的。”

“因为你如今是一位厂长了,而他是一个工人?”

“因为我觉得自己如今是一个挣脱了平庸的女人,而我原以为他是一个不寻常的男人,结果发现他变成了一个平庸的男人。”

“平庸?!”曲秀娟生气了,“你对他的评价太过分了吧?”

“不,一点都不过分。”

“你!”

曲秀娟猛然转身往外走,走到门口,又站住了,从地上捡起字典,赌气抛向桌子。字典打翻了桌上那半碗“甩袖汤”。顿时意识到自己不够冷静,默默走过去用抹布擦桌子。

徐淑芳也从墙角拿起墩布去拖地。

她放下墩布后,又将曲秀娟按坐在椅子上,赔笑道:“副厂长同志,您别生气。当介绍人的,谁不希望自己成功?有时候他们过于热心地将牧羊犬引到了羊跟前,满怀善良愿望地说:‘你们相爱吧,你们应该是有共同语言的。你们应该是能够相互理解的。’牧羊犬和羊往往也会错误地这么认为。结果证明是愚蠢的事情。那有什么呢?那就让牧羊犬去寻找牧羊犬,羊去寻找羊呗!从前,我认为女人就是天生被男人爱的。谁若向我表示他爱我,我就大受感动,觉得有一个男人爱我是多么好啊!多么幸福啊!我和王志松正是这样。但今天的我已经不是从前的我了。我不仅希望被爱,更希望去爱。如果我真的爱上了一个男人,我更会觉得那多么好啊,多么幸福啊!去爱一个男人!热烈地去爱一个男人,使他明了没有一个女人对他的爱足以与你相提并论!我们不是见惯了听惯了男人如此这般去爱一个女人吗?为什么我们女人不能如此这般去爱一个男人？我们女人对爱情的体验不是天生比男人更真实更细致更丰富更美妙吗？从前生活将我们的体验磨得迟钝了！又平滑又迟钝！如今我要恢复自我！我还无法向你解释清楚如今许多人挂在嘴边上的那个自我是什么意思，但是我凭女人的灵性明了它对每一个人都是至关重要的！有些女人高谈阔论自我是为了赶时髦，可我不是为了赶时髦，我要通过对一个男人的爱证明给自己看，生为一个女人并非是一种不幸！刘大文他唤不起我这样的热情。”

她说得有些激动起来。然而她站立的姿势还是那样子——双臂交抱在胸前，身体微微向后倾斜，抵着桌子，始终没改变一下，更没做什么手势。但是她的脸由于激动而变得绯红，她的眼睛更加明亮，闪烁着奇异的光彩。

曲秀娟一直目不转睛地瞪着她，沉默有顷，低声问：“你三十几了？”

“三十五啊，和你同岁嘛！别用那种看一个待嫁老姑娘的眼神儿看着我。我觉得我正处在一个女人最美好的年龄，一切都可以从从容容地开始。急中生错！”她轻松愉快地微笑了。

“照你这么说来，我应该和姚守义那小子离婚，也学你的榜样，再从从容容地开始一次喽？”

“别，千万别，守义还不恨我一辈子？”

“那你不是挺自私的嘛？你对我宣传了一大通自我，结果我相信了，你倒说千万别！我的呢？我的自我哪儿去找？”

“你的嘛……你没丢哇，你不是跟一位科长照了结婚纪念照，而后却投到人家守义怀里去了吗？”

她们对视片刻，突然都哈哈大笑。

“我很赞同你刚才那句话，一切都由生活本身主管着呢！”曲秀娟站了起来，问，“你认为你是牧羊犬还是羊？”

“把我归到牧羊犬一类吧！”

“好，就算你是牧羊犬。你的个人问题，从今以后我不管了！我替你去向刘大文那个可怜的家伙了结。你满世界寻找你的牧羊犬去吧！找不到牧羊犬，猎狗也行，狼狗也行，是不是？可别找来找去，找到一只狼！那我曲秀娟还是要进行干预的！”

她默笑。

“这是我特意送给你的。”曲秀娟再次从桌上拿起“小乌龟爬竿”，玩弄了几下，它灵巧地爬到竿顶，表演了个单“臂”倒立。

曲秀娟又说：“没事儿的时候玩玩它，能使你认识到另一点，知道自己应该感激什么，报答什么。”说完，交到她手中，亲密地和她贴了贴脸儿，匆匆走出去了。

一失去手劲儿的控制，铁皮组合的小乌龟顺着尼龙绳索从两尺高的竿顶滑落了下来。她抻动几下绳索，它又顺着竿爬，又爬到了竿顶，在竿顶表演各种杂技。

不靠帮助，乌龟永远不可能爬到一根竿子的顶端，更不要说表演什么了。

她似乎明白了曲秀娟送给她这个的用意——她是知道自己应该感激什么的。

她想到了马婶，想到了小叔子郭立伟，进而想到了曲秀娟，甚至想到了那位“天真”玩具商店的经理，想到了在生活中，在事业上，在熬过去的那些艰难时日里曾给予她各种帮助的每一个男人和女人。

是的，她是应该感激他们和她们的，应该报答他们和她们的。她已经回报了不少，她仍会继续回报。但我更应该感激生活。她想。我更应该竭尽虔诚、热情和努力回报生活。因为除了生活本身，谁也无法使我成为今天的我，我自己亦不能够。我的自我是生活交给我的，如果我已经抓住了它的话……

生活，我热爱你！

生活，你要指点给每一个人以更多更多更真实更真实的自我啊！

她相信她正确地理解了曲秀娟的提醒和告诫。

她将小乌龟固定在竿顶,插入笔筒,为了随时看到。

电话响了。

她犹豫着,一时不知该不该拿起听筒。猜测是那位陈先生打来的。

电话不停地响。

她终于拿起了听筒。不是陈先生,是把门的老师傅。

“厂长,有个抱孩子的女人要找你。”

“抱孩子的女人?……让她进来吧。”她一时想不到会是谁。

“她已经进去了。”

门开了,吴茵抱着宁宁站在门口。

“是你!”她赶紧放下电话迎上去。一看到宁宁,她所熬过的全部的艰难时日,一切的酸甜苦辣咸,在她心中翻涌了起来,搅成一片混沌的难以形容的心潮……

“淑芳,帮我一把!他们从上海来了,他们要将宁宁夺走!”

吴茵紧紧搂抱着怀里的宁宁哭了。

哭得那么绝望。

“妈妈,妈妈,我不离开你,我不离开你……”

宁宁也哭了。

第二十七章

严晓东的蓝色“大篷车”已经好几天没开张了,他也有半个多月没到他的回民饭馆去视察了。

这一天他是这样打发的:

九点钟起床,懒得刷牙洗脸,懒得吃饭,拥被坐在床上,欣赏日本女歌星岩崎宏美一吟三叹的歌声。当代青年似乎越来越不够仁义了,崇拜起一位什么人物便如痴如狂,冷落起一位什么人物则一言以蔽之曰“过时货”,这就叫“潮流”。昨天是邓丽君红得发紫,今天是岩崎宏美盖世无双,明天将是谁取而代之呢?

赶时髦是件很累的事情。

但他是严晓东。严晓东可不能欣赏“过时货”,所以他买了十几盒岩崎宏美的原声带。在黑市高价买的,卖的人说是原声带,他听不出究竟是不是,反正当原声带听呗。

邓丽君在别人那儿怎么过时的,他不得而知,在他这儿过时了,却相当简单明确。

有一天小赵——就是电业局负责这一带民用线路的那个小青工来玩,见他在听邓丽君,不屑地说:“大哥,你怎么还恋着邓丽君哪?她早过时了！”

“哦？过时了？”他不禁大惭，红了脸追问，“那么现在听谁的啦？”

“港台歌星的早没味了，流行歌曲还得听岩崎宏美的！”

他信了。不由他不信。小赵没来由地骗他干什么呢？于是他的十几盒“邓丽君”就都成了“过时货”，从此没再听过。

他去别人家，见别人在听邓丽君，也不屑地说：“你怎么还恋着邓丽君哪？她早过时了！”

于是经他提醒，“邓丽君”在别人那儿也成了“过时货”。

小赵引导他的“潮流”，他引导别人的“潮流”。耻于听“邓丽君”的人多起来，听岩崎宏美的也便多起来。细想想他常觉得可笑，好像不管什么人都足以引导个“潮流”似的。

他认为当今某些时髦其实就是这么形成的。不过这不关他什么事，他关心的只是自己有没有被时髦甩下。不，他关心的也并不是这个。归根到底，他所关心的是，在别人眼里，能不能长久维持住一个不概念化也就不一般化的“倒爷”的形象。他不能忍受在这一点上，自己也堕落到了概念化一般化一块堆儿去……

老父亲既不欣赏台湾小姐邓丽君，对小日本娘们“哼哼叽叽”更反感，所以组合音响从客厅转移到了他的卧室。他不在家的时候，父亲也会待在他的卧室，往组合音响里塞一盘京剧磁带，摇头晃脑听“斩五雄”或“文昭关”什么的。而且必定将门插上。有一次他回家，在门外明明是听到了大花脸哇呀呀的叫板，可等母亲给他开了门，进屋之后，却见父亲端坐在客厅的沙发上，戴着老花镜，聚精会神地看《人民日报》，连瞧也不瞧他一眼。

他问：“爸，你刚才听京剧来？”

老父亲矢口否认：“你小子眼瞎？没见我正坐这儿看报吗？”

“音响还没关啊！”

“那问谁？问你自己！我有志气，不动你那玩意儿！”

母亲从旁作证:“你爸是没动,你爸可有志气。”

他并未禁止过父亲动。但父亲那几盒京剧磁带,不是买的便宜货,就是买的旧货,质量低劣。他是怕父亲那几盒磁带磨损了价值五千余元的高级组合音响的娇贵磁头。他给父亲买了十几盒新的京剧磁带。因为是他买的,父亲拒绝欣赏。没奈何,他给了母亲八百多元,让母亲又买了一台中档的“夏普”,并且对父亲说是用她自己的“贴己钱”给父亲买的,父亲才受之无愧地领了母亲的情。

有一种文化信息在威胁着他——据说越是流行的,则必然越是大众化的;而越是大众化的,则必然越是没文化的。真正有文化的人士又要欣赏曾经非常之大众化而现如今非常之不流行的京剧了。因为那是中华民族的四大艺术瑰宝之一,是绝对民族性的高档次的东西。有文化的外国人都在研究中国的京剧了,并且在这个国家那个国家兴起一阵阵京剧热。在普遍的大众乐于欣赏中国之京剧的年头,京剧并未被普遍的真正有文化的人士视为多么了不起的一档子事儿。而普遍的大众冷落中国之京剧的现如今,普遍的真正有文化的人士重新引导其潮流,可见中国之真正有文化的人士们永远比普遍的中国之大众们有文化,并且非常之明白在什么时候表现出有什么样的文化之“窍门”。

他怪怕这个“潮流”一朝果真到来。

他能将就邓丽君,却实难培养起对京剧的兴趣。

大约十点钟的时候,父亲充当义务交通管理员去了,母亲上街买菜去了。小赵跟着就来了。

小赵终于知道了他不过是“倒爷”而非什么文化局的“主管艺术”的干部之后,不但没有瞧不起他,反而更亲近他了。个中原因,他不甚了了,也不打算问个明白。不过他不讨厌这个硬往他身上贴的“小哥们儿”。真的没谁往他身上贴了,他会觉得活得更加索然。

小赵坐在床边儿,将音响组合的音量调小了些,用充满反省意味的口吻说:“大哥,我今天彻底觉悟了!”

“哦? ……”

床左侧是维纳斯,床右侧是雄赳赳的猫头鹰标本,他那拥被而坐的样子,仿佛被哼哈二将保护着的一位法老。

“我受教育了!”小赵从床头柜上拿起他的烟盒(到他家里来小赵一向是不带烟的),心安理得地吸着一支,往他跟前凑了凑,推心置腹地说:“大哥我那辆破自行车不是因为没闸叫警察给扣了吗? 我也没工夫去取,今天是坐公共汽车来的。我在车上给一个老头儿让了座,他就和我聊起家常嗑来。那老头儿,话多着哪! 他说他有三个儿子,三个儿子都是知识分子。大儿子是讲师,二儿子是写诗的,三儿子当编辑。也不知是不是吹牛,反正谁有这么三个儿子够让人羡慕的吧?”

“嗯。”

“我问他:‘您老是当教授的吧?’其实他那样儿,土头土脑的,给教授拎包儿教授也不会要! 我故意逗他。他说:‘我哪有当教授的命! 教授,那都是天上的文曲星!’我又问:‘那您老是干什么的呀?’他嘿嘿一笑,怪腼腆地说:‘我开个私人小杂货铺子!’周围的人全乐了。等周围的人乐过了,那老头又说:‘买卖虽然不算红火,可也够贴补三个知识分子儿子的家了!’我旁边站着一个男的,四十多岁,顶数他笑得开心。可老头儿一说完那话,他的脸马上绷起来了。你猜怎么着? 他胸前戴着红底儿白字的一枚大学校徽哪! 周围的人可就开始瞅着他乐了。车一到站,他就下车了,准是尴尬不过,提前下车……”

严晓东听了很受用。表面儿上却丝毫不流露,庄重地说:“是啊,要不现如今怎么讲一等智商经商,二等智商从政,三等智商才从文呢? 知识分子嘛,也就是说起来还有点体面罢了! 观念在变嘛,时代在前进嘛……”

“对,对! 大哥,你说我还能不觉悟吗? 大哥,电工我是不想再当了,我给你做个小伙计吧! 我的智商那是没问题的,总不至于低到三等去吧? 啊?”小赵迫切地期待着他的回答。

“这……这我得考虑考虑。”

小赵的脸立时就失望地抹搭下来了。

“总归得对你进行点必要的测验啊！你以为谁都有资格给我当小伙计？”他不忍见到小赵那种失望的样子，又补充了一句活络话。

“那是，那是……”小赵连连点头，“大哥我随时准备接受你的测验。”

两人仿佛都沉浸到岩崎宏美的歌声中去了，相对无言。

小赵续了支烟，吸几口，搭讪着又问：“大哥，你今天怎么没去开张啊？”

他心不在焉地反问：“干吗非开张不可？”

“赚钱啊！”

“赚了钱又怎么样？”

“瞧您问的，赚钱扩展店面，好发大财呗！”

“发了大财又怎么样？”

“又怎么样？逍遥自在地享清福呗！”

“那你以为我现在干什么呐？”

他倒不想抬杠。恰恰相反，他挺欣赏小赵的勇气。简单明了地说出人生的目的在于享受人生，需要很大的勇气。许多人有这么想的勇气，没这么说的勇气，更没这么做的勇气。他连续几天不开张，也不去视察自己的回民饭馆，正是为了考验考验自己有没有点儿享受人生的勇气。又得赶时髦，又得顾全买卖，近来他是感到活得累极了。

小赵很想讨他一份儿欢心，可一时间却捕捉不到什么更能激越情绪的话题接着侃。两人各怀心事，又陷入一阵不咸不淡的都怪不自在的沉默。

他从床上探身调大了些组合音响的音量，岩崎宏美一吟三叹的歌声，仿佛非要把他们唱得哭泣起来才肯罢休似的。

忽而小赵又将岩崎宏美的歌声调小，神神秘秘地问：“大哥，你知道十亿元是多少钱么？”

“不知道。”他懒洋洋地回答。闭着眼睛，觉得自己不是拥着被子，而是偎在一个温温柔柔的日本少妇的怀里。她用她的歌声抚慰他疲惫的心灵，尽管他根本听不懂她在唱些什么。她的歌声对于他仿佛是摇篮曲，是专唱给心灵疲惫的男子汉大丈夫们听的摇篮曲。他的心灵仿佛正从他的躯体里云游出来，像一条轻纱，飘飘荡荡地被她带往极远的地方。那儿没有别人，只有她和他。不，和他的心灵，疲惫的，对任何事物都丧失了兴趣的心灵。一大片绿草地，一大片树林，一条河，静静地流淌着的一条河。他想睡，不敢睡。怕一旦在她的歌声中睡着了，就永远不能再苏醒。那仿佛是哀婉的美貌女妖的歌声。

“人家给我讲了一个故事，说有一个阔佬，找了个情妇，嫌他太太整天监视着他，盯他的梢，行动不自由，就给了他太太一百万元，叫她去旅游，每天花一千元。他太太照办了，三年后才花光了钱回来。于是他又给了他太太十亿元，叫她继续去旅游，还是规定太太每天花一千元。结果他太太三千年后才回来！”

小赵的话，不像说的，倒像唱的。像某些歌星们一手攥着话筒，嘴皮子贴在话筒上，一边溜溜达达一边梦呓般地嘟嘟哝哝的那种唱法唱的。

十亿元。

为了十亿元，人整天和钱这个魔鬼打交道也是值得的。为了一亿元也值得。为了一千万一百万元也值得。可是为了十几万呢？值得的么？每天花一千元，三千年后才花光……一个人一辈子能挣那么多钱，和当总统当国家主席当党总书记的相比，无疑是同样伟大的。现如今个体户多了，简直他妈的太多了！竞争激烈了。他已渐渐感到，钱这东西对他而言，不如头几年那么好挣了！他在心里暗暗盘算了一番，盘算出自己每个月能挣千儿八百的就不错了。以这样的收益进一步盘算，到自己六十多岁的时候，兴许能挣到五十万？这一辈子的生活也就全搭上了！

何况他现在就已经感到很疲惫了，人也累，心也累。

“妈的，咱哥儿俩要是每人都有十亿元多抖！”

小赵自暴自弃地叹了一口长气。他觉得在这一口长气中,包含着小赵对他这位拥有十四万元的“财神爷”的重新认识——他也不过是个穷光蛋。

“大哥,趁钱你就老是年轻!你不漂亮也漂亮了!你没有气质也有气质了!你没有风度也有风度了!你没有文化也有文化了!你不是知识分子也是知识分子了!你唱的歌儿不好听也好听了!”

“你这是梦话。我们只能年轻一次。”他打断了小赵的话,却仍闭着眼睛。

“是啊,是啊,可不是梦话咋的呢!大哥,有时候我走在马路上,看到一座十几层的大宾馆,心里边就不由得不想——它要是我的多好!它咋就不能是我姓赵的呢!看见一个漂亮妞,也想,那座大宾馆要是我的,这漂亮妞也是我的了!大哥你说那她不是我的还有跑么?可惜连那大宾馆也不是我的。走过市银行,也想,什么时候它成了我的呢?我就不信我不是当银行家那块料!我要是当了银行家,职员都要女的,年轻的,漂亮的,十八岁到二十五岁之间的。超过二十五岁的咱们不要她!二十五岁以前结婚了的咱们也把她解雇!得教她们懂礼貌,见了咱们得鞠躬,说‘总经理先生您好’!不许说同志,现如今什么年月了还说同志?总经理和女职员能是同志关系么!”

他缓缓地睁开了眼睛,见小赵不知何时也闭上了眼睛,像边打瞌睡边念经的虔婆子似的,穿着鞋盘腿打坐在他床上,身子一前一后晃着,夹在指间的烟触在床上,烟头已烧了床单。

“你他妈的不能见什么想要什么!世界上的好东西你受用得过来么!”他大吼,将小赵一下子从床上推到了地上,摔了个重重的屁股蹲儿。

“你看你他妈的烧了我的床!”他骂着,双手就赶快揉搓床单。

小赵也慌慌忙忙帮着揉搓,床单已然烧了个窟窿。幸亏及早发现,否则连床垫子也烧了。

“你小子有没有正经事儿？没正经事儿趁早给老子滚！别在这儿穷侃！”他心中生起一股无名火——绝对不是因为惋惜床单。

“好，我滚，我滚……大哥您别生气……”小赵逃出房间，又探进头问，“我给您当小伙计的事儿……”

他站立在床上恶狠狠地跺了下脚。他忘了他的床不是硬板床，而是“席梦思”，弹簧相当之好。他那只脚被高高地弹了起来，结果他的身体失去平衡，朝一旁倒了下去，恰恰倒在维纳斯身上，他和美神一块儿栽倒了。幸亏有地毯，否则美神早就身首两处了。他自己只不过摔疼了，却哪儿也没摔伤；而维纳斯就惨点了，磕在组合柜的柜角上，左乳房被磕碎。

他扶起美神，肺几乎气炸了。小赵却早已逃之夭夭，对这一切不负身后责任。

他很觉得对不起“她”，和“她”那原本好端端的美轮美奂的一只乳房。他从地毯上小心翼翼地捡起那些石膏碎片，翻找出父亲补自行车胎的万能胶，如同一位进行整形的外科医生，一小块儿一小片儿地往她身上粘。这时他万分后悔，倒宁愿摔伤了磕破了自己，保全维纳斯的左乳房。皮肉之损是完全可以长好的，只不过会流点儿血；美神的一只乳房却难以再复原如初，尽管没有一滴血流出来。他倾注了一个多小时的耐心在“她”身上，然而事倍功半，无论如何也不能将一只已然破碎了的乳房拼对为一只完整的乳房，总是缺少那么一点点儿。仔仔细细在地上寻找，却又找不到。哪儿去了呢？那么一点点儿东西哪去了呢？再看看维纳斯，“她”的身体被他弄脏了。这儿那儿，胶水将他的指印留在了她洁白无瑕的身体上。她那只乳房，好像被孩子的肮脏小手剥了皮的半个橘子。胶水放得太久了，变质了，不是无色透明的了，是橘黄色的了。怎么刚开始就没发现这一点呢？

猫头鹰恶毒地瞪着他，仿佛随时会像人一样幸灾乐祸地哈哈大笑起来。

好好儿的一个原本独自享受着的无烦无恼的上午，就这样转瞬之间被完全彻底的破坏掉了。

他恨死那个王八蛋小赵了！

可小赵这会儿兴许又找别人“侃”去了，又对别人去讲十亿元是多少钱的故事去了，以及看见十二层的大宾馆经过市银行梦想着占为己有的可怜而可怕的野心……

他隔着床朝猫头鹰扑将过去，将它抓在手里，摔在地上，狠狠地跺，他一边跺一边咬牙切齿地说：“我再叫你瞪我！我再叫你瞪我！”

猫头鹰干了的骨骼在他脚下发出裂断的脆响。

它不叫。它不挣扎。哪怕它痛苦地叫一声，挣扎一下，他的怒火和仇恨也会消除许多。然而它是死的。

死的东西不在乎毁灭。

它在他脚下扁了，支离破碎了，羽毛遍地。

因为它不叫，不挣扎，不在乎毁灭，所以他的怒火和对它的仇恨丝毫也没有得到宣泄。他似乎觉得，自己从未欣赏过它，一直都在仇恨它。在自由市场上第一眼看到它的时候，就已经在仇恨它了，而它对他也是。他忘不了它当时曾怎样仇恨地瞪着他，仿佛要用它那双锐利的爪子将他带上万米高空，抛下来活活摔死。摔得脑浆迸射肝胆涂地。它的那种仇恨的目光当时和现在都根本没有改变过。一想到每天夜里，他睡熟之后，它怎样在黑暗之中仇恨地瞪着他，一阵悸怖从他心头掠过。难道自己当时买下它正是由于某种仇恨心理的需要？花六百多元高价买下一种仇恨？为了每天夜里被一种仇恨陪伴着？……

“不！不！不是！”他吼着。

它虽然扁了，支离破碎了，但它那双眼睛，仍瞪着他，充满了更大的仇恨。一只眼睛已从眼窝中被踏了出来，粘在一根羽毛上，朝他投射着一种宁死不屈的目光。一只眼睛所表达的仇恨要比两只眼睛要比整个一种生命所表达的仇恨更加令人恐惧。

“你还瞪着我！你还瞪着我！”他继续跺踏，跺踏那只粘在羽毛上仇恨的眼睛。

接着他抓起它的赤铜底座，猛转身朝美神砸去。赤铜击在石膏上，一声钝响，维纳斯的腰断了，她的一丝不挂的上半身栽在地毯上。

他扑向她，挥起沉重的赤铜底座，继续砸。顷刻将美神砸成遍地石膏片。宛如遍地惨白的骨片。

他终于住了手，抬起头，却见母亲站在门口，正忐忑不安地呆呆地瞧着他。

他轻轻放下赤铜底座，缓缓地默默地站了起来。

“东儿，你怎么了？”母亲赔着十二万分的小心低声问。从母亲的眼里，他也发现了父亲有时候瞧着他的那种特殊的目光。那种老牧羊犬瞧着一只狼狗崽子似的目光，那意味着一种本能的怀疑，一种企图隐藏住而无法隐藏的不信任。他顶忍受不了父亲那种目光，而今天母亲也开始以这种目光瞧着他了。

他心里好不是滋味儿，好难过啊！难道我不是你们的亲儿子么？难道我还不能孝敬你们么？难道你们不知道我心里有多么爱你们么？就像我小的时候你们爱我一样啊！只因为我有了十四万元存款，只因为我成了“新潮服装店”的店主和一个小小私营回民饭馆的经理，只因为我能够大把大把地赚钱也养成了大把大把地花钱的习惯，而不像你们原先所一心期望的那样是个有正经八百的职业的人，便不是你们的好儿子了么？可那样这么宽敞这么讲究的楼房你们这辈子住得上么？你们能像现在一样无忧无虑地享受晚年的清福么？爸爸兴许还是会去当什么义务交通管理员，而妈妈你所喜爱的那一盆盆花又怎么会存在呢？……

“东儿，东儿？”母亲见他发怔，用手在他脸颊上抚摸了一下。不，那简直就是触摸，手指尖的触摸。好像他是一个糖浆吹起来的儿子，怕他粘手，亦怕触破了他。然而母亲从前很粗糙的指尖现在是那么的滑润了。家中早已没有许多容易使女人的手变得粗糙的活儿了，家中的一切都是细致的了,母亲的手便也细腻了。母亲也早已不再往手上擦“蛤蜊油”了,而是擦“奶液”了。他心中立时又感到很大的安慰。

“妈……”他笑了笑,讷讷地说,“我没怎么……你们不是总看不惯这些东西么?所以我就砸了。”

母亲说:“可只要不往客厅摆,摆你屋我和你爸没什么大意见啊!”

“我自己也嫌它们碍眼了!”

他说着,就到厨房里取了笤帚和撮箕,开始收拾残碴,之后用吸尘器吸地毯。

“妈来吧!”母亲从他手中夺下了吸尘器。看着母亲像大宾馆的年轻女服务员们一样熟练地在家里使用吸尘器,他内心的烦乱隐退了些,又被一种更大的安慰温存着。一九八六年,有几个当儿子的能够让自己的老母亲在家里使用吸尘器呢?他认为自己看到的是那么动人甚至那么富有诗意的情形。

“妈,我出去散散心。”

“去吧,兆麟公园有耍飞车的。”

他走到楼外,忽然想起兜里还有一张票——一张今天下午一点开庭的市法院大法庭的旁听票,是一个当警察的哥们儿送给他的。据说今天将要被押上被告席的,有好几位是本市的体面人物。他还没领略过法庭气氛的威严。他想,兴许比打斗片更富有刺激性吧?

公判的场面的确值得感受一次,法庭气氛无比庄严肃穆。

第一个被宣判的是一位贪污四万多元的副局长兼什么什么开发公司的总经理。

宣判结果——神圣的法律念被告在二十余年的领导岗位上,做过不少确确实实于人民有益的工作且认罪态度良好,从轻发落,有期徒刑八年。

座无虚席的大法庭一片嗡嗡议论之声。

“怎么才判八年啊?真便宜了他!”

“认罪态度好嘛！”

“这小子从哪儿请了一位能言善辩的律师？法官们被说迷糊了吧？”

“迷糊？那是因为有大人物保！这桩案子牵扯到的大人物们不少呢！那小子都一股脑儿揽在自己身上了，不保着点，那些大人物们的日子还好得了？”

“判是判八年，三四年就会逍遥法外啰！”

严晓东的前后左右，一些人们这么讲。

一位法警走过来，指向他低声喝道：“你，不许嗑瓜子。要嗑出去嗑！”

慌得他赶紧将口中正嗑着的瓜子吐在手上。法庭的威严气氛使他更加意识到自己其实不过是一个非常之渺小的人物，这儿可没谁认他严晓东“哥们儿”。

第二位被带上法庭的人西装革履，气宇轩昂，其从容镇定，简直使严晓东心里暗暗肃然起敬。

“被告龚士敏，一九六四年毕业于建筑工程学院。原系某建筑公司副工程师……”

居然是一位正宗知识分子！

严晓东精神为之一振，坐得更端，侧耳聆听。

“被告龚某，于一九八五年，辞去原职，钻改革之空隙，将户口迁往农村。其后，以发展农村联营企业名义，采取请客送礼，拉拢贿赂之手段，两次共从银行贷款三十万元，从此大过资产阶级享乐腐化之生活，却没花一元钱在正当经营方面。三十万元于今挥霍尽净……被告龚某，你承认罪行吗？”

“一点儿不错，正是如此！”

听不出丝毫悔罪的意思。出言铿锵，一字一句，落地有声。

严晓东极想看到被告脸上是一副什么表情。无奈这知识分子“龚某”似乎并不把千余听众放在眼里,始终面对法庭,背对听众,也不高也不矮也不胖也不瘦也不驼也不弯的身体,顺条笔直地站在那儿。整个儿是一条知识分子好汉似的。严晓东忽然感到:“这个人的身影怎么这么熟啊!”他急切想看看这位被告的面容,于是,就贸然站了起来。

“你坐下!”又是刚才那一位法警。

他马上坐下,心里却有些不安。

近两三年的犯罪率还真不低,他想。不过和前些年比,成色大不相同了。前些年,一张宣判布告贴出来,勾红一串儿,流氓犯多,强奸犯多。近两三年,经济犯多起来了。贪污、诈骗、行贿受贿,非法牟利……几千元是小数,动辄几万十几万几十万。罪犯也不再往往是二十多岁的小青年了,国家干部多起来了。官小的是科长、处长,官大的则是局长、厅长、县长、市长,甚至省长一级。岂不是应了“上梁不正下梁歪”那句话么?

法官威严的声音震击着他的耳鼓:“根据我国刑法一百五十二条和一百五十五条的规定,本法庭判处大诈骗犯、贪污犯龚士敏死刑,缓期两年执行……”

“龚犯,你还有什么可说的?”

“没什么可说的。人唯一命,宁享乐百日,不穷酸百年!但请速死,何必缓刑!”

“将龚犯押下去!”

于是那龚某不卑不亢地就被押下去了。

又引起一阵嗡嗡议论之声:

“对这样的趁早枪毙算了,为什么还缓期两年啊?”

“就是。瞧他那副蔑视法庭的傲慢劲儿!”

“据说因为他还有十几万元没挥霍,不知藏在什么地方,打算留给老婆孩子。得在枪毙他之前,把国家这笔钱追问出来呀!”

“还希望他交代啊?我看他是不会交代的!”

“你没听他说嘛,人唯一命,宁享乐百日,不穷酸百年!他那是把人生看得透透的啦,早有一死的思想准备!”

“对,对。他不是还说但请速死嘛!”

“这叫心甘情愿地以身试法啊!”

“安静!下面将罪犯……”

严晓东站起来匆匆离开了法庭。龚某被押下去时将脸转向了听众一次。他认出了龚某,他们曾一块儿吃过几次饭。可在场的“哥们儿”为他们互相介绍时,龚某不叫龚士敏,而叫龚冰啊!那顿饭本是以他的名义请的,他忘了带钱,结果是龚某替他付的账,四百多元。龚某给他的印象豪爽仗义。他总想着要当面还龚某钱,却再也没机会见到。他曾托一个“哥们儿”代转,可那“哥们儿”说:“干什么呀!你这不等于埋汰人家么!”

没有谁退出法庭,只他一个人往外走。他的表情很不正常,不少人将猜测的目光投射到他身上,大概以为他是龚某的亲属。那位法警不知何时转移到了门口,迎面盯着他,好似盯着一个同案犯,盯得他心怦怦跳。

一走出市法院大法庭,他就在高高的台阶上坐下了,迫不及待地掏烟吸。万万想不到龚某是个如此这般的大诈骗犯!他严晓东欠一个大诈骗犯四百多元!妈的这世道也变得太凶险了!他宁愿事情反过来,是自己被龚某诈骗了四百多元!他觉得自己胃里消化过极不干净的东西似的,一阵阵地翻腾。

“你这个人怎么回事?法庭门口是你坐着吸烟的地方么!”又是那位法警。

他一句话也不敢多说,掐灭烟,起身便走……

当他出现在他的回民饭馆里的时候,他所雇用的两位大师傅和三个跑堂伙计围住他,指着街对面向他诉苦。才半个多月没来查看,街对面竟又出现了一家回民饭馆的门脸儿,比他的饭馆的门脸儿更体面,使他的生意受到严峻的竞争的威胁。

“当家的,他们不地道,偷了咱们一份菜谱去!”

“偏偏在咱们对面开门脸儿,这不是成心想挤垮咱们吗?”

“当家的,咱们干脆扩建吧!你甩出几万元起个二层三层的!要不我们还在你这儿干个什么劲儿?冷冷清清的!”

“两位大师傅不干,那我们也不干了!”

“吵吵什么?乱吵吵什么!”他大发脾气,“我不是还没因为生意冷清减你们的工钱吗?扩建不扩建,用不着你们操心,我自有打算!”

他从管账的手里要出五百元钱,接着就抓起电话,想问一个“哥们儿”,那龚某家住哪儿。刚抓起电话,见大师傅和伙计们都在默默地瞧着他,又放下了。他不能当着他们的面打这个电话。如果他们知道了他跟一个大诈骗犯有瓜葛,那他是没法儿继续挽留住他们的。

“我待你们怎么样?”

“当家的,那还用问吗?你待我们是不薄呀!要不我们为你操心?”

“正因为你待我们不薄,我们眼见生意被人挤了才发愁啊!”

两位大师傅说着知近的话。

“我给你们每个人的工钱,都不算低吧?”

“不低,不低!”

“当家的,我们可没有再让你加钱的意思!”

三个伙计立刻表白。

“我这个门脸儿,从一开张起就仰仗着你们,我严晓东是个有良心的人,你们若也讲良心,别背弃我!”

“哪能呢,哪能呢!”

“当家的,你不蹬我们,我们是决不背弃你的!只是咱们的生意……”

“你们放心,我严晓东绝不是个甘于被谁挤对垮了的人!不就是竞争么?没个隔街竞争的,我还觉着太缺少刺激呢!你们让我好好考虑两天!”他说完这话,就走了出去。

站门口,他冷眼望着对面饭馆顾客络绎不绝的兴隆情形,一种近乎仇恨的竞争心理顿然而起。在某些日子里，他清清楚楚地知道，自己实际上并非是为赚钱做买卖，其实是为竞争做买卖，刺激他的已不是钱，而是“争”。也不唯是与具体的对手竞争，其实是与“竞争”这种促使人无比亢奋的心理竞争。那只能说是亢奋，绝不能说是兴奋更不能说是昂奋。不知从什么时候开始，这种心理统治了他的潜意识。他总想要在潜意识领域战胜它一次，然而每次较量他必败无疑。他成了它既不甘心驯服又无可奈何的奴隶。

严晓东的潜意识一旦活跃，必定是因为感到了威胁。贫穷早已不能对他造成威胁，对他造成威胁的是同行强过于自己的事实。或者更直接地阐明是他自己桀骜的竞争心理。十四万元像十四万层锡纸包裹着它，故而它是很娇贵的。

“一山不容二虎。咱们骑驴看唱本，走着瞧！”他赌口恶气，犹豫一阵，大步跨过街，以一副不可一世的派头迈入了竞争对手的回民饭馆。

“敌方成员”——跑堂的伙计们（二女一男，也都是年轻人）显然并不认识他。尽管他有点来者不善的样子，却未被当成个特殊顾客对待。已经没座位了，十几个顾客这儿那儿站着，等座位。

“严老板，您这儿坐！”几个以往常在他的饭馆里吃饭的工人发现了他，客客气气地和他打招呼。

“你靠边儿站，别碍事！”伙计们猜测到了他是谁，对他反而更不客气了，甚至可以说怀着某种敌对情绪。

“怎么？不欢迎吗？我又不是来偷菜谱的！”他偏不靠边儿站。

“你说话掂量点儿！谁偷谁的菜谱啦？”那个二十六七岁的男伙计，一边在围裙上擦手，一边凶狠地瞪着他。

“想打架？在这儿打架，吃亏的可不会是我。我不过豁出这身儿衣服，你们的损失可就大了！”他冷笑。

“你！……你成心找茬儿是不是？老子不怕你这个！”对方瞪着双牛眼向他走了过来。

“哎哎哎，二位别这样，别这样！有话好说嘛！”那几个认识他的工人，慌忙起身相劝。

“你瞧你这把门狗似的德性！你们老板要是到我那儿吃饭，我的伙计不会这么对待他！”他在一个工人让出的座位上坐下，又冷冷地问在座的顾客，“我的两位厨师都是退休二级，难道做的菜不如这儿味道正？”

“哪里哪里，这儿新开张，不是更需要我们照顾照顾情绪嘛！”

“严老板，别误会，千万别误会！你那儿他这儿，菜是做得都不错，价钱是都挺便宜的。我们一三五在你那儿，二四六在他这儿，你看好不好？”

“那不必！我严晓东只照顾别人的情绪，不需要什么人照顾我的情绪！”用手一指那个瞪着双血性牛眼的伙计，“听着，一瓶啤酒，一盘儿牛肚儿，一盘羊肝儿。啤酒要青岛筒装的，不是青岛筒装的甭上！”

“不侍候你这份儿，你立刻给我出去！”对方好大的脾气。

他有些火了，腾地站起。正欲发作，这儿的老板露面了，却是三十四五岁一位“阿庆嫂”式的女人。

“阿庆嫂”不像那些他所熟悉的工人们似的称他“严老板”（与其说这种称呼中多的是敬意，莫如说多的是戏意），而称他“严大哥”，使他听来多出几许亲热。他心里很是受用，火气顿减。“严大哥，您担待点儿，您千万担待点儿！那是我大妹夫，他不懂事！您请后头坐吧！我亲自为您服务。啊！”“阿庆嫂”的殷勤和微笑使他发窘：“我不是到你这儿来吃饭的，我到你这儿来吃饭干吗？我也不是来找茬的。大路朝天，各走一边，我严晓东找你的茬儿干吗？你说我找你的茬儿干吗？我不过就是来看看，既然不欢迎，我走！”

“严大哥，您别走啊，您不能走！您大驾光临，憋着一肚子气走了，倒显得我做得太不合适了！您无论如何得给我个台阶下呀！”

由不得他自己，他被“阿庆嫂”请到“后头”去了。他以为“后头”

还有单间,还有雅座,却没有。“后头”分明是家,十三四米的屋,火炕之上搭着二层铺,家具摆得挤挤插插,火炕上还悬着摇篮,摇篮绳系在二层铺上。

“阿庆嫂”陪他进屋后,先推了一下摇篮,然后支开一张小圆桌和一把折叠椅,用衣袖擦了擦椅子,笑盈盈地说:“严大哥,您请坐,别见外。”接着,蹲下身从柜底下拖出一个纸盒箱,连带着拖出了一双旧鞋几只袜子。她打开纸盒箱,从中取出瓶白酒,往桌上一放,难为情地又说:“我这家也造得太不像样了,您别见笑! 这是起执照时送礼剩下的一瓶‘五粮液’。啤酒嘛……没进到筒装的青岛啤酒,您将就着喝瓶装的吧! 我先给您沏杯茶……”一边说着话儿,一边用脚将那双旧鞋和那几只袜子往柜底下踢。

“这……这我太打扰了,我得走!”他站起身就欲走。

“严大哥,您看得起我,您就坐着别动! 您就这么走了,我心里会不安的!”

他只好又坐下去。

“我母亲前年去世了。我父亲是正阳街那家饭馆儿的大师傅,去年退休了。跑堂儿的是我俩妹妹和一个妹夫。我主管全面儿! 我原先在民办厂干活儿,工资低。日子可是真够难过的! 全家一合计,干脆,腾出住的地方开饭馆吧! 如今谁不想富起来,甘心过穷日子? 这也叫穷则思变嘛,大哥您说是不是?”“阿庆嫂”一边涮着茶杯,沏茶,斟茶,一边同他聊。

“那,你们全家如今就挤在这一间屋里?”

“暂时没法子啊! 创业阶段,住得窝囊点儿就窝囊点儿呗!”“阿庆嫂”乐观地笑笑,抽身走了出去。

他听见她说:“小妹,叫爸炒几样拿手菜,你送进来!”

他一眼瞥见摇篮在往火炕上滴水,起身看,见孩子醒了,便将孩子从摇篮中抱了出来。

"阿庆嫂"这时又回到了屋里。

他对她说:"孩子尿了。"

"哎呀,弄脏了你衣服!"她急忙接过孩子,一边换尿布,一边说,"严大哥,同行是冤家这话不对。我大妹夫是去偷了你们的菜谱,我骂过他好儿遭了,还想当面去向你赔罪来着。可人家告诉我,你这人火暴脾气,我没敢主动找你。以后我们的生意,还得请您方方面面的多关照啊!"

"你丈夫在什么单位工作?"

"他呀,远着呢!在杭州。返城那年,我俩就各奔南北了!他那边儿也一大家子人口,生活也不轻松。"

"为什么不往一块儿调呢?"

"难呀!咱们一个普普通通的老百姓人家,说往一块儿调就能调到一块儿呀?他总写信抱怨我,怕耽误了给他生儿育女。这不,去年他来住了一阵子,今年开春我就多了这么个累赘!等我赚下笔大钱,买了房子,就让他来!如今只要有钱,户口算什么?大哥你说是不是?"

她给孩子换好了尿布,就半坐在炕沿上,当着他的面,解开衣扣,敞开衣襟,暴露出一只丰满的乳房奶孩子。

他不好意思再看着她,转移目光四处打量。

她便扭转了身子。

她的妹妹端着一盘儿菜迈了进来。白了他一眼,使劲儿把盘子往桌上一放,"哼"了一声出去了。

他一时无话可说,搭讪着问:"你当年是兵团的?"

她瞄了他一眼,点点头。

"我也是。大水冲了龙王庙,一家人不认一家人!"他站了起来,"我看你也真够不容易的。坦白对你说,我来,是想探探你的实力。"

她又瞄了他一眼,目光中流露出几分疑惑,几分不安。

"你放心。"他笑了一下,第一次觉得找到了那种良好的感觉,那种在别人面前仿佛真正是一个强者的良好感觉,他的语气也就随之变得相当豪爽,“我是不会把你当成冤家的。如果我想要和你竞争,就一定能挤垮你,你是根本竞争不过我的。我有十四万元,十四万元你知道是多少吗?”

她默默地点了点头,又换一只乳房奶孩子。

“十四万元……”他思考地说,“我豁出几万元把我那饭馆扩展成二层,三层,布置得宽宽敞敞的,这条街上的生意还有你做的份儿么?”

她低了头,不吭声儿。

“不过我不会那么做的。”他又笑了一下,“我得多多关照你!谁叫我们有过共同的经历呢?牛羊肉加工厂,我有关系;副食供销总社,我也有关系。找张纸来,我给你留下人名和电话号码。你有了这些关系,生意做得才有保障。今后遇到什么困难,求我!你求我比求别人可靠,我不收你的礼,我会全心全意帮你的忙!”

她就一手抱着孩子,一手拉开抽屉,取出一个小本递给他。

他记下几个她少不了要麻烦到并且绝对会看在他的份儿上给予她帮助的人的姓名和电话号码,对她说:“孩子已经睡着了。”就走了。碰到她那个“愣头青”妹夫,他在他肩上重重地拍了一下。对方满腹狐疑,不知意味着什么,托着一摞空盘子,瞠目看着他大摇大摆走了出去。

他跨过马路,走回自己的饭馆门前,不禁回首一望,见她亦站在她的饭馆门前望着他,怀中仍抱着孩子。

他向她挥了挥手,意思是让她回去。她显然是误解了这意思,抱着孩子就要跨过马路来。

“别过来!用不着过来!”他对她喊。苦笑着摇一下头,走入了自己的饭馆。

他自己的饭馆里,依旧冷冷清清。

是啊,对方的地盘宽绰些,相比之下,自己的地盘太狭窄了。对方那儿干净些,相比之下,自己这儿的卫生就差得多了。他在一张靠窗的桌子旁缓缓坐下,心想,如今的人们,不只是要吃得便宜,还希望在一个宽敞些干净些的地方吃。

他陷入沉思。

三个伙计又围了上来，一人从他的烟盒里取出一支烟吸。

“当家的，你到他们那边干什么去了？”

“当家的，动员起你那些关系，掐断他们的货源，给他们点儿厉害瞧瞧！”

“对，给他们点厉害瞧瞧！就凭你，还挤不垮他们！”

忠心耿耿的伙计们怂恿着他。

两位闲着没事儿的大师傅也从厨房走了出来。

一个说：“当家的，事不宜迟，要下什么决心就趁早下！”

另一个说：“好汉不吃眼前亏。他们的便宜，就占在地盘比咱们大上！”

他忽然对三个伙计吼：“你们闲着没事儿，就不能搞搞卫生吗？瞧这地板，多少日子没好好拖了？快成黑的啦！”

三个伙计面面相觑，同时退开，默默地就开始搞卫生。

他又吸了几口烟，问两位大师傅：“常言道，一山不养二虎，对不对？”

“对！”

“对对！”

他递给他们一人一支烟，恭而敬之地替他们点着，用讨教的语气问：“好男不和女斗，对不对？”

“对是对……不过，该斗还得斗。你不斗，它就不倒嘛！”

“现如今讲的是男女平等，讲的是竞争。竞争就是斗呗！谁斗胜了谁英雄，谁斗败了谁狗熊！”

“那，我心甘情愿当狗熊。”他站了起来，“这个饭馆我是决定不开下去了！你们大家对得起我严晓东，我严晓东永世不忘。我也要对得起你们，本月的工资你们照拿！另外，我给你们两位师傅每人一千元解雇费。你们三位伙计，每人五百。我这地盘，重打锣鼓另开张，再谋哪方面的生意我还没想好……当然，高兴继续留下扶持我的，我将感激不尽！”

三个伙计都停止了搞卫生，与两位大师傅目瞪口呆地望着他。

在他们大惑不解的注视之下，他羞愧而内疚地垂了头。

突然他大步走了出去。

“晓东！”

“当家的！”

两位师傅在背后叫他。

他却没有停止脚步，越走越快。走到街口，他的脚步放慢了。终于，他站住了。他侧转身朝他的小饭馆望去——他们在锁门，在窗上安装栅板，用竹竿搭取下营业的幌子，他们将那营业幌子扔进了垃圾箱。他们先后离去了……

望着他们去远，他又折了回来，走得很慢，很慢，很慢。

他在垃圾箱前站住了。五颜六色的营业幌子，宛如一朵大丽花开放在垃圾箱里。他掏出打火机，接着，点燃了它。他瞧着它升腾起一片火焰，渐渐化为黑色的灰烬，余烟袅袅。他低垂着头，一动不动地，呆呆地站在那里，仿佛在向一个亡友的灵柩志哀。

“严大哥……”

他抬起头，见“阿庆嫂”站在一旁。

“你又何必如此呢？难道你心里恨我？”

“这不关你什么事。祝你早日赚下一笔大钱，买房子，把你丈夫接来！”他冲她笑笑，呆望着垃圾箱内的黑色灰烬愣了片刻，缓缓举起右臂，捻指打了个很响的榧子，彻底完成了一桩挺难于完成但终于完成了的工作一般，一脸满意的神情。他对她深施一礼，扬长而去……

他在街上有些盲目地走着，走着。他心情复杂，如同丧失了某种重要的东西，亦感到获得了某种重要的东西。直至路过公用电话亭，他才想起了自己今天必须办的一件事。

“喂，我是谁？是你二大爷！严晓东！告诉我那个姓龚的家住在哪儿！”

“大哥，他……他坑你钱了么？”对方谨慎地问。

“少废话！”

“既然没坑你，你打听他家的住址干什么？大哥你不知道他今天都被宣判了吗？这种时候你还往他身上贴呀？”

“放你妈的屁！告诉我！……”

……

一个多小时后，他出现在一幢漂亮的苏式住宅小花园般的院子里。

他踏上木板台阶，轻轻敲门，敲了半天，无人应声。他推了一下，门却没关，虚掩着，便走进去。

这是一幢房间很多的住宅，所以他看到的封条也很多。盖着法院和公安局大红印章的封条，交叉贴在一扇扇房间门上。地毯已经卷起，好几卷，立在过道墙角，也贴着封条。遍地纸张，地中间有只敞盖的皮箱，衣物里里外外散乱一堆。

他大步跨过它，脚下被什么能够滚动的东西垫了一下，差点摔倒。站稳后，低头一瞧，是一颗图章，他抓起图章看看，扔到皮箱里。

他发现地上有许多硬币。不知究竟出于什么心理，他开始捡。结果越捡发现的越多，捡到一只手放满了，他只得揣入兜里，接着捡。他发现了破碎的猫形的储蓄罐。

忽然他听到了一个女人的低低的哭泣，他循声望去，总算发现了一扇没有贴封条的门。他扔掉白瓷猫头，攥着一把硬币站起来，轻轻走到了那扇门前，问：“可以进吗？”

女人低低的哭泣立刻停止。

他又问：“可以进吗？”

经久，没得到回答。

他缓缓将门推开一半，那是一个很小的房间，除了一张床，一张无抽屉的长方桌，别无他物。一个四十余岁的女人坐在床上，搂着一个站在她跟前的少年，从身材判断，那少年十二三岁。虽然并未被允许，他还是走进了这个房间。

那女人泪流满面，神色惶惶，目光忐忑。

“龚士敏是你丈夫吧？”

她不吭声。

“是不是？”

她仍不说话，脸转向一旁。

那少年朝他扭过头，替那女人回答一个字：

“是……”

那少年的神色也是惊慌的，目光也是忐忑的。

“我是为钱……”

那女人猛地将脸转向了他：“我不知道！我真的不知道他把剩下那笔钱藏在什么地方！我一直相信他是在办公司！一切事他都瞒着我，欺骗我……”她的话说得十分哀切。

他相信她说的无疑是真话。

他解释：“我不是法院的，也不是公安局的。我……我是他朋友……来还他一笔钱……”他从内衣兜里掏出那一沓四百元钱递给她，她不接，瞪着他。他默默地退后一步，将钱放在桌上。

女人猛地推开少年，扑向了他，一手紧紧抓住他的衣领，一手狠狠扇他耳光，并且高声叫嚷：“他没朋友！他的朋友都不是好东西！我恨他！我恨你们！是你们陪着他吃喝玩乐，花天酒地！公安局怎么不把你们也一个个抓起来！法院怎么不也判你们的刑啊！……”

待他挣脱了身子，已挨了几记耳光。

那女人又抓起他放在桌上的钱，咬牙切齿地撕着，劈头盖脸地抛向他，一时间残钞遍地。

“你滚！你滚!!”

他怜悯地望着她，将攥在手里那把硬币放在桌上，又从兜里掏出所有的硬币,也放在桌上,嗫嚅地说:“过道地上的……”

女人从桌上抓起硬币,像抓起一把石子似的,仇恨万端地投在他脸上。

他几乎是抱头鼠窜着逃离了房间。在过道里,他被那只敞盖的皮箱绊倒了。

当他狼狈地逃到外面时,听到了那女人的号啕大哭,夹杂着那少年的哭叫:“妈妈! 妈妈!”

他抻了抻被那女人扯歪的领带,双手插进衣兜,一步步踏下了台阶。他的手在兜里摸到了没掏尽的一枚硬币,掏出来看了看,是五分。他不知该如何处理,想了想,弯下腰,将它放在了台阶上。

一只矮小的板凳狗从房后蹿出来,凶猛地向他狂吠,却又不敢真咬他。他狠狠地踢了狗一脚,将狗踢得在地上打了几个滚,汪汪叫着,瘸着一条腿,朝房后蹿去……

女人和少年的哭声,还有留恋在花丛中的一只又大又漂亮的玉蝴蝶,一直将他送出院外,并且追随了他一段路。

哭声终于渐渐地听不到了。

下午四点多钟的时候,他出现在最近开放不久的市体育俱乐部。他对新兴的体育项目——壁球产生了一些爱好,同二十多岁的收票员混得挺熟。

“来了?”

“来了。”

“就剩下这一副拍子了,估计你今天会来,特意给你留的。”

“多谢。”

说罢,他接过拍子就走入了球室。一走入球室,就脱了西服和衬衣裤子,连皮鞋也脱了,只穿着背心裤衩袜子,挥拍抛球,对着三面墙壁,砰砰嘭嘭,一通儿猛击。

他爱好上了这种新兴的体育项目,乃因为它是一个人同自己较量的方式。他仿佛总企图在这样一种没有窗子的房间里，在没有另外一个人观看的情况下，自己击败自己。

战胜对手不值得骄傲，能击败自己却很不容易。某些人之所以懦弱，恰恰由于常败给自己。而我们的严晓东却那么与众不同，他要在击败自己的时候显示出一种刚强，寻找到一种自信，因为他没有一个明确的对手。但他却又不知道自己究竟应该在哪些方面彻底战胜自己……

老父亲是越来越觉得他不可救药地变坏下去了。甚至像密探似的跟踪他，怀疑他经常在某些堕落的地方与某些堕落之徒鬼混。有一次跟踪他来到这儿，见他独自在连扇窗子都没有的房间里发疯般地对着墙壁打球，认为他是空虚已极，怒不可遏地将他拖出球室，在大厅里当众痛斥一顿。

他说："在西方，最文明的人也爱打壁球！"

老父亲说："那是花花世界的文明！吃饱了撑得没正经事儿干的资产阶级才会一个人对着墙壁打球玩！连你买卖都不想好好做下去了么？像你这样的，就得彻底清除清除你头脑里的污染！要不你是没救了！"

他打了一个多小时的球，出了一身透体大汗，内心轻松多了，终于像顽强地击败了一个对手那么舒畅。

离开体育俱乐部，不想回家，不想看到父亲那副正经八百的煞有介事的面孔。

趁还不到工厂下班的时间，他给小婉挂电话，邀她晚上看电影。出乎他意料，她爽爽快快地答应了。

她见到他的第一句话是："我连晚饭都没顾上吃。"

他说："我也没吃。"

他不饿。但小婉那句话的意思等于告诉他——她是为了他没顾上吃晚饭的。尽管他在电话里已对她讲过，时间很富裕，她可以不慌不忙地在厂里吃了晚饭再来会他。

他非常憎恨她,又非常爱她。在这件事上他最想战胜自己,却根本无法战胜。爱是一种病。每一种病都有它的领域;疯狂发生于脑,腰疼来自椎骨。爱的痛苦则源于自由神经系统,由结膜纤维构成的网,情欲的根本奥秘,就隐藏在这看不见的网状组织里。这个神经系统发生故障或有缺陷就必然导致爱的痛苦。这里全是化学物质的冲击和波浪式的冲动。这里织着渴慕和热情,自尊和嫉恨。直觉在这里主宰一切,完全信赖于肉体。因为它将人的生命的原始本能老老实实地表达出来。理性在这里不过是闯入者,"第三者"。

他憎恨她如同憎恨使自己得痢疾的大肠杆菌。他爱她的程度和憎恨她的程度不相上下。他吃得再饱也乐于陪着她继续吃遍全市的中西餐厅。

"你想到哪儿去吃?"

"我想吃烧小牛排。"

"那咱们到老地方吧!"

老地方是"俄罗斯餐厅",也是高消费者们光顾的地方。

当他们穿过一处地下桥洞,小婉鬼鬼祟祟地说:"你转过身去挡着我一会儿!"

她站在一条印刷标语前。那条标语写的是——"这里也属于你,请保持清洁。"

他不知她想搞什么名堂,他不愿问,像一个忠实的贴身保镖,默默地服从地转过身去。

"快,我们走!"

他奇怪地朝那条标语看了一眼,见多了一行碳素笔写的字——"本人的股份愿廉价出售!"

"从今往后不许在我面前摆出阔佬的神气了啊,我也是有资产的女性嘛!"她咯咯笑。

吃饭的时候,她没头没脑地告诉他:"我和那小子分道扬镳了!"

“谁？”

“你在舞厅差点儿和他打起来的那小子呗！”

“难怪你今天这么痛快就答应和我看电影！”他恨恨地想，讥讽地问：“感到孤独了是不是？”

“那倒没有！又不是他和我‘掰’了，是我和他‘掰’了！”

“为什么？”这使他高兴。

“和他在一起，我觉得他是全世界最聪明的人。所以我其实更愿意和你在一起。”

“为什么？”

“和你在一起我觉得我自己是全世界最聪明的人。”

她食欲旺盛，吃得津津有味，将一碗俄罗斯风味的咖喱汤喝了个精光。

“小婉……和我结婚吧！”

“为什么？”——“为什么”从她嘴里问出总是充满天真意味儿。

“我已经三十七岁了！”

“可我才二十一岁呀。”

“我爱你！”

“有多爱？”

“只要你和我结婚，一年三百六十五天我都爱你！”

“闰年多出的那一天你爱谁？”

“这……你为什么要自甘堕落呢？”

“你不堕落？你不堕落跟我这样的女孩子睡觉？”

“你小声点！”

“你不是大大的男子汉，连堕落的时候都胆小如鼠。”她笑了，笑得又可爱又可恶。

“你生气了？”

“我真想揍你！”

“别动肝火，千万别动肝火。别人告诉我，外国有一个小镇的牧师死了，镇上的居民纷纷给教会写信，请求赶快再派一个牧师来。可是等到新委任的牧师正准备动身前往时，教会又接到了小镇上的居民们的联名信。信中说，别派牧师来了，我们发现生活在罪恶里更有趣味。如果派来，我们一定将他赶跑，或者杀了他！大哥，你别在我面前装牧师好不好？”

她用最后一小块面包蘸尽了红烧牛排的汤汁，塞入口中，吞咽下去，像小孩儿似的嘬着手指。

他阴沉着脸问：“你觉得我配不上你？”

她又笑了，笑得仍那么可爱，亦那么可恶。

“那倒不是。我不想结婚，我早把你们男人研究透了。男人结婚前对女人的好处很多，看电影为我们买票，乘车为我们占座，进屋为我们开门，在饭店吃饭为我们付账，写情书供我们解闷儿，表演‘此情不渝’的连续剧供我们观赏……可结了婚以后呢？使我们成为烹饪名家！‘那天在外边吃的一道菜好吃极了，哪天你也学着做做！’还锻炼我们的生活能力！‘怎么连电视机插头也不会修？怎么连保险丝也不会接？怎么连路也不记着？怎么连……’最后我们女人什么都会了，成了你们男人的优秀女仆。你们男人还善于培养我们各种美德，控制我们花钱教我们节俭，用‘结了婚的女人还打扮什么’这句话教我们保持‘朴实’本色。用纠缠别的女人来教我们‘容忍’，用‘别臭美啦’来教我们‘谦虚’……”

他本来心里又开始憎恨她，听了她这一番话，竟忍不住笑了。他喜欢听她胡说八道，更爱她了。

“别人告诉我你最近常到体育俱乐部去，想在体育方面出点儿什么风头吗？”她放下刀叉，推开被自己吃得一无所剩的盘子，赤裸的手臂贴着桌面向他伸过来。

他误以为她是想主动接受他的抚爱，肆无忌惮地用自己的双手攥住了她那只手。她却不动声色地将自己的手从他的双手中抽出，眼睛在望着他，就用那只手默默地将他的那份儿面包和汤拖了过去。

“不,只是想减肥。”他非常奇怪于她的胃口如此之大,却仍能保持窈窕的体态,完全看不出要发胖的趋势,真使人嫉妒。

“减肥还有更好的途径嘛!一次普通的热吻大约消耗九卡热量,亲三百八十五次嘴儿可以减轻半公斤体重。”说完,她继续津津有味儿地吃。

“难怪你这么能吃也不发胖!”他恶毒地讥讽,“你就不怕得‘爱之病’?”

“你‘老杆’。艾滋病——滋。滋味儿的滋!”她吞咽了一口,对他加以纠正。优雅地用小瓷勺舀了一口汤,又说:“我不发胖因为我是劳动女性,日本投资商在厂里搞了生产流水线,你想偷懒儿都没法偷懒儿,许多女工被累得哭。你若和我们一样,每天紧张地劳动八个小时也就不必到体育俱乐部去减肥了!谈恋爱对我来说不过是八小时之外的一种游戏,一种娱乐,一种有益的运动,是自我调节精神的方法,是养身之道,我喜欢这一运动。关键在于要‘多、快、好、省’,今后你虚心跟我学着点儿,我免费教你!”

她终于放下瓷勺,用餐纸擦嘴,擦手,然后对他做一个应该走了的手势,率先站起来朝外走。

他便也一声不响地站起来跟在她身后。

“现代派儿……”有人在他们背后似褒又似贬地说了一句。

他不由得回过头。她也回过头。见说话的是两个年轻女服务员中的一个,她们被看得一时有些不知所措。

“谢谢!”她装出受到赞美的天真而礼貌的小女孩儿那种可爱样子,挎起他的胳膊。

他们看的电影是《超人》,散场天已经黑了。

她对男演员的英俊形象和健美体魄大大地动了情怀,一边挎着他的胳膊走,一边和他喋喋不休地谈论:“瞧人家外国人,男人长得像个男人,女人长得像个女人!这电影是怎么拍的呢?咱们中国电影——闲扯淡！闲扯淡还扯不明白！”

他们正穿过公园。

明月高悬在他们头顶。月光下，一对对情侣的剪影，或立在角亭，或偎在长椅，或坐在草地。

四周静谧。

他触景生情，联想到了《钢铁是怎样炼成的》关于保尔与冬妮娅的爱情描写——保尔提议和冬妮娅赛跑一段。保尔让冬妮娅先跑，保尔追。当保尔终于追上了冬妮娅后，冬妮娅喘息着靠在保尔的胸膛上，使保尔第一次对一个美丽的姑娘产生了亲近之感。保尔就是从那一时刻开始深深地爱上了冬妮娅的……

他希望体验到保尔当时所体验到的那一种圣洁的情感。尽管小婉不是冬妮娅，尽管小婉早已将他对爱对女人的圣洁之感彻底打破。正因为那种圣洁之感早已被彻底打破，他更加希望补偿地体验到一次。

假山后响起了手风琴声，奏的是《莫斯科郊外的晚上》……

公园里夜色美好。

“男主人公叫什么名字来？”小婉站住了。

“就叫超人。”他醋意大发。

“我问的是演超人那个演员的名字！”

“我也没记住……咱们赛跑吧！”

“赛跑？……”她微微仰起了脸，莫名其妙地望着他。月光下，她的脸那么洁白，那么俊，眼睛那么亮。

“嗯。你先跑，我追……看谁先跑出公园的前门……”

“可我穿的是高跟鞋呀！”

“冬妮娅当时穿的也是高跟鞋……”

“冬妮娅？冬妮娅是哪个臭婊子？老实交代？……”

“别问这么多了！”

“那，给我什么好处？”

“给你买一辆自行车。你不是早想买一辆‘飞鱼’牌的自行车么?包在我身上了!”

“行,不白跑就行!”她笑了。于是她向前跑去。

等她跑出二十几米远,他开始追。

忽然她一边飞跑一边喊:“来人啊!有歹徒啦!……”

猛地从假山石后跃出一个蛮小伙子,拦腰抱住他,将他摔倒在地,随即扑在他身上。

紧接着又从假山石后出现一位姑娘,也喊:“来人啊!抓歹徒啊!……”

小婉停止飞跑,转身见状,咯咯大笑,直笑得弯下了腰。

一时间不知从哪儿又冒出几个人,团团围住在地上搏斗的他和那个蛮小伙子。

小婉笑着跑了回来,对那些人说:“别认真,别认真,我们闹着玩呐!”

拼命压住他的那个蛮小伙子,慢慢从他身上爬起来,瞪着小婉吼:“有你们这么闹着玩的吗?!”

“走吧,谁叫你多管闲事?真不像话!”那姑娘挽着小伙子气忿忿地走了。

“是不像话!”

“唉,林子大了,什么鸟都有!”

“应该教育教育他们,再别这么闹着玩!”

“算啦,走吧!”

人们议论纷纷地散了。四周归复了静谧。

小婉瞧着他狼狈地爬起来,忍不住又用一只手捂住嘴扑哧笑了,还说:“这下我那辆‘飞鱼’牌自行车吹了吧?”

他给予她的回答是着着实实的一记耳光。他顺着原路朝公园后门走去。

她捂着火辣辣的面颊,柳眉倒竖,望着他的背影像望着一个抢走了她钱包的凶汉。

他的背影在一些巨大的老树之间显得那么孤独。他一手捂着腹部-——其实是攥着在搏斗时因运气过猛绷断了的窄皮带的两端。他迈的是那种仿佛被捅了一刀的人踉踉跄跄的步子。

她垂落捂着面颊的手，有些不安地喊:“哎！……你没事儿吧？”

他孤独的背影渐渐被那些老树扯开的黑暗之网笼罩了……

回到家里，父亲用威严的目光上下打量着他，凛凛地问:“你哪去了？”

“办我的事去了。”

他想立刻躲进自己房间，可父亲把守在他房间门口。

“办你的什么事？”

“还能有什么事？买进，卖出，赚钱。”

“你撒谎！你以为我没去侦察过么？你那货车的锁头都快生锈啦！那个饭馆的窗子上了栅板！连营业的幌子都不知被大风刮到哪儿去啦！”

“……”

“你今天怎么回事，非向老子交代清楚不可！”

“我又哪儿惹您发脾气了？”

“你皮带呢！”

他腰里扎的是他的鞋带儿。他不知如何回答，欲言又止，觉得没法儿解释，也解释不清。

“说!！”父亲盛怒，脸色铁青。

“丢了！”

“丢了？……我叫你不走正道！”父亲扇了他一耳光。

“你打吧，我跟你无话可说。”

父亲怒不可遏，又扇了他一耳光。

如果他招架，如果他躲避，父亲的愤怒也许会小些。可是他不招架，也不躲避。他十分倔强地站立在父亲面前，十分倔强地注视着父亲。这使当父亲对儿子的那种“恨铁不成钢”的愤怒达到了顶点。身材虽然瘦小看去却相当硬朗的退了休的老工人，踮起脚尖，抡胳膊，左右开弓扇他那“不走正道”的儿子的耳光。他仍十分倔强地站立在父亲面前，仍十分倔强地注视着父亲，不招架，不躲避。挨一记耳光，挺一下身体，梗一下脖子。像“武士道”精神十足的日本兵在暴怒的长官面前似的。

幸亏去收户口本的母亲及时赶回来了。母亲慌忙扑到父子之间，将儿子推入客厅，将丈夫推入儿子的房间，自己也跟进了儿子的房间。

“物价一天天涨，哪儿你都能听到老百姓抱怨共产党，哪儿哪儿你都能听到老百姓咒骂‘二道贩子’！偏偏咱们就有这么一个没出息的儿子！我这老脸都觉得没处藏没处搁，一听到别人咒骂‘二道贩子’我就低了头赶快走远点儿！他……他还不学好……连扎裤子的皮带都丢了。”父亲在他的房间里对母亲倾诉忧伤。

他听得出来父亲说着说着哭了。

母亲从他的房间走出来，走入客厅，见他呆呆地坐在沙发上望着电视机发愣，低声说：“儿啊……”

他仿佛没听见。

母亲又说：“儿啊……”声音更低了。

他不回答，也不看母亲，他脸上毫无表情。

母亲开了电视，像言行谨慎的老仆妇似的，悄没声儿地退出客厅，掩上了客厅的门。

电视屏幕出现电影《英雄儿女》的战斗场面——头缠绷带的王成，双手紧握冒烟的爆破筒，纵身跃入敌群。敌人一片胆战心惊，抱头鼠窜……浓烟烈火滚滚升起……却没有音乐，好像无声片。

他慢慢站起身，慢慢走到电视机前调音量。

英雄主义的音乐声渐大，渐大，渐大……

他的手缓缓将音量调钮调到了头，强大的英雄主义的音乐几乎使整个客厅都随之震撼。

英雄猛跳出战壕，一道电光裂长空，裂长空。

地陷进去独身挡，天塌下来只手擎。

两脚熊熊趟烈火，浑身闪闪披彩虹。

……

激越煽情的女高音插曲，使人听了心潮澎湃，热血沸腾，仿佛要将人推入到屏幕中去，代英雄一死！

但他却骤然觉得，一根联系自己和某种旧东西的韧性很强的脐带断了。他原是习惯于从那旧东西吸收精神的营养的，而它如今什么也不能够再供给他了。它本身稀释了，淡化了，像水晶般的冰块溶解成了一汪清水一样。脐带一断，婴儿落在接生婆血淋淋的双手中或早已为婴儿预备好的温柔的襁褓中。此时此刻，他却感到自己那一根“脐带”不是被剪断的，它分明是被扭扯断的，是被拽断的，是打了个死结之后被磨断的。他感到自己是由万米高空下坠，没有地面，没有海洋，更没有一双手向他伸过来，哪怕是一双血淋淋的肮脏的接生婆的手。

而他已不是婴儿。是一个男人，一个长成了男人的当代婴儿。

他虽已长成了一个男人，可还不善于吸收和消化生活供给他的新“食物”。他牙齿习惯于咬碎一切坚硬的带壳的东西，而生活供给他的新“食物”既不坚硬也不带壳。它是软的，黏的，粘牙，容易消化却难以吸收。

他感到他是一个自由落体……

忽然他双臂搂抱住电视机放声恸哭，那情形如同一个不招人喜爱又不明白自己为什么不招人喜爱，怎么才能招人喜爱的孩子搂抱住母亲放声恸哭。

他哭得悲哀极了。

“你作死啊！……”父亲撞开门，见他那种样子，慑住了，在门口站立片刻，退出去，复掩上门。

强大的英雄主义的音乐继续震撼着客厅。

不知是谁走到他身旁,将音量渐渐调小,终于丝毫全无。

他的哭声也渐低,终于完全停止。

他抬起头,身旁是姚守义。

“挺大的人,什么事儿想不开,哭得这么吓人?”守义关上了电视。

他用手胡乱抹了一下眼泪,见守义在奇怪地瞧着他腰间,赶紧扣上西服的扣子,坐到沙发上去,习惯地架起“二郎腿”,吸着了一支烟。

“银行里存着十四万,腰间却扎根鞋带儿,哪一派?”守义瞅着他笑,摇头。

他不予理睬,只是大口大口地吸烟。

“别难为情,我如今从电视里看《英雄儿女》《上甘岭》《在烈火中永生》什么的,也往往大受感动,却从没感动到你这么个份儿上!”守义继续调侃,“人间英雄主义的因子如果太多了,会阻碍人的正常呼吸的!还是听段轻松点的流行歌曲吧!”说着,顺手从磁带架上取下一盒磁带,塞入了他为父亲买的那台录音机,接着也坐在沙发上吸烟。

亚细亚的孤儿在风中哭泣,
黄色的脸孔有红色的污泥,
黑色的眼珠有白色的恐惧,
西风在东方唱着悲伤的歌曲。
……

一位男歌星用沙哑的低沉的声音,倾诉着心中冷漠的、寂寥的、忧郁的、孤独的惆怅。

亚细亚的孤儿在风中哭泣,
没有人要和你玩平等的游戏,
每个人都想要你心爱的玩具,

亲爱的孩子你为何哭泣?

……

他猛地站起身去关上了录音机,退出了磁带。可是姚守义却从他手中夺下了磁带,又塞入了录音机里,往回倒磁带。

他生气地吼:“你他妈的还想让我哭一通是不是?”

“连这么一首歌你都不能平平静静地欣赏,心理也太脆弱了吧?”姚守义反唇相讥,按了一下放音键。

男歌星那沙哑低沉的歌声又在客厅中回荡……

他再次起身退出了磁带。

姚守义说:“那就换一盘听。”

他将另一盘磁带塞入了录音机,复坐在沙发上。

“我真想换个活法儿……我穷得只剩下钱了!”他忧郁地凝视着姚守义。

姚守义亲密地拍了他的肩一下,理解地说:“刚返城的时候,我们寻找的是生存地点。如今,我们不愁吃,不愁穿,不愁住,不愁没钱花了,我们又要寻找什么生活的起点了,寻找一种活法。人他妈的真是永远没个满足的时候!寻找到一种我们完全适应的活法不容易,只怕老了还没有寻找到,所以我们眼珠里都免不了隐藏着点恐惧。”

录音机突然播放出一句京剧唱词:

包龙图打坐在开封府上……

姚守义立刻起身关上录音机,安慰他也安慰自己地说:“每个人突然都会老的!别当回事儿,别钻牛角尖儿去想。哪一种活法都有可取之处。一钻牛角尖儿去想,连英国女王和日本天皇也肯定活得没情绪了!”

他瞪了姚守义一眼,说:“我用不着你安慰。”

姚守义掀起罩住“伟大的女奴”那块花布看了看,转过身望着他说:“我不是来安慰你的。你以为我那么稀罕你?我是为宁宁的事儿来的。咱们王哥们儿在晚报上登的那篇文章,你拜读了吧?”

“你今后少对我提他,他的事与我有什么相干!”

“不是他的事!是宁宁的事!你我都发过誓,要作宁宁的好叔叔!可现在上海来了人,说是宁宁的亲生父母,要把宁宁从吴茵身边夺走!吴茵她连家都不敢回了,带着宁宁住在徐淑芳那儿呢!咱们有义务帮着吴茵想想对策!……”

他愣愣地望着姚守义……

第二天上午,一男一女两位晚报的年轻记者,在“民众旅馆”的一个房间里,对一对儿来自大上海的夫妻进行着神秘的采访。

“民众旅馆”是小小的私营旅馆,只有十来个简陋的房间,却有三四块大而醒目的招牌,分别立在几个路口。靠了这些招牌上的红色箭头指引,想找到它的人才能走过几条热闹的街道在一条僻静的胡同里发现它。那一对儿来自大上海的夫妻住在这么一个小小的旅馆,想必自有他们的种种考虑。

那丈夫,四十来岁;那妻子,三十七八岁。他们穿得都挺体面,气质也都不俗,他们包了一个房间。

两位晚报记者比他们年轻得多。男的,二十五六岁;女的,二十三四岁。

一张破旧的桌子摆在两张单人床之间。那对儿夫妻并肩坐在一张床上,两位晚报记者并肩坐在另一张床上,桌上放着一台小型录音机。

采访似乎刚开始不久。那当丈夫的向男记者敬烟。男记者并不推拒,吸了两口,问:“那么事实应该是这样的啰——孩子根本不是被你们抛弃的,是求人照看,因为当时火车站混乱,你们找不到替你们照看孩子的那位解放军了,对不对?”

那丈夫赶紧附和:“对,对! 就是这么回事!”

两位记者对视一眼。男记者又问:“那么,为什么不让车站的广播处广播一下呢?”

“嗨,当时火车站那种混乱情形,你们是想象不到的! 广播处关着窗,关着门,广播员早不知躲到哪儿去了!”

那丈夫说起话来,表情丰富,绘声绘色。相比之下,那妻子沉默多了,倒好像孩子不是她生的,是她丈夫生的。而男记者感兴趣的,分明是那丈夫;女记者感兴趣的,分明是那妻子。

女记者问她:“请您再详细说一遍当时的某些细节,比如您将孩子交给那位解放军同志时,是要去干什么?”

男记者说:“对,细节很重要。那就请您再详细说一遍吧! 这有助于我们帮助你们,使孩子顺利回到你们身边。”

“这……上厕所……”

“你当时在不在你妻子身边?”女记者突然将脸转向那丈夫,出其不意地发问。

“在! 我不在我妻子身边还能在哪儿?”

“那么你为什么不将孩子交给你丈夫呢?”女记者的脸又迅速转向了那妻子,目光盯得对方低下了头去。

“是啊,你为什么不将孩子交给你丈夫呢?”

“我……我……”

那妻子抬头看了两位记者一眼,继而看看她的丈夫,似有难言之隐,复低下头去。

“光她需要上厕所,我就不需要上厕所啦? 我当时也急着要上厕所嘛!”那丈夫站了起来,感情冲动地在所余有限的空间来回走。

男记者说:“别冲动。这不过是一些细节问题,无关紧要,想询问清楚是我们的职业习惯。”

女记者对那丈夫笑了笑,继续问:“我还想知道那孩子属什么的? 以及出生年月日。那孩子胸前有片痣您记得吗？手掌一般大，是这种形状的。”女记者说着，用笔在小本上画。

那丈夫瞅着，说：“当然记得。我当然记得！我的儿子嘛，连这么明显的标记我还能不记得！可你们为什么总纠缠这些细节？我们是孩子的生身父母，我们当年不是抛弃了孩子，是失去了孩子！你们如果真有诚意帮助我们，就敦促收养孩子的人来见见我们好了，其他的一切事不劳你们费心……”说着又坐到妻子身边，用一条手臂搂住妻子的肩，在两位记者面前摆出一副“恩爱夫妻”的姿态。

两位记者又对视了一眼。

不料他的妻子将他的手从肩头上推下去了，说：“你满口胡言乱语。孩子胸前根本没有什么痣……”

忽然她伏在桌上哭了：“我不来你非逼我来！不是你的骨肉，即使归我们了，你能爱他吗？……”她难以抑制地哭着，再也不抬起头来。

两位记者和那当丈夫的，三双眼睛久久地互相凝视着。

“是的，我不是那孩子的父亲。”那丈夫相当镇定地承认道。随即又站了起来，又在有限的空间走着，一只手叉着腰，另一只手挥舞着，“但我现在是她的合法丈夫！”一指他的妻子，“你哭什么？有什么可哭的！孩子，我们也是可以不要的。但我们不能在没有任何条件的情况下不要！人性必将站在我们的立场上！生身母亲的权利必将站在我们的立场上！你们总不至于怀疑她冒充那孩子的母亲吧！”

那妻子哭得更悲哀了。

两位记者默默地瞧着那丈夫，目光中都流露出了鄙视。

“他们抚养了别人的孩子，他们获得了社会的赞美。这对他们已经是一种补偿了！可我们呢？我们失去了孩子，却什么也没有得到，这公平吗？我的妻子，她肚子里怀了那孩子十个月！她为那孩子经受过生育的痛苦，难道她无权获得某种补偿吗？”他的话戛然而止，因为有人敲门。

他脸上那种既坦白且无赖的表情,他眼中那种既贪婪且无耻的眼神,倏忽间便全部消失了,消失得非常快。一种仿佛具有良好教养的气质,又归复到了他身上;一种仿佛高尚的表情,又归复到了他脸上;一种仿佛磊落的眼神,又归复到了他眼中。归复得非常快,他整个地倏忽间变了,彻底变成了一位正人君子。他犹豫片刻,从容不迫地开了门。

门外站着一男一女两位中年人。

男的问:"您贵姓?"

"免贵姓韩。"他矜持地回答。

"从上海来的?"

"不错。你们是……"

"我们是晚报的记者,你们的信我们收到了。"

女的说:"我们晚报对这次采访很重视。这是我们记者部主任。"

"十分感谢!"他将他们请了进来,望着已先到一步的两位"记者",冷笑道:"他们也是晚报的记者,你们不需要我互相介绍吧?"

两位冒充的"记者"不禁缓缓站了起来,不知所措……

十几分钟后,一位附近派出所的民警被服务员诚惶诚恐地引入了这个房间,早有一些住客拥挤在房间门口看热闹。

那位妻子似乎比两位冒充的"记者"更加尴尬,身体朝向一隅,低低地垂着她的头。

四十多分钟后,姚玉慧出现在附近的派出所,见她的妹妹和未来的妹夫规规矩矩地贴墙站着。妹妹对她做了个鬼脸儿。

"姚主任,您请坐。"那位民警对她相当客气,"咱们见过一面。您忘了上次您陪夏律师来了解过一桩民事纠纷案么?"

她点点头,表示没忘。

"他俩冒充记者,进行非法的所谓采访。"对方指了指她的妹妹和未来的妹夫,"还说他们是离休的姚市长的女儿和女婿。我不敢相信,也不敢不信,更不敢贸然惊动姚老,所以呢,就用电话把您给请来了。"

她不无惭愧地说:“他们确实是我的妹妹和我妹夫。”

“那就简单多啰!”对方拉开抽屉,取出录音机放在桌上,轻描淡写地笑道,“这也不算什么大不了的过错,姚主任您看,是不是就带他们回去吧?您工作也挺忙的!”

“好的。我替他们向您保证,今后再也不做这样的事情,给您添不必要的麻烦!”

她站了起来。

对方也站了起来,客客气气地送她,从上衣兜掏出“记者证”欲还给她妹妹,想了想又揣进了衣兜,说:“伪造得还真不错。你们就别要了,留在我这儿吧。啊?”并且拍了拍她那未来的妹夫的肩。

离开派出所,她不理两位“记者”,径直向自己坐来的小汽车走去,他们逍逍遥遥地跟随她身后。

她在车旁站住,转身瞪着他们,声色俱厉地说:“你们怎么不冒充市长和市长夫人玩?哪一天把你们逮捕起来我才高兴!”

“姐,你别生气嘛!”妹妹满脸功大于过的得意,将录音机朝她一递,笑模笑样地说,“我们也是为你那位兵团战友吴茵摸摸对方的底牌嘛,你这两天不是一直在为她的事儿分心么?又要替她请律师又要帮她打官司的!带回去听听,有大大的参考价值!”

她的表情有所缓和,夺过录音机,喝道:“上车!”

在车内,她迫不及待地听起了录音。

坐在车后座的她的妹妹和未来的妹夫更加得意,她在他脸上啪地亲了一下……

当天晚上,姚玉慧、夏律师、姚守义、严晓东、吴茵和徐淑芳,聚在徐淑芳的客厅,一个个侧耳聆听那盘录音。

“太无耻了!”姚守义拍案而起,“宁宁明明是被遗弃的,如今他们倒说是丢失!早知如此,当初王志松就不该将宁宁抱回家,而应该让那位解放军往失物招领处送!”又一步迈到夏律师跟前大声说,“夏律师,您一定得帮我们打赢这场官司！这不是吴茵一个人的事！这是我们几个……”

夏律师“嘘”了一声。他只好忍气回到他的座位上去。

严晓东坐在他旁边，似听非听，吸着烟，翻着《大众电影》。

姚守义劈手夺过，将它从敞开的房门扔进了卧室。

听完录音，几个当年的兵团战友面面相觑，最后都将目光射到了夏律师身上。

姚玉慧说：“老夏，这种事儿你经验丰富，你认为我们……该怎么办？”

夏律师却望着吴茵问：“你丈夫怎么没来？”

“他……工作忙……”吴茵低下了头。

徐淑芳替她解释：“她丈夫最近当了局党委秘书处处长，工作很忙很忙。”

夏律师望着吴茵追问：“那，他是怎么想的呢？”

吴茵不得已抬起头，忧心忡忡地说：“他和我一样，也是很爱宁宁的。”

这时，门被无声地推开了一道缝，宁宁正欲挤进来。一只手将宁宁拽开了，曲秀娟的声音在门外说：“宁宁，你再跟几个小阿姨到院里去玩会儿，啊？你妈妈正和大家谈重要的事儿呢！”随即自己进来，将宁宁关在了门外。

她找了个地方坐下后，环视着众人，最后盯着严晓东问：“刘大文搬你们家里去住，两位老人没不高兴吧？”

“什么？”始终闷声不响地吸烟的严晓东抬起了头，莫名其妙地问，“干吗往我家搬啊！”

他觉得和大家相比，他是个说话最没意义的人，所以他不愿发言。如果不是曲秀娟那句话使他莫名其妙，他很可能从始至终不开口。

姚守义赶忙接过话茬：“我昨天晚上不是在你家对你讲了么？刘大

文家是拆迁户，暂时先住你家一段日子……”

“你昨天晚上根本就没对我讲这件事！”严晓东火了。

“是么？我真没讲？那也许是我忘了。”

“你小子还也许！”严晓东怒冲冲地站了起来，跨到电话跟前，抓起来就往家里拨电话，“妈……我是晓东……我知道，我知道，忘了跟你和我爸打声招呼了……让他们住客厅里吧，客厅宽敞些……东西不少？那就随便他堆，随便他摆吧！是我当年的兵团战友……好人！妈你千万相信我，是绝对的好人！跟我爸爸好好解释……千万压住他的火……”

他放下电话，狠狠地瞪着姚守义。

姚守义抱歉地挠挠头说：“要是又惹你老头子不高兴了，你也别太勉强……”

“哼！一卡车东西都卸下来了！诸位失陪，我得立刻回家照应照应！”说着往外便走，走出门外又返身对吴茵说，“他们都是比我高明的人，让他们给你出主意吧。有用得着我这个低下人物的地方，告诉我就行！”

“哎，我派车送你！……”徐淑芳起身阻拦，但他已噔噔噔跑下楼了。

曲秀娟对姚守义责怪道：“你看你办的什么事儿！”

姚守义红了脸笑笑：“没关系，随他去。”

姚玉慧说：“咱们还谈正题吧！”

好像在这种情形下，她的身份依然是办公室主任或教导员，是在由她主持召开一次特别会议似的。而奇怪的是，不唯姚守义他们，连夏律师在内，也都分明受着某种习惯心理的约束，不言而喻地认同了她的资格。

夏律师默默地向姚守义讨了一支烟，吸几口后，深思熟虑地说：“不到万不得已的时候，不要诉诸法律。因为一位生身母亲希望儿子回到自己怀抱的要求，无论孩子当年是被她丢失的或遗弃的，无论是在中国或外国，都将受到普遍的同情。对方的丈夫说得一点儿没错，人道，人性和法律，不可能不站在生身母亲的立场上。谁都有权严厉地谴责一位生身母亲遗弃儿子的做法，却谁都无权阻止一位生身母亲希望儿子回到自己怀抱的要求。”

吴茵打断夏律师的话，急切地说：“我绝不奉陪对方上法庭！我绝不让宁宁站在法庭上，面对两位母亲进行选择，那太伤害孩子的心灵了，他才六岁！如果真把我逼到了这一步，我……我就让他们把宁宁带走好啦。”她哭起来。

徐淑芳便起身坐到她旁边，搂着她肩膀，用无言的亲密安慰她。

“有了！”姚守义忽然大声说，“我有一个高招了！明摆着，他们来认孩子是假，来敲诈才是真正目的！吴茵辛辛苦苦将孩子抚养到六岁，还要受敲诈，如果让对方的目的实现，这世道也太他妈的不公平了！干脆，吴茵你明天就把宁宁给他们送去，把球踢给他们，看他们如何?！这叫反‘将’一‘军’！”

曲秀娟点点头道：“这也不失为一个方案。”

夏律师也表示赞同地说：“在迫不得已的时候，可以考虑这一方案。”

“宁宁不是球！”吴茵却坚决反对。她抬起头，泪流满面地望着大家，“你们谁也不必替我考虑了！我什么都能忍受，可你们得一心一意为宁宁着想啊！那样做了，受害的还不是宁宁吗？……我求求你们再为宁宁想出一个不受伤害的好办法吧！”

“吴茵，别急，守义他不过是快人快语，你别见怪。”徐淑芳掏出手绢替她擦泪，一边说，“我也认为这不是一个什么方案，根本不值得考虑。我们明明知道对方的目的不在于孩子，怎么能把宁宁推给他们呢？万一这一‘军’把他们‘将’得别无选择，不得不把宁宁带走，宁宁从此摊上那么一位继父，今后不是太不幸了么？”

姚守义发窘地嘟哝：“是啊，这的确不是一个好方案。”

夏律师又说：“依我看，应该和对方进一步接触接触。吴茵先不要出面接触，因为你必然会感情用事……”他将目光落到了姚玉慧身上：“小姚,你出面最合适。你处事冷静,当年又是一位教导员,你会知道有些话怎么说才更好。”

姚玉慧用征询的目光一一望着大家,见包括吴茵在内,都默默地对她表示着一种莫大的信任,便不无几分自信地说:“行。”

……

第二天晚上,他们又聚在了一起。只有夏律师因为爱人生病了没来。严晓东仍一言不发地坐在一个角落闷头吸烟。

姚玉慧“出师不利”,对方根本不对她这位当年兵团的教导员怀有任何敬意,几句不礼貌的话就将她顶走了。

姚守义发了一通事后诸葛亮的言论,认为推选姚玉慧去接触对方,是极大的策略上的失误—— 一位当年的兵团教导员,不引起两个当年的北大荒知青的逆反心理才怪了!

姚玉慧自尊心受损害,默默坐了一会儿,借口有事讪讪告退。

他又推选徐淑芳作吴茵的代理人,扳着手指列举了徐淑芳作代理人有利的几个方面,其中一条就是:她也抚养过宁宁,同时具有当事人的双重身份……

徐淑芳表示愿意。

他毛遂自荐,说可以陪同前往。

曲秀娟说:“算了吧,多一个你莫如多一个我。你去了,还不三句话后就捋胳膊挽袖子呀!”

……

第三天晚上,他们又全体聚在一起。

徐淑芳和曲秀娟也同样“出师不利”。对方根本不屑于看在什么兵团战友的情分上跟她们谈,连房间都没让她们进。

跻身另一代人之内的夏律师激愤起来,他本是由于姚玉慧求他才来的。职业导致他是一个非常之理性的人,即使在法庭上慷慨陈词滔滔不绝能言善辩的时候,他也是一个非常之理性的人。如果让他选择,他倒宁愿站在对方的立场上，替一个当年抛弃了儿子而如今又想要夺回儿子的母亲辩护。他认为“物归原主”这句话用在母子关系方面天经地义合情合理。当姚玉慧第一次向他讲述这件事时，他的同情就给予了那位从上海远道而来的母亲，留给吴茵的只是理解。他甚至打算在必要的时候，对吴茵晓以大义，同意宁宁的生身母亲将宁宁带走。但在几次接触中，吴茵对宁宁那种无私的爱深深打动了他，对方另有所图的可耻目的使他产生了鄙夷。亲眼见这些比他小十来岁的男人和女人被对方逼到了走投无路的地步，他倒决定要替他们打一场胜负难测的官司。

“这太岂有此理！”他说，“现在我主张诉诸法律。吴茵，你要正式请我作你的律师。至于孩子，我一定竭力避免法律伤害他幼小心灵的事情发生。我一定要在这场官司中，让那两个男女一无所获，狼狈而归。否则我不当律师了！那一盘磁带呢？从今天起由我保管吧！”

姚守义一拍大腿：“对！有夏律师帮咱们打这场官司，准赢！”

吴茵却低头不语。

姚玉慧、曲秀娟、徐淑芳无言地期待着吴茵开口。

大家一时沉默。

“磁带呢？磁带放在哪儿了？”姚守义到处翻找那盘录音磁带，见严晓东正拿着它摆弄，夺下生气地说，“瞎摆弄什么！你哑巴了？这事儿与你无关啊？连个屁都没听你放过！”

严晓东站起来说：“你们当厂长的，当主任的，都被人家碰得鼻青脸肿的，我一个‘二道贩子’还能帮上什么忙啊！”

说完，他竟走了。

曲秀娟便责备姚守义道：“你怎么可以对晓东那样？他根本不是那种袖手旁观的人！”

姚守义不认错儿地说：“正因为他不是那种人，我见他连个屁都不放才生气！”

徐淑芳劝解道：“刘大文带着两个女儿搬到他那儿住去了，准把他麻烦得够呛。我们也实在不能指望他帮多大的忙。”

在玩具厂的院子里，严晓东看见宁宁独自和一只小狗玩耍，走过去，蹲下身问：“宁宁，你认识叔叔么？”

宁宁望着他摇摇头。

“在徐阿姨这儿住得快活么？”

“不。”

“为什么？”

“我想我爸爸。”

“几天没见着他了？”

“五天了。”

“五天没见着就想了？”

“嗯。”

“你爱你爸爸？”

“嗯。”

“非常爱？”

“嗯。”

小狗跑走了，宁宁也转身跑走了，去追小狗。

他站起身，看着宁宁追上小狗，继续和小狗玩耍。突然他一脚将一根围花的篱笆条踢断。

住在小小的“民众旅馆”的那一对儿上海夫妻，这几天内争吵不休。女的经常在房间里呜呜哭泣，男的经常对她进行粗暴的训斥，或者对服务员和别的住客进行游说，争取同情。而仁者见仁，智者见智，同情并非百分之百地属于他们。

徐淑芳和曲秀娟被他们，更正确地说是被那当丈夫的拒之门外的第二天上午，他从街上买了毛笔、墨水和几张大白纸回来，铺开在桌上，正准备写吁请全市人民给予他们公道和同情的“呼吁书”的时候，有人敲他们房间的门。

他放下刚刚写了几行字的毛笔,打开门,见门外站着一位身着西服,颈系领带,气宇轩昂的男人。

来人问:“你姓韩?”

他傲慢地回答:“不错。”

他们互相审视。

“我是吴茵……”

“又是代理人!少来这一套!我们和你没什么可谈的,让姓吴的亲自出面跟我们谈!”

“我是吴茵的丈夫王志松。她来跟你们谈也代表我,我来跟你们谈也代表她。”

他傲慢地从门口闪开了。

来人镇定地走入房间,扫了一眼写在大白纸上的几行字,说:“用不着这样吧?”

他说:“那得看我们谈的结果如何了?”语气中隐含着要挟的意味儿。

“会令你们满意的。”来人在床上坐下,“我喜欢开门见山。你们如果真想要孩子,明天我就将孩子送来,车票已经替你们买好了,后天的,软卧。两张大人的票,一张孩子的半票。”说着从兜里掏出三张票放在桌上。

那女人十分意外地看着来人,看了半天,又仰起脸看自己的丈夫。表情与其说是喜悦,莫如说是惊异。

“这……”她丈夫脸上的傲慢立刻被沮丧抻扯得现出了俗相。

“怎么?你们好像并不太高兴嘛!”

那丈夫从桌上拿起了火车票,一张一张仔细看。

“放心,绝不会是假的。”

夫妻俩一时瞠目而视。

“如果二位的真正目的是勒索报酬的话……”来人拉开了黑色的手

提包，取出一捆钱放在桌上，不慌不忙地说，“这是一千。不必点，刚从银行提出的。”

接着，取出了第二捆，第三捆。最后索性将提包兜底儿往桌上一倒，桌面顿时堆满钱。他一捆一捆将钱摆整齐，摆了四摞两层。

“你们这种人，我打过交道。选择吧，要孩子，还是要这些钱。”

那一对儿男女眼神儿直勾勾地瞪着钱发愣。

来人又从兜里掏出一张折叠的白纸，展开，双手抚平了折痕，说：“给你们吸一支烟的时间考虑考虑。超过了时间不行，我没那么好的耐性。要孩子，我在这张纸上给你们写字据，保证以后绝不为孩子和你们纠缠。要钱，你们在这张纸上给我写字据，保证以后绝不为孩子和我纠缠。八千，补偿怀孕和生育时的痛苦，不算少吧？”说完就吸烟。

“我们写！我们给您写！”那当丈夫的慌忙从上衣兜取下笔，顾不得坐下，伏在桌上就要写。

“一边去！”来人将一只手放在那张纸上，“孩子又不是从你肚子里生出来的，你和孩子一点儿血缘关系也没有，你算老几？得她写才行！”

那女人仍眼神儿直勾勾地瞪着钱。

“好，好，她写，她写。”那当丈夫的就将笔硬塞在妻子手里。

“写……什么啊？……”她怔怔地问。

“第一，写明收下了我们八千元钱。第二，写明永远不再为孩子的事纠缠。”来人突然发火，一拍桌子吼道，“写什么你们他妈的还用问吗！”

那一对男女被吓了一大跳。

“你真笨！连个字据都不会写吗?!”

当丈夫的也对自己的妻子吼起来，握着她的一只手，着急忙慌地写。写了几行字，签上他们的名，赔着小心双手将那张纸呈送给来人看：“您瞧这样写行不行？不行我们重写，或者你起草我们抄，纸我们有的是！”

来人认真审阅一番，将字据一折，揣入了衣兜：“提包也奉送了。”来人立刻站起。于是那当丈夫的便往提包里塞钱。

来人看也不看他们,往外便走。走到门口时,那女人怯怯地问:“能……允许我……看看我儿子吗?”

来人转过身道:“你这还是句有人味儿的话,我替你想到了这一点。”他从兜里取出一个塑料夹子,抽出一张儿童照片,走回来放在桌角。

那女人扑向桌角,拿起照片凑近眼睛细看。那不是宁宁的照片,分明是从什么画报上剪下来的。“这……这不是演过电影那个……你骗我!”

“你将就着看吧!”他扬长而去。

在他背后,房间里传出了哭声。同时传出了那个男人的呵斥:“哭什么哭!有什么可哭的?咱们今天就离开!一会儿我就去退票!买站台票今天就混上火车,说不定他们会后悔!”

他又走回来,推开了房门。那男人忐忑不安地望着他。他说:“你可以再占我两张软卧票的便宜,但把孩子那张半票还给我。”

那女人扑在床上痛哭。

那男人赶紧挑出半票还给他,堆下满脸笑容说:“我们都是通情达理的人,事情才能解决得这般圆满!”

“滚你妈的!”他将那张半票撕碎,掷在那男人脸上。

几个当年的北大荒返城知青这一天又聚在一起时,已经是在夏律师的指教下,逐字逐句地推敲“起诉书”了。如此重要的决策,严晓东竟没来,使姚守义大为不满,嘟嘟哝哝的,开口闭口尽说些谴责严晓东“不仗义”的话。“起诉书”终于写好,徐淑芳念了一遍,众人都认为有理有据,无懈可击,吴茵却动摇了。她说她怕。

“你怕什么?你究竟怕什么?你不是那种前怕狼后怕虎的女人嘛!你不是因为离婚上过一次法庭的嘛!”姚守义不客气地数落她。

“我还是怕伤害了宁宁。夏律师,您真能保证我的宁宁丝毫也不至于受到伤害吗?”这一点,只有这一点,使她下不了最后的决心。

“我将尽力而为。当然,如果非需要孩子出庭不可的话,那……只有尊重法律。”夏律师理智地不肯说出太绝对的话。

这时,严晓东来了。

“你还知道来啊?今天更没你什么事儿了!”姚守义又对他发脾气。

“我说两句话就走,我父亲病了。”他并不介意姚守义的无礼,转向吴茵低声说,“事情已经了结,你放心吧。宁宁是你的儿子,永远是你的儿子。上海来的那一对夫妻,明天就离开,也很可能已经在火车上了。今后他们不会来找你什么麻烦了!”

大家听了他的话,一时都有几分怀疑,像瞧着一个安慰大人的孩子似的瞧着他。

他又说:“我严晓东说话算数。当年我说过要做宁宁的好叔叔的话,我说到做到。”他一说完,就往外走,走到门口,回头看了吴茵一眼,犹豫片刻,又说:“宁宁他想……想家了。”

不待大家对他的话有所反应,他已走掉了。

老父亲看去似乎身体健健朗朗的,却突然就病倒了。仿佛一台老式的车床,正常地运转着,突然发生了闹不清楚弄不明白的故障一样。昨天午饭后,开始呕吐不止,躺在床上再没有起来过。好像被一双看不见的手用一支看不见的针管,将力气从身体内抽尽了,包括一家之主的威严和一位老“新党员”的种种“政治热忱”。

正是从那一时刻起,他意识到了他是多么爱自己的老父亲。也看出来了老父亲内心里也是多么的爱他这个儿子。

昨天夜里,老父亲要求他睡在父母那个房间的地毯上。

老父亲说:“这几天你多陪陪我吧,我怕……我怕我挺不过这一关,走了的时候见不着你个影儿。”

他哭了。他像一条眷恋主人的狗似的,和衣在父母床前的地毯上躺了一夜。

今天无论如何得安排父亲住上医院。

两个多小时后，几经周折，他终于办妥了父亲的一切住院手续，心情较为落实较为轻松地从医院里走了出来。

路过“亚细亚”电影院，他不由得一边走一边抬头看“亚细亚”三个朱红色的立体大字。它们被阳光照耀得如同抹了一层鲜血。在它们下方，广告板上，预告着电影《峨嵋飞盗》《少林小子》《刁拳鹰爪手》……

一个青年拦住他，向他兜售电影票：“嘿，哥们儿，《逃往雅典娜》，有脱衣舞的精彩片断，还有不少床上镜头，黄、惊、打混合。错过不看你这辈子算亏大发了！”

“《逃往雅典娜》？那得有出国护照！”他粗鲁地推开了对方。

他边走边哼了起来：

亚细亚的孤儿在风中哭泣，
黄色的脸孔有红色的污泥，
……

吴茵当天晚上和宁宁回到了家里。

王志松却十点多钟才回家。他回来时，宁宁已经在小屋睡熟了，而她正坐在桌前看他誊写得清清楚楚的一篇文章。

文章的题目是《我为什么又割舍了儿子？》。

桌上堆着几十封信，每一封信都是写给他的。

他问：“你带着宁宁这几天住到哪儿去了？”

她问：“你还要到大学去作报告？”

“没办法，推脱不了。你以为我心里就真愿意吗？”他走到桌旁，将文章从她手中抽出，和那些信一齐收在夹子里。

她站起来，说：“题目和内容都得改变了，事情已经彻底过去了。他们根本不是为宁宁而来的，他们最迟后天将心满意足地离开了。”

“真的？那太好了！”他要搂抱她，“我们不是什么也没有损失吗？你知道我收到多少封信？近二百封！几乎每一封信中都有对你的赞美之词啊！报告文稿不难改，换另一个角度谈就是了！……”

她挣脱他朝小房间走去。

他抢前一步拦住她，低声问：“你还是不肯原谅我？”

她回答：“我原谅。”

“可你心里明明还在恨我！”

“我恨不起来你了。”

“你自己不是刚才还说，事情已经彻底过去了吗？”

“是的。是彻底过去了。”

“那你继续跟我怄气！”

“你看我是跟你怄气的样子吗？”

“那……你帮我参谋参谋报告文稿怎么改。”

“你自己会改好的。”

他注视着她，忽然狠狠打了她一记耳光。

她淡淡一笑：“连这我也原谅。”

“你！……”他的心理倾斜了，他的脸扭歪了。

她无声地走入了小房间。他扑过去推门，门从里边插上了。

马路上，传来几个小青年阴阳怪气儿的歌唱：

谁说认识你是命运的错？
谁说离开你是命运的折磨？
谁说这一切都是错？
那我情愿一错再错。
……

他像一头豹子似的扑到窗前，探身窗外，大吼一声：“住口！”

唱《错》的是垃圾清除工们。他遭到了他们的一顿怒骂……

沽名者大抵总要付出代价。

到了作报告的日子,他托词生病,结果还是被小车接了去。

尽管有讲稿,他的口才也没得到正常发挥。因为严晓东和姚守义混进了大学礼堂,而且坐在第一排。使他感到那礼堂仿佛大法庭,自己是被告,两个昔日的好伙伴是坐在法官席上的法官。

大学生们并不那么容易感动。递条子提出一个又一个尖刻的问题。诸如:

高尚者是不屑于自我标榜高尚的,你认为你自己高尚吗?

你不过就是抚养了一个弃儿,这值得让全社会都知道吗?

你是不是想借此达到什么不可告人之目的?

他怀疑他被请来,其实是要当众解剖他。类似的问题他一个也不回答,将那些条子悄悄揣入衣兜。像个穿上了教服的偷儿,偷圣坛上的银烛台。

尤其使他如坐针毡的是严晓东和姚守义的目光——透视着他的灵魂……

从始至终,与其说他受到欢迎,莫若说他受到审判。

他觉得自己简直就是赤身裸体地离开了用小汽车接他的这一所大学。也许唯一感到满意的是学生会主席——他毕竟组织了一次活动。意义何在是另外一回事。

既然他的报告并未怎样受欢迎,因而也就未受欢送。小汽车接去的,自己走回来的。

在他家那幢楼前,严晓东和姚守义不知从哪儿钻出来,将他拦在楼口。

严晓东扔掉烟,问姚守义:“开始吧?”

姚守义说:“开始吧!”

于是他们开始狠狠揍他。

“晓东，别捣他肋骨。踢他屁股！”

“我知道！”

他们将他打倒在地，两个人四只脚，猛踢他的屁股。

“住手！怎么回事？”

一位民警从路口奔过来。

他被踢得一时爬不起来，一手撑地，一手抹了下鼻子——满手鲜血。

他对民警说：“他们……是我兄弟……放他们走……”

“兄弟？……兄弟之间也不能大打出手啊！……”

民警不相信。

姚守义埋怨严晓东：“你干吗往他脸上打？”

严晓东看了他一眼，嘟哝：“你就那么肯定是我打的吗？”掏出手绢往他上衣兜一掖，警告道：“擦干净了血再回家，要是叫吴茵看出你挨揍了，我俩还会堵住你，教训你！”

姚守义说：“走！”

他们就走了。

他们互不说话，互不相视，大踏步地直往前走。

走到路口，他们同时站住，一个往左转身，一个往右转身，都回头看。

王志松仍蜷坐在地上，似乎还爬不起来。

“我……踢得太狠了点儿……”

“我……也是……”

严晓东和姚守义泪流成行！

……

第二十八章

那是一只纯种的年轻的波斯猫。雄性。

大时代的生活节奏加快了。愈来愈快。中国人的闲情逸致却增多了。愈来愈多。不但渐渐形成了花市、鸟市、鱼市,而且出现了猫市和狗市。

姚玉慧从猫市买下它,一路抱回家,如同带回家一位值得信赖的好朋友。

一首歌曲流行了没几天便过去了。又一首歌曲刚刚开始在二十多岁的小青年们之间流行,随时随地听得到他们悲哀地唱着:

我被痛苦震撼着,
但这不是你的过错。
我被失望纠缠着,
但不是心的沉默。
……
也许痛苦的由来,
出源于爱的深渊。
也许失望仅只在于,

当初渴望得太多。
也许世界上没有了痛苦,
我们不再了解欢乐。
也许大海失去了风浪,
将会变得多么寂寞,情感淡漠。
啊,不要再说,不要再说。
……

听起来他们什么道理都懂！听起来他们痛苦得要命——可你千万别信以为真！——其实他们活得滋润着呐！

仔细考查,我们的共和国创建三十七年以来,还没有哪一代人二十多岁的时候比他们活得更洒脱过！悲哀也罢,痛苦也罢,现如今都多多少少有点儿时髦的意味儿。不悲哀不痛苦倒未免显得不够“现代”了。他们谁个不爱赶时髦、谁个不爱装出很“现代”的样子呢?

既然人爱人似乎发生了障碍,很不容易,很难真心真意更难全心全意了,于是爱猫爱狗的男人和女人就多了起来。

谁说认识你是命运的错?
谁说离开你是命运的折磨?
谁说这一切都是错?
那我情愿一错再错。
……

二十多岁的姑娘们却依然都爱唱三个月前流行的这一首歌,仿佛成心要使它经久不衰,一直流行到世纪末似的。报上分析说这首歌是“第三者”的“插足进行曲”,应予禁止,而她们则唱得更来情绪了。做父母的听了更大摇其头,从“一错再错”四个字听出了“死不改悔”的宣言。

而真正的所谓“第三者”,尤其身为女性的“第三者”们,又是绝不愿意高唱着什么“进行曲”去“插足”的。如果可能,她们倒更希望悄悄地进行,悄悄地成功。

举办了几次座谈会——讨论儿童的早熟现象,讨论中学生的早恋现象,讨论大学生严重缺乏社会责任感的现象。

一位七十五岁高龄的老学者在报上公开撰文,说眼见自己六岁的孙子一天天变得“胸有城府”感到可怕。

而一位二十五岁的哲学研究生在报上与这位老先生展开激烈论战,说以自己的体验,人要真正成熟,非回到五岁时不可。因为那时人才最能吸收,最能学习,最善于如饥似渴地掌握活着的技巧和本领……

参加“早恋”座谈的女中学生们普遍认为那是很值得骄傲自豪的现象,并且引证许多杰出的优秀的具有天才的女性大抵是“早恋”的。还认为如果少女时期缺了“早恋”这一课,那么将来她们即使杰出起来了,回忆录中很重要的一个章节也没什么值得记载的。那不是一个挺大的遗憾么?

关于大学生社会责任感问题的讨论档次似乎高了些,见报的文章也最多。

有位大学讲师就不久前大学生们因部队侵占校址未还而游行请愿一事发表见解——幸亏我还看到了他们这一行动,否则他们将纨袴下去了。比起那一天仍在图书馆埋头读书的,我寄希望于前者。因为“两耳不闻窗外事,一心只读圣贤书”,就连那些自私自利的学生也做得到……

一石激起千重浪。遭到了十几篇文章的严厉批判,指出其文动机不良,有“扇动”之嫌。于是一场公开讨论以讲师在报上的公开忏悔而告终。据说那位讲师还受到了行政处分。

其后一段日子,报上再不见有任何引起人兴趣的文章发表。

夏律师因为在吴茵那件事上,没帮得了什么实际的忙,倒是严晓东八千块钱轻而易举地平息了一场风波,自觉着挺有失大律师的威望,接连数日不太好意思和姚玉慧照面。

后来他的内弟请求他出面帮着打离婚。内弟的妻子和他自己的妻子相比简直可谓悍妇,他早已同情这位内弟多年了。再加上他是姐夫,那同情就非一般男人对男人的同情,于是更激起正义之感,爽然受命。但结果并不像他所想的那么艰难,不是什么"持久战",甚至根本没费什么周折,"文明离婚"或曰"和平离婚"——几天之内就离妥了。并非得力于他这位当大律师的姐夫,而是得力于钱和财产,和严晓东了结吴茵那件事的方式相同。从此内弟两手空空寄宿在他家里,为了一张离婚证书欠了一屁股债。

隔几天内弟又央求他帮一位不相干的女士打离婚。他觉着蹊跷,再三追问,内弟才吐实情——自己离婚是为了和那位女士结婚。

他妻子也从旁鼓励:"他这一方已然离了,我们帮着对方离成了,他们好再组织起个家庭呀!否则他们俩有情人不能成眷属,多痛苦啊!一辈子的心灵创伤!今后他还有什么幸福可言?"

"你们认识多久了?"

"一年多了。"

"不在一个单位,怎么认识的?"

"那一天她和她丈夫逛公园,我和我妻子逛公园,我们四个坐在一条长椅上。一会儿她丈夫上厕所去了,一会儿我妻子也上厕所去了。撇下我俩坐在那儿,她问我几点了,我告诉她几点了,我们聊了起来,不就认识了嘛!她告诉我她在邮电局工作,是集邮协会会员,我若也有同样的爱好,想买纪念邮票可以去找她。她给我留了个电话号码,迎着她丈夫走了……"

"以后呢?"

"以后我给她打了一次电话。"

"买纪念邮票?"

"嗯。"

“我怎么不知道你爱好集邮？”

“从那以后爱好的。”

“接着说。”

“一来二去，我俩有了感情。”

“多深的感情？”

“很深的感情。要不我也不会下决心离婚。”

“你爱她到什么程度？”

“爱得天天心烦意乱，不和她结婚我无法再打起精神生活下去。”

“她呢？”

“她也是。她丈夫酗酒，还赌钱。因为赌钱，被拘留过。”

“哪一天把她请来，我要跟她当面谈谈。”

……

夏律师觉得很为难。以他的观点，他坚信恩格斯那句话——“没有爱情的婚姻是不道德的婚姻”深刻而又正确。但“第三者”是自己的内弟，尽管内弟爱那位女士“爱得天天心烦意乱”，也还是不能彻底打消他的种种顾虑。再说他是名律师，名律师应该顾虑的方面就更多。

后来那位女士被他的内弟请到了他家里。内弟是中年知识分子，那位女士也是中年知识分子。两位错过了爱情机遇的中年知识分子，当着他们夫妻的面相向垂泪，无限感伤，口口声声发誓不结为伉俪绝不罢休……他大受感动，答应要努力成全他们。

几天后的一个晚上，内弟回来，左眼眶青肿，鼻孔下面，嘴唇上面有血迹。

妻子惊问：“你怎么了?！”

回答：“我去当面声明了。”

“声什么明？”

“我到她家里，当面告诉她丈夫，我和她相爱！我们一定要成为夫妻！她不再爱他，他应该做一个文明的男人，应该同意和她离婚……”

“你真傻！”妻子连连说，“你真傻！你真傻！你这不是把事情越搞越糟么！”

他正在里屋看报，丢下报，从里屋走出来，沉着脸问：“谁给你出的主意？”

“她……她说……她根本就不敢和丈夫提离婚两个字。我想，我是一个男人，我是知识分子。在这件事情上我们没有什么可耻的，为什么不能光明正大，摆事实，讲道理？”

“他怎么说？”

“他什么也没说。”

“这不可能！”

“就是一句话也没说。他打了我两拳。一拳打在眼眶上，一拳打在鼻子上。还抓起一个花瓶砸我，幸亏我躲得快，没砸着……我从她家跑出来了。”

他的妻子追问：“她呢？她看着她丈夫揍你？”

“她……吓傻眼了，愣在一旁。”

“到了这种地步，让我还怎么成全你们？”

内弟——生物研究所的助理研究员，灰心丧气地说：“别费心了，拉倒吧，太没意思了。”

拉倒吧？……太没意思了？

姐夫瞧着内弟，大律师瞧着助理研究员，知识分子瞧着知识分子，一时竟再没什么话可说。也觉得为这么一个男人和那么一位女士发扬“舍得一身剐，敢把皇帝拉下马”的“法律骑士”的精神太没意思了！

他的儿子从自己的房间跨了出来，嘲讽舅舅：“哈，哈！爱得个五迷三道，挨了工人阶级两拳，便顶不住劲儿了！这就是你们知识分子的本色呀？”

他妻子劈面给了他儿子一巴掌。然而在外甥的心目中，舅舅的全部尊严，包括知识分子的全部尊严，从那一天起丧失尽净。

后来内弟就带着心灵的创伤和洗刷不掉的耻辱调往外省市去了。

后来有一天,在百货公司,他碰见了那位令他大大同情过的女士。她挽着她丈夫的手臂,她丈夫拎着大盒小盒的东西。他本不愿和她打招呼,但却打了招呼。

她说,他们分到了很理想的住房,来买些床上用品。她脸红极了,显出非常窘的样子,惴惴不安地向自己的丈夫介绍他。

“噢!久仰久仰。咦,你们怎么会认识?”

她的脸更红了。

他说:“我爱好集邮。”

握手道别后,他望着她和她丈夫的背影,不由得想:如果他的内弟有几万元钱送给那位当丈夫的,结果会如何呢?……

大名鼎鼎的律师,在那一时刻,内心里多多少少有点羡慕起腰缠万贯的严晓东来。

严晓东曾怀着十二分的崇敬拜访过他。虔诚地向他细述内心的苦闷——渴望成为一个有知识的人,可如今知识太丰富,不晓得哪一类知识对自己更有益,恳求他加以指教。

他问严晓东知不知道苏格拉底是谁?

严晓东诚实地回答不知道。

他便告诉严晓东苏格拉底是谁,并且给严晓东讲了一个苏格拉底的故事:有一位青年去找苏格拉底,请教苏格拉底怎样才能获得知识。苏格拉底问:“你需要知识到什么程度?”青年说:“需要得很迫切。”苏格拉底便带那青年到海边,将青年的头按入海水中,许久才提起来,又问:“现在你最需要什么?”“空气!”青年惊慌地叫道,“现在我最需要空气!”苏格拉底说:“如果你需要知识像需要空气一样,你就能自己获得知识。”……

严晓东默默地听他讲完,一句话没说,站起身就离开了他的办公室。

他明白那一次自己伤了严晓东的自尊心,客客气气地伤了严晓东的自尊心。

但他又想：今后生活中的许多事情，大概都是用钱就可以解决得了的。

如果我鼎鼎大名的夏律师有很多钱呢？会为吴茵慷慨抛出八千元么？会为我的内弟——假设钱可以改变两个知识分子的爱之命运的话——抛出几万元么？

他竟不能肯定地回答自己。

而他确信，几万元是足以使那位当丈夫的心甘情愿地在一份离婚协议书上签字的。在中国，在今天，是足以确保百分之八九十的夫妻“文明离婚”或曰“和平离婚”的。

钱在使普遍的中国人文明起来了么？

普遍的中国的知识分子却又面临着沦为城市贫民的危机。

鼎鼎大名的律师困惑了。开始怀疑，对于中国人，许多问题，律师和法院是不是比钱更起作用？……

亢奋的旋转的似乎变得扑朔迷离变得把握不准了的大时代的磁波，也干扰到了他的家里。他的独生儿子俨然是一位现代的“六一居士”了——大学文科毕业之后，分配到某编辑部，才当了三个月的编辑就认为吃亏了，也不跟他和妻子商议，便辞职，成了一位“贵族式”的无业者。

“哼，给他人做嫁衣裳？我没那觉悟！现如今一个修鞋匠每月的收入起码也要比我高三四倍！”儿子愤世嫉俗。

骆驼有时会气冲斗牛，突然发狂。阿拉伯牧人一看情况不对，就把上衣扔给骆驼，让它践踏，让它咬得粉碎，等它把气出完，它便跟主人和好如初，又温温顺顺的了。

他原以为儿子的愤世嫉俗，不过就像骆驼的突然发狂罢了。他却想错了。

儿子整天是：孤灯一盏、书桌一张、人参蜂王浆一支、瘦人一个，一心想通过“托福”。

“哼,出了国老子就不回来了!”儿子坚定不移地向他和妻子声明。仿佛投胎为一个中国人,首先已然是吃了大亏了。二十来岁,张口“老子”,闭口“老子”,仿佛全中国十亿之众,尽是孙子辈的!

他的妻子愤怒之下,摔了儿子学外语用的录音机。没过几天儿子买回了一个新的,当然花的是他这位老子的钱。

他和儿子谈心:“外国就那么好?”

“明知故问!”

“你通不过‘托福’呢?”

“没个通不过!”儿子自信得很。

他知道儿子是肯定能考上的。现如今的年轻人,为了出国,是大有“头悬梁,锥刺股”的勤奋劲儿的,何况儿子的智商不差。

“你到了外国就能当上博士或教授?”

“不混出点名堂,一辈子不踏中国的土地!”

“混出了名堂呢?”

“混出了名堂更不回来了!不过,要是中国方面请我讲学,还是可以考虑考虑的……”似乎已经不是中国人了。

他真想对儿子大打出手。可是打又解决什么问题呢?

妻子又要摔新买的录音机,举了起来,却没舍得摔。一百多元买的。心疼的不会是儿子。

他希望儿子就是一头骆驼,那么他可以脱下上衣扔给儿子。可儿子不是骆驼。他不知道该用什么让儿子去践踏,去咬,去宣泄。按说有他这么一位大名鼎鼎的当律师的父亲,儿子起码应该承认做一个儿子并不算吃亏更不是件倒霉的事。可儿子竟连这一点也不承认。

“鼎鼎大名的夏律师的儿子!我早就听够了听烦了听腻味了!我在哪儿?我自己是何许人?我的自我呢?你想过光你这样一位父亲使我感到的压抑就够我受的吗?”

“滚!……”他怒不可遏,拍案而起。

儿子扬扬长长地滚了，一天没着家。吃晚饭时方回来，指着桌上的一盘青菜豆腐，挑剔母亲把豆腐炒成豆腐渣了。

他的妻子没好气地说："你别那么讲究了，凑合着吃吧！"

儿子娓娓地说："讲究是精神的要素，与物质财富并没有直接的关系。满汉全席可以是一种讲究，一种文化；青菜豆腐也可以是一种讲究，一种文化。物质生活不讲究的社会，很少讲究精神生活，因为精神的观念是整体的。经由物质生活的洗练，才可能达到提高精神生活水准的目的。中国的物质生活水准太低，所以我不通过'托福'誓不罢休，所以我得出国！"

"物质不灭！"他几乎是恶狠狠地瞪着儿子说，"即使你死在国外，埋在国外，外国人还是要指着你的坟墓说：'这里埋着一个中国人！'你永远当不成一个彻底的外国人，你绝了这个'高贵'的念头吧！"能在儿子自以为是的时候一针见血地指出这一点，他感到很痛快，很解气，甚至有点儿幸灾乐祸。

"物质不灭？"儿子用筷子拨拉着那盘炒得不讲究的青菜豆腐，振振有词地反唇相讥，"爸你显然还不知道，如今这个观念正受到威胁。科学家发现在印度一个一千六百米深的金矿里，质子似乎正在消失。物理学家在远离大多数宇宙线干扰的金矿里，聚集了一百五十吨铁，每隔数月，铁里似乎就有一个质子逸去，留下微少的次核子碎屑。他们动用了一千六百五十具放射侦察器，却根本寻找不到消失了的质子的踪影！"

他张了张嘴，一个字也说不出来，连同儿子辩论个孰是孰非的信心都没有了。儿子是当代大学生，而他是二十年前的大学生。儿子一向自称是"立体知识结构"型的人，一向将他视为"平面知识结构"型的人。他不敢贸然和儿子进行辩论，怕"物质不灭"的科学观念的确已经是一个陈旧的错误的观念，在辩论之中更加遭到儿子的耻笑。

儿子放下碗筷，走入自己的房间，关上门又去攻"托福"。

他呆呆地坐在饭桌旁，沉思默想了一会儿，问收拾桌子的妻："物质不灭……真的不对了吗？”

妻耸耸肩：“我哪儿知道！”

他觉得问得多余。因为妻和他一样，也是个“平面知识结构”型的人。用儿子的话说，都是“一批保守的知识分子”“被时代列车甩在旧站台上的最末一批乘客”。儿子似乎早已把中国上下几百年和中国知识分子的前因后果研究得透透的了，持一种高傲的轻蔑的态度。而在同代知识分子中，他却自以为并不保守，还常常被社会和同代人认为是一个观念激进者。儿子的话起码验证了一个事实——在如今这亢奋的旋转的扑朔迷离的把握不准了的大时代，他正变成一个越来越在上下两代人的白眼间显得不尴不尬的角色。他心中涌起了一阵悲哀。

“抽空儿给中国科学院写封信，问一问他们。”

“问什么？”

“问‘物质不灭’还对不对……”

“我没那兴趣，要写你自己写！”妻捧着盘子碗，气哼哼地走进了厨房。

如果“物质不灭”已然不对，那么足见今天这个世界上的错误多到什么程度了！也足见自己这位“平面知识结构”的父亲被“立体知识结构”的儿子瞧不大起是活该的事了……他郁闷地离开了家。

天色已黑，晚风习习。夜市初上，热闹非常。

他来到了姚玉慧家。她正在写信。

“别理我，写你的。我没什么事儿，坐会儿就走。”

“不写了。”她收起信纸和笔，为他削了一个梨，将椅子向他拉近些，吸起烟。

“很甜。”

“我妹妹送来的。”

“小姚，你知道不知道，‘物质不灭’——还是不是一个正确的科学观念？”

“大概还应该是正确的吧？不过也难说。我记得从一期什么杂志上看到,爱因斯坦的相对论正面临被某些科学家推翻的可能性。”

“噢？找来我看看！”

于是姚玉慧便起身翻一摞摞的杂志,翻了半天却没有找到那一期。

“唉！……”他叹了口气,苦恼地说,“这年头,不值得在儿女身上花费太多的智力投资,免得出国了不回来。也不能一点儿不花费,以至于成一个白痴。我劝你将来干脆别要孩子算了！”

姚玉慧劝道:“又生你那儿子的气了吧？他要考‘托福’是值得高兴的事儿嘛,能出国就让他出国呗！出国有什么不好？”

“可我就这么一个儿子啊！我和他妈天天四处打探消息,希望出国手续更复杂些,希望卡住他小子出不去！可听到的消息都是手续更简便了,政策更宽松了……”

他将那只梨吃得只剩下一点点,放在茶盘上,掏出手绢擦擦手,又说:“比如吃梨,他小子也看不惯我和他妈,指责我们吃剩得太少。还告诉我们有教养的人不是这么个吃法！”

“怎么个吃法？”

“起码保留下三分之一不再吃,说那才是绅士派头！如今一斤梨便宜的也八九毛钱,他不是太烧包了么！”他又叹了口气。

她也陪着叹了口气。

“你这几天为什么也有点闷闷不乐的？”

“我？你何时见我真正快乐过？城市生活早使我厌倦了。没想到城市这么快就撕下了它的假面具！”

“假面具？你以为它应该是怎样的？”他认真地问,也吸着了一支烟。

“少一点儿卑鄙小人。”

“比如来敲诈吴茵的那一对？”

“包括王志松。他当年将宁宁抱回家,在艰难的日子里尽心尽意地抚养那孩子，那是一种多么高尚的情操！可是如今他拿自己的高尚沽名钓誉！连一个曾经很高尚的人的灵魂如今都变得卑鄙，生活不是让人感到有点儿可怕了么？”

“你太理想主义了！理想主义在今天就是一种矫情！一种幼稚！设想一个世界，报上没有谋杀案的报道，从来没有火警，飞机从来不失事，没有丈夫遗弃老婆，没有妻子与别的男人私通，没有导演玩弄女演员，没有国王为了爱情放弃王位，没有敲诈勒索，没有营私舞弊，当官的都是好官，老百姓都是良民，没有利令智昏、野心膨胀的人，没有虚伪欺骗、沽名钓誉的行径。人人都是正人君子，顺理成章地实现他十岁时就立下的大志。有情人终成眷属，每一个家庭都无忧无虑，和和美美。这样的世界算了吧！生活的兴奋和趣味将全部消失，高尚者也将不再追求高尚，因为人人都很高尚，品格和他一样。高尚完全消失，并不存在。也不会再有小说、电影和戏剧。一切艺术家也就不明白一切艺术对人还有什么价值和必要，新闻也将永远没有了值得报道的事情。没有了坏的事情发生，只剩了好的事情天天发生，人们也就可以认为天天什么事情也没有发生。没有罪恶，没有堕落，没有嫉妒，没有偏见，没有不当行为，没有人性弱点，也就没有律师，警察，法院和监狱，最要命的是人人都将丧失了生活的激情，最糟的是人人再也不会感到惊奇和困惑，这样的世界还算一个世界么？”

她不由得笑了。

他说得兴奋起来，烟灰积了挺长一截，也不弹，接着说：“至于你们那个王志松，根本不值得一提！你们北大荒那一伙中怎么就不能有个灵魂堕落的？你们很特殊？哪儿特殊？如果你搞一次社会调查，我断定除了那个王志松和那一对敲诈勒索者，类似的至少还会有一百个！”

他说完这一些话，他的入党介绍人有几分不悦起来。因为他说“你们”和“你们那个王志松”，使她觉得他所贬低的是一个整体，而这个整体包括着她。她时时处处企图在整体上维护“北大荒那一伙”的心态是很执拗的,并不仅仅由于她当过“北大荒那一伙”的教导员那种执拗是连她自己也解释不清的。

她淡淡地说:“我本想劝慰你几句,看来太自作多情了。既然你对社会和人分析得如此精辟,那么大可不必因为有一个狂妄自大,一心只希望能甩掉一双旧鞋似的甩下你们两口子漂洋过海的儿子而牢骚满腹了嘛!”

他从她的话中听出了挖苦的意味,将烟按灭在烟灰缸里,笑道:“你说得好。好极了!挖苦别人也是一种宣泄的方式。我到你这儿来,其实正是想痛快淋漓地大发议论,宣泄宣泄。在家里可没人听我这一套!多挖苦我几句吧,啊?你骗不了我,你比我更需要宣泄。咱们之间理应机会均等!”

他们互相瞧着瞧着,忽然都扑哧笑了。

她从桌上拿起烟盒,又递给他一支烟,自嘲地说:“别人听了我们的话,准以为我们是一丘之貉,凑在一起攻击改革开放后的大好形势呢!”

“而我们却经常受到真正的保守者们的大肆攻击。”他深吸一口,缓缓吐出,注视着如同涟漪一般飘散开来的烟雾,又说,“在今天,面对现实,真正困惑的并非那些思想保守的人们。因为他们对改革开放的前途并不觉得应负什么责任。真正困惑的也不是改革者们自己,因为他们所肩负的历史使命不允许他们困惑。真正困惑的是我们这样的一些人,一些从内心里拥护改革开放而又不对此承担着任何责任的人。因为改革开放之对于我们,是一个崭新的寄托,是一种精神倾向的附着体。一旦我们失望了,我们也许将变得比那些保守的人们更偏激。我们也许将成为改革开放的最顽强的逆反势力。上个月,我不是回南方老家去了一次嘛,小镇刚在各十字路口装上‘行’和‘勿行’两种信号的交通灯。我问警察实行的情况如何?他说:一如所料,信号‘勿行’亮起时,人人都快跑。中国的情况正是这样。改革者们想要建立新秩序,而普通的中国人,一方面既习惯于旧秩序,一方面又想要奔跑到新秩序前面去。交通信号灯取代指挥棒无疑是进步,但普通的人们不知为什么一看见交通信号灯则表现得那么慌慌张张。”

“但愿我们不要变成为改革开放的阻力……”

“但愿……”

他们便都沉默起来,各自心事重重地吸烟。

那只波斯猫不知从哪儿钻了出来,跃到他膝上,舒舒服服地趴下了。

“今天它怎么变得这么老实?”他一只手抚摸着它问。

她看了它一眼,笑笑,没有回答。

电话铃响了。她欠身抓起来听了一下,递给他说:“找你。”

他接过话筒听着,表情渐渐变得愠怒了。

等他放下电话,她问:“什么事儿?”

“这么一会儿工夫,他们母子又吵了一架。我那难以调教的儿子扬言要离家出走……”

他将波斯猫从膝上推下地,连句告辞的话也顾不上说,就匆匆离去了。

波斯猫又跃到了她膝上,舒舒服服地趴下。

刚买回来那几天,它十分不安生,在房间里上蹿下跳,喵喵叫个不停。有天傍晚,她刚一开门,它就从门缝挤了出去。她以为它肯定回不来了,深更半夜的时候,却被一阵阵猫叫声扰醒。那种叫声像婴儿的啼哭,显然不是一只猫在叫,是四五只猫在合唱。她披着被单开了门看个究竟,但见黑暗的楼梯上和走廊里,这儿一双那儿一双黄的或绿的猫眼在闪耀。她将她的波斯猫唤入屋里,关上了门,外边的猫们叫得更凶。她出出进进驱赶了几次,猫们一发现她从房间里走出来,便都不叫了,在黑暗中瞪着她。她一次次将它们驱赶到楼外。而当她重新躺在床上后,又听到了它们在叫。它们在外边叫,她的波斯猫在房间里叫。天亮以后,外边的猫们才散去,她的波斯猫才安静下来。

她去上班的时候,发现楼外贴了一张白纸,墨迹未干的两行醒目的字是“养猫者,请每晚给猫吃安眠药”。

那天她下班回来的第一件事,就是将两片安眠药捣碎,拌在食物中给猫吃了。

那天晚上严晓东突然光临。她以为他一定有什么事儿想请她帮助,问了几遍,他都说没什么事儿,只是来看看她,聊聊。尽管他在公共汽车上曾对她相当无礼,但她早已原谅了他。归根到底,她认为公共汽车上那件事,完全是由于自己不好,不该装作不认识他的样子。他态度怪虔诚地向她说些赔不是的话,她只是矜持地笑笑。她甚至对他显出由衷的欢迎的样子,因为最终是他帮助了吴茵。她问他给了那一对上海夫妻多少钱?他说“不多,不多”。她便更加断定那是一笔数目不小的钱。她不禁对他怀有了几分敬意,刮目相看起来。

“你的猫怎么了?”

他摆弄那只波斯猫。它躺在沙发上,任他百般摆弄,毫无生气,如同死了。

“我给它吃了两片安眠药。”

“吃安眠药?为什么?”他惊讶。

“昨天夜里它招引回来许多猫,搅得四邻不安。”

他笑了,说:“我看见你们楼外贴的那张抗议书了,却没想到是针对你的。公猫?”

她点头说是公猫。

“天天晚上想着给它吃安眠药多麻烦!交给我,我替你养几天它就会安分多了。”他胸有成竹。

“真的?”

“当然!我骗你干什么?”

她相信了他。

他走时,将猫抱走了。

过几天他将猫送回来了。她看出它的确是变得乖顺了。

她问:“你有什么经验?”

他说:“我把它劁了。”

“它,它可是一只品种高贵的猫呀!”她瞧着它,连连顿足,觉得自己对它犯下了不可饶恕的大罪。

他回答:“高贵不高贵都一回事儿,比劁猪容易得多。”

……

现在它已经不再是一只公猫,而仅仅是一只猫了。一只慵懒的猫。除了吃,几乎整天睡。也不爱叫了。呼噜声倒比是一只公猫的时候响多了。它的众多的“情人”深更半夜来呼唤过它两次,它对“她们”那种充满情欲的呼唤相当冷漠。“她们”太失望,可能也太悲伤,再也不来呼唤它了。

她抱着它在沙发上坐了一会儿,一阵困意,迷迷糊糊地卧倒身子睡了一小觉。好像还做了一个杂七乱八的梦。

倏然地她醒了。波斯猫仍在她怀里,死睡得软绵绵的。呼噜之声有如壮汉的鼻鼾,尽管它已永远不可能再是“汉”。它口中还淌出一些黏液,把她的衣服弄脏了一片。那一时刻,她对这只种族高贵的猫忽然产生了极大的厌恶。她知道自己不会再宠爱它了。这不是它的错,也不是她的错,是严晓东的错。

“滚!讨厌的东西!”她揪着它的皮毛将它摔到地上。可是它在地上一滚,就像刚卸了套的驴似的一滚,站起来后,复跃她怀里。

“滚!”她又一次揪着它的皮毛将它摔到地上。

它又那么一滚,死皮赖脸地瞪着她,还要往她怀里跃。

她脱下一只鞋,不容它站稳,一鞋将它击了个斤斗。够狠的一下。它却不叫,逃到桌子底下去了。从桌子底下,探头探脑地窥视她。

她觉得它不再是一只公猫之后竟连瞅人的眼神儿也变得怪诞,仅仅这种卑鄙的眼神儿就够使她厌恶的了。

她脱下另一只鞋朝它打过去。

它则苟且地完全缩到桌子底下去了,它在桌子底下打起嗝来。她生平第一次知道了猫居然还会打嗝。

她简直忍受不了这个,自己也感到恶心了。她挪开桌子,揪起它,从窗口将它抛了出去。这么做之后,她才想到是从六层楼上将它抛了出去。她被自己杀生害命的不人道行为震呆了好一会儿。

她确信它死定了。

接着她将喂它吃食的东西扔入室外的垃圾暗道。

接着她洗被它弄脏的衣服。

接着她一边听音乐,一边着实为那只高贵而无辜的猫难过。

接着她开始写那封没写完的信。

信是写给当年营部管理员的。在北大荒,在她给营长送毛衣那个寒冷的冬季的夜晚,管理员的妻子死于第四胎难产。那不是她的罪过,但时至今日她仍认为,如果派车迅速,孕妇就不会死在去团部医院的半道上。

她还给管理员寄过几次钱。最初,基于一种深刻的赎罪心理。说它深刻,乃因它曾使她的灵魂在相当长一段日子里不得安宁。后来,则渐渐嬗变为一种依托,一种宗教式的虔诚和童话般的幻想经纬交织的虔诚。

每当城市生活令她感到失望感到沮丧感到困惑感到疲惫的时刻,她的心便飞回了北大荒。每一次回忆,都是一次精神的过滤。每一次过滤,当年严酷的荒谬的虚伪的现实,就渐渐淡化了。每一次淡化,都将北大荒描摹成了一幅诗意盎然的图画。而与令她常常感到失望感到沮丧感到困惑感到疲惫的城市相比,那片她当年生活过的土地终于又重新成为她所日夜向往的地方。

神秘的白桦林,清澈的小河,“木克楞”房子,铺展在火炕上的热乎乎的被窝……宁寂之中的宁寂……被她的幻想充分净化了的男人和女人,老人和孩子……接近着大自然的自自然然的一切事物……外面静静地飘荡着雪花，坐在灶口，让通红的炭火映耀着自己的脸，听不到任何声音，独自看一本什么书，不必担心有谁来干扰美好的情境……在细雨濛濛的早晨，挎着个小篮到林子里去采蘑菇和木耳，顺便折回各种各样的野花……沐浴着黎明的朝晖或黄昏的霞光，登上哪一座山顶，远眺金色的麦海……北大荒重新成了她精神上的圣地。

管理员写给她的信中说，她什么时候愿意回来都行，高兴住多久便住多久。

她在信中说自己太思念那个地方了，太思念那个地方的人们了。

他在信中说那个地方的人们也很思念她这位当年的教导员，说他的三女儿都已经二十多岁了，订婚了，还记得她。天天念叨结婚前一定要到大城市玩玩，看看她……

她已经回了一封信让那北大荒土生土长从没离开过那片土地连小小的县城也没去过一次的姑娘赶快来，越快越好。她说她一定热情招待那姑娘，如果工作摆脱得开，也许还会请下一段长假，亲自将那姑娘送回北大荒……

她没写完的这封信，是要叮嘱那姑娘动身前一定拍封电报给她，她将去火车站迎接，并且叮嘱管理员寄一张他女儿的照片来，免得她去迎接时由于已互不认识错过了……

她还买了一张折叠床。那姑娘来后，她自己将睡折叠床，而让那姑娘宽宽绰绰地睡在"席梦思"床上……

她考虑得周周到到。她诚心诚意。她觉得她又有了一个可以重新回归的"圣地"。

倘城市对她这位其貌不扬的老姑娘造成的压迫太甚，她已明确了该往哪儿逃遁。

那个地方将是她的"最后的停泊地"。

她从一本什么杂志上读到了一位名叫张欣辛的女作家写的一篇小说——《最后的停泊地》。非常之欣赏这篇小说的题目，从此认为只有女作家才最理解女人的内心世界。每一个人都需要有“最后的停泊地”，没有的话，生活在当今的人将太惶惑也太可悲了。女人尤其如此。她甚至几次想把这个感叹写信告诉那位很有名的女作家，但由于自尊心没写。怕她的信被那位很有名的女作家连信封也不拆就揉巴揉巴扔进废纸篓。

写完给管理员的信，贴好邮票，摆在一眼可见的地方，心里想着明天上班时就顺路投出去。一时没什么事儿可干，又睡不着，便翻杂志。她很舍得花钱订杂志，也相当有时间看。翻了半天，没有哪一篇小说将她吸引，突觉索然。猛地想到，也应该往信中夹一张自己的照片才对。于是揭邮票，揭封口。胶水干得很快，要揭下邮票揭开封口根本不可能，只有浪费了一张邮票一个信封。重写了一个信封，找出影集，选择照片。返城后除了工作证上需要的照片，她就再也没有第二张照片可供比较和选择。而那一张正面标准照上的她，显得太老了，表情呆板得不能再呆板。她真不情愿将这么一张照片夹在信中。最后她挑了一张自己在北大荒当“毛著标兵”那一年的照片——戴顶羊剪绒的棉帽子，露出齐耳短发。那时的她也不漂亮，但年轻。意气风发的样子，脸上完全没皱纹，眼睛挺有神。但那已是十年前的照片了，那是一个虚假的自己，虚假而又年轻。青春装饰了虚假，虚假似乎也就不那么丑恶了。她甚至对那个“自己”产生了很深的恋情。她拿着照片走入卧室，站在大衣柜的穿衣镜前，仔细端详镜中自己那张脸，又仔细端详照片上自己那张脸，希望寻找到相同之处，结论判若两人。这样的一张照片寄去，是会使管理员和他的女儿见到她本人时吃一惊的。按照片上她的样子，那姑娘是无法在火车站那种慌慌乱乱的地方认出她的。再说，她只这么一张令自己感到满意的照片了，底版早丢了。她很有些舍不得寄给人。结果是白白浪费了一张邮票和一个信封，最终并没有夹入照片，又惆怅地封上了。

她却忽然想到了那句话——青春是人生的黄金时代。

她明白了，与其说自己缅怀那个生活过十一年之久的地方，毋宁说自己缅怀那个付出了青春的地方。而在那个地方,她是不可能重新找回什么宝贵的东西的。所有宝贵的东西全丢在回忆中了。

小妹和她的朋友们,如今却对她及她的同代人常常表示羡慕。羡慕那种所谓“经历”。羡慕爱的苦闷,羡慕“战天斗地”的精神,羡慕英勇而无价值的死亡,羡慕艰苦而枯燥的生活,甚至羡慕人性的扭曲……她们说那无论如何是很值得的。正像小妹她们所唱的那样,“也许世界上没有了痛苦,我们不再了解欢乐”。是的,正因为她们的痛苦太少了,她们的欢乐也很轻飘。然而她又清清楚楚地知道,让小妹她们如今到北大荒去的话,那儿得先盖起舞厅和咖啡厅,还得不被管束,还得给高工资,还得允许一个星期回一次城市,并且最好是有班机……否则,她们宁肯在越来越繁华越来越亢奋的城市里天天唱“也许世界上没有了痛苦,我们不再了解欢乐”。

如今她是了解欢乐了,然而欢乐却远远地避开了她……

她收起影集,决定干脆早早睡觉。睡不着也要睡。她洗漱完毕,服下了两片安眠药。那本是给猫预备的。

她躺在床上,熄了灯之后,听到外面有爪子挠门的声音。她以为自己幻听。然而不是,确确实实是爪子挠门的声音。难道波斯猫回来了?不可能!从六层楼的窗口抛出去的一只猫,居然会活着回来么?除非是猫精!

爪子挠门声不停。门上包着白洋铁皮,声音刺耳。

“谁?!……”

明知外面是一只猫,却大声问“谁”。

“喵……”仿佛回答她,一声怪诞的猫叫,听来像人装的。

她有些毛骨悚然起来。

爪子挠门声更响了,要将白洋铁皮包着的门挠烂似的,使她无法对那种刺耳的声音不加理会。

她赤脚下床,蹑足走到门旁。她不敢开门。想象着只要一打开门,门外便会有只人那么大的猫精立起来扑向她,用爪子挠她的胸脯,如同挠白洋铁皮包着的房门。

“喵……”又叫了一声,凄凄惨惨的。

她鼓起勇气,壮着胆子,将门打开一条缝。正是她那只高贵的波斯猫,哧溜钻进屋。

“出去!不许进来!我不要你了!出去!……”

它在屋内转一圈,蹿入她卧室。

她跟进卧室,见它已跃到床上。黑暗之中,那双异色的猫眼仿佛满怀歹意地盯着她。楼下一家商店遮阳光的帆布凉篷救了它一命,她想不到这一层。它居然摔不死使她感到恐惧,它那双仿佛满怀歹意的眼睛使她内心发怵。

她要将它重新驱赶出去,它灵活地这躲那藏。她柔声唤它,终于将它诱到跟前,一把揪住了它的皮毛。她又想从窗口抛出它去,但她毕竟不是狠心的女人,抚摸了它一会儿,放下了。

她将它关在卧室外,怀着一种可笑的谨慎心理,插上了卧室的门。唯恐做噩梦,上床之前,又吞了一片安眠药……

第二天,她起得很迟。匆匆忙忙喝了一杯麦乳精,一出门,发现门口蹲着一个人,怀搂着一个小包袱,在酣睡。

“哎,你怎么睡这儿啊?”

她弯腰推醒那人——却是一位穿男人衣服的姑娘。一副风尘仆仆的样子,像逃荒的。

“我……找人……”

姑娘揉着眼睛怯怯地回答。

“找我大姐……”

“那我肯定不是你大姐,你到别处找去吧!”她说着,急急忙忙下楼。刚下两级楼梯,站住了,转身从头到脚打量那姑娘。

“找你大姐?”

“她叫姚玉慧。”

“我就是！”她立刻明白那姑娘是谁，踏上楼来。

“大姐，我是小俊啊！庞管理员的女儿！看，这是你给我爸爸写的信。”姑娘从兜里掏出一封信皮儿肮脏了的信递给她。是她给管理员写的那封信。

“快进屋……”她赶紧打开房门，握住姑娘一只手，将姑娘引入房间。

“什么时候到的？”

“昨天后半夜。”

“你怎么不预先拍封电报来？”

“拍电报干啥呀？”

“让我接你啊！真是的，委屈你在我门外蹲了一夜！”她抱歉至极。

姑娘憨憨地腼腆地笑。腼腆之中流露出乡下人在城里人前那种不知所措的拘谨。她注意到姑娘左眼在害着“针眼”。

“来来来，快坐下。你爸爸妈妈都好么？”她将小俊领到沙发前。

小俊规规矩矩地坐在长沙发一端，低声回答：“好，都挺好的。”

蜷在沙发另一端的波斯猫躬起身，虎伏着两只前爪伸了个夸张造型般的懒腰，望着小俊一步步踱过去，直爬到她身上，又头尾相接地卧下了。小俊竟拘谨得不敢抚摸它，仿佛她的手会将它那高贵的雪白的毛弄脏似的。

她不禁笑了，说：“你别这么拘谨呀，在我这里应该像在你自己家里一样随便嘛！”忽然悟到自己刚才问那句话有些荒唐，而小俊的回答也有些荒唐，便问，“咦，你妈妈不是已经不在了么？”

“我妈妈是不在了……我爸爸他挺好的。”小俊脸红了一阵子，又说，“大姐，给我杯水喝吧！我上了火车就没喝水，渴死了！”

“也没在车上吃饭吧？”

小俊点了一下头。

“那我先给你冲杯麦乳精吧！”她一边冲麦乳精，一边又问，“你坐这趟车那么挤吗？”

小俊说：“挤倒不太挤，我没买票。”

“为什么？”

“不为什么，省几个钱是几个钱呀！”

这姑娘诚实得可爱，这种诚实博得了她对她的第一份好感。将麦乳精放在茶几上，她从兜里掏出信说：“小俊啊，你看，我昨晚还给你爸爸写了这封信，没想到你今天就来了！在我这儿你千万别见外，啊？你想住多久住多久，啊？”

“嗯。”小俊解开小包袱，取出一个干巴巴的面包，一手端起那杯麦乳精，饥饿地咬了一大口面包。

“别吃那面包了！”她从小俊手中夺下面包，“留着喂猫吧！”

小俊怔怔地望着她。

她亲切地瞧着小俊，说今天上午所里有会，她这个“小头儿”必须参加。并且详细地告诉小俊，在附近哪一条街上有浴塘。浴塘对面有家饭店，那儿的馄饨很好吃。

“先去吃馄饨，然后再洗澡。记住，饿不洗澡。这是经验之谈，否则你会头晕的。要洗盆塘，一定要洗盆塘，盆塘卫生。好好洗个澡，解解乏。洗完澡就回来，别逛商店，逛丢了怪让我着急的。我一定抽空儿陪你逛遍全市所有的大商店，到处玩玩。衣柜里的衣服随便你换，喜欢哪件你穿哪件！”她说着，将房门钥匙从钥匙链上取下交给了小俊，还给了小俊十元钱。

“大姐，我不花你的钱。我爸爸嘱咐了，不许花你的钱。”小俊只接钥匙，不肯接钱。望着她那种目光，像望着一位备受敬仰的人物。

“什么话！不许花你自己的钱。一分也不许花你自己的钱！快接着，要不我生气啦！”

小俊这才腼腼腆腆地接过钱。

她对小俊怜爱地笑笑，说句“中午见”，就走了。

中午,她回来时,小俊睡着在沙发上,搂着波斯猫。

小俊没穿她的衣服。

她悄无声息地坐在椅子上,静静端详这来自北大荒的姑娘。这姑娘头发真好,黑而密,可谓秀发。扎成两条柔软的大辫子,一条压在身子底下,一条搭在胸上。这姑娘的脸色也真好,红润润的。这姑娘的身体发育得真成熟啊!像一位充分显示丰腴之美的少妇的身体。胸脯在旧的男人的衣服下高高耸起。衣扣勉强扣着,随时会绷开似的。这姑娘的脖颈长得太迷人了!不长也不短,而且是那么的白,使她猜测这姑娘的身体无疑也相当之白皙。那是谁的衣服呢?大概是她父亲的吧?干巴瘦小的管理员两口子,何以会生出如此可人的一位女儿呢?

她根本回忆不起来管理员这位三女儿小时候什么模样。

当年小俊才十岁。

当年她没有太注意过管理员的女儿们。而眼前的小俊,使她联想到了一颗成熟得不能再成熟的樱桃,包在一片绿叶子中。或者是一朵野百合花,它们当年在北大荒的野地里怒放时,火红耀眼,远远地就能发现,引诱人去折取。

北大荒的野百合花给她留下极深的印象。

她简直不是在端详那姑娘,而是在欣赏那姑娘了。

她觉得自己非常喜爱管理员这位女儿。

将要成为这姑娘的丈夫的小伙子是什么样的男人呢?一定是个身强力壮的小伙子吧?应该是那样的小伙子!只有那样的小伙子才配做她这样的姑娘的丈夫啊!

她觉得小俊焕发出一种强盛的青春勃勃的生命力。尽管睡着,但那种无与伦比的生命力却仿佛在这姑娘体内欢欢腾腾地活跃着。

成熟得不能再成熟的,樱桃般诱人的,怒放的野百合般迷惑人的,在睡着了的时候也仿佛欢欢腾腾地活跃着生命力的,旧的不合体的男人的衣服也不能使其逊色的,充分显示出女性自自然然而又原始的本质魅力的这姑娘的身体,令三十六岁的其貌不扬的缺乏肌肤之美的老姑娘羡慕极了,嫉妒极了。由于羡慕由于并非可耻的嫉妒,使她更加从内心里喜爱这姑娘。

她非常惊讶于自己还能够喜爱一个人,而不是喜爱一件东西,或者一只猫。她买那只波斯猫,正是为了要喜爱它,现在却已经开始厌恶它了。并不完全是由于它被严晓东给劁了的缘故。如果它也是件东西,她相信自己早把它扔掉了。而它是一个活物,一个生命。她不因厌恶而弄死它,是因为她心肠软。她厌恶它而又继续喂养它,是因为她总得有个伴儿。她有了未婚夫而从内心里不想结婚,甚至厌恶结婚,是因为她不能在情感上心灵上接受他为爱人。她害怕和他结婚终于不可避免地成了一个事实。她本能地一而再、再而三地推迟这个事实迫近的日子。她对他和对那只波斯猫差不多。她不能完全没有一个“他”,但她更多的情况下更多的时候厌恶他。而在厌恶他的时候厌恶他的情况下偶尔也渴望他需要他,如同一个想喝清茶的人在渴了的时候渴极了的情况下端起一碗油腻的汤。每每在她渴望他需要他的时候和情况下,她对他的厌恶恰恰有增无减。她恼恨自己这样一种古怪心态,然而她对自己无可奈何。

人是特殊的物质。人一旦变了,只能更不是自己,不复能再是原先那个自己。绝对地不能。

现在好了。她这么想。从此以后就好了——因为她不但还能够喜爱一个人,而且有了一个人可以让她喜爱。终于是有了一个人可以让她喜爱,这是比喜爱一件东西或者喜爱一只猫更要紧的。

妹妹努力希望被她喜爱,却无法被她所喜爱。而眼前这个刚刚到来的还十分陌生的姑娘,却在她内心里引起了一种匪夷所思的喜爱之情,由衷的喜爱之情。她解释不了,真是匪夷所思!

不知为什么,她非常不喜爱复杂的东西。比如两幅画,她肯定会喜爱其中构图单纯的那一幅。比如两首歌,她肯定会喜爱其中歌词明了的那一首。现在许多画的构图更趋向单纯,现在许多歌的歌词更趋向明了。现在许多人却更复杂了,复杂得相互之间难以真正贴近,难以真正沟通,难以真正理解。是不是正因为人们本身变得如此了,才转而向别的方面去寻找单纯和明了呢?认为一幅画的构图单纯或者认为一首歌的歌词明了,那是随心所欲的事情。而这样去认为一个人,在今天是可能处处潜伏着危险的。在今天人无可救药地变得最最不堪信赖了。她这么看。

她问自己,也许我喜爱这姑娘,是因为她从我的回忆中走来?是因为她看去那么单纯而又似乎那么需要我的关心和保护?

其实更是因为这姑娘带来了沉淀在她那种诗化了的、被她的主观情感筛滤过了的、大不真实的回忆之中的一点点温馨。它是提炼了的,结晶了的,含有杂质,却很浓。

她不愿见这姑娘搂着她那只被劁了的、她已经厌恶了的波斯猫。她总觉得那只猫被劁了之后,变得虚伪了,整天装出有益无害的样子,而骨子里怀着对她的仇恨。时刻伺机在她麻痹了放松警惕了之后对她进行阴险的报复。

她揪着它的一只高贵的耳朵想将它扔到地上,结果它醒了。它用爪子挠住小俊的衣服,结果小俊也醒了。

“这沙发软得真舒服。”小俊难为情地坐了起来。

“我带回了眼药,我给你上点儿眼药吧!”她从挎包里取出眼药水,用根牙签卷了点药棉,滴上眼药水,给小俊轻轻洗眼睛,“一天这样洗两次,就会好的。”

“嗯。”

扔了牙签,她牵着小俊的手走入卧室,打开大衣柜,展现出她的许多衣服,问:“叫你随便穿,为什么不穿?”

“我怎么好穿大姐的衣服呢?”

“那有什么!挑你喜欢的穿吧。”

“不……”

“我替你挑！”她首先找出了一套崭新的一次也不曾穿过的内衣放在床上，慷慨大方地说，“给你了！”接着从衣架上扯下了几条裙子和连衣裙，一一放在床上：“给你了，给你了，给你了，这件也给你了。”

“大姐，我不要。我真的不要。”小俊慌了起来。

“给你，你就要。你不要，我不高兴。我这个人就是这样的怪脾气！”

“那……大姐你给的太多了……我要一件吧！”

“给你的，你都得要。大姐老了，穿不得这些漂亮的衣服了！”

“那……也应该给你妹妹啊！大姐你不是有个妹妹吗？”

“是有个妹妹。她才不稀罕我送给她的衣服呢！送给她说不定还会落得她取笑我！你叫我大姐，你不也是我一个妹妹么？”

“大姐你真好！”

“来，现在就换上这一套内衣，再穿上这一件连衣裙！”

“大姐，晚上再……”

“我这会儿就想看到你穿上变成个什么样儿！”

“怪……羞的。”

“那我出去！”

她离开了卧室，坐在小客厅的沙发上吸了一支烟。

待她再走入卧室，见小俊已换上了那件连衣裙。那是一件橙黄色的，束腰的，仿唐样式的连衣裙。女人们对时装的追求，不外乎两大流派——或者越来越现代；或者越来越古典。这两大流派无论怎么变化和发展，都与她毫不相干。那些自己买的，却似乎永远只能供自己欣赏的衣服，今天终于穿在一个自己喜爱的姑娘身上了，她高兴。

小俊不晓得那条带饰物的裙带是怎么个结法。她替小俊结上裙带，将小俊推到了镜子跟前。

“漂亮么？”

“真漂亮。”小俊望着镜中的自己，有些不相信那就是自己似的。

“别留辫子了。大姐有卷发器，电吹风，趁着头发还没干，给你来个披肩式行不？”

“大姐你想怎么就怎么吧，怎么的我都乐意。”

于是她给小俊剪发，卷发，吹发。为自己喜爱的一位姑娘这么做，她感到了一种从未感到过的快乐。她也曾在自己的头发上很下过几番工夫，但感到的是沮丧。她也曾在那只高贵的波斯猫身上下过工夫，企图将它的毛变成卷曲的，就像羊羔皮皮袄那种被叫做“麦穗毛”的样子。可是波斯猫身上带不惯卷发器，她的实践没成功过。

将乡土气息十足的来自北大荒的姑娘，变成了一位城市里的集“现代”与“古典”美于一身的时髦女之后，她开始和小俊支折叠床。

支好折叠床，铺备齐整了，她坐在折叠床上，依着被子，亲切地瞧着坐在“席梦思”床边的小俊，微笑着说：“你睡那张床，我睡这张床。”

“大姐，我睡折叠床吧！我在家里睡火炕睡惯了，睡这么软的床……不自在。”

小俊彻底变了一个样儿之后，似乎那种村姑的感觉仍一时变不过来，坐得过分的端庄，仿佛是模特儿，随时准备听吩咐改变姿态。

“别争。睡几天就睡得自在了。你两个姐都出嫁了吧？”

“嗯。”

“阿黄活得好么？”

“他离婚了。后来撇下老婆孩子也返城了。”

“返城了？我问的是你家那只狗。”

“我还以为你问的是当年留在北大荒那个天津知青呢！狗死了。”

“老死了？”

“不是老死的。它在山上被狍子套套住，让狼吃了。发现它的时候，只剩下一点儿碎皮。”

“那是一条好狗啊！当年我到团里去开会，如果搭不上车，就常常带着它，让它一路护送我。”她真真地难过了片刻，又问，“你家门前那棵树呢？”

“我家门前没有一棵树哇！”

“有！肯定有！我记得清清楚楚的。营部当年要伐那棵树派什么用场，是我阻止的嘛！那是那个地方最老的一棵树，据说起码一百年了。”

“大姐你记错了。你指的是我们邻居李驼背家门前那棵树吧？是不是当年上边钉块‘深挖洞，广积粮’的大标语牌那棵老树？”

“对，对！就是那棵老树。中间被雷劈裂，一半死，一半活，吊一截铁轨。营部集合，我总要亲自去敲。我爱听那声音！如今我一个人安安静静地坐着或躺着的时候，似乎常常听到那声音，当，当，当……就像催促我到什么地方去集合似的。”

“它早没了。”

“没了？”

“嗯。李驼背把它砍了。”

“为什么把它砍了？”

“给他老娘做棺材盖儿。”

“那……铁轨往哪挂了呢？”

“铁轨？……”小俊想了想，摇头，“没挂在哪儿。没人注意它哪儿去了，大概在李驼背家吧？”

“那……现在集合敲什么呢？”

“集合？现在不集合。不着火，一年也集合不了一两次。”

“不集合？”

“嗯。不集合。现在搞承包了，没人分派活儿，没人训话，集合干什么呀？”

“是……这样……河呢？”

“河？河还那样。十一月结冻，四月开化。”

“还那么清？”

“还那么清。”

“河边还长蒲棒么？”

“不长了。”

“怎么不长了？”

“不知道……兴许以后还会长吧……”

“河里还有鱼么？”

“有。我爸常叉鱼，一夜能叉几十条呢！他每次叉鱼回来总要喝酒。喝了酒便叨咕，‘知青走光了，河里的鱼多了。知青走光了，河里的鱼多了。’河里的鱼真是比你们当年在时多了，当年都快被你们知青叉光了。”小俊笑起来。

她也笑了。她一心想从小俊的话中得到证实，证实她记忆之中那种沉淀了的诗意是的确存在过，并且仍然存在着的。

可小俊的话令她失望。

“你爸爸……他还当管理员？”

小俊又笑起来：“大姐，也就是你在信中还称他管理员呗！营长死了，你这位教导员返城了。营部那排房子空着没人住，一半儿做了几户人家的猪圈，另一半儿塌了。没有什么营部了，他管理谁呢？……”

“营长……死了？”她一下子坐起来。

“嗯。”

“什么时候……死的？”

“去年。”

“病死的？”

“不是。吊死的。”

“被人害了？”

“没人害他。害他干吗？他承包的土地太多了，还承包了一台加拿大的拖拉机和一台美国的联合收割机。别人劝他别那么大的胃口，可他不听劝。说，几十年的老农垦了，难道怕被土地坑了？结果那片土地真把他坑了，草和麦子比着长。年终一结账，他欠了公家九千多元。他那种人哪受得了这个呀！原先土地也坑人，但坑的是大家伙，人人照样拿工资。现在坑的是他一家。他老婆一看前景不妙,带着孩子回山东老家去了,给他来了封信,提出坚决要和他离婚,结果坑他一家不就变成坑他一人了么?不是九十,九百,是九千啊!谁也帮不了他度过这一关。他想不开,有天晚上喝光了一瓶酒,就上吊了。第二天被人从房梁上放下来的时候,还满身酒味呢……大姐你怎么了?"

"我……头昏。"

"大姐你……躺会儿吧!"

"不,不用。"

她猛站起,匆匆地走入洗漱间。

她怀念营长。这么多年来,她此时才真切地怀念营长,觉得太对不起那个男人而怀念那个男人。她常常希望能有机会再见到他,从一个离他不太近也不太远的地方观察他,而又不被他发现。她想知道他是否仍习惯于吸那种劲儿冲极了的黄烟叶,北大荒人叫那种烟"蛤蟆炮"。她想知道他是否仍习惯于光着脊梁穿绒衣。她想知道他是否仍习惯于蹲在哪儿瞅定一个什么不相干的东西发呆。全营一千多知青几天之内走得只剩下了三个,她想知道他当时是一种什么心情。想知道他背着人偷偷哭过没有?……

她想知道他如今的很多很多事。更想知道他是否宽恕了她,抑或怨恨她。

而她从来没有怨恨过他。从来没有。即使在当年那一个寒冷的孤独的寂寞压迫心灵的夜晚他真的将她"铆上"了——北大荒人是这么说那种事的,她也不怨恨他。因为是她去找他的。更直截了当地说,是她主动将自己送上门的。那是她心甘情愿的。

她从没爱他。

他亦是。起码在那一个夜晚之前,那一个夜晚之前,他像别的男人们一样,似乎从不认为她是女的。

之后她不敢肯定了。

之后他恨他自己。

因为他开始蔑视自己。从内心里不再将自己当人看,不再将自己当一位党员和一位营长看。而在人前却更加表现自己是一名好党员和好营长了,企图减轻自己的罪。

她从不认为在那件事上他有罪。也从不认为自己有罪。她没诱惑他,他亦没诱惑她。在那一个寒冷的孤独的寂寞的夜晚,她孤独她寂寞,他也是……

她不知到哪儿去寻找到一点儿温暖,而他靠酒取暖……如今他死了……十年了……整整十年了……十年之中谁都说不定会死,但她从未想到过他这个男人会死。会自己吊死自己!为什么偏偏要吊死自己?为什么不是别种死法?

十年中她不止一次想到死,然而只是想,并不愿死。如今他死了。他宽恕我了么?他始终不肯宽恕我么?他恨他自己是否意味着他就是恨我?为什么?为什么恨我?他永远地带走了一个谜底。

她觉得他带走的是属于她自己的很重要的一部分,带到泥土中去了。谜底会腐烂么?像人或动物的尸体一样?……

回忆呢?回忆也腐烂么?我为什么要躲到这里来?躲谁?躲什么?躲我自己的回忆?还是躲小俊讲的现实?……

她开了洗漱间的灯。灯光将壁镜晃得锃亮,锃亮的镜子中自己的脸苍白如纸。

难怪小俊那么吃惊!

她觉得自己身上沾染了什么腐烂的东西似的。她下意识地拧开水龙头,抓起肥皂洗手。接着洗脸……

“大姐,大姐……”

“喵……”波斯猫挠洗漱间的门,叫声里有种幸灾乐祸的歹毒意味。

用凉水洗过的脸,更加苍白了。

“大姐,大姐……”

“喵……”

她从毛巾绳上一把扯下毛巾,使劲擦手,擦脸。像是要从地底下挖出来的什么东西上擦掉一层锈。

她装作若无其事的样子走出洗漱间,小俊神色惶惶地瞧着她:“大姐,你究竟怎么了?你脸白得吓人。”

“没什么。就是一时头昏……最近常这样……”

波斯猫挠住她裤角,她用鞋尖将它挑出老远。她复走入卧室,躺在折叠床上,枕着被子。

“你家承包土地了么?”

“嗯。”

“收成呢?”

“还好。我爸那人稳,他量力而行。不像营长那么逞能。大姐你不知道,地一旦承包给自家了,望着它,那么一大片,你觉得你像只田鼠。全家人的指望都在那一片地上,就不由你不怕它。我就怕地,我爸也怕。我爸常说:‘不成想我们这些修理了大半辈子地球的人,以前看地不过手里一团泥,咋捏弄咋是,捏弄不好也没什么关系。如今却怕起地来,要是侍候不周到它,营长就是我们的下场!’我们全家人都不敢懒,一年四季扑在那块地上,累死累活地和它拼命。”

“小俊,讲点别的吧!”

“嗯。那我给大姐讲点别的……前年有十几个北大荒知青返回北大荒,总局请回去的,说是‘探亲’活动,都当了作家、记者什么什么的了。我爸见过他们。那天晚上,我爸都睡下了,被人叫起来。说是他们要参观美国进口的大帐篷,要我爸去发动充气机。那充一次气得几百升柴油呢!那天充气机有毛病,好不容易充起气来,他们才进去一两分钟就出来了。白白浪费几百升柴油。那东西充气快,半个多小时就差不多充起来了。放了气收起来可就麻烦了。我爸忙了大半夜,回来气哼哼地对我们说:‘他们这哪叫“探亲”!一个个衣锦还乡的样子!妈的这号的往后趁早别花钱请他们回来！’那天晚上他们还吃西瓜。没到下瓜的季节。没到下瓜季节也给他们摘了两麻袋。结果呢，第二天早晨他们离开后，他们住的那房子周围，哪哪扔的都是切两半的没红瓤的瓜。老职工们见了心疼，捡回家去吃。听人讲他们里还有人说这样的话：‘北大荒当年亏我们的，我们回来怎么吃怎么喝都仗义，甭客气那个！’大姐你说北大荒真亏你们的吗？当年就那么个年代，就那么个条件，你们城里人去受了点儿委屈，也不是北大荒的罪孽呀！好歹你们挣的是工资不是工分吧？遇上多么不好的年成，也没少开过你们工资吧？要怨恨也别怨恨北大荒呀？是不是大姐？当年不是我们北大荒人到城里花言巧语将你们骗去的吧？”

“不是。”

“当年你们许多知青是怀着一颗无限忠于毛主席的红心自愿去的对不对？”

“对。”

“我爸说，你们去了，我们敲锣打鼓欢迎你们。腾出房子给你们住。你们受苦受累，我们和你们一样。好点儿的工作，都是你们知青的份儿。有几个我们老职工的子女们能摊得着？因为你们文化比我们高哇！你们忽拉一走，学校没了老师，拖拉机没人会开了，卫生所没人看病了；没有了电工，没有了机修工，没有了会计，没有了搞农科研的；麦子收不回来，菜长在地里，我们怨谁呢？”

“……”

“‘探亲’那伙里，有一个在北大荒待了还不到半年，就仗着他老子是部队的官儿，‘走后门’参军了。大姐你说他探的什么亲啊？大姐你说北大荒亏他什么了啊？大姐你说北大荒冲哪方面对不起他啊？他还抱怨北大荒盖了砖房，修了公路，有了电线杆子，败了他的诗兴。从国外买这么多先进的农机具干什么？这地方永远永远保留着一种荒蛮景象才好。那才真叫入诗入画的地方！大姐你听这是人话么？说这种话损不损呀？他怎么不说连麦子干脆也别种啊？横竖我们北大荒人该像野人似的住在树洞里，见了他这样的人就围上去讨面包渣吃？让他这样的城里文明人儿一路坐着大轿车观自然景，高兴胡诌两句诗的时候有诗可作是不是？"

尽管其实并没换话题，仅仅换了谈话的角度，小俊却显得不那么被动了，越说话越多。从那些话中，她听出了积郁在胸的抵触情绪。当年北大荒知青大返城后，究竟给北大荒造成了什么样的惨重损失？究竟在北大荒人的头脑中造成了什么样的具体的伤痛性的思维？她不得而知，也无从想象。此前她根本就没有这样想过，若不是小俊这北大荒姑娘当面对她说的这些牢骚甚于亲近的话，她永远也不会彻底摆脱一个返城北大荒知青那种痼疾般的偏执的受损心态，而从另一种超越自我得失的更客观的立场进行思考。

她默默地望着小俊，暗想，难道一场历时十一年之久的始于轰轰烈烈而终于诅天咒地的所谓"上山下乡"运动，造成的不仅仅是一代人延续持久的失落心理，更是两败俱伤么？

那一片遥远的记忆中的土地受到伤害了么？真的受到伤害了么？

由于我们？那一些印象淡漠了的在记忆中渐渐模糊了的北大荒人受到伤害了么？真的受到伤害了么？也由于我们？

是啊，是啊，我们是又回到城市里来了，在苦涩的回忆之中提炼着美好的或感伤的经历。在与个人命运和生活的疲惫不堪的较量之中忘却我们的伤痛，愈合着我们的创口，平复着被我们各自的积怨啃得凸凸凹凹的残缺不全的我们各自的品格。而北大荒的土地却是永远缄默的，以其缄默显示出高贵的矜持。而北大荒人却是永远还要生活在那片土地上的。子子孙孙，做那片土地的主人，亦做那片土地的奴仆。将他们的后代生殖不息地繁衍在那片土地上，将他们的汗水一把一把甩播在那片土地上，不论前景如何。

与他们相比，我们的种种积怨种种失落感种种自以为天经地义理由充足的要求补偿什么的心态,是不是证明我们太自私太娇贵太矫情了呢?她第一次这样自问。

“小俊,别说了。我想睡一会儿。”

“嗯。我不说了……大姐你生气了吧?”

“生什么气?”

“生我的气呗!”

“不……我只是想睡一会儿。”她闭上了眼睛。

小俊有几分猜疑有几分失悔地瞧着她,习惯地要摆弄自己的辫梢,手在胸前抓了个空,才意识到自己已经没有辫梢可摆弄了,便摆弄裙带。

“喵……”波斯猫的叫声更令她厌恶了。

“小俊,替我喂喂猫。”

“喂啥呀?”

“喂你那个干面包吧,泡点水。”

“这,我自己吃了。”

她睁开了眼睛,迷惑地瞧着那北大荒姑娘:“你……没去吃馄饨?”

“嗯。”

“你喜欢吃那干面包?”

“馄饨一碗三毛多钱,挺贵的,才六个。我要吃饱了不得花一元多钱呀!”

“嗨,你这姑娘!……”她一跃而起,走到外屋拎起手提包就出门。

“大姐你哪去?要是给猫买吃的,我去吧!”

“我才不那么孝敬它呢!整天喵喵叫,烦死了!我也洗个澡去!”

她在门口站住,拉开提包,取出一个信封交给小俊:“工资。给我放抽屉里。”

那姑娘愣愣地站立了一会儿,也出了门,伏在楼梯栏上望她,已望不见她,只听见她匆匆下楼的脚步声。那姑娘回到屋里,拿着钱又愣了一会儿,忽然扑到窗口,巴望了片刻,看见她走出楼。

那姑娘离开窗口,靠着窗台若有所思。她从信封中抽出钱来——一百多元。

她冲到门口插上门,将钱揣进了自己兜里。转而冲入卧室,打开大衣柜,将里面的衣服一股脑儿抛在床上,用床单包起,扎了个大包袱。

她将包袱扛在肩上,倒退着离开了卧室。

她的目光落在录音机上。她犹豫了一下,扛着包袱走过去提起录音机……

姚玉慧洗了近两个小时。

她觉得自己的身体仿佛同什么死亡了并且腐烂了的东西接触过似的,这在她内心深处造成一种特殊的敏感。那更是一种觉得自己被有害射线辐射了的敏感。并非一个有洁癖的女性觉得自己肮脏了的敏感,它曾穿透过她的心灵,在她的心灵上留下了灼焦后的疤痕。而那是用药皂和水洗不掉的。她洗着洗着,伏在浴盆边沿哭了。

她的"最后的停泊地",在水雾中变得模糊了,距离她更远更远了。仿佛是一处可以望到而根本去不到的地方。仿佛"海市蜃楼",美妙又缥缈……

她很长时间没哭过了。

她回到家里,见小俊在拖地:"哎呀小俊,别拖!我自己来!"

房间里明亮了许多。

她放下挎包夺拖把。

"大姐我拖!我干活干惯了,一会儿也闲不住。你刚洗完澡,肯定怪乏的……"小俊不放开拖把。

她只好任由姑娘继续拖。

"你还替我擦窗了?"

"嗯。"

"小俊,你是我的贵客,不许再替我干活!"

小俊低着头笑笑。

她走入卧室,站在大衣柜前梳发,想换件衣服,拉开柜门一看,见内中变了样子,又问:“你还替我整理衣柜了?”

“嗯。”小俊拄着拖把,抬头看她,“大姐,你不介意吧?”

“不介意。你又不是外人!”她发现小俊仍穿着自己的鞋,便找出一双八成新的半高跟皮鞋,放在小俊脚旁,说,“你看我,光给了你衣服,连双鞋也没给你!这双鞋大姐没怎么穿过,试试跟不跟脚,大小合适的话就归你了。”

小俊站在那儿,拄着拖把换上了那双鞋,来回走几步,腼腆地笑道:“大姐,还怪合适的呢!”

她也笑了,说:“你像个城市姑娘了。今晚我带你到我家去吃饭,让我们全家人都认识认识你!”

她全家的人都对小俊非常亲热。

离休的父亲,将小俊视为“人民”。而这北大荒姑娘所代表的那些他并不了解的人民,又是他的女儿当年非常贴亲过的人民。

他对小俊的欢迎是由衷的。

他请小俊回到北大荒以后,问问农场的领导,欢不欢迎他去“安家落户”,做一名普普通通的农场职工。

小俊保证将这个话带到。还说,以他的资格,起码得安排他做总局一级的官儿,哪能就让他当一名普普通通的农场职工呢!说得全家人都笑起来。

父亲笑道:“官儿是不当啰!当了一辈子,当够啰!”

她知道父亲这话是不由衷的。父亲当了一辈子官儿,并没当够。如今仍挂着市政协主席的头衔。假若任何职位都失去了,他也就不知道该怎么活着了。而且父亲也是绝不会去到北大荒当一名普普通通的农场职工的,肯定睡不惯硬邦邦的火炕,每天不舒舒服服地洗一次热水澡也是不行的。甚至根本不可能像她所想的那样,觉着挎个小篮在毛毛细雨中到北大荒的林子里去采蘑菇乃人生一大愉快……

母亲多半是通过对小俊的亲热体现对这个女儿的亲热而已。自从姚玉慧有了自己的房子,回家团聚的次数越来越少了。这个家的存在,对于她也越来越不重要了。而母亲对于这个已经三十六岁的,有了未婚夫却仍迟迟不结婚的长女,越来越不可理解了。母亲已经渐渐开始接受一个事实——越来越无可奈何地失去着她这个当处级干部的女儿。母亲对她采取“无为而治”的态度,不愿再多操什么心,由之任之。正因为如此,每次她回到家里,母亲才对她格外亲热。那种亲热是对日趋淡薄了的母女之情的掩饰。

当人与人相互之间不再能够给予真正的情感和心灵方面的安慰,人与人相互之间则便不再能够存在什么特殊的关系。母女亦罢,父子亦罢。

弟弟对小俊的亲热完完全全是对一只小猫小狗的亲热,连这种亲热在他也是凑趣罢了。小倩并没有当成她的弟妹,嫁给了一位加拿大商人。在国外离了婚,去年通过中国大使馆“营救”回来了。她碰到过小倩一次,推辆外国婴儿车。车内躺着一个金头发蓝眼睛的“混血儿”。比从前更时髦了,一副高贵的样子,仿佛是中国最后一位皇帝的母亲。听弟弟说她又要第二次出国了,这次要嫁给的是一位有欧洲血统的日本人。弟弟和小倩,究竟谁“蹬”了谁,对全家人都是一个谜。弟弟也结了婚,也离了婚,刚离婚不久。弟弟目前正恋爱着一位法国女留学生,却一直没敢领到家里来,当市政协主席的父亲不允许。而弟弟自己有了一套房子,也就不屑于将那位法国姑娘领到家里来。妹妹见过那位法国姑娘一面,评论是:“都说法国女郎是全世界最美的女性,哥你追求的这一位怎么看着那么不顺眼啊?脸也太窄太长了点儿吧?好像正面儿看一只汽车轮胎!”

弟弟却说:“既要出国,又要做一位漂亮的外国女郎的丈夫,哪有那么两全其美的事儿?鱼与熊掌,二者不可兼得。漂亮的中国女人嫁给不那么漂亮的外国男人,出色的中国男人娶不那么出色的外国女人,这是目前普遍的规律。中国穷,劣等民族,和外国人互通嫁娶,当然要自觉降低条件啦!如果五十年后中国仍发达不起来,出色的中国人要不走光了才怪呢!”

弟弟始终认为自己是绝对出色的一个中国人。并且经常要发一通“爱国主义”的议论,忧虑像他这么出色的中国人一旦真走光了的话,中国将怎么办?他急着要出国像临产的孕妇急着要生孩子,不在乎那法国姑娘的脸像“一只汽车轮胎”。

母亲倒不像父亲那么僵化,如今变得很具有现代意识,多次怂恿弟弟将那位法国姑娘带到家里做客。

“我总得好好招待人家几次,啊?要不,将来我到法国去,在人家父母面前多难为情!她家是在巴黎吧?马赛?看看世界地图,马赛是个大城市还是小城市?有所大学?那就必定小不了!不过反正法国也不算太大,外国人又有小汽车,到巴黎方便!她家总不至于连小汽车都没有吧?……”

据弟弟说,那位法国姑娘的父亲是开鲜花店的。母亲最初觉得门户颇不般配,认为弟弟起码应该爱上一位教授或者艺术家或者相当于市一级的法国政府官员的女儿。后来也便想开了,承认现实不无道理。

母亲经常发的牢骚是:“现在,什么人都出国!我五二年入党,当了三十多年处长,连次出国的机会也没赶上就被一刀切了!改革,改革,没这么个改法的!我们这样的家庭,摊着改革的什么好处了?”她希望有一天以婆婆的身份受到特殊的尊敬到法国观光。

在父亲到北戴河疗养的日子里,在母亲的“幕后策划”和弟弟的精心安排之下,家里举行了几次“沙龙”式舞会。那位法国姑娘凯丽丝小姐,终于出现在本市前任市长的家里。受邀的是一批本市很有名气或者自以为很有名气的年轻的作家、诗人、评论家、画家、编剧和演员。他们借此机会证明他们的的确确是不容忽视的很有名气的一些年轻人,而弟弟通过他们的陪衬证明自己的的确确是毋庸置疑的一位出色的中国人。母亲通过那几次“沙龙”式舞会证明自己绝非一般的普普通通的中国母亲。

“姐,你为什么不回家凑热闹呢?多开心啊!你可没瞧见妈对凯丽丝那股亲热劲儿!攥住人家的手直叫‘媳妇’,‘媳妇’!八字还没一撇呢,也叫得太早了点儿是不是?”

被时代的大潮从党政领导岗位淘汰到家里来了的母亲,完完全全成了一位“家庭妇女”之后,变成了牢骚满腹的精神空虚而又寻找不到寄托的女人。母亲不愿承认这个事实,但这个事实随心所欲地摆布着母亲。也许,对于母亲,能以婆婆的身份到法国观光,是最后的寄托和人生的最后满足了。而最后的寄托一旦成为泡影,最后的满足一旦满足,人是会很迅速地接近衰老接近死亡的。她怜悯母亲。

弟弟是对任何人也不会发自内心地亲近起来的了,包括对父母。她太清楚这一点了,因而他对谁都是想装出亲近的样子便可以恰到好处地装出亲近的样子的。弟弟也是个愤怨甚多的人。除了愤怨中国的贫穷落后以及中华民族炎黄子孙“种”上的“低劣”,还极端愤怨于如今要在中国人之中寻找到一个全无私心绝对值得信赖处处能够成人之美时时不忘助人为乐的朋友难于上青天,而他首先并不想做别人的这样的一个朋友。姚玉慧觉得,如果说她对父母对这个家庭的情感日益淡漠,乃因她愈来愈不愿依赖这个家庭;愈来愈不愿接受这个家庭的任何形式的恩泽和庇护。这个家庭之对于弟弟,不过是一枚即将过时的目前佩戴在胸前仍足以使某些人侧目而视的正在贬值的徽章罢了。他利用它要一直到它最后那点儿价值丧失尽净为止。

弟弟对小俊的亲近,是一位“出色”的城市里的年轻的当代“绅士”对一个北大荒的“蛮女”的、高贵的亲近。仿佛他认为对小俊越亲近越能显示出自己的高贵、出色和有教养,所以,他不时对小俊进行自以为幽默的机智的调侃。

他敬小俊烟，小俊拒绝，回答不会。

他说："十八岁的大姑娘叼着大烟袋，不是你们北大荒三大怪之一吗？"

小俊说："那证明我们北大荒还有十八岁的大姑娘。我来之前，我们那儿的人告诉我，你们城里如今正在搞一次什么调查，全体动员寻找看还有没有一个……大姑娘，好容易找到了一个，没等宣布，结果被找到她的那个男人给……给睡了……"

母亲皱起了眉头。

父亲变得严肃。

弟弟吐了口烟，尴尬地说："这是对我们城里人的污蔑！"

小俊剥开一块糖说："所以我不信。你那话也是对我们北大荒人的污蔑，你也别信。"

妹妹则拍手叫好，对小俊大加鼓励："你这张嘴真厉害。他再取笑你，就这么回敬！"

妹妹对小俊的亲近，是带有浓厚的好奇心的亲近。妹妹对一切引起自己好奇的人都发自内心地亲近得起来，从不计较别人对自己的态度如何，印象怎样。妹妹对一位刚红起来的歌星会产生好奇心，对一位来自北大荒的姑娘也会产生好奇心。

姚玉慧觉得小俊不过就是一位普普通通的北大荒姑娘，而妹妹觉得小俊哪儿哪儿似乎都不太寻常，遍身涂着足够神秘的色彩。

小赵也在。他对小俊的亲近不过是礼貌。

全家每个人对小俊的亲近，都与姚玉慧自己对小俊的亲近不同。

然而小俊一副快活的样子，成为中心人物，她反倒不那么腼腼腆腆的了。

然而全家每个人也显出特别快活的样子。由于小俊的存在，那一次团聚气氛轻松而愉悦。

至于姚玉慧，让小俊认识自己的家人，不过纯粹是为了使小俊内心里明白,她对她的到来多么重视。除此而外,别无用意。

……

从第二天开始,她每天晚上都引导小俊“阅读”这座城市。如同一只城市的麻雀引导一只乡下的麻雀参观城市所有的屋檐。她毫不吝惜地花掉她多年的积蓄,仿佛那些钱原本就是为小俊积蓄的。

她自己也是第一次领略这座城市的种种娱乐,也是第一次获得娱乐的愉快。没有小俊,她不会去光顾那些场所;没有小俊,在那些场所她也不会获得愉快;没有小俊,她不会出现在大饭店里点名菜。因为是和小俊一起,这样的事则显得意义非同一般了。在她的逻辑中,甚至不明确小俊和她自己,究竟谁更应该感激谁了。

城市对连偏僻小镇的风貌都没有领略过的北大荒姑娘小俊,像专门善于撩拨和诱惑情窦初开的少女情欲的西方舞男。她是完全被“他”迷住了,被“他”迷得心旌飘摇,她整个儿的心几天之后便彻底被“他”俘虏了去。城市这本“书”她一旦翻开就不能再放下了,她的心思已进入了这本“书”。她恍恍然觉得自己不再是读者,而是角色,一位女主角,一位年轻的待嫁的女主角。她想象着哪一天在城市中遇到一位心上人,而姚玉慧这位“大姐”是她的保护人。她迷住了城市这个风流倜傥精力充沛的“舞男”,好比小猫一口叼住了一个大发腥味的鱼头,谁若企图抢下来她就会挠谁,哪怕是主人。

“大姐,明天晚上你带我到哪儿玩去?”

“大姐,今天晚上路过的那个咖啡厅你哪天带我去呀?那里边的灯光真神秘啊!在那里边唱歌儿的一个晚上能挣不少钱吧?”

“大姐,要不明天咱们参观时装展销会吧?”

“大姐,后天歌舞团招考演员,你一定带我去,啊?我不是想考。像我这样的,哪考得上?我是听人家说,考演员的,都是漂亮的人……大姐,那么多漂亮的人聚到一块儿,多热闹啊……大姐,咱们就去看看热闹开开眼界呗!”

每天晚上,临睡前,这北大荒姑娘一定要获得“大姐”明确的回答,明天晚上“读”哪一“章”哪一“节”,否则,她像固执的小女孩儿似的纠缠不休,或者噘起嘴显出不高兴的样子。

在小俊所说的那个咖啡厅,女流行歌手边唱边舞,将北大荒姑娘唱得如醉如痴,即使在如醉如痴的情况下,她仍牢记着服务员还欠她们钱。

临走时,她崇拜地望着那女流行歌手,提醒道:“大姐,欠咱们一元多没找给咱们呢!”

女流行歌手的演唱服是本着节约得无法再节约的精神做的,看着就使人感到那么的凉快。然而咖啡厅里却依然浪费地放着冷气。小俊这么认为。

“大姐”在她手上掐了一下,低声制止道:“别说!”把她拉扯走了。

走到外面,她百思不得其解地问:“大姐,明明欠咱们一元多钱嘛!为什么不要?”

“不能要。那是小费。”

“小费?什么是小费呀?”

“小费……就是人家为咱们服务了,人家为咱们付出了微笑,咱们就得给人家点钱。”

“可……她们是挣工资的呀!”

“微笑挣另份儿,不包括在工资里。”

“可……她们微笑是应该的呀!咱们不是还对她们说‘谢谢’了吗?”

“她们为咱们微笑着服务是应该的,咱们对她们说句‘谢谢’也是应该的。可她们反过来说‘谢谢’咱们,那两个字是用小费买到的。否则她们会对咱们说‘谢谢’么?”

“那我宁肯不需要她们说那两个字!”

“那我们走了就会被她们瞧不起。那里是中外合资,新加坡来的老板,本市第一家实行收小费的娱乐地方。许多人正是因为这一点才到那里去的。”

“因为那里的微笑得付钱。”

“就算这么回事儿吧。不过别处可没笑脸相迎啊！”

“早知道这样，大姐我不求你带我来了！”

“你不求我，我也会带你来的，我也没来过。那据说是代表着一种城市文明呢！”

“大姐你觉得给小费也值？”

“值。”

“你若觉得值，我就更觉得值了！”小俊笑了。

从时装展销会上回来那天晚上，小俊坐卧不安，显得又兴奋又诡秘。

终于，她吞吞吐吐地说：“大姐，我不敢瞒你……”

“什么事？”

“我福星高照，发横财了。”

“发横财了？”

“嗯……我……兴许会成大富翁！”她两眼闪闪发光。

“噢？……”姚玉慧糊涂之至。

“大姐你看！”她将手探入怀里，取出的是一个条状塑料袋，内中装的是十几枚黄澄澄的崭新的金币。

姚玉慧生平第一次见到金币，而且是那么大的金币。比邮局发行的生日纪念币小不了多少，且十几枚。在这黄金大涨价的时代，姚玉慧一时估计不出它们的价值，然而它们足以使一个人富起来是无疑的。

她望着托在小俊双手中的那一塑料袋金币，愣了。它们在塑料袋中一枚压一枚地排列着。

“你？……你偷谁的？在哪儿偷的?！……”她震惊同时震怒。

“大姐，不是偷的。真不是我偷的啊！在展销会上捡的。”因为金币被怀疑是偷的，小俊快急哭了。

“捡的你也不该带回来！你当时为什么不交给展销会的工作人

员?!”姚玉慧的怒气并不因金币是捡的而平息。

“我不交！有丢有捡。我一人做事一人当！”小俊退开一步,防范金币被她这位“大姐”一把夺去。

“给我！”

“不……”

“给我!!”

“不……”小俊又退开一步,将金币背到身后。

“你……小俊,我真没想到你会这样……”

“大姐,你别生气,你先坐下,你听我慢慢说嘛！大姐,你对我好。我心里有数,我感激你,我愿意报答你。我小俊是个仁义的姑娘！这么着大姐,你想办法把它卖了,钱咱俩平分。不管卖多少钱,咱俩都平分！行不行?”

她向前走一步,小俊向后退两步。

她终于说:“行。”想先将金币骗到手。

“拿去吧。”小俊终于将金币扔在床上。灯光的照耀之下,它们在床上发着黄澄澄的金辉。

她默默从床上拿起了那袋金币。奇怪于它们的分量竟很轻很轻,也开始奇怪金币怎么会装在一个连半分钱都不值的透明的塑料袋里。每一块金币的正面,都凸压着“2000$”的字样。她知道“$”代表美元。十四块,那么它们价值两万八千美元。她也听说如今黑市上人民币兑换美元的比率是一比六。那么它们价值近二十万人民币。

拥有了这些金币,如今是足以使一个中国人变成为阔佬的。

她翻过塑料袋看,每一块金币的背面又都凹压着“恭喜发财”四个中国字。

姚玉慧将这些金币在手里掂了又掂。她终于怀疑起它们的真伪了。

“大姐,你一定能想出稳妥的办法倒手是不是?大姐我不回北大荒了！有了它们傻瓜才回北大荒呢！大姐我要在城里买住房,买两间像你这样的单元楼房。然后我要起个执照做个体户。我从此要当一个城市人,嫁给一个城市人。大姐今后我还是少不了得求你帮我什么忙。大姐今后我要把你看做是我的亲姐姐,一辈子不忘你对我的大恩大德。”小俊轻轻走到她身边,欣赏着金币,以充满憧憬的语调,絮絮地娓娓动听地尽说尽说,这北大荒的姑娘陶醉在某种向往之中了。

“不是金币。金币不可能这么轻。”姚玉慧断然地说,然后将它们抛到了床上。

“不是金币?不是金币是什么?明明是金币!”小俊迅速地将它们抓了起来,眼里闪出精明的目光,狡猾地望着她。那意思是:大姐,你别跟我来这一套,你骗不了我的,我不是三岁小孩儿!

“我绝不逼你交到任何地方了,完全属于你。”她脱衣服,预备睡觉。

小俊则扯开了塑料袋,将那些金币抖落床上,拿起一枚,像旧时代金银铺的老板似的,放一半在嘴里使劲儿咬:结果一口咬下半个金币。她吐在手心,瞅着呆住了。

姚玉慧见状,从她手心拿起看看,又放在她手心,笑道:“吃了吧,是巧克力。”

“巧……克力?怎么是巧克力呢?怎么是巧克力呢?”小俊也呆笑了。

突然这姑娘一头扎在床上,大哭。边哭边嚷:“不吃!不吃不吃!”抓起那些“金币”,歇斯底里地扔向四面八方……

就在那一时刻,好“大姐”厌倦了自己所扮演的角色……

第二天小俊“病”了。

小俊似病非病地在床上整整躺了一天。不吃,不喝,不说话。

小俊病好了之后,变得无精打采,沉默寡言了,却矢口不提打算什么时候回家。

小俊不提,好“大姐”姚玉慧也不提。她认为自己不该提,因为她已经说过那样的话,“这里就是你的家一样,你愿意住多久便住多久。”

她依旧提议带小俊去什么什么地方开开眼界,玩玩。但她已经没有了最初那种兴致勃勃的好情绪。

小俊也没有了初来乍到时那种希望能在一天内就逛遍这一座城市的好情绪。

所里要派一个人到南京参加律师事务经验交流会议,她第一次为自己争取了一次出差机会。

她要摆脱自己已经厌倦了的好“大姐”的角色,起码希望摆脱一个时期。她觉得自己如果要将好“大姐”的角色成功地饰演到底,有始有终,非得超出目前的“规定情节”,重新体验角色,重新进入角色不可。她唯恐在没有来得及重新进入角色之前,不但已经厌倦了自己的角色,而且厌倦了小俊这个配角。

配角?究竟小俊是配角?或我自己是配角?她得不出一个肯定的结论。而这件事不过是生活中的戏剧?小戏一场?

不,不,不……

小俊,我发誓,管理员,我发誓,我姚玉慧本不是在演戏啊!我是真心实意欢迎你们的呀!我从内心里想要亲近你们,亲近一些人,或者仅仅哪一个人。

她怀着一颗对别人感到无比内疚的心到南京去了。

她没有委托家人照顾小俊这位远方客人。

母亲根本不会将小俊当做客人,在母亲眼里,小俊不过就是一个土里土气的北大荒姑娘而已。和家里曾经频繁雇用频繁辞退的那些来自安徽、四川、江西、江苏农村的小“阿姨”们是一类姑娘。与其说母亲很难容忍她们,毋宁说她们很难容忍母亲。母亲的令人难以容忍,不唯是因为进入了更年期,更是因为曾经管理过许多男人和女人,而现在连儿女们也压根儿不服她管了。

父亲是能够将小俊当做客人的,但父亲自己仿佛也变成家里的一位客人了。父亲是那么害怕终于有一天也会像母亲一样,被时代的大潮毫不留情地彻底逼退到家中,所以像一个老孤儿,一往情深不知疲倦地留恋在社会上,出席各种各样的会议。包括一些无关紧要的,政协主席到场既没有什么意义也不见得很受欢迎的会议。

弟弟是不堪信任的,并且绝对不能够礼貌地平等地对待小俊。因为他是一个“出色”的城市人。

妹妹对这位来自北大荒的姑娘那种被自己的想象夸张了的好奇心,在与小俊进一步接触之后,很快便会索然的。索然了,便不肯履行任何义务了。何况,在玩乐方面,妹妹一向喜欢“天马行空,独往独来”。连小赵也常常寻找不到她的芳踪,对之无可奈何,敢怒而不敢言。

好“大姐”将小俊“移交”给了电脑以“优选”的方式替她选择的那一个男人——英语教师田非。当初,在婚姻介绍所,她就是通过电脑“红娘”才结识他的。除了夏律师,他是最值得她信任的人。她虽然至今仍爱不起他来,但却信任着他。别人说他本分,业务型,是个老成持重的知识分子。电脑也是将他这么归类的。她认为在这一点上,别人和电脑并没错。尽管她至今仍爱不起他来,努力想爱也无济于事,但她准备嫁给他。甚至可以说,其实她已经下了决心嫁给他,下了决心要结束老姑娘的生活。只不过因为仍爱不起他来,希望再往后些做他的老婆。婚姻介绍所的人曾含蓄地告诉过她,即或电脑,也是很难再为她选择一个对于她那么理想的男人了。电脑尚且很难,她自己还能存什么非分之想呢?在这科学的大时代,不相信科学无疑是不明智的。

她从南京回来,到家已经夜里十点多了。

小俊不在,也没有发现小俊那个小包袱在。

她以为他已经替她将小俊送上火车了。这本是自己应该做到的,却没做到。怀着更深的内疚,拥抱着旅途的疲乏,她酣睡了。

早晨醒来,却一眼发现小俊睡在“席梦思”床上。

“小俊,你没走?”

“大姐,不最后见你一面,我怎么会走呢?”

“猫呢？”

“大姐，真对不住你，猫饿跑了，好几天没回来了！”

“跑就跑吧，我早讨厌它了。”

“大姐，你看下手表，几点了？”

“七点半了。”

小俊哎呀一声，撩开被子，匆匆忙忙穿衣服。

“这么早哪儿去呀？”

“他约我到太阳岛去！”

“谁？”

“田老师啊。”

小俊仿佛对她问“谁”感到很奇怪。

“你穿这件旗袍裙显得更漂亮了，好像不是我送给你的呀。”

“田老师给我买的。”

小俊穿好，就去洗脸。洗完脸，走入卧室，对着大衣柜镜子描眉，抹口红，小俊居然还染了鲜红的指甲！

十几天不见，小俊学会化妆自己了。

“大姐，我走了！”

“嗯。”

有了那么时髦的挎包，难怪不见了她的包袱皮儿。

……

小俊又是很晚很晚才回来。

“小俊，你打算哪一天走啊？大姐得预先给你订票，保证让你坐卧铺回家。”

“大姐，我决定不回家了！我给你当阿姨吧！”

“给我当阿姨？开玩笑！我又不是小孩子！”

“我说的阿姨就是佣人啊！大姐，你不是早晚要结婚的吗？结了婚不是早晚要生孩子的吗？将来雇别人，莫如现在雇下我啊！”

“那你自己就不结婚了？你不是订婚了么？不是准备今年结婚的么？”

“什么订婚不订婚的，那是北大荒那一套，不受法律保护！”

小俊不但善于打扮和化妆自己了，而且增长了法律常识，不用问必定归功于他。

“不行！你得回北大荒去，我要对你父亲负责任！”

“我绝不回北大荒去！田老师他喜欢我！他也不会让我回去的！”

“他喜欢你那是因为我喜欢你！”

“因为你喜欢我？”小俊笑了，“是不是因为你喜欢我，我才不管，反正我已经是他的人了！”

那语气，那神气，如同在说，反正他已经板上钉钉是我小俊的人了！

“什……么？”

“大姐，当着真人不说假话，他和我睡过了！那么他就得和我结婚，那么我就是一个城市女人了，那么我将来生下的孩子也是城市人了。我可不是好让人白白占便宜的姑娘！他若敢说一个‘不’字，我告他。那么他今后的前程就完蛋了！他这人把前程看得比什么都重，谅他也不敢说一个‘不’字！我现在犯愁的，倒是怎么在城里找到工作，将来我们不能光靠他那点儿工资过日子啊！大姐你帮帮我吧，帮人帮到底啊！”

“他……他是我的！”

“你的？”

小俊默默地瞧着她，继而瞧镜子。她们站在大衣柜镜前。在她们之间，一个男人究竟愿意选择谁？小俊似乎有点不相信自己的判断力了，因而才瞧镜子，镜子是客观的，镜子使小俊恢复了自信。

小俊又瞧着她，摇摇头笑了：“大姐，你怎么这么说话呢？”潜台词是，大姐你太缺少自知之明了啊！

那语气，那神气，那借助镜子向她证明什么暗示什么的做法将她激怒了，令她感到受了极大的羞辱。她劈面给了小俊一耳光！

“他是我的！他是婚姻介绍所用电脑介绍给我的！他就要和我结婚了！你被他玩弄了！”她叫嚷。

小俊捂脸退后，凝眸注视她。

那姑娘的目光使她感到身上发冷。

小俊说：“活该！”

结果又挨了她一耳光。

“活该！”小俊跺脚，“谁叫你不预先告诉我？我小俊要是知道，也不费心思勾引他！你不预先告诉我，怨得着我吗？”那语气，那神气，仿佛哪一个城市里的男人，都已经是她想勾引便注定会勾引上的了。

她又举起了手臂。

小俊却没再往后退，反而往前走了一步，平静地冷冰冰地说：“大姐，随你打吧。”

她的手臂缓缓垂下了。

她坐在折叠床上，双手捂住了自己的脸。羞耻感蹂躏着她的自尊心，她无声地哭了，泪水从她指缝间落下：“小俊，小俊，我……我不是因为……我怎么向你父亲交代啊！”

“大姐，你别哭，你犯不着哭。犯不着觉得对不起我……和我父亲，算我自讨的。既然他是你的，我不告他了。我小俊看在你的份儿上，放他一马，我不告他，他还是你的。你对我不错，我小俊有良心。我认了。算我报答你。”小俊语气平静，冷冰冰。包含有大大“开恩”的意味和对弱者的怜悯意味。

她的自尊心更加感到被无情地蹂躏。然而她无话可说，也觉得没有任何理由再发怒。应该乞求宽恕的，分明已不是小俊，而是她了。

她羞耻得没勇气抬一下头。

“大姐，咱们相处这些日子，小俊我太搅扰你了。几次你希望和我谈谈心里话，我不痴，我看出来了，但我没把心里话掏给你。今天，咱们好到头了，我把心里话掏给你。你听明白了，我恨你！我在第一天曾想把你这里偷个一干二净！但你一见面就对我那么好，让我不忍。我恨你们！恨你们当年那些知青！你们忽忽拉拉一大队一大队地去到北大荒了，喊着‘扎根边疆，建设边疆’‘屯垦戍边’‘战天斗地’‘改天换地’什么什么的，可你们自己说，你们给北大荒究竟带去了多少变化？河里鱼少了，草甸子里黄花少了，林子里蘑菇少了，木耳成了宝贝了！你们受过的苦，我们也受了！等我们刚刚从内心里觉得，你们的的确确是给我们带去从前没有过的东西的时候，你们忽忽拉拉，诅天咒地，骂爹怨娘地几天工夫就全走光了！还在北大荒‘改天换地’‘战天斗地’的是谁？是我们！永远永远只该是我们么？村子里哪一户生了一个小孩，我去看看，觉得好像认识了那皱巴巴的小脸儿一百年！因为那是我们北大荒人！难道北大荒永远只该有我们北大荒人么！大姐，我告诉你，你轻易不要再回北大荒去！更不要以什么‘探家’代表团的身份回北大荒去。没谁真正欢迎你们，鬼才信你们回去是‘探家’！你们当年从北大荒回城市那才是真的‘探家’！你们永远忘不掉你们是城市人，和我们不一样的。怨恨你们的不光我小俊一个人！你知道你们走后我们有些北大荒人怎么讲？他们讲：老毛子坑过北大荒一次，知识青年又坑了北大荒一次，比老毛子坑得厉害多了！如果我们北大荒人还接待你们回去的人，那不过是礼貌。大姐，我小俊说的可都是真话！你仔细想想我这些话你就能明白我小俊了！你可要记住我的话！至于田老师，我绝不恨他。相反，我感激他！因为我被他喜欢过！你说他那是假装的？是玩弄我？假装的就假装吧！玩弄就玩弄！我不在乎！反正他让我真正高兴过，真正快活过，真正胡思乱想过！……大姐，要说的，都说了。最后一句话，我小俊对不起你了，我给你鞠躬谢罪了！”

她没有勇气抬起头。

小俊的话对于她无异于一片冰雹。

而当她终于抬起头时，小俊已不在了。

地上，是她送给小俊那双鞋。床上，是她送给小俊那些衣物裙子，一件不少,包括他给小俊买的那件旗袍裙,和那只时髦的手提包。

“小俊!……”她冲到走廊大喊。

“小俊!……”她冲回房间,伏在窗口大喊。

“小俊!……”她又迅速地离开房间,一边往楼下跑,一边大喊。

“小俊!……”

“小俊!……”

“小俊!……”

她在楼外东跑一阵,西跑一阵,寻找着,呼唤着。

“小俊!……”

“小俊!……”

“小俊!……”

她的声音在一幢幢高楼之间回荡,如同有数以百计的姚玉慧在呼唤。

小俊一声不应。

她不相信小俊这么快就走得很远了,更不相信小俊是躲藏在什么地方了。她觉得小俊是消失了,彻底消失在城市的黑夜中了。

夜深沉。城市死寂一片如公墓。在这一个仲夏之夜,她周身寒冷得瑟瑟发抖。

“小俊!……”她用尽力气呼唤了最后一声。然而那只不过是低低的一声咽唤,连微小的回声也没有造成。

三层楼的一扇窗子骤然推开,被惊醒好梦的一个男人吼:“半夜三更的穷喊什么?叫魂啊!”

夜深沉。城市死寂一片如公墓。温风拂面,她似觉北风扫来!满天星斗,她看成是大雪纷飞!在这一个仲夏之夜,姚玉慧她快要被冻僵了!连天接地仿佛冰川耸立!她“最后的停泊地”冻结在冰川之中。那山,那树,那河,那狗,那些曾非常熟悉又变得非常陌生了的人冻结在冰川之中。以及她内心里存留至今的那点温馨,那点儿被她的回忆一次次过滤了的诗化了的大不真实的温馨。

隔着透明的冰川,一座冰山载着她那被冻结的“最后的停泊地”在城市的深沉的死寂一片如公墓的黑夜飘浮远去……月光将那被冻结了的一切都照耀得清清楚楚,反射着水晶般的冽辉……她仿佛觉得她自己也被冻结在连天接地的耸立的冰川之中了,无法随同她的“最后的停泊地”飘浮远去……

“喵……”近处一声猫叫。

不知是不是她那只波斯猫……

第二天晚上,姚玉慧又用电话将她的未婚夫召了来。

他进门时,她正在厨房里洗几只玻璃杯。她知道他走近,甚至能想象出他有些鬼鬼祟祟的神情。她没有回过头去,仍然洗着玻璃杯,仔仔细细地擦拭着。

“小俊呢?”他装出一副漫不经心的样子。

“走了!”

“走了?”他语气中分明透出了怀疑,却仍然装出不相干的样子,他轻轻踱进了卧室,游移不定的目光东瞅西看,仿佛认为小俊被她藏了起来。

“什么时候走的?”

“昨天。”

“那……预先怎么不告诉我?”

“她是我的客人,又不是你的客人。”

“那……从礼貌上讲,我也该送送她嘛!”

“你对她够礼貌的了。”

“她……临走也没向你提我一句?让你给我带好什么的?”他那双目光老成厚道的眼睛,在近视眼镜后心虚地眨了几眨。

“提了。她说一辈子忘不了你!”

她往两只杯里倒满啤酒。

桌上，摆着几盘买的熟食和现炒的菜。

“请入座吧！”她说，摘下围裙，团成一团，扔向墙角，首先在一把椅子上坐下。

他这才走出卧室，在另一把椅子上坐下。

“我不会炒，将就点。”

“好主妇也是后天在生活中培养的嘛！”

两人默默注视着，举起各自的杯，都笑着。

他说：“第一次吃你炒的菜。”

她说：“我也是第一次炒菜。”

“为此干一杯？”

“奉陪。”

于是他们轻轻碰杯。

她盯视着他，慢慢倾斜酒杯，从容不迫地一饮而尽。

他却只饮半杯。

“我甘拜下风。”

“随便。”

他觉得她今天情绪真好。

她觉得他今天情绪真好。

两人喝酒，吃菜，东一句西一句聊。

他说：“听听音乐吧？”

她便起身将一盘舞曲塞入录音机。

优美的舞曲助长着良好的气氛。

“想跳吗？”

“想。”

“那咱们跳。”

“不会。”

“我教你……”

他饮尽那杯酒,站起来。

她又往他杯里倒满酒,也站起来。

他跨近她,揽她腰,握她手。

在他带动下,她机械地呆板地旋转。

"第一次?"

"第一次。"

"从来没跟别的男人跳过?"

"从来没跟别的男人跳过。"

"不信。"

"信不信由你。"

"真是第一次,证明你很有节奏感。"

"谢谢你的鼓励。"

优美的舞曲将他们从客厅送入卧室,又将他们从卧室扯到客厅。

"知道这是什么舞曲吗?"

"不知道。"

"华尔兹。高雅的华尔兹。"

"记住了。高雅的华尔兹。"

舞曲停止,两人各自归座,继续喝酒,吃菜,东一句西一句漫无边际地聊。

气氛良好。

他心里这么认为。

她心里也这么认为。

然而没有高潮。

优美的舞曲和刚才的双人舞,并没能将良好的气氛更推向情感热烈的高潮。

他想营造出一个高潮。

她也想。

然而两人之间的气氛始终驻在良好的状态停滞不前,他做出种种煞费苦心的尝试却无法营造高潮。

她也是。

他暗暗觉得遗憾。

他认为这个晚上她是多多少少像点女人了。

应该有高潮。

她同样暗暗觉得遗憾。

她往他杯里预先放了几片安眠药的齑粉。

应该有高潮。

因为这个晚上她企图杀了他。

她要在高潮过后杀了他。

要在他认为她也是一个值得他爱的女人后杀了他。

要在她得到他一次后,更进一步说,要在她得到了一次那一种满足后杀了他。

因为他是电脑通过优选之法“分配”给她的一个男人。一个科学认为对于她非常之理想的男人。她有权通过这一个男人得到一次那一种满足。

而后杀了他。

为小俊。为她自己。更为她的“最后的停泊地”——是他毁灭了它。

彻底毁灭了它。

她再也找不到赖以从城市退却的营盘了。

她觉得她已没了为将来所保留的归宿……

当她和他都离开桌子时,她又往录音机里塞入一盒磁带。“迪斯科”。

他坐在沙发欣赏,十指按膝点拍节。

他说:“‘迪斯科’挺好听嘛,看来欣赏完全是观念问题。”

她说:“我同意。”

她不慌不忙收拾桌子,耐心期待安眠药发生效力。

“今天我不走吧？”

“今天你别想走。”

“我头晕了。”

“你醉了。”

“我真是个没酒量的男人……那我先到床上躺着去了……”

“那你先到床上躺着去。”

他摇摇晃晃走入卧室，在卧室内他转过身，用流露情欲的目光望着她，笑道：“今天你受看了点儿。”

她说：“是么？”

她心不在焉地做这做那，有意磨蹭了些时候，然后走入洗漱间洗手，洗脸，刷牙。

为什么刷牙？有什么必要？

她暗问自己，却回答不了自己。

当她脱了衣服，上了床，安眠药已在他身上很见效了。

他酣睡得像那只饿跑了的波斯猫被她喂过安眠药片的样子，而且打着很响的鼾。

她推他，掐他胳膊，擂他那完全没有胸肌的胸脯，揪住他的耳朵往起拎他的头，将他的身体搁过来，掀过去，任她如何摆布，也无法将赤裸的男人弄醒。

他好像不用她杀，已然死了。

这使她对他的报复心理陡增百倍！

她拉开床头柜，操起预先放入的一把削果刀。用那样的一把刀杀死一个男人，尽管是一个酣睡的不健壮的男人，也未免显得太短小了。

她想往他心口扎一刀。

想割断他腕动脉。

然而一旦操刀在手，她丝毫没了胆量。

她连杀死一条鱼的胆量也没有。

她根本不敢下手,哪怕是在他赤裸的身体的某一部位划一道浅浅的伤口。

她对血有种特殊的恐惧。

报复心理却烧灼着她。

不知为什么,她朝大衣柜镜子瞥了一眼。

镜中那个操刀想要杀人的自己,更加令她感到恐惧。

甚于她对别人的身体流出的血的恐惧。

她操刀的手抖了。

继而她全身抖了。

那把很难用以杀死一个人的削果刀掉在床上。

她怯懦地心慈手软地扑在床上哭。

但她的报复心理不允许她不对他实行任何报复。

她哭着下了床,寻找到一把剪刀。

她又上了床,跪在床上,将枕巾铺展在自己膝上,将他的头抱起来放在自己膝上,剪那个男人由于谢顶剩得不多的头发。

她眼里凝聚仇恨。

一边哭,一边剪。

剪下一撮,随手扔在地上一撮,仿佛那是极其肮脏的东西……

那情形并不像一个被报复心理所燃烧的女人在对一个毁灭了她最重要也最宝贵的精神依托的男人实行报复。

像圣母在哀怜死亡的耶稣……

夜里,他醒了,赤裸着身体蹦下床,也不开灯,到客厅里来找水喝,发现她和衣睡在沙发上。

“你……你怎么还是睡在沙发上?”

她没有睡,立刻坐起。

“现在该我睡到床上去了。”

“又让我睡沙发？”

“不。你走。”

她走入卧室，将他的衣物一件件从卧室内抛在他脚下。

她堵立在卧室门口，冥冥黑暗中，她枯瘦的身影也是黑的，像站在修道院门洞里的夜游的修女。

“走？……为什么？……”

“你应该明白。”

他有几分明白了，默默地，一件件地，慢腾腾地穿上他的衣服。

他连鞋也穿好了之后，却不走，望着她枯瘦的黑影，期待她打消赶走他的念头。

她却说：“从今天起，我们之间的关系完结了。”

他向门口走去。

“我不会散布那件事。”

他站住了。

她又说：“这扇门从今以后再也不对你敞开了。”

他转过身，艰难地咽了口唾沫，声音滞涩地问：“你……真不散布？”

“我保证。”

“别人问起来……我……如何解释？”

“随便。比如可以说我毫无女人味儿，令任何一个男人都难以忍受。”

“那么……玉慧……再见了。”

枯瘦的“修女”身影在冥冥的黑暗中岿然不动。

马路对面一幢兴建中的大楼，电焊的弧光一闪一闪，给她的影子镶着闪烁的银边。

她倔傲地沉默着。

“你真像你装的那么坚强么？”他低声问。

她倔傲地沉默着……

破碎从正中观察，大抵是而且起码是双向的射裂现象。

一星期后，当年生产建设兵团的营后勤管理员出现在姚玉慧面前。不是首先找到她那老姑娘的心理设防壁垒森严的“城堡”，而是首先找到了律师事务所的主任办公室。

“教导员，我可被骗惨了！”

他一开口便说了这么一句话。像许多当年的北大荒知青见了当年的“顶头上司”叫“连长”“指导员”“营长”一样，他也仍叫她“教导员”，尽管他的年纪比她大。

一种沉淀了的习惯。如同获得了博士学位的人或者当了教授的人见了自己的小学老师仍毕恭毕敬一样。何况当年的教导员如今仍是个官儿，而当年的营后勤管理员如今却只不过是一个北大荒的个体农场职工了。他对她那种恭敬尤胜当年几分。

“老姜，我求求你别在这儿说，到我家去我再向你解释吧！”她唯恐他再多说一句话，几乎是拉扯着心里有些不明不白的北大荒人离开了办公室。办公室里的两位年轻姑娘在他们走后猜疑了半天。

她一路不开口，匆匆地领他走，仿佛领一位陌生人赶火车。

她不开口，他便也谨慎地沉默着。

她带他一进入房间，关上门，将拎包往沙发上一扔，站在他面前说：“老姜，在这儿，你可以往我脸上吐唾沫。可以骂我。可以扇我耳光。”

“教导员……你……什么意思啊？……他们骗我跟你有什么关系啊？”

“他们？……谁们？”

“还能是谁们？当年我手底下那几个知青呗！我托运来了十几麻袋黄豆，还带来了六百多元钱。想把黄豆卖了，钱凑一起，办一批服装倒腾回去，赚笔钱。我得找他们帮忙啊！除了他们，在这城里我也没个熟人可找啊！找到了一个，就是营部开‘嘎斯六九’的那个关耀文，结果找到了一串儿七八个，有认识的，有不认识的，都是当年的北大荒知青。他们说这种事儿找到他们算找对了,不难办成。教导员你说我要是连他们都信不过的话,在这城里还有我老姜信得过的人么?我把黄豆和钱都交给了他们。结果……嗨!……”那北大荒人蹲了下去。

“结果怎样?”

“结果他们是串通一气儿,合伙坑骗我!钱,没了。黄豆,没了。再找他们,找不到了!好容易找到一个,一推六二五。说后来就没插手,找另外几个去!还说……”

“还说什么?”

“还说……‘不就是几麻袋黄豆,几百元钱嘛,就算意思我们哥儿几个了吧!当年你管理我们管理得够孙子的,如今孝敬孝敬我们也是应该的!’教导员,我收那十几麻袋黄豆不容易啊!那是我和小俊她们姐儿几个的血汗啊!那六百元钱,是小俊准备结婚用的钱呐!”北大荒人伤心地孩子似的哭起来。

“混……蛋!老姜,你别哭。你找我,是想告他们?我姚玉慧能给你讨回个公平的!”

“不,我不告他们!”他右手擤了一把鼻涕,左手掏手绢,掏遍几个兜儿,没掏出条手绢来,只好将鼻涕抹在鞋上,接着说教导员,我不告他们。当年我常对他们进行‘再教育’,如今想起也觉得挺对不起他们的。在一块儿十多年,山不亲了,水还亲不是?闹到法院,他们更恨我一辈子不是?我找你要向你借点钱,我保证还你!住旅馆都没钱了,被撵出来了!我总得买张火车票才回得去呀!教导员我不说假话,我在火车站蹲了一夜,从昨天中午到现在一口东西都没吃。”说到伤心处,他双手直拍自己两腿。好像鸡扇翅膀一般。

“老姜,别急,别急。今天住我这儿,我回家住去。钱我借给你,还不还无所谓。”她将他扶起,推向沙发。待他坐下,给他彻了杯茶,翻出半盒烟递给他。

那北大荒人便不再说话,勾着头,一口紧接一口贪婪地吸烟——样子真是够可怜的。大概几天没吸一口烟了。

“老姜,小俊……她……回去了吧?”她站立在他面前,心头压着负罪感,低声问。

“回哪儿?……”他抬起头,很奇怪地仰望着她。

“没回去?……”她的心不但被负罪感所沉重地压迫着,而且被一种极大的不安所压迫着了。

“她根本就没离家呀!这次想随我一块来,因为家里活全靠她操持,没来……”

“可是……她来过我这里呀!在我这住了二十多天呢!”

“不可能!绝对地不可能!”

“那……那在我这里住过的……不是小俊?”

“当然不是!教导员……什么样个姑娘啊?”

于是她向他描述了一番那个曾口口声声叫她“大姐”的“小俊”。

“她拿着我写给你的信来的呀!”

“她说她就是小俊?”

“对啊!我又怎么能怀疑她不是小俊呢?”

她找出“小俊”带来的那封信给他看。

“这……这信怎么会落在别人手里呢?哎呀!八成是李驼背的姑娘吧?她常向小俊打听你的情况,准是那姑娘!教导员……你也被骗得够惨的啊!”

“我也被骗得够惨的……”与其说回答,莫如说自言自语。

一种本能的,平素游弋在潜意识中的,对人的恐惧,渐渐从她心底浮出到她那张毫无女性光彩的脸上。

他们互相望着,一时无话可说……

第二十九章

人的死因有时荒谬。

木材加工厂的老厂长退位后的第一个夙愿，是到北京去探望当年的老首长。

从一九四八年他就再也没有见过老首长一面。

人们说到他时，还常常用这么一句话概括他这个人的特殊性："他当年是某某同志的警卫员，还救过某某同志的命呢！"

这一点，使他一向具有直闯市一级领导甚至省一级领导办公室的资格。无论多么善于周旋的秘书都不敢挡他的大驾，无论换了哪一届领导都不曾怠慢过他。近四十年来，无论什么样的政治风云都没有将他彻底按倒过。无论他被认为"左倾"或者"右倾"，却始终是个特殊人物。近四十年来，他凭这无与伦比的特殊性，受到上级领导的宽宥，受到同级干部的嫉妒，受到下属的敬畏。

每一年春节前，他必定亲自督办一份厚礼，派人送往北京老首长家里。受命之人不但享受特殊的出差待遇，而且感到是种特殊的荣幸。

此次是他女儿秀红陪同进京。

在省驻京办事处下榻后，他立刻往老首长家拨电话。

电话通得顺。握着听筒，他的手由于激动直抖。

“找谁？”一个女人的声音。

“我找老首长啊！”

“哪位老首长？”

“×××同志啊！……”

“×××同志死了。”

“我是老关啊！不……不对不对，我是小关啊！老首长当年的警卫员……”

“噢……×××同志死了。”

“我当年救过老首长的命啊！……”

“你听不清我的话吗？×××同志死了！”对方颇不耐烦。

“死了？……”

他仿佛这才明白“×××同志死了”的意思，那颗激动无比的心“咯噔”往下一沉，如同坐车过断桥时那种感觉。

“喂！你有什么事啊？”

“没……什么事……特意到北京来看望老首长，没想到……您是……”

“儿媳妇。”

“今年春节前给老首长捎来的礼物……收到了？……”

“是您每年托人捎来的啊？收到了，谢谢。您还有话吗？”

“没……有了……”

“再见！”对方挂了电话。

第二天他便乘飞机离开了北京，两只耳朵灌满了三女儿秀红的讥言讽语。她原本是打算从从容容在北京玩几天的，结果连王府井也没逛成。

一回到家里，他就将几个曾替他送过礼物的人传了去，对他们大发雷霆。他的老首长死了，他们居然只字未曾向他汇报！

他们唯唯诺诺地解释，他们实是不知。他们说他们都没见成他的老首长，甚至连他的老首长的家人也见不成。他们认为他们将礼物送到了高墙深院的门房,告诉明白了谁谁派他们送来的,就算不辱使命了。

他骂跑了他们,又逼迫三女儿秀红去翻《人民日报》——他怀疑他的老首长并没死,而是老首长的家人不愿接待他。果真如此,他要二次进京！他救过他的老首长的命啊！有他身上的枪疤为证！

秀红翻遍厂办公室订的截至那一天的当年的《人民日报》,没发现父亲的老首长的讣告。

"到市资料馆去！到省资料馆去！翻去年的！翻前年的！翻大前年的！"不容三女儿在家里坐下扇扇风凉,他吼叫着将她赶出门。

傍晚三女儿带回了一份一九八四年的《人民日报》。他的老首长千真万确是死了,白纸黑字,还有遗照。

"老首长,老首长啊！……您病危的时候,怎么也不给我拍加急电报,让我到北京去看看您呐！您临死前,怎么也不叮嘱家人一句,给我个信儿,让我到北京去参加您的追悼会啊！您连让我见您最后一面的机会都不给我……您……您把我小关给忘了啊！……"他捧着那份报纸,哭诉不休,泪涟涟如雨。

"爸,您这么大岁数了,害臊不？您这是哭您自己。哭您自己三十来年的自作多情！参加追悼会的那都是些一般人物么？您小小一个木材加工厂厂长,芝麻官儿,您配么？哭得人心烦劲儿的！"三女儿秀红极看不惯他那种老小孩儿模样,轻蔑地挖苦他。

他操起手杖要打她,吓得她尖叫着逃入自己的房间,插上了房门。

当天他佩戴黑纱,为他的老首长的死弥补他那一份儿由衷的哀思。

看见的人无不背后议论:"这古怪老头子,犯得着嘛！他那等于是为自己戴的！"

不幸被人们言中,三天之后,他自己也死了。

在无人知无人晓的时刻,坐在他那把巨大而沉重的有轮子的黑皮大转椅里,悄没声儿地就死了。

当然要成立"治丧委员会"的。

"治丧委员会"主任是局党委书记——当然也是"当然"的了。

不知什么人出于什么样的考虑,将姚守义也列入了"治丧委员会"委员之中,而且是第一名。

因为老头子生前对邢副厂长"不感冒",更因为两家由于儿女之事关系恶化,"治丧委员会"委员中当然便没有邢副厂长。

邢副厂长当然认为是被剥夺了一份荣誉,对主持操办丧事的工会主席大发脾气。

"姚守义他小子有资格当委员,我就没有资格么?他小子不过是个车间主任,而我是副厂长!这不是故意排挤我是干什么?!"邢副厂长气愤得失去了往日的矜持和涵养,又拍桌子又踢椅子。

工会主席却很矜持很有涵养地解释:"邢副厂长,别拍桌子,别踢椅子嘛!论资格,你当然是该有的。但这是'治丧委员会'啊,不是别的什么委员会,总得民主点,尊重老头子家里人的意思吧?"

"民主?还要不要集中了!现在反对的就是绝对民主化!……"

他当即给局党委书记挂电话,提出"最最强烈"的抗议,郑重指出他的威望将受到极大的损害。

没想到局党委书记的回答是,在此类事情上,他赞成民主化,反对集中化。"绝对民主化"一次,没什么了不得的。

邢副厂长愤怒得想摔电话,又不敢。

姚守义也找到了工会主席,虔虔诚诚地替邢副厂长争取当个"委员"。

工会主席让他去找老头子的家属交涉。

老头子的老伴儿倒怪通情达理的,说:"可也是,那就让邢副厂长当个委员呗,既然他那么在乎是不是委员的!"

"让他当个屁!"秀红火了,"死的是我爸,不是你爸!等你爸死了,你再请他当个委员吧!"

第三车间主任灰溜溜地离开了老头子家。

他明白,他那老父亲若死了,就是三揖九叩恳求邢副厂长当个"治丧委员会”委员，邢副厂长可能也是不屑于赏脸的。

他又去向邢副厂长汇报“交涉”结果。

“谁让你替我去交涉的？我求你了么？你想当面取笑我么？你别以为你这一次可算在全厂人中出大风头了，把我的威望压倒了！告诉你姚守义，你高兴得太早！乐极生悲！比起你姚守义来，我总算是个在党的人！我不信共产党果真就会舍得把管理一个厂的大权交给一个党外的小子！”邢副厂长非但不领他的情，反而恨他恨得咬牙切齿。

“我操你妈！”他骂了邢副厂长一句，转身便走。若不快走，他怕自己会揍邢副厂长。

市委、市总工会、局里、市“老干部俱乐部”预先派人送来了十几架花圈，通知说有头面人物要来参加追悼会。报社派来了记者采访老头子的生平和革命经历。一切表明，这是木材加工厂有史以来将要召开的最隆重的一次追悼会——因为是木材加工厂有史以来最不可等闲视之的一个人物死了。

厂里的工人们议论：

“嘿，这叫虎死不失威！再过一百年咱们木材加工厂也不会出这么一个跺跺脚惊天动地的人物啦！”

“那用说？死了，还把邢大头治得服服帖帖的！”

“倒抬举了小姚！讣告上那大名排在局党委书记后边啊！”

退了休的守义他爸和晓东他爸，认为义不容辞地应该借此时机表达对老厂长的特殊感情。两位老人主动承担了指挥布置追悼会会场的责任。

于是又有人阴阳怪气地说：“老姚也出马了！这叫‘草船借箭’，老姚那是为小姚当上厂长忙活呢！”

“小姚早就是老头子的干儿了！要不他算老几？凭啥当‘治丧委员会’委员？”

“瞧姚守义那小子装出的一副难过相儿！其实他心里保准高兴着

呢！快当厂长了，不高兴骗谁？”

姚守义真是挺难过的。老厂长死了，他才愈发觉得老厂长活着的时候，的的确确是个人情味儿十足的好老头儿。尽管有些霸道，有些主观，有些说一不二。而且，他愈发意识到，老头子是把他看透了的，就像老头子把邢副厂长看透了一样。周围许多活着的人，却并不能看透到他内心里去。

他内心里没那么多狡猾，计谋，溜须拍马的肮脏企图和沽名钓誉，不择手段向上爬的念头。他本质上是个随遇而安的人。

把他看得很透的人死了，把他看得很卑鄙的许多人活着。

许多人愈来愈不相信别人和他们自己是不太一样的人了。因而人人心目中没有了好点儿的人。因而世上仿佛也便没有了好点儿的人。他更其难过于此……

“爸，你别凑这份儿热闹了。让人说闲话！”他希望老父亲也能为他这个儿子着想着想。

“凑热闹？我凑什么热闹啦？老子才不巴望你当官呢！你以为我就是聋子，一句闲话没听到哇？”

“听到了，你就回家去吧，何苦在这儿忙得一身灰一身土的啊！”

“你，你管不着老子！再多嘴老子揍你！……”正在钉挽幛的老父亲将锤子一扔，当着些小青工的面，就要揍他这个当车间主任的儿子。

晓东爸连看也不看他一眼，捡起锤子接着钉，还烧火浇油：“揍！这还不揍！凑热闹……有这么说话的么?!”

可追悼会没开成。

老厂长的家人在整理他的遗物时，发现了他亲笔所写的一份遗嘱：“老子死后，不开追悼会。谁动这门儿心思，断子绝孙！”——遗嘱上就这么一句话。有署名，有印章，没日期。

从那张夹在《毛泽东选集》合订本中的纸看，显然是早在十几年前写的。因为那张纸的抬头印着一条“最高指示”：阶级斗争是个纲，纲举目张。

如今还没处找到这么样的一张纸。这么样的一张纸相当于“无产阶级文化大革命”的历史文物。

也显然是故意不写日期,留到真快死了的时候添上。而他又死得那么悄然,大概也早把那份遗嘱忘了。但那毕竟是他的遗嘱。谁都觉得没有任何权力任何理由不把它当成回事儿。因为不曾发现另一份遗嘱,声明那一份遗嘱作废。

于是工会主席与其家属紧急磋商,最后“统一了意志”,宣布取消追悼会。“治丧委员会”当然也就白成立了。“治丧委员会”委员们大部分觉得扫兴。

邢副厂长得到消息,脸上的表情顿然开朗。

有几个小青工们也白买了一挂鞭炮。本是预备开追悼会的时候放的,他们认为“那老家伙”早该“给马克思喂马”去了!自从厂门上挂了那两块不怕风雨侵蚀的大木牌子之后,他们一年四季剃光头,以示对“极左”压制“自由”的无言抗议……他们非但比“治丧委员会”委员们更其扫兴,简直是觉得“妈妈的”了!

死了的老厂长最早坐“吉普”,后来坐苏联“老大哥”援助的“伏尔加”。“老大哥”变“修”后,以示对“修正主义”的轻蔑,用新“伏尔加”换了辆旧“上海”。中国之门户对国际商团大敞开后,旧“上海”更其显得破旧,服务于十一级干部未免太不成体统,便进口了一辆“丰田”坐,以示紧紧追随时代之改革潮流。老厂长活时常感慨系之地说:“妈那巴子,现如今皮包公司经理坐‘奔驰’,发了家的老农坐‘皇冠’,老子堂堂正正的十一级,却坐‘丰田’,够能保持优良传统的了!”

局领导要与姚守义和邢副厂长谈话,两人同坐那辆“丰田”去。

“瞧这车造的,积灰蒙土的。往后,你得至少每天给我刷洗一次!”邢副厂长在车里这么对司机说,“给我”两个字咬出特别强调的意味。

司机连声回答:“是,是……”仿佛那辆小车理所当然地已然是只有邢副厂长才配坐的专车了。

姚守义当即叫司机停车。

司机将车靠向人行道停了，他说："我溜达着去。"就下了车，扬长而去。

来到局里，却见邢副厂长坐在会客室。两人互不相视，各吸各的烟。

一会儿，局党委秘书走进，客客气气地对邢副厂长说："让您久等了，局长和局党委书记刚才在开会，请跟我来吧！"

邢副厂长掐灭烟，得意地站起，瞥着姚守义笑道："既然先请我，我就不礼让了！"趾高气扬地跟在秘书身后走了出去。

几分钟后，又一个人走进会客室，问他："你是姚守义？"

他抬头看那人一眼，冷冷地回答："对。"

"我是局长。"那人向他伸出一只手。

姚守义将头扭向一旁，不握那人的手，连站也不往起站一下。

局长笑笑，将门关上，落座后掏烟盒，又问："换一支？"

姚守义倔头倔脑地说："不换。"

"我的比你的好。我的是'金键'。"

"好也不换。"

局长又笑笑，吸着了烟。

"小姚，你究竟想不想当厂长？"

"不想！"他回答得相当干脆。

"真不想当？"

"你怀疑我口是心非？"他有些火了，隐忍地瞪着局长。

局长说："就算我怀疑你，也不是没有道理嘛，真不想当官的人可不多呀！"

"当厂长有什么好处？"姚守义吐了一口烟雾，有意摆出玩世不恭的样子。

"好处？"局长笑了，眼光迅速掠过姚守义，又弹了弹烟灰，"好处，可是多了。比如：分房子，安电话，调工资……都挺实惠的！”那眼光，又迅即从姚守义脸上扫过。

“诱以官禄？”

姚守义先是觉得这位局长大人真够庸俗的，待到抬眼望一下局长，又觉得那张脸上的表情，难以捉摸。

局长表情严肃起来：“我不过直人直话，把事挑明了说。党既然给予当官的人好处，那就应该对想当官的人有个比较，有个选择。我们选择了你，这叫一厢情愿。一厢情愿不行。老百姓话说，上赶着不是买卖。比方我刚才敬你烟，你不接受，我也不硬塞给你，不然反而会被你瞧不起。木材加工厂厂长，也不是非你姚守义莫属。当然，你有你的优势，当过几年红旗车间的主任，下过乡，吃过苦，有责任感，有一定的领导能力，给你个机会。我们党如今奉行为尽量多的人创造机会的原则。你可别把事想拧了。”

“这……我是怕……辜负了领导的信赖啊！”

姚守义的傲慢劲儿被局长一番话彻底扫光了，语调顿时变得谦虚。他低下头，不好意思继续瞪着局长。他忽然觉得这位局长并非庸俗之人，很开诚布公，很随便，没架子。

“我们也怕你辜负了我们的信赖啊，所以要和你当面谈谈。”局长见他那支烟快吸尽，向他递过烟盒，他红着脸弹出一支。局长又将按着的打火机向他伸过来，他赶紧吸着烟。

“那……邢副厂长……我怕……我比他年轻，关系难处啊！”

“局里新成立了外联办公室，他这人有这方面的特长，我们把他调到局里来当主任。”

“他不愿意呢？”

“他会愿意的。韩书记正在和他单独谈话。如果他实在不愿意，可以当工人嘛！共产党人，应该能上能下嘛！”

“我……不是党员……”

“不是党员也可以当厂长嘛！我就是先当上了局长，以后入的党嘛！当局长前我是林学院教授，出版过三本林业方面的书。我认为我这个局长当得不错。当上局长后又出了一本书。”

局长笑了。

姚守义也笑了。

“可我……还……骂过共产党……”

“你指你在整党期间那些言论？不算骂共产党。有人认为那是反动言论，我看不是。在这一点上，我和韩书记的看法是一致的，态度是明确的。共产党请党外同志帮助进行整党嘛，就是真有人骂也没什么了不起的。党就那么脆弱？那么经不起骂？一骂就垮？如果党到了这种地步，还领导什么改革？嗯？被认为是在骂共产党的人中，有从内心里爱护党的同志。用老百姓话说，恨铁不成钢。像毛毛虫似的爬在党这棵大树上的人，才不骂党呢！”

姚守义不好说什么，光自低着头吸烟。

“我看今天咱们就谈到这儿，你先回去考虑考虑。”局长说着站了起来。

“我……我当！”姚守义也站了起来。

“当厂长的好处打动了你的心？”

“不！”姚守义不好意思地笑了，“局长……这么看得起我，我姚守义也不能太不识抬举啊！”

“决心定了？”

“定了！”

“那咱们还得坐下来谈谈。”

局长又坐下了。

姚守义也又坐下了。

他掏出烟盒向局长献烟。

局长说：“吸我的。有好的不吸孬的！”

于是他又吸了局长一支烟。

“怎么个当法？”

“还用问？改革！大刀阔斧！”

“怎么个改革？怎么个大刀阔斧？”

“这……”姚守义答不上来。

“我就怕你这么干。这么干你当不长，最多半年非垮台不可！我希望你当得长远点儿，半年垮台岂不等于辜负了局里领导？一个人渴了的时候，常常说一口气儿能喝光大海，那是愿望，或者叫作吹牛皮。真喝起来，恐怕一瓢他也喝不光，何况海水是咸的。今天的报上说，改革要只争朝夕，步伐越快越好，越大越好，改得越彻底越好。这完全正确，但这是愿望。所以你别说什么大刀阔斧，那是大话，是吹牛皮。你根本不可能做到，局里也根本不可能做到，也就谈不上多么有力地支持你。你要悠着劲儿干，抻着劲儿改，这是我当好局长的经验。传授给你，你得信。中央改革的火候还没烧到，你一个小小厂长迫不及待地掀锅，那馒头非夹生不可。”

姚守义洗耳恭听，越发觉得局长是个可亲的人了。

“我……我在厂里有群众基础，我想不至于……”

“不至于怎样？什么叫群众基础？别过分自信这一点，别那么幼稚！你们厂告你的信不少，四十多封。”

“什么？四十多封！……”姚守义霍地站了起来。

“坐下。你坐下。这有什么大惊小怪的？你有群众基础，那是群众认为你根本没可能当厂长以前。你一旦当上了，群众基础就丢了一半，有群众基础就也许会变成没群众基础了，这是如今的一条规律，还挺普遍。现在一种有意思的现象是，谁恨谁，就四处散布，说谁谁谁要被提拔了，要被重用了，要高升了，于是有关方面准收到不少群众来信，揭发检举那个人多么坏多么坏。马克・吐温写过一篇小说《竞选州长》，主人公还没当上州长呢，便被指控犯有盗窃罪、诈骗罪、强奸罪，并且有九个肤色不同的私生子……”

姚守义不由得笑了。

“你笑什么？”

“九个，太多了！”

“是啊，太多了……不谈这些。你们木材加工厂的浪费现象很严重，每年十几万元的损失。我看你第一年内减少浪费就不错了。改革，改革，具体进行，要一件事一件事地做。某些改革者，新官上任三把火，三把火烧过，倒把孙悟空自己的毫毛烧光了，不但自己遍体鳞伤，改革之火也随之熄灭。别做这样的改革者。”

“局长，您放心，减少浪费不是件难事。”

“不是件难事？要减少浪费，就得端正每一个工人的劳动态度。光靠宣传主人公精神，行吗？靠奖金？你们是个亏损厂，哪儿来那么多钱发奖金？靠劳动纪律？劳动纪律一严格起来，工人们能不骂你？我们过去总强调群众是真正的英雄，群众之中蕴藏着多么多么巨大的建设社会主义的热情。这是很片面的观点，不实事求是的观点，幼稚的观点。群众不就是张三李四王五姚六徐大麻子杂姓人等吗？看不到群众的惰性，涣散性，麻木性，逆反性和被动性，对改革者是危险的。改革的某些阻力，也来自群众身上积淀的消极因素。怎么比喻呢？类似一种黏糊糊的东西，能黏住改革者的手脚，甚至黏住他们的思想……”

当局长送姚守义时，他仿佛觉得自己变聪明了些，又似乎变得更糊涂了。他仿佛觉得自己信心十足，又仿佛完全没有信心了。但他当厂长的意念却更坚定了。他喜欢担点风险。那样，一个人活着才不无趣味。

邢副厂长已经坐在小车里了，满脸失宠者的沮丧表情。

局长和蔼地问邢副厂长：“想通了？”

“想通了。”邢副厂长本不愿笑，又习惯了对上级笑，那种笑就非常之勉强，非常之苦涩。

“想通了好，想不通不好。”

局长同姚守义握过手之后，又对邢副厂长说："你要认真负责地向小姚交代厂里的工作。"

小汽车开走，姚守义和邢副厂长，一个将脸转向左边，一个将脸转向右边，各自望街景。

忽然邢副厂长吼道："停车！"

司机如同没听见，继续开。

"聋啦？我叫你停车！"

司机扭回头看他一眼，并未停车。

"我不回厂！到医院拔牙去！"

司机将车开过红绿灯，正缓缓靠向路边。

姚守义语气平和地说："先送邢副厂长到医院！"

"好嘞。"司机开走了车……

姚守义在厂长办公室从上班到下班连续坐了三天，耐心地等待有人来向他请示工作或者汇报工作。然而没人来向他请示，也没人来向他汇报，三天中连他办公桌上的电话也没响过一次。二十七八岁的女秘书坐他对面，翻了杂志，又翻报纸。

今天她看的是一本《法制文学》。

上午明媚的阳光照在她身上，也照在他身上。她看得出神入化，他若有所思地吸烟。

"你别吸了行不行？"她说，没抬头。

"行，行……"他立刻将烟掐灭。觉得她的语气太冲，问："你怎么跟我说话呢？"

"你想我怎么跟你说话？"她仍不抬头，只是撩起单眼皮儿，向他射出两束桀骜不驯的目光。

"跟厂长说话不能客气点吗？"

她撇撇嘴，口中发出两个鼻腔音——"哼嗤"，将身子一转，脸朝墙了。

“以后上班时间不许看杂志。”

“……”

她翻过一页,接着看。

“讨厌!”

“说谁呢?”

“苍蝇!”

一只大麻蝇在窗子上嗡嗡乱撞。

他站起来,想用什么东西打死它,可没有应手的东西用来打苍蝇,只好推开窗,将那只大麻蝇放飞了。

“有意思吗?”搭讪着问。

“有!”

“写的什么?”

“一个新上任的厂长,开除了一个工人,结果被那个工人用菜刀砍死了!”

“瞎编的。”

“报告文学,真人真事儿!”

“那……太惨啦……”

“哼,有不好惹的!”

“你放下!”他猛地一拍桌子。

她吓一跳,将《法制文学》往桌上一抛,又倏地一站,叫道:“你要什么官僚态度?你让我干什么?!”

“我……我……”他一时没什么可吩咐她干的,憋了半天,憋红了脸,才憋出一句话,“你去给我看天气预报!”

“阴转多云!有暴雨!二到三级东南风!转东北风,北偏西北!”

“你胡说八道!”

“你才胡说八道呢!昨晚电视里这么预告的!”

“你别发火,你别发火……”

“你先发的火!”

“咱俩都别发火……你听明白了,我知道你是邢副厂长的人。可你要不给我好好当秘书,我开除你!我才不怕你用菜刀砍我呢!”

“开除我?就你?……开除我?小样儿!……”她柳眉倒竖,轻蔑他像轻蔑一个卖狗皮膏药的。

他明知她是不至于用菜刀砍他的,因为他首先就开除不了她。因为她爸是市“改革办公室”主任。

他先自软了下来,缓和语气道:“小王啊,别误会。我的意思是……首先支持我开展工作的应该是你啊!”

“少来这套!”她一扭身走了。

一会儿,隔壁办公室一阵男女的笑声,接着一阵哭声。接着邢副厂长的夫人过来了,以一种极端公正的语调批评道:“厂长,这就是你的不对了。我们在隔壁听得清清楚楚,从始到终就是你的不对嘛!你把人家气哭了,还不赶快去赔个礼,道个歉,认个错?”

他用手一指那女人,愤愤地说:“你出去!”

“哟,你怎么狗咬吕洞宾,不识好赖人啊?”

“出去!”

“哟,厂长你还想动手打人啊?”那娘们儿故意嚷得让隔壁听得见,笑盈盈地站在他面前,并不想出去。

他自己出去了。

一车间二车间三车间,全不见个工人的影儿。电锯停着,一根巨大的圆木夹在锯上,有些车床却在转着。

他好生纳闷儿。顺着厂路走,走近厂后门,许多工人在那里排起了大队,正买什么东西。

卖主站在手推车旁,一边称,一边吆喝:“大家别急,排好队,一个一个来!这位您看秤星儿,四斤高高的!……”

他的工人们排得很有秩序，也都排得很有耐性。在厂卫生所给工人们注射免疫针的时候，他才见过工人们的这种秩序和这种耐性。

他走至跟前一看，手推车上，四只大柳条筐，两筐装的是木耳，另外两筐空了，显然已经卖光，只筐底剩些细碎木耳屑。

新厂长胸中的火气别提有多大了！他不便立即发作，强按压住恼怒，抓起一把看了看，不动声色地问："什么价？"

卖木耳的，是个四十多岁的瘦小精明的汉子，一巴掌打落他抓起的木耳："别乱抓，要买后边排队去！"

一个工人替那汉子回答："七元五一斤，十四元两斤！够便宜的小姚，你也来两斤吧！"

排在后边的一些工人却嚷：

"嘿，那是哪个小子，后边排着去！"

"想加塞儿怎么着啊？"

"谁也不许加塞儿，把他拖一边去！"

姚守义只装没听见，对那汉子说："我是厂长……"

那汉子压根儿不理他："厂长也这个价儿！"将一秤盘子木耳，倒入一个工人双手撑开的塑料袋里。

待那汉子再欲给下一个工人称，姚守义抓住了他的秤杆子："你从哪儿进来的？"

"后门儿进来的。"

新厂长背后的几个工人笑了，觉着那汉子的话挺有意味儿。

"谁让你进来的？"

"也没谁不让我进来啊？"那汉子不耐烦。

姚守义见他车上还有不少木料，放开他的秤杆儿，拿起一根二寸截面的方子问："这是什么？"

"这是方子啊！"

姚守义放下二寸的，又拿起一根四寸的问："这是什么？"

“这也是方子啊！”

“这是什么？”

“这是木板呗！”

“你的？”

“你的？”

“我看是我们厂里的。”

“不错，是你们厂里的。”

“那怎么在你车上？”

“这可不是我自己拿的啊，你厂里一个工人买了我的木耳，钱不够，差三元多，他就不知从哪儿抱来这些木料，说‘顶了吧’。我当时还不乐意呢！你问问你们的工人，是不是这么回事儿？”

新厂长身后的几个工人也不耐烦了，七言八语起来：

“是这么回事儿，我做证！”

“我也做证！”

“不就这些木料嘛，找什么茬儿呀！”

“守义，你不想买办公室待着去，你耽误的可是生产时间！”

排在后边的工人中有人吼：“哪个小子在前边捣蛋呢？滚！”

于是一个工人将他往一旁推：“守义，去去去，别惹大伙儿不高兴！”

姚守义被推开了。他眼见着买卖继续进行，不知如何制止才不至于引起众怒。他忽然觉得，他似乎还一点儿权力都没有呢！在群众看来，似乎他姚守义当厂长，和这个一千四五百人的厂没有厂长是差不多的事儿。

卖木耳的汉子边卖边喊：“大家别急，别急，还按秩序排好。‘加强纪律性，革命无不胜’！哎，别急，急中有错。咱们把被耽误的时间夺回来！”

那卖木耳的汉子的吆喝，对他的群众的情绪还真起奇妙的作用。

邢副厂长推着自行车出现，见这场面，仿佛内心被可喜的景象所鼓舞，红光满面的脸上现出兴高采烈的模样，大声说："嗬，买卖兴隆啊！小李子，给我带两斤，送我家去！"推着自行车从姚守义身旁走过时，又说："姚厂长，拔牙不？拔牙找我，合同医院牙科咱们有熟人！"说罢，骗身上车，一路不停按着清脆的铃声骑走了。

姚守义盯着他的背影，恨得紧咬下唇。

他又凑近手推车，趁那汉子不注意，抓了一把木耳，躲开细看。

那汉子正卖得顺心之至，姚守义在他肩上拍了拍。

"你又找什么别扭啊！"

"你来，我跟你说几句话。"姚守义不管那汉子愿不愿意，扯着那汉子的衣袖，将那汉子扯到了远处。

"守义，你小子今天成心扫大家伙的兴是不是？"

"小姚，你就这么当官吧，没你好！"

"哼，什么东西！他那是在这儿找当厂长的感觉哪！"

工人们纷纷喊叫。

也不知姚守义究竟跟那汉子说了些什么话，那汉子一走回来，就从车上将那些木料扔下，口中连连说："不卖啦，不卖啦！……"推车便走。

"嗨，别走，别走！别听那小子吓唬你！"

"老子白排这么半天队啦？不许走！"

工人们不放那汉子走。

"买卖自由，买卖自由，诸位行个方便！……"那汉子又是抱拳，又是作揖，硬是推车从后门走了。

群众愤怒地瞪着姚守义。他从他们的目光中，感到了一种曾有所领教的敌意，这使他联想起当年给厂里提意见，反对用木料换大米的事。然而却并不像当年似的，觉得他们有多么可怕。倒觉得他们更像些被大人宠惯坏了的孩子，错误地认为大人软弱可欺，有点不识好歹。

他对他们说："上班时间，你们居然擅离职守，在厂里排起大队买木耳，老厂长在位，你们敢吗？"

他们沉默着,轻蔑地瞪视着他。

有几个嘴里嘟嘟哝哝地欲走。

“都别走!谁走扣谁这个月的奖金!姓姚的敢说敢作,不怕你们哪个拎把菜刀砍我!较起真儿来谁砍了谁还不一定呢!”

欲走那几个不走了,抱起了膀子。那架式是,姚守义你小子有什么威风尽管抖抖看吧!

然而毕竟有人畏惧了,毕竟有人惭愧了,毕竟有人向别人背后闪了。

他扫视着他们,目光落在一个有把握支使得动的人身上,抬手一指:“你,找个盆,端半盆水来!”

那人一声不响地就去了。

众人却不知他究竟想干什么,他们眼中蔑视的敌意的目光,有了几分迷惑。

一会儿,那人端了半盆水来,放在他脚旁。

他将手中那把木耳撒在了盆里。

不迷惑的也迷惑了,迷惑的更迷惑了。

几人走到盆边,蹲下围看。看片刻,仰视姚守义。

姚守义不动声色,观天而已。便吸引更多人走到盆边,或蹲或立,也伸长脖子看盆,仿佛盆中有只金龟。

姚守义估计木耳在水中泡开了些,这才望向众人嘲道:“木耳哪儿的最好?北大荒的!我在北大荒生活了整整十一年,木耳的成色如何,仔细一看便知!那人卖的木耳,起码掺了三分之一的假。假木耳叫地耳子。就像假海参叫‘海茄子’!而且他还掺了沙子!木耳泡开,席上铺层大粒沙子,暴日一晒,木耳就把沙子裹起来了!一斤木耳起码裹二两沙子!”说罢,他俯身从水中捞尽木耳。众人但见水底一片沉沙,个个顿足,大叫“上当”。有些人气不过,欲追那卖木耳的汉子。

姚守义厉声喝道:“哪个敢出厂门一步,今天我就拿他做个典型!贪便宜没好货,活该你们这么许多人上当受骗!都立刻给我回车间去!”

工人们众怒化作羞臊,纷纷离去。

邢副厂长的夫人和秘书小王,率领科室一帮女性,疾奔而至。

姚守义往当路一站,板着脸道:“你们来迟一步,好事没赶上!”

她们垂头丧气向后转。

新厂长一肚子的怒气,终于觉得平息了些许。想起局长的“群众观点”,内心对局长肃然起敬。认为那是很正确的观点。同时因为行使职权,小心地整治了他的基本“群众”一次,心中不无领导者的畅快。这原本是怪不得他的事儿,谁叫他们太目中无人,拿他不当成个厂长看待?

望着女人们,他忽然笑了,又觉着自己的做法未免太孩子气,有点儿失了自己的身份。

吃罢午饭,姚守义决定下达自己的第一道命令:将厂后门用砖砌死。

他抓起了办公桌上的电话,拨了几下。

“要哪儿?!”一个怒冲冲的男人的声音。

“维修队。”

“找谁?!”那声音震他耳膜,他不由得将话筒离远了耳朵。

“找队长……”

“我就是!你哪儿?……”

“调主!再调!甩啦!操,又抠你们底!……”一句句兴奋之至的吆喝夹杂着手掌拍击桌面的声音传人话筒,显然正玩扑克。

“往外掏票子吧!”

“输急眼了怎么的?不就是一张‘大团结’嘛!还没赢你老婆孩子哪!”

“给你!接着玩!不玩不行!老子得捞回来……”

分明还是带赌的。

姚守义瞅瞅话筒,听得发愣。

对方却把电话放了。

他接着又拨。这一次好久才有人接,仍是同一个男人。

“我找你们队长!”

“我就是!”

“带上你的人,把厂后门用砖砌死,现在就去!”

“你谁?”对方语气压低了些。

“我……”他想说“我是厂长”,但很不习惯这么说,犹豫片刻,说的是“姚守义”。

“姚守义?姚守义是谁?”

对方这么一问,“厂长”二字,他是更有点难于出口了,半天才说:“前几天讣告上,名字排在治丧委员中第一位那个姚守义。”

“噢,听说过。你当管理科长了?”对方似乎奇怪于居然不知道他当“管理科长”了。

而他更奇怪于对方居然不知道他当厂长了:“三天前的全厂大会你们都没参加?”

“三年前的全厂大会我们维修队都没参加!我们才不参加厂里的什么会。姚科长,今天干不成了,改天再说吧!”

“今天怎么干不成了?”他索性便以科长的身份质问。

“今天嘛,人手不够。”

“人手不够?好,好,是个借口……”姚守义缓缓放下了电话。

秘书小王坐在他对面将一根手指担在桌上,用小刀刮指甲上褪了色的指甲油。

他默默地想了一会儿,抓起电话又拨号码。

“喂,找谁?”一个女人的声音。他听出了对方是徐淑芳,却不愿说出自己是姚守义。

“麻烦让曲秀娟接电话。”

“你是守义吧?”

“是啊……”

“听秀娟说你当厂长了？怎么样？如今当官也不太容易吧？”

“正领教着呢！……”他叹了口气。

“好，你等会儿，我这就去找秀娟！”

不多时，曲秀娟接了电话：“什么事儿？”

“秀娟，我这儿，正开展工作呢……”

“有话直说，别绕弯子！”

“想……请你……给我们车间里那帮小兄弟挂个电话，告诉他们，我需要劳他们大驾。”

“有给我打电话这工夫，你不是自己就找到他们了！”

“我……不知为什么他们有点冷落我了，你的情面不是比我大嘛！”

“你的事儿，往后别找我！能当下去你就当，当不了趁早别当！我不管！”

“喂，秀娟，秀娟……”电话断了。他放下听筒，坐在那里瞧着电话发呆。

小王抬头看他，四目相对，她扑哧笑了，他亦苦笑。

“厂长，上午……我不对，你别往心里去啊！”

“我没往心里去。”

“你这厂长当得也真够难为的了！”

“难为倒不难为，就是缺少吹喇叭抬轿子的。”

“还不难为？都开始向老婆求助了！”

“小王啊，你过去给邢副厂长办事，往后给我办事吧！厂长连秘书都吩咐不动，不是让全厂看我姚守义的笑话吗？再说，你爸是‘市改革办公室’的头儿，你尤其应该支持我开展工作啊！”他这一番话，说得怪动听的，不无恳求成分。

小王“嗯”一声，红了脸，受了些微感动，不好意思地低下头去，将织针毛线收入袋中。

“你爸，平时跟你谈点改革的事儿不？”

她复抬起头说:“我听我爸讲,改革最大的艰难在于,官僚主义者们训练了一大批只习惯于听官僚主义者话的人。我爸还讲这样的人好比马戏团的跑马,主人可以骑在它身上拿大顶,耍把戏,换了个人骑,它就尥蹶子!”

姚守义频频点头。

“我爸认为改革的首要问题是一个成龙配套的问题。真心想改革的人和真心拥护改革的群众成龙配套。改革者得有一批自己的群众。厂长,要不哪天我请我爸到厂里来做一次演说,给你撑撑腰,刹一刹邪气?”

“不用不用!……”姚守义连忙摆手。他预想到那后果将必定是她爸前脚一走,他成了群众的公敌。

电话响了。曲秀娟打来的。她只说一句话:“你去找他们吧,他们向我保证听你吩咐!”

姚守义精神为之一振……

三车间的“哥们儿”,聚集车间门口,望着新厂长大踏步走来。其中一个高声问:“厂长,咱们干什么去?”

他一挥手:“都跟我来!”

维修队工房里,一场赌博正进行在将亮底牌的节骨眼上,姚守义率人撞门闯入,赌徒们一时愣住。

“哪个是队长?”姚守义忽然感到权力使人威严。

“我是,我是……你……科长?”赌徒中的一个,放下牌,趁机抓起钱,慌慌地往兜里揣。

“科长?姚厂长姚守义!”三车间的一位“哥们儿”厉声纠正。

“厂长?我还不认识。”维修队长嗫嚅着。

其他赌徒面面相觑,也不由得一个个放下牌,边抓钱往兜里揣边站起来。

“厂长不认识你情有可原,你不认识厂长是错误的!”车间的另一位“哥们儿”对其大加训斥。

“一回生,二回熟,这不就认识了……厂长您请坐……”

工房内又脏又乱,乌烟瘴气。维修队长拖过一把椅子,用工作服袖子擦了擦椅面儿上的灰,殷勤之至地请姚守义坐。

姚守义不坐。

他说:“从现在起,你被罢免了。”

维修队长顿时懵了。

“罢免你懂不懂?”

“懂,懂……但我是厂部任命的……”

“我代表它。”

“这……厂长,我看不合适吧……”

新厂长冷冷一笑:“没有什么不合适的!好了!把你们进行赌博的钱都掏出来,给我乖乖放桌上。”

车间的“哥们儿”们齐声发吼:“听见没有!”

赌徒们面面相觑,一个个将刚揣人兜里的钱掏出,驯服地放在桌上。如果厂长单独而来,他们未必肯。但新厂长带了一批护驾的来,使他们觉得这位新厂长很惹不得。也许他发一句话,那批护驾的就会一哄而上,将他们扭送到派出所去。赌博无论在家里在厂里,都是法律禁止的。这点常识他们还知道。派出所对赌徒比新厂长更威严,这一点他们当然也想象得到。

姚守义将钱全部拿起,点点,交给一个“哥们儿”道:“不少呢,二百多!给工会,做工会的活动经费了。”

赌徒们敢怒而不敢言。

“都给我到后门干活去!”

赌徒们不情愿地拿起工具。

新厂长又对他的“哥们儿”说:“他们干,你们看着他们干,不许他们偷懒。从砌第一块砖开始,不许任何人再通过!”

“走吧,走吧!”

“厂长不处分你们，对你们够开恩的啦！”

他的“哥们儿”催促着赌徒们。

顷刻，都走了出去，工房里只剩下姚守义和维修队长。

“你还愣什么？也干活去！”

维修队长哼一声，一脚踹开门，恨恨而去。

“妈的！”新厂长突然一脚将赌桌踢翻。

姚守义回到厂长办公室，坐下定了定神，见笔筒里有毛笔，桌上有墨盒，便打开墨盒，取笔在手。这找那找，找不到一张白纸，秘书小王又不在，他不得不站在走廊叫邢副厂长夫人。

“厂长，什么事儿？”那女人光探出一颗头。

“请你立刻找一张大白纸，一瓶糨糊送过来。”

一会儿，那女人送来了纸和糨糊。

姚守义铺开纸便写，那女人站在他对面瞧着。

通知

为整肃厂纪，兹决定将厂后门封堵……

刚写一行字，那女人开口道：“厂长，当初开这后门可是老厂长和我们老邢决定的，是为了方便工人上下班什么的，你刚上任就给堵了，怕不合适吧？再说全厂工人也不会答应。”

他一听，住了笔，抬头看着她说：“是吗？我倒觉得没什么不合适的。老厂长在时订的制度现在还行得通的我就坚持，行不通的，我有权更改，这也是我当厂长的职责。堵后门是为了厂里的安全保卫，也为了严格劳动纪律，工人们会理解的！你说呢？”

那女人讪讪一笑，说：“我倒没什么，我是替你着想。既然你厂长有权，也用不着我多管闲事，哼……”说完，她悻悻然地走了。

姚守义望着她的背影摇了摇头，沉思了片刻，挥笔将通告写完。之后他亲自将通告贴在了厂门前的告示板上。

老门卫从传达室小窗口伸出头，望着“通告”对年轻的新厂长说：“行，你还想着替我干件好事儿。就凭这件事儿，赶明个你被撵下台了，我不冷落你。要不，我才是个多余的摆设呢！上月一天夜里，公安局的忽然来大搜捕，从咱们木材仓库逮走好几个小流氓，那儿都成了小流氓的免费招待所啦，全厂却没谁发现过！”

姚守义自信地说：“能把我撵下台的人，还没长大呢！”

他回到办公室，刚坐定，厂前门来了邢副厂长。

邢副厂长扶着自行车，看着那“通告”，冷笑着说：“这是堵广大群众的方便之门嘛！”说罢，就要跨上自行车往厂后门骑。

老门卫踱出传达室客客气气地跟他打招呼：“邢副厂长……”

“别再叫我邢副厂长，我是局里的外联办主任了！”

“噢，那是高升了呀！下班这么早？”

“没上班，到医院咬牙印去了！”

“回家？”

“不回家回哪儿？”

“回家绕厂外吧，后门儿正在堵呢！”

“正堵呢不是还没堵死吗？还没堵死我今天就还从后门过！”他没好气地回答，骑上了自行车……

老门卫独自摇摇头，走入传达室，给姚守义打电话：“厂长，有个人，我拦不住。”

“谁？”

“邢大头啊，他说是堵了广大群众的方便之门。”

“随他去吧！”

这时，邢副厂长到了后门。堵后门的砖已经砌了一米多高。

他下了车，用命令的口吻吩咐一个工人：“把我车弄过去！”

他命令的正是三车间的一个工人，姚守义的小“哥们儿”。后者二话不说，举起他的车，放到一米多高的砖墙那边去了。

“搁我一把，帮我过去！”

“您也过去？姚厂长说了，从砌第一块砖开始，任何人不许通过。”

“我不是任何人！”

“那也就是说，您不是人喽？”

“你！……岂有此理！”

“还八有此外呢！一边去，一边去，别妨碍干活！”

“今天我偏从这儿过去不可！”

“今天您肯定是不能从这儿过去啦！”

一丢眼色，三车间的四个“哥们儿”，站在了那堵砖墙前，肩并着肩，一个个抱着膀子，睥睨着他。

“那……那是你把我自行车弄过去的吧！”

“是您请我弄过去的呀！”

“你小子再给我弄过来！”

“我那么好支使呀？说一百句好听的，我也不给您弄过来了。”

他们都瞧着他笑……

他满脸怒气，走回到前门。

老门卫一见他那表情，心中明白八九分，又踱出传达室，奚落地问：“邢主任，后门不那么好通过吧？车呢？”

他恨恨地说：“老杨头，你听着，早晚我还是要回来当厂长的！不为别的，就为争口气！”

老门卫继续调笑：“您今年已经满五十七了吧？三年内回不来，您该被‘切’啦！”

“哼！”他望着那“通告”，涨紫了一张大脸，直想一把扯下它。

堵了群众的“方便之门”，群众愤怒了！

一九八六年，群众很容易便愤怒起来。愤怒了的群众的愤怒方式是骂娘。骂新厂长姚守义的娘,捎带着骂共产党的娘,尽管这件“妈妈的”事和共产党毫无干系,甚至和这个厂的党委也毫无干系(正书记“给马克思喂马”去了,副书记当外联办主任去了,它处于瘫痪状态)。而且姚守义并不在党。

除了骂娘,另一种宣泄方式便是中午在食堂排队买饭时敲盘子敲碗。或者一看见新厂长,都拿眼往死里瞪他。或者偷走新厂长的自行车铃盖、牌照。往新厂长的自行车座上抹沥青,扎新厂长的自行车轮胎。最厉害的一着,也不过就是怂恿他们的家属,孤立新厂长一家人。像要拿眼瞪死新厂长似的,见了新厂长的老父亲老母亲,孩子老婆,也同样个瞪法。就这些方式而已。没敢罢工。没敢示威游行。也许有领头的,就敢了。但没有领头的。

新厂长对群众的愤怒十分惊异。他想他不过就是下令堵上了厂里的后门。群众不过就是上班下班来来往往多绕那么一小段路哇!就算因此而骂我姚守义的娘不无道理罢,因此而骂共产党的娘却明摆着说不出个什么道理!他也只是惊异,并不害怕。不就是骂娘么?由你们骂去。不就是瞪眼么?由你们瞪去!那反正是瞪不死我的。一旦当了官,总是难免被人所瞪的。你都当了官了,你还不许别人瞪你么?那才真是官僚主义呢!

我们的姚守义很明事理。

“厂长,我和你找别扭,那是做给别人看的。要是你一当上厂长,我就围着你转,别人该骂我溜须拍马了,那我今后就不好做人了!”秘书小王满怀难言之隐地对他表白。

他说:“我懂,我懂。”

她又献计献策:“厂长你若有什么指示,你别亲自出面。那倒显得你太掉价了!由我传达好。你越扎起厂长的架子,群众到头来越得买你的账。俯首甘为孺子牛?千万别信那个。你真像头牛,群众往你背上爬,还要给你穿上鼻环,牵着你走!群众就这德性,软的欺负硬的怕!”

她仿佛早已把中国的“群众”研究得透了,如同夏律师的儿子把中国的知识分子研究得透透的了。

“我懂。我懂。你的见解很有意思。小王,我这里正好有几份生产通知单,请你分送给有关科室、车间去。”

“行!”小王接过生产通知单,痛痛快快地走了。

于是几道生产指示,概由小王传达到各科室、各车间。这果然高明。倘厂长亲自传达,可能会有人跳出来表现个人勇气,当面抗旨。厂长并不露面,也就没给那种人以表现的机会,而指示就是指示。

厂长秘书不软不硬地说:“我不过传达,不落实,责任可不在我,在你们!”

却也没谁敢当真不落实。

三车间那帮“哥们儿”,愈发成了死心塌地追随厂长的人。因为他们感到群众在骂新厂长,捎带着骂共产党时,分明也是指桑骂槐地侮辱他们的。他们也是群众,群众才不怕群众呢!他们反倒在厂里睥睨一切,以眼还眼,以骂还骂。

“骂谁?说清楚!你们骂谁哪?!”

“蹦跶什么?你们蹦跶什么?!告诉你们说,姚厂长是老厂长活着时定下的接班人!是局长着力培养的新干部!是你们能撵下台的么?那叫痴心妄想!看准形势,如今是改革的年头!”

有了对立情绪的存在,他们很是兴奋,觉得有了种刺激存在。来劲!

倒是新厂长的老母亲老父亲忍受不了孤立,劝儿子将厂后门重新开放,以平众怒。

当儿子的回答:“我才不搬起石头砸自己的脚呢!万里长城不倒,后门不开!”

老父亲老母亲觉得儿子从此是管不了,无可奈何。

严晓东的父亲,却大老远地跑到厂里来,给老哥们儿的儿子撑腰眼,到各科室各车间叫号,要跟反对新厂长的那些个兔崽子们“较量较量”。

“怎么着？老厂长死了，就再没人治得了这个厂了么？要‘反教’？谁想‘反教’谁给老子站出来！文来文对！武来武挡！堵了个厂后门你们就骂新厂长？还骂共产党？今天我老严头就是来骂你们的，看谁敢还口？……”

没人敢较量。文的不敢，“武”的也不敢。因为他浑不论，是老朽了的“拼命三郎”，并非虚张声势。

姚守义得知后，派秘书小王坐自己的专车将晓东他爸送回家去。

他临下车说：“告诉守义那小子，别怕事儿！隔三差五的，我就会去厂里骂一回！”

新厂长对所谓群众的理解，由局长所教导的感性认识，一跃而达到理性认识的崭新水平。一精至斯。他内心里反倒踏实了。也相应地更加深思熟虑，“守备綦谨”不给心怀敌意的人们进一步张扬宣泄的机会。

局长亲自打来电话：“小姚，你那儿怎么了？”

“没怎么啊？我不过就堵上了厂后门啊。”

“我可是又接到了不少告你的信呀！”

“没揭发我有九个肤色不同的私生子吧？”

“暂时没有，需要我亲自去坐坐镇不？”

“别来，别来，我这淡化处理呢。”

“淡化处理好。是门学问，努力实践，努力掌握……”

一个星期后，骂娘的不骂娘了。似乎要拿眼把新厂长瞪死的，见了新厂长也不做金刚状了。甚至当时最愤怒的那些个人们，见了新厂长也开始点头微笑，打招呼说几句话了。人们绕着工厂围墙上班下班来来往往，也就习惯了。

群众的情绪都转移到物价方面去了，厂后门被堵死的事也没人提了。

各科室、各车间的头儿们，开始向新厂长汇报工作，请示什么什么的了。有些工作,有些事情,到头来他们还是自己不敢做主,非得汇报非得请示不可的。不管厂长是新的是旧的是年轻的是年老的是姓姚的还是姓其他的……

他想:我战胜了……群众。是的,在第一个小小的回合,我——厂长——战胜了他们!这是值得高高兴兴的。群众并非永远是英雄,更非从来是英雄。某些时候,必须战胜他们,首先必须战胜他们的惰性。绝不让步,绝不妥协。其次才是领导他们,才是管理他们,才是和他们打成一片……

耳边,电锯声响刺耳。

噪音。正是在这种刺耳的噪音之中,劳动力和生产资料转变为生产价值,也将重新集聚和形成着莫名的愤怒。它将在何时,又以何种方式宣泄呢?他无法预知。

"国际旅游俱乐部"是A市的第一座四星级饭店。它外观宏伟,内部设施富丽堂皇。

陈先生在这里包下了三间客房:一间自己住,一间二十二三岁的女秘书住,一间作为洽谈业务的临时办公室。

徐淑芳在这里已经与陈先生会晤过多次了,每次都有副厂长曲秀娟在座陪同。相应地,陈先生的秘书自然也每次都在座陪同。昨天,双方终于签订了一份合同——由陈先生向百花玩具厂投资外汇三百万美元,二十年后偿还。并且在今后五年内包销百花玩具厂的出口产品。作为互惠条件,陈先生索取百分之十利润。同时签订了一份双方长期合作的"意向书"。

今天,陈先生亲自给徐淑芳打电话,希望"单独会晤"一次。她答应了。

他的秘书陈小姐在铺紫红地毯的高高的大理石台阶上迎候她。宽阔的前大厅寥寥数人分散而坐。水池中,石雕鲤鱼口喷清泉。陈小姐挽着她的手臂,引她走到水池旁一张仿古陶瓷桌旁,两人分别坐在两只鼓形凳上。

身材修长,容貌清丽的陈小姐低问:“要可可,还是要咖啡?”

她说:“要咖啡。”

于是陈小姐以优雅的手势召来穿蓝色西服衣裙头扎雪白 A 字巾的妙龄女侍礼貌地说:“请小姐送两杯咖啡。”

她默默掏出钱包放在桌上。

“我付钱。”陈小姐莞尔一笑。

她觉得对方那一笑并不轻松,隐隐地预感到此次“单独会晤”,将可能有什么出乎自己意料的结果,她的心理本能地处于外交周旋的机警状态。

“接受您的雅意。”她也一笑,将钱包收了起来。

片刻,女侍送来两杯咖啡,翩然离去。

陈小姐双手叠放在光滑的仿古陶瓷桌面上,注视着她的眼睛,语调缓慢而庄重地说:“徐厂长,家父邀请您来,却又没有勇气会晤您了,所以,此次与您倾心一谈的机会,就荣幸地落在我身上了。”

“家父?……”徐淑芳不禁一怔。

“我并非陈先生的秘书,而是他的女儿。”

徐淑芳满腹狐疑。

“难道,我们都姓陈这一点,丝毫也没引起您的什么猜测吗?”

徐淑芳只有摇头而已。

“您也从没注意过,我们的容貌是多么相像吗?”

徐淑芳仍摇头。

“看来您是个不习惯于对别人进行猜测的女性。”陈小姐又莞尔一笑。显然,她努力想使谈话轻松,但却分明并不能胜任愉快。

“我不认为那是文明的习惯。”徐淑芳也又一笑。她那种亦庄亦谐的语调告诉了对方,她们的努力是完全一致的。

“猜测之心使人类丢掉了许多文明。”陈小姐掏出烟,敬给徐淑芳一支。于是她们都吸烟,都仿佛欣赏地望着喷泉。

陈小姐诚挚地说:“家父特别嘱托我,请徐厂长原谅。”

徐淑芳将目光收回,望着对方笑道:“我想,在国外女儿以秘书的身份随同父亲,是不足为怪的事。”

她心中暗暗猜测对方与自己进行这次“单独会晤”的最终目的。

“家父此行,其意不在商务。”

“……”

“也不是为了寻根。”

“……”

“更非为了满足衣锦还乡、光宗耀祖的心理。”

“如果我的判断不错,陈小姐是否在向我暗示,我们与令尊昨天签署的合同,隔夜之间,变成了白纸一张?这便是令尊今天邀请我来‘单独会晤’届时又没勇气见我的原因么?”百花玩具厂厂长的表情严肃了起来。而果真如此,她准备立即告辞,并且永远不想再见到那位彬彬有礼的美籍华人陈先生,尽管这陈氏父女给她留下了良好的印象。她不能容忍被愚弄。

“不,徐厂长的判断大错特错了。家父在商务方面是言必信,行必果的。尊重合同像尊重法律一样,是家父数十年坚持的原则。那份合同永远不会是白纸一张。”对方信誓旦旦。

徐淑芳内心踏实,随即一笑,亲切地说:“我与令尊坚持的是同一原则。”她缓缓擎起杯子,小饮一口后,放下杯子问,“那么令尊驻留本市,究竟为了什么呢?”

“徐厂长,如果我请求您的话,您有耐心听完一位美籍华人家族的简要家史吗?”陈小姐也缓缓擎起杯子,啜饮一口,目光期待地望着徐淑芳。

“十分高兴。”徐淑芳轻轻将烟按灭在烟灰缸里,双手托腮,作出洗耳恭听的样子。

“谢谢。”陈小姐放下杯子，娓娓地说，“我曾祖父是华工，在美国西部铺过铁路。我曾祖母是一位美国参议员家的中国女仆，她是追随我曾祖父到西部去的。她给他生下了一个儿子，就是我祖父。我曾祖父后来死于美国西部暴徒枪下。我曾祖母便带着我祖父，经历千辛万苦，又回到了城市，做洗衣妇。我的祖父长大后，当了面包店的伙计。他的最大愿望是自己开个小小的面包店，然而直到他死时也没能实现这个野心。但是他唯一的儿子却在艰难时日读完了大学法律系，并且获得了法学博士学位。那便是我的父亲。我的父亲曾梦想成为华人大律师，甚至梦想当诗人，还出版过一本无人问津的诗集。博士学位并不能使一位中国洗衣妇的儿子在美国前程似锦。那正是美国的商业恐龙爬行无忌的时代，恰如中国目前所处的特殊时代一样。您赞同我的看法吗？……”

“任何比喻都是有缺陷的。”她机智地引用这句不知在哪本书中读过的话作为回答。

“那一时期的美国社会给予家父的最成功的教育，是使他懂得了面对现实，使他懂得了物质的富有是必要的。因为穷人不能自给，也不能助人。那一时期的美国，世人莫不争做生意，这一点也像目前的中国一样。科学和艺术尽管受人尊重，科学家和艺术家却有陷于穷困潦倒境况的忧虑，倘他们的发明和艺术创作不被商人们所认可的话。于是我的父亲便彻底丢掉了成为华人大律师和当诗人的梦想，而做了一名出色的推销员。父亲的推销才干渐渐受到上司的赏识，好运气从那时才开始向他招手。而当他有了一点点积蓄后，便实现我祖父的遗愿，自己开了一个小小的面包铺。那就是一位美籍华人商业之路的真正起点，一个美籍华人家族的新纪元。按照中国的传统说法，虽然我的父亲受过美国的高等教育，但是我的祖父和曾祖父，却是劳苦大众，在西方，被称为‘指甲黑乎乎的人’。也就是说，我和家父都是‘指甲黑乎乎’的人的后代。我已将我们的家族史原本托出，徐厂长，希望你理解我的父亲。”

“我对令尊深表敬佩,也感激陈小姐向我讲述这些,我认为今天是一个值得纪念的日子,没有比友情更好的馈赠了！您不这么认为么？”徐淑芳向陈小姐举起了杯子。

“谢谢！家父嘱我,这些是务必要告知您的。为了您对友情的理解,我替家父再向您说一句谢谢！”

她们相视而笑,象征性地碰了一下杯,各自又饮一口,同时放下。

“现在,我应该坦白回答您刚才所提的问题了。家父此行,是希望在国内幸遇一位理想女性,结为伉俪。家母在十年前去世之后,家父一直过着循规蹈矩的孤独男人的生活,这在家父,抵御的是社会对男人的几乎不可抗拒的诱惑。”

“我完全没有想到。”徐淑芳有些狐疑了。

陈小姐接着说:“您一定会很奇怪,家父何以万里迢迢,回到中国寻找晚年伴侣吧？连我和我的两位哥哥当初也很奇怪。可是后来我们理解父亲了。因为我的两位哥哥都早已成立了家庭,各自有了自己所爱的职业,对继承父亲的商务事业毫无兴趣。而我本人正在大学攻读文科,准备研究中国文学。在美国,一位年逾五十,并且有了三个成年子女的男人,要寻找到一位能使他再度燃起年轻人那般的生活热情,而同时又能与他的成年子女和睦相处,互敬互爱,加强他与子女们的亲情,而不是削弱这种亲情的女性,却并非那么机遇遍地。更主要的是,父亲还希望那一女性必得成为他事业上的同道。美国女性的独立精神可做世界女性,更可做中国女性的良好榜样。她们的普遍的独立意识,是连美国男子的心理如今也日益受到严重挑战的。家父对于同一双美国女性的手配合无间,弹奏出后半生的美好乐章没有信心。而在美国的华人女性中,好妻子和好参谋双任兼能,品貌称心的女性,他至今仍无幸接触到。商人传统地位的安全,如今在美国是越来越不足依恃了。对许多人而言,险象丛生。即使对比较成功如家父的人而言,竞争也使他们的个人处境变成为不安全的,孤立的,焦虑的了。《美国一日》报道,每天有近百名富翁诞生，有近百名富翁破产。新市场瞬息万变的结构，好比追射到旋转舞台之上的灯光。它照耀着谁，似乎带有命定说的意趣。而它将谁冷落在黑暗之中，并不照顾到谁昨天是不是一个好角色。我的父亲其实已竭尽全力，其实已很疲惫，不像当年那么锐气万千了……我怜悯父亲……”

百花玩具厂厂长从这最后一句话中，品味出了莫大的忧伤，她被感动了。

她不由得想：人注定是不幸的动物么？包括那些看来仿佛万事如意踌躇满志的人？也许是的吧？因为每个人总想使自己活得更好，生活便在这种永无休止的追索中变得愈加苦涩了么？

陈小姐端起了杯子。

“别喝，”她制止道，“已经凉了。”

对方像个听话的乖孩子似的，温顺地笑着放下了杯子。这时一位女侍正好从她们桌旁走过，徐淑芳叫住她说：“请换两杯咖啡。”之后凝视着对方，又说，“这两杯我付钱，好么？”

陈小姐怫然首肯。

她们喝热咖啡时，大厅里响起了优美的音乐。

陈小姐问：“是莫扎特吧？”

徐淑芳回答：“我对音乐所知甚少，几年前我还是个‘指甲黑乎乎’的女人，几乎与音乐绝缘。”

“是的，是莫扎特。”

“看来令尊的理想中人，选择甚慎，我能尽什么微弱之力么？”

“目前还只能说寻找到了而已。那是一位可亲可敬的女性。对家父她富有特殊的魅力。对我她是第三次接触。她使我确信，美国女性的独立精神和中国女性的传统美德相结合，女人会和男人一道，将这个世界设计得更加美好。徐厂长，您想认识那位可亲可敬的女性吗？”陈小姐不无神秘地凝视着她。

“当然！”在陈小姐的凝视下，她心里涌起一阵莫名的慌乱情绪。

“其实您比我和家父都更熟悉她。”

“噢？……”

“她就是您！”

“我？……”徐淑芳的身体缓缓离开了桌子，一时坐得端端正正，愣愣地瞧着陈小姐。

“家父向我谈到了第一次见到您的情形，就在这个地方，在门外，台阶下。您当时吸引他的原因，是您那么像我的母亲。真的，太像了。我刚才凝视着您时，内心里在怀念着我的母亲。我觉得简直不可思议，我……我是在努力抑制着对您亲爱的感情。”陈小姐从挎包里取出记事本，翻开来，展现一张四寸彩照，连同记事本从桌面上推向她。

照片上，一位三十余岁的容貌端庄娴雅看去面善心慈的妇人，沉静地向她微笑着，如同她自己在向她微笑。

她低声重复着说：“这太荒唐了，这太荒唐了……”差不多是用一种畏惧的目光瞧着那张照片，一副惶惶然不知所措的样子。

“您认为五十岁的独身男人爱上一位三十五岁的独身女性是荒唐的事么？”陈小姐凝眸注视着她问，表情和语气是同样的庄严。

“不，我不是这个意思……不过……你，你们……你和你的父亲……并不了解我……我不是任何男人的理想中人。”她语无伦次地解释着。

“家父并非理想主义者，”陈小姐的表情和语气依然那么庄严地说，“我刚才已经讲过，美国对家父的最成功的教育之一，乃是以面对现实的冷静眼光看待人和人生。家父所谓的理想中人，不过是传统而不愚昧，贤良而又独立的女性罢了。如果连这样的一位女性都是根本不存在的，那么世界上的男人岂不太绝望了？并且，我和家父对你的了解并没有被接触与交谈的古老方式所局限……”说着，再次拉开小巧的蛇皮挎包，取出一卷经过装订的活页纸递给徐淑芳。

徐淑芳接在手中，缓缓展开一看，竟是关于自己的一份“档案”。显然是电脑打印的。她惊讶地望了陈小姐一眼，对方含笑不语。

详看时,籍贯、出生年月日、简历、家庭背景、个人爱好、生活方式、社交风格、工作能力、健康状况、甚至包括属相和色彩偏爱……方方面面,俱列其上。却又不能不使她承认,是准确无误的。便是自己填表,也不过如此而已。

“这简直是联邦调查局的方式!”她用抗议的口吻说,有些生气了,将“档案”放在桌上,不满地看着陈小姐。

“您千万别生气。绝不是联邦调查局的方式,是走‘群众路线’的收获。我和家父在这座城市上上下下接触已比较广泛,其中很有些认识您或同您打过交道的人啊!还有,报上不是也介绍过您这位创业型改革型的厂长吗?这与家父无关,完全是我这位女儿出于对父亲的爱心,替父亲一点一滴收集整理的。您理应被我感动才对呀!”陈小姐言之婉婉,毫无窘色。

倒是徐淑芳有些不好意思起来,宽宏地笑了,一笑之中包含深厚理解。“可是……”

“可是什么?”

“总需要……”

“总需要互相考验么?按照中国的程序进行?第一年相互交往,第二年作为朋友,第三年公开关系,第四年结成夫妻?难道您真的相信,爱慕之心非经三四年压抑才顺理成章?”

“这……不……我倒并不这样认为。”徐淑芳在陈小姐的步步紧逼之下,一时语塞,不禁又笑了起来,但随即变得愈加庄重严肃。

“徐厂长,您大概不会不明白,那份合同,对于家父的事业,几乎等于无利可图。”

话题一谈到合同,徐淑芳的心理,马上由女人的立场转变到女厂长的立场上去了。

“今天我们之间的单独会晤,意味着是一个后决条件吗?”她敏感地反问,语气也变得强硬了,“不错,我十分明白您所指出的那一点。我方曾力主将在国外销售利润的百分之四十提取给予令尊，那在利益方面才更公正。是令尊一压再压，我们违心同意。陈小姐不是也在场的么？对此我们将力图后报。但如果我本人竟成为了一个决定性的砝码，那请转告令尊，合同可以作废。”只要对方的回答稍有逼迫性的潜词，她将当即起身离去。

“您误解了！”陈小姐摇摇头，叹了口气，“家父从不强人所难的。否则，为什么我们这次单独交谈，在合同签订之后而不是之前呢？我仅想使您进一步明白，家父对您本人所怀的爱慕之心同对您的事业的热忱关注是一致的，同样真诚的。”

徐淑芳由于自己的误解而惭愧了，她躲避开对方那诚挚的目光，望向喷泉，掩饰地伸出一只手承接喷到池外的水珠。

“如果我的话，居然不慎冒犯了您，请您原谅我。”对方仍盯着她。

“不，应该请求原谅的是我……”她内疚地望向对方，一抹愧笑浮现于唇角。

陈小姐也回报她宽宏的一笑：“徐厂长，家父很为您目前的个人处境担忧。”

“替我的个人处境担忧？”她表示出大大的诧异。

“徐厂长，您和我们之间不必相瞒了。我们从可靠人士那里获知，有关方面……”陈小姐犹豫着是否应该直言不讳，终于含蓄地说了出来，“对您这位创业型加改革型的厂长，不很信任了吧？”她的表情告诉徐淑芳，她知道的要比说出的严重得多。

徐淑芳望着对方，又是一阵发愣。她知道自己目前正受到有关方面暗中进行的审查。今天以前，仅仅是某些细微的感觉告诉她的。她甚至还没有向曲秀娟流露过。她极不愿使别人认为自己神经过敏，疑心重重。现在，陈小姐的话证实了这一点。看来她的种种的细微感觉并未欺骗她。有关方面？哪些方面？她却不甚了然了。她矢口否认地笑道：“毫无根据！”

“不是我和家父毫无根据,也许是那些人捕风捉影吧?”

“……”

“家父以他几十年所积累的辨别人的宝贵经验判断,您绝不会是那种损公肥私、受贿贪赃之人。家父嘱我转告您,他对您的品格是非常信赖的。”

徐淑芳不由垂下目光,沉默经久,口中才低低吐出两个字:“谢谢。”

她也只有“谢谢”而已。

“我们对于中国所谓改革者们的普遍命运有所了解。你们骑的是无鞍无缰驽马,局势稍有动荡,许多人便可能纷纷落马,甚至身败名裂。您……不至于认为家父替您的担忧,也是荒唐的吧?”

“谢谢。”她也只有再说“谢谢”而已。但她望着对方的那种目光,却是相当坦荡相当镇定的。她固守着她的尊严。

“这份徐淑芳女士的粗略的资料,留给您做个纪念吧!与其说它是慎重的证明,莫如说是美国式的幽默。家母的照片,也请求您哪怕暂时收下……我们已经预订了五天后的机票,如果家父枉自多情了,我们希望它五天内物归原主。不必当面送还,请寄我就是。在我们今后的来往中,家父将绝不重提这件事。家父在商业方面是铮铮硬汉,在人际方面实乃谦谦君子。您看我这当女儿的,尽说自己父亲的好话了。”陈小姐站起,收走记事本,只将照片留在桌上,矜持地向她伸出手时,瞧着照片又说,“如果五天内它没有物归原主,我和家父将会高兴无比地推迟归期。”

徐淑芳表情沉静,却心中紊乱,竟忘了礼节,没有站起,也没有回答一字,只是默默将一只手伸给了对方。陈小姐轻轻握了她的手一下,转身便走。她这才站起,一直望着陈小姐的背影,直至那个苗条身影消失在楼梯口……

她缓缓坐下,目光一落在照片上,立刻又下意识地站了起来。仿佛对于照片上那个女人太像自己,或者反过来说自己太像照片上那个女人这一事实心怀忐忑。

她一路思绪纷杂地回到了厂里。

曲秀娟一见劈头便问:“淑芳,你究竟干了些什么?!”这话问得咄咄逼人而又唐突,她不知秀娟是从何谈起,一时愣住了。

“审计局来人找我调查你的问题,这是为什么?”

“为什么?”

“我正在问你哪!他们问我何时调入厂里的?谁把我调入厂里的?谁任命我当副厂长的?工资多少?有多大权?我和你的关系如何?我们是怎样分配权力的?是以什么原则发奖金的?对你在行使职权方面或经济来源方面有没有过什么疑点?等等,等等!还要求我向你保密!这一切都是为什么?啊?为什么啊?”

“为什么?……为什么?”她只有自言自语的份儿。

突然她叫嚷起来:“为什么?我不知道!我什么都不知道!我一概不知道!不知道是谁,抓住了我什么把柄!不知道首先是哪些方面,以什么名义暗中审查我!不知道哪些人,到底要把我怎么样!也不知道我自己犯了什么错误!不知道!不知道!”她连连拍了几下桌子。

笔筒中,那只爬到竿顶的小乌龟受到震动,倏地顺着控制线绳滑落,被笔筒一口吞了。

曲秀娟一时呆住了,怔怔地望了她许久,缓缓走至她跟前,将双手轻搭在她肩头,凝视着她说:“淑芳,别生气……我才不信他们会从你身上搞出什么名堂,只不过把我弄糊涂了。”

她低下头,发出一声呜咽。然而并未哭,眼中亦无泪。她猛地扬起头说:“吃饭去!”

……

那天夜里,守门的老赵头发现一个人影在厂内徘徊,这儿站站,那儿站站,姗姗走向车间,如同幽灵。

他起了疑心,披件衣服跟踪着,接近了猛喝一声:“谁!”举起手电,一道光束射将过去。徐淑芳被光束射得以臂掩目。

“原来是厂长啊,怎么还没睡?”

“睡不着,散散步……”她搪塞着。

“咱们这厂,如今是越来越体面啦!满院的花儿,满院的香气,我可不真成了老秋翁么!你看这夜来香偷偷地开得多娇美!厂长,我替你掐一把拿屋里插着?”老头儿说着就欲掐花。

“别,掐了多可惜!”她赶忙加以制止。

这一时刻,她内心里充满了爱,不唯是对那偷偷地开得娇美无比、馨香四溢的夜来香,而是对整个厂的情感。

她觉得她自己早已是它的一部分,而它之对于自己同样重要。

“我不走……”她喃喃地对自己说,然而那听来是动摇着的固执。

“那你就在这儿闻吧,别凉着。”老赵头儿嘟哝着离开了。

夜来香似乎将整个夜都熏香了,月光将她变了形的长长的身影投在地上。

事情势态发展得急剧而严峻,超出她的料想。

第二天上午,她的办公室里来了两位不速之客。领头的是一位年近五十的精瘦女人,另外一位,是显得很结实的青年人。

“徐厂长在吗?”精瘦女人的眼光停在徐淑芳脸上。

“我就是。你们是……”

“我们是市审计局派来的,这是我们的介绍信。”说完从提包里拿出介绍信交到徐淑芳手中。

徐淑芳一边看介绍信,一边思忖,脸上很平静:“好,请坐。”看罢,为他们沏茶。“哟,还是龙井茶。我们不喝。”精瘦女人的嘴角漾起一丝冷笑。

“我自己喝。”徐淑芳点燃一支香烟,用睥睨的目光望着蜷坐在长沙发中的两个男女。

精瘦女人从提包里拿出小本,迎着徐淑芳的目光说:“徐厂长,我们审计局最近收到一些反映你问题的群众来信,有的是由报社转来的。这些问题写得都很具体，领导上让我们来和你核实一下，希望你能如实回答我们的问题。”

“我不是早就洗耳恭听了吗？有什么话直说吧！”

精瘦女人和那位男青年交换了一下目光，年轻男人摊开本子准备记录。

精瘦女人干咳了一下说：“第一个问题，你是怎么成为党员的？”

“怎么？审计局也过问党组织的事吗？”徐淑芳确实有些惊讶不解了。

“不，这个问题和我们下面要问的有关，请回答好了！”

“个人申请、党员介绍、支部通过、上级批准。我就这么成为党员的。”

“介绍人是谁？”

“我厂原先的会计，周德启。”

“他现在何处？”

“被判刑了。”

“什么罪？”

“贪污。”

“噢……”精瘦女人又和那位年轻人交换了一下会意的目光，年轻人随即又往记录本上写。

“据反映，会计被捕前几天你还把他留在厂里好酒好肉款待，有这事吗？”

“实有其事。”

“为什么？”

“我已发现了他的问题，怕他自杀。”

“他贪污了那么多钱，你身为厂长说包庇重了点，但你一直把他视为亲信，起码是纵容犯罪。”

徐淑芳掐灭烟蒂，有些恼火地说：“的确，身为厂长我没能及时发现他贪污，给厂里带来经济损失，我有不容推卸的责任，我多次在党内外作过检查，并引以为深刻教训，这是失察，却不是纵容，你们混淆了这两个概念。”

“现在请你回答第二个问题。你指使会计,就是这个会计吧?从本厂资金中支付给一位姓马的两万元钱?”

“对。您所说的姓马的是我厂原副厂长。这件事与会计无关,是我的决定。”

“为什么要支付给她那么大数目一笔钱?”

“不是支付给她,是支付给她的家属。这个厂是用她和我本人当年转卖自己城市户口的钱为基金办起来的。”

“多少钱?”

“她一万,我一万。”

“那为什么要支付给她的家属两万?”

“包括利息。”

对方目不转睛地盯着她,显然心中暗暗计算,猝不及防地说:“利息没那么多吧?连五千都不到。”

她镇定地回答:“我认为对于这一笔钱理应偿还高利。”

“你代她的家属签的收据?”

“您掌握的情况很准确。”

“她的家属为何不签收据?”

“那么一大笔钱,不敢签。”

“而你敢。”

“对。我是厂长嘛!”

“照你刚才的说法,这个厂还欠着你一万元呢?”

“当然。”

“不想要了?”

“暂时不想,工资够花。”

“你工资多少?”

“二百五十元。”

“这相当于一个局级干部的工资了！”

“没横向比较过。”

“你的工人们平均工资多少？”

“各种福利费、奖金加在一起，平均每人一百六七十元。”

“你也没和他们比较过？”

“比较过，觉得我拿的工资实在不算高。”

“你这么认为？”

“我对这个厂的贡献不是我的任何一位工人所能相比的。”

“有什么根据，或者有什么人能够证明，你本人和原先那位马副厂长当年转卖自己城市户口的两万元，是全部作为建厂基金了呢？”

“我证明她，她证明我。”

“到哪儿去找她核实？”

“她死了。”

“死了？……”

“死了。”

“没有什么当年的账目可做参考吗？”

“当年创业只我们两个人，我们一商量，便决定了钱怎么花，立账是以后的事。当年我们是两个什么都不太懂，凭着股热忱干起来再说的女人。”

“那，这件事……等于没有证据、没有证人了？”

“怀疑者是会这么认为的。”

“嗯?！你这是什么意思？”两个人同时瞪着徐淑芳。精瘦女人极为不满地说：“徐厂长，我们来是为了核实情况，你不要有抵触情绪，这无助于澄清事实解决问题嘛！”

徐淑芳微微一笑，说：“谈不上什么抵触情绪，事实即是这样！”

“这个问题我们还会调查的。下面再问第三个问题，你有没有利用职权之便搞了一些不正之风？”

“什么不正之风？请讲具体点！”徐淑芳不由得激动了起来。

精瘦女人翻了翻手中的本子，说：“据群众揭发，你搞请客送礼，笼络人心；巧立名目，滥发奖金；独断专行，刚愎自用；排除异己，打击有高等学历的技术人员，栽培亲信，任用无专业技能的人把持设计科。你是不是把一位设计科长赶走了？”

“行了！”徐淑芳从这后句话里听出点端倪来，在他们向她提问中，她心里就琢磨这个“群众”是谁？现在她明白了，这个“群众”果然是被她送瘟神般送走的原设计科长，他被轰走时，不是恶狠狠地瞪着她说“你会后悔的”吗？他果然向她身上泼污水了。

“我想请问一下，这位写材料的‘群众’是谁？”

“这个嘛，你没有必要知道。我们要保护写揭发材料的群众的权益。”

“我敢肯定，他是被我赶走的原设计科长！”徐淑芳言语颇为自信，不容欺瞒。

两位调查人面面相觑，既不否认也不肯定。

徐淑芳平缓了一下语气说：“你们为什么不调查一下这位‘群众’的情况？如果愿意你们可找厂里任何人询问。”

“我们会了解的。现在我再问你一个问题，你和美籍华人陈先生是什么关系？”精瘦女人单刀直入，摆出一副审判者的神情。

此言突兀，徐淑芳为之一怒，她克制地说：“怎么，对此你们也有兴趣吗？”

“不是兴趣。是工作。是职责。”

尚方宝剑在手的语气。

“请问你们究竟代表什么？”

“上边。”

对方竖起一根枯瘦的手指，往上指了指。

“我还是不明白，‘上边’是什么意思？”

“应该让你明白，我们自然会让你明白的。不需要你明白的，你没有必要明白。改革很混乱,一定得整顿。我们奉命行事,一个一个地整。先整这一类……”竖起小手指,“后整这一类……”竖起大拇指,“整个一清二楚,不整是不行的!”

对方口吻相当威严,听来非常自信。好像有了他们的存在,世事从此界线分明,朗朗乾坤,澄清万里似的。

“也包括我和陈先生的关系么?”

“当然。”

“那么让我悄悄告诉您……”她朝门口看一眼,故意装出一副门外有谁在偷听的样子,诡秘地隔着桌子向对方俯过身去。

对方也不由得向她俯过身来。

她的嘴几乎贴着对方的耳朵说:“我想和陈先生睡觉!”

对方如同被电击了一下,倏地躲避开她,意识到受了捉弄,脸气得煞白。

她表情烂漫地望着对方。

对方猛地站了起来:“今天就谈到这里!”

“欢迎再来!”

她坐着不动。只撩起目光,嘲笑地瞧着对方的脸。

此刻,她的抵触情绪已达到了挑战的地步。

那一男一女转身便走。

“我们厂里花开得正好,要不要折一束?”

“不——要!——”

门砰地关上了。

徐淑芳怔怔地望着眼前烟灰缸中被水浸湿,渐渐变黄的烟蒂,心中亦如被一股腥黄的污水浸渍。

忽然,她伏在桌上,脸掩埋臂中。

门轻轻开了。

曲秀娟同情地望着她——她双肩耸动,在无声哭泣。

“淑芳……”

“……”

曲秀娟犹豫地站在那里，几经踟蹰，退了出去……

第二天，她被通告停职反省。

曲秀娟像母亲寻找走失了的孩子，找遍全厂，各处打电话，找不到她。问司机小李，小李也不知她的去向。

“你为什么不知道她在哪儿？”曲副厂长大发脾气。

“你又没让我看着她！”司机小李同样大发脾气，他也正为此事着急。

全厂乱了套，没谁还能安心工作。

姑娘们八个一帮、十个一伙，叽叽喳喳，都说厂长如果有个好歹，非把来调查的人挠成条不可！

“老秋翁”寸步不离曲秀娟，喋喋不休：“找哇！副厂长你下令找哇！全厂人都派出去！找遍全市！”

相比之下，曲秀娟倒显得异常冷静。她相信，徐淑芳既不会去死，也不至于发疯。如此这般的不公正如果压在她自己身上，她也是完全承受得了的。不就是停职反省么？小菜儿一盘！咽得下去！她不过是想在徐淑芳需要安慰的时候，给予一些安慰罢了！倘徐淑芳真的被撤职了，副厂长她也不当了。仍去经营个体修鞋铺，当个自由民！这年头，会赚钱的自由民比当个小厂的厂长日子过得潇洒多了。

她欺骗姑娘们，说厂长已经找到了，是被陈先生父女请去了。

全厂人这才安心。但姑娘们仍替厂长愤愤不平，一边干活一边计议，有的说罢工，有的说去游行，还有的说去审计局闹去，就像上次去报社一样，七言八语，计议到下班，也没个结果。大家都窝着一口气。

那一天下午，在公园里，在碰碰车场，一位三十多岁的女人使玩碰碰车和看玩碰碰车的人们都好生奇怪。她表情愀然地坐在一辆碰碰车上，却似乎根本无心加以控制，被撞来撞去，不惊不慌，不叫不笑，任而由之……

人们以为她神经不正常，或者在家受了丈夫的气，到碰碰车场上来以独特的方式宣泄。

隔日，徐淑芳出现在陈氏父女面前。

她郑重地对他们说："我十分感激你们送给我那张珍贵的照片，我愿意永远保存它！"

那父女二人惊喜异常地相互望了一眼。

陈先生冲动地向她张开了双臂，然而扑入他怀中的并不是被停职反省的百花玩具厂厂长，是他自己的女儿。

女儿对父亲说："爸爸，我真替你高兴！"

随后，陈小姐拥抱着徐淑芳说："按照西方的习惯，从今往后，'您'对于我们就是'你'了！可能我和我的两位哥哥都将不习惯叫你母亲，但我们都会特别尊敬你，并像我们的父亲一样亲爱你！"

陈先生幸福得落泪了，连连说："退机票！退机票……"

徐淑芳也落泪了。她内心里大受感动，却并不怎样激动。她的眼泪与陈先生的眼泪所表达的很不相同。

晚上，她来到了她的小叔子也是妹夫家中。当年的大院已不复存在，全院人家都住上了楼房。

那一天是一九八六年九月十二日。

那一天是她的小伟的生日。

他说："姐，你来得正巧，帮我们包饺子吧！"

有时他随着妻子叫她姐，有时妻子随着他叫她嫂子。那本是怎么叫都有理的。

于是她就洗了手，帮他们包饺子。

他们的儿子躺在床上睡着，家里很安静。

她细致地包好了几个饺子，低声说："我要结婚了。"

他们都停了手，有些不相信，以为她在开玩笑。

"真的。"

他问:"跟什么人?"

她低下头,拿起一个饺子皮儿,一边抹馅一边说:"跟那个美籍华人陈先生,一星期后。"双手使劲一捏,捏成一个工艺品似的饺子。

一阵沉默。

妹妹问:"那,我和立伟能参加你的婚礼吗?"

她说:"当然。谁比你们更有资格?"目光却望着她的小叔子。

而他说:"我去看看水开了没有。"走出屋去了。

一会儿,他进来后,仍一言不发地擀饺子皮儿,一个饺子皮儿快被擀透明了,还擀。

"立伟,你怎么不说话?"

"我有点怕……"

"怕什么?"

"怕再也见不到嫂子了……"

"放心,嫂子还是你嫂子。我只想做陈先生的妻子,不想做美籍华人。"

他笑了。

她也笑了。

她包的饺子个个像工艺品,没有一个煮破的。

第三十章

婚礼由“侨联”代为操办,晚报于是有了头条新闻。通栏标题是“爱国华侨觅知音,改革女性结良缘”。不乏祝贺之词,“在对外开放的大好形势之下,鹊桥横架太平洋,多情伉俪一线牵”云云。

徐淑芳亲送部分请柬,也就是曲秀娟、姚守义、吴茵、严晓东、姚玉慧、夏律师,再加上自己的妹妹和小叔子等人而已。

她本不愿请王志松,几经考虑,最终还是将他的名字写上了请柬。是将他的名字和吴茵的名字分开写的,一人一份。

她想:来不来在他,不看僧面看佛面。尽管她已很瞧不起他,但他目前毕竟还是吴茵的丈夫。实际上她已不将他看成吴茵的丈夫了。他留在她心中的最后的情愫也早已荡然无存了。她希望他能在自己的婚礼上反省到,他们没有结为夫妻对她更是命运的恩典,而对他一往情深的吴茵做了他的妻子之后又是多么不幸。

她本想给刘大文寄出一份请柬,但几经考虑,最终将写上了刘大文名字的请柬撕碎了。她真是不愿见到他那张仿佛被生活强奸了一百多次的脸。不善于忘记是人类高贵的愚蠢。她怕刘大文果然来了,会在自己的婚礼上喝醉了哭悼他的至亲至爱的“小女孩”袁眉。那她再也没什么话劝慰他。

举行婚礼那一天，王志松没来。她没问吴茵他为什么没来，吴茵也矢口不提他。

姚玉慧也没来，委托夏律师向她转达歉意，说是她的“转氨酶”又不正常，参加别人的婚礼是缺少公众道德感的。这不失为一个无懈可击的理由。但她知道，教导员患的是乙型肝炎，只有通过血液才会传染给别人。而且，这几年调养有方，早已处在稳定期了。教导员委托夏律师给她的礼物——一个模样憨拙得令人发笑的大布娃娃，表达了一份情意。

夏律师说：“这是她亲手为你做的。她知道你喜爱孩子，祝你早生贵子。”

陈先生替她收下，连说：“谢谢，谢谢。姚女士是我的妻子所尊敬的人，当然也就是我所尊敬的人。我们还没见过，但已感到她早是我们共同的朋友了！我妻子今天请来的每一位客人，也都是我们共同的朋友！”

陈先生离去四面应酬时，夏律师悄悄对徐淑芳说：“那边一些领导人物都在找机会与新娘碰杯呢，你快过去吧！”

她朝那些人扫了一眼，淡淡一笑：“我和我的丈夫预先已有明确分工，他们归他应酬。”说完向姚守义夫妻走了过去。她身着紫色旗袍，显得体态绰约，线条优美，亲切的端庄之中有几分神秘的魅力。

姚守义一套西装，长短肥瘦倒还合适，却没穿惯，擎着半高脚杯香槟，呆板至极地站立着和郭立伟说话。曲秀娟和徐淑芳的妹妹坐在他们身边的桌旁，唧唧喁喁聊得正近乎。

曲秀娟见徐淑芳走来，站起身擎杯在手，笑道：“让我借用报上的词儿，鹊桥横架太平洋，多情伉俪一线牵，祝你幸福！”

“姐，我也祝你幸福！”当妹妹的紧跟着站起，两只高脚杯同时举向徐淑芳。

徐淑芳笑着从桌上拿起一只有酒的高脚杯。

妹妹说:"那是立伟的,他喝过了。"

徐淑芳不禁朝自己的小叔子看了一眼,他也在看着她。

"小伟,你不为嫂子干一杯?"徐淑芳便将那只杯递向郭立伟。

郭立伟默默接过了杯。

"别把我冷落在一边啊!"姚守义也凑了过来。

徐淑芳为自己斟了半杯酒,五杯相碰,她的目光只注视着小叔子,说:"为了一切,徐淑芳谢谢了!"

五人都一饮而尽。

郭立伟放下杯说:"嫂子,陈先生大概在找你呢,快到他身边去吧!"

徐淑芳扭头看去,果见陈先生在举目四望,必是寻找自己。她没走过去,反而对他招了招手。

大餐厅内,来宾逾百人。除姚守义夫妻和郭立伟夫妻及夏律师外,十之八九,徐淑芳并不认识。陈氏父女认识的人也不多。各方人士,多是"侨联"的宾客。陈先生出钱,"侨联"是极其乐于做东道主的。而来宾们,也是极愿有这样一个荣幸之至的机会,与一位美籍华人亿万富翁互赠名片,一见如故的。陈先生刚刚从一批形形色色的经理和大大小小的厂长的包围圈中脱身。他们鼓动如簧之舌,希望得到投资、贷款、赞助或其他的种种经济利益。好像他们参加的不是婚礼,而是交易会。这使几位市里的领导同志不但觉得特殊身份被利欲淹没了,甚至觉得那些经理们和厂长们太丢人现眼——简直和讨小钱儿的一群乞丐差不多了嘛!他们坐在同一张桌上,都尽量保持着领导者可贵的自尊和庄严。受托主持婚礼酒会的"侨联"负责人,面对从一开始就已然失控了的过分"自由化"的场面,一筹莫展。他们的良好愿望也是想通过这样一次大规模的"外事活动",为"搞活"本市经济作出贡献,为"改革开放"立下功勋,并不愿劳师动众,正正规规地按部就班地恭喜一番,热闹一番,一散拉倒了事。故此他们索性无为而治,索性不加控制,任其"自由化"更自由下去。

但是无论怎样自由，几位光临的市里领导同志，是不可以被冷落一旁，混同一般，不受格外礼遇和重视的。所以一位“侨联”的负责同志请陈先生去同几位领导者见见面，陪同一块坐坐，说说话。陈先生是精细之人。他早先于“侨联”的负责同志想到了这一点，注意到了几位领导者格外自尊格外矜持格外庄严的存在。只不过刚才他被轮番包围，脱不开身。他同时注意到了，他的新娘徐淑芳，倒仿佛是一个无关紧要、可有可无的女人似的。这使他暗觉扫兴。并且对某些人迫不及待的功利心态，不免产生了几分反感。尽管他们塞给他的名片，证明着他们是些本市的佼佼人物。然而他毕竟“久经沙场”，深谙周旋之术，脸上始终浮着彬彬的微笑，将心中的反感隐藏得很严很严。

他寻找自己的新娘，是要和她一同走到几位领导者身边去。见她向自己招手，隔着许多人，不便大声说明，只好与企图拦住他进行攀谈的男子女士不失友好和礼貌地应酬着，一边尽量摆脱他们向徐淑芳走来。

他走到她面前，她郑重地将姚守义、郭立伟和妹妹介绍给他。之后说：“除了他们，来宾中再无你妻子的亲人友好。”

陈先生耸耸肩，幽默地回答：“你只当这种热闹是你的丈夫为你花钱营造的吧！”

曲秀娟早已与陈先生熟悉，调侃道：“反正你是大富翁，讨讨新娘子的好也是应该的！”

陈先生歉意地说：“现在我必须将我的新娘从你们这几位亲人友好身旁带走一会儿，那边有几位领导者还没跟新娘照面呢，请求你们给我这点权力！”

曲秀娟挥手笑道：“带走吧，带走吧。从今往后，她首先属于您陈先生了，其次才属于我们！”

徐淑芳也微笑了，挽着陈先生手臂，与之双双离去。

姚守义望着他们，感慨万端地对郭立伟说：“改革时代，真是成了女人走大运的时代，我当车间主任，你嫂子当厂长，压我姚守义一头！我刚当上厂长，你嫂子又摇身一变，成了亿万富翁的太太！她这一变，我可就望尘莫及了！”

郭立伟默默品酒，不说话。

姚守义见桌上摆着盒“三五”，拿起来自己叼上一支，递给郭立伟一支，说：“哎，我刚才的话，你做何想法？”

郭立伟默默吸烟，仍不说话。

“怎么，连点儿想法都没有？”

“她首先是我嫂子。其次才是亿万富翁的太太。”郭立伟一字一句，深信不疑地说。

“嚯，你这话说得倒是很权威！”姚守义笑了，用一只手抻领带束结。

曲秀娟瞪他道：“还抻！都抻歪了！”

姚守义嘟哝：“你给我扎得太紧嘛！怪勒脖子的！”干脆绕头硬扯下来，塞人衣兜，松松领口。

曲秀娟正欲发作，徐淑芳挽着陈先生的手臂走了回来。

她问：“吴茵呢？我得向吴茵介绍一下咱们这位陈先生啊！”

守义等人这才发现，不经意间，他们之中少了个吴茵。

他说：“我去找找！”

但吴茵已经走了。谁也不知她何时走的，怀着何种心情走的。

夏律师在谦虚地回答着一群形形色色的经理们对于经济法律问题的请教和咨询。

陈小姐在与几位好像很有思想或者自以为很有思想的男女热烈讨论中国传统文化心理积淀在改革开放时期大受冲击的倾斜、嬗变和断裂现象。

忽然有人宣布：

“诸位来宾恭请肃静，领导同志要发表讲话！”

于是鸦雀俱寂。

于是一个朗朗之声在大厅回荡：“同志们，同胞们，侨胞们，首先，让我们全体衷心祝愿陈先生与徐女士的爱情和婚姻花好月圆，美满幸福！他们的爱情，他们的婚姻，是改革开放时期结出的可喜可贺之果！徐厂长表示，她在婚后，将不定居国外，仍愿担任百花玩具厂厂长之职，仍愿为这个改革型小厂的发展继续作出贡献！”

一阵掌声。

“陈先生尊重并且称赞这一点！”

再一阵掌声。

“我们呢？我们认为这好得很嘛！我们将一如既往地肯定她的改革热情，支持她的改革热情！”

又一阵掌声。

“借此机会，我要宣布，有种谣传，徐淑芳同志徐厂长在改革中犯了这样那样的错误，这完完全全是谣传，子虚乌有之事！毫无根据嘛，我们对徐淑芳同志徐厂长的信任，是从未动摇过的！”

一阵更加肃静的肃静。

“我很荣幸地告知大家一个好消息，陈先生将在我市设立分公司及经济开发中心，委托徐淑芳同志徐厂长徐女士任全权代表，他本人也将每年至少有半年时间居住本市！我高兴地向大家宣布陈先生从今天起，已是本市的第一位荣、誉、公、民！……”

长时间的热烈的掌声。

男男女女擎着酒杯，纷纷围向新郎新娘，恭喜祝贺之词八面响起，使他们答不及答，谢不及谢。一时间，徐淑芳倒似乎成了众目所向，光芒四射的中心人物，大有压倒自己的丈夫陈先生之存在的趋势。

她并未受宠若惊，她违心地客套着，周旋着，应酬着。

她非常清楚，这种突如其来的转移和变化，皆因她从此是丈夫的全、权、代、表……

又有人大声宣布：

“现在，婚礼宴席开始！”

……

当天晚上，百花玩具厂厂长留宿在“国际旅游俱乐部”陈先生的豪华包房。

夫妻双双上床之际，陈先生说：“在我们的婚礼上，我居然观察到了中国目前那么多种形形色色的众生相。”

徐淑芳说：“有机会你最好再参加一次特殊人物的追悼会，将可能看到同样的众生相！”

“结婚戒指应该戴在你另一只手上。”

“恐怕我今后首先得养成戴它的习惯。”

那天夜里，她庆幸自己，不但与一个预想不到的男人结了婚，而且与一个身体仍很强壮的男人结了婚。

否则，她将会永远将结婚戒指戴在左手上，将错就错。

两天之后，她随同陈氏父女乘机回美国度蜜月去了。夫妻二人将还要旅游法国、英国、瑞典、意大利……

行前，她交给曲秀娟三袋喜糖，嘱咐一定要代送姚玉慧、严晓东、刘大文。至于王志松，她没有想到他。恐怕今后在任何情况之下，也不会再想到他了。

守义夫妻当晚分头“执行任务”。他给姚玉慧送，她给严晓东和刘大文送。

守义迈入姚玉慧家，吃一大惊。但见窗帘严拉，四壁用摁钉摁满国画。大幅小幅横幅竖幅，画的尽是形状古怪至极的黑色鱼。地上也左一张右一张铺满宣纸，画的也尽是同一种类形状古怪至极的黑色鱼，几乎连落脚之隙都没有。

“教导员，你……这是在干什么？”他仿佛潜水员潜入了海洋深处的怪鱼世界。

“作画。”姚玉慧手中握着一管大毫画笔，表情极其郑重地回答。

“乖乖，真吓人！”姚守义咂舌不已。

“你是说我画得不像鱼？”姚玉慧的自尊心受到了挫伤似的，颇有几分不悦地瞪着他。

姚守义并不想恭维，但见她显出了不悦而认真的样子，连连夸赞：“像，像！像极了！栩栩如生啊！”

姚玉慧这才一笑，说：“沙发上坐吧，小心别踩了我的画！”

姚守义像只袋鼠似的，用脚尖蹦跳到沙发前。

沙发靠背上也搭着两张宣纸，他只能缩着身子坐在一角。宣纸上，几条形状古怪至极的黑色大鱼，朝他龇牙咧嘴，好像都要咬他。

“你先坐会儿，我这一幅还没画完。”姚玉慧说着，不再理他，站立桌前，运动神思，朝宣纸上一个同样龇牙咧嘴的黑色大鱼头凝视片刻，毫端滚墨，刷刷刷疾挥几笔，又完成了一幅“杰作”。然后，双手捏着宣纸两角，伸直胳膊，展示向自己，不无自我欣赏的意味。

“教导员，你这画的什么鱼啊？”

“鲑鱼。”

“鲑鱼就是这样的啊？”

“对。”肯定的口吻。

“怎么不画几条别的鱼啊？比如鲤鱼、鲫鱼、黄花鱼、带鱼什么的？还有金鱼，画金鱼多好看啊？”

“那些鱼我还不会画呢，我刚刚学会了画这种鲑鱼。”姚玉慧终于表现出了一点儿谦虚，一边将那幅可能是她最得意的“杰作”往墙上按，一边不无自豪地说，“老师认为我画得不错，挺有特点的，鼓励我多多练习！”

“你……拜师学画了？”

“我参加国画班了！”

“噢？……想当业余画家？……”

“那倒不是。培养兴趣，陶冶性情呗！”姚玉慧拿起一张纸一边擦着手上的墨污，一边问，“有事？”

“淑芳委托我送你一袋喜糖。”姚守义从拎包里取出一袋糖递给她。

“我让夏律师带去的礼物,她喜欢么?”

“喜欢。”

“依你看,她会幸福么?”

“依我看,她肯定会幸福。”

“那我就替她高兴了。女人,还是结婚好。主张独身的女人,其实都在说谎。”她扯开糖袋,挑出一颗糖,缓缓剥着糖纸。

“是啊,结了婚的女人,都说结婚多么多么不好。可不结婚的女人,又能好到哪儿去呢?”

她刚欲将那块糖塞入口中,听了他的话,有所触动,不吃了,递给他:“你吃吧,香酥的。”

姚守义摇摇头:“我不爱吃糖。”

“我也不爱吃糖。”她将那颗糖放入糖袋,将糖袋轻轻放在桌上。话题一转,突然问,“你看我这些画,哪一幅最好?”

姚守义举目四望,心不在焉地回答:“都好。都一样。”随即盯着她说,“教导员,你别再抻着了!”

“抻着?什么?……”

“结婚。”

“我……我目前心思在学画方面。”

“鲑鱼是要画的,婚也是要结的。一想到你至今仍一个人,我们都替你着急!”

姚玉慧低下了头。

“教导员,我们帮你物色吧?”

“不,不,”她立刻抬起头来,急急地说:“不用!我……我已经有了一个。”

“有了?”姚守义表示怀疑,“教导员,你何苦骗我呢?谁不需要别人的帮助呢?”

“我真的不用！我真的有了！”

“一个什么样的男人？在哪个单位工作？”

“身材高高的！不是那种瘦高型的男人，很健壮，体操运动员！像个体操运动员，不是体操运动员……形象也挺英俊的！很有文化修养，多才多艺的。性格含蓄，体贴人。喜欢音乐、喜欢美术、喜欢文学……他很爱我！真的！我当然也很爱他！我们生活在一起会幸福的！比徐淑芳和那位陈先生生活在一起还会幸福！真的！我们很快就要结婚了！他很快就要做我的丈夫，我很快就要做他的妻子了！”她甚至是有几分兴奋地说着，陶醉在自己的幻想之中，陶醉在自己信口胡诌的谎言之中。她仿佛十分相信了自己的谎言，因而姚守义瞧着她那兴奋的陶醉的样子，不由得将她的谎言当成了真话。

他笑了：“那就好！我们今后不用为你操心了！”

她也笑了：“当然！”

她觉得她似乎根本不是在骗姚守义，更不是在骗自己。觉得自己所说的乃是一个无比美好的事实。因而她那笑，使她脸上焕发出光彩。幻灯打在墙壁上，墙壁就是这样产生图像的。

“可你还没告诉我他在哪儿工作啊！”

“这……以后告诉你。”

谎言是有惯性的，它被“煞”住的时候，甩出来的是真实。

她支吾着，搪塞着，又低下头去。因而已经深信不疑的姚守义并没发现她的脸红到了什么程度。

他又问：“哎，你那只宝贝猫呢？”

“跑丢了。”姚玉慧站起来，掩饰地说，“我给你沏杯茶？”

“我该走了！”

姚守义也站起来，开玩笑道：“打算结婚的女人，往往都顾不上自己养的猫了，跑丢就跑丢吧！”说着，夹起拎包，仍像只袋鼠似的，用脚尖蹦跳到门口。

“守义。”

“嗯？”他在门口转身望她。

“你不选我一幅画么？”

“好，选一张！”姚守义扫视一幅幅“鲑鱼图”，拿不定主意该选哪一张。他一幅也不喜欢。它们画得太古怪了，太难看了，根本谈不上什么特点。它们不过是认真的，笔法拙笨的，毫无灵气可言的，走火入魔的涂鸦罢了。他选走了，也是不愿意裱起来悬挂家中的。但是他认为应该照顾照顾她的情绪。

他指着最小的一幅说：“那幅！”

姚玉慧却说：“别要那幅，小里小气的！送你这一幅吧！”她从墙上取下最长最宽的一幅。

“哎，不行不行，太大了！”姚守义连连摆手。宣纸上那条大约七八斤重的黑色怪鱼，在他看来是可怕之物。

“有什么不行的？送你我还舍不得么？你多选几张吧，我替你选！这幅、这幅……那幅也是挺不错的！横幅竖幅的，有个搭配，挂着才美观！”姚玉慧慷慨地说着，又从墙上取下两幅，包括搭在沙发上那两幅，一并卷起，交于姚守义手中。她对他的关心，使他十分感激。

“这叫我怎么表示才好呢！我简直是贪得无厌了嘛！”姚守义千恩万谢，带着几幅自己非常不愿接受的，看着感到别扭的龇牙咧嘴形状古怪黑不溜秋的“鲑鱼图”，也带着对当年的教导员虔诚之至的祝福走了。

姚玉慧无意再“作画”——或曰无意再炮制可怕的水族怪类。她四面环视，这时，仿佛只有这时，她才看出，自己运动神思，潜心孤诣，专执一念所画的那一幅幅“杰作”，原来却是多么刺激视觉，多么败坏观赏，多么低劣多么不成样子！

“鲑鱼是要画的，婚也是要结的。”姚守义的话响在耳边，就好像是从那一条条形状古怪至极，仿佛会跃纸而出咬人的鱼口中说的。

波斯猫不能代替一位丈夫，无论是否被严晓东劁了。鲑鱼也不能代替一位丈夫,无论画得美妙或不美妙。

她的目光从墙壁上垂落地上,发现脚下已踩脏了一幅。然而她却没有立刻挪脚,踩着不动。似乎认认真真画了,本就是为了踩在脚下的。

她走到墙壁前,缓缓举手,缓缓扯下一幅,缓缓撕了。撕成一条条,抛于地上。接着,又缓缓扯下一幅,又缓缓撕……她那样子,如同裱墙女工,不慌不忙地从墙上扯下肮脏的旧墙纸。她将墙上所有的“杰作”都扯下来,都撕了。她仿佛一个梦游人,只是机械地扯着,撕着,却不知自己在干什么。

一幅幅“杰作”变为铺地废纸。她也不清除,踏着废纸,踱到桌前坐了下去,瞧着那一袋喜糖发呆。

从自己所编织的幸福谎言中跋涉出来,被那谎言所力掷的坚固而完整的真实,复落在她身上。那如同是想方设法甩掉却永远也无法甩掉的沉重的负荷。

她伏在桌上,抓出一把糖,一块一块地摆,排成一列横队。接着又抓出一把,一一排成一列纵队,组成了一个“十”字。她指点着那些组成“十”字的喜糖,像个小女孩一样喁喁自语:“太妃的、香酥的、可可的、菠萝的、椰子的、大白兔的、高粱饴的……”

突然她抚乱“十”字,抓起一把,连糖纸也不剥,塞入口中……

刘大文和他的两个女儿仍住在严晓东家。

守义两口子知道晓东到外地“跑买卖”去了,因而徐淑芳也知道,便没给他寄请柬。她是个心细之人,既不愿在自己的婚礼上见到刘大文那张自虐者型的脸,也不愿使刘大文感到在她心目中,自己和严晓东的地位是不同的。

然而新闻是不屑于照顾一个女人这点儿渺小的愿望的。刘大文从报上得知徐淑芳结婚之事后,将那张晚报扯了。

当资本家的老婆!赶这种潮流!他认为自己有非常光明磊落的理

由轻蔑她了。袁眉可不是她那样的女人，他想。同时认为自己一开始就未能将她当成一个袁眉从感情上接受，实实在在是一个男人的可靠的潜意识。

曲秀娟可不这么认为。她把喜糖当面给他时说："我替你遗憾，瞎子是娶不到好女人的。"

"正因为我不是睁眼瞎，她才没当成我老婆！"他恨恨地说，将那袋喜糖扔给了两个女儿，"你们替爸爸吃！小心糖里有虫子。"

两个女儿不吃，愣愣地瞧着他。

"吃！吃！干吗瞧我？喜糖有毒么?!"他大吼起来，又夺过糖袋，扯开，抓了两把，塞给一个女儿一把。两个女儿还是愣愣地瞧着他，还是不吃。

"给我吃！叫你们吃就得吃！"刘大文大发雷霆。

两个女儿同时哇哇地哭了，边哭边剥糖。

晓东爸和晓东妈走入房间，一人抱起一个，哄着她们往外走。

晓东爸扭回头，生气地说："吼什么吼？但凡是个有张扬的男人，你给俩孩子再找个妈！"

"你何必呢！"曲秀娟谴责道，"跟孩子们发的什么火？她今天下午三点的飞机。这是她家那房子的钥匙，她请你带孩子们住她那儿。我看也是，你和孩子们也把晓东家麻烦得够意思啦！"说罢，将钥匙放在桌上，也走了。

剩下刘大文孤零零的一个人在房间内呆坐着，瞪着撒在床上的喜糖。

他缓缓转头，又瞪向袁眉的年画般的彩色大照片，"她"挂在墙上，天使般地笑着。"她"以那种仿佛"空前绝后"的"天使"般的微笑连这个临时的家也主宰着。

他突然拿起一只茶杯向"她"投去，像框玻璃哗啦一声碎了。

"她"那"空前绝后"的"天使"般的微笑却毫未受损。

晓东妈轻轻走了进来,低声问:“大文,生谁这么大气啊?晓东得罪你了?还是我和你大爷对你们照顾不周?”

“大娘,我……我……我心烦。”他哭了。

……

一种复杂的心理驱使他,冲出严晓东家,在马路上拦了一辆出租车。

他想见徐淑芳一面。她究竟是个好女人还是个坏女人,此时此刻,倒变得无关紧要了。而能不能再见她一面,却似乎变得相当重要了!他认为倘若错过了今天,他将再也见不到她了。尽管曲秀娟告诉他,徐淑芳最多在国外旅游三个月。他却根本不相信。他甚至也不相信徐淑芳毕竟仍是中国人。

“飞机场!赶上三点钟的飞机,要多少钱我给你多少钱!”被这话所鞭策,小汽车风驰电掣。

机场,夏律师夫妇送儿子出国留学。那“托福”留学生搭的也是三点钟的国际客机。

“爸,妈,你们别愁眉苦脸的啊!有我这么个儿子你们应当感到自豪嘛!别人指望儿子考上‘托福’,还没我这么有出息的儿子呢!又不是送我上中越边境去打仗!”

夏律师阴郁地说:“别吸毒,别得上艾滋病,别忘了你在中国还有爸和妈。”

儿子笑道:“爸,你说的什么呀!”

此时,登机者已剩下寥寥无几了。

徐淑芳与陈氏父女姗姗而来,发现夏律师,虽在时间短促的情况之下,免不了还是要停步交谈几句话的。

那踌躇满志的“托福”留学生,从旁听说徐淑芳也是去美国,连连鞠躬:“阿姨,我是初次去美国,请多关照,请多关照!”

徐淑芳瞅瞅陈先生,笑道:“这话对他说,连我也得受他关照啊!”

“托福”留学生立即转移目标,又连连对陈先生鞠躬,毕恭毕敬地说:

“请多关照，请多关照！……”

“好说。”陈先生笑了，对夏律师道，“贵公子挺讨人喜欢的嘛！”

夏律师苦笑道：“我这当父亲的，是‘无为而治’啊，见笑，见笑！”

夏律师夫人也说：“陈先生，拜托了啊！”她掏出手绢抹泪了。

陈小姐彬彬有礼地插言：“去美国留学，是好事呀！您放心，我父亲会说到做到的！爸爸，咱们不能再耽误了！”

于是双方握手道别。

“爸，妈，拜拜！”

“托福”留学生将自己的皮箱扛在肩上，殷殷勤勤地替陈先生拎着皮箱，兴冲冲走在最前头。

夏律师夫妇目送他们走入检票口，急忙转身扑向落地窗前，朝外望着那架即将起飞的“波音”。

他们望见自己的儿子最后登上飞机舷梯，转身而立，高高扬起手臂，喊了句什么。

妻子问：“他喊什么？”

夏律师回答：“我也听不见。”

那风华正茂的年轻人骄傲地豪迈地大喊的是：“别了，中国！”

出租车未停稳，刘大文便跳下了车，欲往机场内跑，却被反应迅速的司机一把死死揪住：“给钱！”

他摸摸衣兜，抱歉地说：“没带钱包，送走人，我回去还坐你的车！”

“少来这套！”司机也下了车，仍死死揪住他不放，“你入机场，我哪找你去？我才不上这个当！”

刘大文无奈，眼睁睁望着跑道上，那架“波音”收起舷梯，开始徐徐滑行，愈来愈快，终于昂起机头，一声长啸，如同一只银色大鹏，冲上了蓝天……

七八位身着浅蓝色制服体态婀娜的“空姐”，排着纵队步出机场，好奇地望着刘大文和司机。刘大文也呆呆地望着她们，他似乎今天才从一个酣长的迷梦中醒来,发现生活中比他的“小女孩”更加漂亮更加富有魅力的女性,原来竟是多得成排列队的。

揪着他衣领的司机摇撼他,气愤地嚷:“你还他妈的赏花阅色!给钱!”

严晓东并不是到外地“跑买卖”,而是去担任一部电视剧的“监制人”。在小婉的乞求下,他赞助了那个拍电视剧的“野班子”三万元,为讨小婉欢心,使她担任女主角。

那部电视剧的剧名还没最后确定,也许叫《壁橱里的女尸》,也许叫《幽夜鬼影》,或者叫《一个“倒爷”和一位女模特的罗曼史》什么什么的。如果叫第一个剧名,小婉演女尸。如果叫第二个剧名,小婉演“鬼”。如果叫第三个剧名,小婉演女模特。反正全剧算上“女尸”就这么三个女角色。“导演”说她爱演“女尸”就演“女尸”,爱演“鬼”就演“鬼”,爱演女模特就演女模特。她演什么,就将什么往主角上靠。“导演”对她一应百应,言听计从,因为主要的一笔“赞助”是她拉的。

小婉觉得演“女尸”血滴乎拉的,太吓人。演女模特假酸捏醋的,会引起观众“逆反”。她说她要演那个“鬼”,又嫌“鬼”的戏太少。

导演说:“行!咱们给‘鬼’加戏,干脆拍成一部高水平的鬼戏!历届电视剧金鹰奖、飞天奖,还没有过演‘鬼’而获奖的女主角呢。演好了,大爆冷门,兴许能拿个最佳女主角!”

在“导演”的鼓动下,小婉对演好那个“鬼”信心十足。

严晓东总想读读剧本,可剧本不是“正在进一步修改”,就是“送去打印了”或“有关领导正审查”,所以他始终没读到。起初他很怀疑那帮人不是“搞艺术”的,他们一个个行为乖张,口出秽语。

小婉要求他彻底打消怀疑:“大哥,相处这么久,你还不了解我么?我会骗你么?我演出名了,你也跟着出名啊!你当监制人,电视剧一播放,几亿人都记住有个严晓东了!监制人那得比导演更有水平,对整部剧的艺术质量负责！”

而且那帮人个个有名片,全组有介绍信。说拍,选定了场景,支起摄像机真刀真枪地实拍。不由他不信。

他责任心很强地看他们排了一场精彩的戏：男主角爱上了小婉演的那个美丽的“鬼”。两情相悦,爱意畅浓,所谓“身不由己”。

导演对那场戏要求极严,反反复复拍,还是大摇其头道:“不理想,不理想,重来！”

摄像不耐烦,说:“操,这场戏还需要鸡巴导演么！定准机位,塞盘带子,让他俩随便安排去！明早来取带子！”

导演板脸坚持:“中心情节,半点不能马虎！”

严晓东觉得导演是位好导演了。

第二天他告辞。临行说:“导演,我信得过你！我不用整天跟着监制了。别忘了把我严晓东的名字打在字幕上就行！”

导演回答,那是绝对忘不了的。打算着夺奖,岂能缺少了一位监制人啊?

当夜下火车,小赵前来接站,一路向他贩卖“新潮系列”:“打‘奔驰’的,绣外国蜜,吸鬼子烟,喝威士忌。掷保龄、玩电游、跳霹雳。吃西餐、炒美元、切港币。穿牛仔裤、披新潮装。得艾滋病,洗桑拿浴。喇疯狂的爱,挣火红的‘屜’。哎呀我要飞跃,英特纳雄耐尔就一定要实现！……”

“什么乱七八糟的,不懂！”

“白领倒爷”一片糊涂。

“大哥,你听我解释：出租小汽车怎么叫？英文叫‘的士’吧？坐出租小汽车,起码那得坐‘奔驰’牌的,坐杂牌子的,那掉价！现如今有资格的,早就不跟中国女孩子‘玩戏’啦！跟外国的玩,那多显身份！绣,‘绣蜜’。大哥你听听,这是学问,是文化。没点文化能造成这么个词儿吗？病了？什么病？肝癌？直肠癌？那活该！死人的事是经常发生的！得艾滋病,那什么自我感觉？明摆着就不是等闲之辈嘛！……”

严晓东笑道:“才几天不见,你又出息不少!”

小赵回答:“我不落后!现如今我光怕落后!”

“哎,你这是引我走哪儿来了?”

“到画家那儿去!”

“哪位画家?”

“大哥你真是贵人多忘事,卖你‘伟大的女奴’那一位呗!”

“这么晚了,我又不想再买他的画了,到他那儿去干什么?”

“大哥,你无论如何得跟我去!这不拐个弯就到了嘛!他叫我今天不管多晚,也得把你带去!他要当场作画,让你开开眼!”

小赵一片热忱,严晓东不愿扫他的兴。两人说着走着,不一会儿来到了画家的单身宿舍。

四十多岁的光棍画家,开了门,客气地将他们请入,说:“我立刻开始,你们别急!”

地上摆了一只大洗衣盆。盆四周,围着二十几只颜料瓶。但见他,拿起一瓶,咕咚咚,全倒入盆中。又拿起一瓶,咕咚咚……再拿起一瓶,咕咚咚……放下一瓶,拿起一瓶,一声不响,将二十几瓶颜料全倒入大洗衣盆中。盆中就非常奇观。直看得严晓东二人张口结舌,目瞪口呆。

画家用画笔杆儿在盆中搅了几下,歪着头瞅瞅,又搅了几下,然后将一方雪白画布,缓缓铺入盆中,独自吸起烟来。吸完一支,缓缓从盆中拎出画布,展放桌上,又铺入一方画布。如法炮制几幅,严晓东二人大惑不解。

“严老板,你也请来作一幅吧?”画家将搅颜料的画笔杆儿递向严晓东。

“我,不敢不敢!”

“来吧,别不敢嘛!”

严晓东犹犹豫豫地接过了画笔杆儿。

“搅哇!随便搅!”

严晓东一阵猛搅，如搅麻酱一般。

画家笑道："没事儿没事儿，照我的样，铺一方画布！"

严晓东在画家的指导下，怀着种稚子学艺的虔诚，完成了一幅。

"不错！相当不错！"画家表示满意。于是将那些着了颜料的画布，一一用小夹子夹在晾衣绳上。那几幅色彩斑斓的画布，悬挂一起，玄妙各异，倒也相映成趣。

"这算什么？"小赵忍不住发问。

"《一九八六年——中国组画》！"画家高傲地回答。

"什……么?！……"

"《一九八六年——中国组画》！"

严晓东给镇住了。不是被那几幅画镇住了，而是被画家的话和那种自信的样子给镇住了。《一九八六年——中国组画》那几方廉价的色彩斑斓的画布，一赋予这等气吞山河的标题，似乎就非同小可了。

他低头瞧瞧自己亲手搅过的那一大洗衣盆染料，又瞧那组画，仿佛感觉到无数种生命在那些画布上呈现出来，相互渗透着，混淆着，一种覆盖一种，一种衬托一种，每一种都宛如在画布上流淌着，使整幅画布也仿佛骚动了起来。他认定了它们是有价值的，远比"伟大的女奴"更有价值。尽管它们是简单操作之下的"产品"。他要买下《一九八六年》，买下《中国》。

"卖给我？"

"不卖。"

"我出高价！"

"出高价也不卖。"

"为什么？"

"我要凭它们在画展上夺奖。"

"……"

"以前卖给你的，是骗钱货。这一组画，是为了争得名声。钱和名声，我都缺少,都需要。像需要钱一样需要名声,像需要名声一样需要钱。这你不难理解吧?”

“我……理解。”他失望极了。

“那幅‘伟大的女奴’,你多给了我三百元,我一直对你心怀感激。也没个机会表示……这样吧,你自己完成那一幅,归你了。”画家友好地在他肩上拍拍,将烟盒举到他面前。

也许是因为三个人对《一九八六年》的创造性劳动,对《中国》的异想天开不拘一格的“诞生”感到满意吧,都显得挺高兴。都似乎还有些话需要交谈。尽管夜很深了,画家却好客地找出半瓶“茅台”,花生米、罐头什么的,诚恳挽留两位似乎颇懂行的“鉴赏家”小酌一番。

于是为“一九八六年”干杯。

为“中国”干杯。

于是望着“一九八六年”,大谈一九八六年。望着“中国”,大谈中国。正所谓“书生意气,挥斥方遒,指点江山,激扬文字”。这一个肯定,那一个否定,第三个否定之否定,争论得不亦乐乎。意中言下,都有那么点“煮酒论英雄”“粪土当年万户侯”“数风流人物还看今朝”的当代弄潮儿气概。

小赵发誓般地说:“大哥,电工我是绝对不当了!我无论如何得奔个体。骑着摩托车背着秤,又能花来又能挣!那什么精气神儿?”

严晓东儿盅酒下肚,丢入嘴里一颗花生米,津津有味地嚼着说:“你这‘茅台’是冒牌货!”

画家笑笑,承认道:“是冒牌货。连我自己也是冒牌货。除了你们,没人欣赏我的画。”

一心巴望“严老板”金口玉牙,封自己个柜前伙计的小赵说:“现如今,连冒牌货也有冒牌的!猪往前拱,鸡往后刨,争名夺利,各有各的高招,谁也甭笑话谁!”

于是“心有灵犀一点通”。

于是又干杯。

与画家告别，严晓东在小赵的搀扶之下，不辨东南西北地往家走。

“大哥，你过量了吧？”

“胡说，仨人喝一瓶假‘茅台’我严晓东会过量？”

“假‘茅台’那是酒精加水……”

“不加水也喝不醉我！”他一甩膀子，甩开小赵的搀扶。他的确没醉。只是因为佐酒之物不对口，有点烧心。

一路没碰见个行人。夜风习习，吹来一阵凉爽，他头脑清醒了许多。眼前，但见残垣断壁。那是一幢拆除得尚不彻底的旧楼废墟。一九八六年，不管人们怎么说，城市毕竟还在迅速地发展着、建设着、变化着，而且无可争议地是朝崭新的面貌变化着。

“咱们迷迷瞪瞪地走哪儿来了？”严晓东站定，四周瞅瞅，连盏路灯也没有。马路对面，一片空旷。是“都市里的乡村”还没被都市征用的菜地。

“我……也不知道……”

突然，废墟间发出一声女性的惨痛的叫喊。

“你听！……”

“大哥，咱们快走！……”

又是一声叫喊，分明是被掐住了脖子拼命挣扎着叫喊出来的。

“大哥，别管闲事！”小赵拖他走。

“放开我！”他大吼一声。一种强烈的解危救难的英雄豪杰式的冲动，顿时遍布他周身的每一根大小神经！城市，城市，你还算对得起我严晓东，终于给了我一次做英雄人物的机会！这个机会叫我严晓东等得好苦！“白领倒爷”甚至有些振奋地想。

他狠狠一掌将小赵推倒，如同一头凶猛的豹子，朝那片废墟冲跃过去。

接下来的事情了结得极快。一个人持刀进攻他，搏斗中，那人哼一声,倒在地上蹬蹬腿,不动了。只不过两三分钟之内的事情。

忠心耿耿的小赵逃走了。

全部英雄行为的意义是,一位可能不但会遭到强奸而且可能会遭到杀害的姑娘得救了。

“妈的,装死!”

他踢歹徒一脚,啐一口,从断壁下扯起缩成一团、瑟瑟颤抖的姑娘。

他十分沮丧,那歹徒竟不是他的对手。自己连点轻伤都没受,太缺少刺激性。两三分钟内的打斗一点也不过瘾,英雄主义色彩若有似无。简单到程式化概念化的地步——京剧舞台上武二郎就是这么打死一只老虎的。

很索然。索然得使他在那姑娘面前有点不好意思起来。

他怪不自在地搀着那姑娘离开了废墟。

“你家住哪儿?”

“……”

“你怎么会独自走到这么偏僻的地方?”

“……”

“我送你回家吧?”

“……”

三问而不获一答,他也就不问。问多了,倒显得自己别有企图似的。

走到安全地区,他拦住辆出租小汽车,一言不发地将自己的钱包拍在那姑娘手中,望着她坐入小汽车,转身溜达溜达地走了……

小婉,你可别跟那个瘦猴似的导演睡觉!……

远处,火车站方向,传来调度员的广播呼唤:“三〇七次,三〇七次,进第四站台,进第四站台。”

他这时才感到手有点疼,那歹徒的下巴够硬的。

第二天上午十点多钟,躺在被窝里酣睡的严晓东被推醒,睁眼一看,是小赵。

“你昨夜逃得够快的嘛！”

“大哥，我那是为了保护你的《中国》啊！瞧，给您送来了，半点没损坏！”小赵将卷成筒儿的《一九八六年》交到他手里。

他展开看看，单幅而言，竟不认为有多么了不起。诸色重叠混乱，恰似次品蜡染布。做台布太小，做沙发垫有点不伦不类，挂在墙上，老父亲看了又会大动肝火。

“细看，不怎么样！”

“大哥，别细看呀！这根本就不是细看的玩意儿嘛！《一九八六年——中国组画》高在名目上！组画，那是非组在一起看才越看越有味的！”

“你不光是为送这玩意儿来的吧？”

“大哥……那小子死了！”

“哪小子？”

“就是昨天夜里那小子啊！现在事情传遍全市了！”

“他……他怎么死了？”严晓东腾地一下子坐了起来。

小赵淡淡一笑：“大哥，你装糊涂干吗！死在你手里了呗！”

“我……我杀人了？”他这一惊非同小可。

“大哥，别紧张！我不说，鬼都不知道！”

“……”

“可我要去告发呢，你就完了！”

“……”

“我不会去告发的，只要大哥你肯用钱堵住我的嘴。”

“……”

“大哥，我不敲你。一万，怎么样？知情不举，我担风险呢！一万不能算多吧？”

“你……你让我想想……”

“你想，你想。慢慢想，好好想。”

严晓东像尊佛爷似的,一动不动地坐在床上,目定神呆想了半天。

小赵一旁欣赏《中国》。

终于,他开始穿衣服。

"大哥,想好了?"

"嗯。"

"怎么说?"

"……"

"给现钱?还是给存折?"

他打开床头柜,往西服兜里揣了一盒烟。沉吟片刻,拿出整整一条,塞入怀中,腋下夹着,走到了父母的房间。

"爸,妈,我去公安局自首。"

老父亲老母亲仿佛没听明白。他们正在谈论他的终身大事。老母亲手中拿着一张照片—— 热心之人打算介绍给他认识的姑娘。

趁父母尚未醒过味来,他往外便走。

"哎,大哥,哪去?"小赵相跟着追在身后。

"自首!"小赵被他一把攥住腕子,"我是为救人,误伤一命,合理自卫!你得跟我去做证!"

"做证?给钱!做证也得给钱!"小赵一反往日卑恭常态。

"不给!"

"不给?不给你玩蛋去!孙子才做证!"小赵挣脱手腕,悻悻先下楼而去……

城市忍心地出卖了"白领倒爷"严晓东。

被公安局传讯的小赵,当着他的面,一口咬定说,与画家告别之后他们就分手了,他的话那纯粹是"扯鸡巴蛋"!

城市也似乎根本就没有一个遭到色魔劫持,不但会被强奸甚至会被杀害的姑娘。

公安机关的调查深入到各个单位,各个工厂,各个学校,各条街道,然而没有一个姑娘承认自己被严晓东救过。

她不存在。

她仿佛是他幻想出来的。

“白领倒爷”的英雄行为,仿佛不过是他自己编造的故事。

城市虚伪地庄重地沉默着。严晓东在拘留所里一晃就度过了十几天。

姚守义夫妻看过他一次,从铁窗口塞给他两袋喜糖一条烟。告诉他,徐淑芳出国度蜜月去了。

他对他们说:“我冤枉啊!”

“夏律师特别关注你这个案件。如果你真是冤枉的,就得有耐心。”姚守义夫妻留下了这一句安慰他的话。

之后夏律师来看过他一次。是在会谈室相见的。

“是我们教导员的情面在起作用吧?”

“不。我自己愿意做你的辩护律师。”

“你就那么相信我冤枉?”

“如果连我也不相信你,你怎么办?”

“我能怎么办?把牢底坐穿呗!”他苦笑。到了这般田地,只有苦笑而已。

夏律师不愧是夏律师,他找到了在那个夜晚,被严晓东拦住的出租小汽车的司机。并且从那个嘴巴如同上了锁,以“多一事莫如少一事”为原则的司机口中,逼问出那个姑娘被送到了哪里。

于是一位摩登的,在本市非常走红的女歌星被传讯,与严晓东当面对证。

严晓东一眼认出她。

她说:“你认错人了吧?”

“我怎么会认错人呢?我还怕你身上的钱不够坐车的,把我的钱包给了你!”

“越说越荒唐！”

“你，……你不能这样啊！”

“照你说我应该怎样？承认自己被歹徒劫持？差点被强奸？没发生在我身上的事我能承认么？岂有此理！”

连审讯者也凭经验明白几分了，对她说：“姑娘，你得诚实啊！”

她说：“我打小就诚实得很！”

严晓东瞪着她，什么话也不想说了。

从那一天以后，无论再被怎样讯问，核实，他都不肯开口说一句话了。

一天下午他又被提审，走入审讯室，见到的却是小婉。

“她说你救的是她，你看她究竟是不是被你救的那个姑娘？”

他对小婉摇了摇头：“小婉，你何苦呢？”

“不是她？……不是你，你为什么要来承认是你？姑娘，做伪证也是犯法的！”

“是我！是我被歹徒劫持了！是我被歹徒强奸了！是我！就是我！大哥你说是我啊！”小婉哭了。

“你回去好好演你的角色，别为我的事分心。”他往外就走。

“大哥，我俩……都受骗了！他们是一伙骗子！摄像机只是个空壳，剧本是盗用别人的……”

不久，严晓东被无罪释放了。他打死的毕竟是一个歹徒，一个色魔，一个通缉犯，一个罪大恶极的城市里的豺狼。

办案人员对他说：“该做买卖，你做买卖。该赚钱，你赚钱。该怎么生活，你还怎么生活，就当没发生过这么一码事儿！其实我们是早相信了你的话的！不过办案嘛，捉人放人，总是希望符合法律章程，所以才让你受了这么多日子的委屈。”

两辆小汽车停在拘留所外，车旁分别站立着姚守义和小婉。

都是来接他的。所不同在于姚守义坐的是厂长的专车。小婉坐的是出租车。

他眯起眼睛,抬头望望天,拿不定主意坐守义的车好,还是坐小婉的车好。

“到底当厂长了?”

“当了。”

“当得稳么?”

“还算稳。”

“你俩都来接我,倒让我为难了!”

“别为难,想坐谁的车,就坐谁的车。”

“我应该给你们介绍介绍。”

“算了,我知道她是谁!”

守义笑了。

他也笑了。

小婉站立在那辆出租车旁注视着他。

他朝她走了过去。走到她跟前,指指守义说:“他叫我坐你这辆车!”

小婉凝眸望他,忽然乐了,扑到他身上,双臂揽住他的脖子,大大方方地亲了他一下,说:“大哥,我不想当演员了,也不想出国了。我嫁给你吧!”

老父亲承受不住儿子成了杀人犯那等沉重的心理打击,精神彻底崩溃,去世了。

“妈,我爸死前,说了些什么?”

“他说……他想喝‘茅台’。你给押起来了,我哪儿弄瓶‘茅台’啊!”老母亲伤心落泪。

当夜,在马路边,他将两瓶货真价实的“茅台”祭注于地。接着,他双膝跪下用打火机一张一张地烧“大团结”。他爱父亲。他真是从内心里爱父亲呵！他失声哭泣……

他喃喃地说:“爸,先给您这些钱,路上零花……我给您买的‘茅台’不是冒牌货。”

一辆卡车从马路上驶过。一阵旋风将那十张“大团结”如墨菊般的灰烬卷走了……

“小伙子,什么人死了也不值当来真格的啊！再者说呢,烧人民币是犯法的。”

他缓缓抬起头,见跟前站的是一位陌生人。虽然陌生,虽然是好奇的路人,一个“法”字,使他顿时有点紧张。

他立刻站起来,赔着几分小心说:“我不烧了！我不知道烧人民币是犯法的……真的！”

“不知者不怪。”

“那……没烧这些给您吧！就算谢谢您提醒我别犯法。”

他由于紧张而讨好。

对方赶快伸出只手接。

“晓东！晓东哎！你又惹事啦?”母亲呼唤着,慌慌地走过来。

在城市的这一条寂静而文明的街道,在一九八六年这一个闷热得积聚着大暴雨的夜晚,母亲的声音拖带出极度忐忑的担惊受怕的腔调儿。

“你看,你看,你……你把我当成什么人了啊！真是的！……”

对方表明着自己德性的清白,缩回那只恨不得抢夺他的钱的手,心有不甘地匆匆走掉了……

“国庆”前夕,打北京来了一拨“走穴”的二三流影视演员,并有几位据说小有名气的男女歌星“搭帮儿”,以壮阵容。

公园里冷清了一年多的露天舞台派上了用场。入园门票由一角而三元。为了“突出重点”,狮子老虎狗熊豺狼被禁闭起来,连一只猴儿也见不到。

曲秀娟对影视演员的兴趣比对动物的兴趣大多了。而姚守义是喜欢听现代流行歌曲的,尽管不会唱。所以星期天夫妻二人带着儿子,各自身着体面的衣服来到了公园,还将严晓东拖来了。

现在的人拿三元五元钱不当回事了。想要花三元钱一睹二三流影视演员芳容玉貌的人还真不少。他们的芳容玉貌也就值三元钱一睹。所谓“刹价货”,“薄利多销”。有人替他们计算,每场演出,少则分个五百六百,多则千儿八百也不成问题。

大广告牌上,红的绿的美术字写的是:

明星 ××× 与 ××× 联袂登台,小品巧妙,演技精湛。

歌星 ××× 声遏行云,吟成白雪。

一九八六年,但凡是个女的,在一部电影或电视剧中演过角色的,也是可以自诩为或被吹捧为“明星”的。在一次演出中唱过一首歌的,以后登台当然已便是“星”了。

台上,报幕多时,该出场演唱的女歌星迟迟不露,在后台脸红脖子粗地讨价还价。

报幕的男演员干在台上,灵机一动,对几千名望眼欲穿的观众表演“老头老头出来……老头老头没啦……”

台下,严晓东对姚守义说:“该出场的再不出场,那报幕员就会领我们唱‘排排坐,拍拍手,分果果’了吧?”

姚守义说:“你想得倒美!几千人分果果,他们就赔大发了!”

“守义,你最近见到吴茵没有?”

“见到了。她和那小子离了!”

严晓东望着台上“黔驴技穷”的报幕员,沉默良久,又问:“宁宁归谁?”

“当然归吴茵!”

“她还想不想结婚?”

“她说暂时不想了,把宁宁抚养到上了中学再考虑。我看她还算乐观。她告诉我她写了一部中篇小说,就要在什么刊物上发表了!”

“也许她能成为女作家?”

“但愿!”

该出场的歌星还不出场。一男一女两位闻所未闻的电影演员垫场表演乏味的小品——“剃头”。

严晓东说:“没劲儿!还不如我当年剃得利索呢!”

姚守义说:“是他妈的没劲儿!”

“找个地方坐下吸支烟去?”

“对!找个地方坐下吸支烟。”

他们挤出人丛,走到一张长椅前,坐下吸烟。

台上,报幕员几番恭请,台下,观众千呼万唤——身价百倍的女歌星气哼哼地抛头露面了!

台下不少小伙子拍掌吹哨,以泄心头愤懑。

严晓东说:“嚯,好热闹!”

“你看那是谁?”

严晓东忽然抬手一指。

姚守义看去,见姚玉慧推一辆轮椅车缓缓走着。车上坐一位戴墨镜,穿无章军装的男人。

严晓东奇怪地问:“她推的那是谁?”

姚守义回答:“是她丈夫。”

“丈夫?……”

“嗯……云南前线下来的。双目失明了……一条腿还是假腿……战斗英雄……”

“英……雄?……”

“当然是英雄。”

严晓东望着姚玉慧,缓缓站了起来。

“你要干什么？”

“跟她说几句话呀！好长时间我没见着她了……”

“坐下！”

姚守义使劲将他拉坐下。

“低头！你给我低下头！……”

姚守义首先低下了头，严晓东便也疑惑地低下了头。

“再低一些！”

两人都将头低得不能再低。

姚玉慧推着她的丈夫，她的战斗英雄，从他们面前目不斜视地走过。

婚前，她告诉他：“我是个丑女人。”

他说：“我是瞎子。”

她还告诉他：“我性格孤僻，好静不好动。”

他说：“我少一条腿，想动也不方便。”

此时，他问她：“你都看见了什么？”

她回答：“许多人。”

“除了人呢？”

“还有树。”

“除了树呢？”

“还有假山。”

“假山仍是从前那种样子吗？”

“假山仍是从前那种样子。”

“人们都在干什么？”

“人们都在看明星和歌星演出。”

“现在演出什么？”

“小品。”

“有意思吗？”

“没意思。”

“在前线,就要发起总攻时,有了未婚妻的战友将未婚妻的照片放在贴胸的衣兜里。没有未婚妻的战友,就将自己喜爱的女明星或女歌星的照片从各种画报上剪下来,也放在贴胸的衣兜里……”

“你呢?”

“我一样。”

“你剪下来的是谁?”

“赫本。”

“不是中国演员?”

“不是。”

“男的女的?”

“女的。”

“哪个国家的?”

“我也不知道。”

“你崇拜她?”

“是的。”

“为什么?”

“美。”

“很美?”

“很美。”

战斗英雄的嘴角浮现出一丝苦笑。

他妻子的嘴角也浮现出一丝苦笑。

她身体挺得笔直,目不斜视,瞅定前面一个别人不可知的目标,推着她的丈夫她的英雄,旁若无人地,神态刻板地,缓缓地,缓缓地走着,走着……

严晓东和姚守义听他们的话声渐远,才抬起头来。

“你为什么不许我去跟她说话?”

“别干扰她的心。”

“……”

“从今往后,除非她遇到了什么困难,需要我们帮助,我,你……再也不要去见她……”

“……”

“你保证!”

“我……保证……”

“让他们从熟人的圈子中退出吧,也许他们都更希望如此……”

严晓东久久望着姚玉慧枯瘦的背影,忽然鼻子一酸,眼中一热。

他赶快又低下头去……

姚守义将烟一抛,狠踩一脚:“走,花了三块钱,得听听去!不听,三块钱白让他们挣了!”

于是二人踱回台下。

穿超短裙而非拖地长裙的二十来岁的女歌星,手捏话筒,用咿呀学语的婴儿那般稚稚嫩嫩的声音唱道:

忧伤的情怀请把它抛开。
你有那醉人的歌声,
你有那迷人的色彩。
……

站在严晓东身旁的一个小伙子,离台只有二十多米,却举着高倍望远镜。

严晓东笑问:“哥们儿,看见什么了?”

“裙子太长,什么他妈的也没看见!”那位连望远镜也不放一下。

来唱支歌,
谁不为你喝彩,

人生本来愉快。

……

歌声娇娇滴滴，比夜莺叫的还婉转。

姚守义问严晓东："你愉快么？"

严晓东反问："这会儿？"

"现话现说呗。"

"还可以。"

"唱得怎么样？"

"听得过去。"

曲秀娟和儿子挤到了他们身边。曲秀娟说："这位是他们的台柱子！"

姚守义从兜里掏出钱包交给儿子，吩咐："去，买束花。等她唱完了，你跑台上去，把花献她！"

儿子讷讷地说："我不敢。"

姚守义板起脸道："这都不敢，将来还指望你有什么出息？快去！"

儿子便像只耗子似的挤出了人丛。

曲秀娟没好气地说："看把你迷的，她才不稀罕花呢，她稀罕的是钱！"

来唱支歌，

谁不为你喝彩，

人生本来愉快。

……

台上，女歌星扭扭捏捏，反反复复只唱这一句。仿佛不将几千人都唱得和她一样扭起来誓不罢休似的。唱到"本"字，甩出一个花腔女高音，滑成“奔”字，听来如同“钻天猴儿”花炮蹿上天空那种尖声。

忽然，观众骚动起来。人们莫名其妙地朝着同一个方向跑。顷刻，跑走了十之七八。

一大股人潮涌向公园南门。

严晓东扯住一人问：“怎么回事？”

“大学生在讲演！”

“讲演？讲什么？……”

“抵制日货！”

那人被某种心态所驱使，满脸兴奋，匆匆跑掉。

“爸，还献么？”儿子买到一束鲜花回来了。

“献！咱们照献不误！”

> 谁不为你喝彩，
> 人生本来愉快。
> ……

台上，女歌星唱不下去，捏着话筒，失态地望着混乱的观众。她的一只脚，却仍受着扭动和旋转的惯力的摆布，一时控制不住地踢踏着……

> 人生本来……

后台的伴唱之声，便也戛然而止在这一句。

公园南门那边传来了大学生通过扬声器呼喊的口号：

> 驱逐“丰田”！
> 铲除“日立”！
> 横扫“三洋”！

抵制日货！

振兴中华！

……

慷慨激昂，有如当年“红卫兵”呼喊“造反有理”！

严晓东说：“怎么，咱们倒退回‘林家铺子’那个年代啦？”

姚守义说：“老兄，现如今，倒退和前进都不那么容易！走，咱们也给大学生侄子们捧捧场去！”

说罢，从儿子手中夺过鲜花，抛到台上。

鲜花落在女歌星那一时控制不住，仍在踢踏不止的脚旁。

报幕员及时出台，捡起那束鲜花，连连鞠躬，学着港腔高叫：“演出到此结束，谢谢，谢谢……”

“抵制日货！”

……

过了“国庆”，晚报登载《一九八六年——中国组画》荣获本市中青年画家联展二等探索奖。

登在末一版，右下角，不显眼的一小“旮旯”。

一九八六年，中国，仿佛要在最后的两三个月里，憋出点儿什么名堂……

一九八八年二月二十二日于北影

图书在版编目（CIP）数据

雪城 / 梁晓声著 . — 青岛 : 青岛出版社 , 2014.12
（梁晓声文集 . 长篇小说 ; 1）
ISBN 978-7-5552-1319-2

Ⅰ . ①雪… Ⅱ . ①梁… Ⅲ . ①长篇小说 – 中国 – 当代
Ⅳ . ① I247.5

中国版本图书馆 CIP 数据核字（2014）第 283745 号

责任编辑　　常　红